Editora Charme

Cidade das Ruínas

WITCH WALKER - 2

CHARISSA WEAKS

Este livro é um trabalho de ficção.
Todos os nomes, personagens, locais e incidentes são produtos da imaginação da autora. Qualquer semelhança com pessoas reais, coisas, vivas ou mortas, locais ou eventos é mera coincidência.

1ª Impressão 2025

Design da capa e ilustrações - City Owl Press
Mapa - Chaim's Cartography @chaimscartograpy
Adaptação da capa e Produção Gráfica - Verônica Góes
Tradução - Sophia Paz
Preparação de texto - Fernanda Marão
Revisão - Equipe Charme

Esta obra foi negociada por Brower Literary & Management, Inc.

CIP-BRASIL. CATALOGAÇÃO NA PUBLICAÇÃO
SINDICATO NACIONAL DOS EDITORES DE LIVROS, RJ

W374c

Weaks, Charissa
Cidade das ruínas / Charissa Weaks ; tradução Sophia Paz. - 1. ed. - Campinas [SP] : Charme, 2025.
596 p. ; 22 cm. (Witch walker ; 2)

Tradução de: City of ruin
ISBN 978-65-5933-203-8

1. Romance americano. I. Paz, Sophia. II. Título. III. Série.

CDD: 813
25-97349.0 CDU: 82-31(73)

Meri Gleice Rodrigues de Souza - Bibliotecária - CRB-7/6439

Editora Charme

www.editoracharme.com.br

Cidade das Ruínas

WITCH WALKER - 2

Tradução - Sophia Paz

CHARISSA WEAKS

Para a minha família, por torcerem por mim e me deixarem desaparecer por dias quando precisei.

E para os meus Rebel Readers, por amarem esses personagens tanto quanto eu amo.

Nota da Autora

O Coletor de Bruxos gira em torno de Raina Bloodgood, uma personagem que não pode falar e, portanto, usa uma forma de língua gestual para se comunicar. As línguas de sinais usam uma abordagem visual-manual para a comunicação. Não existe uma língua de sinais universal. Por exemplo, a língua britânica é diferente da americana, e ambas diferem da brasileira. As línguas de sinais têm sua própria gramática e usam movimentos das mãos, ordem dos sinais e dicas corporais e faciais para criar essa gramática, bem como direção do olhar, piscadas e pausas. Para facilitar a leitura, a língua de sinais fictícia neste romance é lida como se fosse inglês sinalizado, o que, nesta tradução, corresponde à língua brasileira de sinais. Também deve ser notado que o termo mudo não é usado neste texto para não dar um sentido depreciativo que tem impactado nas comunidades surdas e não falantes.

Nota da equipe da Editora Charme

O personagem Callan é uma pessoa não-binária de gênero fluido, cujo pronome preferencial é "elu". Como Callan tende a se identificar mais com seu lado masculino, a autora também se refere ao bruxo no gênero masculino em algumas ocasiões. Esta tradução alterna as referências a Callan entre essas possibilidades, seguindo a orientação da própria autora.

NERI
Planície da Terra do Gelo
Hampstead Loch
As Passagens
Geavenna
Malgros
Mar Maloriano
Ske Trana
Itunnan
Províncias Socilheane
Rio Jade
Terras do Verão
ASHA
Cidade das Ruínas

Terras do Norte
O Abismo de Pensea
THAMAOS
Lago Perdido
Cordilheira Mondulak
Mares Negras
Floresta Esquecida
Território das Terras do Leste
Templo de Thamaos
Palácio do Príncipe das Terras do Leste
Baía dos Invasores
Cabo de Bowman
Terras das Sombras
URDIN
E S S I A

Fúria

Estou morta para o mundo desde o inverno rigoroso depois que Urdin e Thamaos se aniquilaram. Não tenho certeza de quanto tempo se passou desde que as autoridades do rei Gherahn me levaram para o norte para me torturar até a morte, me acorrentando aos penhascos escuros e gelados ao longo do Abismo de Pensea — quantos dias, meses, anos, décadas e séculos se passaram.

Mas tenho uma suspeita.

Há muito tempo vi meu futuro pelos olhos de um viajante cansado. Embora grande parte do meu corpo tenha se deteriorado desde então, ainda tenho o coração zangado. E o que é mais aterrorizante: ainda tenho minha maldita consciência. Porque, é claro, criaturas como eu são difíceis de matar.

E nós nunca — *nunca* — esquecemos.

Como não foi possível me matar, a Irmandade do rei me trancou nas profundezas do mundo, sepultada em uma prisão sufocante de terra, pedra e ferro, e rezou para Loria que o povo do reino me esquecesse. Que presente seria se meus ossos imortais se transformassem em pó conforme a eternidade viesse e se fosse.

Mas aqui, nesta cripta implacável, tendo apenas a escuridão e as lembranças como amigos, eu ainda existo, meu tormento eterno pausado como uma respiração presa enquanto os sussurros dos Antigos chegam aos meus ouvidos, os espíritos divinos que estão esperando por minha justiça. Minha salvação.

Minha vingança.

Ele está vindo, as vozes me prometem, comunicando-se da única maneira que podem dos Campos Empíreos do Mundo das Sombras. *O homem do Leste. Ele está vindo.*

Já fui chamada de Bela. Fui chamada de Amor. Mas sou Fúria, e algum tolo vai me levar de volta à vida.

I
RECORDAÇÕES

1
Príncipe Sem Nome

Territórios do Leste

Cidade de Quezira

Templo de Min-Thuret, Salão de Rituais

A antiga sala de ritual de Thamaos está mortalmente silenciosa, exceto pelo crepitar das chamas e o chiar do meu sangue queimando no recipiente de oferendas.

— Ouça-me, meu senhor. Eu imploro.

A palma de minha mão lateja enquanto espremo gotas vermelhas do meu corpo pela terceira vez naquele dia. Desta vez, deixei o sangue fluir. Sem picadas suaves. Nenhuma medição cuidadosa. Rios quentes e escarlates vazam por entre meus dedos cerrados e se derramam no fogo.

Já estou ajoelhado aqui há tanto tempo que a luz do sol da manhã, que brilhava através dos vitrais quando cheguei, deu lugar ao brilho prateado das estrelas do inverno que se aproxima. Minhas costas estão rígidas e meus joelhos doem depois de tantas horas pressionados contra o implacável chão de pedra.

Um servo entra no salão para servir água fresca. Ele coloca a garrafa perto do altar junto a panos embebidos em tintura de milefólio para aliviar as feridas causadas pelo ritual.

— Tem certeza de que está bem, meu príncipe? — ele pergunta pela segunda vez em uma hora. — O senhor parece tão mal.

— Não consumo uma alma há mais de uma semana — respondo, minha voz tensa e dura.

Quando cheguei a esta mesma sala vindo do Mundo das Sombras, desmoronando no círculo ritual com Colden Moeshka em meus braços, eu mal conseguia me mover. Partes do meu corpo tinham sido queimadas pelo fogo de Raina Bloodgood, e minhas entranhas pareciam prestes a sucumbir a qualquer momento. Ainda assim, eu estava faminto.

Mas depois de sentir Garujo, o mago-sifão que me alimentava, morrer, seus poderes de Habitante das Terras do Verão se esvaindo junto dele, e após tantas mortes no Norte, eu não conseguia suportar a ideia de me alimentar. Desde então, minha pele tinha assumido um brilho de cera e minhas veias se destacavam em relevo. Não preciso de espelho para saber que meu rosto está sulcado; e meu corpo, mais magro.

— Talvez devesse... *se alimentar* — diz o criado. Ele olha para o corte cicatrizado em meu rosto antes de erguer o olhar para as vigas.

As almas de três prisioneiros pairam à espera, sedosas e ondulantes. Uma cheira a água do mar; outra, a terra doce; a última espalha o aroma dos altos cedros da Floresta Esquecida do Leste. Esta noite vou me alimentar e começar a tarefa de me restaurar. Se não o fizer, morrerei. E, embora me sinta miserável e por mais que precise abandonar essas súplicas e me banquetear, não consigo parar e desistir.

Ainda não.

— *Vá*. — Concentro cada grama de minha irritação em minha voz. — Quero ficar sozinho, entendido?

Ele assente e sai apressado, fechando as portas de madeira silenciosamente.

Faz semanas que não entro no templo. Semanas desde a última vez que ouvi a voz transcendental de Thamaos ordenando que eu fosse para as Terras do Norte. Temo que não importa quanto tempo eu permaneça de joelhos, talvez ele não me ouça. Pode ser que tenha mudado de ideia quanto a nosso plano e esteja me evitando. Rezo para estar errado, porque tenho comigo um presente e tanto.

Desde o momento em que coloquei a Faca Divina no altar iluminado pelo sol, posso jurar que meu senhor falou comigo do Mundo das Sombras.

Um murmúrio abafado rastejou pelos corredores deste lugar sagrado, então todos ficaram em silêncio e quietos. Eu preciso de sua orientação. Sua direção. Sua garantia.

Então eu sangro. E espero.

Mergulho mais uma vez os dedos no sangue e desenho três runas no altar. Conexão. Fidelidade. Lealdade. Inspirando profundamente, pressiono a testa no estrado de mármore, o mesmo lugar que abrigou Thamaos e os reis e rainhas dos Territórios do Leste enquanto assistiam a rituais em homenagem a eles. A um braço de distância está o trono dourado que em breve será meu, uma honra da qual me tornarei merecedor.

Imperador Eterno de Tiressia.

Não desejamos mais o seu mundo, proclamou Thamaos certa vez. *Mas os Confins Inferiores não são o nosso lar, e o reino de Eridan não existe mais. Os deuses podem se erguer e oferecer suas forças vitais imortais às terras abençoadas de Tiressia. Uma oferta para você, para que conheça o verdadeiro poder por nosso intermédio. Porque é você que unirá este império, meu pequeno príncipe. Talvez até o mundo.*

Um pensamento flutua em minha mente. Quando eu ocupar o assento soberano, meu senhor concederá a lembrança do meu verdadeiro nome? A lembrança de quem eu era antes de pertencer a ele? Uma parte distante de mim anseia por saber, por ser mais do que uma criatura sem nome escondida pelas sombras, sobrevivendo de almas. Às vezes me lembro daquele jovem. Algo no ato de adoração e no ritual é tão familiar, tão visceral, tão antes de meus anos como escolhido de Thamaos. Mesmo antes dos anos como um errante vagando pela costa leste.

Também me lembro da magia. Potente, selvagem e sombria. Fluindo quente em minhas veias.

Minha magia. Controlada por mim e apenas por mim.

Uma corrente de ar frio faz cócegas no cabelo da minha nuca. Ergo a cabeça enquanto as chamas em cada braseiro de bronze em todo o salão tremeluzem, mas se mantêm acesas, como se um sopro suave tivesse sido solto sobre a luz ardente.

— *Pequeno príncipe.*

A voz de Thamaos entra no salão de devoção, ritual e sacrifício, e toda lembrança é varrida de minha mente.

— *Você falhou* — sussurra meu senhor em uma voz sibilante. — *Você não os matou. Não todos. Por causa daquela Bruxa Caminhante de Silver Hollow.*

Fecho os olhos e uma gota de suor escorre pela lateral do meu pescoço. Faz frio no salão, mas a raiva arde quente como uma fogueira em meu peito. A última instrução de Thamaos foi capturar Colden Moeshka, o Rei do Gelo, e destruir todos os Bruxos Caminhantes residentes ao longo da orla da Floresta da Água Gélida. E foi o que fiz. Exceto por aquela maldita Raina Bloodgood e alguns outros.

E não foi fácil.

— Fiquei sem forças, meu senhor. Garujo murchou após o ataque à Vila Invernal. Eu o drenei até morrer.

Pressiono uma mão contra o altar de granito escuro e inspiro com dificuldade. Transformei muitas pessoas em cascas secas ao longo de minha vida, mas a tristeza pela morte de Garujo é sufocante. Embora ele tenha oferecido sua vida pela minha sobrevivência, a perda pesa demais.

— A bruxa teve ajuda — continuo. — Un Drallag libertou Neri para que ele protegesse a bruxa de Silver Hollow. Agora eu tenho um espírito divino solto para localizar.

Alguém que supostamente quer me ver reinar como imperador dessas terras, mas falhou em oferecer ajuda na Estrada Invernal.

Um lampejo de luz refletida chama minha atenção, e meu olhar se desvia para o altar, para o meu grande presente. Quando alcanço a arma, a peça inteira — até mesmo a lâmina de osso escuro — está gélida. Mas pelo menos está aqui. Certamente meu senhor ficará orgulhoso.

— Duas coisas boas resultaram disso — digo, me esforçando para mascarar qualquer indício de arrependimento sobre o primeiro assunto. — Capturei Colden Moeshka e descobri que Raina Bloodgood estava com sua

Faca Divina, meu senhor. Depois de séculos desaparecida, *eu* trouxe este tesouro para casa. — Estendo a lâmina em submissão enquanto algumas interrogações surgem, perguntas que devo fazer, não importa quão tolas. — Meu senhor sabia onde estava a Faca Divina? Que o coletor do rei era seu Criador e Raina Bloodgood, sua Guardiã? Todo esse tempo?

Ponderei isso por dias, se tinha sido por isso que ele me enviara para destruir o vale. Eu só soube porque a alma de Garujo reconheceu a magia de Habitante das Terras do Verão na lâmina quando a bruxa e eu lutamos no gramado da vila. Segundos depois que ela rasgou meu rosto com a Faca Divina, Garujo sussurrou *Guardiã* e toda a compreensão que ele tinha para fornecer ecoou para dentro de mim.

Uma pausa significativa preenche o ar. Por vários segundos terríveis tenho certeza de que exagerei; mas nada acontece, exceto uma resposta.

— *O pai dela era o Guardião. A bruxa herdou sua obrigação no momento em que a lâmina voltou para sua família e ela a segurou. Quando ele morreu e sua alma entrou no Mundo das Sombras, eu sabia que essa hora chegaria.*

Não deixo de me perguntar como, mas, desta vez, decido não questionar mais.

— *Em relação a tudo mais, você será recompensado por capturar o Rei do Gelo e por sacrificar Garujo. Quanto a Neri, por enquanto ele não importa. Lidarei com ele no devido tempo. Sua principal preocupação agora é impedir que a Guardiã coloque os pés na Cidade das Ruínas. Ela e Un Drallag estão sem dúvida a caminho neste momento. Se eles interferirem em nossos planos, minha ressurreição e seu futuro como senhor de Tiressia serão apenas um sonho.*

Por todos os sagrados Antigos. Aquela bruxa insignificante é um obstáculo sem fim. Estou começando a questionar se ela já foi insignificante.

— Enviarei uma mensagem a meus homens em Malgros, meu senhor. Meu general também está a caminho da costa. — Faço uma pausa, selecionando cuidadosamente as próximas palavras. — Há um problema, porém. Não consigo localizar a Guardiã. Un Drallag ligou-se à bruxa. Tomou posse dela. Esculpiu sua marca em sua pele. Ele a protegerá. Mesmo agora ele protege a mente dela de mim.

Embora o tenha conhecido quando ele e Colden Moeshka visitaram meu palácio depois que o rei Regner morreu, não sabia sua identidade. Na verdade, sei pouco sobre Un Drallag, apenas o que li nos livros de história. Se ele for parecido com o que os escribas de Quezira retrataram em suas histórias, no entanto, não tenho certeza de que meus assassinos possam enfrentá-lo. Muito menos ele *e* Raina Bloodgood.

A raiva turva sob minha pele. Como poderia um Habitante do Leste tão reverenciado compartilhar seu poder sagrado?

Tão tolo. Tão traiçoeiro.

Tão problemático.

Uma inspiração ressonante serpenteia pela sala.

— *Pense, principezinho. Se Un Drallag está protegendo a mente dela, é porque seu poder está despertando. Entenda-o como uma fonte de alimento. Você precisa de poder para a conquista das Terras do Verão ser um sucesso. Não vai demorar muito até que a magia de Un Drallag fique forte o suficiente para ajudá-lo nas batalhas ou guerras que estejam por vir.*

Aperto a mão que ofereço com tanta força que o sangue escorre da palma cortada e pinga no chão de pedra. *Capturar Un Drallag.* O maior feiticeiro que Tiressia já conheceu. Alimentar-se de seu poder e alma.

Se eu conseguir isso, deuses e homens estarão condenados.

Um momento se passa e meu senhor continua com a palavra como se não tivesse acabado de apresentar a solução mais impossível, apesar de desejável.

— *Como segunda tarefa, você deve desenterrar Fúria em Un Moritra. Logo. Ela é de valor ilimitado. Use-a para qualquer fim, para que eu possa retornar à terra dos vivos e garantir que Tiressia seja sua.*

Dúvida e hesitação dominam meus pensamentos desde que essa possibilidade foi mencionada pela primeira vez, muitas semanas atrás. Embora a história afirme que Fúria morreu há três séculos, de acordo com meu senhor, ela ainda está muito viva. Como Un Drallag, ela é uma lenda turbulenta que conheço apenas dos livros. Uma lenda muito *mortal*. Acorrentada às profundezas da terra por tentar tirar o trono do rei Gherahn depois que Thamaos morreu.

Ainda inseguro, suavizo minha voz.

— Senhor. Não tenho poder suficiente para entrar em Un Moritra. Não posso romper a parede de runas. E Fúria... Depois de tantos anos isolada, ela deve estar enlouquecida. Eu preciso dela inteira, e isso vai ser uma luta, assim como convencê-la a cooperar. Tenho a sensação de que ela vai ficar bastante zangada.

Uma risada baixa ressoa de parede a parede e desliza em torno de cada coluna maciça. Eu sigo o som, desde os cantos de observação em arco ao longo das laterais da sala até as vigas inclinadas no alto teto de mosaico. Embora impossível, tenho a impressão de que Thamaos, o Deus das Terras do Leste há muito morto, está *bem aqui*.

— Un Moritra o reconhecerá — ele garante. — E Fúria irá cooperar. Ofereça um acordo inteligente antes de libertá-la. Ofereça total liberdade em troca de ajuda. Restaure a saúde dela. Então, se seus homens não puderem enfrentar a tarefa de capturar Un Drallag, Fúria conseguirá. Ela não terá escolha. Fúria pode levar você e o Rei do Gelo em segurança para as Terras do Verão.

O Rei do Gelo.

— Meu senhor, tem certeza de que a maldição de Asha não se estende ao Monte Ulra? — Embora eu saiba que não devo demonstrar dúvida, preciso saber. — O rei não vai virar pó se eu o levar para lá?

— Por que está tão preocupado? Eu preciso dele. Eu não pediria se não pudesse ser feito. O Monte Ulra não é a Cidade das Ruínas, e esse foi o erro de Asha. Faça o que eu digo, pequeno príncipe. Abri o caminho para você. Tudo o que deve fazer é seguir.

O ar se move mais uma vez, cada luz do fogo brilha, então a presença de meu senhor desaparece.

Depois de longos momentos, me levanto com as pernas dormentes e, no círculo ritual da lua e do sol, estudo as runas gravadas sob a Pedra de Ghent, o orbe de âmbar transparente encaixado no cabo de granito branco da Faca Divina por ninguém menos que o próprio Un Drallag.

Capture-o, disse Thamaos. Mais fácil falar do que fazer. Porém sempre gostei de um desafio.

A ideia de tal dominação me faz sorrir de tal forma que faz doer o ferimento a faca que Raina Bloodgood esculpiu em mim da têmpora ao queixo. Eu a imagino então — a bruxa. Vejo aquele rosto bonito contorcido em sua carranca familiar. Graças ao Un Drallag, não posso mais me infiltrar em sua mente e, graças às proteções da Irmandade das Terras do Leste, ela não pode me ver com seu dom da Visão.

Mesmo assim, quando entro na escuridão total que se estende sobre a vasta e brilhante cidade de Quezira, envio-lhe uma mensagem mental, desejando que ela viaje através dos muitos quilômetros de terra e mar entre nós.

— A ascensão começa agora, queridinha — prometo a ela. — E vou fazer isso doer.

2
Raina

Divisa das Terras do Norte

Floresta da Água Gélida, Estrada Invernal

O dom da Visão vem com a mais profunda intuição.

Uma vibração no meu sangue. Arrepios em minha pele. Um tremor ao vento. Ainda estou aprendendo as muitas facetas dessa habilidade, minha exploração é superficial. Mas cada uma dessas coisas está acontecendo *agora*, como se a noite trouxesse uma mensagem que não consigo ouvir.

Eu *sinto* a mensagem, porém a barreira que Alexus ergueu em torno da minha mente para manter o príncipe afastado a impede de chegar. A tentativa de invasão é tão poderosa que responde à pergunta que tem dominado nossas conversas no acampamento desde que deixamos o castelo.

— *O príncipe está tramando alguma coisa* — sinalizo para Alexus. — *Acho que ele está em movimento.*

Alexus está sentado à minha frente, um fogueira queimando entre nós em uma clareira no limiar da Estrada Invernal. A floresta e suas criaturas dormem, exceto por um lobo branco que uiva tristemente à distância, e um solitário pássaro noturno entoando uma triste canção. Apesar da ameaça de uma chuva fria e forte pairar pesadamente no ar, Joran Dulevia, um bruxo da água e arqueiro da Vila Invernal, sustenta um escudo protetor sobre nós. Ele está cansado, então não o teremos por muito tempo, mas a pausa é muito necessária.

A jornada até agora foi difícil por vários motivos, principalmente por causa das chuvas, que retardaram nosso deslocamento. Muitos do nosso grupo descansam em uma cama de agulhas de pinheiro, secando perto do calor das labaredas. Havia mais de duas dúzias de nós quando a jornada começou. Agora somos nove. Alguns desistiram logo no começo. O restante voltou ontem, cansados demais para continuar. Precisamos que a chuva dê uma trégua, para que possamos chegar ao vale e mostrar a Finn e aos outros que estamos vivos.

Então iremos para o sul. Malgros fica a três semanas de viagem de Hampstead Loch se formos rápidos e o tempo nos favorecer. Uma vez lá, uma nova batalha nos aguarda: garantir a passagem pelo Mar Maloriano e, ainda mais difícil, um caminho através das proteções mágicas que cercam a Cidade das Ruínas de Fia Drumera.

O tempo não está do nosso lado.

Minha irmã olha para mim. Afiando sua adaga, ela se senta perto de Alexus. À sua esquerda, apoiado em um cotovelo, está Joran, vindo da vila de Reede da Terra do Gelo. Callan Terzerak, um bruxo rúnico e adivinho da Cordilheira Mondulak está sentado ao meu lado, desenhando diferentes runas na terra. Hel e Rhonin estão à minha esquerda, observando as chamas dançarem enquanto dividem uma bolsa de frutos secos. Keth Rukano e Jaega Lor, guerreiros da vila de Tori da Terra do Gelo, já estão dormindo.

— *Você o viu?* — Alexus sinaliza. — *O príncipe?*

Nego com a cabeça e jogo fora a água do meu prato de adivinhação, liberando os últimos tentáculos carmesim de uma visão que não iria se formar. Já tinha visto Finn e os outros sobreviventes perambulando pelas aldeias incendiadas, enterrando os mortos e salvando o que encontravam. Nos últimos nove dias também vira Vexx cavalgando para o sul e Colden jogado em uma masmorra.

Mas o príncipe? Ele é tão impossível de encontrar quanto uma partícula de luz de estrela nesta floresta escura à meia-noite. Tudo o que vejo quando o procuro é uma névoa vermelha cheia de dezenas de runas flutuantes ligadas por fios mágicos, runas que desenhei para Callan, runas que dizem ser para proteção, invisibilidade e bênção. Ainda assim, embora eu não possa vê-lo, tenho certeza de que seus planos estão se concretizando.

Um pedaço de madeira se move no fogo, lançando faíscas. Eu me encolho com o calor que passa pelo meu rosto. Nosso fogo noturno às vezes parece mais um tormento do que um meio de sobrevivência, apenas outro portal para lembranças dolorosas e pesadelos.

Tenho lutado desde que cruzamos os destroços do acampamento do príncipe. Uma lufada do cheiro de morte remanescente na madeira, e todas as lembranças reprimidas ressurgiram, nítidas e violentas. Revivo tudo com muita frequência. O fogo, a morte, o medo. Até os portões do Mundo das Sombras me atormentam com a promessa de uma prisão eterna.

Ainda consigo ver todas as almas que ali esperam, seus olhares fixos em mim quando o príncipe me arrastou para lá. Duvido que algum dia deixarei de ouvir as vozes sibilantes.

Guardiã.

Vidente.

Curadora.

Ressuscitadora.

Assassina.

Bruxa.

Mas elas se enganaram em relação a uma dessas condições. Não sou ressuscitadora.

Sou invadida por uma sensação de conforto que flui pelo vínculo, aquecendo a runa acima do meu seio esquerdo. Quando olho para cima, a preocupação de Alexus se infiltra em mim, quente e segura. Ele é tão habilidoso com o vínculo, como se já tivesse passado por isso antes. Pode ser um estudioso da magia, mas se sou a primeira que ele marca, como isso pode ser tão simples para ele?

Para mim, existe uma distância intransponível entre nós quando se trata da runa. Quando Alexus se aproxima, eu sinto completamente. Mas, quando tento alcançá-lo, descubro que estou à beira de um precipício, pairando sobre um vazio convidativo. Callan diz que o abismo é medo manifestado, preocupação ou algum obstáculo que minha mente conjurou. Um que não consigo vencer.

Meus pensamentos se dispersam porque Joran está me observando. O cinza de seus olhos quase se confunde com o tom de sua pele acinzentada, e o anel de prata ao redor de sua íris brilha.

Ele arrasta a mão de nós largos por seu longo cabelo prateado e aponta para mim e Alexus, o braço descansando em seu joelho dobrado.

— Sempre tão reservados, vocês dois. Por que não compartilham? É rude ter conversas abertas que a maioria de nós não consegue entender.

— Talvez você devesse aprender a língua de Raina como todos nós — Callan diz, limpando a névoa acumulada de seu couro cabeludo bronzeado. Metade da cabeça de Callan é raspada e marcada com runas, a outra metade é coberta de cabelo preto e prata, trançado rente ao crânio como o de Nephele.

— Não é fácil, Joran — acrescenta Rhonin —, mas se *nós* conseguimos aprender, você também consegue.

Um pequeno sorriso se forma em meu rosto. Não conheço Rhonin ou Callan há muito tempo, mas ambos já têm um cantinho reservado em meu coração.

Joran bufa, como se a ideia de aprender a se comunicar comigo fosse ridícula.

— É possível que seja um esforço desperdiçado. — Hel enfia um fruto seco na boca. — De acordo com Nephele, Alexus ficou fluente em questão de semanas. Você provavelmente levaria eras.

— Boa tentativa — responde Joran. — Mas não me ofendo tão fácil. Embora eu ache vergonhoso um feiticeiro imortal não ter nada melhor para fazer do que aprender uma língua de sinais raramente usada para falar com uma garota bonita.

Alexus mira seu foco de pedra em mim. A irritação em seu olhar brilha, sua impaciência com o Habitante da Terra do Gelo aumentando visivelmente. Alexus é nosso líder, um feiticeiro proeminente com uma fraqueza quando se trata de poder aprendido.

A magia da água o frustra sempre.

Joran é um arqueiro impressionante e domina a água; então sabe de sua importância para o nosso grupo. Ele não foi de grande ajuda sob a chuva implacável por causa da exaustão depois de tantas horas de viagem, mas pode ser crucial para nos ajudar a atravessar com segurança o Mar Maloriano e as províncias desérticas de Ske-Trana, ao sul da principal cidade portuária das Terras do Verão. Itunnan. Por essas razões, ele tem pouco medo de ser expulso.

Um músculo se contrai na mandíbula de Alexus.

— Raina só disse que o príncipe está tramando alguma coisa.

Seus dedos buscam a velha chave pendurada em seu pescoço como um pingente. *Uma lembrança de muito tempo atrás*, ele me disse logo depois que deixamos a Vila Invernal. *Um talismã.* Para quê, ele não consegue se lembrar.

— Tramando alguma coisa? — Joran ri sem humor. — Dedução genial de nossa brilhante Vidente.

Um rosnado ressoa da garganta de Alexus. Joran está perigosamente ao alcance do Coletor de Bruxos, e minha irmã é a única barreira. E isso não é bom. Ela arrasta uma pequena pedra de amolar na ponta de sua adaga e lança um olhar penetrante para Joran antes de retornar ao trabalho. Ela e Joran estão sempre brigando, então fico surpresa por ela segurar a língua, embora também fique agradecida.

Outra complicação é que alguns membros do nosso grupo, principalmente Joran, não gostaram muito de saber que Alexus soltara a alma de um deus vingativo em sua terra natal.

Por mim.

É por isso que me sento em frente a Alexus e não ao seu lado. Por isso me esgueiro para a barraca dele só depois que todos vão dormir. Por isso mantemos nossas mãos para nós mesmos até estarmos sozinhos. A última coisa de que precisamos nesta jornada é mais atrito, mas a proximidade constante está começando a irritar a todos.

Nossa única salvação é que Neri não está na Vila Invernal. Mas ele e seus lobos *nos* seguem, apesar de seu acordo com Alexus ter sido cumprido.

Os lobos mantêm uma distância segura, e Neri assumiu a forma de um curioso vento frio em nossas costas. Não sabemos o que ele quer ou se vai se revelar. Acho que há uma razão pela qual ele nos segue tão de perto, e que sua aparição *virá*. Como a maioria das coisas terríveis, é apenas questão de tempo.

Ao lado direito de Alexus, Helena estende a mão para Rhonin. Uma longa trança vermelha desliza sobre o ombro dele enquanto oferece a ela o pacote de frutos secos. Com um golpe forte, Hel joga uma noz direto no peito de Joran. Não tenho dúvidas de que minha amiga estava mirando no rosto do Habitante da Terra do Gelo.

Como eu gostaria que ela tivesse acertado o alvo.

Joran passa a mão na frente de seu suéter.

— Você é sempre uma criança tão atroz?

Hel arqueia uma sobrancelha desafiadora.

— Você é sempre um idiota tão atroz?

— Só quando ele está respirando — diz Nephele.

O sorriso de Joran fica presunçoso.

— Você amava minha respiração. Pesada e no seu ouvido a noite toda.

Nephele vira a cabeça rapidamente. Os olhos de todos se arregalam, inclusive os meus, enquanto a repulsa e a descrença apertam o rosto da minha irmã. Deuses. Todos nós sentimos a tensão entre ela e Joran, retesada e pronta para explodir. Mas até aquele momento, nem *eu* sabia por que existia aquela tensão. Um lembrete de que ainda preciso aprender muito sobre minha irmã.

A voz de Alexus é tão profunda quanto o trovão baixo a oeste.

— Pare de falar, Joran. Se quiser continuar podendo falar.

O Habitante da Terra do Gelo apenas abre um sorriso insuportável, levanta-se, pega uma lanterna e começa a se retirar.

Justamente quando penso que estamos livres, ele se vira de volta.

— Sabe, quando eu era menino, havia uma vidente em nossa aldeia. Uma mulher que morou perto da borda das planícies da Terra do Gelo por alguns anos antes de deixar Tiressia completamente. Os aldeões diziam que ela descendia dos filhos de Loria, os primeiros Bruxos Caminhantes. Aqueles que, segundo contavam, deslocavam-se entre os reinos de Tiressia e Eridan. Os primeiros praticantes de magia vasta. Nascidos da vontade de Loria, e não de seu ventre. Nascidos de um deus, mas ainda mortal. Ela era uma criatura rara entre um deus e uma bruxa. As pessoas arriscavam tudo para cruzar as planícies para vê-la.

Alexus lança um olhar penetrante para o Habitante da Terra do Gelo, como se algo que Joran disse tivesse acordado uma lembrança.

— Meu pai jurava que a mulher conseguia romper qualquer barreira mental destinada a mantê-la de fora, não importava a distância. Que ela via muito mais do que o momento presente. Na verdade, ela sabia ver o passado de uma pessoa e podia até vislumbrar seu futuro. — Ele estreita os olhos. — Você ouviu isso? *A porra do futuro deles.*

Sinto que sei onde ele quer chegar com isso e, embora uma parte de mim queira mandá-lo se foder, outra parte está intrigada demais para não prestar atenção.

Joran lança um olhar para cada rosto.

— Todos concordamos que o príncipe está atacando por um motivo. Também concordamos que ele é muito inteligente para colocar toda a esperança no fato de que Fia Drumera se renderá ao ver seu antigo amante mantido em cativeiro no rio Jade. Usar Colden Moeshka como resgate pode até iniciar uma guerra maior, esse sempre foi o medo. Mas o rei é apenas uma distração. O Príncipe do Leste está neste jogo com as Terras do Verão há três décadas. Ele precisava de uma nova tática. As armas perfeitas para seu arsenal. Ele tem *duas.*

Duas. Por minha causa. Colden e a Faca Divina.

— Mas isso não é uma aposta certeira para a ressurreição que ele espera realizar — diz Joran. — Ele ainda precisa do terceiro elemento que garantirá sua capacidade de romper as proteções da Rainha do Fogo e alcançar o Bosque dos Deuses. — Joran aponta a lanterna em minha direção. A luz quente sombreia as linhas duras de sua testa pesada. — Infelizmente para nós, assim como no vale, *você* é a única que pode ver o que é essa arma, Bloodgood. Se o príncipe está "*tramando alguma coisa*", descubra. Você não pode mudar o passado, mas tem o poder de mudar o futuro. Não estrague as coisas desta vez, a menos que queira conviver com ainda mais mortes em suas mãos.

As palavras de Joran despertam meu temperamento. O *eu* de um mês atrás iria para cima dele por essas últimas observações. Mas, em vez disso, meu espírito se retrai, mesmo quando minha runa se aquece com um calor intenso.

O poder ressoa pelo acampamento, seguido por um vento elétrico que farfalha nos galhos acima de nossas cabeças, enchendo o dossel frondoso de uma energia azul e crepitante que formiga minha pele.

A magia de Alexus.

Mais rápido do que posso piscar, ele está de pé, segurando duas adagas de luz cobalto nos punhos fechados, e encarando o Habitante da Terra do Gelo.

O poder de Alexus desperta mais a cada dia. Como o resto de nós, ele vê alguns fios por instinto e aprendeu a manipular outros. Mas também pode convocar energia, absorvê-la e concentrá-la de várias maneiras. Ele até *me* ensinou, com a lâmina de luz que usei para entrar na Floresta da Água Gélida, a mesma magia que salvou minha vida contra um Habitante do Leste na Estrada Invernal. Era uma forma menor do mesmo tipo de poder que Alexus utilizou para matar os homens perto da ravina. Não consigo imaginar tudo o que ele será capaz de fazer quando estiver totalmente restabelecido.

Em resposta às adagas de Alexus, Joran ergue os braços pelas laterais do corpo e uma dúzia de flechas prateadas se materializam ao seu redor, formadas pela água que satura a floresta, todas as pontas mirando Alexus.

Todos nós — exceto minha irmã — estamos prontos para nos levantar, embora seja questionável que haja algo que possamos fazer se feiticeiro e bruxo se enfrentarem.

De repente, centenas de videiras brilhantes deslizam da madeira molhada, entrelaçando-se e formando rapidamente uma parede entre Alexus e Joran. Olho para minha irmã, sentindo sua magia vibrante no ar. Ela não levanta os olhos para ver sua obra. Apenas sorri e continua afiando sua lâmina.

Joran solta uma risada arrogante e balança os pulsos. Suas flechas de água lançam-se para a frente, apunhalando o bloqueio vivo antes de cair no chão.

Tudo o que ele diz enquanto se afasta sabiamente é:

— Vadia intrometida. Você vai se arrepender disso.

Nephele sorri.

— Eu não apostaria nisso.

Em retaliação, Joran desfaz o escudo e uma garoa gelada começa a cair. Nephele xinga quando suas videiras recuam e todos vão para seus abrigos.

Eu vou para o de Alexus. Ainda arrepiado, ele observa o Habitante da Terra do Gelo entrar em sua barraca nos limites do acampamento. Quando toco seu ombro, ele se vira. Suas adagas se transformam em faíscas azuis e depois nada.

Estamos sozinhos, então ele pega minha mão e me beija, o gosto da chuva e da magia doce em seus lábios.

— Ignore Joran — ele diz, como se visse o jugo de responsabilidade que já sinto em volta de meu pescoço. — Ele queria te irritar. Não deixe que consiga. — Ele exala uma respiração profunda e enxuga a chuva do rosto. — Já permiti que ele tivesse sucesso suficiente por nós dois.

Mas não posso ignorá-lo. Porque Joran estava certo. Eu já tinha falhado com meu povo em outra ocasião.

E não vou falhar com eles novamente.

3
Príncipe Sem Nome

Somente ao amanhecer consigo retornar ao Salão de Rituais e me forçar a me alimentar.

Às vezes detesto essa coisa que sou, mas me sinto melhor agora. Mais forte. A cura completa exigirá ainda mais alimentação, mas minhas feridas já estão cicatrizando, o corte em meu rosto formigando, as queimaduras sarando.

Assim que finalizo, saio e percorro os claustros. O ar está parado e frio, o sol nascendo enquanto caminho em direção ao lado oeste do quadrilátero.

O Salão de Rituais, anteriormente a sala do trono de Thamaos, fica no lado leste do terreno, um dos dez salões que cercam o pátio e o jardim meditativo. O lado norte abriga os dormitórios e as áreas de convivência da Irmandade, enquanto o extremo sul abriga as salas de reunião, jantar e artesanato, ainda vazias e silenciosas a esta hora.

No lado oeste está a Tríade — três edifícios que marcam as áreas públicas. O salão de adoração e a grande biblioteca, encimados por cúpulas douradas, e o observatório central — a glória suprema do templo —, abobadado em painéis de vidro temperado mágico.

Quando entro na ampla extensão do observatório central, o capitão da minha Guarda Real, Thresh, desliza pela entrada principal, onde as duas sentinelas da noite esperam que a guarda diurna assuma seu turno.

Thresh caminha em minha direção pelo chão polido. Vestido com couro cor de bronze e botas de cano alto, ele para do lado de fora das enormes portas de madeira da biblioteca, onde assume uma postura severa. Suas pernas estão bem afastadas, as mãos firmemente cruzadas atrás das costas, os ombros largos e o queixo forte erguido.

As duas tochas penduradas nas colunas que marcam a entrada da biblioteca, assim como a primeira luz da manhã filtrada através da cúpula de observação, iluminam o corredor. A luz do fogo reflete no aço da couraça de Thresh e no punho polido de sua espada. Ainda brilha nas mechas de seu cabelo loiro curto, grosso, domado e dourado como sua pele, exceto por uma mecha rebelde mais escura que cai sobre seus olhos castanhos quando ele olha em minha direção.

Enquanto diminuo a distância entre nós, meu olhar passa do meu capitão para as portas da biblioteca. Do nada, uma pontada aguda atinge meu peito e minha garganta queima, do jeito que uma garganta queima para liberar um grito. Um grito que uiva nos recessos da minha mente, abafando as pesadas gotas de chuva que atingem o vidro escuro acima.

Surpreso, faço uma pausa. Olho para o alto. Acabei de vir de fora. Não há nada no céu além de algumas nuvens fofas e a promessa de um dia frio e ensolarado. No entanto, sinto uma necessidade inexplicável de limpar a água imaginária que escorre do meu cabelo para os olhos. De correr para a biblioteca, um grito ecoando em meus pulmões. O impulso é tão forte que preciso de tudo de mim para não passar por meu capitão e abrir aquelas portas.

Em busca de quê, não sei.

Tão rápido quanto o sentimento chega, ele passa. Perplexo, engulo o aperto na garganta e continuo andando, embora um pouco instável. Thresh fixa o olhar no meu por um longo momento, a coluna rígida como a corda de um arco. Posso ver a pergunta que queima dentro dele.

Quem fez isto com você?

Dou os últimos passos que nos separam enquanto ele desvia os olhos de mim, olhando diretamente para a entrada do salão de adoração. Isso é apropriado para o capitão da minha guarda quando está diante de seu príncipe e de seus homens, mas sinto que ele trava uma luta interna quando vejo sua garganta se mover, engolindo em seco. Seu desconforto ao olhar para mim neste estado ferido e murcho.

— Não imaginava que você voltaria da costa tão cedo.

Thresh mantém a voz baixa, sussurrada e firme.

— Recebi a notícia de que você voltou com Colden Moeshka e a Faca Divina. Deve haver muito o que fazer. Com Vexx nas Terras do Norte e Garujo... *desaparecido*... eu queria estar aqui para te receber.

Desaparecido. Como se fosse tão simples. Como se eu não tivesse matado meu amigo mais antigo.

— Estou feliz que você veio — digo a ele, concentrando-me no assunto em questão. — Preciso que pegue mais um criminoso na prisão e o leve para os meus aposentos.

O pensamento atormenta minha mente. Thresh vai matá-lo para mim antes mesmo de levá-lo à minha porta. Tudo o que terei que fazer é inalar sua alma.

Um mal-estar toma conta de mim, e me repreendo mentalmente por tal reação. *Coma ou continue ferido e fraco. Coma ou morra. A escolha não é difícil.*

Thresh vira a cabeça, olhando para mim por baixo dos cílios escuros.

— Mais *um*? Dada a sua condição, meu príncipe? — Ele me estuda em busca de alguma correção.

Ele tem razão. Por mais que eu não queira que tenha.

— Então traga três. Temos uma viagem para Un Moritra nos próximos dias. Preciso me curar mais rápido. Três devem resolver o problema.

— Claro, Alteza. Algo mais?

— Sim. Envie Gavril e Crux para Malgros com uma mensagem. Alexi de Ghent e Raina Bloodgood provavelmente estão indo para lá. Quero que os encontrem, capturem e os tragam para cá. Imediatamente. Eles compartilham um vínculo rúnico, então podem oferecer resistência. Mas eu os quero sob meu controle. O quanto antes.

Ele assente.

— Irei ao aviário imediatamente para ver Crux, Vossa Alteza.

Ele deve estar pronto para voar novamente.

— Certifique-se de que ele informe a Vexx que quero nossos inimigos vivos. Se o general sentir a necessidade de se vingar, pode punir Raina Bloodgood antes de chegarem. Desde que deixe um pouco para mim. Mas Alexi de Ghent não deve ser ferido. Não mais do que o necessário.

Meu capitão inclina a cabeça.

— Sim, meu príncipe. Considere isso feito.

Thresh aguarda que eu o dispense. Faço um aceno com a mão, e ele se vira e caminha em direção à entrada principal e suas sentinelas, obediente como sempre.

Quando ele se vai, minha atenção novamente se volta para aquela maldita biblioteca. Ainda ouço uma poderosa canção de chuva dançando no domo, chocalhando como um fantasma raivoso no fundo da minha mente, perseguido por sussurros.

Apresse-se. Devemos nos apressar.

Irritado com essa lembrança incessante e vaga, eu me viro em direção às portas que guardam a história e a tradição dos Territórios das Terras do Leste. Não tenho certeza do que está acontecendo. Por que a biblioteca pela qual já passei mil vezes me chama agora? Mas sou compelido a olhar para dentro.

Os arquivistas, bibliotecários e escribas que administram a biblioteca ainda não chegaram, então tiro a chave mestra da minha túnica e destranco a porta. As dobradiças rangem quando empurro a porta pesada e entro.

Apenas as primeiras vinte fileiras de prateleiras de cada lado do corredor principal podem ser acessadas pelo público. Tudo o mais está atrás de uma parede de treliça dourada e uma porta trancada, tesouros históricos protegidos e disponíveis apenas para um grupo seleto: arquivistas, bibliotecários, escribas, estudiosos, a Irmandade e eu.

Para proteger ainda mais as obras raras alojadas dentro da sala, há pouca luz no ambiente, exceto pelos primeiros raios de sol que entram pelas minúsculas janelas quadradas no andar superior, logo abaixo da cúpula dourada. A iluminação nebulosa empresta certa melancolia à escadaria sinuosa e às prateleiras empoeiradas repletas de tomos e pergaminhos ocultos.

Mas essa imagem muda. A parede dourada desaparece e a luz muda para o prateado do luar, como se o que eu vira antes fosse uma miragem. Aparecem velas acesas e lamparinas. Mesas de trabalho abarrotadas de livros e pergaminhos abertos. Uma mesa principal cheia de manuscritos, pergaminhos, potes de tinta e penas.

Mais uma vez, sinto a necessidade de chamar alguém que não está presente. Desvio o olhar para o topo da escada sinuosa e encontro nada além de escuridão e o estrondo de uma tempestade ameaçadora lá fora.

Mas juro por minha alma que sinto cheiro e gosto de fumaça e luz das estrelas.

— Meu príncipe, está tudo bem?

Com um suor frio brotando em minha testa, agarro a borda da porta oposta, ofegante, me firmando enquanto a cena entra em foco, girando de volta à manhã no aqui e agora. Um dos arquivistas está diante de mim em seu manto marrom. Ele mantém as mãos juntas, pressionadas, a expressão preocupada nítida em sua testa enrugada. Engulo em seco, meu sangue em chamas pelo reconhecimento e o desespero mais doloroso, minha mente assombrada pela sombra de mais uma memória perdida.

— Não — digo a ele enquanto me viro para ir embora. — Apenas me lembrando.

4
Raina

As chuvas são implacáveis por mais dois dias antes que as torrentes cessem.

No terceiro dia o sol aparece, filtrando-se por entre as árvores, e naquela tarde a mais bela neblina cor-de-rosa desce sobre a floresta.

Ao anoitecer montamos nossas barracas como de costume, em camas grossas de agulhas de pinheiro cobertas com couro para evitar a umidade. Ainda não choveu novamente, o que nos dá tempo para nos limpar e nos lavar na água da chuva morna, comer ao ar livre e secar perto do fogo sem o escudo de Joran.

Apenas Alexus não se junta a nós.

Depois de verificar as águas pela terceira vez no mesmo dia, vou para a barraca dele. Quando ninguém está olhando, eu entro. Ele está sentado em uma cama de peliça, encostado em sua bolsa, vestido apenas com a calça de couro e a velha chave pendurada no pescoço, escrevendo à luz da lanterna em um livro apoiado nos joelhos dobrados.

Esgueirar-se de barraca em barraca em um aguaceiro frio não é sábio, então dormi com Nephele e Hel nas últimas duas noites. Alexus diz que não tem problema porque ele não dorme bem quando chove. E nas noites em que me juntei a ele, foi assim que o encontrei, transferindo o conteúdo de um livro para outro.

O exemplar do qual ele copia é um diário antigo. Está aberto ao meio em um grande pedaço de lã ao seu lado. É arcaico, as páginas quebradiças, o envoltório de couro em pedaços. Eu o estudei uma noite, com muito cuidado, tentando decifrar o desenho há muito desbotado na capa.

O livro em que escreve, porém, é novo. Reconheci o desenho da lua e do sol e a pedra Olho de Tigre afixada na capa quando ele o retirou de sua bolsa na primeira noite de nossa viagem. É o livro que peguei da mesa dele na Vila Invernal. *Apenas provérbios e previsões*, ele sempre diz. A tarefa mantém sua mente ocupada. Mas pelo cuidado que ele dá a essas páginas, tenho a sensação de que o antigo diário contém mais do que isso.

Movimento os olhos para baixo, sobre os músculos largos de seu peito coberto de runas, para baixo no plano ondulado de seu abdômen, para onde sua calça está desamarrada e parcialmente aberta, revelando uma trilha escura de pelos que é mais atraente do que deveria ser.

— *Gostaria de dar um passeio?* — sinalizo.

Na verdade, depois de vê-lo desse jeito, um passeio noturno casual é a última coisa que quero. Mas tenho perguntas que não podem mais esperar.

Com um sorriso fácil, ele deixa o livro de lado, pega sua túnica e sinaliza:

— *Adoraria.*

Seguimos para o sul na Estrada Invernal, de mãos dadas, até que o acampamento fique fora de vista. A estrada de cascalho está lisa e crivada de poças e alguns sulcos, mas o sol do dia felizmente a tornou tolerável. Raramente ficamos sozinhos, exceto à noite. Mas esta noite não há ninguém para nos incomodar, nem mesmo o vento frio de Neri.

Alexus bate o ombro no meu.

— Seu glamour está indo bem. Estou orgulhoso de você.

Olho para minha mão, para minha pele sem marcas. Alexus e Nephele ensinaram Hel e eu a usar glamour sempre que possível. Quando nos sentávamos ao redor do fogo, quando cavalgávamos lado a lado, e para mim, em muitas das noites em que eu ia à tenda de Alexus. O glamour nos manterá em segurança quando estivermos em Malgros e outros lugares, mantendo as suspeitas afastadas enquanto tentamos passar e entrar em Itunnan.

Prefiro as noites em que Alexus me dá aulas. Muitas vezes acabamos nus, Alexus traçando cada linha das minhas marcas de bruxa com a boca e as pontas dos dedos.

— *Tenho um bom professor* — sinalizo com um sorriso.

Antes de começar o interrogatório, decido relaxar, para variar. Para sentir algo normal com Alexus. Sem precisar sobreviver. Sem aprender magia. Sem discutir com os outros. Apenas nós dois e um momento comum na floresta. Eu me senti assim quando estávamos perto da ravina na construção, a dor de estar com este homem apesar de tudo o que passamos. Tudo o que *ainda* estamos passando. O conceito de uma vida pacífica parece um sonho impossível quando você vive no caos. Mas esses vislumbres me lembram por que a paz é algo pelo qual vale a pena lutar.

Caminhamos por vários minutos em terno silêncio, curtindo a companhia um do outro e a luz rosada que escorre pela floresta. As bochechas de Alexus estão tingidas de cor-de-rosa por causa do frio, seus longos cabelos soltos, olhos verdes brilhantes sob a luz. Ele parece contente. Às vezes não consigo imaginar como consegue ficar tão calmo, sabendo que sua vida está ligada à de Colden. Ele nunca parece preocupado em saber que pode deixar de existir a qualquer momento, enquanto esse conhecimento me dá nos nervos. Se eu não pudesse ver Colden nas águas e saber que ele está seguro, eu estaria um desastre.

Quando chegamos a uma curva na estrada, Alexus faz uma pausa e olha ao redor, se orientando.

— Meu abrigo de caça não fica longe daqui — ele diz, como se tivesse estado tão absorto na tranquilidade que só naquele momento entende onde estamos. — Talvez um dia de cavalgada. E, se continuarmos andando, há uma clareira logo à frente. Aposto que logo poderemos ver as estrelas.

— *Você conhece esta floresta tão bem* — sinalizo, uma mulher que não tinha pisado em sua sombra até a última lua cheia.

— Sim. Quer saber por quê?

Quando assinto — porque é claro, estou assentindo —, ele continua:

— Quando menino, meu pai me levou pelas Terras do Norte até as planícies da Terra do Gelo para ver uma velha bruxa da água na esperança de que minha falta de habilidade pudesse ser corrigida. — Ele sorri com a lembrança e olha para mim com o canto do olho. — Não podia. Mas eu já gostava do vale naquela época. Mais tarde, quando fugi do Leste, senti que as Terras do Norte eram onde eu precisava estar, especialmente perto desta floresta. Conheci cada centímetro, o que deixaria meu pai orgulhoso. Passamos muito tempo aqui nessa viagem. Alguns dos últimos dias que tive com ele. Foi bom para nós.

Meus dedos ficam tensos em torno de uma resposta. Quero saber mais, mas percebo a dor em suas palavras e não quero me intrometer em partes angustiantes de sua vida. Então, em vez disso, falo:

— *Também sinto falta do meu pai. Às vezes imagino como seria se nos encontrássemos novamente. Que conversas teríamos. Eu era muito egocêntrica para perceber o presente que ele era. Percebo agora, no entanto.*

— A juventude nos faz todos bobos — diz Alexus enquanto desviamos de uma poça antes de voltarmos. — Gostaria que o tempo fosse mais gentil. Mesmo quando você tem a eternidade, não há segundas chances suficientes.

— *Seu pai te ensinou magia?* — sinalizo. — *É por isso que você é tão bom em tudo? Incluindo o uso do vínculo?*

Ele inclina um olhar para mim, os olhos estreitados.

— É isso que está te incomodando? Senti algo errado.

Odeio estragar a tranquilidade do nosso tempo juntos, mas respondo honestamente.

— *O vínculo é uma coisa tão simples para você e tão impossível para mim. Como, se sou a única pessoa que você marcou?*

Alexus faz uma pausa e nos encaramos.

— Eu nunca reivindiquei ninguém além de você. Mas uma pessoa já me reivindicou. Meu primeiro amor. Os primeiros amores são poderosos. E dolorosos.

E eu não sei? Toda vez que vejo Finn nas águas fico mal, pensando no momento em que ficaremos cara a cara. Ainda não sei como vou mentir para o homem com quem um dia acreditei que envelheceria. Como vou convencê-lo de que só vou ficar com Alexus e seu grupo por causa de uma nova necessidade de vingança contra o Príncipe do Leste. A outra escolha é contar a verdade, dizer que a garota que ele amava agora é a mulher que dorme com o Coletor de Bruxos.

Toda vez que ela pode.

Embora eu perceba sua relutância, Alexus levanta o pulso e arregaça o punho da camisa. As runas que o ligam à Faca Divina cobrem seu forte antebraço. Mas não são as runas que ele aponta. É uma cicatriz do tamanho de uma moeda que fica sobre o pulso. Uma cicatriz que eu havia notado, mas sobre a qual não perguntara. Quando alguém carrega tantas cicatrizes quanto Alexus, parece errado fazê-lo se lembrar da história de cada uma.

— Tínhamos dezesseis anos — conta ele. — Mantivemos tudo em segredo, por várias razões. Mas o pai dela descobriu.

Deuses. Eu pego seu pulso e estudo a cicatriz áspera, as bordas irregulares. Solto e olho para ele.

— *Você reverteu a runa?*

— Não. Foi o pai dela. Ele queria que nos concentrássemos no desenvolvimento de nossos talentos, não um no outro. Ele nos levou ao templo, onde cortou as runas de nossa carne e queimou a pele em fogo sagrado. Seu feiticeiro entoou a canção necessária enquanto nos ajoelhamos, chorando. Sangrando. Sentindo cada conexão entre nós romper como cordas sob muito peso. Até desmaiarmos.

Pressiono seu pulso na minha boca para um beijo suave, meu coração partido por um jovem que eu não conheci.

— *Sinto muito* — sinalizo. — *Isso parece insuportável.*

Alexus me ofereceu a chance de reverter a runa na Vila Invernal. Desde então ele já me lembrou duas vezes de que é uma opção possível, ambas quando tentei alcançá-lo e me vi enfrentando uma escuridão que poderia me engolir por completo. Perder essa conexão com ele seria pior do que enfrentar meu medo. Eu só preciso aprender a navegar no vínculo. Conquistar o abismo que existe entre nós quando fecho os olhos.

Ele gesticula para que continuemos andando.

— Foi praticamente insuportável — diz ele. — Como se meu coração estivesse sendo arrancado do peito. O pai dela era um mestre em crueldade. Mesmo quando se tratava da filha.

Não consigo imaginar como pode ser esse tipo de dor. Que medo a garota deve ter sentido por um homem que deveria ser um protetor.

— Depois — continua Alexus —, ficamos distantes por alguns anos. Nós nos lembrávamos de nosso tempo juntos e até mesmo do ritual de reversão. Mas toda emoção que nos ligava a essas memórias deixou de existir. Era como um sonho febril. Como se nada daquele tempo tivesse sido real. O pai dela agia como se não tivesse sido. Mesmo assim, ele nos mantinha separados, mas às vezes nos víamos de passagem no templo, na escola ou mesmo durante o treinamento e nos perguntávamos.

— *Tenho certeza de que foi desconfortável* — sinalizo. Dois adolescentes que se apaixonaram? Lembrando de coisas sobre o outro? Provavelmente coisas bastante *físicas*? Acreditando que era imaginação?

Ele dá de ombros.

— Era. Um simples olhar fixo continha tanta curiosidade, mas apenas continuamos em frente. No entanto… — Ele levanta um dedo, um sorriso gentil em seu rosto. — A curiosidade acabou levando a melhor e nos tornamos melhores amigos. Juntamos nossas lembranças e descobrimos o que o pai dela havia feito. O que ele havia roubado. Mas éramos mais velhos. O fogo do primeiro amor havia se extinguido. As lealdades certamente haviam mudado. Eu me tornei uma alma sombria; ela, uma mulher vingativa. Sermos amigos parecia um caminho melhor.

Inesperadamente, ele pega minha mão e nos para antes de me virar para encará-lo. Eu me deleito com sua proximidade, de repente envolvida em seu calor. Por causa de sua reconexão com a energia, sua magia aquece cada centímetro de seu corpo, o que torna as noites frias um conforto.

Ele bate na ponta do meu nariz.

— Olhe para cima.

Eu obedeço e, por fim, depois de tantas noites isolados em tendas ou encolhidos sob o denso dossel da floresta, vejo um céu crepuscular ainda iluminado nas bordas com o brilho do sol, preenchido com as primeiras estrelas da noite. Eu as estudo, observando como algumas brilham mais forte, lembrando-me de todas as noites em que Nephele e eu nos deitamos na grama e traçamos constelações.

Quando encontro o olhar de Alexus novamente, meus olhos arregalados, meus lábios curvados em um sorriso, ele pega meu queixo e se aproxima. Onde antes a noite estava cheia de estrelas brilhantes e escuridão caindo, agora está cheia dele.

— Você gosta das estrelas? — Ele me beija, sua boca quente e exuberante. — Eu posso te dar estrelas — ele sussurra.

A promessa naquela voz aveludada flui sobre mim, fazendo-me esquecer por que vim aqui com ele. *Para perguntar sobre o vínculo e como romper a barreira ao redor do príncipe, Raina.* Mas, no momento que esse pensamento entra em minha mente ele desaparece, porque, para minha surpresa, centenas de minúsculas esferas douradas flutuam da floresta, como a luz das estrelas caídas. Eu pulo e suspiro, pressionando as mãos nas bochechas, mas não demora muito para reconhecer o familiar formigamento no ar.

Alexus sorri e aponta o queixo para as esferas. Elas se aproximam como um enxame de vaga-lumes, cada uma hipnotizando enquanto paira e pisca, nos iluminando e à estrada. O rico almíscar da magia de Alexus satura a noite como se estivéssemos em um campo de cervos e flores silvestres, seu sabor doce derramando-se sobre minha língua como mel. Cativada, encaro as esferas com pura admiração.

— São apenas energia — diz ele. — Também são apenas o começo do que posso fazer.

Segurando meu olhar, ele desliza o lado esquerdo do meu manto sobre meu ombro e puxa um dos cordões que amarram a gola da minha túnica de lã. O nó se desfaz e a gola da minha camisa se abre.

Alexus puxa o tecido para o lado, revelando minha runa e o volume do meu seio. Meus mamilos endurecem quando ele baixa a cabeça escura e beija a runa, arrastando a língua sobre a marca. Fecho os olhos e suspiro. Não entendo por que um beijo na runa é tão bom, mas me dá um arrepio.

Alexus levanta a cabeça e diz:

— Você me trouxe aqui para perguntar sobre o vínculo e quebrar a barreira do príncipe, não é?

Completamente pega de surpresa, pisco, tentando limpar a névoa de luxúria que paira sobre mim e fazer a cara mais inocente de que sou capaz.

A lateral de sua boca se curva em um sorriso torto, e aquela covinha volta.

— Desmantelar a proteção ao redor do príncipe não exigirá apenas a habilidade de ler runas, mas também a de reorganizar essas runas para criar uma abertura. Fazer isso através da Visão, a milhares de quilômetros de distância, será a magia mais complexa em que você já trabalhou. Exigirá uma concentração intensa. Sua atenção não poderá ser facilmente desviada.
— Estou tentando ouvir. Tentando muito. Mas ele se abaixa novamente, arrastando a boca abaixo da runa, e gentilmente morde meu peito, fazendo meus joelhos cederem um pouco. — Você terá que manter duas magias ao mesmo tempo — continua, envolvendo o braço na minha cintura, sua voz quente contra minha pele enquanto ele arrasta os lábios em minha orelha. — O equilíbrio é bastante difícil.

Bastante difícil, com certeza. Não estou conseguindo nem *pensar* neste momento. O que, rapidamente percebo, era exatamente o ponto dele.

Alexus se afasta, revelando meu peito nu, que agora está sem glamour, coberto pelas marcas luminescentes de bruxa. Ouro brilhante para magia de vida, escarlate brilhante para magia de cura, prata gelada para magia comum, violeta profundo para Visão e a ocasional sombra quente e ocre para magia de fogo. Estremeço quando ele passa a ponta do dedo para cima e para baixo em um floreio que gira entre meus seios. Juro que ele deixa um rastro de magia na minha pele.

— Não importa o quão difícil seja, tenho a sensação de que você será persistente no aprendizado — diz ele. — E acho que isso pode ser feito. Portanto, suponho que posso ensiná-la.

As noites em que ele me ensinou a usar glamour passam pela minha mente, e a resposta explode em minhas mãos.

— *Podemos começar agora?*

Ele ri, e o som é baixo, suave e sensual na noite.

— Você é uma bruxinha absolutamente perversa. Gostaria de não amar isso em você tanto quanto amo.

Sorrio, mais radiante do que nunca, e antes que eu perceba, estamos voltando para o acampamento de mãos dadas, pulando sobre poças e rindo, enquanto as pequenas estrelas se aglomeram ao nosso redor, iluminando o caminho.

Infelizmente, não sobrou nenhum tônico anticoncepcional no boticário destruído da Vila Invernal, e a dose que tomei na noite anterior ao jantar da colheita não vai durar muito mais. Mas ainda é seguro ficar com Alexus por mais alguns dias, até a próxima lua cheia, e pretendo aproveitar esse tempo com ele.

Alexus diminui nossos passos, demorando-se no anoitecer enquanto um lobo uiva ao longe. Caminhando sem pressa, faço mais uma pergunta.

— *Seu primeiro amor. Qual era o nome dela?*

Eu o encaro, esperando uma resposta, observando enquanto a memória dela passa por ele, a dor da lembrança evidente em seu rosto.

— Fleurie — diz ele suavemente. — O nome dela era Fleurie.

5
Príncipe Sem Nome

Terras do Leste

Cidade de Yura, Ruínas de Un Moritra

Os portões de ferro brilham, envoltos em uma magia antiga e reluzente que vibra em meus ossos, atraindo-me para alcançá-los e tocá-los.

Quando o faço, fitas prateadas se enrolam em meu pulso e acariciam meu braço sob a manga de seda do meu casaco. Uma sensação de calor inunda meu interior, e me deleito com a felicidade, sentindo-me tão vivo. Tão certo. Uma bênção de Thamaos.

— Revius — digo, usando um dos comandos Elikesh mais básicos. Provavelmente não funcionaria contra as proteções ao redor dessas ruínas, mas, como se eu tivesse tecido algum feitiço de anulação, os portões de ferro se abrem como uma boca escancarada.

Thresh e Bron — meu braço direito, meu conselheiro mais próximo e minha médica — esperam atrás de mim levando tochas acesas nas mãos. Nenhum dos dois está chocado, mas sei que não tinham confiança nessa missão. Em *mim*. E não porque ainda estou me desprendendo das últimas camadas de fraqueza.

Não. Bron e Thresh duvidaram de mim porque ninguém abre este portão ou pisa nesta terra faz *séculos*. E, no entanto, aqui estamos nós.

Em todos os meus anos como príncipe escolhido por Thamaos, nunca comandei magia sem uma fonte. Mas também nunca fui enviado para cá, onde o poder de meu senhor ainda se agarra ao mundo dos vivos como chuva fresca.

Poder que me conhece. Exatamente como ele disse.

— Você não acha que deveríamos ter trazido Gavril? — Bron pergunta. A luz quente de sua tocha adiciona um brilho dourado à sua pele pálida e cabelos cor de cobre prateado.

Uma expressão de escárnio escapa de mim antes que eu a contenha.

— Se um feiticeiro fosse tudo de que precisávamos para nos proteger da criatura sob este solo, ela não estaria aqui. Só precisamos *dela*. — Dou um tapinha na Faca Divina presa ao meu quadril. — E você, é claro, e Thresh para carregá-la. Desde que a faca esteja disposta e não tente nos matar, vai dar tudo certo.

Deixamos minha comitiva para trás e atravessamos os terrenos onde outrora floresceram jardins de beleza renomada, ou assim dizem as pinturas da biblioteca de Min-Thuret. Agora a terra está coberta de arbustos espinhosos, ervas daninhas, cascalho e terra. A versão morta do que já foi.

Dou uma olhada no antigo mapa que Bron e eu estudamos na viagem de Min-Thuret e me movimento de acordo com suas coordenadas. Thresh se atrasa alguns passos.

— Este é o famoso mosteiro? — Bron pergunta, levantando a tocha. Desde que chegou aos Territórios, há duas décadas, fugindo da complacência do Norte, a vida dela em meu palácio é cercada de luxos, longe dos arredores de uma cidade suja. Pela primeira vez desde que a conheço, hesito em responder. Por causa dos acontecimentos das últimas semanas, estou cauteloso. Não tenho certeza de em quem posso confiar. Até Bron.

Especialmente Bron.

Graças à traição de seu filho nas Terras do Norte, há motivos de sobra para duvidar dela, por mais que eu não queira. Ela passou nos testes e nas sabatinas da Irmandade, mas não sou bobo. Se Rhonin Shawcross não agiu sozinho, e se a traição está de fato no ar, vou farejá-la.

— Sim, este é o mosteiro — respondo. — Quinhentos anos. Transição para a escola original, onde muitos dos jovens recrutas do rei Gherahn treinavam. Apenas um grupo seleto avançou para a Ordem da Noite na escola de Quezira.

— O que aconteceu com o restante deles? — pergunta ela. — Os que não foram escolhidos para avançar.

— Foram recrutados para a guarda. Desde que não tenham morrido no treinamento. — Dou a ela um olhar de soslaio. — Pelo menos meu exército não é tão brutal com os jovens.

Ela não diz nada, sem dúvida discordando depois do que aconteceu com seu filho.

Passamos pelos escombros dos antigos dormitórios. Apesar das ataduras escondidas sob minha calça, protegendo as queimaduras em cura ao longo de minhas panturrilhas e coxas, me junto a Bron e Thresh e rastejo sobre a parede em ruínas do refeitório. Juntos, caminhamos pela enfermaria e como atalho tomamos a direção do que sobrou da casa de banho, tropeçando pelos ladrilhos. Embora exija um pouco de cuidado, principalmente da minha parte, a viagem pela área decrépita não é tão terrível quanto eu imaginava. Em alguns momentos, até parece nostálgico. Não é uma onda de lembranças como foi na biblioteca, mas como se eu estivesse me conectando com uma parte do passado de meus ancestrais.

Até chegarmos às ruínas do templo.

— Parece perigoso, Vossa Alteza — Bron diz enquanto olhamos para os restos assustadores do salão de adoração. A pedra brilha, banhada pelos tons dourados de um pôr do sol.

Pego a tocha de Bron e a aponto para a escuridão que nos espera.

— Sim... Mas é melhor fazer amizade com o perigo. Será uma companhia constante nos próximos dias.

Com cuidado, me abaixo para transpor uma viga de pedra deteriorada que está atravessada no que costumava ser a entrada principal. Bron se mantém próxima enquanto entramos em sombras nefastas e em uma poça de tochas, abrindo caminho através de densas teias de aranha, escalando montes de rochas, detritos e argamassa quebrada.

Imagino os vitrais feitos à mão e o altar de granito de outrora, os bancos de madeira esculpidos por homens e mulheres que reverenciavam seu deus e tinham certeza de que seu trabalho teria um significado maior no futuro.

Já era. Virou pó. Tudo isso.

Qual é o sentido da vida se até o tempo pode roubar nosso legado?

Logo encontramos a velha escotilha que leva ao subsolo. Thresh vai primeiro. Uma vez que estamos sob a terra com o calor das tochas em nossos rostos, meu capitão força a velha porta de ferro que leva às celas enterradas mais abaixo.

Não há mágica aqui que eu possa romper com uma simples ordem Elikesh, mas nunca houve necessidade. As proteções externas de Thamaos cercavam toda esta propriedade e, além disso, este lugar é uma cripta selada por uma porta que, sem uma habilidade como a de Bron, é uma laje imóvel.

Embora estejamos apertados dentro do pequeno espaço, passo meu braço entre Bron e a porta.

— Sua vez, minha querida.

Ela respira fundo e dá um passo à frente enquanto Thresh sai do caminho. Sua concentração é obstinada; o olhar, estranhamente intenso. Durante vários minutos ela estuda a linha curva onde a porta encontra a pedra, procurando fios na estrutura do metal, fios que nunca conseguiria encontrar, por mais que procurasse.

— Lana suun revius — diz por fim. O Elikesh rola de sua língua suave como seda se desenrolando. — Lana suun sal.

Ela faz um gesto com a mão e a porta se abre, dolorosamente devagar. Os ratos se espalham quando a borda inferior raspa no cascalho, e as dobradiças gritam sua queixa ancestral, relutantes em nos conceder mais do que alguns metros para entrar.

Mas é o suficiente.

Realmente admirado com a maneira como ela aprendeu a dominar os metais nos últimos anos, digo:

— Viu? Por que eu iria querer um feiticeiro teatral grudado em mim quando tenho você?

Aqueles olhos cerúleos brilham à luz das tochas e, corajosa como sempre, ela saca sua adaga e lidera o caminho.

Na penumbra, descemos mais escadas em ruínas até a prisão. Crânios daqueles que morreram aqui revestem as paredes da escada, emoldurados por grossas ripas de metal e pelo poder de ferro mais pesado, proteções que o rei Gherahn colocou há séculos, sob o comando de Thamaos. Embora ele fosse muito anterior ao meu tempo, imagino que o velho rei se reviraria no túmulo se soubesse o que estou fazendo.

Mas ele não está aqui. E como o ladrão que sou agora, vim pegar o que ele deixou para trás.

No último corredor para dentro das celas, o ar úmido nos atinge do túnel em arco à frente, como um vento fétido rolando de um campo de cadáveres em decomposição. Viramos a cabeça, vomitando com o cheiro enquanto a água escorre e pinga contra o metal em algum lugar na escuridão.

— Talvez essa coisa nem esteja viva. — Bron força as palavras, cobrindo o nariz.

— Ela não é *uma coisa*. — Minha voz está estranhamente mais dura do que pretendo. — E *está* viva. Séculos de fome e isolamento não são suficientes para matar essa prole divina.

Algo no final do corredor sem luz se move. Algo que soa como correntes arrastando cascalho e pedra. Olho para Bron, então para Thresh.

— Embora logo possamos desejar que fossem.

Entramos no túnel. Nossas tochas revelam uma cela vazia após a outra, as enormes barras de ferro enferrujadas, mas ainda intactas. Para reforçar a segurança, placas de ferro foram incorporadas às paredes de pedra entre cada compartimento, junto a tubos de ferro que levam a algum lugar acima do solo para ventilação mínima.

Uma prisão adequada para encarcerar uma deusa imortal, de fato.

Cada passo que damos é recebido pelo mesmo som — arranhar, depois arrastar — até que ouço também uma respiração irregular e úmida.

Eu paro. À frente, bem na borda externa do alcance das lanternas, uma mão desliza pelas grades de uma cela.

Dedos ossudos e com unhas compridas espalham-se pelo chão de terra, e uma algema de ferro coberta de ferrugem ressoa contra as barras. A criatura conhecida como Fúria estica o braço magro ainda mais pela abertura, sua mão esquelética tão rígida que chega a tremer.

Thresh gagueja, o som ecoando pelo túnel enquanto dou os últimos passos entre mim e a filha esquecida das Terras do Leste.

Caso o ferro falhe de alguma forma, desembainho a Faca Divina e pairo sobre ela.

Minha sombra se espalha pelo chão como uma névoa encharcada de sangue entrando em sua cela. Cercada, ela levanta a cabeça e me encara com olhos arregalados e remelentos que disparam como um raio. Está confusa, e me olha da cabeça aos pés. Compreensível, já que não vê outro rosto há séculos.

Embora revire meu estômago, absorvo o que vejo, o corpo que murchou para nada mais do que manchas podres de pele, entranhas reluzentes e ossos quebradiços. Pouco mais que uma carcaça viva.

Quase sinto pena.

Quase.

Então me lembro que ela tem um propósito. É uma ferramenta de grande utilidade.

Agachado, ofereço à deusa perdida seu nome verdadeiro, algo que ninguém jamais me ofereceu, junto com o sorriso mais caloroso que consigo dar.

— Bem, olá, Fleurie. Seu pai me enviou para fazer um acordo com você.

6
Alexus

— Você acordou cedo.

Por baixo do manto cinza com capuz, Rhonin aponta o queixo na minha direção e se senta em um tronco perto do fogo, ao lado de minha bainha e minhas espadas. Está frio, o ar ainda escuro e úmido, a floresta envolta em uma névoa densa demais para ser enfrentada.

— Não dormiu bem? — Ele esfrega as mãos na calça escura, depois estende a mão pálida para pegar uma caneca vazia e o cantil de cerveja aguada que fica perto do calor.

— O oposto, na verdade. Dormi como uma pedra.

E é verdade. Quando Raina e eu dormimos. Pelo menos ela não teve pesadelos.

Rhonin coloca o cantil de lado e leva a caneca cheia aos lábios.

— Por que você está acordado, então?

Visões de Raina deitada diante de mim passam pela minha mente. Suas costas arqueando. Seus adoráveis mamilos eriçados e brilhando com meus beijos. Sua boca se abrindo em êxtase.

Depois saindo da minha barraca para evitar ser vista…

Permitir que ela saia de perto dessa forma me deixa ainda mais chateado com Joran. Raina não quer se sentir responsável por mais tensões entre os membros do grupo, e honrarei seus desejos. Mas não dou a mínima para o que os outros pensam. Faz muito tempo que estou sozinho. Posso ter entregado meu corpo no passado, mas meu coração estava tão enjaulado quanto Neri e minha magia.

Até agora.

— Estamos tão perto do vale — digo, cutucando o fogo com um pedaço de pau. — Estou mais do que pronto para cavalgar em direção a Malgros. E você?

Ele apoia os antebraços grossos nos joelhos. A caneca de lata presa entre suas mãos enormes parece um brinquedo de criança.

Então olho para ele. *Realmente* olho para ele. Seus olhos vermelhos e as olheiras roxas me dizem tudo o que preciso saber.

Ele esfrega a testa.

— Não tenho certeza se vou dormir bem até que isso acabe. Não consigo parar de pensar que a resposta está no passado. Uma resposta que você deve saber nessa sua mente enorme.

Isso me faz abrir um meio-sorriso.

— *Muitas* respostas estão no passado. Tenho uma amiga em Malgros, a capitã Osane, que sempre diz: *"O passado nos ajuda a entender o presente, Alexus"*. Mas conectar linhas através dos tempos não é uma coisa fácil.

— Tenho certeza de que não é. Será que ajuda se conversarmos sobre isso? — Seu rosto se contorce em uma leve careta, como se ele estivesse fazendo a pergunta a uma cobra pronta para atacar.

Coloco minha caneca e o graveto de lado e levanto as mãos em direção ao fogo. Porra. Eu gosto desse garoto. Odeio que ele teve que deixar a mãe e os irmãos no Leste. Tenho certeza de que isso é parte de seu tormento, uma razão para sua insônia.

Mas depois da minha conversa com Raina ontem à noite, a última coisa que quero falar é sobre o passado. Embora me lembre de certas partes com tanta clareza, outras estão crivadas de buracos, confundindo a história da minha longa vida. Deve ser assim quando uma pessoa enfrenta uma existência sem fim. O tempo não é gentil.

Ele devora.

Mesmo assim, me pego olhando para Rhonin e dizendo:

— Claro. Podemos conversar sobre isso.

Seus olhos verde-azulados se iluminam, como se eu tivesse dito as palavras que ele desejava ouvir. Talvez eu tenha dito mesmo.

— Então Neri amaldiçoou Colden — ele diz, inclinando-se mais perto, sua voz cheia de determinação para obter respostas. — E os deuses governantes ordenaram que a verdade sobre o que Neri fez a Fia e Colden fosse mantida em segredo do povo. Sem registros.

— Sim. Os deuses querem ser reverenciados e adorados. Sem dúvidas. Então eles fizeram o possível para garantir que o povo Tiressiano acreditasse no que queriam que acreditassem. E funcionou. Trezentos anos depois, os deuses Tiressianos estão todos mortos, mas as pessoas ainda os adoram.

Só descobri a verdade depois que conheci Colden, quando eu era um espião, antes de finalmente deixar o Leste. Houve um tempo em que tentamos convencer os Habitantes das Terras do Norte sobre Neri. A maioria só nos via como enganadores, como se quiséssemos que eles *nos* adorassem. Aprendemos muito rápido que não é uma tarefa fácil despojar as pessoas de seus deuses. Não importa o quão falsos eles sejam.

— E apenas aqueles de vocês que estavam lá sabem a *verdadeira* história — responde Rhonin. — E os Bruxos Caminhantes escolhidos. E agora nós, claro. É nisso que não consigo parar de pensar. Como a história chegou ao Príncipe do Leste, depois de todo esse tempo. De onde veio?

Minha mente volta para aquele momento em Hampstead Loch, observando o exército do príncipe cavalgando como uma rajada de morte no vale.

— Estou pensando nisso desde que o jogo começou — digo a ele. — Eu me perguntei se havia um traidor entre nós na Vila Invernal, ou se Fia confidenciou a alguém e a notícia chegou ao príncipe. Ou talvez fosse um espectro tagarela determinado a causar problemas. Não tenho certeza se algum dia teremos uma resposta. — Encontro seus olhos. — Você tem certeza de que não se lembra de nada do seu tempo no palácio que possa nos apontar na direção certa?

Já perguntei isso antes, mas a resposta é sempre a mesma.

— Acredite em mim quando digo que vasculhei meu cérebro. Além de muitas viagens a Min-Thuret, tudo sempre foi da mesma forma. Mas eu não estava a par de muitos detalhes relacionados aos assuntos do príncipe, a menos que soubesse pela minha mãe. Especialmente antes de subir na hierarquia.

Min-Thuret. Se eu pudesse esquecer alguma coisa de propósito, seriam todas as vezes que me ajoelhei para Thamaos e o rei Gherahn; e os crimes que cometi em nome deles. Passei tantos dias naquele templo, tantas horas de joelhos. No entanto, mesmo essas lembranças se fragmentaram ao longo dos séculos. Os últimos anos da minha vida como mortal em Quezira parecem uma colcha de retalhos. Se eles fossem um quebra-cabeça, faltaria um quarto das peças.

Mas tem uma coisa que não esqueci.

— Espere. — Estreito o olhar para Rhonin e me inclino para frente, juntando as mãos entre meus joelhos estendidos. — Para onde vai o príncipe quando visita o templo?

O reluzente Shara Palace fica a uma semana de viagem de Min-Thuret. A duas semanas de viagem da costa, onde o enorme exército do príncipe permanece acampado. A segurança está no interior. O que ele precisava tanto buscar no velho templo para justificar as viagens frequentes?

Livros? Códigos? Pergaminhos? Já existem tomos e textos antigos suficientes. Mapas sobre mapas. Cartas entre governantes do passado e deuses. Trabalhos sobre ritual e adoração. Sobre matemática, medicina, direito, astronomia.

Eu saberia. A coleção original alojada e catalogada na biblioteca de Min-Thuret teve que passar por minhas mãos antes de chegar às portas dos arquivistas.

A última coisa que espero que ele diga são as três palavras que saem de sua boca.

— Salão de Rituais — ele responde, mantendo a voz baixa enquanto alguns de nossos companheiros saem de suas tendas. — Toda vez — acrescenta. — Sozinho, acompanhado apenas pelos servos que cuidam dele. Dizem que ele se corta quando reza. Isso significa alguma coisa?

Fecho os olhos, puxo o ar e em seguida os abro. Que bela merda.

Olhando para minhas mãos cerradas, viro meu pulso direito em direção ao céu e estudo a cicatriz em diagonal e quase desbotada que fica na palma da minha mão. Quantas vezes rezei para Thamaos no Salão de Rituais? Quantas vezes eu o invoquei do reino de Eridan para o templo do rei Gherahn?

Vezes suficientes para saber que Thamaos era o único deus Tiressiano que exigia um sacrifício de sangue para considerar alguém digno de sua reverenciada presença.

Mas ele se fora. Nem mesmo a Irmandade sangra por ele quando reza. O Salão de Rituais é um museu. Um salão sagrado e bem-cuidado, uma honra para a história de Thamaos. Então, por que o príncipe se ajoelharia naquela sala e derramaria seu sangue por um deus ligado ao Mundo das Sombras?

Penso na noite passada. Na anotação do diário que eu estava traduzindo quando Raina se aproximou, do dia cento e setenta e quatro. Há um punhado de anotações escritas por engano em meu diário por um arquivista ou talvez um assistente, embora, eu não saiba de quem se trata, não consigo me lembrar agora. Ainda assim, reescrevi tantas vezes aquelas palavras Elikesh desbotadas que as sei de cor. Elas sempre me chamam a atenção, a maneira como a sombra desbotada de cada letra é perfeitamente formada.

> ***Os deuses podem morrer, mas ainda podem encontrar você. Eles chegam como um sussurro na noite. Um friozinho no vento. A brasa de uma chama. Uma onda na praia. Ouça-os sempre e cuide de sua retaguarda. Porque mesmo quando o pior deles estiver morto e enterrado, você não estará seguro.***

Um sussurro na porra da noite.

Thamaos certamente sabia sobre Colden e Fia. Ele tinha ajudado Asha e Neri a pagar por seus crimes com a Rainha do Fogo e o Rei do Gelo.

Ele sabia que o rei das Terras do Norte poderia ser usado como um peão. Uma distração.

Isca.

Ele simplesmente não teve tempo de fazer nada a respeito antes que Urdin o parasse. *Antes que Urdin acabasse com os dois para ver Thamaos condenado ao Mundo das Sombras.*

Thamaos está manipulando o príncipe do além? Usando o príncipe para seus próprios planos?

Certamente, estou errado. *Certamente*.

Antes que eu lance a lista de maldições crescendo dentro de mim, Callan e Helena se aproximam. Em seu manto verde-escuro e camadas e mais camadas de colares de contas, Callan senta-se ao meu lado; um pedaço de carne salgada em uma mão, a bolsa na outra. Hel se esgueira por trás de Rhonin. O cabelo preto está preso em um tecido solto, o rosto castanho-dourado ainda inchado de sono. Tentando assustá-lo, ela puxa o capuz para baixo, revelando uma trança ruiva.

Rhonin inclina a cabeça para trás para olhar para ela. Suas bochechas coram na mesma hora e um sorriso apaixonado se espalha por seu rosto.

Hel se inclina sobre ele, sorrindo também.

— O que você diria de comermos e depois treinarmos um pouco? Esgrima enquanto a névoa se dissipa.

— Eu diria que estou dentro. E que *eu* que farei a contagem de pontos desta vez. Você trapaceia.

Ela estende a mão sobre o peito e pisca com aqueles cílios escuros para ele.

— Eu? Eu nunca trapacearia. Tenho honra e tudo mais.

Rhonin ri e se levanta enquanto Helena caminha em direção à tenda que divide com as irmãs Bloodgood, mas quando o olhar dele encontra meu rosto, seu sorriso vacila.

Depois de um momento de hesitação, ele cruza os poucos degraus entre nós e coloca a mão no meu ombro.

— Você está bem? Está pálido como eu.

Meu pulso acelera. Sei o que devo fazer, por mais que não queira.

— Não, não estou. — De pé, pego minha bainha e as espadas e as coloco sobre os ombros. — Preciso que você mantenha todos distraídos enquanto Callan e eu saímos para uma pequena caminhada.

Do meu lado, Callan diz:

— Isso parece bem ameaçador. Tento não fazer coisas sinistras logo cedo. Ainda nem comi.

Com a atenção em Rhonin, prendo o coldre em volta do peito e da cintura.

Rhonin baixa a voz.

— Como exatamente devo mantê-los distraídos com vocês dois longe? Você conheceu Hel, Nephele e Raina? Elas vão me matar para conseguir respostas.

— Raina e Nephele ainda estão dormindo. Só preciso de uma hora. Estaremos no afloramento rochoso a oeste daqui. Cerca de cinco minutos de caminhada se você permanecer sempre no oeste. Se não voltarmos até o meio da manhã, sugiro que vá nos procurar.

— *Meio da manhã?* — Seus olhos se enchem de preocupação. — Foi por causa do que eu disse sobre o príncipe, não foi? Significa algo realmente muito ruim?

Olhando para o oeste na floresta enevoada, arqueio uma sobrancelha, rezando para os Antigos que eu esteja errado quando digo:

— Significa tudo.

Callan se levanta e suspira, puxando o capuz para mais perto do rosto.

— Tudo bem, Velho. O que vamos fazer?

— Posso ir com vocês? — Rhonin pergunta.

— Não — respondo.

— Por quê?

— Porque vou precisar de magia e você não tem nenhuma. — Ele resmunga, e aperto seu ombro. — Confio em você para manter as coisas calmas aqui — digo. — Você é meu braço direito esta manhã.

Ele balança a cabeça, concordando, mas sua carranca me diz que não está exatamente feliz com isso.

— Pegue sua bolsa, Callan — falo. — Preciso de sua ajuda. E acho que você vai gostar de testemunhar o impensável.

— E o que poderia ser *isso*?

Rapidamente, Callan acompanha meu passo enquanto deixamos Rhonin e nos aprofundamos na floresta emaranhada e enevoada.

Encontro seu olhar castanho.

— Acredite ou não, estou prestes a rezar para Thamaos.

II
VELHOS AMIGOS

7
Alexus

Callan e eu caminhamos pela floresta adormecida.

Apuro meus ouvidos, escutando os lobos de Neri, meu pescoço arrepiado enquanto tento sentir sua proximidade. Este exercício pode rapidamente evoluir para um desastre se Neri sentir o que estou fazendo. Mas não o sinto, por enquanto, e a manhã está silenciosa. Apenas o lamento melancólico de um pássaro noturno enquanto o amanhecer surge sobre a clareira pedregosa.

— Isso deve servir — diz Callan, a voz suave rompendo a floresta silenciosa.

Elu tira a bolsa dos ombros e pega uma faca de ritual, o cabo de madeira liso por anos de uso. Quando me entrega a lâmina, eu testo seu peso e quão afiado é seu gume, promissora em minha mão.

— Pronto? — Callan pergunta, a pele bronzeada brilhando no ar enevoado.

— Como nunca estarei.

Inalando o cheiro de chuva, cedro, carvalho e pinheiro, subo em uma das nove grandes pedras meio enterradas na terra, cada uma com a largura de um bom passo. Com cuidado, atravesso para o meio. As pedras lisas de musgo estão gastas por séculos de chuva, um padrão que me lembra de favos de mel.

Preciso de tudo de mim para fazer o que faço a seguir.

Ali, de pé sob as copas pesadas de árvores antigas e envoltas em névoa, me ajoelho.

Callan pega uma bolsa de sal abençoado, uma caixa de isca e um pequeno prato de metal batido que fica em cima de um braseiro em miniatura que também tira de sua bolsa. Esses itens são para queimar sálvia e erva-doce, artemísia e zimbro para limpeza. Hoje serão usados para uma invocação.

Em minutos, uma chama queima dentro do braseiro, aquecendo a tigela que logo conterá meu sangue. Callan pega meu braço e coloca um pequeno monte de sal na palma da minha mão. Ele observa enquanto arrasto a faca de ritual em círculo ao meu redor, esculpindo uma linha através do musgo úmido na única pedra abaixo de mim. Selo a soleira com um anel de sal. Uma barreira protetora. A *primeira*. Entre mim e o espaço onde Thamaos aparecerá.

Callan atua como meu guardião de ritual, realizando o mesmo ritual de sal em uma escala maior. Então se posiciona ao redor das nove pedras, com sal, criando o segundo círculo, que irá mantê-lo e o resto do mundo a salvo do alcance de Thamaos. A consciência de um deus é muito poderosa e manipuladora para que façamos essa convocação de outra maneira.

— É possível que ele não atenda seu chamado — Callan diz, fechando o círculo.

Descanso as mãos nas coxas e solto um suspiro.

— Tenho a sensação de que ele não vai se negar. Mas preciso ter certeza de que serei ouvido. Em vez de três runas, gostaria de marcar nove. Nove runas que praticamente exigem sua presença.

Callan inclina a cabeça.

— Que assim seja, Velho. Você é o mestre.

Com muito cuidado, Callan marca runas de proteção ao redor do círculo externo com sal. Quando termina, faço o mesmo com o meu, depois tiro a tigela do fogo e a coloco sobre a pedra. Faz séculos desde a última vez que sangrei por Thamaos, mas quando coloco a faca de ritual na palma da minha mão, minha mente se lembra exatamente do que fazer. Como posicionar a mão para causar menos dano. Quão profundamente enfiar a lâmina.

A dor é aguda, mas rápida, e apunhala com a memória. Depois de tanto tempo, esse rito continua arraigado em meus ossos.

Inclino a mão e aperto o punho. O assobio e o chiar do sangue no metal quente agitam as sombras mais escuras escondidas na parte mais profunda de mim. Repito o gesto, apertando sem parar, até que uma poça carmesim preencha um terço do prato.

Mergulho os dedos em meu sangue.

— Conexão — diz Callan. — Sempre primeiro.

Ah, como eu me lembro. Uma runa para cruzar fronteiras. Os deuses sabem que a separação entre mim e Thamaos, o espaço entre os vivos e os mortos, é vasto. Desenho a runa sangrenta no lado norte da pedra na qual me ajoelho.

— Lealdade é o próximo — continua Callan. — Depois Fidelidade.

Enquanto meu sangue encharca o musgo, olho para o meu amigo.

— Me lembro desse padrão muito bem. O que eu não daria se houvesse outros que pudessem ficar em seus lugares. Qualquer coisa que não grite que estou rastejando de volta para ele como um adorador devotado.

Callan arqueia uma sobrancelha e estende as mãos.

— Estas três são a base deste rito, que foi criado apenas para Thamaos. Não podemos mudar. Você sabe disso.

Eu sei. Mas, depois de trezentos anos, um homem pode desejar.

A contragosto, termino as três primeiras runas e olho para Callan para ter certeza de que vou acertar a próxima parte.

— Faz muito tempo desde que trabalhei com runas de camadas e sou um filho da puta amargo, então você precisa me guiar.

— Força é a próxima — diz Callan, os lábios se curvando em um canto. — Para que ele saiba que você não é fraco. Então Sacrifício, para mostrar que você ofereceu seu sangue por uma chance de se comunicar. Coragem, para lembrá-lo de que você não o teme. Determinação, para anunciar que vai persistir até que ele responda. Então Necessidade, para ter certeza de que ele sabe que você tem um desejo não realizado, que só ele pode responder. — Elu silencia por um instante. — Por último, o Escudo de Loria. Porque estou prestes a rezar para que a benevolência da deusa caia sobre você.

Os cânticos de Callan começam quando tiro sangue fresco da palma da minha mão para formar as runas adicionais. Se isso não funcionar, se Thamaos não atender ao meu chamado, terei que tentar novamente.

Quando termino, uma teia de luz se forma ao redor do círculo de Callan, espalhando-se de uma runa para outra, até chegar ao meu círculo menor, envolvendo-me em magia protetora.

Satisfeito, viro-me para o leste na direção de Thamaos. Desgosto satura meus sentidos enquanto me curvo, pressionando a testa e as mãos na rocha úmida enquanto Callan canta a oração de Loria ao meu redor.

— Vamos, seu bastardo — murmuro. — Venha me encontrar.

Não é bem uma oração, e isso não é bem um altar, mas é o melhor que este feiticeiro amargo pode fazer.

Então esperamos. Minutos se passam, até que um vento fino e rápido passa os dedos ossudos pelo meu cabelo solto, causando arrepios que percorrem minha coluna e meus braços. A princípio, acho que é Neri, mas...

— Alexus, olhe.

Ao som do comando de Callan, eu olho para cima. Elu recua, protegendo o rosto com o manto, distanciando-se daquele mesmo vento de antes que agora se transforma em uma rajada rodopiante dentro do segundo círculo. Nas bordas, o ar gira apitando em uma nuvem afunilada, ganhando velocidade, circulando as pedras. Elu junta agulhas de pinheiro, detritos e terra crua e áspera, formando uma massa fina como areia que se funde na forma de um homem nu, alto e forte com o rosto de um deus morto há muito tempo.

Mas não é um homem. E certamente não é um deus. A pele é verde, pálida como as folhas e o musgo, o cabelo escuro e abundante como o solo. O corpo imponente aparenta ser liso e duro, definido como as pedras abaixo de mim, envolto em galhos de madeira, as íris brilhantes e claras como um riacho na luz da manhã.

Eu sei o que estou vendo. Sei que é apenas uma miragem. Uma ilusão. Ao contrário de Neri, esta é a mente de Thamaos, não uma manifestação de sua alma. Seu alcance impossível por meio de táticas como essa costumava me surpreender e, mesmo agora, estou perplexo com sua habilidade. Manipular o mundo dos vivos das profundezas do Confins Inferiores é uma façanha. Fazer isso de forma tão teatral é uma realização ainda maior.

Mas, acima de tudo, me dá uma ideia do que estamos enfrentando.

A coisa feita de floresta sorri, fazendo meu sangue gelar.

— Alexi de Ghent, velho amigo — Thamaos diz naquela voz muito familiar. — Nos encontramos de novo.

— Não o esperava tão cedo.

Sento-me de cócoras, observando Callan com o canto do olho. Com cuidado, elu contorna as pedras para ficar atrás de mim. A criatura de Thamaos também observa, estudando Callan com curiosidade. Mesmo sob tal escrutínio, meu amigo continua entoando um cântico de oração para os Antigos. Para Loria. Sua voz é baixa, mas sinto seu imenso poder no ar.

— E eu não esperava *você* de forma alguma — fala Thamaos. Sua miragem permanece estranhamente imóvel. — Pensei que tivesse me esquecido.

Há um brilho no olhar da criatura. Algum tipo de brilho de conhecimento.

— Acredite em mim, tentei te esquecer — respondo. — Mas você simplesmente não fica enterrado.

A primeira parte é mentira, e quando a boca da criatura se curva em um sorriso zombeteiro, sei que Thamaos sente minha desonestidade.

Eu tentei, mais do que gostaria de admitir, me lembrar de nossos últimos dias juntos. Todo o último ano de sua existência parece um borrão de tempo espalhado por recordações aleatórias. Suas visitas à biblioteca da escola onde eu era diretor da Ordem da Noite e do Amanhecer. Nós dois de pé, juntos, cara a cara, tensões altas, no Grande Salão de seu palácio, um lugar que nem existe mais. Seus olhares enquanto eu me ajoelhava em meu próprio sangue no círculo ritual do Salão de Rituais.

Tentei ser um servo obediente. Tentei adorá-lo. Mas esses dias acabaram. Agora, minha aversão é tão vasta quanto o universo, por muitas razões, mesmo que eu não consiga me lembrar de algumas das mais triviais. Provavelmente é melhor que não me lembre. Eu só queria que o tempo apagasse o dano que fiz.

Sua criatura olha ao redor, observando o cenário e a teia protetora de magia antes de me encarar.

— O que você quer, Un Drallag?

Sempre direto ao ponto, até mesmo agora.

Fico de pé sobre a pedra, com os pés afastados, e ergo o queixo corajosamente em sua direção. Mesmo assim, seu ser animado é mais alto do que eu.

— Você está usando o Príncipe do Leste. Guiando. Talvez controlando.

Com um sorriso maligno, a criatura feita de terra junta as mãos atrás das costas. Lentamente, começa a contornar as pedras, muito perto da borda de sal do círculo. Callan se move também, seguro além da barreira do círculo, acompanhando Thamaos, e se recusando a mostrar alarme.

— De que isso importa? — indaga Thamaos. — Seu verdadeiro medo é que eu ressuscite. E eu *vou*. Em breve. Em grande parte graças a você e a seus novos amigos, ao Rei do Gelo, que está em nossas mãos, e à Faca Divina, que está finalmente em casa. Em breve, estaremos reunidos, meu trono recuperado.

A criatura de Thamaos lança um olhar sobre mim enquanto me viro, seguindo-o lentamente com um olhar estreito.

— Por quem? Você ou o príncipe? Tenho quase certeza de que o príncipe acredita que é ele quem vai reinar sobre Tiressia.

A criatura bufa, soprando no ar restos empoeirados do chão da floresta.

— Eu sempre controlei os reis, Alexi. O que o faz pensar que não pretendo oferecer ao príncipe um lugar ao meu lado?

— Você está presumindo que ele pode restaurar sua vida. A ressurreição não será tão fácil — aviso. — A Faca Divina não dá ao seu príncipe-fantoche a chave do Bosque dos Deuses. Nem com Colden Moeshka em seu poder. Se você acha que Fia ou eu permitiremos que você ou seu homem chegue perto da Cidade das Ruínas, está muito enganado.

Ele joga a cabeça escura para trás e ri.

— Ora, ora. Quantas ameaças vazias. — Ele corta um olhar de aço na minha direção. — Sua memória não está boa, Un Drallag. Você deveria saber que sempre tenho um plano.

— Eu vou te impedir — prometo enquanto um vento frio que parece demais com Neri sopra sobre mim. — Vou lutar até meu último suspiro para não te ver andando e respirando neste mundo novamente.

De repente, a criatura da floresta paira sobre mim, curvando-se até me encarar, margeando a linha de sal abençoado ao meu redor. Sua pele verde-pálida se agita como uma tempestade presa sob o vidro, e os olhos brilham como brasas de um fogo alimentado.

Ele olha para a chave em volta do meu pescoço, então abre aquela boca de terra para falar.

Mas antes que a voz de Thamaos saia das profundezas desta criação formada pelo vento, seus olhos deslizam para a minha esquerda, se arregalam infinitesimalmente e brilham ainda mais.

— *Você* — sussurra ele, a palavra tremendo no ar com um ódio visceral que sinto em todo o meu ser.

Espero ouvir a voz de Neri, mas não há resposta. E isso me abala ainda mais do que se o Deus do Norte tivesse gritado do outro lado da clareira. Porque, pela primeira vez desde que a esculpi em minha pele, minha runa se aquece com um calor vibrante e flamejante enquanto o pânico e um furor feroz atravessam o vínculo, quase me deixando de joelhos.

O fogo furioso de uma mulher protetora.

Raina.

8
Raina

Corra. Corra, corra, corra.

No momento em que aquela *coisa* trava o olhar com o meu, meu instinto grita essa única palavra repetidamente. Ou talvez seja Alexus, enviando uma ordem pelo vínculo, uma conexão que agora sinto tão inteiramente que estou tremendo com seu poder.

Não tenho tempo de determinar qual deles está soando o alarme, meu corpo ou meu amado, porque quando Alexus se vira, a criatura que está com ele explode em um redemoinho de detritos.

Com a mesma rapidez, a coisa se recompõe na borda das pedras e se choca contra uma teia de luz emaranhada, um *escudo* entre nós. Ele ruge como um demônio profano e o som ecoa pela floresta, despertando pássaros e criaturas de seus ninhos.

Apenas alguns passos e uma parede mágica nos separam, mas me encolho e levanto minha adaga, esperando por um ataque.

O que *é* esta *coisa*? Um fantasma da floresta?

Farejo o ar, esperando que o cheiro de enxofre me atinja do jeito que aconteceu com Hel na construção, mas não é o que acontece.

— Callan, quebre o círculo! — Alexus joga uma faca para Callan, a arma voando de ponta a ponta. Por algum milagre, o bruxo a apanha do ar como um mestre, pelo punho.

A criatura se vira para olhar para Alexus, mas se volta para mim.

— Você vai pagar por tudo que fez, Bruxa Caminhante. Chegará um dia em que nenhuma mágica, nenhum feiticeiro, nem mesmo o tempo, a distância ou os reinos impedirão minha ira. Saiba disso. *Nunca* se esqueça disso. — Ele pressiona as mãos enormes contra o escudo, um sorriso malévolo curvando o canto de sua boca. — Eu sou Thamaos, Deus dos Territórios do Leste, e vou acabar com você e com todos que você ama, Raina Bloodgood.

Engulo em seco. Thamaos.

Thamaos?

No instante seguinte, a teia de luz se desfaz e a criatura se desintegra, mas, desta vez, os milhões de pedaços da floresta de que esta coisa parece ser feita caem no chão em uma pilha sem vida.

Ainda tremendo, lanço um olhar para Callan, de joelhos e ofegante, o capuz caído sobre os ombros, as mãos pressionadas contra a terra. O anel de sal ao redor das pedras foi desfeito e toda a magia se foi.

Alexus pula da rocha e corre na minha direção. Embainho minha adaga e ele me pega em seus braços, puxando-me para seu peito. Me agarro a ele, tentando entender o que, pelos Confins Inferiores, aconteceu, mas também me deleitando com o vínculo, a conexão vibrante e viva, aberta para nós dois. Posso sentir seu alívio, sua preocupação, seu...

Piscando, olho para ele, atordoada. Com os olhos arregalados, procuro seu olhar enquanto o calor sobe pelo meu pescoço. Ele estuda meu rosto, e sei que vê a pergunta que paira, a compreensão e o reconhecimento de tudo o que ele guarda dentro de seu coração para mim. Mas não faz menção a isso, e o sentimento desaparece do vínculo, como se ele o tivesse escondido em algum canto escuro por enquanto.

Carinhosamente, ele beija o topo da minha cabeça e diz:

— Você está bem?

Assinto. Estou abalada e cheia de perguntas, sentimentos e...

Não estou bem.

Alexus afasta meu cabelo do rosto e noto a mão ensanguentada. Olho para ele com a testa franzida.

— Uma ferida de ritual — fala, instintivamente sabendo da minha pergunta. — Eu invoquei Thamaos.

Invoquei. Ouvir essa palavra ali, naquela floresta, depois de olhar nos olhos de uma criatura, traz à tona uma lembrança.

"*Não me invoque*", Neri havia dito na Estrada Invernal. Se não fosse por essas palavras e pelo que acabei de ver, nunca saberia que tal opção existia, invocar um deus. Não que eu queira invocar um desses bastardos.

Com cuidado para não machucar Alexus, seguro sua mão e imagino a carne curada, a força de sua mão recuperada, o cuidado que vive em seu toque restaurado.

Loria, Loria, una wil shonia, tu vannum vortra, tu nomweh ilia vo drenith wen grenah.

As velhas palavras de Elikesh cantam em minha mente e o corte começa a fechar, costurando-se, os fios vermelhos brilhantes de seu ferimento se entrelaçando em uma linha apertada. Quando a cura está completa, Alexus segura meu rosto com a outra mão, acariciando minha bochecha com o polegar.

— Obrigado. — Sua voz suaviza para aquele som profundo e abundante que acalma cada nervo frenético dentro de mim. — Por isso — diz ele, levantando a mão curada. — E por cruzar o abismo por mim.

Eu atravessei o abismo. *Eu fiz isso.*

A emoção aumenta, fazendo-me cerrar os dedos. Fiquei apavorada quando vi aquela criatura elevando-se sobre Alexus, apavorada o suficiente para que o abismo entre nós parecesse desaparecer quando atravessei as árvores. Eu só precisava alcançá-lo. Fisicamente. Mentalmente. Do jeito que desse. E então, dentro da minha mente, eu pulei.

E faria isso mil vezes mais.

Ele pressiona a testa na minha com gentileza e roça um beijo em meus lábios.

— Acho que te devo algumas explicações.

— *Muitas* — sinalizo entre nós quando Callan se aproxima.

— Bom, *tudo* correu bem — diz ele antes de me olhar com

preocupação. — Raina, você tem certeza de que está bem?

— *Apenas abalada* — minto. Alexus traduz para se certificar de que ele entendeu.

— Suponho que sim. — As sobrancelhas de Callan se erguem enquanto joga a bolsa por cima do ombro. — Tudo indica que você fez um grande inimigo, minha amiga.

Uma sombra obscura toma conta do rosto de Alexus.

— A questão é por quê. O Príncipe do Leste, que temo ser o verdadeiro peão neste jogo, deve ter contado a Thamaos o que aconteceu com Raina na Estrada Invernal. Talvez ela tenha frustrado os planos do príncipe mais do que imaginávamos.

— Ou os planos de *Thamaos* — diz Callan. — E isso pintou um alvo nas costas dela.

Um vento frio sopra enquanto Alexus e Callan limpam as runas da terra e das pedras. Quando nos colocamos a caminho para retornar ao acampamento, Alexus explica por que eles estavam ali. Escuto, mas a cada passo preciso me esforçar para banir o eco da voz de Thamaos da minha mente. Suas palavras me pareceram muito mais agourentas do que as de Joran, mais como um presságio, uma promessa, e algo dentro de mim avisa que o deus não mentiu.

— Pelo menos agora sabemos que Thamaos está envolvido — fala Callan, segurando sua capa para se proteger das rajadas de vento. — O príncipe deve invocá-lo com frequência e não há dúvida de quem está controlando a situação. — Elu se abaixa sob o galho de um carvalho e nós o seguimos. — Vou rezar a Loria para que esta seja a última vez que vemos o deus do Leste.

Com ou sem oração, eu sei a verdade. Por mais estranho que pareça, sinto que nossos caminhos começam a convergir. O meu e o dele. Uma bruxa e um deus. Uma colisão se formando no horizonte.

Não. Eu não vi Thamaos, deus do Leste, pela última vez. Tenho certeza disso.

E ele não me viu pela última vez.

Todos os olhos se fixam em nós quando retornamos ao acampamento, e Alexus conta a verdade para todos ouvirem. Ele acredita que o Príncipe do Leste está invocando Thamaos, e que o deus planeja ser ressuscitado para que possa governar, não para ser usado como sifão, uma fonte de energia para o príncipe. A questão é saber se o príncipe está sendo manipulado para se tornar um governante marionete ao lado de Thamaos, ou se está tentando prender Thamaos em uma armadilha.

De qualquer maneira, o jogo parece mais perigoso agora.

A chuva dá uma trégua, então viajamos muito pelo restante do dia. Alexus e eu tentamos experimentar o vínculo, mesmo enquanto cavalgamos. A conexão não pode ficar aberta o tempo todo; é muito avassalador sentir os pensamentos e sentimentos de outra pessoa sem cessar. Mas podemos invocar a conexão quando necessário, como se batêssemos em uma porta entre nós. Mas, cada vez que eu tento, aquele abismo iminente ainda me espera.

No final da tarde, quando paramos para montar acampamento, Nephele, Hel e eu tiramos a sela de nossos cavalos para dar-lhes um descanso. O céu escuro está sufocando um aguaceiro que estamos cansados demais para suportar.

— Gostaria que você tivesse me dito que estava indo procurar Alexus esta manhã — diz Nephele, desamarrando as correias da sela de seu cavalo.

— Concordo — acrescenta Hel, conduzindo seu animal de um pedaço de terra com raízes para um terreno mais plano. — Somos uma equipe. Da próxima vez que os homens tentarem nos enganar, vamos mostrar a eles que não podem.

— Entendo a necessidade de Alexus de manter as coisas em segredo. — Nephele pisca para mim. — Mas você não está sozinha. Antes de entrar em qualquer batalha, certifique-se de que estamos ao seu lado. Somos mais fortes juntas do que separadas.

Pressionando os lábios em uma linha fina e culpada, inclino a cabeça e assinto.

— *Tuethas tah* — diz Hel e sinaliza as palavras.

Nephele e eu sorrimos e fazemos o mesmo.

Tuethas tah. Não é mais apenas *minha irmã*. São minhas *irmãs*.

Trabalhamos em silêncio por alguns minutos, até Nephele pigarrear.

Quando olho para ela, noto que suas bochechas estão coradas.

— Preciso explicar o que Joran disse na outra noite. — A voz de Nephele é tensa enquanto ela levanta a sela do cavalo e a coloca sobre uma cama de folhas secas e agulhas de pinheiro.

Respiro fundo e olho para Hel de olhos arregalados. Nephele evitou essa conversa desde que Joran mencionou o relacionamento deles. Em sua defesa, eu também não gostaria de falar sobre isso.

— Eu detesto ele — ela fala, espiando por cima das costas de seu animal. Joran está do outro lado da estrada, descarregando sua bolsa de seu cavalo. — Foi só uma vez.

— Só uma vez? — pergunta Hel, sorrindo. — Não soou como se fosse *apenas uma vez*.

— Tudo bem, droga, foram três vezes. Mas foi em uma noite só. No ano passado, depois de um casamento na Vila Invernal. Eu bebi muito vinho.

Sorrindo, Hel remove a lona da sela do cavalo e passa a mão pelos flancos.

— Obviamente.

— *Ele* é *muito bonito* — sinalizo, tentando fazer Nephele se sentir melhor. Sexo com Joran *deve* ser um arrependimento.

— E uma parte de mim se sente atraída por isso, infelizmente. — Ela mantém a voz baixa. — Cabelos claros, uma atitude descarada e um pau grande são minha fraqueza com os homens, especialmente quando eles não estão falando. Mas eu precisaria arrancar as tripas dele e começar tudo de novo para conseguir tolerar aquele imbecil normalmente. Ele é um idiota de coração podre.

Hel ri, mas depois geme.

— Deuses, agora vou pensar no que há entre as pernas de Joran toda vez que olhar para ele. Que nojo.

Sorrio, mas ainda estou surpresa que Nephele tenha dormido com o Habitante da Terra do Gelo, nada menos que no ano passado. Eu tinha visto o jeito que ela e Colden se olharam. A adoração.

— *Por que dormir com ele, então?* — sinalizo. — *E Colden?*

Terminando com seu cavalo, Nephele caminha e acaricia a crina branca de Tuck.

— O que tem ele? Ele quer que eu encontre alguém especial, embora ambos concordemos que Joran *não seja* essa pessoa.

Minhas sobrancelhas se erguem por vontade própria.

— *Pensei que a pessoa especial fosse Colden.*

— Eu também — diz Hel.

— Não. Colden é especial. Nós nos amamos ternamente. Mas para mim, ele é seguro e fácil. Para ele, sou confortável. Alguém em quem ele pode confiar. Nós nos divertimos, mas nunca fomos fiéis.

— Bem, vou acrescentar isso à lista de surpresas quando se trata de Colden Moeshka — fala Hel, balançando a cabeça.

Nephele franze a testa.

— O que você quer dizer?

Hel se vira para minha irmã, um braço pendurado nas costas de seu cavalo.

— Ele não era o que eu imaginava quando ficamos cara a cara na Estrada Invernal. Por toda a minha vida, imaginei o Rei do Gelo como um homem velho. Ainda estou tentando entender o fato de que ele não é apenas jovem e bonito, mas também um guerreiro, embora eu tenha visto tudo isso em ação com meus próprios olhos. Agora você está me dizendo que ele é divertido, quando imaginei um rei sério e de cara azeda cuja maior habilidade era manejar uma faca de mesa.

— Ah — diz Nephele. — É compreensível. Foi assim que me senti da primeira vez que o vi. Fiquei atordoada. — Ela sorri com a lembrança. — Mas Colden não permite silêncio por muito tempo. Ele é uma figura e, sim, um soldado. Sem magia ou não, espero que ele seja mais esperto que o príncipe e encontre o caminho para a liberdade.

Deuses, eu rezo para Loria que ele consiga. Mas minha mente se apega às palavras de Nephele porque eu não tinha ideia de que o relacionamento deles era assim. Embora eu suponha que deveria. Quando Alexus me contou sobre Nephele e o Rei do Gelo, ele chamou minha irmã de *alta serva* e *parceira* de Colden. Seu braço direito e amante. Não uma parceira. Eu que tinha definido na minha cabeça o que existia entre eles antes de entender a verdade. E eu, de todas as pessoas, deveria saber que as coisas nem sempre são como parecem.

Ainda assim, não consigo me imaginar compartilhando Alexus. A ideia de outra pessoa ficar com ele do jeito como faço — tocando-o, beijando-o, transando com ele — faz meu peito apertar e meu sangue esquentar.

— Eu gosto do nosso acordo — conta Nephele, e ouço a verdade em suas palavras. — Colden e eu somos... diferentes. Ele nunca admitiria isso, mas acredito que anseia por algo que a imortalidade roubou dele. Uma chance de passar uma vida normal com alguém que ele ama sem a promessa de que eventualmente enfrentará sua perda dia após dia por quanto tempo viver. Quanto a mim, não fui feita para ternura. Não do tipo que você e Alexus compartilham. Eu sei que o vínculo da runa faz parte disso, mas posso ver uma intimidade entre vocês que não consigo imaginar sentir por outra pessoa. Embora eu admire.

Penso em tudo o que senti de Alexus esta manhã, depois de enfrentar Thamaos, e um súbito vazio toma conta do meu peito. A imortalidade carrega consigo perdas e dores eternas. A ideia de amar alguém sabendo que o tempo a levaria e deixaria para trás uma dor eterna é... insuportável.

Pela primeira vez considero os limites do que compartilhamos, quanto risco é para Alexus sentir qualquer coisa por mim. Talvez seja por isso que ele sufocou seus sentimentos assim que os senti esta manhã. Somos amantes, como Nephele e Colden. Mas, a cada dia que passa, o que existe entre nós cresce. Só agora percebo a verdade da situação, mas Alexus sabe desde o começo o que pode perder se isso continuar. Sabe que continuará existindo muito tempo depois de eu não ser mais do que uma estrela desbotada no céu.

No entanto, ele olha para mim como se eu contivesse infinitos.

— A propósito — diz Hel, limpando a lama seca da pelagem dourada de seu cavalo. — Como você se sente sobre o vínculo agora? Depois do que aconteceu esta manhã?

— *As coisas certamente mudaram* — sinalizo enquanto Tuck esfrega o focinho no meu ombro. — Sinto-me ligada a Alexus de uma maneira diferente. Uma boa maneira. Mas diferente.

As sobrancelhas de Nephele se juntam quando ela me dá um olhar terno.

— Duas vidas podem se tornar tão entrelaçadas, Raina. Não que isso seja uma coisa ruim, é muito pessoal e único para cada casal. É preciso dominar alguns níveis de controle. Recomendo uma conversa com Callan. Eles são muito amigos, uma espécie de guia. Callan pode oferecer uma perspectiva externa e ajudá-la a saber o que esperar, para que você não seja pega de surpresa à medida que as coisas mudam.

Naquela noite, junto ao fogo, Alexus começa a me ensinar o significado das runas protetoras que vejo quando procuro o príncipe. Digo a mim mesma que vou falar com Callan. Mas a chuva vem e todos nós escapamos cedo para nossas barracas, e o momento passa.

Amanhã, digo a mim mesma mais tarde, enquanto caio no sono. Amanhã.

9
Raina

Estou sozinha em um buraco profundo e estreito, o rosto molhado de lágrimas e chuva.

Sangue escorre das pontas dos meus dedos enquanto arranho as paredes de terra. Mas não importa o que eu faça, não importa quanta magia eu invoque, não consigo sair.

A água sobe em volta dos meus tornozelos e vozes chegam aos meus ouvidos — sons de risadas, vida, liberdade — e imagino o conforto e o abrigo do mosteiro dez metros acima. Frenética, tiro a lama sob minhas unhas e o lodo escuro que cobre as palmas de minhas mãos. Em desespero, lanço outro feitiço na noite e invoco toda energia que encontro, esperando me impulsionar para outro lugar que não seja aqui.

Nada acontece, exceto a dança repetitiva da luz do dia e da escuridão da noite se alternando acima de mim. A chuva continua caindo e a água continua subindo, até que chega à minha cintura, alcança meu tronco e se eleva até minha garganta e meu queixo, por fim fazendo a lama escorrer de meu rosto para dentro da água e o gosto de terra inundar minha boca. Toda vez que inspiro no ambiente sufocante, o mundo fica mais e mais escuro...

Acordo ofegante e observo os arredores.

Não é real. É apenas um sonho. Estou segura.

Inquieta, afasto as peles e me desvencilho do abraço de Alexus. O medo que aperta minha garganta dificulta respirar, então me sento e inspiro o ar frio da noite.

Depois de uma expiração dura, Alexus se move atrás de mim.

— Você está bem?

De repente, um punhado de estrelas penetra a lona da tenda, pequenas luzes flutuando na escuridão.

Tremendo, eu o encaro e assinto, fazendo o sinal de *pesadelo*, embora ainda esteja conectando as peças.

Ele afasta meu cabelo, beija meu ombro e passa as pontas dos dedos ásperos sobre minha clavícula, até minha runa.

— Sinto muito, Raina. Vivo sob o peso da memória, ao que parece.

Arrependimento e culpa espreitam no tom de sua voz. Arrependimento pela runa. Culpa pelo sonho.

Porque desta vez, o terror não é meu. Pertence a Alexus, e flui para mim através de nosso vínculo.

Um pesadelo de sua infância.

Um pesadelo com tortura.

Um pesadelo que ele não consegue esquecer.

— *Isso é normal para pessoas vinculadas?* — sinalizo, desejando ter falado com Callan anteontem à noite. Amanhã, eu disse a mim mesma. E, no entanto, o amanhã veio e se foi.

— *Pode* ser. — Ele passa a mão pelo cabelo. — Mas para nós já é uma verdade. Tenho certeza de que o fato de estarmos nos comunicando por meio do vínculo com frequência tem algo a ver com isso. A runa forja muitos tipos de conexão. Parece que criou uma ligação subliminar entre nossos sonhos.

Deuses, eu odiaria que ele experimentasse o pânico que vem com meus pesadelos. Mas não consigo nem pensar nisso com todas as imagens ainda girando em minha mente.

Imagens que não me pertencem.

Toco seu rosto, preocupada com ele.

— Estou bem — ele me assegura, lendo meu rosto. — Estou mais preocupado com você.

— *Eu vou sobreviver* — sinalizo. — *Mas você mente. Você não está bem.*

Ele não está ofegante como eu, e quando toco sua testa, não há uma gota de suor frio. Não há sequer um tremor em seus ossos antigos; se eu não tivesse acordado, ele poderia ter dormido durante o pesadelo. Mas senti seu tormento.

Implacável, cru e real.

Ele solta um longo suspiro.

— Não é mentira, Raina. Juro que estou bem. Tenho muitos pesadelos, são comuns para mim. Tenho mais de *trezentos anos* de memórias. Às vezes elas se desenterram como bem entendem. Enfrentar Thamaos novamente deve ter desencadeado esta lembrança. Ele estava no mosteiro no dia que isso aconteceu, foi a primeira vez que o vi. Mas este evento em particular na minha vida foi apenas... uma experiência infeliz. Um *teste*. — Ele desliza a mão pela minha cintura. — Agora venha. Deite comigo. Está frio.

O pensamento é tentador, mas o impeço de me puxar de volta para o nosso catre. *Sei* que o que vi no sonho foi um teste. *Sei* o quanto ele chorou quando os inspetores da Escola da Noite e do Amanhecer chegaram durante a estação chuvosa, arrancaram-no dos braços de seus pais e o levaram a cavalo para os arredores de uma cidade chamada Yura. Senti seu medo como se fosse meu quando ele percebeu para onde o estavam levando, o terror escaldante que percorreu seu corpo de apenas dez anos de idade quando os homens do rei Gherahn o baixaram em um dos antigos poços do mosteiro Un Moritra, mais conhecido como *Os Poços da Morte*, e o deixaram na chuva para provar sua habilidade. Um garotinho que não conseguia fazer mágica com água.

Passar ou falhar. Escapar ou morrer.

Nunca estive em Yura ou Quezira, mas graças a esse pesadelo, agora sei como era cada canto dessas cidades há mais de trezentos anos, seus aromas e sons. Consigo imaginar os prédios em ruínas lançados nas sombras de novas construções e a cidade antiga que fica perto do templo.

Tenho na *minha* lembrança até como Alexi costumava dizer que havia *duas* cidades em ruínas em Tiressia, a das Terras do Verão e a que o tempo abandonou em Quezira.

Também sei que Alexi, da tribo de Ghent, chamara a Escola da Noite e do Amanhecer de *academia*, uma palavra que nunca o ouvi usar antes, e que aos dezesseis anos ele avançou da Ordem da Alvorada para a Ordem da Noite. Sei que o tiraram de Yura e o mandaram para a escola de elite recém-construída em Quezira, e que ele a odiava tanto que queria queimá-la até virar pó, mas que com o tempo fez amigos e passou a considerá-la sua casa.

E ainda tem Min-Thuret. O Templo de Thamaos. A sede original do reino. A admiração que Alexus tinha por aquele lugar é palpável. A estrutura agora é uma nova lembrança em minha mente, os vidros e as cúpulas douradas visíveis da escola, no alto de uma colina gramada perto das ruínas, cercada pelo ar umedecido pela chuva e malmequeres tremendo ao vento. Até conheço os cortes suaves de entalhes gastos pelo tempo nas paredes externas, runas arcaicas de proteção que Alexus admirava com o deslumbramento de uma criança. Vive em mim a recordação de seu pequeno coração batendo como uma bigorna entre os ossos de seu peito enquanto ele cruzava a soleira daquelas portas imponentes, caminhava pelos claustros e depois se ajoelhava no Salão de Rituais diante do trono opulento.

Então, sim. Para ele, talvez o pesadelo fosse apenas uma lembrança infeliz. Para mim, é uma fatia da longa vida de Alexus Thibault, tão real que parece que eu vivi cada segundo.

— *O que aconteceu foi uma tortura* — sinalizo. — *Isso assombra você.*

— *Muitas* coisas me perseguem, Raina. Esta é a menor delas. — Ele segura meu queixo com a mão. — É por isso que você precisa me ouvir. Posso ser seu herói agora, mas, em outra história, eu fui o vilão. Do pior tipo. Homens como eu e o príncipe aprendem a conviver com a própria miséria e pecados, mesmo que isso signifique ser assombrados por uma legião de fantasmas.

Meu peito aperta. Comparado com o Príncipe do Leste, Alexus é um santo, mas entendo que os dois homens foram feitos da mesma matéria.

Ambos machucaram pessoas pelo trono do Leste. Ambos lutaram em guerras, e do lado errado. E ambos usaram seu poder para quebrar as leis da natureza e cruzar para o Mundo das Sombras, caminhando onde apenas a morte ousa pisar. A linha que os separa pode ser tênue, mas eles não são iguais.

Não posso acreditar que são.

Alexus roça um toque na minha bochecha e afunda os dedos no meu cabelo.

— Preste atenção. Eu amei todas as noites que compartilhamos desde a Vila Invernal. Cada conversa. Cada beijo. Cada toque. Mas se continuarmos explorando esse vínculo, se continuarmos permitindo que ele una nossas vidas, temo que você descubra o quão assombrado eu realmente sou. — Ele faz uma pausa e engole em seco. — Não posso dizer que a ideia de você testemunhar minha antiga vida não me assusta. Porque, goste você ou não, enfrentar os fantasmas do meu passado *vão* fazer com que você me veja de maneira diferente. Está preparada para isso?

— *Não sei* — respondo honestamente. Eu não estava preparada para nada disso, mas… — *Quando eu disse que nossas trevas poderiam ser amigas eu falava a verdade.*

Meu coração bate forte quando Alexus se aproxima.

— Temo que você não entenda o que está dizendo.

— *Não tenho medo de você* — digo a ele. — *Nem mesmo de Alexi de Ghent ou Un Drallag.*

Ele olha fixamente em meus olhos por um longo momento e então me beija, arrastando os dedos pela curva do meu seio, acariciando meu mamilo, a ponta áspera de seu dedo circulando a carne sensível. A vibração estranha que senti em nossa caminhada em uma noite anterior retorna, permanecendo na esteira de seu toque.

Me pressiono contra sua mão, desejando sua palma em meu peito. Alexus responde, agarrando-me com força enquanto Mannus relincha do outro lado do acampamento, alertando-nos de que o nascer do sol está a poucas horas de distância.

— Tem certeza? — pergunta Alexus. — Não temos muito tempo antes de você voltar para sua tenda. Se quisermos manter nosso ardil, claro. Não posso mais dizer que me importo.

O calor de sua respiração na minha boca envia um arrepio que percorre toda a minha pele enquanto ele arrasta meu lábio inferior entre os dentes e me beija, um beijo tão tentador quanto provocador. Lento e deliberado, sensual e doce.

Preciso dele mais uma vez antes de chegarmos ao vale. Não sei o que esse confronto nos reserva, se Finn ou seu pai vão querer nos acompanhar ou não. Se quiserem, não consigo imaginar muitas noites nos braços de Alexus entre este momento e Malgros.

— *Tenho certeza* — sinalizo e o pego pelo pulso.

Segurando seu olhar aquecido, deslizo sua mão sob os cobertores em volta da minha cintura e a coloco onde preciso dele, e onde sei que ele quer estar. Com lábios macios, ele dá outro beijo e desliza a mão sobre meu sexo, os dedos brincando ao redor do meu centro, até que ele desliza um para dentro de mim, então outro, combinando cada movimento com sua língua.

Eu aguento o máximo que posso, mas me afasto para recuperar o fôlego, cada inspiração ficando cada vez mais superficial enquanto ele me deixa em um frenesi, seduzindo meu corpo até que eu esteja agarrada a seus ombros e ofegando mais forte do que quando acordei do sonho.

O desejo carnal me guia enquanto balanço contra sua mão, precisando de mais, precisando *dele*, já buscando um doce alívio.

— *Por favor* — sinalizo contra seu peito.

— Humm, *paciência*. — Ele abaixa a cabeça e chupa meu mamilo enquanto acaricia o pequeno broto com o polegar, fazendo estrelas explodirem atrás dos meus olhos.

Deuses, já estou tão perto.

Antes que eu alcance o auge, ele solta meu seio e afasta a mão. Eu quase agarro seu pulso e o puxo de volta para mim. Mas fico encantada com a forma dele na penumbra, as linhas de seu contorno musculoso delineado pelo brilho âmbar da luz de suas estrelas enquanto ele enfia os dedos na própria boca e os tira.

— Você tem um gosto tão bom — diz ele, e cada centímetro de mim queima. Alexus me beija, compartilhando meu gosto. Com a língua movendo-se suavemente, com movimentos amplos, ele empurra os dedos para dentro de mim e se inclina na minha direção, sobre mim, usando o peso de seu corpo para me empurrar para baixo em nossa cama de pele. Ele não para de me tocar até se encaixar entre minhas pernas.

Ele sorri e levanta o queixo como fez na outra noite, e seu poder brilha sobre minha pele, um fio de calor em minhas veias. As esferas se aproximam, iluminando nossa nudez.

Com um brilho sedutor em seu olhar, Alexus muda o peso para um braço e roça as pontas dos dedos sobre meu torso nu — da cavidade da minha garganta, entre meus seios, meu abdômen, até o monte do meu sexo. Não posso segurar o tremor que sacode meus ossos quando ele agarra entre minhas pernas.

Sua voz tem uma língua de mel enquanto ele passa a mão áspera sobre meu corpo mais uma vez.

— Preciso te ver. Preciso da imagem de você nua e se contorcendo embaixo de mim gravada em minha memória. — Com um toque hábil, ele traça as marcas da bruxa florescendo sobre meu quadril, contornando meu umbigo, dançando na curva de minha cintura, queimando em minhas costelas. — Deuses, você é tão linda, Raina.

Meus seios ficam pesados e apertados enquanto ele provoca meu mamilo entre as pontas dos dedos. A mesma sensação de antes retorna, uma vibração irradiando de seu toque.

Cubro sua mão com a minha e dou a ele um olhar curioso. Tudo isso é tão novo.

— Energia — diz ele. — Quase tão bom quanto enredar nossa magia.

Para provar suas palavras, ele lambe um caminho tentador até o volume do meu seio, girando a língua ao redor do meu mamilo, enviando uma dor inquieta direto para o meu clitóris.

Não emaranhamos nossa magia desde a Vila Invernal. Há muito pouca privacidade para tudo o que isso implica, especialmente agora que sua magia voltou. Pelo que sabemos, poderíamos incendiar esta floresta. Mas é difícil entender que há *mais* do que a combinação de nossa magia, embora eu possa sentir esse traço de seu poder. O fato de ele conseguir reunir energia do éter e poder usá-la para a destruição e para o prazer é nada menos que desconcertante.

Quando ele levanta a cabeça, a fome brilha em seus olhos verdes.

— Forte e rápido ou profundo e lento?

Ele faz essa pergunta todas as vezes.

— *Ambos* — sinalizo.

Ele geme do fundo do peito.

— Eu estava torcendo para que você dissesse isso.

Voltando sua atenção entre nós, ele empunha seu pau, longo e rígido, e com uma precisão cruel, esfrega aquela larga ponta contra meu clitóris. Não sei por que não espero isso, mas aquela energia concentrada de antes vibra em sua carne, a sensação ecoando pela parte mais sensível de mim, roubando-me o fôlego.

À beira de uma inspiração irregular, eu me apoio pelos cotovelos. Alexus abre aquele sorriso conhecedor, e então, pela luz de sua magia, nós dois observamos enquanto ele desliza sua ponta inchada para cima e para baixo em minha fenda, a cabeça pulsante ficando escorregadia com meu desejo.

— Apenas uma pitada de mágica — diz ele, me provocando com um pingo de poder, me deixando quase sem sentido.

Jogo minha cabeça para trás, lutando contra o desejo de me contorcer contra ele, enquanto tento não morrer de felicidade ao sentir aquele toque. Se isso é apenas uma amostra, para que estou me contendo? Eu já o quero em todos os lugares. Nas minhas mãos. Entre minhas pernas. Na minha boca.

Em todos os lugares.

Meu desespero leva a melhor. Levanto a cabeça e deixo meus quadris acompanharem seu ritmo, avidamente acariciando seu comprimento. Ele se solta, os olhos focados onde nossos corpos se tocam, um gemido contido ressoa dentro de seu peito.

— Você é a tortura mais doce, Raina Bloodgood. — Uma maldição sai de seus lábios quando ele se inclina e circula a língua em torno de cada um dos meus mamilos, lambendo as pontas macias até que outro formigamento dispara direto para onde ele se esfrega em mim.

Eu me deito no pelo, e ele segue, chupando profundamente meu mamilo duro. Depois de arrastar os dentes, ele morde a curva suave do meu seio, sugando toda a região. A sensação aumenta, alcançando aquela linha delicada e viciante em que o prazer encontra a dor, uma linha que me afeiçoa a cada dia.

Ansiosa para tê-lo dentro de mim, corro as unhas por suas costas musculosas, descendo pela curva elegante de sua longa coluna e o incito a se aproximar. Sob meu toque, calafrios percorrem sua pele.

— Quero ter certeza de que você se lembra disso. — Ele roça um beijo quente na minha runa, depois na pele entre meus seios. — Que se lembre do que é ser *minha*.

Como se eu pudesse esquecer. Alexus Thibault me marcou de várias maneiras.

Minha runa ganha vida, pulsando com paixão, luxúria, necessidade. Alexus não se detém, deixando-me experimentar tudo o que ele sente neste momento. Admiração. Anseio. Até mesmo aquela terna afeição que ele havia escondido. É avassalador, o suficiente para chorar.

Querendo dar a ele o mesmo, fecho os olhos. Encontro-me com a fita de luz que é o vínculo rúnico.

Deixo minha mente vagar em direção a Alexus, flutuo naquela fita de seda. Ainda parece perigoso enquanto enfrento a escuridão entre nós, aquele vazio fervilhante que me espera toda vez que procuro nossa conexão. Parece que estou a um momento de cair da borda do mundo e entrar em uma escuridão da qual nunca mais voltarei.

Mas então estou com ele e sei que ele me sente e o meu desejo de dar a ele uma fração do que me deu. Minha adoração. Minha confiança. Meu desejo e anseio.

— Porra, Raina — sussurra ele contra a minha boca. — Juro pelos deuses que nada mais existe quando estou dentro de você. Nada além de nós. Os Campos Empíreos não são tão perfeitos assim.

Beijo sua bochecha barbada e pressiono meu rosto no dele. Eu me sinto da mesma forma. Bom ou mau. Vilão ou herói. Luz ou escuridão. Não me importo com nada disso, por causa desse sentimento. *Dele*. Dentro de mim. *Vinculado* a mim.

É tudo.

Movido pela emoção entre nós, ele me beija, nossas bocas abertas e famintas. Quando por fim ele se afasta, enterra o rosto na curva do meu ombro, engancha meu tornozelo em seu quadril e, em um golpe rápido e punitivo, mergulha toda aquela dureza de tirar o fôlego dentro de mim.

Ofegante, enterro os dedos em seu cabelo e arqueio minha coluna, me sentindo tão maravilhosamente preenchida. Ele agarra minha bunda e empurra ainda mais fundo, até que não consigo pensar em nada além do desejo incandescente que inunda minhas veias.

Ele encosta a testa na minha, fecha a mão na minha coxa e começa a se mover, devagar a princípio, e com a mesma perícia que me choca cada vez que me pega. Não demora muito e ele está empurrando, da ponta até a raiz, cada fricção profunda em um ângulo perfeito. De alguma forma, ele sabe exatamente como cavalgar aquele lugar sensível dentro de mim que faz minha mente girar.

Mas aquela energia pulsante… Aquele poder concentrado…

Mal posso suportar. Cada retirada e avanço confunde os restos de qualquer pensamento coerente que eu tentei manter.

Um som quase doloroso de necessidade mais profunda deixa Alexus enquanto eu aperto minhas pernas em volta de sua cintura e curvo meus quadris em direção aos dele. Tenho toda consciência do que isso faz com ele, mas estou totalmente atordoada com o que isso faz comigo com essa nova sensação pulsando dentro de mim.

Minha libertação está tão perto, e Alexus parece sentir isso, talvez através do vínculo, porque depois de um impulso poderoso que empurra todo o meu corpo para cima, ele tira tudo para fora.

Todo o ar sai dos meus pulmões e meu orgasmo oscila à beira de um penhasco enquanto ele fica de joelhos, engancha os braços sob minhas pernas e me puxa para perto. Com aquelas mãos fortes, ele abre minhas pernas.

— Você gosta quando eu te provo? — Ele arrasta o polegar ao longo da minha fenda e lambe minha umidade da ponta. — Quando minha língua está dentro de você?

Qualquer compostura restante se esvai. Devassa, assinto e levanto meus quadris novamente, me rendendo completamente. Um apelo desesperado.

Um sorriso perverso curva sua boca.

— Sempre tão esfomeada — diz ele, apertando ainda mais minhas coxas. — O que devo fazer para lhe ensinar a ter um pouco de paciência?

Começo a responder, as palavras queimando dentro de minhas mãos absolutamente lascivas. Mas os orbes de luz piscam ao redor de Alexus como mariposas atraídas pela chama de uma vela, e fico cativada pela visão de seu corpo robusto e cheio de cicatrizes ajoelhado em sua aura dourada. Seus joelhos estão bem abertos, seu pênis liso, duro e saliente, a cabeça larga inchada e pronta.

Com seu olhar verde em meu corpo, a fome furiosa em seus olhos como se pudesse me devorar, ele enterra a boca entre minhas pernas e dá uma longa lambida em meu centro.

Meus olhos reviram, e enrosco as mãos em seu cabelo enquanto ele provoca meu clitóris com a língua, sua magia escorrendo por todo aquele botão sensível. Eu poderia gozar só com isso, mas Alexus é um mestre com meu corpo, sabendo exatamente o quanto é pouco e o quanto é suficiente. Ele se detém, me mantendo balançando na beira de um penhasco, mergulhando sua língua dentro de mim como se não pudesse ir fundo o bastante.

Quando ele levanta a cabeça escura, os lábios brilhando, aqueles olhos brilhantes e ferozes quase prateados sob a luz dos orbes, um arrepio percorre minha espinha.

Ele é glorioso.

Ele fica de joelhos e inclina a ponta em direção à minha entrada.

— Por mais que eu queira sentir o gosto da sua libertação, e eu juro que irei, e logo, preciso sentir você gozar. Não há nada mais doce do que aquela palpitação apertada no meu pau.

Deuses. Eu quase sinalizo que se ele não parar de falar assim, isso vai acontecer mais cedo ou mais tarde. Mas ele se empurra dentro de mim, profundo e lento, do jeito que eu pedi, roubando minha respiração e segurando minhas palavras, cada centímetro delicioso ameaçando me desvendar.

Enquanto ele move seus quadris, sem pressa, espalha sua mão em meu abdômen e aponta o polegar em meu clitóris, esfregando círculos com pressão perfeita. É tão bom, tão necessário, que meu corpo o aperta em resposta.

Ele emite um som gutural, e o pulso de magia em seu pênis se intensifica, fazendo-me contorcer e ofegar, minhas mãos agarrando o pelo debaixo de mim.

— Mil vezes porra, Raina. Se eu pudesse fazer isso do jeito que quero, a terra tremeria daqui até o maldito mar.

A promessa em suas palavras envia uma onda de excitação através de mim — *e* através do vínculo — e com uma ferocidade voraz própria, eu encontro suas longas estocadas, forçando-o mais fundo, ardendo enquanto sua libertação aumenta, misturando-se com a consciência da ameaça de meu próprio clímax.

Estendo a mão para ele e, como se compelido pela minha necessidade, ele rasteja sobre mim. Com aquele lindo rosto olhando para baixo, eu o puxo para um beijo forte, mantendo-nos perto para que eu possa engolir os suspiros e gemidos muito altos que inevitavelmente o deixarão.

Porque eu não posso aguentar muito mais tempo.

Enquanto nos beijamos, o deslizar lento de seu pênis se transforma em uma batida rítmica, forte e profunda, até que a tensão dentro de mim — enrolada de forma tão dolorosamente apertada — se desenrola em um êxtase destruidor.

Alexus se afasta da minha boca enquanto meu corpo agarra o dele, apertando-o, onda após onda divina.

— El om ze pera — ele pronuncia entre respirações falhas, os olhos fixos nos meus. — Lohanran tu gra.

Suas palavras são em Elikesh, palavras que ele nunca falou para mim, mas sinto sua devoção fluir ao longo do vínculo, seu significado quando sua contenção se estilhaça.

Com estocadas poderosas, seu orgasmo se derrama dentro de mim. Suspiro com cada explosão de prazer, a libertação ampliada por sua magia. A rendição pulsante é uma sensação de parar o coração que desejarei pelo resto dos meus dias.

Eu o seguro perto, beijando-o enquanto ele geme em minha boca. Engulo cada gemido, deleitando-me com os tremores que percorrem este corpo antigo e magnífico.

Um corpo que treme só para mim.

Por vários minutos, enquanto suas pequenas estrelas brilham até que se suavizam e desaparecem, Alexus permanece dentro de mim, nossos batimentos cardíacos vibrando como o ritmo de uma música. Ele me beija com carinho ao longo de meus ombros, meu rosto, meus olhos, e depois de um tempo, a pulsação acelerada de meu coração diminui e minhas pernas trêmulas descansam.

— Acho que deveríamos ficar nesta barraca o dia todo. — Ele acaricia meu pescoço, arrastando a língua sobre meu pulso, então se move para baixo, mordendo meu mamilo de brincadeira. — Eu poderia te mostrar mais das minhas habilidades.

Quando ele se afasta, eu movo meus quadris, ficando sobre ele, molhada com o nosso prazer.

— *Estou mais do que um pouco curiosa depois dessa demonstração* — sinalizo.

Ele sorri e acaricia meu pescoço novamente.

— Não me tente. Nós temos um rei e um mundo para salvar.

Não há muito para sorrir com essa última declaração, mas minha boca se curva um pouco de qualquer maneira, mesmo com as palavras de Joran e Thamaos ainda à espreita nas bordas da minha mente. Alexus disse *nós*. Porque estamos nessa luta juntos.

Para meu desgosto, ele se afasta de mim e rola de costas. Eu me ressinto com o vazio, mas ele envolve os braços em volta de mim e me puxa para seu lado, fazendo a sensação de vazio desaparecer.

— Posso confessar uma coisa? — pergunta ele. — Sem parecer louco? Eu queria te contar desde a Vila Invernal.

Concordo com a cabeça e traço os músculos esculpidos de seu abdômen, movendo meu dedo para cima e para baixo na trilha de pelo escuro abaixo de seu umbigo.

— Depois que chegamos ao castelo, sonhei com você. Como teria sido se tivéssemos nos conhecido de outra forma, em alguma outra vida. O sonho foi tão vívido que quando você veio aos meus aposentos na noite seguinte, e finalmente pude tocá-la e beijá-la do jeito que eu desejava, você pareceu, e tinha um gosto, familiar. Como se meu corpo tivesse sido feito para o seu. Não por causa do que aconteceu entre nós na floresta também. — Ele beija minha têmpora e me puxa para mais perto. — Era como se eu estivesse exatamente onde deveria estar.

Meu rosto se aquece enquanto descanso o queixo em seu ombro, encontrando seu olhar na penumbra. Ainda sorrindo, passo os dedos por sua barba.

Envio minha resposta pelo vínculo, ficando mais corajosa a cada vez que o uso. Não acho que ele esteja bravo. Desde o momento em que ele olhou para mim pela primeira vez, foi como se ele pudesse ver dentro da minha alma. E na noite que passamos em seus aposentos, ele me disse como me ter em seus braços parecia a coisa certa.

Embora não possa dizer que entendo, estou começando a acreditar que talvez, apenas talvez, o Destino esteja de olho em nós há algum tempo.

Descanso nos braços de Alexus até que a luz da manhã nascente me lembre de que devo enfrentar o dia. Deitado na pele, ainda nu exceto pelos cobertores enrolados em suas coxas, ele me observa com um sorriso afetuoso enquanto eu me limpo, visto minhas roupas de viagem e tranço o cabelo, uma tentativa de me tornar um tanto apresentável.

Enquanto me arrumo, olho seu corpo. É impossível não admirá-lo: o cabelo preto se acumulando em sua cabeça como uma poça de tinta derramada, as cicatrizes antigas em sua pele umedecida de suor que me chamam na luz fraca do amanhecer.

Se houvesse um deus nesta terra, seria ele.

O vento sopra pela floresta e chicoteia a barraca, quebrando o momento. É como se Neri pretendesse nos empurrar mais para o sul, para fora da Floresta da Água Gélida e para dentro do vale. Em questão de horas, depois de muitos dias de viagem difícil, ele terá sucesso, esteja eu pronta para enfrentar o que me espera ou não.

Alexus se apoia em um cotovelo e passa os nós dos dedos pelo meu queixo, lendo minha mente como costuma fazer, mesmo sem o vínculo.

— Esqueça suas preocupações e vá, ou alguém vai te pegar, e teremos ainda mais problemas para enfrentar hoje. Já estou no meu limite com Joran.

Reviro os olhos e assinto, embora deixá-lo esteja se tornando cada vez mais difícil. Em sua tenda, nada nem ninguém existe além de nós. É tão bom, mas é um falso contentamento. Porque *lá fora*, o inimigo espera, e o mundo está um caos.

E estamos caminhando direto para ambos.

— *Tudo bem* — sinalizo. — *Mas antes de ir, o que significa El om ze pera, lohanran tu gra?* — Soletro confusamente as palavras desconhecidas da melhor maneira que posso.

Um canto da boca de Alexus se curva quando ele se aproxima.

— Depois que chegarmos à costa, se você ainda gostar de mim tanto quanto gosta agora, eu explico.

— *Promessas, promessas* — sinalizo, empurrando seu peito quente. — *Vou perguntar a Nephele.*

Ele ri e mantém a voz baixa.

— Sempre impaciente. Mas eu quero ser aquele que vai te contar. Não tenho certeza se Nephele conseguiria. É um dialeto muito antigo.

— *Dialeto antigo. Como o tipo que você está traduzindo em seu livro?*

Olho para o canto da tenda, para os livros cuidadosamente embrulhados e empilhados ao lado da bolsa de Alexus.

Ele lhes dá um olhar pensativo.

— Sim. O mesmo tipo.

Estou curiosa, provando que ele está certo. Paciência não é uma virtude que possuo, mas por enquanto — *por ele* — vou esperar.

Mannus relincha de novo, mais insistente, o que é incomum. Alexus ignora seu animal e segura meu queixo entre o polegar e o indicador uma última vez.

— Lohanran tu gra — ele sussurra antes de roubar outro beijo.

Relutantes, nos separamos. Alexus pega a velha chave de ferro sobre suas roupas e a pendura no pescoço enquanto vou até a aba da barraca e afrouxo os laços.

Espio o acampamento ainda adormecido. As fogueiras há muito se extinguiram, e uma fina névoa prateada rasteja pelo chão enquanto o amanhecer ilumina a floresta. Lembro-me da minha última manhã na casa de minha mãe. Como naquela ocasião, eu temo o dia, mas por razões muito diferentes.

Com um olhar final sobre o ombro, vejo Alexus puxando sua calça sobre o traseiro mais lindo que eu já tive a sorte de ver. Ele sorri e pisca, e não posso deixar de sorrir enquanto coloco meu capuz e saio.

Dou alguns passos antes de pisar em um galho grosso. O eco ao quebrar em dois ressoa na floresta. Congelada no lugar, olho para as outras barracas, esperando ser pega.

— Não se mova — uma voz baixa e tensa comanda atrás de mim. — Mostre-me suas mãos.

Meu coração gagueja até parar, e Mannus relincha mais uma vez. Droga.

A segunda vez não foi um alerta.

Foi um aviso.

Levanto as mãos para provar que estou desarmada.

— Agora vire-se — diz ele, a voz um sussurro exigente. — Devagar.

Há algo nessa voz. Mesmo reduzida a um sussurro.

Algo que me faz desistir de buscar Alexus por meio do vínculo.

Com minhas mãos ainda erguidas em sinal de rendição, faço o que me dizem e olho para o homem atrás de mim.

Um homem que mira uma flecha em meu coração.

10
Raina

O homem diante de mim parece tão diferente, embora eu já o esteja vendo nas águas há duas semanas.

A pele bronzeada pelo sol está queimada pelo vento, o cabelo despenteado caindo sobre os olhos. Ele tem uma barba desalinhada em seu queixo de menino e perdeu peso, fazendo-o parecer outra pessoa.

Mas conheço a curva esculpida à mão do arco de teixo de seu pai.

Enquanto as lágrimas se acumulam nas bordas das minhas pálpebras, Finn se aproxima com passos incertos, o arco ainda levantado em suas mãos enluvadas. Ele faz uma pausa, respirando com dificuldade, piscando, como se pensasse que poderia estar me imaginando.

Embora eu também esteja mais magra, tenho certeza de que ainda tenho a mesma aparência. Tenho certeza de que ele imaginou o pior final para mim — que encontrei a morte semanas atrás na ponta da flecha de fogo de um Habitante do Leste. E pela expressão dele enquanto abaixo o capuz, está percebendo o quão errado está.

Finn afrouxa e abaixa o arco.

— R-Raina? Estou… estou sonhando?

Embora haja seis passos entre nós, percebo a falha em sua voz e o brilho em seus olhos, as íris escuras brilhando como pedras polidas. Algo aperta meu estômago. Eu sempre odiei ver Finn chorar. É um evento raro, mas me destrói.

Loria, fique comigo.

Balanço a cabeça e sinalizo:

— *Não, Finn. Você não está sonhando. Os Habitantes do Leste se foram e nós sobrevivemos.*

Com movimentos rápidos de chicote, ele enfia a flecha na aljava em seu quadril, atravessa o arco sobre o peito e avança em minha direção, um homem determinado, exatamente como na noite da ceia da colheita. Ele até está usando as mesmas roupas. A jaqueta verde-floresta que Betha fez para ele — amarrotada e manchada com mais coisas do que eu gostaria de imaginar — e a túnica branca engomada, agora rasgada e suja. Mesmo assim a visão me leva de volta no tempo.

Um sorriso branco e cativante se abre em seu rosto. Mais rápido do que consigo pensar no que fazer, ele me levanta e me gira enquanto uiva sua alegria pela floresta.

— Graças aos deuses — grita, sem dúvida acordando todos no acampamento. — Vocês me ouvem, ó Antigos? Vocês a trouxeram de volta para mim! E eu agradeço!

Um sorriso incerto abre caminho em meus lábios. Senti falta de Finn. Fiquei preocupada com ele. Senti tanta culpa. Agora ele está aqui, vivo e inteiro. No entanto, não importa o que eu imagine, não consigo ver nenhum cenário em que isso termine bem.

Quando olho para baixo, Finn me beija como se fôssemos as duas únicas pessoas na floresta. É um choque frio, o gosto de Finn se misturando com a memória do beijo de outro homem.

Sem fôlego, nos separamos. Estou atordoada, mas não tão abalada a ponto de não notar o otimismo no rosto de Finn quando ele me coloca de pé. Não consigo me lembrar de uma época em que esse tipo de luz irradiava dele.

Este tipo de *esperança*.

Ele segura meu rosto.

— Como? — Ele acaricia os polegares sobre as marcas ao longo da minha mandíbula e no meu pescoço. — Como você tem essas marcas? E como, em nome dos deuses, você está aqui? — As manchas âmbar em seus profundos olhos castanhos brilham ao sol da manhã, mas felizmente não há lágrimas. Ele está muito feliz.

Não consigo saber o que é pior.

— Bom, não me importo. — Ele ri, ainda acariciando minha pele. — As marcas só te deixam mais bonita. E quem sou eu para questionar os deuses? Não importa por que eles te pouparam, eu só estou grato por isso. Muito grato, Raina. — Ele me beija novamente, rápido e doce, antes de continuar. — Tem mais sobreviventes. Vinte e três, incluindo meu pai e os caçadores. Estivemos acampados perto do lago na última semana. Fica a apenas um dia de viagem daqui.

Sorrio e assinto, sem saber como vou explicar que os acompanhei nas águas por um longo tempo. Não conseguira discernir quantos eram e, embora desejasse que houvesse mais uma centena, fico feliz que nem todos tenham se perdido como eu acreditava.

Respirando fundo, agarro os pulsos de Finn, me equilibrando. As palavras giram dentro da minha cabeça, mas, como ele, permito-me alguns momentos apenas para agradecer por ele estar aqui. Havia mil e uma maneiras pelas quais eu poderia estar de luto por ele agora, em vez de sentir seu pulso contra meus dedos.

Mas não é só isso que sinto. Minha runa aquece, latejando com o calor, e uma onda de poder bate no ar, seguida pelo zumbido de estática em minha pele.

A agitação percorre o vínculo, uma vibração constante e rítmica, como o dedilhar oportuno das cordas de um instrumento. Como se sentisse isso também, Finn levanta a cabeça e seu sorriso exultante desaparece.

Uma máscara de desprezo cai sobre seu rosto e, com as narinas dilatadas, todo o seu corpo fica tenso, preparado para a ação.

Preparado para uma *luta*.

Ele tira as mãos do meu rosto e toca a curva de seu arco.

— Que porra, em nome dos Confins Inferiores, *você* está fazendo aqui?

Leva um segundo para me virar e me mover na frente do meu amigo, os braços estendidos em uma postura protetora.

Joran está parado no meio do acampamento, com a besta erguida, carregada e apontada. Mechas de cabelo prateado dançam ao redor de seu rosto ao vento da manhã, mas aquele olhar de pálpebras pesadas está fixo em nós, certo como seu raio. Falta o cinturão de facas que normalmente pende da cintura de sua calça cinza-escura, assim como seu suéter e a braçadeira de couro que raramente sai de seu antebraço. Esta manhã é a primeira vez que vejo tanto dele e as suaves marcas azuis que cobrem sua pele de feiticeiro da água.

Atrás de Joran aparece Rhonin. O cabelo ruivo chicoteia em torno de sua cabeça e a camisa está grudada em seu torso. Ele parece desorientado. Assustado. Mas uma flecha está encaixada em seu arco curto, os ombros dobrados e arredondados com a tensão.

Alguns outros bruxos da Vila Invernal pontilham o acampamento — Callan, Keth, Jaega. Eles estão meio adormecidos, mas cada um segura uma arma.

A pergunta de Finn não foi dirigida a nenhum deles, no entanto. Foi dirigida a Alexus.

Ele está a alguns passos de distância, na borda de sua tenda, ofegando nuvens de ar frio. Um raio de primeira luz do dia perfura as copas das árvores e reflete na espada afiada colocada sobre seu antebraço. Ele gira os ombros, os músculos se contraindo e flexionando, mas depois de um longo e pesado momento, ele relaxa de sua postura de luta.

A calça está desamarrada e solta em seus quadris, e ele ainda está sem camisa, as cicatrizes de suas muitas runas e os arranhões rosados recentes de minhas unhas à mostra na luz crescente.

— Thibault! — Joran evoca o final do nome escolhido por Alexus, esperando por ordens.

— Raina — diz Alexus, mas mantém o olhar fixo em Finn. Eu ouço uma dúzia de perguntas não ditas nessa única palavra.

— *Diga a eles para abaixarem as armas* — sinalizo. — *Este é Finn.*

Não tenho certeza por que anuncio essa última parte. Está claro que ele já sabe quem é nosso visitante, ou nunca teria baixado a espada.

— Está tudo bem. — Alexus enfia a ponta de sua lâmina no chão. — É o irmão de Helena.

Os outros abaixam as armas. Joran também. Olho diretamente para Rhonin, aponto o queixo em direção à tenda de Nephele e sinalizo o nome de Hel. Ele segue nessa direção, entendendo meu desejo de que ele acorde minha amiga. Já posso sentir uma tensão no ar, uma que preciso que ela ajude a apagar.

Finn caminha ao meu redor como se não tivesse ouvido o nome de sua irmã, olhando alternadamente para a tenda, Alexus e para mim, como se pudesse ver o vínculo invisível entre nós. Uma sensação familiar de enjoo gira em meu estômago. Meu amigo mais antigo está confuso e pisca rápido como se estivesse tentando colocar as peças de um quebra-cabeça complexo em seus lugares, mas nenhuma parece se encaixar. Não há dúvida de que ele me viu sair daquela tenda, e que o Coletor de Bruxos seminu também saíra do mesmo lugar parecendo estar muito bem saciado em mais de um sentido, entendendo minha língua de sinais e ainda dizendo meu nome com extrema familiaridade.

Olho para Alexus com preocupação. Ele retribui com uma onda de calma através do vínculo e um aceno reconfortante, quase imperceptível.

Mas não imperceptível o suficiente.

Cada músculo do corpo de Finn fica rígido. Ele me estuda com aqueles olhos infinitos, lendo verdades que não posso esconder.

— Mais cedo… — Sua garganta se move em um engolir forte, como se suas próximas palavras fossem tão nojentas que o sufocassem. — Você estava com ele… *por vontade própria*?

Joran dá uma risada desdenhosa.

— Claro que ela estava. Ela fica com ele quase todas as malditas noites. Um grande campeão, esse aí.

Alexus e eu encaramos cada centímetro do Habitante da Terra do Gelo com desejos de morte. Entendo por que Joran não gosta de mim, mas esse momento de arrogância é ousado.

Naqueles segundos, quando Alexus e eu estamos de olho no arco, vejo Finn se movendo com o canto do olho. Dou meia-volta, mas só posso observar enquanto ele dá um passo à frente, recua e dá um soco na mandíbula de Alexus.

O impacto faz a cabeça de Alexus virar para o lado, jogando uma cortina de cabelo escuro sobre seu rosto. Mas, apesar de todo o poder do golpe de Finn, o Coletor de Bruxos permanece firme como uma árvore.

Alexus torce a cabeça, estalando o pescoço e, com o polegar, limpa o fino fio de sangue brilhante escorrendo pelo queixo.

Ele levanta um dedo.

— Você tem uma chance, ferreiro. *Uma.*

— Ou talvez eu consiga duas. — Finn solta o arco e atira uma flecha, mirando a ponta larga em Alexus. — Você terá sorte se isso for tudo que eu fizer. Eu deveria ter deixado aquela flecha de fogo afundar em seu coração podre lá em Silver Hollow.

— E talvez eu devesse ter deixado aquele Habitante do Leste cortar você em pedaços — retruca Alexus, a voz afiada. — Mas não deixei. E aqui estamos.

Leva um momento para eu entender o que eles estão dizendo. Eles salvaram um ao outro? Na noite do ataque?

— Eu abaixaria esse arco — diz Joran. — O Coletor também não é minha pessoa favorita, mas precisamos dele. Além disso, por mais rápido que você seja, eu sou mais.

O sorriso na voz do Habitante da Terra do Gelo é audível. Mesmo sem olhar, sei que aquele sorriso lupino está aberto e que sua besta está mais uma vez erguida, carregada e apontada.

Finn não cede, então me movo para ficar entre ele e Alexus.

— *Você não entende* — sinalizo. — *Abaixe o arco e ouça. Por favor.*

Ele muda sua mira alguns centímetros para a esquerda, por cima do meu ombro, sem tirar os olhos de Alexus, que passa um braço musculoso em volta da minha cintura e me empurra para trás dele.

Ele lança um rápido olhar para mim, as sobrancelhas franzidas com tanta força que duas linhas profundas se formam entre elas.

— Nunca se coloque em perigo por mim. Entendeu?

— Não há muito o que entender, não é, Coletor? — diz Finn, interrompendo. — Eu posso ver o que você tem feito. Se aproveitando de uma jovem sozinha e indefesa. É isso que você faz com as bruxas que sequestra? — Ele puxa o arco para recuperar o centímetro que perdeu, sua força enfraquecendo. — Eu deveria arrancar seus olhos e deixá-lo nesta floresta esquecida pelos deuses para ser comido pelos lobos.

Independentemente do comando de Alexus, eu me movo mais uma vez. Fico com as costas apoiadas no peito dele.

— Raina.

Ele range a palavra com os dentes cerrados. Mas eu fico firme.

— *Ele não me forçou a fazer nada e nunca me machucou* — sinalizo. — *Sofremos muito nestas últimas semanas. Ele não é o homem que eu pensava que era.*

Os braços de Finn tremem, uma posição perigosa para um arqueiro com alguém que ele ama na mira de sua arma. Embora seja óbvio que isso é difícil, ele abaixa o arco.

Alexus solta o ar e entrelaça nossos dedos. Sua outra mão fica pesada na minha cintura. É para ser um conforto, mas posso sentir a natureza selvagem do ato, um movimento territorial.

Isso é o suficiente para provocar uma zombaria chocada de Finn quando enfim compreende.

Com uma flecha pendurada em uma das mãos e um arco na ponta dos dedos de outra, ele dá um passo para trás, o peito subindo e descendo rapidamente.

O pânico corre em minhas veias. Não é assim que eu queria que tudo isso acontecesse. Achei que teria tempo para explicar as últimas semanas para Finn. Tempo de fazê-lo ver que o que Alexus e eu passamos mudou tudo. Mas não tive tempo e, por mais que deseje, não posso salvar as coisas agora.

Solto Alexus e me movo lentamente em direção ao meu melhor amigo.

— *Finn. Venha conversar comigo.*

Um grunhido sai de sua garganta e ele atira o arco na floresta. Um estalo soa no ar, sua amada arma explodindo sob o estresse. No entanto, ele está imperturbável. Larga a flecha, balança a cabeça e me encara com uma expressão vazia, como se eu fosse uma estranha.

— O que há para falar? Você deixou ele te *tocar*, Raina. E, caramba... você o *desprezava*. — A última sugestão de descrença em sua voz e em seu rosto se transforma em aversão. — Este homem que você detestava, este bastardo que você queria matar. Você deixou que ele *entrasse* em você, não foi? Deixou que ele fizesse coisas com você que só eu já fiz. — Ele bate no peito. — Eu. O homem que te amou por toda a sua vida. Como? Por quê? — Estendo a mão, mas ele se afasta e me encara com um olhar feroz. Por trás de sua raiva existe tanta dor. — Você em algum momento me amou, Raina?

Minha mente dispara enquanto tento pensar em algo para dizer, qualquer coisa para transmitir o quanto sinto por ele. Tudo o que consigo dizer é um vazio:

— *Claro que te amei. Eu ainda amo.*

Desgosto irradia de todos os seus poros enquanto suas feições se contorcem em um sorriso de escárnio.

— Mas é como você disse no gramado, não é? No nosso último dia juntos? Nosso tipo de amor não é suficiente. — Ergo as mãos para responder, mas de uma maneira que estou muito acostumada, Finn agarra meus pulsos. Com força. Segurando minhas mãos separadas. Silenciando-me. — Faz *semanas*! — Ele praticamente cospe as palavras na minha cara. — E você já deixou ele te foder como uma porra de uma va...

— Basta! — Uma segunda onda de poder ondula o ar, farfalhando as folhas nas copas das árvores enquanto Alexus se coloca entre nós. Ele empurra Finn com tanta força que meu velho amigo não apenas cambaleia, como também cai. Os músculos ao longo dos ombros e pescoço de Alexus se enrijecem, e suas costas cheias de cicatrizes se incendeiam enquanto ele se aproxima de Finn e monta nele. Ele se inclina, agarra um punhado da túnica de Finn e o puxa para cima. — Se você a tocar assim de novo, vou carregar sua cabeça em uma maldita lança.

Sob a névoa da humilhação, um rosnado curva os lábios de Finn, e ele pega a adaga embainhada em sua coxa. Suspiro e começo a ir em direção a eles, mas congelo quando Alexus agarra a adaga primeiro e pressiona sua borda mortal na garganta de Finn.

— Corajoso ou burro — diz ele. — Essa é sempre a questão com você, não é? Temo que a resposta seja estúpido. — Ele enfia a adaga de volta na bainha e, com a força de um único punho, põe Finn de pé, deixando-os nariz com nariz. — Eu não sou uma montanha que você quer atravessar, garoto. Eu simplesmente *enterro* você. Mas, por enquanto, vou te dar mais uma chance de usar o cérebro que Loria te deu. Se você falar com Raina com respeito e mantiver suas mãos longe dela, eu vou deixar você continuar respirando. Mas se colocar um único dedo zangado nela ou *pensar* qualquer coisa sobre o que ela e eu fazemos no escuro, prometo a você, eu mesmo cavarei sua cova. — Alexus solta a túnica de Finn com um empurrão e enxuga o lábio sangrando com as costas da mão.

A expressão de Finn quando Alexus volta para o meu lado é de raiva, o olhar violento. Ele abre a boca, mas antes que possa pronunciar uma resposta, Hel o chama pelo nome. Ela solta um lamento agudo, um som tão cheio de alívio que perfura meu coração como uma agulha.

Ela está perto da tenda de Nephele com Rhonin e minha irmã, vestida com as roupas com as quais dormia — uma túnica de linho branco, desamarrada e pendurada em seu ombro marrom-dourado, e calça de couro cinza mal enfiada em suas botas. O cabelo comprido é uma massa emaranhada de ondas escuras, que envolve seu rosto ainda suave de sono.

Abalado pela voz familiar, mas inesperada, Finn vira seu olhar frenético para ela enquanto mais choque se acumula na pilha que já pesa em suas costas.

— Hel?

Ela corre direto para ele e se joga como só Hel pode, colocando os braços em volta do pescoço dele e as longas pernas ao redor de sua cintura, fazendo Finn dar um passo para trás para se equilibrar. Ele levanta as mãos e, depois de alguns momentos, olha para mim. Eu posso ler as perguntas em seus olhos.

Isto é real? Algo nisto é real?

Faço que sim, e enquanto a pequena morte de Hel dança em meu coração, as lágrimas contra as quais lutei desde que vi o irmão dela escorrem pelo meu rosto. Finn deixa o momento entre nós se estender por mais um último segundo, então envolve Hel em seus braços, cai de joelhos e chora.

11
Raina

— Um de nós deveria falar com eles. — Rhonin se agacha perto da fogueira e adiciona um punhado de gravetos às chamas enfraquecidas. — Eu sei que Hel tem muito a explicar e que isso é difícil para o irmão dela, mas já estamos no final da manhã. Não há muita luz do dia sobrando.

Joran caminha até um tronco caído e se senta ao lado da minha irmã. Ela recua com a proximidade dele. Mas pelo menos ele está vestido.

— Ou talvez devêssemos deixar seus traseiros miseráveis aqui — fala ele. — Não que eles não possam encontrar o caminho para o vale.

Alexus está encostado em um carvalho alto. A visão é impressionante: todo vestido de preto, botas, a calça de couro justa e uma jaqueta afivelada sobre uma túnica cor de meia-noite. Os braços estão cruzados sobre o peito largo e, embora esteja olhando fixamente para o fogo baixo, as palavras de Joran são suficientes para deixá-lo tenso.

— Não vou deixar *ninguém* para trás — diz com sua voz cortante.

— Poderíamos nos dividir em dois grupos — sugere Rhonin. — Nephele pode levar um grupo para o lago e depois que a próxima hora passar, se Hel e Finn ainda não tiverem terminado, eu me ofereço para acabar com o reencontro deles. Tenho certeza de que vão entender. Então todos nós poderemos seguir nosso caminho.

Alexus ergue uma sobrancelha.

— Você pensa mais no temperamento daquele garoto do que eu. — Ele toca o polegar no lábio ferido. — Tudo indica que voltaremos a brigar antes de chegarmos ao vale. Possivelmente antes de deixarmos esta floresta.

Isso não pode acontecer. Finn *fica* estupidamente corajoso quando está com raiva. Não é um ou outro. São ambos.

— *Eu cuido disso* — sinalizo para Alexus. Então pego o que sobrou do arco quebrado de Finn e sigo para a última barraca de pé.

— Ela sabe que mataram a mãe dela? — Ouço Finn indagar quando me aproximo, e a fissura que se formou em meu coração quando minha mãe morreu se abre um pouco mais.

— Sabe — responde Hel. — Ela viu quando aconteceu.

Um suspiro pesado.

— Eu a enterrei, sabe? Ophelia. No cemitério. Ao lado de Rowan.

Um sopro de tristeza percorre minhas veias. A memória da minha mãe envolta em magia e tentando me salvar — salvar a todos nós — nunca fica longe da minha mente.

— Tenho certeza de que Raina ficará agradecida — diz Hel. — Ela deveria ouvir isso de você, no entanto.

— Não posso. Eu queria compartilhar uma vida com ela, Hel. Quando ela tirasse a cabeça das nuvens. Agora nem sei quem ela é.

— Ela é *Raina Bloodgood*. Sua melhor amiga muito antes de ser sua amante.

— *Aquela* mulher não é a minha Raina. — Uma tempestade domina sua voz. — *Aquela* mulher é alguém completamente diferente.

A aba da barraca bate de volta, e Finn se abaixa para sair. Dou um passo para trás enquanto Hel segue o irmão. Ela esfrega a mão nas costas dele e, depois de me lançar um olhar sombrio, atravessa a pequena clareira do acampamento para ficar com os outros. Finn a observa se afastando, então baixa o olhar para os fragmentos de seu arco.

Um suor frio umedece minhas mãos enquanto estendo os restos de madeira. Ele aceita, tomando cuidado para não tocar nas pontas dos meus dedos.

— *Por favor, fale comigo.* — Aperto as mãos por um momento antes de minhas próximas palavras. — *Deixe-me contar o que aconteceu.*

— Por quê? Nada vai melhorar esta situação.

Ele começa a caminhar para o sul, de volta por onde veio. Pode ser inútil, mas corro atrás dele, agarrando seu braço.

Ele se vira e dá de ombros.

— Estou *indo embora*, Raina. Hel disse que vocês estão indo para o lago. Eu não vou. Boa viagem com seu namorado.

— *Finn, não faça isso* — sinalizo. — *A guerra está chegando*.

Ele ri.

— E exatamente o que *você*, uma bruxa de aldeia sem poderes, vai fazer quanto a isso? Vai matar o Príncipe do Leste como planejou matar o Rei do Gelo e seu Coletor? Melhor avisar Thibault, já que você tende a foder os homens que decide matar.

O vínculo entre mim e Alexus estremece de raiva. Quando o olho, ele está segurando o cabo de sua espada, o fogo em seus olhos prometendo que ele poderia cortar a cabeça de Finn apenas por esse comentário.

Derramo minha desaprovação através da conexão entre nós e forço minha intenção em meu olhar. Em resposta, Alexus revira os ombros e solta sua arma.

Enfrento Finn e faço um último esforço.

— *Passei por muito mais coisas do que você pode imaginar. E posso não ser habilidosa ainda, mas sou mais capaz do que você acredita.* — Aponto minhas marcas. — *Eu tenho isso por uma razão, Finn. Fique e deixe-me te mostrar. Deixe-me explicar. Tiressia precisa de nós.*

Momentos se passam, alguns breves segundos de contemplação de sua parte.

— Tiressia não precisa de *nós*, Raina — diz, por fim. — Como você não consegue ver isso? Precisa de *Neri*. E agora o tem. Ele encontrará o caminho de volta à sua verdadeira forma e acabará com a rivalidade entre as Terras do Leste e as Terras do Verão de uma vez por todas. Quando isso acontecer, este jogo perigoso que você está fazendo com sua vida e meu coração terá sido *em vão*.

À menção do nome de Neri, uma rajada fria nos envolve e um tilintar flutua no ar. Alexus deve ter ouvido também, porque minha runa lateja e a preocupação rasteja ao longo do vínculo. Me curvo para longe do vento que deposita uma fina camada de gelo no chão, cobrindo nossas botas. Finn faz uma careta e vira o rosto, mas não percebe a presença que espreita por perto, o fantasma que desliza um toque ao longo da minha espinha.

Um *olá* malévolo.

O cabelo da minha nuca se arrepia, mas me recuso a dar a Neri a satisfação de uma reação. Ele está aqui, no entanto. Como tem estado desde que saímos da Vila Invernal. Assistindo. Ouvindo.

— *Neri não é um deus gentil determinado a proteger seu povo* — sinalizo, me perguntando se Hel explicou a verdadeira história de Neri para seu irmão e ele simplesmente se recusou a acreditar nela. — *Ele é um bastardo egoísta. Teve a chance de ajudar Colden Moeshka, mas em vez disso roubou seu poder.*

Um gemido irritado ressoa na garganta de Finn.

— Ele também travou uma guerra por *muitos* anos contra Thamaos e seus governantes, para manter as Terras do Norte e as Terras do Verão livres. Isso é mais do que posso dizer de um traidor assassino das Terras do Leste que conta histórias que o fazem parecer o herói. — Ele olha por cima do meu ombro para Alexus, desafiando-o a se ofender, então volta seus olhos para mim. — Neri, um *deus*, Raina, poderia ser nosso líder, em vez de um patético Rei do Gelo e seu Coletor de Bruxos. Thamaos e o Príncipe do Leste passarão por cima deles. Esconda-se e observe. Pelo menos Neri pode lutar contra eles.

O desgosto que sentia toda vez que entrava na forja do pai de Finn e via a flâmula de Neri pendurada no cômodo principal não é nada comparado ao que sinto neste momento. Só posso olhar para Finn enquanto meu estômago se revira a ponto de me enjoar. Tanta piedade por um deus cujo governo ele nunca experimentou. Um deus cujos olhos âmbar nunca o mantiveram cativo.

Ele finge estar surpreso.

— O quê? Você realmente pensou que eu lutaria na guerra de outra pessoa? Que eu ficaria feliz em assistir da periferia de sua vida enquanto você parte em alguma busca sem sentido com ele? — Ele aponta um dedo para Alexus e então se inclina, os olhos castanhos brilhando. — Eu te amo, Raina Bloodgood. Eu sempre te amei. Me desculpe se não era o tipo de amor que você queria. Que não era perfeito, emocionante, perigoso ou que merda aquele bastardo faz você se sentir. Mas saiba que morri naquele vale por sua causa. Pensei em seu sofrimento e imaginei sua desgraça, e quis *arrancar meu coração* para estancar a dor. Eu não conseguia dormir. Não conseguia comer. Queria voltar a todas as vezes que me recusei a deixar este maldito vale com você. Eu me *odiei*. Talvez ainda odeie. E talvez, quando te beijei mais cedo, pensei em como faria qualquer coisa que você quisesse. *Qualquer coisa*. Só para ter certeza de que nunca mais te perderia. — Uma lágrima selvagem desliza por sua bochecha. Ele a esfrega como se o ofendesse e começa a andar para trás, o rosto cheio de decepção. — Exceto por *isso*. Não vou fazer *isso*.

Meu coração dá uma guinada dentro do peito, tentando alcançá-lo. A cada passo que ele coloca entre nós, outro laço que une nossa amizade se parte em dois. Mas, ao contrário do meu coração, meus pés fincam onde estou. Minha escolha está feita. E não é com ele.

Pressiono as mãos no rosto, lágrimas escorrendo dos meus olhos quando ele vira as costas para mim, e eu o deixo ir.

Ele só faz uma pausa, lançando-me um olhar por cima do ombro.

— Boa sorte com sua vida sem mim, Raina. Tenho a sensação de que você vai precisar.

12
Raina

Divisa das Terras do Norte

Hampstead Loch

Chegamos ao lago na tarde seguinte.

A extensão azul brilha sob a luz do sol enquanto uma brisa fresca ondula as barracas ao longo da praia. O cheiro de madeira queimada ainda paira no vento, embora a aldeia ao longo do caminho tenha se transformado em cinzas semanas atrás. Essa perda viverá comigo para sempre, mas, apesar das lembranças ardentes, meu coração se enche de alegria ao ver a vida no vale.

Mas meu foco é a falta de segurança do local. Salgueiros margeiam o lago junto à Rocha de Brigot, o marco principal do lago, e várias formações rochosas bloqueiam parcialmente os ventos costeiros que descem da cordilheira oeste. Mas não há proteção real e nenhum lugar para se esconder. Os aldeões não sabiam o destino dos Habitantes das Terras do Leste na Estrada Invernal, ou que eles não estavam vulneráveis a outro ataque. E ainda assim permaneceram firmes, oferecendo ao nosso povo sepultamentos dignos.

— Não vou contar ao meu pai sobre Finn — diz Hel enquanto cavalgamos. — Ainda não. — Com bandeiras das Terras do Norte e Tiressia anunciando nossa aproximação, nós duas lideramos o grupo. Se as bandeiras não acalmarem os sobreviventes quando eles perceberem um bando de guerreiros cavalgando em sua direção, talvez dois rostos conhecidos o façam. — Eu vou contar mais tarde — continua ela. — Depois que dermos todas as notícias. Se Finn não tiver chegado aqui antes.

Para manter minha mente longe do que Finn fez ou deixou de fazer, me concentro em erguer um feitiço sobre minhas marcas de bruxa para evitar discussões indesejadas quando Warek nos vir, caso Finn *não* tenha vindo para cá. Não é uma tarefa fácil com minhas emoções ainda à flor da pele, mas me lembro de que este é um meio de proteção que preciso saber manter, não importa o que esteja enfrentando. Devo dominar a habilidade. E logo.

No momento em que um dos sobreviventes vislumbra nossos cavalos, os aldeões formam uma parede, embora nenhuma arma seja sacada. Digo a mim mesma que é por causa das bandeiras, mas, depois que Warek, Saira e Tuck recebem Hel com lágrimas, o pai dela se vira para olhar para mim. Posso ver o conhecimento em seus olhos, a incerteza em cada movimento seu enquanto ele solta Hel e começa a vir em minha direção e de Nephele.

Minha irmã e eu desmontamos, e Warek para a um braço de distância. Rigoroso, o amigo mais antigo do meu pai beija minha testa, depois a de Nephele.

— Estou tão orgulhoso de ver vocês duas. Tão orgulhoso que vocês resistiram, e os Antigos as trouxeram para seu lar.

Lar. Lar era a cabana e Silver Hollow. Eram as tardes quentes de verão brincando no riacho com Nephele antes de ela ser escolhida, meus pais assistindo da margem gramada, abraçados. Lar era a risada da minha irmã, o joelho do meu pai, as mãos macias da minha mãe. Era a boca faminta de Finn em meu corpo atrás da forja, Hel nos flagrando sob as estrelas com os olhos arregalados e uma risadinha. Era a emoção das comemorações da colheita e dos dias de troca nas aldeias próximas.

Era o pavor do Dia da Coleta.

Foram também anos de feliz inocência e ignorância sobre o mundo real além do vale. Dias para os quais nunca poderei voltar.

Olhando para o leste, percebo que este vale não é mais um lar. Não para mim. Pela primeira vez na minha vida, estou completamente desancorada neste pedaço de terra.

Warek respira fundo, tirando-me dos pensamentos. Ele aperta a mão no meu ombro, mas não trocamos outras palavras.

Se ele não soubesse a verdade sobre mim e Alexus, me diria que Finn está bem. Ele me diria que Finn tinha saído para caçar, que gritaria aos deuses quando visse meu rosto. Isso é o que Warek Owyn diria se não soubesse que quebrei o coração de seu filho em dois e provavelmente o partirei em pedaços irreconhecíveis antes que tudo esteja dito e feito.

Em vez disso, ele me solta enquanto o mal-estar se espalha por seu rosto como uma nuvem de chuva, e seu olhar sombrio desliza por cima de meu ombro. Nephele e eu nos viramos. Alexus, Rhonin e Joran se aproximam. Ainda vestido de preto, Alexus carrega espadas gêmeas de dois gumes cruzadas às suas costas largas e longas adagas amarradas em suas coxas. Rhonin deixou o arco em seu cavalo, mas seu tamanho é suficiente para atrair olhares cautelosos.

Quanto a Joran, ele pode não ter a estatura dos outros homens, mas com seu cinturão de facas, o cabelo prateado esvoaçando atrás dele e aquela besta elegante e escura pendurada no gancho do cinto, ele ainda é intimidador. Os três, uma força de perseguição se impondo contra o vento, irritariam qualquer um.

Alexus para ao meu lado, mantendo uma distância confortável dos aldeões, mas perto de mim. Embora passe o dedo pelas costas da minha mão, posso sentir sua tensão, a forma como seu corpo enrijece enquanto ele suporta seus olhares, cada rosto sem entender a presença do Coletor.

Incluindo Warek.

— Meu Senhor. — A voz de Warek é calma, mas severa e fria. — Meu filho esteve aqui e partiu. Perdoe-me se estou perdido diante dos acontecimentos. Ainda não contei a todos os detalhes. Na verdade, ainda estou tentando analisar tudo o que aconteceu. — Warek olha para mim. — Não sei o que pensar agora.

Alexus também baixa a voz.

— Há assuntos em jogo que são muito mais importantes do que a vida amorosa de seu filho, sr. Owyn. Ou o que Raina e eu passamos. Ficarei feliz em ir a algum lugar privado para conversarmos, se necessário. Posso explicar o que aconteceu com o príncipe, Thamaos e Neri, e o que isso significa para os próximos dias. Então você pode decidir como informar seu pessoal. De qualquer maneira nós cavalgaremos para o sul, na direção de Malgros, pela manhã. Em seguida, para as Terras do Verão.

— Nós? — Warek acaricia a barba grisalha e olha para Hel com o canto do olho. — A quem este "nós" se refere?

— "Nós" inclui todos que desejarem viajar conosco — responde Alexus.

Warek hesita, sua mente visivelmente agitada de preocupação por Hel, o início de uma batalha entre pai e filha em formação. Mas em vez de começar uma discussão, ele estica os braços e diz:

— Claro, meu senhor. Por aqui. — Ele aponta para os aldeões que ainda esperam atrás dele. — Ajudem nossos hóspedes com seus cavalos e tendas. Em seguida, preparem uma refeição noturna em homenagem a eles.

Enquanto todos se espalham em nossa direção, o acampamento é revelado. Não é uma vila, mas um gramado improvisado com mesas e bancos rústicos cercando uma área de grama cortada e, no centro, a pira para a fogueira envolta por um anel de rochas posicionadas com perfeição na margem do lago. O conhecido círculo de pedras é obra de Mena, tenho certeza. Saber que ela está aqui me anima.

Antes de seguir Warek, Alexus pega minha mão e aperta, enviando uma onda de conforto através do vínculo, aliviando meus músculos tensos. Quando aperto de volta, ele beija minha têmpora e pisca um olho de cílios escuros, demonstrando que não está mais preocupado se alguém sabe o quão íntimos nos tornamos.

— Ainda bem que não faço parte disso — diz Joran enquanto Alexus segue Warek. — Prefiro arrancar minha própria pele com um galho quebrado a aguentar essa porra de história de novo. Estarei de volta ao anoitecer. — Pegando um frasco de couro de sua bolsa, ele parte em direção ao extremo norte do lago sem dizer mais nada, nem mesmo para Keth, seu aprendiz, que suspira e passa a mão pelo cabelo castanho espetado enquanto Joran se afasta.

— Ele não é uma pessoa sociável — fala Keth com um encolher de ombros para ninguém em particular.

Jaega revira os olhos enquanto ela e Callan entregam seus cavalos a um aldeão.

— Como se não soubéssemos.

— Ei. — Rhonin esbarra em meu ombro e aponta o queixo forte em direção aos salgueiros, onde uma velha atravessa a cortina verde ondulante segurando uma cesta de ervas colhidas. Seu cabelo, uma mistura de cobre e prata, balança descontroladamente atrás dela.

A visão me deixa sem fôlego.

— É ela — sinaliza Rhonin, soletrando as palavras, e muito bem para um novo aprendiz.

Lágrimas pinicam meus olhos.

— É, sim.

— Ela se move como a minha mãe — acrescenta ele, com a voz embargada na última palavra.

Como se nos sentisse, Mena levanta a cabeça. Ela congela, e o momento de descrença passa, arrebatado por uma brisa fresca. Ela deixa cair a cesta e, erguendo as saias que segura pelas pontas, começa a mancar pelo acampamento.

Corro em direção a ela. Nesses segundos impossivelmente longos, meu controle sobre o glamour desestabiliza, mas isso não importa com Mena. Ela viu minhas marcas na última vez que estivemos juntas, dentro de sua cabana em chamas. E, de alguma forma, acho que minhas marcas são algo que ela adoraria ver.

Paramos a dois passos de distância, olhando uma para a outra. Mena coloca as mãos em concha sobre a boca, rindo de alegria, e eu sorrio tanto que dói. Quando diminuímos a distância, nosso encontro é gentil. Seguro seus dedos, e ela pressiona as mãos geladas no meu rosto. O cheiro de terra e ervas a acompanha, tão acolhedor que inalo uma lufada de seu aroma terroso. É um perfume que desperta memórias de tempos passados em

Silver Hollow, da cabana, das luas de verão e das fogueiras da meia-noite.

— Raina, minha menina. Você é uma visão tão bonita! — Os cantos enrugados de sua boca tremem. — Não pode imaginar como estou feliz em ver esse rosto!

— *Feliz como estou em ver o seu!* — sinalizo.

Ela me abraça.

— Mal pude acreditar quando Finn nos contou. Mas você está aqui. *Você está aqui.* Inteira e divina como qualquer bruxa que já vi!

Embora suas palavras sejam cheias de amor, meu estômago ainda se revira. Ela deve saber que machuquei Finn.

Nós nos abraçamos por um tempo, balançando na brisa, até Mena se afastar e enxugar as lágrimas do meu rosto. Ela dá um sorriso fraco olhando por sobre meu ombro, e eu me viro para encontrar Helena, Saira e Rhonin, todos com sorrisos suaves.

Com a mão trêmula, Rhonin passa a palma da mão pelos cadarços de seu colete de couro. Em todos os anos que conheço Mena, só ouvi o nome de sua filha ser mencionado em poucas ocasiões, como se a palavra trouxesse muita dor. Rhonin, por outro lado, falou sobre sua mãe muitas vezes na viagem da Vila Invernal, compartilhando histórias de sua vida no Leste. Ele ama sua família. Reza todas as noites para que sua mãe e seus irmãos estejam seguros após sua óbvia decepção. Ele acredita que sua mãe é inteligente o suficiente para mentir e escapar da traição de seu filho. Pelo menos esse sempre foi o plano se um deles fosse descoberto.

Mena faz parte dessa família, a mãe e a avó que Bronwyn deixou para trás por causa de Tiressia. Agora Rhonin a conhece, depois de todo esse tempo.

Um momento de admiração cruza o rosto de Mena quando pego sua mão marcada com suas muitas voltas e floreios brilhantes e a coloco dentro da palma calejada de Rhonin. A partir desse simples toque, os olhos de Mena brilham com conhecimento distante, o tipo de verdade que surge lentamente antes de acertar um golpe impressionante no coração.

— *Mena Shawcross* — sinalizo. — *Conheça Rhonin. Seu neto.*

Enquanto Mena e Rhonin se conhecem e Hel brinca com a irmã, reconstruo meu glamour e passo um tempinho estudando as barreiras entre mim e o príncipe. Agora que sei o que as runas significam, devo aprender a rastrear a teia de linhas que se movem rapidamente e conectam os símbolos flutuantes, uma habilidade necessária se algum dia planejar abrir uma porta através do bloqueio da Irmandade.

Nunca ficou tão óbvio que não faço ideia do que estou fazendo. Eu poderia muito bem estar enfrentando uma jornada pelas montanhas escarpadas da Cordilheira Mondulak com as mãos amarradas nas costas.

Quando não aguento mais olhar aquela nuvem nebulosa e vermelha e o labirinto de linhas brilhantes, abandono as águas e me junto aos outros, ajudando a erguer abrigos e a cuidar de cavalos. Depois de mais ou menos uma hora todas as barracas estão preparadas para a noite.

Alexus ainda está com Warek, e alguns anciãos se juntaram a eles, então pego minha tigela e o grampo de cabelo da Vila Invernal que tenho usado para furar as pontas dos dedos e encontro Hel e Saira na margem do lago.

Enquanto as meninas brincam com o cachorro Tuck, eu me sento de pernas cruzadas em uma pedra lisa e procuro Finn. De acordo com Hel, ele não disse ao pai para onde estava indo, apenas que não poderia estar aqui quando chegássemos. Mas eu posso vê-lo. Ele não está longe. Está deitado em um cobertor em algum lugar ao longo deste mesmo lago, o braço dobrado atrás da cabeça, os olhos fechados contra o dia frio e a luz do sol.

Em seguida, tento ver Neri, mas é em vão. Uma nuvem branca e gélida aparece sobre a água e se dissipa, deixando uma mancha de gelo em minhas mãos. Embora eu não consiga concluir se é real ou apenas minha imaginação, juro que o ouço rindo à distância.

Esfrego a mão congelada na túnica e xingo o deus do norte em minha mente.

Depois de enxaguar e encher novamente a tigela, procuro Colden. Ele ainda está na masmorra, embora por fim esteja descansando, deitado no chão sujo da cela, a cabeça apoiada na bola amassada de seu casaco de veludo azul. Desta vez, um prato de lata e uma caneca estão perto dele. Pelo menos o príncipe não o está deixando morrer de fome.

Antes que eu pique outro dedo e comece o trabalho de procurar o príncipe mais uma vez, Nephele aparece por trás e se senta ao meu lado na rocha, uma trouxa de roupas e toalhas de banho em seus braços.

— Alguma mudança? — pergunta, um brilho opaco em seus olhos.

Balanço a cabeça.

— *Mas Colden está descansando* — sinalizo. — *E ele comeu.*

Aliviada, ela respira fundo e coloca a trouxa de lado.

— Alguns aldeões se ofereceram para lavar nossas roupas antes de partirmos. — Ela tira quatro sabonetes do bolso e os leva ao nariz. — Eles me deram isso também. Cheiram divinamente bem. Ervas e flores silvestres. Há uma boa área para banho mais para a frente. O que você acha?

Graças à chuva, à magia de água de Joran e à habilidade crescente de Hel com magia de fogo, conseguimos manter uma limpeza moderada enquanto viajávamos. Mas agora temos um lago inteiro à nossa disposição, e estou imunda de tanto manusear estacas sujas de barracas e cavalos. Ainda assim, hesito. Cada vez que olho para a tigela, o dever que sinto de ver o príncipe me sobrecarrega.

Nephele arqueia uma sobrancelha e me encara, olhando para as pontas dos meus dedos avermelhados.

— Raina, eu amo que você verifique Colden com tanta frequência, e aprecio o quanto quer romper a barreira entre você e o príncipe. Mas a Irmandade, um *conselho* inteiro de feiticeiros, o protege. Nem Alexus nem eu possuímos a mínima habilidade de vê-los ou alcançá-los com nossa magia. Se não somos páreo para eles, imagine como seria incrivelmente difícil para *você* desmantelar suas proteções, mesmo que Alexus tivesse meses para te ensinar.

— *Eu entendo* — sinalizo. — *Sei que não sou páreo para eles. Mas a Vidente que Joran mencionou poderia ter feito isso. Então* devo *tentar. Se eu pudesse...*

— Pudesse o quê? — Ela inclina a cabeça e enfia os sabonetes no bolso da calça. — O que você pode fazer? Escute. A mulher de quem Joran falou era Petra Anrova, uma das descendentes de Loria. Mesmo com o poder da deusa da criação em suas veias, ela passou anos aprendendo a ver mais do que o dom da Visão permitia. Você e eu somos herdeiras de dois Habitantes das Terras do Norte comuns. Um pai que era um ferreiro e uma mãe que...

Ela para abruptamente. Eu a encaro enquanto sua mente trabalha por trás de seus olhos e termino sua frase em minha mente. Uma mãe que era mais do que jamais conhecemos. Uma mãe que foi para o túmulo com uma série de segredos.

— *Talvez seja por isso que eu deveria tentar* — sinalizo. — *Mamãe e papai esconderam tanto. A verdade sobre a Faca Divina. Papai ser um Guardião da lâmina. O poder da mamãe. O que mais não sabemos? O que podemos encontrar se cavarmos um pouco mais fundo?*

— Talvez eles tivessem seus motivos para esconder tudo isso — diz ela. — Porque talvez a verdade seja mais perigosa que as mentiras.

— *Não temo o perigo. Tenho medo de ser alguém que não faz nada enquanto aqueles que ama tombam por onde o inimigo passa. Eu tenho sido essa pessoa. Não desejo ser ela de novo.*

— Raina. — Nephele aperta minha mão, tristeza em seus olhos. — Você não sabia observar as águas. Você não sabia que o inimigo estava próximo.

Alexus disse quase as mesmas palavras pouco depois de entrarmos na Floresta da Água Gélida pela primeira vez. Ainda é difícil me sentir inocente quando tudo o que resta do vale são menos de duas dúzias de aldeões tentando refazer a vida ao redor deste lago.

Minha irmã e eu nos encaramos por vários longos segundos antes de Nephele suspirar, obviamente vendo a determinação em meu rosto.

— Tudo bem — diz ela. — Vamos roubar um pouco de vinho e tomar banho. Depois, podemos discutir como ver além das barreiras do príncipe. Como Alexus, vou te ajudar da maneira que puder. Nem que eu mesma tenha que convocar Neri e *fazê-lo* conceder a habilidade que você deseja.

Suas palavras afundam dentro de mim como uma pedra caindo no fundo de um lago.

Não. Não uma pedra. Uma ideia. Uma semente. Em terreno verdejante.

E rapidamente cria raízes.

Não me invoque mais. Essas palavras passam pela minha mente mais uma vez. Se não fosse por esta ordem que Neri dera na Estrada Invernal e o que vi entre Alexus e Thamaos, nunca saberia que tal opção existia.

Eu ainda não sei. Não de verdade. Não para mim, de qualquer maneira.

Mas enquanto caminho com Hel, Nephele e Saira em direção aos afloramentos rochosos ao longe para me banhar, tomo uma decisão.

Hoje à noite, quando ninguém estiver olhando, vou descobrir.

13
Raina

O crepúsculo cai quando voltamos ao acampamento, e uma tempestade paira sobre as montanhas a oeste.

Enquanto algumas das mulheres colocam nossas roupas para secar perto de uma pequena fogueira, o que espero não ser inútil devido à ameaça de chuva, percebo que Warek já contou a história de Alexus para os aldeões, deixando um tom sombrio no ar. A maioria dos olhos que encontram os meus parecem confusos, como se estivessem tentando saber se acreditam em alguma coisa do que lhes foi dito. Tenho certeza de que ouvir a verdade sobre Neri abalou muitas crenças. Esse é o caminho quando a fé é testada.

Ainda não há sinal de Finn, e Alexus e Rhonin foram para a extremidade norte do lago para se limpar e procurar Joran antes do jantar. O fato de esses dois estarem juntos me faz sorrir. Eles ficaram mais próximos do que eu esperava nas últimas duas semanas. Parece que talvez ambos precisem da amizade.

Enquanto Nephele e Hel começam a ajudar os homens e mulheres na barraca de comida, dou uma volta pelo acampamento e encontro Mena. Ficamos sentadas juntas por um tempo, observando dois aldeões empilharem lenha para a pira. Por fim conversamos sobre tudo o que aconteceu nas últimas semanas, ouvindo um pássaro noturno cantar sua melancólica canção.

— *Estou preocupada com os dias que virão* — digo a ela. — *O que o destino nos reservou. Parece que a verdadeira jornada está apenas começando.*

Ela pega minha mão e dá um beijo em meus dedos.

— É uma pena, mas tenho certeza de que você está certa. Este é apenas o começo de uma história muito maior. Mas o destino não é o que você pensa, minha menina. O destino não esculpe a estrada de nossa vida nem decide nosso destino. *Nós* decidimos. O destino apenas coloca pessoas, eventos e escolhas em nosso caminho. Cabe a nós navegar no labirinto de amor, perda, felicidade e dor que nascem dessas experiências. Claro, às vezes o destino luta para que duas almas se juntem, e isso não é uma coisa para se tomar de ânimo leve. — Ela sorri e toca meu rosto. — Confie que você está tomando as decisões certas, Raina. Confie no seu instinto. Você está aqui porque seu sangue entoou uma canção de confiança e você ouviu. Acredite que sua intuição é um dom que nunca falhará.

Com essas palavras de sabedoria em mente, acompanho Mena até sua tenda para que ela possa se limpar antes do jantar, então desço o caminho iluminado por tochas que leva à Rocha de Brigot, com o prato de adivinhação e o grampo de cabelo na mão, e adaga amarrada à minha coxa. Meu cabelo ainda está úmido e o vento com cheiro de chuva que vem do lago é fresco, mas a túnica de lã emprestada que uso tem capuz. Eu o jogo para cima e marcho para as ondas, onde encho a tigela até a borda, para em seguida me enfiar no abrigo em forma de meia-lua da rocha.

Não sei se o que estou fazendo tem uma mão do destino ou se apenas sou persistente demais, mas espero que Mena esteja certa e que eu esteja fazendo a escolha certa esta noite.

Callan explicou o processo de invocação após o incidente com Thamaos. Escutei, embora tivesse certeza de que era uma mágica que eu nunca faria. Lembro-me das runas que eles mencionaram, no entanto. Eram nove, porque Alexus as requisitou. Mas apenas três são necessárias para uma invocação, junto com as runas de proteção. Três das muitas runas que Alexus me ensinara a fazer outra noite perto da fogueira.

Pelo menos Neri nunca exigiu uma oferenda de sangue, algo pelo qual sou muito grata enquanto arrasto minha adaga pela areia pedregosa, esculpindo as runas externas antes de me fechar dentro do primeiro círculo. Sento-me de pernas cruzadas no meio e repito os movimentos em uma escala menor. Finalmente, desenho as runas para Comunicação, Fidelidade e Lealdade.

Confessar tais sentimentos por Neri faz meu estômago revirar. Mas se Alexus suportou Thamaos para obter respostas, então posso aturar Neri. *Ele é apenas uma alma*, digo a mim mesma. Infelizmente, ele é uma alma que pode fazer uma carroça em movimento voar para fora da estrada. Uma alma que pode tirar o poder de uma pessoa como uma fera arrancando um órgão. Porém, ele não tem motivos para me machucar. Se quisesse, já teria acabado comigo.

Embora a oração não seja meu melhor talento, fecho os olhos e penso em algumas frases. Após três tentativas, no entanto, nada acontece. Certa de que fiz algo errado, pego meu prato cheio e espeto o dedo. Usar a Visão para ver Neri falhou todas as vezes anteriores, mas desta vez também rezo para Loria para que meu dom forje o primeiro elo entre mim e o ser que estou procurando.

— *Nahmthalahsh. Mostre-me Neri.*

A água redemoinha, uma tempestade aprisionada. Mas então se acalma e o vapor sobe momentos antes de o gelo se formar sobre a superfície e se espalhar ao longo da borda da tigela. No vento, um sussurro de escárnio.

O bastardo está zombando de mim.

Irritada, bato a tigela no chão para tirar o gelo e volto à beira da água para enchê-la novamente, cuidando para não quebrar nenhum dos círculos.

Quando volto para o abrigo da rocha, paro e encaro meu trabalho, revirando os olhos por conta de minha grande falta de conhecimento. Eu posso não ter quebrado os círculos, mas interrompi a magia saindo de dentro deles?

Só há uma maneira de saber, então me sento e tento novamente.

— *Nahmthalahsh. Mostre-me o Deus do Norte, o Lobo Branco.*

A água se transforma em espuma branca e, depois de um piscar de olhos, se transforma em uma tigela de neve inútil. Jogo a neve fora e bato o prato de adivinhação na areia e nas pedras.

— *Uma mulher tão curiosa* — diz uma voz profunda, acariciando minha orelha. — *Você é uma pequena voyeur, não é?*

Eu fico imóvel como a pedra antiga atrás de mim, minhas mãos apertando a borda da minha tigela.

Conheço essa voz. Neri.

Discretamente, esfrego a ponta do dedo ainda sangrando contra a madeira para centrar minha mente e não sinalizar inadvertidamente para Alexus através da runa. Assim como ele se preocupou com Neri interrompendo a invocação de Thamaos, eu me preocupo com o que pode acontecer se o Coletor de Bruxos perceber meu problema e atacar a costa. Embora eu devesse aceitar essa ideia, Neri está certo. Estou tão curiosa como sempre.

Não sei se é possível me comunicar com um deus que não conhece a língua das minhas mãos, mas antes que eu sinalize, ele diz:

— *Obrigado por me poupar da presença de Un Drallag. Você tem alguma ideia de como foi para mim estar preso dentro daquele seu amante? Eu devo muito sofrimento a ele.*

Meu coração dispara e minha respiração fica mais rápida. Ele pode ouvir meus pensamentos.

O ar se contrai, comprimindo contra a minha pele, e sua voz se aprofunda em um rosnado, ficando mais fria.

— *Eu só ouço sua mente porque você me chamou aqui. Então a culpa é sua, Vidente.*

Mesmo com a noite fria que desponta, gotas de suor perolam minha testa. Formo um pensamento em minha mente.

— *Não pensei que fosse realmente dar certo.*

E eu não esperava mesmo. Só tinha esperança.

— *E, no entanto, aqui está você, pedindo ao seu dom para me encontrar. Em nome de Loria. Isso, para curar sua ignorância, é uma verdadeira invocação. Não este ridículo círculo rúnico.* — De repente, a areia ao meu redor se espalha como um vento soprando pela costa. — *Aquela magia é para o ego de Thamaos, e você fez do jeito errado, de qualquer maneira. Somente os que estiveram envolvidos em algum tipo de acordo comigo podem me procurar. Mas me lembro claramente de ter dito para você não me invocar.*

O que devo fazer com tal desobediência?

Sinto tremores de incerteza em meus ossos. Alcanço Alexus através do vínculo ou apenas corro? De alguma forma, sinto que ambos os cenários seriam frustrados, então coloco meu prato de lado e olho ao redor da margem vazia do lago, simultaneamente deslizando a mão pela parte externa da minha coxa até o cabo da minha adaga.

Neri ri, um som ameaçador que ressoa na boca do meu estômago, combinando com o trovão distante. Em torno dessa risada, o ar tilinta e soa como minúsculos sinos de gelo pendurados nos salgueiros.

Uma névoa gélida se projeta da água, e a margem do lago fica pálida com o gelo. Em um momento estou sozinha, tremendo de pânico, e no próximo Neri está lá, uma forma gigantesca e cristalina agachada ao meu lado.

No canto da minha visão, seu rosto de lobo entra em foco a uma curta distância do meu. Com uma inclinação anormalmente rápida de cabeça, ele fixa seu olhar em meu crânio, lembrando-me dos segundos agonizantes em que seu lobo me encurralou na Estrada Invernal. Lentamente, tremendo sob seu escrutínio, reúno coragem para encontrar seus olhos âmbar.

É estranho olhar para ele. Sua pele é a mesma de que me lembro, branca como a neve e brilhante como o luar no lago. Ele é aterrorizante, mas lindo, da mesma forma que é lindo um lobo branco que ronda espreitando por uma floresta invernal — algo para admirar à distância, e que deve ser evitada a todo custo.

Ele olha rapidamente para o meu rosto, e o canto de sua boca se curva, revelando uma presa longa e mortal.

— Aterrorizante *e* lindo? Obrigado pelo elogio. Duas gentilezas em questão de minutos. O que eu fiz para merecer isso?

Inclinando-se mais perto, ele levanta a mão enorme em forma de pata e arrasta um dedo com ponta de garra ao longo da minha mandíbula. Eu me mantenho imóvel enquanto uma camada fina de gelo se forma no rastro de seu toque.

Meus dedos apertam o punho da minha arma, um aperto trêmulo

e grudento. A lâmina é tão inútil quanto a adaga que segurei quando Neri atacou Colden. Que arma terrena pode ser empunhada contra a alma de um deus? Não há de ser minha adaga de aço, forjada para combate corpo a corpo com os vivos. Nem mesmo a Faca Divina. Mas, se Neri pretende me matar, que se danem os deuses se vou cair sem lutar.

Ele estala a língua.

— Não vou matar você, Vidente. E não, sua pequena faca não é uma ameaça. Estou sendo misericordioso por causa de sua natureza pueril e porque suspeito que, mesmo com tamanha inexperiência, vou precisar de você no futuro.

Ele inclina a cabeça novamente, o cabelo branco e sedoso revelando uma orelha pontuda e o ombro musculoso.

— Agora me diga: o que quer de mim? — sussurra.

Tenho um momento de incerteza. Digo a ele ou não? A decisão é mais fácil do que eu esperava.

Mais uma vez, penso nas palavras.

— *A Irmandade das Terras do Leste escondeu o Príncipe do Leste de mim. Não consigo ver nosso inimigo ou o que ele planejou. Você pode me ajudar. Ajude seu povo. Restaure a fé deles em você.*

Ele ri, e o som é tão poderoso que ondula o lago.

— Você teria que fazer um acordo comigo — responde. — E duvido que esteja disposta a conceder o que desejo, não importa o quanto você queira ajuda.

Meus olhos se estreitam. Suas palavras são evasivas. Elas parecem um quebra-cabeça, um enigma que preciso resolver, mas ele não me deu pistas suficientes.

— Eu não faço joguinhos. Quero ser ressuscitado para impedir o retorno de Thamaos. Por que acha que te segui até aqui? Eu escuto. Eu ouço. Eu vejo. Eu sei. — Ele faz uma pausa. Curva seus lábios sobre as presas. — Vi seu amante invocar Thamaos na floresta. Não vou assistir àquele monstro viver novamente enquanto eu sou caçado e enviado de volta para o Mundo das Sombras, porque é isso que ele vai tentar fazer. Quem pensa o contrário é tolo ou severamente manipulado. Se você ajudar a *me* trazer de volta antes que aquele príncipe das trevas consiga desenterrar seu miserável senhor, eu a ajudarei com o que você me pedir. Se não o fizer, cada um de nós se defenderá sozinho. — Ele se inclina para trás, o peito largo lustroso como uma pedra da lua. — Você quer negociar ou não?

Tão curto e seco. Como se ressuscitá-lo fosse uma coisa simples.

— *Não tenho um resto mortal seu* — digo a ele. — *O príncipe tem a Faca Divina, feita do osso de Thamaos. Eu não poderia ressuscitá-lo se quisesse.*

— Você realmente acha que algum deus seria tão burro a ponto de não se preparar para tais coisas? Sabendo que as leis de sua espécie fornecem um método para a verdadeira vida eterna? Eu tinha vassalos dedicados a proteger meus restos mortais. Eles ficaram encarregados de minha ressurreição por causa de minha morte injusta. Porém eles falharam, graças às proteções de Fia Drumera em torno de suas terras. Mas agora tenho outra chance, ao que parece. Com você. — Ele inclina a cabeça para mais perto. — Eu sei onde estão meus restos mortais. Posso levá-la a eles. E então eu ofereço a você um acordo.

Só queria a ajuda dele. Não foi assim que pensei que a ajuda seria concedida.

Porra. Se o destino supervisiona as escolhas diante de nós, então esse filho da puta tem um senso de humor bem cruel.

— *Preciso ver o que o príncipe está fazendo* agora, *não depois* — digo a Neri, cavando o máximo que posso em meu senso de autopreservação e talvez em meus próprios poderes de manipulação. — *Se você estiver correto, Thamaos quer que você seja enviado de volta para o Mundo das Sombras. Se ele está realmente guiando o príncipe, e o príncipe chegar primeiro ao bosque, o que o faz acreditar que Thamaos permitirá ao príncipe deixar seu túmulo intacto? Ele deve permanecer intacto se você quiser viver novamente. Do jeito que está, já pode ser tarde demais.*

Suspirando de aborrecimento, Neri rosna e abre as mãos enormes.

— Então não posso te ajudar. Enquanto eu não estiver completo, não tenho poder sobre a magia dos homens. Apenas o meu e o que distribuí três séculos atrás.

Suponho que isso explique por que ele conseguiu remover a maldição de Colden.

— A barreira do conselho é tão impenetrável para mim quanto para você — acrescenta. — Mas eu tenho uma leve suspeita de que o príncipe está longe de estar pronto para atacar as Terras do Verão. Na verdade, se meus antigos pactos estiverem me alertando direito, ele precisará de um pouco de tempo. O que lhe dá uma janela de oportunidade. Encontre meus restos mortais e chegue primeiro ao Bosque dos malditos Deuses. — Ele ergue as sobrancelhas brancas. — Então. Última vez. Temos um acordo ou não?

Estranhamente, quero confiar no deus agachado diante de mim. Mas preciso de tempo para pensar.

Ele bufa uma risada.

— Pensei que você tivesse mais fogo, Vidente. Se decidir que quer jogar, sabe como me encontrar. Até lá, vou procurar outros meios para que minha ressurreição aconteça.

Ele se levanta e, como uma aparição, começa a desvanecer na beira da Rocha de Brigot. Antes que ele desapareça por completo, porém, sua voz chega à minha mente.

— *Talvez você devesse ficar de olho no seu rei* — diz. — *Uma das respostas que procura está com ele. O conhecimento não salvará você ou Tiressia, e não impedirá o príncipe, mas permitirá que você se prepare.*

Um segundo depois, Neri se foi. Suas palavras permanecem, porém, se repetindo em minha cabeça, e por razões que ainda não consigo entender, acredito em tudo o que ele disse.

Ouvindo o conselho de Mena, decido confiar no meu instinto. Com um leve estremecimento, levanto-me e caminho até a margem para encher meu prato de adivinhação. Usando o grampo, espeto meu dedo e sangro na água uma última vez esta noite.

— *Nahmthalahsh* — sinalizo, soltando um suspiro trêmulo quando um grande estrondo de trovão corta o ar. — *Mostre-me Colden Moeshka.*

14 Colden

Territórios do Leste

Cidade de Quezira

Templo de Min-Thuret, Masmorra

Há uma mulher morta na cela ao lado da minha.

Um guarda alto e loiro a levou para a masmorra momentos atrás. Agora ele paira sobre ela, cobrindo seu cadáver com um cobertor, como se estivesse aconchegando-a para uma longa noite de sono.

Ao lado do guarda está uma mulher vestida com calça preta e uma túnica cor de bronze, segurando uma cesta de remédios. Uma médica. O que parece inútil, visto que o corpo é uma bagunça apodrecida de restos mortais e ossos. Ela coloca a cesta de lado e retira um fino colar de ferro, que coloca em volta do tendão exposto do pescoço fibroso da morta.

O rosto da mulher é familiar, aquela pele pálida e perolada. E seu cabelo... A cor da palha sob o crepúsculo do verão. Nem loira nem ruiva, algo mais suave entre esses tons. Fios prateados riscam suas tranças, e seu corpo está mais esguio, mais duro do que me lembro, o rosto mais enrugado. Afinal, já se passaram quase vinte anos. Ela é uma das minhas, no entanto.

Bronwyn Shawcross.

— Acho que desenterrar as pessoas de seus túmulos é a única maneira de forçar alguém a passar um tempo com você — digo.

O guarda e Bronwyn olham para mim e, embora eu veja um brilho nos olhos de Bronwyn, ela é o epítome da calma, sem um único vacilo em sua fachada. Se eu fosse de fazer apostas, apostaria que o pulso dela nem sequer acelerou.

Mas eu não estava falando com Bronwyn ou o guarda.

O Príncipe do Leste, que não vejo há muitos dias, está dois passos atrás deles, com as mãos enfiadas nos bolsos da calça, sombras cor de sangue girando como uma tempestade em miniatura ao redor de seus pés.

Minhas palavras foram dirigidas a ele.

Ele me perfura com um olhar frio e, de onde estou no chão, eu o observo. As linhas ajustadas de sua jaqueta de couro. O corte profundo de sua túnica escura. O cobre bordado na seda. Ele aparenta estar quase inteiro novamente. Mais longe da porta da morte do que parecia quando me trouxe aqui. Quantas almas foram necessárias para alcançar esse tipo de cura?

Com as mãos nos bolsos, ele aponta com a cabeça para o guarda e Bronwyn, dispensando-os. Sem olhar para mim duas vezes, eles se dirigem para a escada, mas sei que esta não é a última vez que verei Bron.

Assim que eles saem, o príncipe caminha até as grades entre nós e encosta o ombro no ferro.

— Não tenho nenhum problema em persuadir as pessoas a *passar um tempo* comigo — fala. — Você, de todas as pessoas, deveria saber disso.

Apenas quatro tochas iluminam a masmorra. A luz quente suaviza a aspereza da pequena prisão, deixando o rosto cheio de cicatrizes do príncipe meio na sombra. Um rosto que uma vez admirei, bêbado que estava com o renomado vinho preto das Terras do Leste e minha cota de beijos febris nas primeiras horas de uma noite de verão.

A lembrança distante daquela visita, de estar com ele — e me lembrar do quanto gostei —, me dá náuseas.

— Isso foi há trinta anos — digo a ele. — Quando você não era um piolho desprezível e sugador de almas. Apenas um belo príncipe. De quem gostei bastante.

Ele sorri.

— Por falar em gostar… está gostando do seu lar temporário?

Lar? Minha cela é pura desolação. Não me deram cadeira, nem cama, nem cobertor, só para citar alguns dos luxos concedidos à morta antes de ela chegar. Criados afluíram ao calabouço e levaram à cela vizinha uma estreita cama de bronze, lençóis limpos, uma majestosa cadeira de espaldar alto de veludo roxo, um colorido tapete feito à mão e até um delicado conjunto de espelho, bacia e jarro.

Uma cela digna de uma princesa. Não uma carcaça em decomposição.

Quem ela pode ter sido e por que está aqui, não consigo entender. Mas considerando que o príncipe tem laços com o Mundo das Sombras e sua prisioneira está presa em ferro, não consigo imaginar que seja algo bom.

Eu me inclino para a direita e avalio o corpo coberto.

— Vamos apenas dizer que, para um cadáver que cheira como se estivesse apodrecendo há séculos, sua mais nova hóspede tem as melhores acomodações. — Deixei de lado meu casaco de veludo azul manchado de sangue, amassado para formar um travesseiro improvisado. — Dado o nosso passado e quem sou, acho a pobreza de sua hospitalidade um insulto.

Ele ri e faço uma careta. Com que facilidade me lembro de gostar daquele som.

— Insulto? Minha prisão não é digna de um rei? O que você prefere? Uma ala inteira do templo? Uma serva bonita para preparar suas refeições? Uma banheira de cobre e um belo servo para ajudar no banho, talvez?

Abro um sorriso brilhante.

— Parece excelente. Aceito.

— Você vai receber o chão — diz ele, com a voz dura. — Seja grato por eu não estar oferecendo menos.

Depois de respirar fundo o ar úmido, estreito os olhos e o estudo.

— O que, pelos Confins Inferiores, aconteceu com você? A última vez que estive aqui, você não era um guerreiro assassino. Você foi tão agradável para um homem envolto em segredo, e posso dizer que *mais* do que determinado a fazer com que eu aproveitasse minha estada.

— Isso já faz muito tempo. Trinta anos, segundo você. Eu tinha esquecido. Pelo jeito não foi tão marcante. E as pessoas mudam. Melhor lembrar disso. Como você disse, não sou tão agradável agora.

— Nem um pouco. — Eu pisco. — Embora ainda esteja disposto, aposto.

Outro sorriso, então ele agarra as barras e me encara. Não há mais humor em seu rosto, e seus olhos — olhos que eram castanhos, se não me falha a memória — agora estão mais escuros que os meus.

Vazios. Orbes ocos.

Como estavam na Estrada Invernal.

— Não pense que uma noite décadas atrás significa que dou a mínima para você agora, Colden Moeshka. Porque eu não dou. Você tem sorte de não estar sangrando por todos os orifícios e implorando por misericórdia nas covas de Yura.

Para atiçar sua ira, eu me levanto e, embora fraco, atravesso a cela. Provocando, deslizo as mãos pelos restos esfarrapados da túnica que uso desde que Neri roubou meu poder. Eu abro para revelar meu torso nu. Uma cicatriz estrelada agora risca minha pele, da cavidade da minha garganta ao meu umbigo, mas o vislumbre da nudez ainda chama a atenção do príncipe.

Ele rastreia cada movimento meu enquanto deslizo os dedos pelo meu abdômen, até que ele arrasta seu olhar sem fundo para encontrar o meu. O mais ínfimo vislumbre de lembrança se ilumina. Algo que ele não pode esconder, mesmo nas sombras que sufocam sua alma.

Segurando seu olhar, coloco meus dedos ao redor das barras acima de seus punhos, certificando-me de que nossas mãos se toquem.

— Se bem me lembro... — Eu me inclino e abaixo a voz, notando o doce cheiro de suor em seu cabelo e da sujeira em sua pele — ... é *você* quem implora.

Seu olhar desliza para minha boca. Um momento eterno se estende entre nós antes que ele solte as grades, dê um passo para trás e passe os dedos pelos cabelos escuros.

— Continua tão arrogante. Só achei você sedutor naquela época porque via essa arrogância como… *confiança*. Agora vejo um homem que finge ser algo que não é para conseguir o que deseja.

Levanto as mãos e bato palmas.

— E isso, senhoras, senhores e todas as pessoas bonitas presentes, vindo de um príncipe que não se lembra do próprio nome. — As barras parecem mais frias quando as seguro pela segunda vez. — Sua própria existência é puro fingimento. Você desempenha o papel de um príncipe poderoso e conquistador, mas não tem noção de onde veio. — Baixo a voz até o volume de um sussurro. — Não contei a ninguém sobre nossa noite juntos, mas me lembro de tudo. Ainda ouço você murmurando *Colden* com a boca em meus lábios e ainda vejo seu pânico quando perguntei como *eu* poderia *te* chamar. O horror em seus olhos quando quis sussurrar seu nome e você não conseguiu pronunciar uma única sílaba. Nunca se perguntou por que não consegue se lembrar de sua vida?

Embora seu exterior esteja composto, a angústia por trás de seus olhos é nítida como vidro. É um espelho do passado, tão semelhante que é como se tivéssemos voltado no tempo.

— Minha vida não é da sua conta. — As palavras rangem entre seus dentes. — E saiba disso: você não significou nada para mim naquela época e não significa nada para mim agora. Um cenário que pode ser o seu padrão. Se Fia Drumera se render assim que souber que sua vida depende da decisão dela de cooperar com minhas forças, vou mantê-lo além dos portões de sua cidadela. Vivo. Mas se ela não se render, se você for tão insignificante para ela quanto é para mim, então acabarei com você. Se não pelo puro prazer de provar o quão inexpressiva foi aquela noite, então para aproveitar o momento em que seus amigos verão você virar pó. — Ele olha por cima do ombro para a mulher morta. — Se tudo correr conforme o planejado, Alexi se juntará a nós em breve. Uma vez que seu poder tenha retornado por completo, vou sugar a energia dele, e não haverá nada que ninguém possa fazer para me impedir.

Ele deixa o pensamento pairar, como se a última palavra fosse dele, e sai da cela da morta, fechando e trancando a porta. Dou-lhe algum crédito.

Sua declaração me perfura, embora eu saiba que capturar Alexus Thibault depois que ele tiver controle total de sua magia não será uma tarefa simples.

Quando o príncipe se vira para sair, um sorriso lento se abre em meus lábios. Eu sou muito bastardo para deixar essa chance passar.

— Ahhh — gemo teatralmente. — A *felicidade* de saber algo que seu inimigo não sabe.

O príncipe faz uma pausa, a mão direita abrindo e fechando em punho. Em sua mão esquerda ele leva as chaves das celas.

— Não brinque comigo, Colden. — Ele se vira, um meio rosnado nos lábios. — Eu sei o que você está fazendo. A maneira como provoca para desviar a atenção da verdade.

Ando até a porta da cela, deslizo os braços pelas grades e apoio os cotovelos no ferro.

— Ou talvez você não me conheça. Como disse, foi apenas uma noite. Apenas alguns beijos sem sentido e sem fôlego.

Seu rosto endurece.

— Você ficou na minha casa por dias. Acha mesmo que não te observei ainda mais de perto quando o vinho não estava atrapalhando meu bom senso? E depois desses últimos minutos, duvido que algo tenha mudado em você.

Certifico-me de que há uma inclinação zombeteira em meu sorriso enquanto dou a ele meu olhar mais seguro.

— Pensei que você tinha dito que havia esquecido nosso tempo juntos. Eu e minha boca inexpressiva.

Sei que ele mentiu. Na Estrada Invernal, ele repetiu parte de nossa conversa daquela noite quente de verão juntos. Palavras que só tinham significado para ele e para mim. Trinta anos atrás, fiz uma piada sobre viver para sempre sem qualquer tipo de poder, e uma vez que ele sentiu que meu poder havia sido arrancado de mim, jogou o que eu dissera na minha cara. *Qual é o sentido de viver para sempre sendo tão enfadonho?*

Ele olha para mim, o rosto com uma expressão de raiva contida. Ele quer me estrangular, o que é perfeito, porque quero que ele se aproxime um pouco mais para que eu possa pegar aquelas malditas chaves.

Como se minhas palavras o comandassem, ele avança. Perto, mas não o suficiente.

— Pare de me provocar — exige — e diga o que pensa. Ou vou arrancar essa sua língua que você tanto valoriza com uma dessas. — Ele mostra as chaves.

A imagem de sua ameaça me choca, devo confessar.

Mas eu tenho todas as cartas.

— Bem, veja só. Muito tempo atrás, possivelmente antes mesmo de você ser um impulso nas bolas azuis de seu misterioso pai, Alexus fez uma coisa burra. Ele se ligou a mim com a magia dos Habitante das Terras do Verão e isso já dura trezentos anos. A imortalidade dele depende da minha. Se me matar ou deixar qualquer dano fatal acontecer comigo, você o perderá também.

Não consigo resistir a dar um enorme sorriso.

Os olhos do príncipe estremecem. Seu peito sobe e desce mais rápido enquanto ele processa minhas palavras.

— Você está blefando.

— Ah, mas não estou mesmo. Por que acha que ficamos juntos esse tempo todo? Não é porque Alexus não pode resistir a mim; porque, te garanto, ele pode e resistiu. Agora ele é como um irmão para mim, alguém que se importa o suficiente para ajudar a me manter vivo. Para me dar uma razão para viver mais um dia. — Inclino minha cabeça. — Você nunca pondera sobre essas coisas? Como imaginou que ele sobreviveu nos últimos trezentos anos?

Seu cérebro está acelerado. Consigo ver.

— Você quer que eu acredite que Alexi de Ghent lhe deu sua... *eternidade*?

Nunca ouvi o que aconteceu ser descrito assim, mas agora que as palavras saíram da boca do príncipe, não tenho certeza se algum dia vou parar de ouvi-las.

— Sim, foi o que ele *fez*. Isso comeu minha consciência por anos, mas o que eu deveria fazer? Por um lado, eu queria morrer. Uma existência sem fim como o Rei do Gelo, mesmo com Alexus ao meu lado, parecia um destino horrendo. Mas como eu poderia acabar com a vida dele também? Parecia que ele queria viver, que procurava algo que eu não conseguia entender. Além disso, depois de algum tempo, a pessoa se acostuma, e viver para sempre começa a parecer uma coisa predestinada.

Faço uma pausa no jeito sincero que estou usando para revelar minha ligação com Alexus e procuro meu lado arrogante. Eu o encontro rapidamente e o visto como uma segunda pele.

— Você não saberia nada sobre tal situação, vendo como precisa comer almas para viver. — Estalo a língua para irritá-lo, e uma revelação repugnante ocorre. Ele já devorava almas quando o conheci? Penso na mulher na cela. — Foi isso que aconteceu com ela, não foi? — Inclino a cabeça em direção à minha companheira de quarto apodrecida. — Você devorou a essência dela, então reconsiderou. Ela vai ser ressuscitada? Acordar como um monstro carnívoro? É por isso que ela usa uma coleira? Onde está a guia? Eu deveria saber, já que sou forçado a dormir ao lado dela.

Com um sorriso sádico, o príncipe enfia as chaves no bolso e se dirige para as escadas. Suas sombras seguem como a maré alta do Mar Negro dos Territórios das Terras do Leste. Quando chega ao terceiro degrau, o último à vista, ele faz uma pausa e olha na minha direção.

Com a voz cheia de um deleite perverso, ele diz:

— Melhor você esperar e ver o que ela é. Assim como devo esperar para saber se você é o mentiroso que acredito que é.

Ele desaparece escada acima e eu volto para o meu lugar no chão frio e duro, pensando no plano do príncipe para Alexus. Enquanto os pensamentos correm pela minha mente, me concentro no tufo emaranhado de cabelo ruivo-escuro que flui de um pedaço desolado do couro cabeludo na parte de trás da cabeça da mulher morta. A visão me deixa nervoso, e vejo meus pensamentos mudando, esperando que ela rasteje daquela cama em seus restos mortais.

Absurdo. Puro absurdo.

Enfio minha jaqueta acolchoada embaixo da cabeça e me deito. Não sei se é noite ou dia, só sei que estou cansado pra caralho.

— Bons sonhos, princesa — murmuro antes de fechar os olhos. — Tente não deixar os vermes morderem.

Minutos depois, quando eu começo a flutuar, juro que sinto uma corrente de ventos poderosos chegando através da masmorra subterrânea, trazendo uma voz sussurrada ao final de uma respiração áspera e úmida.

Abro os olhos, mas não há nada para ver, exceto as tochas tremeluzentes e o corpo imóvel, ainda escondido sob aquele cobertor.

Devo estar enlouquecendo aqui embaixo porque o que senti e ouvi é impossível.

— *Não sou uma princesa* — dissera a voz. — *Meu nome é Fúria, e eu sou a porra de uma deusa.*

15
Alexus

— *O nome dela é Fúria.*

Ofegando de sua corrida da margem do lago para o acampamento, Raina passa as mãos pelos longos cabelos escuros, afastando-os do rosto. Ela para na ponta da mesa, onde estive sentado com Rhonin nos últimos minutos, discutindo o paradeiro de Joran. Eu nem tive tempo de procurá-la. Presumi que ainda estava com Nephele e Helena.

Embora eu esteja assustado com sua chegada abrupta e com a declaração, escondo minhas feições em uma máscara de calma e modero minhas emoções. Com um aperto firme, abaixo minha caneca de cerveja e coloco a mão na cintura de Raina, em um esforço para acalmá-la. Suas marcas de bruxa estão à mostra, ousadas na escuridão da noite, e sua extremidade do vínculo está fechada. Ela está tão abalada que sua angústia está desligando tudo.

Felizmente, ainda posso ler suas emoções. Em geral estão escritas em seu rosto e na maneira como ela sinaliza.

— *De quem é o nome Fúria?* — pergunto com um aceno confuso de cabeça.

Meu coração para por um segundo ao sentir aquele nome na minha língua. Um nome que não ouço há muito tempo. Um nome que eu não chamaria de nome.

Foi uma rebelião.

— *A arma* — sinaliza ela com movimentos apressados. — *Joran estava certo. O príncipe precisava de uma terceira arma. Não sei do que ela é capaz, mas é a arma. Não tenho dúvida.*

Enquanto um suor frio escorre pela minha nuca, todos começam a se reunir para jantar, de olho nas nuvens de tempestade que sombreiam o céu ao longe. Porém alguns nos observam, dada a óbvia agitação de Raina.

— Vamos conversar em particular — aviso a Rhonin enquanto me levanto. — Se Joran não voltar logo, envie Keth, Callan e Jaega para procurá-lo. Se a tempestade começar, eles devem voltar imediatamente. Não quero que ninguém perca uma noite de sono porque Joran é um idiota.

— Farei isso — responde ele, dando um gole grande na cerveja.

Conduzo Raina em direção aos salgueiros, onde nos abrigamos sob as folhas ondulantes. Apesar do vento crescente, a fogueira está alta, um símbolo dançante de resistência enquanto os sobreviventes enfrentam o mesmo elemento que devorou suas famílias. Sua luz chega até onde estamos, embora não seja suficiente. Eu preciso ver os olhos de Raina. Suas expressões. Ela diz muito com aquela carinha linda quando sinaliza e, nesse momento, não quero perder *nenhum* detalhe.

Rapidamente, invoco a energia da noite — o calor do fogo, o poder da lua, a força do vento. Prefiro não chamar a atenção dos aldeões, e hoje me sinto mais forte, então, quando chega a força de cada entidade, atraio tudo pelas minhas veias e canalizo em pérolas de luz nas pontas dos meus dedos, liberando-as na escuridão ao nosso redor.

Os olhos de Raina se arregalam, mas haverá tempo para explicar minha magia em constante mudança mais tarde.

— Respire fundo e comece do começo — peço enquanto ela se inclina contra a árvore. Vê-la assim, debaixo deste salgueiro, os olhos azul-escuros olhando para mim... Isso mexe com algo profundo dentro de mim, algo que tento reconhecer, mas não consigo.

Eu a deixo sinalizar. Deixo que ela me conte tudo. Desde a menção de Nephele a Neri até aquele bastardo encontrando Raina na margem do lago, e ela vendo Colden na velha masmorra de Thamaos.

Assim que ela faz uma pausa, eu digo:

— Mas você se recusou a fazer um acordo com Neri, certo? — Graças aos malditos Antigos, ela concorda. — E você não podia ver o príncipe de jeito nenhum? — tento esclarecer.

— *A princípio não consegui ver nada além de Colden e sombras vermelhas. Também não conseguia ouvi-los. Eu nunca consigo. Só sabia que Colden ainda estava trancado em uma cela suja, falando com alguém e que tinha que ser o príncipe. Então esperei. Mais do que o normal por causa do que Neri havia dito. Em algum momento as sombras desapareceram e eu vi a mulher através dos olhos de Colden. De alguma forma, também a ouvi e senti o mal-estar de Colden.*

Pela expressão aflita de Raina e pela maneira como ela estremece com o pensamento, é evidente que ela adoraria apagar a imagem de sua mente. Um corpo em decomposição. Uma mulher com uma única mecha de cabelo ruivo-escuro. A carne apodrecida e, no entanto, de alguma forma, ela estava viva e era necessário que ficasse enjaulada atrás de barras de ferro e presa por uma coleira.

Uma mulher que declara não ser uma princesa, mas uma deusa.

Uma Fúria.

— Ela pode ser qualquer um. — Minha voz sai mais fraca do que eu pretendia, minha garganta apertando dolorosamente enquanto falo. Engulo em seco. — Uma antiga fonte de energia, talvez. Uma feiticeira.

Quero acreditar em minhas próprias palavras, mesmo enquanto toco distraidamente a cicatriz secular em meu pulso. No momento em que sinto a pele áspera, afasto a mão, porque a sugestão que minha mente está tentando conjurar precisa ser impedida. Agora. É apenas a ansiedade de toda essa provação me afetando.

Porque Fleurie morreu. A Irmandade a matou após a batalha entre Thamaos e Urdin, sob o comando do rei Gherahn. Uma vez que a reduziram a não mais do que uma forma sem vida acorrentada às rochas do Abismo de Pensea, deixaram-na ser levada pelas brutais ondas geladas.

Sua morte é uma parte dos últimos anos com Thamaos que o tempo não sugou. Eu vi tudo acontecer. Acorrentado também e de joelhos no frio gelado, forçado a testemunhar a tortura da minha amiga por dias, gritando até que eu não pudesse falar, até que seu corpo ensanguentado deslizou pelo penhasco escuro e desapareceu no mar.

Tudo porque ela queria tomar o trono vazio de seu pai.

Fleurie não pode estar viva. Eu saberia. Ela teria me encontrado.

A menos que ela não pudesse. A menos que estivesse impedida ou aprisionada todo esse tempo.

— *Ela não é qualquer um* — diz Raina. — *Minha intuição me diz que ela é uma força a ser considerada.*

Sua intuição. Crescendo e mudando a cada dia que passa, a cada apelo ao seu dom da Visão.

Solto um suspiro enquanto um trovão ressoa sobre a terra. Mais uma vez, meus dedos coçam para tocar a cicatriz em meu pulso, e um suor gelado escorre por minha pele. De repente, é mais difícil respirar.

Como eu gostaria de poder ver a visão de Raina. Confio nela, mas isso é tão difícil de acreditar que desejo ter certeza.

Ela me observa com aquele olhar cansado.

— *Eu não sei quem ela é. Só que Colden irradiava preocupação. Essa preocupação não era só consigo mesmo. Também foi por você.* — Com ternura, ela pressiona a palma da mão no meu rosto antes de sinalizar: — *Eu vejo você, Alexus. O que não está me contando?*

Enquanto ela olha nos meus olhos, eu me lembro do nosso tempo no refúgio quando ela me mostrou a Faca Divina. Como fiquei atordoado ao ver uma parte perdida do meu passado, devolvida por suas mãos. Este momento é muito semelhante.

Impossível.

Desta vez, não vou esperar para contar a história a ela. Em vez disso, apago os orbes, pego sua mão e caminhamos em direção ao gramado para que os outros também possam ouvir. Porque só há uma razão para o príncipe querer ver minha velha amiga vagando pelo mundo novamente. A única razão que fazia seu pai desejar controlá-la, embora ele nunca conseguisse.

Fleurie pode levar o príncipe direto para o Bosque dos Deuses. Antes mesmo de termos a chance de deixar este maldito vale.

16
Alexus

— Uma portalista. — A descrença toma conta das palavras de Nephele. — A filha divina de Thamaos é uma *portalista*? E ela está viva?

Nephele, Helena, Rhonin, Callan e Mena sentam-se com Raina e eu nos tocos de árvores dispostos ao redor de um ninho de lanternas dentro da tenda de reunião de Warek enquanto o vento bate na lona grossa. Warek está parado na entrada, os braços cruzados sobre o peito em forma de barril.

— Sim. Ela era… é… uma portalista.

— O que isso realmente significa? — pergunta Rhonin.

Solto um longo suspiro. Não por aborrecimento. Mas porque não acredito que estou tendo essa conversa.

— Um portalista pode criar um portal entre dois lugares e transportar coisas através dessa abertura — explico a ele. — Eles usam o dom da visão distante para visualizar o local para o qual desejam viajar. Mas é apenas uma visita temporária. Eles ficam ligados ao ponto de onde saíram. Então, mesmo quando Fleurie fugiu de seu pai através de um portal, no momento em que a abertura se fechou, ela estava de volta ao lugar de onde saiu. Ela era apenas uma mensageira e uma visitante.

— Ouvi histórias sobre as amantes de Thamaos — diz Mena — e que ele gerou uma criança com uma bruxa, mas nunca se sabe quais histórias são reais. Tantas mentiras foram inventadas para apagar nossa verdadeira história.

Assinto, concordando com ela.

— Esta história é verdadeira. A mãe de Fleurie chamava-se Isidore, uma feiticeira das Terras do Leste. Quando Fleurie tinha nove anos, Isidore revelou a Thamaos que eles haviam concebido uma criança, que tinha uma habilidade poderosa que ela temia. Ele não via a filha inesperada como algo mais do que... — Faço uma pausa, balançando a cabeça quando a única palavra apropriada vem à mente. — Uma *arma*. E ele pretendia empunhá-la como tal na Guerras das Terras.

— Mas ela está viva? — pergunta Callan, passando os dedos para cima e para baixo em um dos muitos longos fios de contas pendurados em seu pescoço.

Esfrego a barba com os dedos e olho para Raina. Temo que isso seja especialmente difícil para ela, já que Fleurie é a única outra pessoa com quem já tive um vínculo.

— Não quero contestar o que Raina está experimentando com a Visão e a intuição — digo a Callan. — Mas não consigo imaginar como ela pode estar aqui depois de todo esse tempo. A menos que realmente fosse imortal.

— Alguns semideuses registrados nos livros de história do Leste na grande biblioteca *foram* listados como imortais — fala Rhonin, apoiando os cotovelos nos joelhos estendidos. — Como aqueles que estão escondidos pelo mundo. Você pensou o contrário com Fleurie?

Ele não entende o quão bem conheço aqueles livros de história.

— Sim — respondo. — Até ela acreditava que era mortal. A imortalidade herdada não era a norma na era dos deuses. Foi a exceção. A razão pela qual as relações entre deuses e mortais se tornaram proibidas. A imortalidade não poderia ser testada sem uma longa passagem de tempo ou risco de vida. Além disso... — Engulo o enjoo girando dentro do meu peito. — Eu a *vi* morrer. Pelo menos achei que sim.

Fecho meus olhos, tentando suprimir as imagens que pipocam em minha mente, mas falho. Enquanto o vento forte uiva, imagino Fleurie presa a alguma geleira ou rocha no fundo do mar, sob um oceano gelado de escuridão, em dor e afogamento, desejando uma fenda na realidade pela qual escapar, desejando a morte e nunca encontrando, por trezentos anos.

Rezo aos Antigos para que a mulher da visão de Raina não seja ela. Que tudo isso seja um grande erro. Porque a alternativa não é nada boa para Fleurie.

— *O príncipe pode forçá-la a abrir um portal entre ele e o Bosque dos Deuses?* — sinaliza Raina, olhando para as chamas piscando dentro das lanternas por mais um momento antes de levantar a cabeça e nivelar aquele olhar safira em mim.

— Não apenas pela força. Foram precisos cem feiticeiros para impedir que nós dois fugíssemos do Leste. Mais cem para nos acorrentar contra as rochas. O príncipe é apenas um homem. Não consigo imaginar ele ou sua Irmandade moderna sendo tão capaz, mesmo que ele tenha o sifão mais poderoso em cativeiro.

— Percebe que *você* pode muito bem ser o sifão mais poderoso que existe? — diz Callan. — E o príncipe pode querer usar Fleurie para encontrar você.

Raina olha para mim, um brilho de preocupação em seus olhos.

— Isso é muito possível — respondo. — E Raina viu Vexx cavalgando para o sul. Pode ser que eu esteja entrando em uma armadilha. Mas se eu quiser chegar às Terras do Verão, não tenho outra escolha a não ser passar por Malgros. Quanto a Fleurie me rastrear… Thamaos deu a Fleurie o apelido de *Fúria*. Ele negou seu verdadeiro nome, usando Fúria nos momentos em que ela mostrava fraqueza ou rebelião, como uma zombaria. Uma calúnia. Um aguilhão. Mas até *ele* viu o que ela realmente era. Ela aniquilaria o príncipe. Especialmente se souber que ele pretende me prejudicar.

— Mas ela pode não saber — diz Hel. — Faz trezentos anos, e parece que ela foi torturada por todo esse tempo. Sua mente pode não ser mais a mesma, ou o príncipe pode ter mentido. E lembre-se também de que, assim como seus pais, os deuses são vulneráveis ao ferro. E se esta mulher é Fleurie, então o príncipe tem a vantagem. Por enquanto, pelo menos. Com ela amarrada e presa como um animal, ele pode impedir que ela cause algum dano a ele ou a seus objetivos.

Nephele arqueia uma sobrancelha loira.

— Sim, mas para usar a habilidade dela, ele vai ter que soltá-la em algum momento. A questão é: o que ele tem na manga para garantir que ela *não* o aniquile? Que ela faça o que ele quer?

A resposta me parece tão certa quanto um raio.

— Um acordo. A ajuda dela em troca do resgate. — Como o acordo que Neri tentou fazer com Raina. Como o que fiz com ele na ravina.

— Essa é a única maneira de realmente vincular a palavra de um deus ou de um semideus — acrescenta Callan.

Penso na horrível descrição que Raina fez da minha velha amiga.

— Ela pode ter ido tão longe que não sabia com o que estava concordando — digo.

Nephele se levanta e começa a andar um pouco atrás de Mena.

— Porra. Isto é ruim.

Warek, um sentinela silencioso, pigarreia tão alto que o som se sobrepõe ao vento que açoita a lateral da tenda.

— Ainda há obstáculos — fala. — Se o príncipe pretende usar Fleurie, e se Fleurie estiver no estado deteriorado que Raina diz, então ela antes deve se curar, o que garante um pouco de tempo. Ela pode ser parte deusa, mas com certeza trezentos anos de lenta decomposição não podem ser desfeitos em um único dia.

— Provavelmente não sem um curador talentoso — interponho.

— E ele não tem alguém assim — responde Rhonin. — Ele tem minha mãe. Por mais conhecedora que seja, ela só detém o poder das ervas.

— Em segundo lugar — continua Warek —, Fleurie precisa conseguir violar as proteções de Fia Drumera. Proteções que resistem a ataques há anos. A habilidade de Fleurie pode contornar tal magia?

— Infelizmente sim. Para um deus vivo ou um semideus, a magia dos homens é mais um aborrecimento do que uma parede inquebrável. É por isso que os Habitantes das Terras do Leste chegaram tão perto de entrar na Cidade das Ruínas durante as Guerras das Terras. Eles teriam conseguido se não fosse por Colden e seus homens. Havia magia divina combatendo magia divina. Duas forças muito iguais. Mas Thamaos e seu exército enfrentaram Asha, cujas terras eram fortificadas por uma liga de magos, bem como Neri, uma dispersão de Bruxos Caminhantes e seus soldados. Uma vez que Fleurie se tornou habilidosa o suficiente, Thamaos tentou usá-la para levar seus exércitos para a Cidade das Ruínas. Mas Fleurie não conseguiu atravessá-los.

Callan olha para Warek.

— Um portal requer imenso controle e força para abrir e manter aberto. Já é bastante difícil transportar uma pessoa. Imagine centenas ou milhares.

— Ainda assim — diz Nephele. — Warek está certo. Fleurie precisa se curar, então temos tempo.

— *Mas não sabemos quanto tempo* — sinaliza Raina. — *Essa jornada de três semanas precisa acontecer o mais rápido possível.*

Mena exala um longo suspiro.

— É mesmo ela? Essa continua sendo a maior questão.

Algo dentro de mim desaba. Pela primeira vez desde que Raina disse o nome *Fúria* para mim, sei que é realmente minha amiga. Na floresta, Thamaos me disse que eu deveria saber que ele tem um plano. Naquele momento jamais imaginaria o impossível. Que sua filha sobreviveu e que ele tinha encontrado uma maneira de forçá-la a fazer o que ele deseja.

— Até que tenhamos mais provas através das visões de Raina, devemos assumir que sim — respondo. — E seguir em frente com base nisso.

— O que significa que deveríamos partir ainda hoje à noite — diz Nephele. — Antes que a tempestade comece e nos atrase ainda mais. — Um trovão imediatamente ressoa à distância, e ela cruza os braços sobre a cintura como se o som ameaçador a sacudisse.

Pela morte dos deuses. Ainda não dormimos. Mal comemos. Mas sei que ela está certa.

Esfrego a mão no rosto.

— Concordo. Precisamos nos antecipar à chuva. Na medida do possível desta vez.

— Então você tem um plano — fala Mena.

Rhonin assente para mim.

— Estou com você, Alexus. O que você precisar.

— *E eu* — sinaliza Raina. — *Você tem a mim. Carregaremos este fardo juntos. Até o fim.*

— *Até o fim* — sinalizo de volta, com o coração preenchido.

Nephele para de andar e me dá uma piscadela suave.

— Eu também.

Hel levanta os olhos, aquele olhar escuro contornado por cílios pretos como fuligem, e encara desafiadoramente seu pai.

— Comigo são quatro.

O peito de Warek incha e seu rosto fica vermelho. Mais cedo, ele me disse que insistiria para que Helena ficasse. Mas ele não tem chance de discutir o ponto, porque Finn e Joran entram na barraca, amarrotados e desgrenhados pelo vento, surpreendendo a todos nós.

— E comigo, cinco. — Um músculo estremece na mandíbula de Finn enquanto ele cerra os dentes, como se falar comigo de maneira civilizada fosse o mais colossal dos esforços. Ele engole em seco com tanta força que o nó em sua garganta se move visivelmente. — Ofereço minha espada, meu arco, minhas habilidades de caça e rastreamento. — Ele olha entre Hel e Raina. — Não posso deixar nenhuma de vocês passar por isso sem mim. Espero que você possa me tolerar.

Raina o encara por um momento, a expressão cheia de preocupação, mágoa e incerteza. Ela olha para mim e envia um sentimento pelo vínculo, como uma pergunta, puxando minha mente para uma resposta. Quando aceno que está tudo bem Finn se juntar a nós, ela inclina a cabeça para o amigo, aceitando sua oferta, como se a companhia dele fosse uma decisão que ela e eu tínhamos que tomar. Não apenas um ou outro.

Só espero não me arrepender de ter concordado.

— Aguentei você por quase dezenove anos — diz Helena. — Acho que posso lidar com *isso*. — Ela sorri e atravessa a tenda, abraçando o irmão. Warek relaxa, e a pressão dentro dele se liberta visivelmente, embora a preocupação ainda vibre em sua testa. Dois de seus três filhos restantes estão em perigo. Sem ele, ao que parece.

Helena solta Finn e inclina o quadril, olhando para Joran.

— E *você*, babaca? Está muito quieto, para variar. Você está dentro?

Com os braços musculosos cruzados sobre o peito grosso e as sobrancelhas prateadas curvadas para dentro, Joran inclina a cabeça como um cachorro ouvindo um assobio agudo.

— Sim, *estou dentro*. — Ele lança um olhar para mim. — Uma matilha de lobos brancos jamais me impediria de ir nesta aventura.

Mena se levanta, as costas arqueadas, e me chama com um gesto. Quando me aproximo, ela pega minha mão e a abre na direção do céu. Com um toque curioso, ela passa o dedo pelas linhas que cruzam a palma. Depois de longos momentos, ela ergue a cabeça e olha para mim, seus olhos envelhecidos arregalados e vidrados enquanto estuda meu rosto. Esse olhar faz um arrepio percorrer minha espinha.

— Infalível — sussurra, tão baixo que tenho certeza de que só eu posso ouvir. — Eternamente infalível. — Antes que eu pergunte o que aquilo quer dizer, ela toca meu rosto e faz sinal para que todos se aproximem. — Venham, venham — ordena. — Todos vocês. Formem um círculo. Uma oração antes de partir.

Ninguém diz uma palavra. Eles fazem o que ela diz.

— Agora estiquem uma única mão. Todos.

Nós obedecemos, embora alguns de nós com mais relutância quando percebemos o que Mena pretende. Lentamente, colocamos as mãos uma sobre a outra, nossos braços como os aros de uma roda de carroça, um ato que eu nunca teria imaginado acontecer com essas seis pessoas um mês atrás.

Mena começa a cantar para os Antigos. Suas palavras ganham melodia, fluindo em uma linda canção. Em minutos, conforme o vento sopra cada vez mais forte, sua magia nos lava.

Não apenas uma oração. Uma benção. Uma proteção.

Assim que ela termina, deixamos a tenda de reunião para juntar nossos pertences e cavalos, preparados para a longa noite que temos pela frente. Quando o estrondo de um trovão ressoa sobre as montanhas, emitindo o som de dez legiões de cavalos correndo pelo céu, não me passa despercebido que, embora sigamos caminhos distintos, entramos juntos na tempestade que se forma.

III

INÍCIOS

17
Fleurie

Territórios do Leste

Cidade de Quezira

Templo de Min-Thuret, Masmorra

Mesmo a miséria mais furiosa pode ser uma felicidade.

Sento-me dentro da minha mais nova prisão, na beira de uma cama macia, olhando para minhas pernas devastadas pela podridão. Bronwyn, a curandeira, ajoelha-se diante de mim, minhas bandagens em suas mãos enquanto ela inspeciona o progresso.

A dor ardente da cura permanece como uma faixa constante de miséria vermelha sobre minha visão ainda distorcida. Mas mesmo sem os relatórios de Bronwyn posso ver bem o suficiente à luz das tochas para saber que minhas pernas estão melhores. Lascas de osso branco ainda são visíveis em alguns lugares, assim como o cor-de-rosa brilhante e o vermelho dos tendões em reconstrução, mas agora há mais pele. Suas bordas estão encrostadas e escuras ao redor das feridas que restam abertas. Mas *tenho pele*. Em todos os lugares. Pura e suave como creme.

Não consigo ficar de pé por muito tempo, então Bronwyn reaplica a pomada para ardor e recoloca as bandagens antes de me ajudar a deitar de lado. É preciso algum esforço para encontrar uma posição que não me dê vontade de gritar.

— Você poderá andar em questão de dias, Fleurie — diz Bronwyn, sua voz tão gentil quanto seu toque. — E o príncipe concordou em me deixar levá-la para fora um pouco de cada vez, assim que sua pele estiver completamente renovada. A luz do sol e o ar fresco serão bons para você.

Luz solar. Ar fresco.

Vislumbrei o céu azul quando a guarda do príncipe me carregou da carroça até a entrada que leva ao subterrâneo do templo. Embora eu soubesse que mais escuridão e cativeiro me aguardavam, ver a luz do dia depois de tanto tempo tinha sido uma experiência sagrada. Não consigo imaginar o que será me banhar na luz, mas como anseio por essa liberdade simples.

— Voltarei em algumas horas com mais caldo de osso — avisa Bronwyn. Cuidadosamente, ela inclina meu queixo. — Seu pescoço está fechando bem. Receber sua alimentação será uma aventura muito diferente a partir de agora.

Vejo felicidade genuína em seu rosto. Também ouvi isso em sua voz nas últimas semanas, à medida que minha cura avançava. *Não é uma inimiga*. Sinto-me grata por ainda poder inferir tais coisas. Que meu ódio furioso está muito bem guardado dentro de meu coração e mente, salvo como um furacão engarrafado para ser desencadeado em quem merece minha ira: Thamaos.

Mesmo que eu precise vê-lo ressuscitar dos mortos para fazer isso.

Bronwyn se levanta e pega sua tocha. Quando se vira para ir embora, percebo que para na cela ao lado da minha. Sussurros raspam o ar, e esta não é a primeira vez. Não consigo entender muito, exceto que a curandeira do príncipe não deveria confraternizar secretamente com um prisioneiro. No entanto, ela está. O que é curioso.

Depois de mais alguns momentos, Bronwyn sai e a porta da masmorra se fecha.

— Devo dizer que você está muito melhor do que quando a vi pela primeira vez. Não vai demorar muito até que esteja pronta para dominar o mundo. Literalmente.

Olho para o meu colega de quarto. O que posso ver dele. Colden Moeshka.

Durante meus primeiros dias nesta prisão, me questionei quantos anos eu acreditava terem se passado, embora tivesse tanta certeza antes, enquanto os Antigos sussurravam suas promessas ao vento. Colden Moeshka viveu no *meu* tempo, uma maldição para os deuses, um dos soldados amaldiçoados de Neri das Terras do Norte. Parecia que eu tinha retrocedido trezentos anos no tempo, em vez de trezentos anos terem passado.

Mas então me lembrei da verdade de tudo. Era o Rei do Gelo me dizendo seu nome. Dizendo que conhece Alexi. Que Alexi falou de mim para ele.

Que Alexi vive. Como eu tinha sido informada uma vez.

Alexi também me contou sobre Colden. Lembro-me claramente de quando meu amigo foi enviado para espionar o Norte, como ele conhecera o novo rei do norte e até foi com ele para as Terras do Verão. Alexi não fez mal algum naquelas terras, para grande consternação de Thamaos e do rei Gherahn. Ao retornar, ele confessou que não ousou se revelar em meio a uma cidade de magos das Terras do Verão.

A verdade é que sua jornada tinha mudado. Ele voltou um homem diferente. Um homem em *conflito*. Um homem que estava prestes a enfrentar o ano mais difícil de sua vida e nem sabia disso.

Colden se inclina contra as barras que dividem nossos espaços. Ele é gentil comigo, mas fala muito, um sotaque estranho ao meu ouvido, seu humor ainda mais. Anseio por dizer a ele que não quero dominar o mundo. Que eu nunca quis isso. E sofro no fundo do meu ser para perguntar a ele sobre Alexi, ou talvez para abrir o ar e encontrar meu amigo eu mesma. Mas não é assim que as coisas vão se desenrolar. Disso eu sei. Além do mais, não tive a sorte de recuperar minha voz ou minha magia.

E mesmo quando o fizer, *se* o fizer, não importará.

O príncipe me mantém com o colar, embora o colar que uso agora seja mais fino que o anterior. Menos ferro permite uma cura mais rápida. Mas ainda serve ao seu propósito, como as pulseiras que meu pai mandou seu ferreiro soldar em meus pulsos há muito tempo: me manter presa como uma borboleta que, de outra forma, voaria para longe.

Mas também uso outra coleira. Um torque invisível de magia. Parou minha língua e até minha mão trezentos anos atrás, quando eu tinha tantas verdades para compartilhar com o mundo, verdades que poderiam ter salvado meus amigos mais queridos.

Depois de todo esse tempo, ainda sinto o domínio do torque sobre mim.

A porta se abre com um rangido e então se fecha novamente. Sei que não é Bronwyn pelo som dos passos de nosso visitante. Aquele deslizar suave e preguiçoso de botas nos degraus de pedra enquanto caminha para o calabouço. Ele está sempre vestido com roupas de cor escura, uma mancha vermelha ao redor de seus pés.

Sua Alteza, todos o chamam.

Exceto Colden.

— Bem, se não é o príncipe sem nome. Ele voltou.

— Não fode, Moeshka — diz o príncipe enquanto entra na minha cela, embora suas palavras pareçam menos duras a cada vez que ele vem aqui.

— Ah, bem que você gostaria — Colden incita.

A voz do príncipe é a sombra de uma voz que eu conhecia. Dadas as circunstâncias atuais, o som não deveria me fazer sentir nem um pouco confortável, e ainda assim me faz. Anseio por ver seu rosto com mais clareza, mas ele nunca entra em minha cela com uma tocha na mão, como se não confiasse em mim perto de chamas.

O príncipe se agacha ao lado da minha cama, as mãos cruzadas entre as pernas.

— Bronwyn está certa. Você está se recuperando muito bem.

— Qual é o propósito dela estar aqui? — pergunta Colden. — Acho que *eu* sei. Se as histórias que nosso querido amigo Alexus me contou forem verdadeiras. Mas também acho que *você* deveria contar a ela os detalhes horríveis. Dessa forma, sua ira será devidamente direcionada.

Ouço o riso zombeteiro em sua voz. Ele acha que não sei o que fiz, e por que estou aqui. Ambos acham.

Eu fiz um acordo. Ocorreu-me que, quando o príncipe se postou sobre mim no fosso, oferecendo-me liberdade em troca de ajuda, eu poderia ter negado. Mas eu já sabia que não o faria. Conheço o nosso futuro. Eu o vi. Essa história começou há tanto tempo. Conheço os nomes e os rostos dos protagonistas de nossa história, e um deles está ajoelhado diante de mim, perdido para si mesmo como sempre.

É um gesto impulsivo, mas estendo a mão e toco o rosto do príncipe, traçando meu dedo sobre a curva suave de sua maçã do rosto marcante, lembrando. O pequeno príncipe de todos.

Colden o chamou de *príncipe sem nome*.

Mas ele tem um nome. E eu sei qual é.

Quantas centenas de vezes o nome dele saiu dos meus lábios?

Ele se afasta do meu toque e empurra minha mão, colocando-a na cama. O ar entre nós fica tenso com o estranhamento. Algo mais do que um desconforto. Algo como inquietação.

— Quando estiver totalmente curada — diz ele, pigarreando —, precisamos conversar sobre os detalhes do nosso acordo. Não vai demorar muito. Então, quando acabar, você estará livre para vagar por este vasto mundo como quiser.

Eu apenas assinto. Não há discussão quando você já sabe o resultado de uma decisão tomada. Vou abrir o mundo como uma faca através do tempo.

E mudar a vida de um velho amigo para sempre.

18
Alexus

Divisa das Terras do Norte

Montanhas Gravenna, lado norte

Na semana seguinte viajamos pela Divisa das Terras do Norte em direção às Montanhas Gravenna, fugindo das tempestades e parando apenas para breves descansos.

Fleurie e Colden ainda estão presos, a cura agonizante de Fleurie realmente causando um atraso óbvio nos planos do príncipe. Todos os dias, Raina verifica as águas três vezes e, todas as noites, agradeço à minha velha amiga pelo indulto que ela nos deu, e meu coração dói por saber que ela ainda sofre.

Eu também sonho. Principalmente com meu tempo como aluno e depois diretor da Escola da Noite e do Amanhecer. Às vezes sonho que morro ao lado de Colden, e outras sonho com Fleurie — nossos encontros secretos quando éramos jovens, lutando nos campos de treinamento quando mais velhos, nossos dias e noites acorrentados àqueles penhascos horríveis.

Às vezes até a vejo vindo me pegar, estendendo sua mão familiar. Se o príncipe pretende usá-la para me encontrar, se ele a enganou para fazer um acordo, então ela precisa cumpri-lo, ou perderá tudo o que negociou. Provavelmente sua liberdade. O que significa que ela e eu podemos acabar numa situação muito difícil.

Raina também sonha. Com o príncipe. Com seus pais. Com Finn. Comigo. Ela tem dormido com Nephele agora, para evitar mais brigas entre mim e Finn. Mas, através do vínculo, compartilhamos todos os sonhos. Às vezes, o efeito é minúsculo. Às vezes, é emocional e difícil. Tem vezes que acordo duro, ansioso para estar dentro dela. E há momentos que ferem tão profundamente quanto uma faca.

Eu estaria mentindo se dissesse que não invejo Finn pelo tempo que ele passou com Raina.

Tempo que ele perdeu. Tempo que talvez eu nunca tenha.

Mas seguimos viagem. E continuo respirando.

Quando chegamos ao sopé de Gravenna, alguns dias depois, nosso estoque de alimentos está baixo. As propriedades espalhadas entre o lago e as montanhas ofereciam poucos suprimentos, visto que as quatro principais aldeias comerciais do vale e suas colheitas não existem mais. Falta apenas uma semana e meia de viagem, atravessando a passagem da montanha e seguindo em direção a Malgros. Mas não vamos conseguir, a menos que encontremos mais comida.

Depois de acendermos nossa fogueira noturna, fica decidido que devemos caçar, mesmo que a principal fonte de alimento da área sejam os poderosos grandes mamíferos com chifres, as mesmas feras que os caçadores de Warek e Silver Hollow perseguiam quando sua aldeia foi atacada. Antes de jantarmos uma papa de cereais, Finn, Joran e eu nos oferecemos discretamente para essa tarefa, que faremos no dia seguinte, enquanto Raina, Nephele e Helena recolhem o acampamento.

Ao amanhecer, nós três nos reunimos perto da fogueira com nossos cavalos. Rhonin também está lá, com o cabelo preso em um rabo de cavalo, arco e aljava nas mãos.

— Conheço algumas mulheres que não ficarão felizes quando descobrirem que deixei vocês três irem juntos para as montanhas. Com armas, nada menos. Já estou na lista de merda delas.

Finn prende uma bainha com duas facas em torno da coxa e abastece sua aljava.

— Somos os melhores caçadores do bando. — Seu rosto sombrio permanece impassível. — Faz sentido.

— E eu não tenho medo de uma moça com poder de fogo — diz Joran enquanto prende duas cordas enroladas em sua sela para que possamos arrastar as feras da floresta. — Nephele Bloodgood não tem influência sobre mim.

Nephele pode não ter dominado Joran antes de deixarmos Hampstead Loch, mas agora algo mudou na maneira como ele olha para ela. Eles brigam a cada maldito segundo, mas, no momento em que o estômago dela roncou ontem à noite, ele decidiu que ia à caça.

— *Moça* com poder de fogo? — diz Rhonin. — Eu te *desafio* a dizer isso na cara dela. — Com uma risada rouca, ele me entrega sua aljava. — Tenho mais medo *delas* do que qualquer um de vocês, bastardos. Hel vai levar minhas bolas penduradas em seu cinto.

Sem esboçar um sorriso, Finn diz:

— Não acho que é onde minha irmã quer suas bolas, Rho. Sorte sua, eu acho.

O rosto de Rhonin fica em chamas enquanto ele descansa as mãos musculosas nos quadris.

— Apenas tentem não matar uns aos outros. Pelo meu bem.

— O que você quer dizer? — Abro de propósito um sorriso malicioso. — Nós três estamos nos tornando amigos rapidamente. Não consegue perceber?

Olho para Joran, que já está olhando para mim, então olho para Finn. Ele segura seu arco, apoiando-o contra o pé enquanto o amarra. Cada movimento dele é tão familiar e já foi tantas vezes praticado que seus olhos permanecem em mim o tempo todo, estreitados e endurecidos pela amargura que ele finge não sentir.

— Tenho certeza de que vocês preferem morrer de fome a ficar sozinhos juntos — fala Rhonin. — Posso ir no lugar de alguém, se quiser. Não sou um caçador, mas essas mãos podem matar qualquer coisa se eu conseguir chegar perto o suficiente.

— Um grande mamífero com chifres pode ser um desafio até para você, meu amigo — digo a ele. Rapidamente, verifico as facas em meus quadris e a aljava em minhas costas, e prendo a corda que amarra quatro cantis de água nas costas de Mannus. — Além disso, há mais pessoas a considerar do que nós. Nós três sobreviveremos. — Eu olho para meus companheiros enquanto Rhonin me faz uma reverência. — Certo?

Joran responde soltando o ar ao montar em seu cavalo, em seguida erguendo uma sobrancelha prateada e cavalgando na névoa em direção às árvores enfileiradas, restando a Finn e eu apenas a opção de segui-lo.

Meia hora depois, guiados pela frágil luz do amanhecer, nos emaranhamos na Floresta Gravenna. Em silêncio, enchemos os frascos do grupo com água fresca de uma nascente, amarramos os cavalos, então Finn e eu seguimos Joran enquanto ele assume a liderança.

Ele serpenteia por entre os pinheiros altos, quieto como uma sombra. Uma névoa se aproxima, mas é fina o suficiente para ver o chão da floresta. Com um olhar aguçado, Joran estuda o terreno em busca de rastros, excrementos e leitos, observando os maciços pinheiros e cedros em busca de marcas e arranhões no solo. Ele está fazendo tudo certo, mas ainda não estou convencido de que esse arranjo seja o melhor. Pelo que sei, ele nunca esteve tão ao sul e, embora seja um arqueiro talentoso, o território de Gravenna é um mistério, com suas feras de outro mundo. Grandes animais com chifres são diferentes dos cervos do Norte, algo que já expliquei, mas ele fingiu não ouvir. São animais carnívoros e rápidos, uma manada de predadores que abate qualquer coisa que se mova. As cabeças estão armadas com uma coroa de chifres feitos para perfurar, e as bocas carregam duas fileiras de dentes afiados para rasgar a carne. E esta é a casa deles. Nesta floresta, *nós* somos a presa.

Mesmo assim Joran segue em frente, sem medo, como se ele tivesse projetado esta floresta e todos os seus habitantes.

Por fim, ouvimos a água e nos movemos em direção ao som, deslizando pelo largo riacho, de pedra em pedra. Assim que chegamos ao outro lado, Joran aponta para o que todos sabíamos que encontraríamos se localizássemos uma fonte de água: uma trilha bem marcada, coberta de pegadas, um caminho percorrido com frequência. Não porque o grande mamífero com chifres não saiba que usar a mesma trilha é uma indicação de onde eles nidificam, mas porque não se importam. Eles não temem os humanos que entram na floresta.

O Habitante da Terra do Gelo recomeça a avançar, caminhando em paralelo à trilha. Finn e eu o seguimos, e fecho a retaguarda. Seguimos em frente por um longo tempo enquanto a luz cinzenta da manhã vai ficando arroxeada. Há de três a cinco metros entre cada um de nós, nossos passos cuidadosos e silenciosos enquanto nos agachamos sob galhos baixos e avançamos sobre galhos caídos. Se pegarmos as feras dormindo, teremos uma pequena vantagem. Os grandes mamíferos com chifres sabem como se proteger e, só de sentirem nossa presença, já podemos estar caindo em uma armadilha.

Joran vira à esquerda atrás de uma pedra gigante, ainda seguindo o traçado da trilha do rebanho. Quando dou a volta na rocha, encontro Finn e o Habitante da Terra do Gelo congelados, exceto que Joran está a cerca de nove metros à frente, cara a cara com um enorme mamífero com chifres.

E mais nove feras esperando atrás dele.

Finn pega uma flecha, mas seguro seu pulso. Esses dez animais podem ser uma distração. Sinto que tem mais deles, posso vê-los tomando forma na névoa circundante que se esconde entre as árvores. Assistindo. Cercando. Salivando.

Finn sai de perto de mim.

— Porra, não me toque, seu bastardo.

Meu sangue ferve.

— Se eles nos atacarem por sua causa, desta vez vou deixar você morrer, seu merdinha.

Tanto esforço para superar nossas diferenças.

Um vento forte corre pela floresta, girando em torno das árvores, assobiando no chão, farfalhando as folhas. Um vento frio. *Extremamente* frio. Como um vento do *norte*. Um que não deveríamos sentir tão ao sul. Eu olho para baixo e vejo uma camada de gelo ao meu redor.

Neri. Aquele bastardo *ainda* está nos seguindo.

Examino a floresta mais uma vez, procurando algum sinal do espírito do deus do Norte, mas não encontro. Nem mesmo o formigamento habitual de consciência que escorre pela minha espinha quando ele está perto.

Invoco a energia da floresta, da terra e do sol nascente, enquanto alguns dos grandes mamíferos com chifres se eriçam e bufam, mostrando os dentes e batendo com as patas no chão, como se também sentissem que há algo errado além da nossa presença.

O poder formiga em minhas mãos. Se essas bestas *atacarem*, não tenho certeza se conseguirei detê-las sem ferir Joran e Finn.

Outro vento sopra, forte o suficiente para que Finn se incline com a força dele, mas, depois de alguns momentos, a coisa mais estranha acontece. A besta diante de Joran vira de lado, parada e perpendicular a nós, órgãos vitais vulneráveis.

Um segundo mamífero com chifres se move da parte de trás do rebanho e se junta ao primeiro animal, posicionando-se da mesma forma, quase como se ele se oferecesse em sacrifício.

Joran dá três passos para trás e faz uma reverência leve. Antes que eu possa fazer alguma coisa para detê-lo, ele tira uma flecha de sua aljava, arma-a e atira, a flecha assobiando direto para o coração do primeiro animal.

A flecha afunda no corpo maciço do líder, um tiro perfeito e certeiro, e o mamífero com chifres cai. Observo os outros animais de perto, o poder crepitando em minhas mãos como um raio cerrado, esperando que nove animais nos ataquem com aqueles chifres assassinos. Mas, em vez disso, quando Joran afunda a segunda flecha na segunda besta, o resto do rebanho solta rosnados baixos e vibrantes que se transformam em gemidos tristes, como se lamentassem a perda. A última coisa que espero é que os animais se virem e saiam, mas é isso que eles fazem, desaparecendo entre as árvores.

Finn solta um longo suspiro.

— Neri. Raina me contou como é quando ele está por perto. Eu o senti e orei a ele. E ele providenciou.

Deixando meu poder reunido se dissipar de volta para a atmosfera, olho para Finn como se ele fosse obtuso.

— Neri nunca ajudaria a nos alimentar.

Embora *isso* explicasse por que dois grandes mamíferos se ofereceram como sacrifício em vez de enterrar os chifres em nossas entranhas.

— Talvez não *você* — diz Finn. — Também não quero colocar comida na sua barriga, mas não tenho escolha, já que estamos juntos nessa.

— Ou talvez *vocês dois* estejam errados. — Joran desarma seu arco e o apoia contra uma árvore. Olhando para nós por baixo de sua testa pesada, ele desembainha sua faca de caça e espreita os animais abatidos, se ajoelha, faz uma oração silenciosa e começa a abrir o animal. — Deuses raramente fazem algo que não seja de seu interesse, certo? Isso pode ser apenas parte do plano dele.

— Nos alimentar? — Me junto a ele, enrolo as mangas e começo a abrir o segundo animal.

Ele corta a barriga de sua besta.

— Mantendo você vivo para que ele possa fechar um acordo assim que chegarmos à Cidade das Ruínas.

— Já fiz um acordo com aquele bastardo — respondo, cortando a dura pele. — Foi o suficiente. Nunca mais.

— Nem mesmo para ter alguma ajuda dele? Nem mesmo para parar Thamaos e o príncipe?

Paro meu trabalho e encontro o olhar cinzento do Habitante da Terra do Gelo.

— Existem males suficientes neste mundo. Já libertei o espírito de Neri. A última coisa que vou fazer é dar-lhe vida de novo, e é isso que ele quer.

Joran se senta sobre os calcanhares, esfregando o punho da mão ensanguentada na testa.

— Males? Talvez você devesse reconsiderar sua definição dessa palavra, e então quais *males* você está disposto a suportar, Coletor. Malgros está próximo, então você enfrentará o Mar Maloriano e as Terras do Verão. As batalhas pela frente são muitas. Talvez este grupo possa usar uma arma poderosa própria.

— Ele *tem* uma arma — digo. — Eu.

Com isso, encerramos a conversa. Depois de meia hora de trabalho, lavo as mãos o melhor que posso com água de um dos frascos, então Finn e eu deixamos Joran terminando o trabalho enquanto caminhamos em direção ao riacho, onde estão os cavalos. Finn caminha ao meu lado, quieto, mas posso sentir seus olhos em mim de vez em quando.

— Melhor dizer logo — falo. — Seja lá que merda você está pensando.

— Estou pensando que você é um maldito covarde e tolo por não ajudar Neri e por dizer a Raina para não o ajudar também. Se você planeja travar uma batalha, ou pior, uma guerra, precisa dele ao seu lado.

Sinto a raiva ferver, mas recuso-me a ter essa discussão. Não é fácil, mas não digo nada enquanto nos aproximamos do riacho.

Finn volta a abrir a boca.

— Ela vai ver o que você é, sabe. Uma hora vai acontecer.

Passo por cima de uma árvore caída e faço uma pausa, a irritação deixando meus músculos rígidos.

— E o que exatamente ela vai ver?

Finn para também.

— Uma fraude. Um assassino de coração frio. Um traidor. Um inimigo do norte. Ela vai ver. Espero que antes de deixarmos as costas de Malgros. Seja quando for, estarei por perto quando acontecer.

Me aproximo. Ele tenta segurar meu olhar, mas me examina. Eu me lavei, mas ainda sou assustador. Minhas mãos ainda têm manchas de sangue, até os cotovelos. Minha túnica também está manchada. Até sinto que tem um pouco de sangue respingado no meu rosto.

— Quer saber no que *eu* estou pensando? — pergunto.

Ele engole em seco. Com força.

— Não exatamente.

Eu me inclino para mais perto, encarando-o.

— Que pena. Porque estou pensando que a maior parte do que você disse é verdade. Eu *fui* esse homem faz muito tempo, mas não sou mais. Exceto, talvez, a parte do coração frio, o que te coloca em uma tremenda enrascada. De todas as pessoas, provavelmente será você quem aprenderá o quão frio posso ser.

Começo a andar de novo, deixando Finn parado atrás de mim.

— Eu não acredito — ele grita.

Mas não respondo. Só sei que quis dizer o que disse antes.

Da próxima vez, não vou impedir que ele morra.

19
Raina

Costas das Terras do Norte

Malgros

Malgros brilha ao longe, irradiando um arco dourado no céu estrelado.

Alexus e Mannus guiam nosso bando comigo e Tuck logo atrás. Estamos exaustos e doloridos, famintos e sujos, mas a promessa de alívio está finalmente próxima.

Há vigias e portões em cada uma das sete colinas rochosas que cercam Malgros, com uma imponente muralha da cidade conectando uma à outra. Starworth Tor é um desses mirantes, o primeiro a oeste. O local tem vista para a costa e inclui a casa da capitã Osane e o antigo farol de Malgros.

É para lá que estamos indo. Starworth Tor é o único portão que Alexus acredita que pode nos dar uma entrada segura para a cidade porque raramente é usado, já que fica tão perto dos penhascos. Ele conhece bem a capitã, mas a amizade deles é secreta, uma forma de Alexus e Colden terem privacidade quando viajam para a região.

Aperto as rédeas e tento não pensar em sermos pegos enquanto cavalgamos noite adentro, cada vez mais próximos da muralha, que tem pelo menos quatro andares, escondendo a cidade que fica além dela. Mesmo a essa distância, posso ver as proteções guardando os portões e os muitos braseiros e tochas brilhando no topo das plataformas de pedra escura. Imagino os sentinelas da Patrulha das Terras do Norte protegendo as ameias.

Lágrimas pinicam meus olhos, ardendo com o vento. Meus pais compartilharam histórias de seu tempo servindo na Patrulha, mas nunca imaginei uma cidade tão vasta e cheia de vida, o suficiente para iluminar uma extensão tão grande de terra.

Alexus faz uma curva acentuada à direita, levando-nos ao longo da muralha da cidade e ao Portão Palgard. De acordo com Rhonin, este é o portão pelo qual o príncipe e seu exército passaram sob o manto da escuridão — sem dificuldade. Ainda tenho que romper a barreira que protege o príncipe, mas não há dúvida de que ele tem pessoas dentro desta cidade que esperam nossa chegada. Incluindo o general Vexx, que eu *tinha visto*.

Por sorte, a noite está tão escura quanto o abismo que vive em minha mente. Anteriormente, viajávamos com a luz das estrelas de Alexus, mas agora contamos com o dom da visão noturna de nossos cavalos. Alexus cavalga com confiança, porém, e logo estamos fora de vista do Portão Palgard.

Cavalgamos até que o barulho antes distante do mar golpeando a costa rochosa chegue aos meus ouvidos e um vento salgado e confortável emaranhe meu cabelo. O penhasco está próximo, então Alexus convoca suas luzes estelares, que se espalham pela noite como vaga-lumes.

Ao nos aproximarmos do fim da muralha no lado oeste, reduzimos a velocidade de nossos cavalos e passamos a trotar. Aqui a parede tem uma altura mais baixa. Dois andares, talvez. Apenas dois guardas estão entre as tochas nas ameias, mas o Portão de Starworth tem proteções. Elas não parecem tão poderosas quanto as que cercam o príncipe, mas a teia emaranhada brilha como uma ameaça na escuridão.

— Eu vou lidar com isso — diz Alexus por cima do ombro. — Mas aumente o glamour que disfarça suas marcas de bruxa.

Todos se arrepiam, até eu, e uma onda suave de poder enche o ar enquanto aqueles de nós que precisam erguer escudos sobre nossas marcas de bruxa rapidamente constroem os disfarces. Nephele encanta nossas armas.

— Precisamos ser muito convincentes, muito inteligentes ou ter uma sorte inesperada. — Ouço Rhonin dizer, repetindo as palavras de Alexus em nosso encontro na biblioteca da Vila Invernal.

— Acho que vamos tentar as três coisas esta noite — responde Hel.

Meu coração bate forte quando movo minha mão para descansar na adaga embainhada na minha coxa.

— Calma, Raina — diz Finn, trazendo seu cavalo para perto do meu. — Estou aqui.

Como se eu precisasse de sua proteção.

Tento ignorá-lo, mas está ficando cada vez mais difícil. O tempo para qualquer coisa, exceto cavalgar, verificar as águas e aprender a desmantelar runas foi limitado nesta jornada. Mas Finn me viu praticar luta de espada com Helena e Rhonin algumas vezes. Graças a um ano de treinamento com Hel, consigo manejar uma lâmina tão bem — se não melhor — que o irmão dela, mesmo quando estou com fome e exausta. Finn sabe que não sou uma criatura fraca e indefesa. E ainda assim ele me trata como se fosse.

Minha irritação é distraída por uma voz rouca e grave que vem das muralhas.

— Quem está aí?

Um dos homens pega uma tocha e a segura sobre a borda do muro.

— Harmon? — chama Alexus. — É você?

— Sou eu. Quem é você?

Familiaridade. Isso é bom. *Muito* bom.

Alexus ri e convoca suas estrelas para revelar seu rosto, embora não diga uma palavra.

O homem se inclina para a frente, em um silêncio que corta depois de alguns segundos:

— Oh, meu senhor! Meu senhor! Um momento! — Ele desaparece, mas ainda posso ouvi-lo. — Dru! Abra o portão! É o mestre Thibault!

Nosso grupo exala um suspiro coletivo. Afrouxo os dedos na arma e respiro fundo. Às vezes me pergunto se algum dia saberei o que é viver em paz, sem o pânico à espreita.

— Graças aos deuses que foi fácil — diz Nephele ao meu lado, arqueando a longa linha de sua coluna em um alongamento. — Não consigo descer deste cavalo rápido o suficiente.

— Você certamente exercitou sua prática em cavalgar nas últimas semanas — fala Joran logo atrás dela, onde ele fica. — Só precisa aprender como se sentar melhor na sela. — Sua voz se aprofunda. — Eu ficaria feliz em ensinar.

Os cavaleiros atrás de mim soltam risadinhas. Hel e Rhonin principalmente.

Minha irmã lança um olhar de nojo por cima do ombro.

— Por que ouço insinuações sexuais nessa conversinha idiota?

Joran gosta de provocar minha irmã como o urso que ela é, então não fico surpresa quando um lado de sua boca se levanta e ele diz:

— Por que será, não é mesmo?

Furiosa, ela abre a boca para responder, mas, felizmente, a briga é interrompida. A porta levadiça sobe com um gemido estridente, e o portão de madeira um pouco mais à frente se abre. Harmon irrompe da escuridão carregando uma tocha. Sorrindo, Alexus estende a mão e Harmon a segura.

— Meu senhor, há quanto tempo! — O homem mais velho levanta a tocha e a movimenta para ver melhor o restante de nós. — Não o esperávamos.

— Eu sei, peço desculpas por isso. Espero que mesmo assim sejamos bem-vindos — responde Alexus.

Harmon acena para ele.

— O senhor é bem-vindo aqui a qualquer hora. Seus aposentos estão sempre prontos para sua chegada. Sempre. — Harmon olha para o resto de nós novamente. — Isso tem algo a ver com a presença mais pesada da Patrulha nos portões?

Alexus franze a testa e balança a cabeça.

— O que quer dizer?

— Os portões, meu senhor. Nos últimos dias, todos que entram são levados para a Patrulha. Ouvi rumores de que um bando de estrangeiros se esgueirou para a cidade vindo das docas e entrou pelo Portão Palgard uma noite, muitas semanas atrás, mas pouco foi divulgado sobre isso. Agora os portões estão sendo vigiados de perto. Ninguém sabe a verdadeira razão.

— Acho que tenho uma boa ideia — diz Alexus, olhando para as muralhas. — Não há vigilância mais pesada aqui?

Um certo desconforto passa pelo rosto de Harmon.

— Mesmo aqui, meu senhor. Mandei os guardas da Patrulha passarem a noite em casa algumas horas atrás, para dar-lhes um descanso. A capitã não gosta deles por perto. Felizmente, eles também não querem estar aqui.

— Que sorte — murmura Rhonin atrás de mim.

— Entendo — diz Alexus. — Isso pode ser um problema durante a nossa estadia, mas vou falar com a capitã. Por enquanto, por favor, mantenha a notícia de nossa chegada em segredo.

Harmon se curva.

— Claro, meu senhor. Como sempre, ninguém saberá que o senhor está aqui. Vocês estão seguros conosco.

Dois jovens altos de cabelo loiro e pele dourada e bronzeada atravessam o portão carregando tochas. Eles parecem ser gêmeos. Alexus desce das costas de Mannus e acena para eles em saudação.

— Dru. Drae. Se alguns de meus amigos ajudarem, vocês dois podem se juntar a seu pai e levar nossos cavalos para os estábulos enquanto nos encaminhamos para a casa principal?

Os jovens correm para a frente. Um deles pega Mannus pelo freio.

— Com certeza, meu senhor — concorda ele. — Eu ajudo. Drae vai avisar a capitã de que você está aqui.

— Muito bem — fala Alexus, fazendo sinal para que Drae se aproxime. Ele diz algo em particular para o garoto, provocando um pequeno sorriso. Quando Drae se vira e sai correndo pelo portão, Alexus tira a bolsa do lombo de Mannus e passa a alça no próprio peito, de frente para nós. — Foi uma cavalgada e tanto. Vamos comer alguma coisa e descansar.

Com gemidos e suspiros, desmontamos os corpos rígidos e seguimos Alexus e Harmon, que guiam nossos cavalos pelo túnel baixo que leva à propriedade principal. Quando Callan e eu passamos pelo portão, o bruxo me segura pelo cotovelo e me faz parar.

— Vê isso? — diz, batendo com o dedo na madeira e o arrastando ao longo de uma linha brilhante, de runa em runa, e voltando para cima em uma segunda linha. — Essa parte da construção da ala permite que o portão também seja aberto por *dentro*, não só por fora. Está tudo no projeto. Você vê como?

Observo mais de perto. As runas para passagem protegida estão lá. Duas vezes. As versões espelhadas estão invertidas.

Callan bate na própria têmpora.

— Algo para se lembrar, caso você precise se isolar.

Qualquer magia pode ser desfeita. Lembro-me imediatamente dessas palavras de meu pai. Mas conhecimento mágico é conhecimento mágico, então guardo a informação no fundo da minha mente por segurança.

Quando saímos do túnel para a noite aberta, as estrelas iluminadas de Alexus avançam e se multiplicam, crescendo como bolhas cheias de luz, iluminando os fundos da extensa propriedade de pedra branca e do farol. As construções ficam empoleiradas em um penhasco rochoso pontilhado por tufos de ervas marinhas, uma saliência no que parece ser o fim do mundo.

Todos nós paramos, encarando de olhos arregalados, absorvendo a paisagem e as luas mágicas de Alexus, o vento salgado suave ao nosso redor, misturado a um perfume floral. Jasmim, acho. A beleza do momento me deixa sem fôlego.

— Isso é novo — diz Harmon, apontando para a magia de Alexus. — Mas gostei!

Dru, Finn, Callan, Keth e Jaega pegam as rédeas de nossos cavalos e conduzem os animais por uma trilha desgastada em direção aos estábulos. Antes que Harmon os siga, ele sorri e dá um tapinha no ombro de Alexus.

— É tão bom tê-lo de volta, meu senhor. Desejo-lhe uma estadia tranquila e sem intercorrências.

Alexus também sorri e retribui o gesto, pousando a mão no ombro curvado de Harmon. Embora eu possa dizer que ele está feliz por estar aqui, também sinto sua preocupação se infiltrando na runa.

Sem intercorrências é improvável.

— É bom estar de volta, meu amigo — devolve ele.

Então se vira e nos leva ao encontro da capitã.

Tudo o que posso pensar enquanto subimos os degraus largos em direção à casa principal é que Starworth Tor é diferente de tudo o que minha mente poderia ter conjurado. Mesmo com a magia de Alexus extinta, a fachada de pedra branca brilha sob a suave luz da lua. A luz das velas aquece as enormes janelas que cobrem a frente e a lateral da casa, e persianas de madeira ornamentadas — acorrentadas à pedra — flanqueiam cada abertura envidraçada com vista para o mar, sentinelas à espera de uma tempestade que se aproxima.

O mundo parece quieto e pacífico quando chegamos ao hall perto da entrada principal. Há seis pilares de pedra iluminados por tochas flanqueando o caminho entre nós e a porta principal, um arco de madeira com entalhes intrincados. Quando a porta se abre, paramos entre as duas primeiras colunas do hall.

Com exceção de Alexus. Com a bolsa pendurada no peito largo, ele continua caminhando em direção à mulher alta de pele morena que cruza a soleira. Ela espera à porta, dentro de um triângulo de luz de velas irradiando de um lustre ao ar livre. Vestindo calças cor de areia e uma túnica de linho preta, ela arregaça uma das mangas, empurrando-a até o cotovelo.

Apesar das roupas largas, é óbvio que sua forma longa é magra e forte. O cabelo preto está cortado rente e começando a ficar grisalho, os ombros são quadrados e o queixo, firme. Ela é um pouco intimidante com tal estatura e aqueles olhos escuros e penetrantes.

A capitã.

Com um livro em uma das mãos, ela se move e encontra Alexus quase cara a cara sob o lustre. O olhar que ela dirige por cima do ombro dele me faz querer recuar, sem saber se somos tão bem-vindos como Harmon disse. Nervosa, mudo minha bolsa de um ombro para o outro enquanto ela dedica sua atenção a Alexus.

— Zahira Osane — diz ele. — Já faz muito tempo, velha amiga.

Alexus me contou sobre seus amigos que tem aqui, como ele os conheceu anos atrás quando estava em Malgros para reuniões com a Patrulha. Mas ainda não sei o que pensar quando os dois ficam frente a frente *ou* quando a mulher tira os óculos e dá uma olhada completa e ponderada em Alexus.

— Sim — responde ela. — Três anos. — Ela respira fundo, enfia o livro debaixo do braço e os óculos no bolso da calça. Ela parece tão severa. Mas então um sorriso radiante se abre em seu rosto. — O que é muito tempo, seu lindo bastardo mágico. Não fique aí parado. Beije-me, pelo amor dos deuses.

A alegria despreocupada inunda a runa quando Alexus segura o rosto de Zahira e beija as duas maçãs de seu rosto. Ele pressiona a testa contra a dela, e ela agarra um punhado de seu cabelo, segurando-o perto dela. Eles permanecem congelados naquela postura íntima por vários longos momentos, a felicidade irradiando de ambos. Esse sentimento enche meu coração de calor.

— Você tem explicações a dar. — Eu a ouço dizer.

— Você não tem ideia — responde ele.

Outra mulher, vestindo uma túnica creme e calça justa, aparece na porta atrás deles. Seu cabelo está preso em uma coroa de cachos soltos, uma cascata escura intercalada com mechas prateadas que complementam a pele marrom-dourada.

— Alexus Thibault? É realmente você?

Zahira dá um passo para o lado, ainda sorrindo, enquanto a outra mulher salta em direção a Alexus e se joga em seus braços já abertos, à espera. O impacto o faz rir, mas ele mal tropeça, segurando-a em seus braços, os pés dela fora do chão.

— Você age como se sentisse minha falta, Yaz. — Ele a abaixa até que seus pés descalços toquem a entrada de pedra mais uma vez e a beija na testa. — E eu sei que isso não pode ser verdade.

— *Nunca*. — Yaz pressiona uma mão no rosto dele e segura as fivelas de sua jaqueta com a outra. Ela abre um sorriso gentil e pisca. — Quer dizer... Talvez um pouco.

Quebrando o momento de ternura, Zahira ergue uma sobrancelha.

— Estamos emocionadas em vê-lo. — Ela gesticula em nossa direção. — Mas há uma razão para você ter trazido um pequeno exército à nossa porta? Sem Colden?

— Infelizmente sim. — Alexus olha por cima do ombro, então encara as mulheres novamente enquanto sua voz enfraquece por um momento.

Enquanto ele fala, as expressões das mulheres ficam sérias e a cor desaparece de suas bochechas. Zahira envolve um braço reconfortante em volta dos ombros de Yaz. Balançando a cabeça, Yaz pressiona a mão na barriga, depois na boca, como se o que Alexus está dizendo a deixasse enjoada. Tenho certeza de que deixa.

A voz de Alexus se torna audível novamente.

— Vou explicar com mais detalhes depois. Por enquanto, esses Habitantes das Terras do Norte precisam de abrigo por algumas noites, se você se sentir confortável em nos receber em sua casa.

Zahira pega a mão de Alexus e a aperta.

— Claro que sim. — Ela vai até a soleira e toca um pequeno sino pendurado perto da porta. — Se alguns de vocês puderem vir por aqui, deve haver muitas camas.

A casa é ampla, mas pode ser tão fácil cuidar de tantos por capricho?

Yaz pede que nos juntemos a elas. Nephele, Hel e eu lideramos o caminho, e Alexus se apressa em apresentar cada membro conforme nos aproximamos.

Quando chego ao seu lado, ele anuncia:

— E esta é Raina.

Com gentileza, *amorosamente*, ele passa os dedos nas costas da minha mão. Depois de tão pouco contato nas últimas semanas, essa simples carícia é suficiente para fazer meu coração bater mais forte. Sem vergonha e sem medo, pego sua mão. Ele olha para mim com surpresa que se transforma em um sorriso. Deuses, eu senti falta dele.

Respiro fundo e encaro nossas anfitriãs. Zahira e Yaz erguem seus olhares curiosos de nossas mãos e estudam nossos rostos, como se vissem algo mais do que o que está diante delas.

Minhas bochechas esquentam.

— Prazer em conhecê-la, Raina — diz Yaz. — É um prazer conhecer *todos* vocês. Sou Yazmin, parceira de Zahira. Podem me chamar de Yaz.

Seu olhar viaja de volta para o meu e, embora eu retribua o sorriso que ela oferece, não faço nenhum movimento para sinalizar. Estou muito exausta para entrar nessa conversa, e sei que haverá perguntas mais tarde. Já posso vê-las dançando nos olhos tempestuosos de Yaz.

Atendendo ao chamado, uma jovem mulher, mais velha que Hel, mas mais nova que eu, corre para fora vestida com uma camisola e robe brancos. Ela se detém ao ver nosso grupo abatido de guerreiros, parados como estátuas no meio do hall.

Um vento marítimo se contorce pelas colunas, levantando-lhe os cabelos castanhos, revelando marcas de bruxa azuis e acobreadas na coluna pálida do pescoço, marcas que rapidamente ela encanta ao avaliar a situação inesperada. Magia de fogo *e* água. Uma combinação que explica a capacidade de preparar banhos rapidamente para uma horda.

A atenção da mulher é distraída por Joran, que se separa de nosso grupo e caminha em direção à colina rochosa com vista para o mar escuro, como se estivesse entediado com a apresentação formal. Quando Joran passa pela jovem, ela fecha a frente do manto com os punhos e se encolhe como uma flor murcha, com um brilho cauteloso nos olhos.

Bom instinto.

Joran levanta a mão.

— Não tema, querida. Um pouco jovem para o meu gosto.

Ele olha para Nephele tão brevemente que quase perco a cena. Deslizo um olhar para minha irmã e leio a expressão irritada em seu rosto. Ela o estrangularia se não precisássemos dele.

— Cão de guarda? — pergunta Zahira a Alexus.

— De jeito nenhum. — Ele observa o Habitante da Terra do Gelo com um olhar atento. — Bruxo da água. Bowyer. Idiota.

— Ah — diz Zahira, como se essa fosse a única explicação necessária. E suponho que seja.

Yaz faz sinal para que a jovem se junte a ela.

— Essa é nossa amiga Mari. Ela ajuda a cuidar da casa. Mari, este é… — Ela faz uma pausa, como se estivesse reconsiderando suas palavras.

— Está tudo bem — diz Alexus. — Se você confia nela, eu também confio.

Yaz solta um suspiro.

— Este é nosso amigo Alexus Thibault e seus amigos. Eles vão ficar conosco por algumas noites.

Mari faz uma reverência.

— Prazer em conhecê-lo, meu senhor.

Alexus baixa a cabeça em saudação.

— Prazer em conhecê-la também. — Ele se vira para Zahira e Yaz. — Somos dez. Alguns estão ajudando Harmon e seus filhos com os cavalos. — Ele olha para mim e mantém meu olhar por um longo momento. — Posso ficar no farol, como de costume, é claro.

Sinto uma pergunta vibrando ao longo do vínculo. Não é falada, não é algo audível. É algo que apenas sei. Ele está perguntando se eu quero ficar com ele agora que estamos aqui. No farol. Separado da casa principal. *Sozinhos*.

Um leve arrepio percorre minha pele e eu respondo, apertando sua mão. *Sim. Sim. Sim. Sim.*

A boca de Alexus se ergue e sua covinha aparece, como se eu tivesse tornado seu dia mil vezes melhor. E isso me faz feliz. Devo pensar em nós. O que precisamos neste pouco tempo que nos foi dado. Não posso me preocupar com os sentimentos de Finn para sempre. Ele escolheu vir nessa jornada, sabendo da minha situação. Não vai gostar do acordo, mas terá que aceitá-lo.

— Claro — concorda Zahira, olhando entre nós com um sorriso contido. — O farol é seu.

— Mari, você pode preparar os quartos e banheiros? — pergunta Yaz.

Mari olha para Alexus por mais um momento, então dá um segundo olhar por cima do ombro para Joran, que está perto da borda, apoiando seu peso na pedra, o vento brincando com seu cabelo prateado. Sinto hesitação na mulher, especialmente quando Joran vira a cabeça e encontra o olhar dela.

Ela quebra o olhar entre eles e acena para Yazmin.

— Certamente. Serei rápida, minha senhora.

Quando Mari desaparece dentro de casa, Zahira segue em direção à porta principal. Na soleira, sorri para nosso grupo cansado e aponta o braço para dentro.

— Bem-vindos à cidade à beira-mar, pessoal. E bem-vindos a Starworth Tor.

20
Raina

O interior da casa principal de Starworth Tor é tão impressionante quanto o exterior.

Arandelas decorativas de bronze e candelabros de velas iluminam a casa com luz quente e convidativa, destacando o pé-direito alto, a escadaria elaborada e as vigas de madeira expostas no teto. Não quero ficar boquiaberta, mas a entrada e a sala de estar são maiores do que o chalé que eu dividia com minha família. Há mais velas nesta única parte da casa do que provavelmente queimei em toda a minha vida. Também não são de sebo. O cheiro de cera de abelha permeia o ar. Melado. Doce. Um pouco almiscarado.

Isso me lembra da magia de Alexus.

Zahira nos guia mais para dentro da casa. Ela não anda tanto quanto desliza, seus passos silenciosos no piso de ardósia. Ao entrarmos, agarro-me à mão de Alexus enquanto, do outro lado, Yaz liga o braço dela ao dele.

A hesitação toma conta de mim e marca todos os rostos ao meu redor quando chegamos à grande sala. Não é o tamanho do espaço que nos faz parar, no entanto. É grande o suficiente para acomodar todos nós, mesmo que alguns precisem se sentar no chão.

Mas os belos móveis e tapetes… Eles são mais requintados do que qualquer coisa que já vi, mesmo na Vila Invernal. Cada peça é única e exótica, feita de madeiras claras e lisas cobertas por tecidos exuberantes e almofadas.

Bonito demais para um bando de viajantes imundos.

Esticamos nossos pescoços para absorver tudo. Obras de arte e tapeçarias penduradas ao longo de paredes brancas e, no fundo da sala, estantes lotadas de livros. Cada tomo rachado, dourado e intocado acena.

Janelas ocupam grande parte da parede que abriga a lareira de pedra, um imponente aparato que — como as estantes — chega até o teto. Um fogo baixo queima para afastar o leve frio do vento do mar, mas o ar é muito mais quente do que estou acostumada nesta época do ano. Uma mudança refrescante.

— Está tudo bem — diz Zahira. — Entrem. Libertem-se. Afrouxem os glamoures. Yaz e eu traremos comida e vinho enquanto vocês esperam por seus quartos.

Como ela sabia?

Mais uma vez, aperto a mão de Alexus. Quando ele olha para mim, mostro a pergunta no meu rosto.

— Ela pode ver através de glamour — conta ele suavemente. — Muito útil tê-la por perto.

Enquanto todos tiram cautelosamente seus glamoures e bolsas e encontram um lugar para descansar, Yaz e Zahira seguem em direção ao corredor que leva à cozinha. Ao mesmo tempo, Joran entra na sala, quase colidindo com Zahira.

— Linda casa — diz ele para as duas mulheres. — Digna dos deuses.

Zahira junta as mãos e inclina a cabeça.

— Obrigada, mas de alguma forma eu duvido que Starworth se compare aos luxuosos palácios de mármore e ouro de Eridan.

Joran lança um olhar apreciativo para a sala.

— Acho que ficaríamos surpresos em saber o que alguns deuses consideravam luxo. Especialmente Neri. Embora eu esteja começando a pensar que podemos simplesmente perguntar a ele.

Alexus, parado comigo perto das estantes, lança um olhar sombrio para o Habitante da Terra do Gelo, mas antes que ele possa dizer ou fazer qualquer coisa, Nephele interrompe.

— Hum, sobre a comida e o vinho. — Ela dá um passo à frente, forçando um sorriso. Seu corpo está tenso como um tambor, como se ela estivesse tão preocupada quanto o resto de nós que, se Joran falar por muito tempo, ele pode insultar nossas anfitriãs. — Posso ajudar na cozinha — oferece ela. — Três pares de mãos são melhores do que dois.

Joran olha para minha irmã, ciente do que ela está fazendo. Suas íris quase brilham com o fogo de um desafio bem-vindo, do jeito que tem acontecido quando Nephele é ácida com ele, como se gostasse de esfregar.

— Eu também posso ajudar — diz ele. — Quatro pares de mãos são melhores do que três. Mesmo que eu precise me esquivar dos olhares cortantes como lâminas de Nephele.

Minha irmã cerra as mãos, o músculo de sua mandíbula latejando.

— Ou das reais — sibila.

Yaz solta uma risada.

— Eu posso ver que vocês dois são uma bola de diversão. Estou surpresa que você tenha chegado aqui inteiro, Joran.

— Não mais surpresa do que eu — fala Nephele.

Zahira olha para Alexus, seus olhos se arregalando um pouco antes de se virar para Nephele e Joran e apontar para o corredor.

— Venham. Tenho certeza de que Yaz e eu podemos precisar da ajuda de vocês dois. Apenas mantenham as mãos longe das facas.

O momento passa assim que Yaz e Zahira conduzem minha irmã e Joran para fora da sala. Com o fim da tensão, todos relaxam, alguns se acomodando em seus assentos, outros apreciando a beleza da casa.

Alexus se senta na beirada de uma mesa elegante, tira sua bolsa e a minha e me puxa para seu joelho. É uma ação tão confortável, uma proximidade de que preciso desesperadamente, mas demoro um pouco para relaxar. Já se passaram quase dois meses desde a noite do ataque, mas não tivemos a chance de abrir nossos afetos nem de compartilhá-los nas últimas semanas.

Hel nos olha e reprime um sorriso, então caminha até as janelas perto da lareira que agora percebo serem portas. Mais além, até onde a luz externa das tochas alcança, posso distinguir uma varanda e vasos de flores de cores vibrantes.

— Malditos sejam os deuses, Alexus — diz Hel. — Você escolheu um castelo frio ao invés *disso*?

— Sim — ele responde, apertando meu quadril. — O vale e a mata sempre me fizeram sentir mais em casa, embora eu ame este lugar.

Rhonin atravessa a sala para ficar com Hel, as mãos enfiadas nos bolsos da calça. Ele roça um ombro contra o dela.

— Quer dar um passeio na praia? Adoraria te mostrar a água.

Os olhos escuros de Hel se iluminam.

— Eu adoraria. — Ela se vira para Alexus. — Está tudo bem, você acha? É seguro?

Alexus acena em direção à varanda.

— Sim, é privado. Assim que sair, suba a escada à esquerda. Há um portão que leva a uma enseada isolada. Yaz mantém algumas cadeiras lá embaixo. — Ele sorri. — Divirtam-se. Cuidado com as marés.

Acelerando o passo, Hel arrasta Rhonin para fora. O sorriso daquele garoto é tão radiante que poderia desafiar a lua. Aquece meu coração ver o quanto ele se importa com Hel, mesmo que ela ainda não tenha sucumbido ao seu charme.

Vários minutos depois, Mari entra na sala, mexendo na faixa de seu manto. Seus olhos estão abatidos.

— Os aposentos estão prontos, meu senhor. Banhos também. Posso mostrar a todos suas acomodações, mesmo aos que ainda estão nos estábulos.

Estou impressionada com a rapidez com que ela fez isso acontecer.

— Muito obrigado por seus esforços — fala Alexus. — Especialmente a esta hora.

— Sim, obrigada, Mari — diz Zahira enquanto ela e Joran entram na sala. Eles carregam bandejas de prata com comida enquanto Nephele e Yaz os seguem, com várias garrafas de vinho em cada braço. As travessas são colocadas em duas mesas de mármore posicionadas diante dos sofás em que os membros de nosso grupo empoleiraram seus corpos cansados. Frutas, queijos e peixes salgados enchem duas travessas, porções individuais dispostas em guardanapos brancos, enquanto uma variedade de pães enche uma terceira bandeja.

— Sirvam-se — fala Yaz. — E vamos mostrar-lhe os seus quartos.

Qualquer hesitação anterior ao momento desaparece. Todos se banqueteiam, incluindo Alexus e eu, nossos estômagos vazios demais para a etiqueta. Joran é o único que se segura.

Alexus estende a mão entre a multidão reunida sobre as mesas e pega uma garrafa de vinho e um guardanapo de linho com comida. Ele me entrega os dois antes de pegar nossas bolsas pesadas e pendurá-las em seu corpo.

— Falo com vocês daqui a pouco, se não for um problema para você — avisa ele a Zahira e Yaz. — Por enquanto, gostaria que Raina se instalasse no farol e tomasse um banho.

Zahira levanta as mãos.

— Vá. Aprecie sua mulher.

Ele olha para mim com um brilho nos olhos e aponta com o queixo em direção à varanda.

— Primeiro as damas.

21
Raina

Agora entendo por que o ar noturno está tingido de um aroma tão agradável.

Chegamos ao final da varanda e subimos dois lances de degraus de pedra que levam a um portão de ferro, e a origem do cheiro é clara. Drae está do outro lado, e atrás dele há um longo caramanchão ladeado por tochas flamejantes. Elas iluminam um caminho de cascalho que divide um grande jardim.

A passarela de laje é rodeada por jasmim-amarelo, o caramanchão coberto por trepadeiras de glicínias retorcidas e lenhosas. Há até uma grande fonte para pássaros no centro de tudo.

Mas meu olhar repousa sobre o imponente farol no final do jardim. Janelas gradeadas cercam o topo da estrutura sob a cúpula, mas estão apagadas. Somente as poucas janelas abaixo estão iluminadas.

O filho de Harmon abre o portão.

— Bem-vindo ao lar, senhor. Meu pai está levando seus amigos para a casa principal agora. Acendi as velas e as lamparinas do farol e o fogo na lareira. A passarela do sótão precisa de reparos, então eu não a usaria até que o aço enferrujado seja substituído. Além disso, agora estamos morando na casa do jardim. Se precisar de alguma coisa, é só tocar a campainha.

— Bom saber. Vamos ficar bem, Drae — assegura Alexus. — Obrigado por sua ajuda.

Minutos depois, estou em uma sala grande e redonda que não poderia ser mais parecida com Alexus Thibault. Enquanto a decoração da casa principal é brilhante e branca, suave e organizada, este espaço é preenchido por uma variedade eclética de ricos móveis de madeira, as peças estofadas cobertas de jacquard cinza, preto e azul. Os livros estão por toda parte, empilhados ordenadamente ao redor da sala iluminada por velas, e uma coleção de armas antigas está pendurada acima da lareira.

Mas não há banheira no andar principal, o que me decepciona um pouco. Na verdade, muito. Não quero ser ingrata e quero muito ficar com Alexus esta noite, mas tenho certeza de que estou fedendo a cavalo. Uma fina camada de suor velho, poeira e sujeira envolve minha pele.

Ele pega a comida e o vinho das minhas mãos.

— *Você fica aqui com frequência?* — sinalizo. Drae chamou o lugar de *lar*, afinal.

— Não tanto quanto antes. — Alexus olha em volta como se quisesse ter certeza de que todas as suas coisas estão em seus devidos lugares. — Quando o farol foi desativado e o novo foi construído mais a leste, Zahira decidiu que este lugar poderia ser uma excelente casa de hóspedes. Eu vim aqui em um verão para ajudar nas reformas e reparos, acrescentei a chaminé, a lareira e a casa do jardim, e gostei deste lugar. Zahira o apelidou de minha segunda casa, e tem sido assim há quase dez anos. — Ele acena com a cabeça para uma pilha de canecas em uma pequena mesa perto da lareira. — Pegue duas dessas e vamos subir. Tenho uma surpresa.

Enrolo um dedo nas alças de duas canecas e sigo atrás dele pela escada em caracol até chegarmos ao sótão. Surpresa, paro perto de uma penteadeira e de um espelho de chão para absorver totalmente os aposentos aconchegantes. Há um guarda-roupa, duas cadeiras almofadadas e uma mesa simples com uma lamparina a óleo no centro. Há também uma pequena escrivaninha com tudo que um escritor pode precisar e um banco estreito feito de madeira flutuante. A peça central é uma cama de dossel finamente esculpida e coberta de lençóis azul-escuros e gaze branca drapeada do dossel ao chão.

A cama é atraente, especialmente considerando o fato de que não durmo em uma desde a Vila Invernal, mas é a porta de vidro coberta por uma cortina transparente à minha esquerda que chama minha atenção.

— Passarela — avisa Alexus enquanto coloca a garrafa de vinho e a comida na mesa e se livra de nossas bolsas, jogando-as no chão com um baque. — A vista lá fora é linda, mas se a passarela está instável, vamos evitá-la durante a nossa estadia.

Mais ataques de decepção. Faço uma cara taciturna, imaginando passear lá fora para ver o sol nascer e me perguntando como as estrelas se parecem daqui de cima. Percebo que pode ser a razão deste lugar ter o nome que tem.

Alexus desabotoa a jaqueta preta, revelando a túnica cor de meia-noite por baixo. Ele joga a jaqueta em uma cadeira, depois se encosta na cabeceira da cama, com uma das mãos apoiada no quadril. Um tom de brincadeira dança em seus olhos, perseguido por um brilho travesso.

— Esse seu biquinho é adorável. Faz coisas comigo que você não pode imaginar. Mas é desnecessário. A sala da lanterna está acima de nós e também tem uma passarela. Além disso, você acreditaria que posso te dar uma vista muito melhor do que qualquer uma dessas varandas?

Olhando furtivamente para a escada contínua, decido que certamente apreciarei a vista pela manhã. Mas, por enquanto, estou mais curiosa com essa isca com a qual Alexus está me atraindo tão facilmente. Coloco as canecas ao lado da comida e sigo em direção ao Coletor de Bruxos. Ele está tão atraente, de alguma forma ainda mais devastadoramente bonito quando está sujo.

— *Eu acredito que você é capaz de quase qualquer coisa* — sinalizo antes de deslizar meus braços ao redor de sua cintura.

Seu sorriso se curva um pouco nos cantos, e ele toca meu rosto do jeito que sempre toca, como se fosse feito de vidro delicado.

— Era isso que eu queria ouvir — sussurra, inclinando-se para me beijar.

Ele me beija devagar, sensual, e saboreio cada momento pressionada contra ele, dobrada em seus braços. Quando ele se afasta, respiramos um ao outro como o ar, como se tivéssemos prendido a respiração nas últimas três semanas.

— Agora — diz ele, balançando a cabeça como se para clarear os pensamentos. — Voltando à surpresa que mencionei antes de você me distrair por completo com sua boca. — Sorrio quando ele aponta o polegar por cima do ombro em direção a uma porta discreta que não tinha notado até este momento. É arqueada e pintada de branco para combinar com as paredes rebocadas. — Quer ver? — pergunta.

Faço que sim enfaticamente.

Sorrindo, Alexus vai até o guarda-roupa e pega uma pilha de roupas e um robe preto de seda. Ele os coloca na cama e diz:

— Para mais tarde.

Pego o robe, esfregando a seda entre os dedos. É dele, assim como as túnicas e tudo mais, e desejo rastejar dentro de cada peça.

Alexus serve nosso vinho. Depois de enganchar as canecas com o dedo, ele me oferece um pedaço de pão com queijo de cabra e junta nossa comida embrulhada.

Ele levanta as mãos ocupadas e olha para a porta.

— Você se importa?

Mastigando um pedaço enorme de pão de centeio, corro pela sala e abro a pesada laje para ele, despreparada para a visão que me espera. Na verdade, engulo a comida e pisco, certa de que estou alucinando ou sonhando.

Um patamar. E outro conjunto de escadas. Eles conduzem a uma massa de rochas abaixo do farol, na beira do penhasco, iluminada por três tochas acesas e um braseiro flamejante. E ali, aninhado dentro daquelas rochas, sob um mar de estrelas, está uma pequena piscina fumegante de água azul brilhante.

Eu me viro para Alexus, pasma.

— Prossiga. — Ele pisca e abre um sorriso brincalhão. — Eu prometi a você vinho e um banho dias atrás, e eu sempre cumpro.

Minha empolgação é incontrolável. Enfio o resto do pão na boca e desço as escadas correndo. Alexus me segue — posso sentir seu sorriso através da runa — e suas estrelas aparecem de repente, protegendo meus passos apressados.

À minha esquerda está o farol, que é bastante bonito. Mas à minha direita está a boca de uma pequena caverna, abrindo-se ao redor da piscina azul brilhante. A água levemente fumegante de alguma forma brilha com sua própria luz. Acima, o céu escuro está cheio de estrelas prateadas, nenhuma nuvem à vista. E lá fora, em toda aquela escuridão, está o Mar Maloriano. O luar brilha em sua superfície, as ondas batendo na costa rochosa.

Impressionada, passo pelo braseiro e por uma cama solitária com almofadas macias e me curvo na beira da piscina para deslizar a mão na água amena. Olho para Alexus, que leva nosso vinho e comida até uma rocha plana que se estende alguns centímetros acima da piscina. Duas toalhas de banho, uma pequena bandeja com sabonetes em forma de concha e um galheteiro de vidro transparente cheio de um líquido arroxeado estão cuidadosamente dispostos ali, esperando.

Alexus planejou tudo. Ele fez Drae preparar tudo isso para nós. *Para mim.*

— É uma piscina termal — diz ele, juntando-se a mim. Suas roupas de couro rangem quando ele se agacha ao meu lado. — Parte da geografia daqui. As piscinas termais ficam escondidas em cavernas ao longo da costa. Esta escoa para o mar e se enche de uma fenda na terra em algum lugar abaixo desses penhascos.

Meus pais tinham me contado sobre cavernas e piscinas termais, semelhantes às fontes termais ao sul de Hampstead Loch, onde meu pai encontrou seu enxofre. Mas não me lembro de ter mencionado essa luz deslumbrante.

— *Como é tão azul?* — sinalizo. — *Tão incandescente?*

— O calor que sai da terra reage com algo nas algas que cria a cor azul e faz a água brilhar. A alga oferece propriedades curativas e o calor... Bem, nada como um banho quente.

Ele estende a mão por cima da cabeça e tira a túnica, depois se levanta e tira as botas. Como o feiticeiro sedutor que é, ele me encara enquanto desamarra a calça e a deixa cair, junto com a roupa íntima, antes de chutar as roupas para o lado. Não resta nada além da chave de ferro em volta do pescoço, que ele também tira.

Minha boca se enche de água. Não faz muito tempo desde a última vez que o vi nu, mas parece uma eternidade. Eu memorizo tudo. Os ombros largos e redondos e o peito poderoso, os músculos tensos dos braços, o plano duro e ondulado de seu abdômen, o mergulho em forma de V dos tendões apontando para aquele pênis absolutamente perfeito, longo e pesado entre suas pernas.

— *Você é cruel* — sinalizo, meu rosto esquentando, meu núcleo apertando.

Sua risada flutua entre nós enquanto ele levanta as mãos em falsa defesa.

— Juro que não estou tentando nada. Não é como se eu estivesse negando o que você quer.

Ele entra na água, descendo os largos degraus de pedra. Os músculos de suas costas afuniladas e sua bunda arredondada se flexionam a cada movimento, e tenho que admirar a vista. Quando ele atinge a parte mais profunda, desaparece sob a superfície. Eu o observo nadar por alguns momentos, então olho para a lua minguante.

Alexus pode não me negar o que mais desejo, mas a natureza e o tempo já o fizeram. Pelo menos até eu encontrar algum anticoncepcional.

Quando Alexus reaparece, enxuga a água do rosto e da barba e se dirige para nossa comida e o vinho. Dou-lhe um momento para preparar nosso jantar e me acomodo em uma laje que funciona como um assento na água, sua pele clara e dourada molhada e brilhando sob a luz do fogo.

Depois de um longo gole, ele enfia alguns pedaços de fruta e pão na boca e me encara do outro lado da piscina, com uma expressão perversa.

— Você não vai entrar? Só vai ficar aí sentada me observando?

— *Qual é o problema em assistir?* — sinalizo. Muitas vezes penso em nossa primeira noite juntos. A observação na janela. Como foi emocionante.

O quanto ele gostou.

Ele balança a cabeça.

— Nenhum, sua pequena megera. Mas se você corou antes, eu juro, ficaria absolutamente escandalizada se pudesse me ver agora.

Estou absurdamente cansada, mas não consigo conter o sorriso que se abre em meu rosto ou a necessidade de ter certeza de que ele está dizendo a verdade. No entanto, com fome de mais do que apenas Alexus, como um pouco de frutas e queijo e dou um longo gole no vinho para aliviar a dor no estômago.

Então me levanto e abro o botão da minha jaqueta.

Alexus me observa de perto, com os olhos semicerrados, segurando sua caneca de vinho. Com um sorriso malicioso, coloco a jaqueta de lado e tiro a túnica. Minhas botas e meias são as próximas. Eu as chuto para longe do caminho e tiro a calça e a roupa íntima, até ficar de pé com nada além do meu espartilho.

O olhar aquecido de Alexus desliza pelo meu corpo, mas volta sua atenção para minhas mãos assim que começo a desamarrar as cordas que prendem o espartilho.

— Tenho quase certeza de que é você quem é cruel — diz ele. — Uma parte de mim poderia assistir a você se despir o dia todo. Mas uma parte mais ansiosa quer que você se apresse.

Eu rio e entro na água morna, ainda desamarrando os laços.

Um passo. Dois passos. Faço uma pausa.

Deuses, a água e o calor são tão maravilhosos.

Alexus deixa o vinho de lado e avança pela água para chegar até mim. Ele pega minha mão e me ajuda a entrar mais fundo na piscina. Com um braço em volta da minha cintura, assume o meu trabalho, desfazendo os cadarços um pouco mais rápido.

— Eu gosto de tirar sua roupa, de qualquer maneira — sussurra.

Seus olhos verdes brilham sob a luz das tochas, observando-me enquanto descanso as mãos em seus ombros. No momento em que ele joga o espartilho de lado, respiro fundo e suspiro, deleitando-me com a liberdade de estar nua e a felicidade do calor curador.

Ele passa as mãos sobre meus seios, depois as abaixa até meus quadris.

— Muito melhor, imagino.

— *Você não tem ideia* — sinalizo.

Então eu o beijo, me pressionando contra ele, meu suave contra o seu duro. Sinto sua magia se agitando, a noite ganhando vida ao nosso redor, a emoção de seu poder crescendo com seu desejo, aquele cheiro de mel e sândalo se misturando à fumaça de fogo e jasmim-amarelo.

A luz das estrelas ganha vida ao nosso redor enquanto ele me levanta para que minhas pernas envolvam sua cintura. Ele não estava mentindo. Ele está rígido entre minhas pernas, mas não posso tê-lo.

Soltando um gemido, ele se afasta do beijo e descansa a testa na minha.

— Muito bem. Vamos conversar um pouco?

Concordo.

— Ainda não sei quanto tempo vamos ficar, mas juro por tudo que é sagrado neste mundo, a menos que consigamos uma passagem segura para Itunnan amanhã, que atenderei a todos os seus desejos enquanto estivermos aqui. Mas, por enquanto, acho que ambos entendemos que devemos ter cuidado. Vou falar com Yaz esta noite. Ela é uma ex-boticária e ainda presta serviços para quem precisa. É por isso que os jardins aqui são tão extensos. Se alguém tem anticoncepcional ou algo semelhante, ou souber como obtê-lo, será ela.

Solto um longo suspiro e assinto novamente. Isso seria esplêndido.

— Em segundo lugar. — Ele roça mais um beijo na minha boca. — Existem outras maneiras de encontrar alívio, e mal posso esperar para compartilhar cada uma delas com você. Mas primeiro…

Ele me coloca de pé e nada até a borda. Enquanto está de costas, mergulho na água para me molhar por inteiro, me aquecendo no calor que relaxa todos os músculos. Quando volto à superfície, Alexus está sentado na laje de pedra com o galheteiro de líquido roxo na mão, escorrendo o conteúdo por seu corpo musculoso.

Ele curva um dedo e, com uma voz que não consigo resistir, diz:

— Venha cá.

Suas estrelas iluminadas me acompanham enquanto eu nado até ele. Com um braço em volta da minha cintura, ele me levanta na laje, me aninhando entre suas pernas.

— Incline a cabeça para trás.

Quando o faço, algo fresco se derrama sobre minha cabeça e o aroma de lavanda enche o ar. Alexus deixa o galheteiro de lado e desliza os dedos fortes em meu cabelo. Com movimentos firmes, ele massageia o líquido em meu couro cabeludo, criando uma leve espuma.

Meu corpo fica mole e meus olhos reviram. Com cada movimento suave de seus dedos, relaxo mais e mais. Isso é felicidade. Também é excitante. Meus seios ficam mais pesados, minha respiração acelera e meus mamilos atingem o pico no ar da noite.

Agarro as coxas de Alexus enquanto ele esfrega. Isso pode não ser tão bom quanto um orgasmo, mas está bem perto.

Ele ri em meu ouvido.

— Você está bem?

Tremendo, balanço a cabeça e sinalizo onde ele pode ver.

— Muito bem.

O pelo de seu peito faz cócegas em minhas costas quando ele se inclina e beija meu ombro.

— Posso fazer ainda melhor. — Ele passa as mãos ensaboadas sobre meus seios. — Enxágue e deixe-me mostrar a você.

Primeiro, eu o encaro e retribuo o favor, lavando seu cabelo escuro como meia-noite. Eu até espalho a espuma em sua barba um pouco mais longa.

Ele fecha os olhos e suspira, gotas de água perolando seus cílios longos, um sorriso diabólico brincando em seus lábios.

— Isso está deixando meu pau duro de novo.

Uma risada treme através de mim. Eu amo como ficamos confortáveis um com o outro, embora não compartilhemos intimidade há semanas, e como um simples banho pode ser maravilhoso quando compartilhado com a pessoa certa.

Com as mãos ainda enterradas em seu cabelo, eu o beijo, gentilmente arrastando meus dentes sobre seu lábio inferior, então volto para a água. Afundo e passo os dedos pelo cabelo várias vezes, esfregando o rosto também. Alexus se junta a mim e nadamos juntos por um tempo, explorando as águas mais profundas dentro da caverna e as rochas cobertas de algas. É mágico. Nossos corpos se enrolam um no outro como fitas de seda lançadas ao mar, cada movimento suave e lânguido.

Subimos à superfície para respirar e nadamos em direção à entrada mais rasa até que a água esteja na altura do peito. Alexus me alimenta com mais frutas, um tipo que eu nunca provei, branca e cor-de-rosa, e deliciosa. Quando ele empurra a fruta pelos meus lábios, eu chupo a ponta do seu dedo. Seus olhos escurecem, o olhar fixo quando seguro sua mão e empurro seu dedo mais fundo antes de lentamente arrastar minha boca de sua pele.

— Pela morte dos deuses, não me provoque assim — diz ele, a voz de repente irregular. — Sonho em fazer muitas, muitas coisas nessa boca.

— *Eu sei* — sinalizo. — *Eu tenho visto.*

Seus sonhos às vezes eram difíceis. Especialmente os de quando ele era jovem, na escola. Mas outras vezes eles me encorajam, garantindo que seus desejos mais profundos estão comigo.

Um rubor quente toca suas bochechas, o que seria adorável se não fosse pela expressão voraz que toma conta de seu rosto.

Ele traça o dedo sobre meus lábios.

— Você gostou do que viu. — Não é uma pergunta.

— *Muito* — sinalizo, tentando respirar em um ritmo constante.

Aqueles olhos se estreitam nos meus lábios novamente. Gentilmente, ele levanta meu queixo e inclina a boca quente sobre a minha, compartilhando a doçura deixada pela fruta. Cada lambida, prova e mordida que dá são famintas e promissoras, enquanto cada sucção dos meus lábios e redemoinho da minha língua é um lembrete do que desejo fazer com ele.

Ele se afasta, relutante.

— Estou tentando me lembrar que porra eu estava fazendo cinco minutos atrás. Eu tinha um plano. É o que acho.

Rio de novo.

— *Acho que você ia me dar um banho* — sinalizo.

Ele levanta um dedo.

— Sim. Sabão.

Ele pega uma das conchas com cheiro de jasmim e lavanda. Com as mãos ensaboadas, ele começa a deslizar lentamente as palmas sobre meus ombros e braços, esfregando círculos profundos nos músculos com seus dedos fortes. Mais uma vez, relaxo em seus braços, e ele arrasta as mãos para o meu pescoço, esfregando longas linhas para cima e para baixo em meus músculos e tendões cansados antes de me enxaguar.

Logo, estou alisando minhas próprias mãos e lavando-o também. Seu olhar queima enquanto trabalho, aqueles olhos intensos observando enquanto traço minhas mãos e a água morna sobre seu corpo adorável.

Com os olhos fixos nos meus, deslizo as mãos sobre a curva grossa de seu peito, passo os dedos sobre seus mamilos duros e desço por seu abdômen. Quando toco ao longo de seu comprimento rígido, ele suga uma respiração rápida e me beija, os lábios molhados, sua língua me consumindo.

Eu o acaricio, amando a sensação de tê-lo em minha mão, a sedosidade de sua pele, a dureza perfeita e punitiva. Seu peito começa a arfar enquanto o toco, e ele aperta meu cabelo enquanto aprendo o que o faz estremecer, o que o faz suspirar, o que o deixa arrepiado. Ele gosta quando aperto com mais força, então faço isso, movendo a mão mais rápido, deslizando o polegar sobre sua ponta sensível.

— Doces deuses do caralho — murmura contra a minha boca, e depois de mais dois golpes, me puxa para mais perto dele. — Braços em volta do meu pescoço, pernas em volta da minha cintura — ele ordena, e eu obedeço.

Segurando minha bunda, ele sai da água comigo agarrada a ele. Ao passarmos pelo braseiro, com o fogo baixo, ele lança um único olhar para as chamas, que se apagaram, e elas se acendem novamente ao seu comando silencioso. Sob a noite estrelada, ele me deita na cama. Tem o tamanho certo para ficarmos lado a lado, cara a cara. Posso sentir o calor do braseiro na minha pele, refrescada pelo vento do mar que atravessa as rochas.

Alexus desliza uma das mãos por baixo da minha cabeça e passa as costas da outra ao longo do meu queixo.

— Gosto muito de estar com você.

Engulo o nó que se forma em minha garganta.

— *Gosto muito de estar com você também* — sinalizo.

Ele passa as pontas dos dedos no meu braço e no meu quadril. Abro as pernas e suspiro quando ele me toca. Ele se inclina sobre o cotovelo e empurra minhas pernas ainda mais, abrindo-me. A luz de suas pequenas estrelas se aproximam e pairam sobre nós.

— Tão linda — sussurra, provocando um dedo no meu centro antes de se inclinar para passar os dentes em meu pescoço. Com um rosnado baixo, ele enfia dois dedos, e tudo em mim se derrete. — Você é tão apertada e quente — diz ele. — Quero enterrar meu pau em você e nunca mais sair.

Uma vibração de desejo se move pela runa e pelo ar, deslizando sobre minha pele, apertando meu corpo em todos os lugares certos. Alexus geme e encontra aquele lugar dentro de mim, aquele ponto sensível que ele manipula tão bem, e em segundos estou ofegante de desejo.

Querendo agradá-lo também, agarro seu pau grosso e aperto, deslizando meu polegar sobre a cabeça lisa.

Ele sibila através de uma inspiração e balança os quadris, pulsando contra a palma da minha mão enquanto eu o acaricio da base à ponta.

— Bem assim — sussurra, uma dor crua em sua voz. — Porra, *exatamente* assim. Você sente o que está fazendo comigo?

Eu concordo. Sei o que pulsa sob sua pele. O orgasmo *e* a magia.

Dolorida, eu me aperto em seus dedos. Há uma súplica em minha mente, uma que envio por aquele abismo turbulento e deixo viajar através do vínculo, uma que deixo queimar na runa.

Não pare. Preciso de mais.

Como se eu tivesse sinalizado as palavras, ele enfia outro longo dedo dentro de mim, me preenchendo a ponto de quase parecer com ele. Ele provoca meu clitóris com o polegar e deixa sua magia fluir, aquela vibração pulsante torturante que faz meus dedos se curvarem.

— Essa é a minha garota — sussurra. — Me diga o que você quer. Do que precisa. — Seu pênis se contrai em minha mão, e ele se empurra com mais força em meu aperto, murmurando meu nome na noite. Ele me beija, cada golpe de sua língua exigindo que meu corpo ceda a ele, cada roçar de dentes em meus lábios me destruindo.

Ele se afasta do beijo, e a mão que descansa sob minha cabeça se enrola em um aperto firme na raiz do meu cabelo molhado. Não tão gentilmente, ele puxa minha cabeça para trás, fazendo-me olhar para ele enquanto nos tocamos.

— Vou gozar com tanta força em sua linda mãozinha. É isso que você quer?

Eu mal consigo assentir, porque com essas palavras, o prazer ricocheteia dentro de mim como um raio.

A magia de Alexus se intensifica, e ele trabalha seus dedos com mais força.

— Olhe para mim quando você gozar — exige.

Encontro seu olhar, meu corpo tendo espasmos em torno de seus dedos enquanto me contorço. A luxúria brilha em suas íris verdes, doce desejo, a dor mais profunda. Eu sinto o mesmo, batendo na runa enquanto monto meu prazer em sua mão. Mas há algo mais. Algo que me assusta um pouco. Algo que faz meu coração disparar como se ele estivesse acenando para ele. Até a pequena morte que roubei para ele na Floresta da Água Gélida flutua em um canto escuro dentro do meu peito. E o abismo em minha mente? Ele fica furioso, como se ouvisse o canto de sua sirene.

Foi o que vi na floresta após a invocação de Thamaos, embora ela brilhe mais forte agora. Como um farol. É mais do que carinho. Mais do que adoração. Mais que afeto.

Antes que eu consiga pensar na palavra, Alexus engasga em torno de seu orgasmo crescente. Seu rosto se contrai de prazer enquanto eu o acaricio com mais força, mas ele nunca desvia o olhar.

— Porra — grita. — Não pare.

Em êxtase, um tremor percorre seu corpo enquanto ele respira meu nome — *Raina, Raina, Raina* — e sua liberação estremece, surgindo de novo e de novo, derramando calor sobre minha mão.

Por fim, ele quebra nosso olhar, inclinando a cabeça para trás, ofegante, com a boca entreaberta, enquanto os últimos pulsos suaves de seu orgasmo saem de seu corpo.

Quando ele encontra meus olhos novamente, arrasto a boca até seu pescoço e mordo sua orelha. Sorrindo, ele captura meus lábios, beijando-me forte e com fome no início, mas o beijo muda, tornando-se suave e doce, os lábios macios e flexíveis, sua língua gentil e cuidadosa em sua carícia.

Uma vez que recuperamos a compostura, Alexus nos limpa, então deitamos juntos do jeito que fizemos na Vila Invernal, olhando um para o outro por um longo tempo, exaustos e sonolentos.

— Senti sua falta — diz ele, e eu sinto a honestidade na runa. — Como é possível sentir falta de alguém que conheço há tão pouco tempo?

Dou de ombros, embora saiba o porquê. O que vi em seus olhos é o motivo.

— *Também senti sua falta* — sinalizo, sem saber o que isso significa para mim, se eu já percorri o caminho sem volta e ainda não percebi.

Ele continuará existindo muito tempo depois de eu não ser mais do que uma estrela desbotada no céu.

Se antes isso me aterrorizava e me fazia sentir egoísta, agora me sinto gananciosa, como se uma vida não fosse suficiente. Meus olhos se fecham e algo dentro de mim se contorce dolorosamente, sabendo que posso não ter mais um mês, outra semana, outro dia. Talvez nem mais uma hora, minuto ou segundo.

— Vamos — sussurra ele. — Vamos colocar você na cama. — Ele beija minha testa, então se levanta e me pega em seus braços.

Sim, estamos no meio do caos, e nada do que está fora de Starworth Tor é bom para nós. Nem mesmo o tempo. Mas enquanto Alexus me carrega escada acima para o sótão do farol, coloco as mãos em volta de seu pescoço e descanso a cabeça em seu ombro, certa de apenas uma coisa. Se tudo o que temos é o agora, lutarei como um terror profano para mantê-lo seguro. Para proteger esta magia especial que encontramos, este portal para a paz e o contentamento para o qual viajamos sempre que estamos juntos. Mesmo que temporário.

E desafio qualquer um a tentar tirá-lo de mim.

22
Alexus

Deixo Raina no farol e vou até a casa principal para falar com Zahira e Yaz.

Não percorro nem metade do corredor até o escritório de Zahira antes de me virar, sintonizando meu ouvido com as vozes no hall.

— Mas, senhor, talvez você deva falar com a capitã antes de partir. — O som áspero de botas na pedra ecoa pelo corredor.

— Está tudo bem, Mari. Não vou fazer falta.

Finn.

Atravesso o corredor em oito passos largos. Quando chego ao hall, Finn está parado no final da escada com a criada da casa, a bolsa pendurada no ombro.

— Aonde você pensa que vai?

Ele me olha com os olhos injetados, do meu cabelo úmido às minhas roupas limpas e às minhas botas engraxadas. Seu rosto fica vermelho.

— Para uma pousada. Não posso ficar aqui e, de alguma forma, acho que você não dá a mínima.

Descanso as mãos nos quadris.

— Mari, por favor, vá descansar. Você trabalhou muito mais do que o suficiente esta noite. Eu cuido disso.

A jovem assente e desaparece escada acima. Uma vez que ela está longe, direciono o olhar para Finn.

— Metade de Malgros pode estar nos procurando. Você não pode sair vagando por onde quiser, especialmente sem que eu antes fale com a capitã. Você nem sabe como chegar à parte principal da cidade a partir daqui.

Ele dá um passo à frente, esticando sua coluna, uma tentativa de encontrar meus olhos.

— Para começo de conversa, não sou burro. Harmon disse que me levaria. Ele tem amigos que possuem uma taverna e uma pousada. Eles me darão um quarto nos poucos dias que ficarmos aqui, sem fazer perguntas, e Harmon transmitirá qualquer notícia importante. Em segundo lugar, ninguém está *me* procurando. Se eles têm um alvo, é *você*.

Estreito os olhos.

— Está agindo desse jeito porque Raina não quer dormir com você?

No momento em que pronuncio as palavras, sinto-me um hipócrita. Por mais que eu finja que poderia viver com a decisão dela se ela escolhesse ficar com Finn, no fundo sei que não conseguiria. Eu seria um completo idiota com esse garoto por pegar o que parece ser meu.

— Não — brada. — É porque não consigo lidar com o fato de que ela está dormindo *com você*. Estou tentando me proteger de fazer algo burro no que diz respeito a isso. Mas também não pense que pode me obrigar a ficar aqui, porque não pode. Você não tem poder sobre mim.

Ergo uma sobrancelha.

— Garanto que *posso* fazer você ficar aqui e tenho mais poder sobre você do que imagina. Mas, se quiser ir, então dê o fora. Fique ciente, porém, de uma coisa: se você causar danos a esta casa ou a qualquer pessoa dentro dela, não hesitarei em fazê-lo pagar.

— E se *você* prejudicar Raina, não hesitarei em garantir que o Coletor de Bruxos morra de vez. — Ele anda ao meu redor e se dirige para a porta. — Faça com que ela esteja segura, seu filho da puta.

— Nem vem com sua preocupação de merda.

Por um breve segundo, considero impedi-lo. É o que Raina gostaria. Mas quando me viro e ele me encara, não consigo me forçar a pedir que ele fique.

Apenas observo o garoto sair pela porta.

— Deuses, isso é pior do que eu pensava.

— Sim — respondo, cruzando os braços sobre o peito enquanto me sento na beira da mesa de Zahira, tendo contado todos os detalhes dos últimos quase dois meses, junto com a verdade sobre mim: meu passado como Un Drallag e a prisão de Neri. Coisas que nunca compartilhei.

Zahira se levanta de seu assento perto do fogo e começa a andar sobre seu belo tapete. Tirando as novas cadeiras de veludo verde nas quais ela e Yaz estiveram sentadas na última hora, a sala parece a mesma da última vez que estive aqui. O espaço está repleto de móveis ecléticos e estantes esculpidas à mão com textos de instruções mágicas perfeitamente ordenados, uma fileira inteira de antigos diários de bordo da capitã e uma coleção de tomos botânicos de Yaz. Misturada aos livros, há uma verdadeira selva de trepadeiras, e acima da lareira está o velho leme dos dias de Zahira navegando. Poucas vezes me senti em casa em algum lugar, mas é como me sinto aqui.

— Obviamente, o príncipe colocou a Patrulha para te procurar — diz Zahira. — Ou os traidores *dentro* da Patrulha.

— E mais sentinelas chegarão aos nossos portões amanhã de manhã — acrescenta Yaz. — Não sei muito bem como esconderemos o fato de que quase uma dúzia de pessoas sem documentos de passagem aprovados estão hospedados aqui.

— Nephele pode criar uma pequena construção protetora ao redor da propriedade — respondo. — Vou ajudá-la para que não seja muito cansativa de manter. Ela é hábil em magia vasta e já fez construções muito mais complexas.

— Isso não será perceptível aos olhos de uma bruxa? — pergunta Zahira. — Como proteções?

— Não, a menos que saiba o que procurar, e poucos entendem a magia vasta. A casa parecerá normal sob a proteção que usarmos aqui. Com a construção, poderíamos gritar no hall a plenos pulmões, e eles não nos veriam nem ouviriam. Só precisaremos usar a praia para chegar à cidade e evitar que as sentinelas nos vejam entrando e saindo.

— Muito factível — diz Zahira, parando de andar. — Me pergunto como Nephele é tão habilidosa em magia vasta.

— Eu ensinei a ela. Por oito anos.

Zahira aponta para sua parede de livros.

— Quase qualquer magia pode ser aprendida, sim, mas você levou dezessete anos, se bem me lembro. Dos dez aos vinte e sete anos? Oito anos parece... rápido.

Esfrego um dedo no meu queixo.

— Como eu disse, a mãe delas tinha mais poder do que imaginávamos. Não tive tempo de estudá-la, mas esse poder claramente vive dentro de Raina e Nephele.

— Bem, que bom — responde Zahira. — Porque neste momento você precisa de toda a magia com a qual puder se cercar. Na verdade, se ainda não teve tempo de ajudar Raina a controlar seu poder compartilhado por meio da runa, faça isso enquanto estiver aqui. Imagine se, secretamente, houvesse dois de vocês. *Duas* armas cataclísmicas em vez de uma. Desde que o príncipe não descubra.

— Ele não pode vê-la — explico. — Mantenho a mente dela completamente protegida, então explorar o compartilhamento de nosso poder não é uma má ideia. Embora eu não tenha certeza de que tipo de treinamento isso implicará.

— Comece com pouco — ela sugere. — Sem pedaços de mar explodindo e penhascos desaparecendo. Comece aproveitando a luz, como você mencionou, e outros pequenos truques que carrega na manga.

Sorrio com o conselho óbvio, mas meu sorriso vacila.

— Só espero ter tempo. Tento não pensar nisso, mas está ficando mais difícil a cada dia. Que eu posso simplesmente parar de respirar. Que eu posso deixar Rai... — Paro para me corrigir — ... deixar *todo mundo* para lidar com o príncipe sozinho.

Seus olhos suavizam.

— Não acho que você precisa temer a morte através da morte de Colden tanto quanto precisa temer ser usado pelo príncipe. Colden já deve ter informado a ele que vocês estão conectados. Se ele perde um, perde os dois. E você é um grande trunfo para um príncipe que precisa da magia de outras pessoas para prosperar.

Respiro fundo e solto o ar.

— De fato. Foi tudo o que pensei nas últimas semanas.

— Você não pode ser pego — diz ela. — Nem pela Patrulha. Nem por esse tal general Vexx. E nem pelo príncipe e sua amiga Fleurie.

Instintivamente, toco a chave em volta do pescoço e seguro a borda da mesa.

— Eu gostaria de vê-los tentar. Não sou mais o homem que era da última vez que você me viu. — Olho para a porta aberta de seu escritório e me concentro na energia do lado de fora da sala. Com um simples pensamento, a porta bate.

Yaz se assusta e Zahira se vira, olhando para a porta. Com um comando mental, reabro a porta e a fecho novamente, desta vez com um *clique* silencioso.

— Por todos os deuses — murmura Yaz.

Zahira me encara com os olhos semicerrados.

— Impressionante.

— Isso, minha amiga, não é nada. Não conseguiria ter feito isso uma hora atrás. Fico mais forte a cada minuto.

— Não tenho dúvidas. Seu poder desperto ficou evidente no momento em que o vi no hall. — Ela aponta um longo dedo para mim. — Mas, por mais forte que sua magia possa ser, Alexus, seu altruísmo por aqueles que você ama é mais forte. O que estou dizendo é que você não pode deixar esses sentimentos fazerem você agir por desespero. Isso só trará problemas.

Assinto.

— Entendido.

— Agora. — Ela esfrega as palmas das mãos. — Sobre te levar para as Terras do Verão e para os portões de Fia Drumera. O último navio mercante de Dedrick Terrowin partiu há alguns dias. Ele deve chegar a Itunnan em breve, mas você pode ter que esperar cerca de cinco dias até que ele retorne. Ele ainda é o único contrabandista deste lado do Mar Maloriano.

— Porra. Cinco dias? Isso é uma vida inteira, dada a nossa situação.

— Sinto muito. Enviarei um recado amanhã cedo para ele vir me ver assim que possível. Se seus inimigos imaginam que você está indo para o sul, ele deve estar sendo vigiado. Não é incomum que Dedrick venha aqui se aconselhar com a velha capitã, e não é incomum que eu envie uma comunicação através de Harmon ou dos rapazes se estou esperando uma remessa. Mas agora vivo em meus livros ou na praia. Raramente vou às docas, então é melhor não levantar suspeitas com a minha presença.

Esfrego a mão no rosto.

— Não era o que eu queria ouvir.

Zahira dá de ombros.

— Eu sei. Mas Dedrick responderá em breve. Ele sempre responde. Então poderemos elaborar um plano. Enquanto isso, Raina pode vigiar as águas, e Yaz e eu rezaremos para Loria diariamente para que o príncipe permaneça imóvel. Infelizmente, não há muito mais que você possa fazer neste momento.

— Ah, eu consigo pensar em muitas coisas que ele pode fazer — diz Yaz enquanto se levanta e se move para um carrinho de chá de latão estacionado ao lado do fogo. Ela já me presenteou com dois frascos de anticoncepcional, os pequenos frascos de vidro estão escondidos no meu bolso. Com uma mão generosa, ela adiciona uma mistura de folhas de chá frescas de uma jarra que diz *CAMOMILA* a uma xícara de porcelana fina, depois usa um pano dobrado para pegar a chaleira pendurada na lareira. Ela adiciona um pouco de creme e uma gota de mel e me entrega a mistura fumegante. — Seu povo precisa de descanso e tempo para se recuperar. Vejo cansaço, mas também uma cura muito necessária. Todos vocês sofreram grandes perdas e tiveram pouco ou nenhum tempo para processar. A cura virá no apoio mútuo e em Starworth Tor, se você permitir.

— Sempre tão sábia, Yaz. — Tomo um gole cuidadoso de seu chá bem quente.

— Sábia o suficiente para saber que você não vai seguir tudo o que aconselhamos. — Ela levanta o queixo suave e seus perspicazes olhos castanhos brilham. — Quem você pretende matar?

Tomo outro gole de chá antes de responder.

— Deve haver várias pessoas aqui que precisam pagar pelo que fizeram. Assim que souber a agenda de Dedrick, vou descobrir como pretendo fazer isso. Será rápido e limpo. Estarei longe antes que os corpos sejam encontrados.

— Vou cobrar isso de você — diz Zahira.

— Não se preocupe.

Ela arqueia uma sobrancelha fina e afiada.

— Não mesmo? Você é um bom amigo que acabou de chegar no que deveria ser um território amigável, Alexus, mas se tornou um lugar que abriga o inimigo. Eu me preocupo, sim.

— Colden e eu temos olhos e ouvidos aqui também — asseguro a ela. — Amanhã vou verificar com aqueles que sei que posso confiar. Levarei Rhonin comigo.

— Olhos e ouvidos observando e ouvindo para quem? — pergunta ela.

— Almirante Rooke, principalmente. Ele tem sido uma incógnita desde que foi nomeado. Preocupava-me que ele não fosse capaz de liderar a Patrulha com uma mão equilibrada, mas nunca pensei que trairia as pessoas que foi encarregado de proteger. Mas Rhonin estava no exército que veio por Malgros. Ele não soube determinar quem da Patrulha supervisionou a entrada deles, mas deduziu que a traição partiu de um oficial de alto escalão.

Zahira cruza os braços sobre o peito, as sobrancelhas franzidas em pensamento.

— Rooke não me parece um homem desonesto, embora a corrupção muitas vezes teça um fio profundamente invisível. Se você o interrogar, minha única sugestão é que seja sábio em sua estratégia. Ele está bem guardado. E, se descobrir que deve matá-lo, faça-o nas horas que antecedem sua partida; caso contrário, colocará todos nós em perigo.

— Eu nunca colocaria você em perigo, Zahira. Fui treinado para isso. Já faz um tempo, mas tenho a sensação de que vou me lembrar do que fazer.

— Apenas tome cuidado — diz ela. — Você pode ter sido um assassino três séculos atrás, mas isso não faz de você um agora.

Não? Algumas coisas estão intrincadas em nossa medula.

Yaz pigarreia.

— Bem, eu gostaria muito de encontrar uma maneira de mostrar Malgros a seus amigos amanhã, *antes* de você sair matando pessoas e pintando um alvo em suas costas. Raina e Nephele precisam de tempo aqui, mais do que você pode imaginar. Foi aqui que seus pais se conheceram, viveram, se amaram. As conexões que elas encontrarem em Malgros podem ajudá-las.

— Estamos aguardando amigos que chegarão em duas semanas das Passagens — diz Zahira. — Já recebi os documentos deles. Posso alertar à Patrulha de que chegaram antes, para uma estadia mais longa. Todos precisarão se revezar desempenhando os papéis, mas tenho cinco formulários aprovados. Três mulheres e dois homens. A Patrulha nunca questiona a mim ou a Yaz.

— Claro que não — falo com um sorriso. — A amada capitã Osane e sua querida Yazmin? Elas não fazem nada de errado.

Sorrisos se espalham pelos rostos de Zahira e Yaz.

— Isso significa que posso levar suas amigas para fazer compras amanhã? — indaga Yaz.

Quase cuspo meu chá.

— Compras? Como é a cura através das compras?

— Elas precisam de roupas. Todos vocês precisam. — Ela finge inocência, misturada com um pouco de travessura. — E prometo que vou garantir que haja algo para você também.

— Você é uma mulherzinha desonesta — digo com alegria enquanto me levanto e me dirijo para a porta, não sem antes pegar um livro de uma pilha, *Maldições da Era Loriana*, algo para ler enquanto estou preso aqui, e olho de volta para Yaz, levantando minha xícara de chá. — Apenas não se esqueça: eu gosto de vermelho. E bem pouco disso.

Yaz ri enquanto Zahira inclina a cabeça e me dá seu infame olhar de relance, o fantasma de um sorriso surpreso em seu rosto.

— Alexus Thibault. Você realmente se importa com essa mulher.

Usando minha mente, abro a porta e vou para o corredor. Com um último olhar para minhas amigas, eu cedo a um pouco de franqueza e digo:

— Sim. Eu me importo. Realmente me importo.

23
Raina

Acordo com o cheiro de água do mar e jasmim-amarelo.

Uma brisa sopra sobre mim, e aperto os olhos para a janela aberta, por onde a luz do sol entra no quarto. O barulho suave das ondas me lembra de onde estou. Um sorriso surge em minha boca enquanto imagens da noite passada passam pela minha mente. Eu me estico e me viro, mas o lado de Alexus na cama está vazio.

O turbilhão de pânico que toma conta de mim é acompanhado por uma onda de falta de ar. Pensando no pior, jogo o cobertor de lado para sair da cama, mas vejo um pedaço de pergaminho dobrado na mesa de cabeceira, meu nome elegantemente escrito na frente em tinta preta meia-noite. Ao lado da nota está um frasco de vidro roxo-escuro ornamentado e uma flor branca solitária do jardim, cujo nome desconheço.

Esfregando os olhos, me apoio no travesseiro e pego o bilhete e a flor.

Bom dia...

Você estava bonita o suficiente para devorar, mas muito em paz para ser acordada. Nephele e eu precisamos fazer uma construção protetora ao redor da casa antes do amanhecer, pois há sentinelas da Patrulha chegando ao nascer do sol. Você e todos na propriedade estarão protegidos da vista, então, por favor, não se preocupe.

A viagem para Itunnan provavelmente não acontecerá nos próximos dias. Rhonin e eu temos negócios para resolver na cidade, então não te verei até o jantar. Yaz planejou uma refeição formal. Ela anunciou que ela e Zahira levarão você, Nephele e Hel para fazer compras hoje, e sei que não devo discutir. Divirta-se, mas tenha cuidado, mantenha os olhos abertos e use glamour. Yaz e Zahira são uma excelente proteção e ninguém sabe que estamos aqui. Se precisar de mim, lembre-se de que estou apenas a um pensamento de distância.

Além disso, o frasco é um tônico anticoncepcional, cortesia de Yaz — se você quiser. Eu mesmo peguei um frasco, então, de qualquer forma, daqui a duas noites, você será minha.

Sempre,
Alexus

Vamos ficar aqui, debaixo do nariz da Patrulha, por um tempo. Estou grata por não estarmos viajando, para variar, mas temo a preocupação constante pela frente. Eu só quero que isso acabe.

E compras? Eu só fiz compras nos mercados do vale, principalmente comida. Roupas novas valem o risco de olhos atentos? Dou uma olhada em meu traje puído e imundo empilhado no chão e minhas botas gastas e cobertas de lama, e percebo que a resposta provavelmente é sim.

Li a última parte da carta de Alexus novamente. Duas noites até o anticoncepcional fazer efeito. *Duas longas noites.* Estou animada, mas nunca me senti tão impaciente.

Como a amante desesperada que sou, deixo cair minhas mãos para os lados e solto uma respiração frustrada, olhando para o teto de tábuas de madeira. Meu corpo formiga com um desejo implacável, minha pele tão sensível que mesmo o menor movimento do cobertor me lembra das mãos calejadas de Alexus me acariciando na noite passada.

A tentação de satisfazer essa necessidade ardente é quase irresistível, mas agarro o bilhete e o frasco para apoiar minhas mãos. Posso sofrer por mais dois dias. Como ele disse, podemos ficar juntos de outras maneiras. *Como ontem à noite.* Resistir ao alívio agora o tornará muito mais doce mais tarde.

Abro a rolha do frasco. Uma fungada identifica o remédio familiar. É sempre horrível, mas engulo o conteúdo amargo e rezo para que haja mais para o restante de nossa jornada.

O vento do oceano me chama. Pego o robe de Alexus no banco ao pé da cama, visto-o e caminho até a porta da passarela. Certamente uma olhada não vai doer. Com cautela, abro a porta e paro com os dedos dos pés um pouco acima da soleira, tendo minha primeira visão desimpedida do Mar Maloriano. O céu está cheio de nuvens brancas e fofas e gaivotas plainando, e um vento suave e fresco sopra do oeste. É mais tarde do que eu pensava. O sol está alto, brilhando nas cristas brancas do mar.

O oceano se estende e brilha infinitamente, parecendo não ter fim. Nunca imaginei nada tão extenso. É um pouco assustador pensar que, em breve, flutuaremos por aí naquele infinito por dias.

Vários barcos de pesca pontilham as águas mais rasas, enquanto os navios pertencentes à frota da Patrulha das Terras do Norte guardam as ondas azuis mais ao sul. As bandeiras verde e índigo do império caído são visíveis até mesmo daqui, o sinal do desejo do Norte de retornar à paz e a uma terra unida.

Uma risada borbulha dentro de mim quando olho para baixo e vejo outro bilhete com meu nome na frente, guardado com segurança em um vaso de flores perto da porta. Com um sorriso tão largo que dói, pego a carta, passando a ponta dos dedos na tinta antes de abrir.

Sua pequena rebelde...

Eu sabia que você viria aqui, não importava o que eu dissesse. Imaginei você aqui, nua, aqueles lindos mamilos rosados espreitando através do longo cabelo escuro caindo em cascata sobre seus ombros, embora eu imagine que você esteja usando meu robe. Eu vi você tocá-lo ontem à noite. Pedi a

Yaz para comprar o seu hoje. Escolha algo sedoso com uma faixa.

Tenho os planos mais lascivos... Agora volte para dentro.

Com um sincero obrigado,

Seu Carcereiro

Meu sorriso se transforma em uma gargalhada, mas, quando leio o bilhete pela segunda vez, o calor se concentra entre minhas pernas em uma dor intensa. Pressiono a nota em meus lábios e tento decifrar o que as palavras de Alexus significam. Minha mente evoca todos os tipos de cenários indecentes — prisioneira e carcereiro —, apenas me deixando mais ansiosa por ele. Até o vento do mar é uma tortura, colando a seda fresca do manto do meu amante contra minha pele.

A tentação retorna em uma inundação. Enfio a mão dentro do robe e passo os dedos pelo calor úmido, certa de que Alexus Thibault está tentando me matar. Embora seja difícil, fecho os dedos em punho, dou meia-volta e retorno para dentro.

Com as mãos nos quadris, olho para o quarto, meu corpo ainda latejando. Alexus desempacotou nossos pertences. Roupas, armas, cobertores, tudo. Vou até sua mesa e passo a mão sobre seus diários e toco a pena, imaginando-o sentado aqui esta manhã escrevendo minhas cartas enquanto eu dormia.

Não sei por que me surpreendo ao encontrar uma muda de roupa e sapatos, um jarro e uma bacia com água de rosas fresca esperando perto do toucador. Há também um pente com pássaros esculpidos em marfim e uma elegante escova de madeira feita de cerdas de javali amaciadas. Ambos devem ser importados porque nunca vi itens de higiene tão bonitos no vale.

Meu cabelo é uma massa de ondas bagunçadas por adormecer com ele úmido. Com o pente, aliso as mechas e faço uma longa trança, amarrando as pontas com uma tira de couro. Quanto às roupas…

Elas são estranhas. No vale, usávamos espartilhos ou roupas íntimas de linho feitas com barbatanas que deixavam os seios apertados contra o corpo e mantinha a postura. A maioria de nós trabalhava o dia inteiro, então o suporte era uma necessidade. Nossos calções não eram nada de especial, feitos para afastar a umidade e isso era tudo.

Aqui, as roupas íntimas são muito menores. A parte de cima se estende apenas alguns dedos abaixo dos seios, e a de baixo... Embora muito elegante, não há como as mulheres trabalhadoras daqui cobrirem seus peitos com itens tão delicados.

Mesmo assim visto as peças, e me deleito com o conforto enquanto amarro a frente da peça de cima e as laterais da parte de baixo. Em seguida, coloco as roupas de cima, que provavelmente pertencem a Yazmin: uma calça de linho bege, uma blusa branca e um delicado par de sapatos de couro. Quando me viro para o espelho e encaro a mulher diante de mim, sinto-me outra pessoa.

Antes de sair, verifico as águas pela primeira vez desde ontem ao meio-dia. Através dos olhos de Colden, vejo Fleurie, uma mulher que conheci de maneiras que nunca imaginei. Eu não invejo o tempo que ela teve com Alexus. Só queria não ter que revivê-lo através de seus sonhos. Pior ainda, gostaria que ela não se sentisse uma ameaça. Não porque eles se amaram. Mas porque — muito parecido com a morte — ela poderia arrebatá-lo durante a noite. Pela primeira vez, essa possibilidade parece real, porque ela está se recuperando. O suficiente para que agora eu consiga distinguir seu rosto, um que lembra a garota bonita de olhos brilhantes que tenho em mente. Mas Colden está com sono, então Fleurie rapidamente desaparece de vista.

O príncipe ainda está bloqueado. Como sempre, tento desmontar as proteções ao redor dele, mas tudo o que tento não dá certo. Parece que não há foco suficiente no mundo para romper essa barreira.

Quando procuro Vexx, ele está olhando para a mesma paisagem que eu, só que de um ângulo diferente. Saber que ele está tão perto, ansioso para cruzar meu caminho e o de Alexus, me faz pensar que talvez eu *seja* vista hoje. Talvez eu levante o olhar e encare seus olhos sem alma. Talvez eu consiga enfiar minha adaga em sua garganta e arrancar sua espinha, aquele bastardo.

Quanto a Neri, não ouso mais pedir às águas que o vejam. Se eu quiser invocar um deus-homem-lobo, já sei como. Mas não quero. Nem agora. Nem nunca.

Pego minha adaga e o cinto da coxa e sigo para as escadas, esperando nunca estar em uma posição em que não tenha outra escolha.

A casa é ainda mais impressionante à luz do sol. Toda peça de mobília de madeira foi polida para brilhar, e não há uma partícula de poeira ou areia no piso de ardósia.

O salão principal está vazio, então caminho pelo corredor que leva à cozinha e paro em frente a uma enorme janela que vai do chão ao teto e tem vista para o mar. Abaixo, Zahira e Hel estão sentadas a uma mesa coberta com toalha branca e repleta de pratos coloridos com comidas e um vaso transbordante de flores frescas. Zahira me vê e sorri, então faz sinal para que eu me junte a elas.

Ainda não conheço a propriedade direito, mas acho fácil o caminho curto para o pátio inferior. Ao sair para o sol, inalo o ar salgado da manhã e sinto todos os problemas que me preocupam há semanas evaporarem. É inacreditável como está quente aqui em comparação com o vale. Parece mais o início do outono do que quase o inverno.

— Bom dia, Raina. — Zahira levanta sua xícara de chá. — Venha. Tome café da manhã.

Não são só ela e Hel. Yazmin e Nephele também estão aqui. Todas estão sorrindo, minha amiga e minha irmã, ambas vestidas com roupas que não são delas, mas lindas, os rostos brilhando ao sol, os cabelos limpos e arrumados. Nephele parece um pouco cansada, provavelmente por ter feito a construção protetora em torno de Starworth Tor, mas imagino que não foi tão complexo quanto o encantamento na floresta.

Sobre a mesa há bandejas com doces e pães, queijos que não consegui identificar, carne salgada, mais frutas estranhas e um pote de mel fresco. É como se tivéssemos entrado em outro mundo, em outro tempo. Se os problemas não estivessem se formando neste mar deslumbrante, aposto que poderíamos viver aqui para sempre e ser muito felizes.

Sento-me entre Hel e Nephele e faço o sinal de *Bom dia*, esperando que Yaz e Zahira comecem a aprender algumas das minhas comunicações mais comuns. Nephele traduz.

Depois de deixar minha adaga e o cinturão de lado, sinalizo para minha irmã.

— *Onde está todo mundo?*

— Dormindo, suponho — responde ela. — Não ouvi um pio de ninguém esta manhã, nem mesmo Joran. O que é altamente incomum.

— Incomum parece ter se tornado a regra dele nos últimos dias — diz Hel. Depois de uma pausa, ela me cutuca e muda de assunto. — Você parece descansada. Achei que Alexus não deixaria você dormir. — Ela pisca. — Aquele homem parecia pronto para te foder até que você não pudesse mais andar.

Nephele cospe o chá e pega o guardanapo.

— Helena!

Meu sorriso congela em uma linha apertada enquanto minhas bochechas esquentam de tanta vergonha. Por baixo da mesa, chuto o tornozelo da minha melhor amiga.

— Ai! — grita. — O quê? Elas também viram. Era óbvio.

— *Estávamos exaustos e não tínhamos anticoncepcional* — sinalizo com movimentos rápidos, sem saber o que mais dizer na frente das amigas de Alexus, mesmo que não possam me compreender.

Yazmin me serve uma xícara de chá. Quando encontro seus olhos, ela está mordendo o lábio superior, segurando um sorriso que ameaça tomar conta de seu rosto.

Mas Zahira é a primeira a responder. Ela levanta sua xícara de chá na direção de Hel.

— Uma mulher parecida comigo. Minha língua também não tem freio. — Ela olha para mim, o sorriso se alargando. — Está tudo bem, Raina.

Confie em mim. Yaz e eu estamos emocionadas de ver Alexus agindo como um jovem bobo, especialmente devido à sua situação atual. Nós não o vimos assim desde… — Ela olha para Yaz, que termina o pensamento:

— Nunca.

Pego minha xícara de chá e tomo um longo gole. Meu rosto fica ainda mais quente, mas por baixo do meu constrangimento, um pensamento me vem à mente. Estou me apaixonando pelo fato de fazer Alexus Thibault feliz. Que eu o faça sorrir. Que mesmo sob o peso da morte iminente, ele encontrou alegria comigo. É a última coisa que eu esperava.

— Chega de falar sobre Alexus — diz Yaz, colocando meu chá de lado. — Agora que vocês estão todas aqui, vou admitir uma coisa. Fazer compras era apenas uma desculpa. Certamente podemos pegar roupas para vocês três, mas há mais no plano do dia do que compartilhei com nosso amado Coletor de Bruxos. — Ela apoia os cotovelos na mesa. — Eu tenho uma proposta. Uma que pode fornecer respostas muito necessárias, se vocês quiserem saber o que pensei.

Nephele, Hel e eu trocamos um olhar.

— Claro — concorda Nephele enquanto me prepara um prato de comida do jeito que mamãe costumava fazer. — Diga.

Yaz dá uma olhada em Zahira, e só depois que Zahira assente é que Yaz continua.

— Existe um oráculo na cidade. A Apanhadora de Memórias, como nós a chamamos. Ela é diferente de Videntes como você, Raina. Ela lê o sangue das pessoas e vê as memórias que vivem ali. Eu teria tentado convencer Alexus a vê-la hoje, mas ele nunca se importou com sua percepção. Ela nunca falhou conosco, no entanto.

O único nome que me vem à mente é o que Nephele compartilhou comigo em Hampstead Loch. Petra Anrova. A mulher de quem Joran falou, que viveu nas planícies da Terra do Gelo por um tempo. Não pode ser ela, mas ver memórias é como ver o passado.

Nephele coloca o prato de comida à minha frente. Antes que eu pense em controlar minha expressão, dou a ela um olhar cauteloso. Zahira lê a pergunta que deve estar claramente estampada em meu rosto.

— O passado nos ajuda a entender o presente — diz a capitã. — E Ingrid, esse é o nome do oráculo, é especialmente habilidosa em revelar as verdades passadas que precisamos para dar sentido aos nossos conflitos do presente. A história contém respostas se formos corajosas o suficiente para procurá-las. De acordo com Alexus, sua mãe e seu pai esconderam muitas coisas de você e Nephele. Talvez vocês descubram algo que as ajudará a entender por que eles fizeram o que fizeram e como isso se conecta a este momento de sua vida.

Nós três nos olhamos novamente. Minha curiosidade vence.

— *Por que Alexus* não gosta de Ingrid? — sinalizo antes de começar a comer. Desta vez, Hel traduz.

— Suponho que seja porque ela vê o passado — diz Zahira. — Ele nunca foi de revisitar lembranças. Claro, agora sabemos a razão e o que ele não queria que fosse revelado. Talvez ele nos repreenda com algumas palavras bem escolhidas quando descobrir que levamos você para vê-la, mas confio no que ela diz. — Ela solta um suspiro. — Não tenho certeza se há algum homem em toda Tiressia que tenha mais arrependimentos e dor do que Alexus Thibault. Eu não tinha conhecimento do quão profundos eram sua dor e seu arrependimento até que ele explicou ontem à noite. Acho que uma parte dele quer saber todas as coisas que esqueceu, mas outra parte quer manter as memórias perdidas enterradas. Elas não doem assim.

Eu entendo muito bem a agonia de querer esquecer as dores do passado e ao mesmo tempo desejar descobrir outras verdades que podem ferir com igual intensidade.

Hel aperta meu joelho suavemente.

— Vale a pena arriscar. Devemos tentar. Você pode se lembrar de algo sobre Rowan ou a Faca Divina.

Eu me viro para minha irmã. Seus olhos estão focados em seus pensamentos. Ela pisca para fora de seu torpor e encontra meu olhar.

— Concordo com Hel. Falar com o oráculo pode ser útil.

Todos os olhos pousam em mim, esperando.

— *Vamos ver a Apanhadora de Memórias, então* — sinalizo enquanto Hel traduz. — *Passado é passado. Não pode nos machucar agora, certo?*

Os olhos de Zahira escurecem.

— Espero que não.

24
Alexus

O sino acima da porta do cirurgião-barbeiro toca quando Rhonin e eu entramos na pequena loja vazia.

Está escuro e sombrio na parte de trás do Bairro Comercial. A maioria das lojas fica longe da costa, alinhadas em ruas estreitas, aninhadas abaixo de alojamentos apertados. Há uma janela, mas a sujeira que cobre as vidraças confunde a pouca luz que chega até aqui. Ainda assim, as manchas de sangue no chão de madeira são visíveis, algumas como grandes respingos saturados sob a mesa do cirurgião, outras em anéis ao redor da cadeira do barbeiro.

Rhonin emite um som de desgosto baixinho e bate o dedo contra uma serra de dentes largos, um dos muitos instrumentos cirúrgicos enferrujados pendurados na parede. A serra range em seu gancho.

— Você tem amigos interessantes — diz ele. — Do tipo que aparentemente gostam de assassinar pessoas. Terrivelmente.

Olho para a porta dos fundos, coberta por uma cortina verde-escura imunda.

— Você nem o conheceu ainda.

— Um pouco assustador — responde Rhonin, levantando as sobrancelhas ruivas. — Não vou mentir.

Emory afasta a cortina. Ele é um homem baixo e redondo com rosto vermelho e nariz bulboso que sempre cheira a carne. Está usando um avental manchado de sangue sobre suas roupas normais.

— Mestre Thibault! — Com os olhos brilhantes, ele corre pelo ambiente e me abraça, dando tapinhas nas minhas costas com tanta força que meus dentes rangem. Quando ele se afasta, dá uma olhada em Rhonin e diz: — O que o traz a Malgros?

Tiro do bolso um saquinho de moedas, o suficiente para alimentar sua família por duas semanas, e entrego a ele. Então eu tranco a fechadura de sua porta para garantir que nenhum cliente interrompa. As manhãs são agitadas na cidade, o cidadão focado no trabalho e nas idas e vindas. Rhonin e eu chegamos aqui sem sermos notados graças a um banho, uma troca de roupa e um leve glamour sobre nossas armas. Mas precisamos de privacidade para conversar.

A expressão alegre de Emory se desmancha enquanto ele rola a sacola de dinheiro entre os dedos.

— Oh, céus. Você está aqui para obter informações.

— Estou. Esse é um amigo meu. — Faço um gesto para Rhonin. — Você pode falar livremente na frente dele.

Emory assente para Rhonin.

— Suponho que queira saber sobre o pequeno exército que o Príncipe do Leste trouxe para cá.

Fecho as mãos atrás das costas e ajusto minha postura.

— Sim. Sei que chegaram de navio e sei que tiveram permissão para aportar. Também sei que receberam cavalos da Patrulha, escaparam pela cidade e saíram do Portão Palgard na calada da noite. O que não sei é quem na Patrulha das Terras do Norte está aliado ao Leste. Espero que você tenha alguma informação.

— Venham se sentar — convida Emory enquanto desliza as moedas no bolso. Ele atravessa o pequeno espaço e se empoleira em um banquinho alto.

Sento-me na cadeira do barbeiro enquanto Rhonin olha para a mesa do cirurgião, o único outro assento na loja. Ele franze os lábios e cruza os braços sobre o peito largo.

— Acho que vou ficar de pé.

Emory encolhe os ombros e olha para mim.

— O que se diz na minha cadeira é que há pelo menos meia dúzia de oficiais trabalhando para o príncipe. Ninguém sabe como ele se infiltrou em nossas costas, mas agora até o almirante está sob sua influência.

— E quanto a Dedrick Terrowin? Ele é um conspirador? O exército foi transferido de um navio das Terras do Leste para um navio da Patrulha das Terras do Norte, no meio do mar. Ele tem algo a ver com isso?

Emory faz uma careta.

— Dedrick? Não, meu senhor. Dedrick não é a flecha mais direta, mas é leal a esta terra. As únicas coisas que ele traz em seus navios são bens comuns e os ocasionais Habitantes das Terras do Norte que ele contrabandeou pelo mar. Uma coisa é querer deixar Tiressia. É um jogo totalmente diferente para Dedrick se alguém quiser entrar.

— Bom saber. — Eu me inclino para trás na cadeira. — De volta ao almirante Rooke. Disseram-me que é difícil encontrá-lo sozinho.

O olhar de Emory se alarga um pouco.

— Sim. Especialmente agora. Imagino que estejam esperando por *você*, meu senhor. Talvez até o rei.

Não conto a ele qual é a situação. Ele é confiável há anos, mas a notícia de um trono vazio pode ser o gatilho para mais problemas.

— As precauções contra *algo* têm sido óbvias — continua ele. — Mas creio que o almirante confia que suas proteções extras nos portões são um excelente escudo.

— Por que você diz isso? — pergunto.

— Ele planeja dar um jantar em algumas noites. Nada muito grande, mas o suficiente. Tenho um cliente cuja esposa trabalha na cozinha de Brear Hall. Os preparativos para vinte pessoas já passam de uma semana. Não sei muito mais, exceto que um homem do Leste certamente estará presente, e alguns dos outros nomes que ouvi são daqueles que se acredita serem traidores.

Um homem do Leste. General Vexx.

Lanço um olhar para Rhonin, que me lê bem.

— Parece que iremos para uma festa — diz ele com um sorriso torto.

— E parece que as mulheres não são as únicas fazendo compras hoje — respondo.

Emory se move para a mesa atrás de mim e vira minha cadeira para ficar de frente para o espelho. Um espelho *muito* sujo. Ele pega um pequeno balde com a água fresca e molha um pano nele, depois lava e seca o espelho.

Olhando para mim através do vidro, ele diz:

— Você chamaria muito menos atenção se todo esse cabelo desaparecesse. Vocês dois. Aqui as pessoas não são assim. Você se parece com os Habitantes da Terra do Gelo. Ou pior, parte do exército das Terras do Leste.

Olho para Rhonin através do espelho.

— Você primeiro — ele fala com uma risada zombeteira, como se pensasse que eu não faria isso.

Não quero parecer o homem que costumava ser. Não queria me olhar em nenhum espelho e ver aquela pessoa novamente. Mas Emory está certo. Misturar-se é uma decisão sábia. Quanto menos olhos em nós, melhor.

Ainda assim. Isso vai doer. Eu sei. É mais fácil enfrentar o dia quando me sinto outra pessoa.

— Nos ombros — digo a Emory, de qualquer maneira. — Não mais curto que isso. E tire a barba.

Ele assente e, com um sorriso, pega a tesoura.

25
Raina

Nephele, Hel e eu subimos uma rua movimentada de paralelepípedos com Yaz e Zahira de mãos dadas ao nosso lado, documentos de passagem fraudulentos em nossos bolsos.

Há muito que sonho com Malgros. Imaginei meus pais vagando por uma cidade ensolarada à beira-mar. Essas imagens formadas pela imaginação de uma jovem não são nada comparadas com a realidade.

A rua é elevada acima do nível do mar no topo das falésias, arqueando-se ao longo do que é conhecido como Village Hill e o paredão de Malgros. De um lado, há uma fileira aparentemente interminável de construções altas feitas de vários tipos de pedra — lojas e residências, escritórios e empresas, tabernas e pousadas. Os prédios com placas rangendo com a brisa parecem lotados, com pessoas entrando e saindo o tempo todo, enquanto outros ainda estão quietos durante o dia. Há carrinhos de comida e barracas, crianças brincando em fontes públicas e pescadores subindo a colina a partir do acesso à praia leste, com a pesca matinal a reboque.

Minha chance de ser notada diminui a cada passo. Nunca vi tanta gente em um só lugar.

Do outro lado está o mar. Me esforço para parar de olhar para sua superfície brilhante por cima de uma parede com ameias na altura do ombro. Todo aquele azul e a longa extensão de areia dourada da costa são tão convidativos, mesmo com a frota da Patrulha flutuando na água, as velas ondulando ao vento.

Faço uma pausa para absorver tudo, descansando as mãos na pedra aquecida pelo sol. O dia está frio, mas de forma agradável. À minha direita uma pomba pousa no merlão mais próximo, piando como uma coruja, olhando para mim como se tivesse algo a dizer.

A pequena morte que roubei para a pomba que bateu em nossa porta no Dia da Coleta esvoaça, depois se enrosca em meu peito, como uma criança se enrolando para dormir.

Você está me seguindo?, pergunto com a mente, mas a pomba voa para longe.

— Faz a gente se perguntar por que mamãe e papai foram embora, não é? — diz Nephele, parando ao meu lado. — As histórias que eles contavam eram tão reais que parece que já estive aqui antes.

Pela primeira vez desde que tinha idade suficiente para pensar nessas coisas, acho que realmente entendo por que Rowan e Ophelia se mudaram para o norte. É difícil para Nephele e para mim imaginar dar as costas a este lugar agora que estamos aqui, mas lembro-me de que o medo se banqueteia daqueles que têm algo a perder. Há uma guerra do outro lado daquele mar há eras. Se eu tivesse um parceiro e filhos, também não tenho certeza se me sentiria segura em criá-los aqui, por mais bonita que seja uma casa perto do Mar Maloriano.

— *Eles fizeram isso por nós* — sinalizo.

Nephele semicerra os olhos para a água.

— Sim. Ainda assim duvido que tenha sido fácil sair daqui.

— É aqui que Finn está ficando — interrompe Hel.

Nephele e eu nos viramos. Hel segura o pedaço de pergaminho onde anotou o nome da taverna depois de falar com Harmon antes de sairmos. Ela não quis mencionar a partida de Finn no café da manhã. Não queria que eu me preocupasse. Mas quando quase subi para vê-lo, ela sabia que não tinha outra escolha a não ser revelar o que havia acontecido na noite passada, a maneira como ele decidiu ir embora, não importava o que ela dissesse.

Ela aponta para o outro lado da rua, alguns prédios abaixo de onde estamos. A grande placa de madeira balançando acima da porta tem a forma de um barril de cerveja e diz: *O Barril Amargo*.

— Vou ver como ele está — avisa ela. — Apenas compre o que você acha que eu vou precisar. Nada muito arrumadinho.

Por um momento, considero acompanhá-la. Tudo com Finn está tão quebrado. Mas se ele estivesse pronto para aceitar meu relacionamento com Alexus e juntar os pedaços de nossa amizade despedaçada, não teria deixado Starworth Tor na noite passada. Preciso dar o espaço que ele quer, mesmo que isso me preocupe.

— Posso ir com você enquanto Yaz leva Nephele e Raina para comprar roupas — oferece Zahira. — Vai ser mais seguro. — Ela se vira para Yaz. — Nos encontramos na casa de Ingrid em algumas horas?

Elas se beijam, nos separamos e logo Nephele e eu estamos em uma loja cheia de roupas femininas que não se comparam a nada que já tenhamos usado. Os olhos de Nephele estão arregalados enquanto ela observa as túnicas e os vestidos diurnos pendurados ao redor do ambiente. Há uma mesa coberta com roupas íntimas costuradas à mão, muito mais provocantes do que meu traje habitual.

Minha atenção se volta para um vestido vermelho, sedoso e lindo. A última vez que usei vermelho foi na Vila Invernal, um tom mais escuro, e não me importei com isso. Mas *isso*? Esse vermelho me lembra paixão.

— Essas roupas são muito… *elegantes*? — diz minha irmã, juntando as mãos na frente do peito. — Precisamos de roupas de viagem.

A loja só tem dois vendedores e eles estão ocupados, próximos da janela, mas Nephele baixa a voz de qualquer maneira para que apenas Yaz e eu possamos ouvir:

— Precisamos de roupas de *combate* — diz ela. — Couro. Linho. Botas. Cintos. Cabrestos de couro. Também coisas feitas para o deserto. Não rendas e seda, infelizmente.

Yaz é pequena, mas formidável. Ela fica ereta, estufando o peito, firmando seus pezinhos, como se torcendo onde ela está.

— Esses itens estão na parte de trás da loja e compraremos tudo o que você e seu grupo precisam. Mas não vou embora sem que vocês duas e Helena tenham algumas peças adoráveis para usar no jantar enquanto estiverem aqui. — Ela pisca para nós. — E talvez algo que Joran, Rhonin e Alexus gostem.

Nephele bufa e gagueja, com a boca aberta de horror e nojo.

— Se Joran Dulevia voltar a ver tanto de mim, será porque morri pelada e ele me encontrou. Eu nunca compraria roupas para agradar aquele homem.

— Então, para agradar *a você mesma* — fala Yaz, gesticulando ao redor. — Escolha algo de que *você* goste.

Eu coro e olho para minha irmã, em busca de alguma salvação. Posso ver em sua expressão tensa que ela *ainda* quer discutir a questão, mas a severidade de Yaz me lembra de nossa mãe, o que significa que encontramos alguém à altura.

Nephele lê minha mente. Relutante, ela pega um elegante vestido azul vívido de uma prateleira — a cor ousada fica bem nela — e roupas íntimas brancas. Pego um vestido esmeralda para Hel e algo igualmente ousado para mim. O vestido vermelho. Com mangas esvoaçantes e decote profundo, a saia transpassada e a faixa, parece *certo*.

Por último, eu me viro para a mesa de roupas íntimas e pego blusas e calças para Hel e eu. Para ela, um tom mais claro de verde. Para mim, peças da mesma cor do meu vestido, o vermelho brilhante de uma rosa desabrochando.

Um grande sorriso de dentes brancos se espalha pelo rosto de Yaz enquanto ela caminha mais para dentro da loja, passando a mão por mais vestidos bonitos.

— Vermelho é uma boa escolha, Raina. Exatamente o que eu ia sugerir.

A loja da Apanhadora de Memórias não é uma loja.

É uma casa alta, estreita e torta, espremida entre outras casas altas, estreitas e tortas, a cerca de cinco minutos a pé de Village Hill. A porta da frente é preta, a pintura descascada e rachada por causa do sol e do ar salgado.

Zahira bate a aldrava da porta, fundida em bronze para parecer um olho. Adequada para um Vidente de qualquer tipo.

Um menino atende. Seus olhos se iluminam ao reconhecer Zahira.

— Oi, Laren — diz ela. — Trouxe algumas amigas para ver sua mãe. Ela está em casa?

Ele assente, mas não diz nada, apenas sinaliza para que entremos.

Andamos por uma entrada escura e apertada. As paredes foram pintadas de modo a combinar com a porta externa, as cortinas cerradas. A mobília é ornamentada e antiga, muito veludo e outros tecidos sofisticados, e muitos espelhos. As velas iluminam os espaços visíveis, a única iluminação refletida no vidro, mesmo que haja um sol perfeitamente bom lá fora.

O menino desaparece em uma sala próxima. Minutos depois, passos soam no chão de ladrilhos e uma mulher vestida de preto aparece à porta.

Ingrid, a Apanhadora de Memórias.

Ela é tão magra e esguia que é quase antinatural. A pele é mais pálida que a de Nephele, branca como a lua cheia, o cabelo enrolado no alto da cabeça como uma serpente, cada fio da cor de uma noite congelante de inverno. Os olhos são grandes e verdes, contornados por kajal e cílios escuros, a boca carnuda e vermelha como o vestido que comprei hoje. A combinação dá a ela uma espécie de beleza sobrenatural.

Ela abre um sorriso tenso, como se a ação exigisse esforço, e avança, pegando a mão de Zahira.

— Capitã Osane — diz ela, inclinando a cabeça antes de olhar para cima. — Você está aqui para uma visão?

— Sim — responde Zahira. — Para minhas amigas. — Ela aponta para mim e Nephele e nos apresenta.

— Sou Ingrid — fala a mulher. — Você tem pagamento?

Antes que eu entre em pânico com minha falta de preparo, Zahira tira um punhado de moedas do bolso e as entrega.

Ingrid sacode o dinheiro, enfia as moedas no bolso do vestido preto e fala:

— Ótimo, ótimo. Me sigam.

Nephele me olha com cautela, mas seguimos atrás de Ingrid pela casa até uma sala sem janelas, iluminada por velas, cheia de livros e curiosidades. Yaz, Zahira e Hel esperam perto da porta, o espaço muito claustrofóbico para todas nós.

Há fios e mais fios de ossos minúsculos amarrados com linha ao longo dos lados de um armário de boticário, e uma dúzia de frascos velhos e transparentes contendo líquidos escuros que estou feliz por não estarem rotulados. Também vejo vários animais, preservados e empalhados em todos os cantos. Os únicos itens comuns são uma mesinha coberta com uma toalha branca no meio da sala e as cadeiras de espaldar alto de cada lado da mesa.

— Sentem-se — diz ela enquanto contorna a mesa e se senta. — Contem-me um pouco sobre vocês.

Nephele aperta minha mão e deslizamos para os assentos acolchoados de costas altas. Não quero preocupar Alexus, então fecho meu vínculo rúnico enquanto Nephele dá uma breve visão geral de nossas vidas. Que nossos pais foram alistados na Patrulha e se mudaram para o vale quando mamãe ficou grávida de Nephele. Ela conta a Ingrid como vivemos juntas no vale até o Dia da Coleta, oito anos atrás. Como meu pai morreu nos campos. Nossa mãe também se foi. A única coisa que ela não revela é que mamãe morreu no ataque do príncipe, embora, se Ingrid for tudo o que Zahira afirma, ela verá a verdade de qualquer maneira.

Ingrid parece absorver a informação. Com os olhos semicerrados em pensamento, ela abre uma gaveta e pega um segundo pano, este preto, bordado com luas e estrelas. Ela coloca a peça sobre a mesa, depois acende um único toco de vela e o coloca perto da borda da mesa.

Por fim, retira uma agulha, estende a mão e me olha nos olhos.

— Você primeiro.

Eu realmente quero confiar em Zahira e Yaz, mas nada disso parece bom. Estou nervosa, um pouco inquieta e mais do que indecisa sobre continuar.

— Está tudo bem. — Ingrid segura a ponta afiada da agulha sobre a chama da vela. — Tudo o que vou fazer é picar seu dedo.

Solto o ar, bufando de leve, mais como uma reprimenda interna por me sentir tão estranha. Faz semanas que faço coisa pior do que uma picada de agulha, então ignoro meu desconforto e ofereço minha mão a Ingrid.

O golpe é rápido e preciso, resultando em uma pequena gota de sangue vermelho brilhante. Não espero o que vem a seguir, embora devesse. Yaz mencionou que Ingrid lê memórias através do sangue.

Ingrid tira uma pequena colher do bolso da saia e espreme algumas gotas do meu sangue nela. Então coloca a colher na boca.

Por baixo da mesa, Nephele segura meu joelho. Nos segundos seguintes, não sinto nada além de uma leve picada, mas Ingrid parece sentir tudo. Ela apoia as mãos na mesa, depois fecha os olhos, rolando a língua na boca como se saboreasse.

Sua respiração acelera através de seus pulmões, o peito subindo e descendo em grandes ondas a cada tragada e pressão de ar. De repente, ela para e abre os olhos.

— Você se lembra de ter morado aqui? — pergunta. — Sua irmã disse que você nasceu no vale. Mas vejo memórias em Malgros.

Assustada com a pergunta dela, balanço a cabeça, confusa.

— Nunca morei aqui.

Nephele traduz.

— Também nunca morei aqui — acrescenta.

Ingrid olha para nós duas com um brilho curioso nos olhos. Mais uma vez, ela queima a agulha na chama da vela e estende a mão para Nephele. Minha irmã não é tão hesitante quanto eu. Ela coloca a mão na de Ingrid e, em segundos, a Apanhadora abre os olhos, mais uma vez saboreando o sangue em sua língua.

— Você morou aqui também. Você tinha oito anos. — Ela se vira para mim. — Você tinha apenas dois anos.

Nephele pisca, inclinando a cabeça.

— Não moramos aqui. Eu me lembraria. Raina poderia não se lembrar, mas eu, sim.

Ingrid dá de ombros.

— Só digo o que vejo.

Ela aponta para mim.

— Você se parece com sua mãe… E você — ela aponta para Nephele — se parece com seu pai.

— É verdade — diz Nephele —, mas nunca moramos aqui.

— Você *morou* — insiste Ingrid. — Fique aqui tempo suficiente e as lembranças voltarão. Vejo vocês duas na praia com seus pais, brincando na areia e na água. — Ela junta as mãos sobre a mesa. — Mas tem mais.

Nephele olha para mim, a hesitação estampada em seu rosto. Deixo escapar um suspiro profundo.

— *Deixe-a falar* — sinalizo. — *Podemos decidir o que sentimos sobre isso mais tarde.*

— Vá em frente — diz Nephele para Ingrid.

— Seu pai costumava sumir com alguma frequência.

Nephele leva o punho à boca e abaixa a mão.

— Não *sumia*. Ele apenas ia para outras aldeias para negociar.

Não me lembro disso, mas no momento em que ouço essas palavras o abismo em minha mente se agita como um poço fervente e oleoso. Fecho os olhos e aperto os dedos na beirada da cadeira, me sentindo tonta, me sentindo compelida, como se a coisa mais sábia a fazer fosse mergulhar minha confiança naquela total ausência de tudo.

Mas, em vez disso, abro os olhos, lutando contra esse chamado, essa atração.

Ingrid olha entre nós.

— Vocês duas têm lembranças dessas ausências. Dias, semanas. Uma vez ele ficou fora por um mês inteiro. Quando vejo memórias, meu presente aponta para onde preciso olhar. Essas memórias particulares que estou compartilhando com vocês são suprimidas em vários graus. O tempo que passaram aqui em Malgros é uma supressão significativa para vocês duas. O problema da ausência do pai de vocês é mais grave para Raina do que para você, Nephele. Mas são gatilhos para o seu aqui e agora. Possivelmente até mesmo o futuro de vocês.

— Nossos pais teriam nos contado se tivéssemos morado aqui — diz minha irmã. — Eles não mentiriam. Mamãe ficou grávida de mim aqui, mas eles foram embora. Ela me contou sobre meu nascimento no vale.

A negação da minha irmã é forte. Não sinto tanta descrença que minha mãe, pelo menos, teria sido desonesta.

— E, no entanto, sua lembrança mais antiga está aqui em Malgros — responde Ingrid. — Caminhando na areia com seu pai. Você só não a recuperou ainda. Mas certamente sente alguma familiaridade aqui, certo?

Ela sente. Foi o que ela disse quando olhamos para a água mais cedo.

Alguém toca meu ombro e eu me assusto, pois esqueci completamente que não estamos sozinhas na sala. Zahira fica atrás de Nephele e de mim como uma mãe protetora, como se soubesse que já tivemos o suficiente deste pequeno passeio.

— Acho que essas duas estão cansadas, Ingrid — anuncia ela. — Você tem mais alguma sugestão sobre o que Raina e Nephele podem fazer para desenterrar essas memórias?

A mulher se inclina para a frente, os antebraços sobre a mesa.

— Se vão ficar aqui por algum tempo, sugiro dar uma volta pelo bairro onde vocês e seus pais possivelmente moraram e passar algumas horas na praia. Fora isso, talvez devam pedir à capitã Osane para verificar os anos que seus pais moraram aqui. Essa informação pode ser encontrada nos registros de alistamento da Patrulha nos arquivos.

Agradecemos e saímos da sala, indo rapidamente para a porta descascada da frente da casa. Nem ouço as últimas palavras de Ingrid enquanto partimos, e quando caminhamos pelo bairro e pelo posto de comando da Patrulha das Terras do Norte descubro que não consigo olhar para os prédios por muito tempo sem que o abismo ganhe vida, causando um aperto profundo. Aperta meu peito como um torno.

Eu só quero voltar para o farol. Quero afundar na água morna entre as rochas e esquecer que uma estranha acabou de me dizer que meus pais eram ainda mais mentirosos do que eu imaginava.

Quando finalmente estou sozinha no farol, tiro a roupa e mergulho naquela piscina azul fumegante. Menos de meia hora depois, estou diante do espelho, olhando para mim mesma, uma mulher cuja vida foi construída sobre mentiras. Uma mulher que mal sabe quem é. Uma mulher que carrega consigo uma escuridão ameaçadora e silenciosa que tem que enfrentar de vez em quando.

Fecho os olhos e coloco a consciência perto daquele vazio escuro, vasto e oco como o espaço entre as estrelas.

Estou ouvindo, digo, agarrando-me à coragem. *Diga-me que porra você quer comigo.*

Encontro silêncio enquanto a escuridão avança.

26
Alexus

Eu me inclino contra o poste de madeira perto da escada no sótão do farol, olhando para Raina.

Ela está sentada na cadeira ao lado da escrivaninha, de costas para mim, um joelho nervoso contra o peito enquanto lê o livro sobre maldições que peguei emprestado do escritório de Zahira. Ela está usando apenas um robe de seda vermelho — novo — e o cabelo está úmido, caindo pelas costas em ondas soltas. Parece tão perdida em pensamentos que nem me ouviu entrar.

— Oi. — Eu me preparo para o momento em que ela se vira.

Quando o faz, pisca e agarra a frente do robe para fechá-lo sobre os seios, assustada com o homem estranho parado em seu quarto. Demora alguns segundos, mas ela sorri e tudo nela suaviza. Os lindos olhos azuis. O rosto belíssimo. As mãos adoráveis.

Ela se desdobra da cadeira e vem até mim com aquelas pernas longas e nuas, movendo-se com toda a graça de uma sílfide. O robe está aberto, da requintada coluna nua do pescoço aos tornozelos totalmente à mostra.

Ver o tufo macio de cachos castanhos entre suas pernas faz meu sangue correr, pensando em seu sedoso centro cor-de-rosa. As curvas de seus seios são outra tentação, pesada e arrebatadora. Acenando. Quero tocar cada centímetro de sua pele macia e morena, traçar cada linha de suas marcas de bruxa.

Engulo em seco quando ela se aproxima e passa o dedo pelo meu maxilar, marcando as linhas onde Emory raspou minha barba até ficar apenas uma sombra. Os olhos de Raina se arregalam e brilham com o que acho que pode ser prazer.

— *Gostou*? — sinalizo, virando a cabeça apenas o suficiente para beijar seu pulso.

— *Amei* — responde ela. — *Você é tão atraente.*

Ela passa as pontas dos dedos sobre meus lábios, agitando-os por um momento antes de ficar na ponta dos pés e pressionar aquela boca exuberante na minha. Me abro para ela, saboreando sua doçura e seu calor, como açúcar e canela. A pele e o cabelo cheiram a jasmim e lavanda, dois aromas que estão permanentemente selados em meus sentidos e sempre me lembrarão de seu prazer.

Enquanto deslizo as mãos por baixo de seu robe para tocar sua cintura nua, não posso deixar de pensar em como é bom quando ela está me cavalgando, quando a seguro assim, vendo-a tirar o que quer de mim, vê-la pegar tudo que preciso dar.

O pensamento é demais e envia uma dor direto para minhas bolas, endurecendo meu pau. Me forço a me afastar, porque por mais que eu queira deitá-la e devorá-la, há outras preocupações no momento.

Com um toque carinhoso, inclino seu queixo para cima e olho em seus olhos.

— Soube o que aconteceu hoje. Encontrei Yaz.

Bem que eu quis repreender minha velha amiga por levar Raina para ver a Apanhadora de Memórias. Mas, na verdade, meu desconforto em relação à Ingrid só existe porque há muito tempo desejo pedir a ela que leia meu sangue. Eu quero recuperar lembranças, mas ter alguém olhando o meu passado nunca me deixou seguro, já que tenho tanto para esconder.

Uma nuvem de inquietação passa pelos olhos de Raina.

— *Mais segredos graças aos meus pais* — sinaliza. — *Mais mentiras.*

Eu a puxo para perto, minhas mãos na parte inferior de suas costas.

— Vou te ajudar a descobrir. Se você nasceu em Malgros, saberemos antes de partir. Zahira planeja visitar os arquivos logo pela manhã para ver que informações pode encontrar. Quanto ao seu pai e suas ausências, não tenho ideia do que ele poderia estar fazendo. Mas prometo que estarei aqui quando e se essas memórias ressurgirem. Se houver mais alguma coisa que eu possa fazer, é só me pedir. Entendo como é não conseguir se lembrar.

— *Prefiro não falar sobre isso* — sinaliza, e minha runa se aquece com seu desejo. — *Zahira adiou o jantar. Temos a noite para nós. Meu único pedido é que você me faça esquecer por um tempo.* — Ela desliza uma mão sobre meu ombro e enfia os dedos em meu cabelo. Sua outra mão se acomoda entre minhas pernas, esfregando a crescente ereção que não consigo domar, até rebentar contra minha calça.

Uma parte de mim pensa em parar, em encorajá-la a falar. Mas ela não está pronta, isso está claro. E tem isso. Raina Bloodgood é tão persistente quanto um rio rolando sobre as rochas. Ela me desgastaria facilmente.

Eu me inclino e pressiono a boca em seu ouvido, já lutando para manter uma respiração estável.

— Juro pelos deuses, você é minha maior fraqueza.

Verdade, mas isso era algo que pensei que nunca admitiria para outra pessoa.

Ela abre o robe e pressiona os seios nus contra mim, ainda esfregando os dedos perfeitos para cima e para baixo no comprimento do meu pau, como se memorizasse a sensação e a forma.

— Eu acho que podemos praticar um pouco de mágica — sussurro. — Hora dos meus planos lascivos.

Ela olha para mim com curiosidade e uma pergunta em seu rosto.

Eu alcanço a faixa do robe pendurada em sua cintura e arranco dos passantes. Com uma piscadela, digo:

— Acho que vou ter que mostrar a você.

27
Raina

Prisioneira e Carcereiro. Agora entendi.

— Tem certeza de que tudo bem fazermos isso? — pergunta Alexus.

As faixas de seda que ele pegou de nossas vestes estão firmes em seus punhos. Uma vermelha. Uma preta. Estou diante dele ao lado da cama no sótão, nua, a marca da bruxa exposta, corpo disposto. A confiança que tenho neste homem me surpreende às vezes, mas o pensamento dele amarrando minhas mãos não tem uma única centelha de hesitação.

Somente desejo.

Alexus, porém, está hesitante. Ele não quer ser como Finn. Não comentamos o assunto, mas me lembro da raiva que explodiu dele ao ver minhas mãos presas, minha voz silenciada. Para provar que não tenho escrúpulos quanto ao que ele propôs, coloco as mãos entre nós, palmas para cima e pulso com pulso.

Seus olhos ficam escuros como pecado quando ele aponta o queixo sobre meu ombro em direção à cama e diz:

— De joelhos. De costas para a cabeceira.

Um formigamento desce pela minha espinha e o desejo se acumula em minha barriga. Não sei o que isso tem a ver com aprender a controlar a magia por meio do vínculo, mas estou agradecida por Zahira ter mencionado a tarefa e mais do que feliz pela distração mental para esta tarde. Estou aprendendo que é assim que evito passar por esses dias de preocupação e espera.

Me perdendo em Alexus Thibault.

Rastejo para a cama, ciente de seu olhar intenso enquanto me posiciono. Quando o olho, juro que vejo a luxúria queimando em seu olhar, sinto-a viva neste cômodo.

Ele não tem vergonha enquanto o observo se despir, a espera quase insuportável. A cada peça de roupa retirada, fico mais molhada, e quando seu comprimento duro é revelado, meu núcleo anseia por ser preenchido com ele.

Com as faixas na mão, nu exceto pela chave em volta do pescoço, Alexus sobe na cama, ajoelhando-se atrás de mim. À medida que o colchão afunda sob seu peso, meu coração acelera e meu pulso palpita como se uma borboleta estivesse presa em minha garganta.

— Aproxime-se um pouco mais de mim e separe os joelhos.

Obedeço, recuando até que ele me pare. Quando estou confortavelmente espalhada, Alexus desliza a mão pelo meu abdômen, entre minhas pernas, e arrasta um dedo através do calor acumulado ali, da minha entrada ao meu clitóris, sacudindo aquele pequeno feixe de nervos, fazendo meus músculos abdominais se contraírem.

— Tão molhada — ronrona, um momento antes de trazer o mesmo dedo à minha boca e mergulhá-lo para dentro, girando em torno da minha língua. Um gemido silencioso estremece dentro do meu peito enquanto ele desliza o dedo entre meus lábios. — Viu como você tem um gosto bom?

Tentando manter alguma compostura, eu assinto enquanto cerro os dentes e coloco as mãos ao lado do meu corpo, arrepios percorrendo minha pele. Tenho certeza de que não vou sobreviver a isso, seja lá o que *isso* for, e desejo mais do que tudo que o anticoncepcional não precisasse de dias para fazer efeito.

Alexus pega minha mão direita e beija meus dedos, depois enrola uma ponta da faixa preta em volta do meu pulso, prendendo-a com um nó que não reconheço. Em seguida, amarra a outra ponta em volta da cabeceira da cama, mais uma vez usando um nó que parece complexo o suficiente para que eu não consiga ir a lugar nenhum.

Depois que ele repete a amarração do meu lado esquerdo com a faixa vermelha, pergunta:

— Algum desconforto?

Balanço a cabeça. Meus braços estão esticados, meus seios pressionados para frente, e esta é possivelmente a posição mais vulnerável em que meu corpo já esteve. Mas não estou desconfortável.

Alexus se abaixa sob meus braços amarrados e, em seguida, ajoelha-se na cama à minha frente. Ele passa a mão pelas curvas do meu corpo, admirando sua obra.

— Essa pode ser a melhor ideia que já tive — diz ele com um sorriso sexy.

Sedutoramente, ele se inclina e beija minha runa, traçando a marca com a língua. Não consigo lutar contra o arrepio que isso causa.

Antes que eu entenda o que está acontecendo, Alexus se deita de costas e usa a alavanca de seus pés plantados no colchão para se empurrar em direção à estrutura da cabeceira, descansando a cabeça entre minhas pernas, os ombros largos batendo contra minhas coxas.

Calor lambe minha garganta e se espalha pelo meu rosto enquanto olho para seu corpo musculoso, seu pau duro contra o plano esculpido de seu abdômen. Ele o toca. Acariciando-o. Manuseando a ponta já brilhante.

Uma respiração irregular sai de mim. Isso é tortura.

— Vou me banquetear com você. — Ele dá um beijo na parte interna da minha coxa. — Sem libertação, no entanto. Não até que você encha este cômodo com a *luz das estrelas*, como você as chama. E eu quero o seu glamour. Vamos ver se você consegue segurar duas magias ao mesmo tempo.

Envio um raio de perplexidade através da runa, seguido por uma pergunta. Não tenho ideia de como aproveitar sua magia, muito menos enquanto estou segurando a construção de um glamour. Poderíamos ficar nisso a noite toda.

Não que eu me importe. Mas, sim.

Meio que me importo.

Por todos os deuses.

Alexus ri e desliza as mãos ásperas pelas minhas coxas e sobre meus quadris, segurando minha bunda.

— Meu poder é acessível através do vínculo. Tudo o que você deve fazer é comandá-lo. Faça-o se comportar como você deseja. Foco.

Faço uma anotação mental para chamá-lo de pior instrutor mágico já nascido quando isso acabar. Mas minha mente se desvia muito rapidamente porque ele está beijando a parte interna da minha coxa novamente, e não é uma leve pressão dos lábios. É um beijo molhado, sua língua fazendo círculos sinuosos na minha pele.

Quando ele para, bate na minha bunda, apenas forte o suficiente para despertar a mais leve e maravilhosa picada.

— Glamour. Use-o.

Um tremor percorre minhas coxas e meus músculos se contraem, mas me mantenho firme e tento pensar direito o suficiente para erguer um feitiço. É difícil, porque posso sentir sua respiração quente em minha carne úmida, fazendo-me doer ainda mais. Mas o glamour aumenta. A magia disso percorre minha pele e minhas marcas de bruxa desaparecem.

— Mmm, boa menina. — Ele me separa com os dedos, abrindo-me. — Agora sente-se.

Cada pedacinho da minha autoconsciência se aperta em um nó no meu peito. Não consigo me mexer, porque embora esteja incrivelmente excitada, de alguma forma também estou mortificada, então ele aperta os braços e me puxa para sua boca. Estou inclinada de tal forma que minhas costas estão arqueadas, e minha suavidade está pressionada contra sua boca exatamente onde preciso dele. Mas pelas estrelas dos deuses. Enquanto ele enfia a língua em mim, sinto como se o estivesse sufocando.

Me afasto de seu rosto e uma risada profunda ressoa em seu peito.

— Não tenha vergonha. — Ele levanta a cabeça e dá uma longa lambida no meu centro, me deixando tensa. — Você é perfeita e totalmente deliciosa. Isso é felicidade para mim. — Mais uma vez, ele cruza a mão em torno de seu pênis. Enquanto ele bombeia, sua outra mão agarra meu quadril. — Eu posso fazer você chegar ao clímax assim.

Não tenho dúvida.

Ele beija minha coxa.

— Basta invocar minha magia — continua ele. — E eu vou te foder com minha língua até que você não aguente mais. — Ele pega meus quadris com as duas mãos novamente. — Agora, venha aqui.

Não luto desta vez. Sem resistência. Sem timidez. Eu o deixo se esbaldar, deixo meu prazer aumentar com o ritmo que ele define, levando-me ao crescendo de uma música cujo final conheço bem.

Se eu der o que ele quer.

Me esforço muito para compartimentar as coisas dentro da minha mente: o vínculo, o glamour, a distração da língua talentosa de Alexus me devorando. Mesmo que ele evite meu clitóris, lambendo apenas algumas vezes, há uma pressão crescendo dentro de mim, fazendo-me contorcer contra sua boca.

Concentre-se, Raina, penso enquanto fecho os olhos.

Lá, na escuridão, com o mundo fechado, vejo a magia na paisagem da minha mente. Se olho para o lado, vejo os fios da vida de Alexus, ainda entrelaçados com os meus e os de Colden. Se olho para outro canto, vejo a magia pulsante do meu glamour. Em outro flutuam os fios do desejo de Alexus, sua *paixão*, fios que eu poderia emaranhar com os meus se fosse a hora certa.

O fim do vínculo de Alexus e os fios brilhantes de seu poder permanecem um pouco além do meu abismo, pulsando como uma luz flamejante. Um *sinal luminoso*. Como um farol na margem escura do abismo diante de mim. Em um salto de confiança, deixo minha mente cruzar aquele poço de nada.

Tem algo ali. Uma presença. Uma *força*. É quase como o vestígio de outro vínculo, uma sombra suave pairando por trás do poder de Alexus. Delimitada em luz branca, a sombra é esfiapada em uma extremidade, como um pedaço de tecido estilhaçado apanhado pelo vento. Não sei o que é, mas me chama, como se precisasse que eu me aproximasse e a tocasse.

Magia significa conexão. Sempre foi. Neste momento, a magia se refere à conexão que compartilhamos um com o outro, então eu me submeto.

Quando deixo minha mente passar por aquela sombra, Alexus geme em minha carne e, de repente, suas mãos estão por toda parte. Apertando minha bunda. Segurando meus seios. Estendendo a mão para dobrar aqueles dedos longos gentilmente em volta do meu pescoço. Seu toque é inebriante, e balanço contra sua boca, sentindo-me mais desesperada por essa libertação do que qualquer outra antes.

Na respiração seguinte, ouço sua voz, falando comigo do jeito que falava quando estávamos na floresta, colhendo fios de fogo.

Fulmanesh, iyuma tu lima, opressa volz nomio, retam tu shahl.

Fogo do meu coração, venha para que eu possa te ver, aqueça meus ossos cansados, seja meu lugar de descanso.

Não sei explicar por que, mas algo me obriga a pensar nessas palavras. Eu as repito até que fios ousados e ardentes emerjam do poder de Alexus dentro do olho da minha mente.

Dobre-as à sua vontade. Force-as a se tornarem leves.

Alexus está falando comigo? Ele está se comunicando através do vínculo? Sua voz é tão clara, como se ele estivesse sussurrando em meu ouvido.

Ele pressiona a língua com mais força em meu clitóris, sacudindo aquele broto tenro, sugando-o, lembrando-me da recompensa que está por vir. Com uma imagem da minha vontade em mente — aquelas esferas brilhantes de luz preenchendo o cômodo —, repito as palavras em Elikesh em meus pensamentos, até que aqueles fios ardentes esfriem em luz branca e suave.

A mais doce carícia de poder cai em cascata sobre meu corpo, minha pele se aquecendo com desejo e necessidade. Alexus continua se esbaldando, e suas mãos continuam vagando, mais ásperas e duras, como se estivessem me aprendendo de novo.

De repente, Alexus bate na minha bunda novamente, me fazendo ofegar e arquear as costas.

Mais, eu imploro através do vínculo.

Em resposta, ele envia um fio de magia entre sua língua e meu clitóris, a corrente pulsante ficando cada vez mais poderosa antes de desaparecer.

Em resposta, fecho as mãos ao redor das faixas de seda que me prendem à cama e me aperto contra a boca de Alexus. Se eu tinha algum recato antes, ele se foi agora.

A pulsação entre minhas pernas bate cada vez mais forte, mas também a magia de Alexus, presa dentro de mim, bate sob minha pele, querendo sair. Minha runa esquenta e minha pele fica tensa, atraída por uma força tão grande que é como se minha alma estivesse sendo arrancada do meu núcleo.

A magia de Alexus flui de mim, e o cômodo se ilumina mesmo por trás dos meus olhos fechados. Quando os abro, deparo-me com um lugar cheio de minúsculos orbes de luz. Centenas — não, *milhares* —, como poeira estelar cintilante.

Minha empolgação preenche o vínculo e juro que sinto o sorriso de Alexus.

Ele não me faz esperar pelo meu prêmio. Deixa sua magia trovejar em mim, vibrando através de sua língua em meu corpo, e, em segundos, estou em um estado de êxtase absoluto, arrastada na onda de um orgasmo implacável que espasma através de mim mais, mais e *mais*.

Quando volto a mim, Alexus está acalmando minha carne inchada com longas e lânguidas carícias de sua língua. Mas ele também está acariciando seu pênis. Duro e rápido. Não consigo parar de assistir, especialmente quando uma pérola de gozo escapa.

Ainda estou flutuando na névoa do prazer, ainda com fome. Minhas mãos precisam senti-lo. Eu preciso prová-lo. Preciso beber dele.

Penso nas faixas em volta dos meus pulsos — *os nós*. E com a magia de Alexus ainda quente em minhas veias, imagino esses nós se desfazendo.

Ao meu comando, as faixas se desamarram e caem, e eu caio para a frente, me apoiando na cama em pura surpresa.

Alexus me pega também, pelos quadris, antes que uma risada escape dele.

— Porra, Raina. Você conseguiu. Minha talentosa e perversa bruxinha.

Ele não tem ideia.

Sem um segundo de indecisão, eu agarro seu pênis e, pela primeira vez, o coloco em minha boca.

— *Merda.* — Sua voz é áspera e irregular em torno de seu suspiro, seu corpo inteiro sacudindo com o contato.

Minhas pernas estão tremendo, mas consigo me virar, até ficar de joelhos entre suas pernas, meus seios pressionados contra suas coxas abertas.

Ele me torturou. Agora pretendo retribuir o favor.

Tudo enquanto mantenho duas mágicas ativas.

Alexus se ergue sobre os cotovelos, olhando para mim com a boca brilhante, sua expressão sombreada de desejo. A luz no quarto brilha em seus olhos enquanto eu giro a língua em torno da cabeça larga e inchada, enviando o mais ínfimo fio de sua própria magia em sua carne, provocando um gemido.

— Isso. — Sua voz profunda estremece quando ele desliza a mão no meu cabelo. — Essa porra vai me quebrar, não é?

Eu sorrio e assinto.

E então começo.

28
Colden

Territórios do Leste

Cidade de Quezira

Templo de Min-Thuret

— Por que sinto que você está me levando para a morte?

Observo o príncipe de perto enquanto caminhamos pelo amplo pátio sob uma chuva suave noturna. O céu está cinza; o ar, fresco. O crepúsculo aqui cheira a incenso, terra encharcada, carvão e comida. Tenho certeza de que há mais para absorver, mas minha atenção se desvia da figura forte e esbelta do príncipe para a maré de sombras vermelhas girando como um oceano enevoado no rastro de seus pés.

Quando ele lança um olhar penetrante por cima do ombro, seu cabelo úmido — apropriadamente do azul-escuro das asas de um corvo — cai em seus olhos. O estilo do corte está menos severo do que o normal. Isso chama minha atenção para as gotas de chuva agarradas a seus cílios delicados como penas, pretos como kajal, a água brilhando sob a luz do braseiro. Eu não deveria notar. Mas noto mesmo assim.

— Thresh? — o príncipe chama seu capitão que segue atrás de mim. — Você preparou os chicotes e correntes? Os cabos?

Thresh nem mesmo dá uma risadinha.

— Sim, meu príncipe.

Quando viramos em um canto e entramos no claustro, ofereço ao príncipe um sorriso arrogante e malicioso.

— Nossa, as coisas que eu faria com você se minhas mãos e meus pés não estivessem amarrados.

Não tenho falsas esperanças com suas próximas palavras, embora ele tenha se tornado um pouco mais brando comigo nas últimas semanas. Geralmente sou eu que faço as piadas. Mas ele segura a longa maçaneta de ferro de uma porta maciça e, depois de abri-la, quando paro diante dele, diz:

— Não me tente, Moeshka. Pode ser que eu te desafie.

Thresh dá um soco na minha espinha com o cabo de sua adaga, incitando-me a continuar andando. Tirando meus olhos do olhar do príncipe, entro em um espaço cavernoso, uma sala de reunião, e Thresh me guia até um corredor longo e estreito marcado por várias portas. Dormitórios, talvez.

Fico me perguntando onde fica o Salão de Rituais. Odeio ter perdido a chance de vê-lo. Bron disse que ficava para o leste quando explicou seu uso atual, embora eu também tenha conhecimento transmitido por Alexus. A antiga sala de ritual que Alexus costumava frequentar com a realeza do Leste é agora onde o príncipe se comunica com o espírito de Thamaos, aquele bastardo virulento.

— Pare — diz Thresh com aquela voz sonora assim que chegamos ao final do corredor.

Reviro os olhos.

— Certamente não.

Ele abre a porta e me empurra para dentro. Dou vários passos pelo chão de pedra, até que meus pés encontram tapetes trançados e esteiras de junco. As correntes que prendem meus tornozelos são longas o suficiente para que o esforço de caminhar não seja tão implacável, mas não tanto que eu possa correr se decidir fugir.

É um aposento. Que parece ter dois cômodos. Menor do que meus aposentos na Vila Invernal, mas não é apertado, embora não haja janelas, exceto por uma minúscula vidraça retangular através da qual posso ver gotas de chuva e o céu cinzento.

A sala principal, com um pequeno fogão a lenha em vez de lareira, abriga uma área de estar com um carrinho de bebidas, além de uma pequena biblioteca, uma escrivaninha vazia e uma banheira de cobre. Um olhar rápido para o próximo cômodo revela uma cama. Nada extravagante, mas após tantas semanas dormindo no chão e depois em um catre fino, eu daria meu dedo mindinho por uma noite de sono sob aquele dossel.

A porta se fecha e percebo que fiquei sozinho com o príncipe.

— Bem, isso é inesperado e estranho — digo.

Com uma gargalhada breve, ele passa os dedos pelo cabelo molhado, tira a jaqueta preta umedecida e a joga nas costas de uma cadeira.

— Te digo que vai ficar mais estranho, então prepare-se. — Tranquilo e despreocupado, ele caminha até o carrinho de bebidas e abre uma garrafa de vinho, servindo o líquido vermelho em duas taças.

Uma sensação estranha passa pela minha nuca e olho em volta, não necessariamente nervoso, mas inquieto. A única coisa que noto é que a banheira está cheia e ainda fumegante.

— Você vai me cozinhar vivo. Ou me afogar.

Outra risada breve.

— Ou te *dar um banho*.

Meu cérebro trava e olho de um lado para o outro em total confusão enquanto ele se vira.

— Então *me banhe* — falo sem emoção, esperando uma explicação.

Descontraído, ele caminha em minha direção e tira uma chave do bolso. Um arrepio súbito e inesperado percorre minha espinha quando ele se aproxima e pega minha mão.

Não sinto seu toque há trinta anos e, ainda assim, de alguma forma, não mudou. A mesma força formidável reside naquelas mãos, os dedos elegantes, que ele sabe usar com tal ternura que outrora suavizou meu coração frio e atiçou meu sangue.

Quando ele liberta meus pulsos das algemas, jogando-as em um sofá de veludo fino, e lentamente arrasta sua mão da minha, tenho certeza de que ele deve estar indisposto.

Mais do que um pouco surpreso, estreito meus olhos.

— Você tem alguma noção de como isso é bom? Mais importante — acrescento —, você tem alguma noção de quantos pescoços já quebrei com minhas próprias mãos?

Uma curva quase imperceptível se forma em um canto de sua boca, uma curva que não atinge seus olhos com nenhum tipo de despreocupação.

— Eu não pretendia que isso fosse bom — diz ele. — Saiba disso. E *você*? Tem alguma noção de quantos pescoços *eu* quebrei com *minhas* próprias mãos? Por que acha que não preciso de uma arma?

— Você é um mentiroso. E você tem um guarda.

— Não sou um mentiroso. E tenho um guarda, sim. Bem ali, do lado de fora daquela porta. Um bárbaro. Mas acho que não vou precisar dele. Algo me diz que estou a salvo de suas mãos assassinas.

O príncipe se ajoelha. Fecho os olhos por um breve momento, engolindo em seco enquanto ele solta as correntes em meus pés. Quando olho para baixo, encontrando-o em uma poça de sombra vermelha, ele olha para cima, sem uma gota de medo, embora eu possa jurar que vejo algo muito mais condenatório se movendo em seus olhos.

— Acho que já sonhei com esse lindo cenário uma ou duas vezes. — Meu pau estremece, o traidor.

— E vai ter que continuar sonhando. — Ele se levanta e aponta para a banheira. — No banho, talvez.

Esfrego os pulsos onde as correntes estavam e estudo a água morna. A bandeja de sabonetes. A esponja retirada do mar.

— Não tenho certeza se devo aceitar tal gentileza do meu inimigo. Tem alguma coisa na água que vai comer minha pele? Vou ficar parecido com Fleurie depois que veio aqui pela primeira vez, não vou?

Outra pequena curva no canto de seus lábios.

Seus traços violentos suavizaram tanto nas últimas semanas. Bron diz que ele não tem se comunicado com Thamaos com tanta frequência, que a falta de contato com o espírito divino é o motivo pelo qual ele parece menos como uma faca na garganta.

Para mim, ele é mais como um beijo aguardado, que é um território ainda mais perigoso, para ser honesto. Sei que estou mentindo para mim mesmo quando minha mente tenta me convencer de que inimigos podem se amar. Que não há nenhuma regra que diga que a paixão deve se estender de simpatias mais profundas. E, no entanto, essas desculpas são tudo que ouço agora.

O príncipe pega o vinho e coloca uma das taças em uma mesa perto da banheira.

— Infelizmente para mim, preciso de você. Como tem me lembrado o tempo inteiro, não posso matá-lo, não até descobrir com certeza se você está ligado a Alexi, por mais que a morte possa ser o fim mais desejável para sua boca irritante. Mas você está *fedendo*. Na verdade, cheira como se alguma coisa tivesse entrado em suas roupas e morrido. Então, por favor... — ele aponta para a banheira e se move para sentar na beirada — eu gostaria de entrar no meu calabouço sem sentir vontade de vomitar. Tenho certeza de que Fleurie também apreciará o esforço.

Solto uma risada sarcástica, fingindo estar ofendido.

— Nunca me pediram para ficar nu de maneira tão ofensiva. Mas, se você insiste... — Estendo os braços por cima da cabeça e tiro minha túnica esfarrapada e imunda. — Seus baldinhos com água fria e o limpador de chão não têm ajudado muito a minha higiene, sabe, nem para *arrancar minha pele*. Com o que estou de fato preocupado.

Quando olho para ele, seus olhos estão fixos nos meus. Sua taça de vinho está a centímetros de seus lábios, os músculos em seu maxilar cerrado ondulando, como se estivesse precisando de tudo de si para manter o olhar em meu rosto.

Foda-se. Jogo minha camisa de lado e o encaro completamente, deslizando minha mão para os laços da minha calça.

— Você vai ajudar? — pergunto, desfazendo os cadarços um de cada vez. — Esse é o plano?

Seus olhos flutuam para baixo, e meu sangue esquenta.

O que é idiota. Eu deveria querer ele morto. Mil vezes. Brutalmente. Mas em algum lugar dentro dele está o bom homem que Thamaos envenenou. Estou certo disso.

Seus olhos estão escuros e encantadores quando ele ergue o olhar. Eu reconheço o desejo. A necessidade. A dor.

— *N*ão faz parte do plano. — Ele se levanta da borda da banheira.

— Você fala como se fosse uma decepção, mas não tem que ser.

Ele respira fundo e se move em direção à porta.

— *Tem* que ser, Colden. E seria melhor se nós dois nos lembrássemos disso. Não estamos do mesmo lado e temo que nunca estaremos. Este pequeno incêndio entre nós não é mais nada. Hora de acabar com isso.

O problema é que suas palavras não combinam com mais nada nele. A expressão em seu rosto. O tom de voz. O brilho dos olhos. *Nada*. O homem que eu conhecia ainda está lá, espiando através da névoa. *Para mim.* Alguém do lado *certo*. E alguém que pode salvá-lo.

Também idiota. Porque não se pode salvar quem não quer ser salvo. No entanto, sinto vontade de tentar.

— Considere o fogo apagado. — Uma mentira ousada enquanto sustento seu olhar e largo minha calça, que cai no chão.

Nu, vou para a banheira e lentamente entro no banho quente, gemendo com a sensação boa.

Ciente do olhar errante do príncipe, passo a água sobre os ombros e pego um pedaço de sabonete antes de fazer um último esforço.

— Sabe, Thamaos está usando você — digo, deslizando o sabonete pelo braço. — Por causa dele, você não se lembra de quem é.

O príncipe está encostado na porta, os braços cruzados sobre o peito.

— Você não sabe nada sobre mim. Ou Thamaos. Não finja que sabe.

Esfrego as mãos, formando uma espuma.

— Eu sei que você era alguém antes dele foder sua memória. Provavelmente tinha família, amigos e uma vida. Ele tirou isso de você, e você nem se importa. Isso mostra o quão profundamente ele te infectou.

— Estou aqui porque quero estar. Porque Tiressia merece estar unida sob um governante. Sem guerras. Sem divisões. Não existir mais como três continentes separados e um arquipélago quando já fomos *uma* terra. Pode voltar a ser assim. Mares abertos. Sem medo. Nada de brigas.

Descanso os braços nas laterais da banheira e o estudo.

— Você realmente acha que está fazendo a coisa certa. Que matar um vale inteiro cheio de gente era necessário.

Ele move seu maxilar.

— Toda guerra tem baixas. Mas isso vai acabar. Assim que eu conseguir o que quero.

— O engraçado é que *você* é a causa da guerra. A causa da divisão. A causa dos mares protegidos, do medo e da luta. E tudo por que mesmo? Thamaos sussurra seus desejos para você quando reza para ele? É assim que acontece? Ele coloca o veneno direto em seu cérebro, dizendo o que precisa que você ouça para que ele possa viver novamente? É por isso que você sobrevive de almas? Que porra de acordo ele te forçou a fazer?

— Não fiz nenhum acordo. Meu propósito é unir Tiressia e, com a ajuda de Thamaos, é isso que pretendo fazer.

Algo nessas palavras chama minha atenção como um fio de linha puxado de um tecido, mas não consigo entender por quê.

— Se acha que ele lhe será útil depois que o ressuscitar — digo —, fica óbvio que não viveu em uma era de deuses e não tem nenhuma noção do que está enfrentando. — Pego a esponja e volto a me lavar. — É mais provável que ele te mate quando não precisar mais de você. E tudo isso terá sido em vão.

Não tenho ideia se alguma coisa que eu disse vai de fato atingi-lo, mas a semente foi plantada. Terei que trabalhar para fazê-la crescer, se o veneno de Thamaos não o matar antes de eu ter alguma oportunidade.

Com uma piscadela brincalhona, torço a esponja e a estendo para ele.

— Tem certeza de que não quer ajudar? Pode ser divertido.

Não ouço resposta, mas a maneira como ele me encara nos olhos é intensa o suficiente para que eu quebre o contato afundando na água, prendendo a respiração e contando até dez. Se ele ainda estiver lá quando eu subir para tomar ar, talvez eu o convença a ficar. E a se juntar a mim.

E a se lembrar.

Felizmente para nós dois, quando volto à superfície, ele já se foi.

29
Alexus

Raina e eu dormimos até ouvirmos o barulho de espadas ecoando na praia na manhã seguinte.

Me levanto e vou até a porta da passarela, espiando pelas aberturas, e vejo Rhonin e Hel lutando na areia, as ondas de crista branca batendo a seus pés.

Eles se movem como dois amantes dançando, tão conscientes um do outro. Tão confortáveis. Essa sinergia vem crescendo ao longo das semanas, sua amizade e aliança. Às vezes me pergunto quando se tornará algo mais.

Independentemente disso, como um homem que uma vez ensinou a usar a espada, estou impressionado com a habilidade deles. Observar Rhonin com todo o seu conhecimento do exército das Terras do Leste é uma coisa. Mas Helena é uma guerreira até a medula, algo que sei desde que vi sua bravura na ravina. Ela é páreo para Rhonin em todos os sentidos, girando, estocando e bloqueando como se tivesse empunhado uma espada a vida inteira.

Mais surpreendente, porém, é a visão de Nephele e Joran — também lutando. E não tão graciosamente.

Ambos são habilidosos — eu mesmo ensinei Nephele. Mas onde Rhonin e Helena se movem como apaixonados, Nephele e Joran se movem como inimigos. Os rostos estão vermelhos sob o sol da manhã, os corpos rígidos, suados e tensos. A única vez que um deles relaxa é quando Joran supera Nephele e ri na cara dela. Ela o ataca e ele consegue um bloqueio, mas não antes de levar um chute nas pernas e ter o comprimento da espada de Nephele pressionada em sua garganta.

— Sua irmã vai matar Joran — digo preguiçosamente enquanto Raina rasteja para fora da cama e se move em minha direção.

Ela desliza as mãos ao redor da minha cintura e até meu peito. Ficando na ponta dos pés, apoia o queixo no meu ombro e pressiona o corpo nu contra minhas costas amorosamente.

— *Deixe-a* — sinaliza.

Rio e me viro em seus braços, tomando seu rosto em minhas mãos.

— Preciso ir para as docas hoje.

Ela faz um beicinho, o lábio inferior carnudo se curvando, e, caramba, isso faz meu sangue esquentar. É ridículo que uma expressão tão inocente e brincalhona me atinja assim, mas me dá vontade de dobrá-la e fodê-la na mesma hora. Não tenho explicação de por que isso me afeta tão brutalmente.

— Confie em mim — digo enquanto abaixo as mãos em seus quadris. — Quero ficar neste farol com você o resto do dia.

Repetindo ontem à noite, até que sua boca faminta me reduza a uma bagunça suada, ofegante e febril.

Ainda vejo seus lábios em volta do meu pau. Ainda sinto minha própria magia vibrando em sua língua, o jeito que ela continuou acariciando e chupando enquanto meu controle se desfazia. Posso ver o êxtase em seus olhos quando tomei sua garganta tão profundamente quanto eu teria tomado seu corpo. E ainda posso sentir o gosto do beijo dela, o *nosso* gosto.

— Mas este santuário é apenas temporário — falo, um lembrete para mim mesmo em meio a uma enxurrada de pensamentos que me distraem. — Ou deveria ser. Ainda não recebemos notícias de Dedrick Terrowin, então vou vê-lo. Levarei Rhonin comigo.

— *Posso ir com você* — sinaliza ela.

Aperto seus quadris.

— Você tem que ficar aqui para ver o que Zahira descobrirá nos arquivos. Vá à praia. Relaxe na piscina. Visite a biblioteca de Zahira ou o jardim de Yaz. Prepare-se para o jantar esta noite. As docas podem ser difíceis. De alguma forma, acho que levar uma mulher bonita para passear perto de marinheiros solitários não seria uma decisão sábia. Estou tentando *evitar* atenção.

Ela revira os olhos, mas sorri e sinaliza a palavra *Charmoso*.

Eu me inclino para um beijo.

— Charme nunca foi meu forte. Apenas saiba que, esta noite, o anticoncepcional terá tido tempo de sobra para fazer efeito. Então, você é minha, e não serei gentil.

Seus olhos brilham. Sinto um puxão no meu coração e um doce zumbido através da runa. Embora as tarefas do dia sejam urgentes, eu pego Raina e a levo de volta para a cama. Ela pega as faixas de seda penduradas na cabeceira no caminho e as coloca em volta do meu pescoço.

Colocando um joelho no colchão, eu a deito nos lençóis frios e rastejo em cima dela com um sorriso.

— Só a prática leva à perfeição.

Ela sorri e sinaliza enquanto traço um caminho de beijos por seu corpo:

— *De fato.*

— Estou aqui para ver Dedrick Terrowin.

Rhonin e eu estamos dentro de um escritório pequeno e sujo localizado em um armazém decadente perto do estaleiro de Malgros, nossas armas com glamour. Já é meio-dia, mais tarde do que eu esperava chegar, mas deixar a cama com Raina Bloodgood nua não foi fácil. Aquele homem, Alexus Thibault, ficou para trás. Eu me livrei dele e assumi a pele velha, mas ainda familiar, de Alexi de Ghent.

O jovem magro atrás da mesa me dá uma olhada que diz que ele não confia em mim nem um pouco. E não deveria mesmo.

— Sou amigo da capitã Osane — esclareço. — Ela mandou um recado ontem que precisava falar com o sr. Terrowin. Estou aqui para facilitar o encontro.

O jovem esfrega a mão no cabelo oleoso e me dá mais uma olhada. Com cautela, ele lança um longo olhar para Rhonin, que está um passo atrás de mim, como um guarda.

— O sr. Terrowin não está — responde o jovem. — Não vem faz dias. Recebi a mensagem, porém, e quando ele vier ao escritório, certamente a darei a ele.

Eu me inclino e espalho as mãos sobre a mesa bagunçada. Sinto o cheiro de sua mentira. Melhor ainda, consigo vê-la. A assinatura de Terrowin datada de ontem está *bem ali*, em um inventário de remessa, as letras diferenciadas de todos os outros lixos esparramados pela mesa — latas de comida com cheiro de peixe, contratos espalhados e pedaços aleatórios de pergaminhos rabiscados.

— Então me diga onde ele mora — falo, baixando a voz, meu rosto tenso. — Irei encontrá-lo sozinho. O assunto é urgente.

O jovem se recosta na cadeira, os olhos arregalados.

— Ele também não está em casa, senhor. Da última vez que o vi, ele estava saindo do Barril Amargo com... *uma mulher.*

Porra.

— Quando?

Ele hesita. O que é tolice.

Arranco minha adaga da bainha e a deixo transparecer pelo glamour. Com a mão firme, bato a ponta na mesa.

— Eu te perguntei com educação. *Quando?*

Ele levanta as mãos.

— O-ontem à n-noite, caro senhor. Ele tinha bebido muita cerveja.

Revirando os olhos, tiro minha adaga da madeira e a embainho atrás do glamour. Os olhos do jovem acompanham o movimento. Seu olhar então segue minha mão enquanto a enfio no bolso da jaqueta e retiro um punhado de moedas de prata. Quando as jogo sobre a mesa, ele fica boquiaberto.

— Encontre Terrowin — digo. — Arraste-o para longe da boceta daquela mulher e leve-o para Starworth Tor antes do anoitecer de amanhã.

Se você o fizer — aponto para o dinheiro —, há mais de onde veio isso.

Quando Rhonin e eu nos viramos para a porta, o jovem pigarreia e solta um guincho entrecortado:

— M-mas e se eu n-não conseguir?

Fazendo uma pausa, dou uma olhada por cima do ombro.

— Então voltarei para pegar meu dinheiro, *caro senhor*. E comandar a porra do navio de Terrowin.

Rhonin e eu vamos para o Bairro Comercial. O porto fica a uma longa caminhada de Starworth Tor, mas estou feliz por termos escolhido não ter Harmon nos carregando como dignitários. Admiramos a vista dos guindastes e dos navios no cais e da rua movimentada que atinge o topo de Village Hill.

— Você parecia outra pessoa lá no escritório — diz Rhonin enquanto caminhamos.

Dou de ombros.

— Às vezes é necessário que eu interprete Alexi de Ghent. Mas aquilo foi uma gentileza. Eu era muito mais agradável do que ele em situações como essas. Acredite em mim.

Rhonin bufa.

— Ainda bem que nunca o conheci.

Olho para o mar, lembrando.

— Eu também.

Só quando viramos em uma rua secundária é que sinto alguém atrás de nós. Rhonin também percebe, dando uma olhada discreta por cima do ombro.

— Dois guardas da Patrulha das Terras do Norte — avisa. — Não tão grandes quanto nós, mas grandes. Eles parecem curiosos.

— Não importa se eles são gigantes — respondo baixinho. — Isso vai acabar mal para eles se nos abordarem no momento errado. Apenas continue andando. Somos apenas dois homens entre muitos passeando pelo Bairro Comercial.

Paramos na loja de Emory, tentando parecer o mais normais possível. Infelizmente, ele está com um cliente, então me passa um bilhete com a informação que pedi sobre o jantar do almirante Rooke e olha para a porta. Está claro que não quer problemas ou atrair atenção, então saímos como ele pediu apenas com o olhar.

O sino acima da porta toca quando saímos. Travo os olhos com um dos guardas, um Bruxo Caminhante. A pele bronzeada de seu pescoço é decorada com marcas de bruxas de cores indeterminadas. Muitos dos alistados na Patrulha são Bruxos Caminhantes, então não é nada incomum. Mas não sei dizer se ele me reconhece ou não. Está me olhando daquele jeito porque sabe que sou o Coletor de Bruxos? Ou só porque sou uma cara estrangeira?

Enfio o bilhete de Emory no bolso com os documentos de passagem oferecidos por Zahira e guio Rhonin mais para dentro do Bairro Comercial, circulando de volta para o estaleiro. Se as coisas correrem mal, como é bem provável, é mais fácil matar dois homens sob as sombras de armazéns abandonados do que no meio de Village Hill. Também é mais fácil despistá-los, que é o que tento fazer enquanto aumentamos o ritmo.

Rhonin e eu descemos o caminho de paralelepípedos em um beco estreito, indo em direção ao cais, mas é uma maldita curva errada. Não damos dez passos antes de olharmos para cima e pararmos. Estamos entre dois enormes alojamentos, não armazéns, os prédios repletos de escadas externas e varandas, o beco se abrindo para uma rua cheia de gente a uma curta distância.

— Merda, vamos dar meia-volta — digo, mas quando o fazemos, os dois guardas estão lá, e um súbito poder estranho se dobra ao meu redor como uma mão invisível.

Ao meu lado, Rhonin tenta levantar o braço para alcançar a espada cruzada em suas costas, sem sucesso. Posso quebrar essa magia facilmente, mas permito, por enquanto, disposto a fazer um jogo de gato e rato com um oponente inconveniente.

— Coletor de Bruxos — anuncia um dos homens. Aquele com as marcas de bruxa, aquele que me prende. Suas mãos estão atrás das costas e ele tem um olhar presunçoso, como se estivesse realizando um grande truque de mágica. — Não resisti a uma armadilha — acrescenta com uma expressão presunçosa.

— Péssima decisão — respondo, minha pele eriçada enquanto o ar ao nosso redor faísca. — Péssima mesmo.

Rhonin olha para mim com os olhos arregalados, balançando a cabeça com movimentos infinitesimais. Seu rosto diz *Não faça isso* de dez maneiras diferentes.

Quanto ao guarda, não demonstra medo. Em vez disso, ele ri.

— É mesmo? Você sabe quantos de nossa guarda estão no muro esperando por sua chegada? E, no entanto, aqui está você, já andando pelas ruas de nossa cidade. — Ele inclina a cabeça. — No começo, eu não tinha certeza se era você, com o novo visual e tudo. Mas esses olhos são inesquecíveis e, além disso, pude sentir algo estranho em você. Um glamour, talvez? Como conseguiu?

Pelo jeito, o almirante não informou a seus homens que meu poder voltou. Gera menos medo entre as massas dessa maneira. Tolice. Isso é como enviar crianças sem saber para pescar um tubarão.

— Apenas me diga o que você quer — resmungo. — E seja rápido. Está desperdiçando meu tempo.

O guarda estreita os olhos.

— O almirante está à sua procura. E vamos te levar até ele.

O ar chia com meu poder, e Rhonin geme.

— Merda, essa foi a pior coisa que você poderia ter dito, ou a melhor.

A resposta é a *pior* se estivermos falando sobre o que isso significa para a existência desses dois homens. Se eu deixar que eles nos levem, seremos levados direto para a colmeia do almirante, onde poderei destruir tudo por dentro. Mas se Vexx não estiver lá, eu acabaria machucando muitas pessoas e ainda perdê-lo, e isso não pode acontecer. Assim que ele souber de seus irmãos mortos, provavelmente deixará estas praias e talvez eu não consiga detê-lo. Preciso encontrar Rooke e Vexx em meus próprios termos, na festa amanhã à noite, mas, infelizmente, isso significa que esses dois homens não podem sair daqui vivos com uma história para contar.

Acontece rápido. Mais rápido do que quando destruí aqueles Habitantes das Terras do Leste na Floresta da Água Gélida. Convoco toda a energia que posso, enviando poder correndo através de mim, mais controlado agora, pronto para ser concentrado onde eu o direcionar.

Sinto meu corpo mudando, a onda de sangue em minha pele, o rápido inchaço de minhas veias, a névoa elétrica que inunda minha visão. Com a força da mente, soco todo esse poder direto nos corações palpitantes dos dois homens diante de mim.

A magia que segura a mim e a Rhonin desaparece quando um som de estalo e esmagamento preenche o beco. Os homens nem sequer têm chance de gritar antes que seus peitos explodam.

Consigo proteger meu rosto com o braço a tempo, mas Rhonin não tem tanta sorte.

— Que porra é essa, Alexus! — grita enquanto olha para si mesmo, depois para os guardas caídos a alguns metros de distância, suas cavidades torácicas abertas. — Porra, porra, puta merda!

Ele está parado com as mãos abertas, o rosto mascarado pelo choque, o corpo congelado. Aperto minha mão sobre sua boca e examino o beco. As varandas. A rua à frente. Ninguém nos notou. Ainda.

Rapidamente, faço o meu melhor para limpar os pedaços de vísceras de sua túnica, para limpar o sangue respingado de seu rosto com minha manga, mas ele está uma bagunça sangrenta. Eu também, só não tão ruim quanto ele. Serão necessários dois disfarces bem entrelaçados para nos levar de volta a Starworth Tor.

Rhonin pega uma lasca de osso presa em seu rosto. Só de olhar, ele vomita. Enquanto ele está vomitando, caminho até um lance de escadas que leva ao último andar de um dos aposentos e subo dois degraus de cada vez. Precisamos sair daqui e conseguir o máximo de tempo que pudermos.

No patamar, agarro um dos fios da lavanderia que atravessam o beco e dou um puxão forte. Ele estala e cai, e os lençóis recém-lavados ondulam até a rua de paralelepípedos abaixo.

Enquanto desço correndo para o nível do solo, Rhonin se recompõe, enxugando o rosto, recolhe alguns dos lençóis ainda úmidos e os joga sobre os corpos. Rapidamente o tecido fica encharcado de sangue. Ele olha para as manchas crescentes, para as sacadas, então lança seu olhar para a entrada do beco onde a qualquer momento podemos ser vistos parados sobre homens mortos.

— O que vamos fazer? — pergunta. — As docas estão muito longe para despejá-los, e não podemos simplesmente deixá-los aqui.

— O caralho que não podemos. Vamos. — Eu me viro para as ruas secundárias enquanto começo a construir glamoures mais poderosos.

Rhonin agarra meu braço.

— E sermos vistos saindo da cena de um crime? Com uma cara que parece que fantasmas estão prestes a sair de nossos olhos?

Toco meu rosto. Esqueci como pareço quando canalizo um poder tão grande. Também balanço um pouco, uma pontada de náusea apertando meu estômago, como um enjoo. Já faz muito tempo.

— Prefiro não acabar na prisão de Malgros por assassinato — continua Rhonin. — Ou qualquer prisão, nesse caso. Por qualquer razão.

Me livrando da tontura, faço um gesto ao nosso redor.

— A menos que você possa abrir portais ou esteja enganando a todos nós e seja habilidoso o suficiente em magia vasta para nos transportar para fora daqui, você realmente não tem outra escolha, não é?

— Desculpe. Apenas um humano sem magia aqui, lembra?

— Você não vai ser preso — asseguro, colocando uma mão firme em seu ombro, em parte para me firmar. — Não enquanto eu estiver respirando.

Rhonin levanta as mãos e ao mesmo tempo as deixa cair ao lado do corpo.

— Olha, você está rapidamente se tornando meu herói e tudo mais, mas de alguma forma esse *enquanto eu estiver respirando* não me dá muito conforto, dada a sua situação atual.

Mesmo que haja dois homens mortos aos nossos pés, e embora eu me sinta uma merda na sola de uma bota e agora tenha certeza de que estou sendo caçado, não consigo deixar de encontrar um pingo de humor no momento.

— Se você preferir ficar com os corpos — digo a ele —, pode ficar. Mas vou embora, com um glamour excelente. Se eu fosse você, seguiria seu herói filho da puta.

Embora ele resmungue sua incerteza, desta vez, quando me viro para ir embora, Rhonin Shawcross está firme ao meu lado.

30
Raina

Com Alexus e Rhonin indo ver Dedrick Terrowin, e Zahira e Yaz visitando os arquivos, passo a manhã com Nephele, Hel e Callan na praia. Ingrid disse para passarmos algum tempo aqui, e assim o fazemos, embora nenhuma lembrança se revele. Só sei que amo a água e que um dia, se sobrevivermos a isso, acho que vou gostar de morar aqui.

Pouco depois do meio-dia, quando nos cansamos de brincar ao vento, ao sol e às ondas, voltamos para dentro para examinar a biblioteca de Zahira.

— Eu poderia morar nesta sala para sempre sem nunca me cansar — diz Nephele, folheando um velho tomo. Seus cachos loiros são selvagens, a pele pálida tingida de cor-de-rosa do sol e do vento.

Sentamo-nos em banquinhos ao redor de uma mesa alta coberta com os livros de nossa escolha. Todas as paredes estão cheias deles, do chão ao teto.

Yaz providenciou a cada uma de nós blocos de pergaminho encadernado e bastões de carvão embrulhados em linho para facilitar as anotações, embora nenhuma de nós saiba exatamente o que procurar. Nephele escolheu livros sobre a história recente de Malgros, sem dúvida buscando alguma informação sobre nossos pais, enquanto eu selecionei outro livro sobre maldições e um sobre os descendentes de Loria, fazendo exatamente o oposto de minha irmã.

O livro que Alexus levou para o farol mencionava os Devoradores de Almas, homens transformados em devoradores por uma antiga maldição lançada por um deus distante sobre os governantes de suas próprias terras.

Embora o texto apenas abordasse superficialmente o assunto, parecia tão semelhante ao Príncipe do Leste que pensei em me aprofundar.

Hel ergue os olhos de *A história da Guerra de Tiressia*, o livro que ela está lendo há meia hora, e diz:

— Fia Drumera uma vez destruiu *toda* uma frota das Terras do Leste de mais de quinhentos navios com uma única onda de fogo. Isso é insondável.

— A magia de Habitante das Terras do Verão é poderosa — fala Nephele, ainda passando os olhos pelas páginas abertas à sua frente. — Especialmente quando empunhada por uma antiga rainha amaldiçoada com ainda mais poder sobre o fogo.

— Sabe — começa Callan, os olhos castanhos brilhando com o pensamento. — Às vezes me pergunto se Neri não era um bastardo astuto, e nós apenas o desconsideramos, já que ele era um deus. — O bruxo fecha seu livro sobre magia rúnica e o troca por outro. — Se você pensar bem, Neri deu a Fia Drumera meios adicionais para proteger sua terra de Thamaos. O mesmo vale para Colden. É verdade que seus poderes eram tão semelhantes em força que se repeliam, então Neri os *manteve* separados quando ele fez seu acordo com Asha. No entanto, ele também tornou a amante de Colden imortal, dando a seu ex-soldado das Terras do Norte bastante tempo para descobrir como ficar com ela, se quisesse. E, ao fazer isso, ele criou duas armas imortais: uma para o Norte e outra para as Terras do Verão, uma forma de proteger para sempre essas terras do julgo de Thamaos.

Nephele tira os olhos do livro.

— Neri odiava Colden porque Asha o queria, um humano, mais do que Neri, um deus. O que ele fez com Fia e Colden foi um castigo, não uma bênção. Para todos.

— *Se ele queria ter Colden para que fosse uma arma contra o Norte* — sinalizo enquanto Nephele traduz para Callan —, *por que ameaçou matar Colden na floresta? Por que tomar seu poder? Isso foi feito com raiva, para ensinar uma lição mórbida a Colden.*

— Ou talvez Neri estivesse apaixonado — diz uma voz atrás de mim.

— E isso o tornou tolo. É uma possibilidade.

Nos viramos para olhar para a porta. Joran encosta no batente, os braços cruzados sobre o peito.

— Mudando para um assunto totalmente diferente — diz —, achei que vocês, senhoras, gostariam de saber que o Coletor e o Espião estão caminhando pela praia encharcados, como se tivessem nadado de roupa. — Ele dá um sorriso lupino. — Parece que eles tiveram alguns problemas.

— E isso te traz alegria? — Nephele praticamente cospe as palavras enquanto fecha o livro.

— Imensa — responde ele, sorrindo ainda mais do que antes.

Descemos de nossos banquinhos e corremos para a janela que dá para o mar para observar a costa em direção à cidade. Nada. Nem mesmo passos na areia. Assim que me preparo para dizer que Joran falou merda, Rhonin e Alexus aparecem, entrando na enseada em torno de um afloramento de rochas. Caminhando lado a lado, as botas na mão, as camisas despojadas e penduradas nos cintos, as calças arregaçadas até as panturrilhas, os cabelos ao vento.

Como Joran os viu antes disso?

Quando me viro para perguntar, o Habitante da Terra do Gelo se foi.

— *Então você não vai me contar o que aconteceu?* — sinalizo quando Alexus desliza uma nova túnica preta sobre a cabeça.

Fico ao lado do espelho, em meu robe, observando-o examinar a limpeza de sua roupa para o jantar antes de pegar uma jaqueta preta que parece ter sido feita sob medida para ele. A gola e os punhos são bordados com linha dourada brilhante, que também decora as lapelas compridas.

— Confie em mim — responde. — Você não quer detalhes. — Ele mantém a atenção em sua imagem no espelho enquanto desliza a chave em volta do pescoço e veste a jaqueta. — Foi sangrento e horrível, mas deu tudo certo.

Cruzo os braços sobre a cintura e me inclino contra o espelho enquanto ele amarra metade de seu cabelo em uma fita de couro. Deu tudo certo? Quando o encontrei na praia mais cedo, ele já estava cansado de usar magia para protegê-los dos guardas. Mas ainda foi ajudar Callan a construir mais proteção por cima da construção de Nephele para reforço, conversou com Zahira e Yaz sobre o dia de azar nos arquivos, e depois de tudo isso teve energia suficiente para subir as escadas do farol, mergulhar na piscina para um banho e em seguida desmoronar na cama como uma massa nua. Ele dormiu por mais de uma hora antes de se sentir ele mesmo novamente.

Passando as mãos pela frente de sua jaqueta, ele calça seus sapatos brilhantes e volta sua atenção para mim.

— Prefiro não falar sobre esse meu lado, ok? Hoje me senti muito como Alexi de Ghent, e ele era um vilão. — Embora ele disfarce bem, eu ouço uma pontada de autoaversão em sua voz, ou talvez arrependimento. Talvez ambos. — É um pouco desanimador — acrescenta, ainda escondendo seus sentimentos. Eu nem consigo senti-los através da runa.

Nunca diria isso a ele, mas com o cabelo mais curto, sem barba e as roupas escuras e ricas, ele parece o que era antes. Pelo menos é a imagem em minha mente de nossos sonhos compartilhados. Mas a aparência não faz o homem.

— *Você não é um vilão* — sinalizo. — *Sempre é o herói.*

Ele arqueia uma sobrancelha escura.

— Todos nós somos o vilão na história de alguém, Raina.

Ele fica quieto por alguns instantes, mas então pega minha mão e me puxa para perto.

— Ouça. Esta noite não é sobre o meu passado. É sobre *nós*. Eu quero ir para a casa principal, comer a adorável refeição que Mari e Yaz estão preparando, e então você e eu vamos voltar aqui, vou emaranhar nossa magia e vamos sacudir esta cidade inteira. Podemos focar nisso?

Antes que eu responda, Hel e Nephele chegam para se vestirem comigo, rindo enquanto começam a subir os degraus do farol.

— Não estejam nus! — grita Hel. — Além disso, trouxemos vinho e queijo!

Alexus ri e me beija.

— Deixei um presente na mesa. Eu vi e me lembrei de você.

Sorrio e aperto sua mão antes de ele sair para a casa principal. Como hoje é a nossa noite, a pedido dele, o jantar será mais cedo. Um homem que sabe como conseguir o que quer.

Mas também posso ser persuasiva.

Mais tarde, enquanto Nephele doma seus cachos claros e Hel se esforça para deixar seus cachos de ébano ainda mais brilhantes do que já são, pego na mesinha a pequena caixa dourada com meu presente, e tiro do guarda-roupa meu vestido vermelho e as roupas íntimas secretas de renda com um único pensamento na cabeça: em algum momento, Alexus Thibault vai ter que me mostrar esse outro lado de si mesmo que ele tanto quer esconder. Talvez não esta noite, mas tenho a sensação de que é inevitável.

Só espero conseguir lidar com isso quando ele o fizer.

31
Raina

— Por que ninguém me disse que esse jantar era uma coisa formal? — indaga Rhonin quando entro no salão de jantar. Todos estão aqui, exceto Finn, o que dói meu coração.

Mari coloca um prato na mesa, inclinando-se ao lado de Rhonin, bem perto.

— Eu acho que você está bonito, senhor — diz ela com uma expressão de admiração. — Gosto do cabelo mais curto e do rosto liso.

— Ele está bonito *mesmo* — responde Hel do meu lado, sua voz rígida e ligeiramente territorial. — Sempre.

Todas as cabeças se voltam para mim e minhas irmãs.

— Talvez tenhamos exagerado um pouco — murmura Nephele, porque todos os olhos na sala estão arregalados.

Alexus vem direto ao meu encontro. Seus olhos escurecem enquanto desliza um olhar sobre meu cabelo solto e até meu pescoço, onde reside seu presente. Ele me deu um colar simples de ouro com uma única pérola no centro, como minha própria lua. É perfeito.

Quando ele me alcança, seus olhos caem para o meu decote exposto, então mais para baixo, para as marcas da bruxa subindo pela minha perna, visíveis através da fenda do vestido.

Ele se inclina perto do meu ouvido, enviando um arrepio desonesto pela minha pele.

— Você está boa o suficiente para comer. — Meu rosto esquenta quando ele me leva até minha cadeira e a puxa para mim antes de tomar seu lugar ao meu lado. Discretamente, ele desliza a mão sobre a minha e sussurra: — Você deixou esse colar ainda mais bonito.

Afasto toda preocupação das pessoas nos observando e beijo sua bochecha, sentindo a leve barba já crescendo ao longo de seu maxilar.

Sua boca se ergue.

— *Ora, obrigada.* — Sorrindo como uma boba, me volto para a mesa.

O pobre Rhonin, em sua simples túnica branca e calça marrom, está paralisado de hesitação. Quando Hel caminha em direção a ele, ela passa por Mari e a olha com o canto do olho. Mas a atenção de Rhonin está apenas em Hel.

Com suas curvas em exibição sob o vestido esmeralda justo, ele pisca com espanto, observando-a.

— Por que você está boquiaberto? — ela pergunta. — Está tão acostumado a me ver coberta de sujeira e empunhando armas que esqueceu que também sou uma dama?

— De jeito nenhum. — Ele balança a cabeça insistentemente e afasta a cadeira dela da mesa. — Bem, talvez um pouco. Mas se eu esqueci, certamente fui lembrado agora.

Ela olha para ele e sorri.

Em seu vestido azul de seda que revela seu corpo esguio, mas forte, Nephele caminha em direção ao último lugar vago na mesa. Ao lado de Joran.

Ela agarra as costas da cadeira antes que ele tenha uma chance.

— Posso me sentar sozinha. Não preciso da sua ajuda para nada.

Ele a encharca com uma olhada perversa.

— Nada mesmo? Você tem certeza?

Com um olhar que diz que ela está prestes a arrancar os olhos dele com um garfo, Nephele empurra a cadeira para trás.

— Absoluta.

Assim que estamos prontos e ninguém está matando ninguém, Mari e Yaz terminam de trazer o jantar. A comida aqui tem sido farta, mas não tive vontade de devorar uma refeição completa até agora. Há um vinho tinto encorpado sendo servido — não que eu precise de mais —, frango e legumes assados, peixe ao forno com algum tipo de molho amarelo perfumado, pães e até tortas condimentadas para a sobremesa. Minha boca saliva e meu estômago resmunga com a visão.

Zahira e Yaz estão à cabeceira da mesa, de braços dados, taças de vinho na mão.

— Um brinde — diz Zahira. — A todos nesta sala. Que os Antigos mostrem a cada um de vocês, guerreiros intrépidos, as verdades que precisam ver e que Loria ilumine seus caminhos com clareza.

Brindamos, batendo nossas taças e, embora as palavras de Zahira ressoem na expressão de cada pessoa, parece que nossos estômagos ressoam ainda mais alto. Nós avançamos na comida.

É óbvio que todos fazem o possível para serem reservados e educados, mas aparentemente não sou a única cujo apetite está voltando esta noite. Os pratos estão cheios e a conversa fica de lado porque nossas bocas estão repletas de comida. Enquanto como, não posso deixar de me perguntar sobre Finn. Se ele está bem. Se está comendo uma refeição saudável. Hel disse que ele está bem-cuidado no Barril Amargo graças à generosidade de Harmon e Zahira, mas mesmo assim me preocupo.

Do outro lado da mesa, Rhonin entrega a Hel um pedaço de pão de passas aquecido que ele mergulhou em manteiga e mel.

— Prove. Aposto que você vai adorar.

O som que sai da minha melhor amiga quando ela morde o pão é um gemido profundo e inesperado que faz Rhonin ficar boquiaberto. Ela come tudo enquanto ele observa seus lábios, então ela lambe o mel das pontas dos dedos.

— Deuses, Rhonin. Isso quase lhe rendeu um beijo molhado e grudento.

Rhonin fecha a boca e engole em seco. Seu rosto fica três tons de vermelho.

— Talvez na próxima vez? — sugere ele, e quase engasgo com o vinho.

Callan ri baixinho, Keth e Jaega riem, e Alexus olha para seu prato, um largo sorriso em seus lábios. Doce Rhonin. Me pergunto quantas chances ele teve de encontrar o amor antes de agora, uma vez que estava no exército das Terras do Leste.

Jantar e muitas taças de vinho passam muito mais rápido do que eu esperava, já que nosso pequeno grupo de guerreiros atacou a refeição como faz com todo o resto. Enquanto todos conversam, Alexus acaricia minha perna por baixo da mesa, fazendo meu estômago excessivamente cheio revirar. Talvez comer uma grande refeição e tomar quase uma garrafa inteira de vinho antes de possivelmente ter o melhor sexo da minha vida não tenha sido a melhor decisão.

Segurando meu joelho, ele se levanta e cruza as mãos nas costas da minha cadeira.

— Raina e eu vamos nos despedir graciosamente para que possamos nos deitar mais cedo. O dia foi longo.

— *Estou exausta* — sinalizo, com uma necessidade nervosa de explicar demais, e Hel traduz com um sorriso.

Todo mundo sabe que estamos mentindo. É evidente em seus rostos sorridentes. Exceto por Joran, que, percebo, parou de se importar com o fato de Alexus e eu passarmos muito tempo juntos semanas atrás.

Descarto o pensamento e me levanto enquanto Alexus puxa minha cadeira e faz sinal para que eu vá na frente em direção à varanda.

— Estou bem atrás de você — diz ele com uma piscadela.

— Aposto que sim — fala Zahira, e a sala cai na gargalhada.

Alexus apenas sorri e pressiona a mão nas minhas costas.

— Venha. Vamos nos divertir.

Assim que fecha o portão do jardim, Alexus me ergue em seus

braços e me carrega pelo caminho de pedras em direção ao farol. Mas ele vira à esquerda, levando-nos através de um labirinto de sebes altas até um recanto na beira do jardim, onde os últimos raios do sol que se põe mal alcançam. O espaço é preenchido com as primeiras sombras do anoitecer, o aroma salgado do mar e da areia e o cheiro do jasmim-amarelo que cresce em um manto branco e espesso sobre a parede de pedra.

Lá, sob o sol poente e a lua nascente, com as ondas quebrando contra as rochas abaixo, Alexus me põe de pé, joga meus sapatos de lado na grama e me pressiona contra as flores perfumadas. Eu me agarro a seus braços fortes enquanto ele me beija profundamente, lambendo minha boca, explorando avidamente. Suas mãos são firmes e quentes na minha cintura, apertando forte enquanto me puxa para perto dele. Ele já está tão duro que a pressão de seu desejo faz meu coração falhar.

— Espero que você não esteja tão cansada quanto alegou. — Ele traça a concha da minha orelha com a língua. — Porque vai ser uma noite muito longa e cheia de acontecimentos, se depender de mim. — Ele segura meu queixo entre o polegar e o indicador e olha em meus olhos. — Eu vou fazer você gozar no meu pau em todas as posições imagináveis, Raina Bloodgood. Começando agora.

Não há nenhum outro aviso para o delicioso calor de seu poder enquanto roça um toque provocador em nosso vínculo. Eu simplesmente sinto aquela sensação familiar, o ar faiscando vivo com eletricidade, fazendo cócegas na minha pele. Meu corpo está zumbindo por causa do vinho, então busco os fios de Alexus com minha mente, pronta para atrair seu poder para mim como na nossa noite na Vila Invernal.

— Pare com isso, sua pequena rebelde. — Uma risada silenciosa e profunda sai de seus lábios enquanto ele bate na minha bunda, me fazendo ofegar e arquear para mais perto dele. — Já disse. Esta noite, é a minha vez. — Ele me agarra com força, amassando minha carne enquanto pressiona sua ereção contra mim novamente. — Feche os olhos e me deixe fazer o que quiser com você — sussurra.

Um sorriso incontrolável se espalha em minha boca e, como se ele tivesse algum feitiço sobre mim, meus olhos se fecham. Antes, na Vila

Invernal, eu não sabia o que estava fazendo quando se tratava de enredar nossa magia, e o poder de Alexus era tão fraco que ele não teve outra escolha a não ser me deixar liderar. E, no entanto, cada momento foi divino.

Desta vez, não há nenhuma busca por fios. Sem me apegar a eles com minha mente. Nenhum novato no comando, sem saber o que procurar, sem saber o que fazer. Desta vez, por trás das minhas pálpebras, os fios da magia de Alexus Thibault brilham, delineados com luz dourada, já acompanhando nosso vínculo em um ritmo voraz.

Meu coração bate mais rápido em antecipação, cada torção e trama aquecendo meu sangue já em chamas. Não consigo imaginar como será com ele no controle total, seu poder muito mais forte agora do que antes. Como poderemos nos aproximar mais do que esta noite nos reserva? Ligados não apenas no corpo, mas também pela runa, pelo emaranhado de nossos fios mágicos e pelo compartilhamento de poder.

Nós seremos *um*.

Assim que esse pensamento passa pela minha mente, o poder de Alexus se ramifica através de mim. Uma onda de energia impressionante rola pela minha pele, incendiando cada terminação nervosa do meu corpo. Esse poder se entrelaça com a minha própria magia, enviando uma gota brutal de prazer direto para o meu núcleo.

— Respire — ele comanda, sorrindo contra a minha boca.

Obediente, inspiro fundo o ar noturno saturado com o sabor adocicado de sua antiga magia.

— Agora levante o vestido — diz, sua voz rouca de desejo. — E abra essas belas pernas para mim.

Meu coração troveja de desejo, mas hesito.

— *Harmon? Os meninos?* — sinalizo. Eles moram na casa do jardim.

— Ocupados nos estábulos porque pedi para eles ficarem lá — responde Alexus. — Eu quero te lamber e te foder sob as estrelas se você me deixar. Eu quero que você pense em mim toda vez que caminhar por um jardim, ouvir o oceano, sentir o aroma de jasmim ou uma maldita brisa noturna em sua pele nua. Eu quero que esta noite seja algo que você jamais esquecerá.

Isso envia um lampejo de desejo pelo meu corpo tão desesperado que prendo meu vestido em torno dos quadris com pressa e abro as pernas.

Enquanto estou lá, esperando, percebo que ele ainda não me perguntou como eu o quero. Forte e rápido ou profundo e lento. Acho que isso não está em debate esta noite. Ele pretende me dar tudo.

Com um olhar faminto, ele se ajoelha e desliza as mãos pelas curvas das minhas coxas. Até esse simples toque envia outro raio de prazer através de mim.

Por um momento, ele inclina a cabeça com curiosidade, então roça as pontas dos dedos para frente e para trás entre minhas pernas. É difícil me concentrar em qualquer coisa que não seja a necessidade ardente dentro de mim, mas quando um som profundo e sedutor ressoa no fundo da garganta de Alexus — algo entre um gemido e um rosnado —, eu pisco para afastar a névoa de luxúria e olho para baixo, para ele.

Ele viu a renda.

Lambendo os lábios, ele encontra meu olhar. Seus olhos verdes estão brilhantes como vidro do mar sob a luz de um sol de alto verão — e cheios de fome. Ele acaricia o delicado material novamente, e me encolho com o contato tentador.

— Eu não quero você com nada além disso e do colar — diz ele, algo escuro e selvagem pairando no limite de sua voz.

Leva alguns segundos até que a faixa seja desamarrada e meu vestido desapareça, reduzido a uma poça aos meus pés.

Enquanto estou diante dele, nua, exceto pelos pedaços de renda vermelha que Yazmin chama de roupa de baixo, pronta para fazer amor contra esta parede de pedra se for preciso, outro som sai de Alexus. É um som carregado de apreciação e desejo, escapando de seus lábios enquanto ele admira minha pele nua.

Ele estende a mão e roça o polegar em meu mamilo. A carne cor-de-rosa escura é dura e espreita através da renda. A sensação daquele toque é dez vezes maior do que seria sem nosso poder unido ao longo do vínculo, me fazendo tremer. Mal posso suportar; ao mesmo tempo, desejo ter mais.

A tira de couro que prende seu cabelo cai enquanto deslizo as mãos em seus fios escuros e puxo sua cabeça até meu peito. Em resposta, ele passa a língua pela ponta, provocando e mordendo até a beira da dor, do jeito que ele sabe que eu gosto. Ainda não consigo entender o quão bem ele me conhece. Como me conhece desde aquela primeira noite na Vila Invernal. Nunca preciso instruí-lo ou guiá-lo. Ele só *sabe* como me tocar, como me *tomar*, como me agradar.

Eu o seguro com mais força, enredando as mãos na raiz de seu cabelo até que estou ofegante. A ação parece motivá-lo porque ele agarra minha cintura e tudo muda. Sua boca fica mais faminta, seu toque mais áspero, e me pego questionando o que o emaranhado de nosso poder faz com *ele*. Ele está perto de explodir como eu?

Inesperadamente, ele puxa a renda que cobre meu peito, rasgando o top fino de suas alças de seda, e o joga de lado.

Suponho que isso responda à minha pergunta.

Alexus desliza as mãos pelos meus seios expostos, minha cintura e minha bunda, onde ele junta a renda da minha calcinha em seu punho e puxa, colocando uma pressão suave onde latejo por ele.

Suspiro, e uma inclinação perversa torce seus lábios quando ele sorri para mim. Ele continua puxando, usando movimentos rítmicos para me torturar, sabendo exatamente o que está fazendo, enquanto se move de um seio a outro, me sugando em sua boca, rolando a língua e os dentes ao redor de meus mamilos.

Deuses, eu poderia chegar ao clímax só com isso, e meio que acho que gostaria. Mas Alexus solta a renda e se afasta, me deixando pulsando de desejo.

A noite está longe de terminar, então tiro as mãos de seu cabelo e descanso contra as flores macias e esmagadas nas minhas costas, tentando o meu melhor para ter paciência. Com o mesmo toque mais áspero, Alexus passa as mãos fortes e a boca quente pelo meu abdômen, desliza as palmas largas sobre meus quadris e sua língua ao longo da borda da renda.

— Vermelho — sussurra, segurando a parte de trás da minha coxa. — Eu te amo de vermelho.

No próximo segundo, ele levanta meu joelho sobre seu ombro, abrindo-me para ele. Mal consigo ficar de pé quando ele se inclina para frente e arrasta os dentes sobre mim, através do tecido, de novo e de novo, até que estou me esfregando descaradamente no ritmo de sua boca, ansiando por sentir sua língua enterrada em mim.

Lendo minha mente, ele enfia um dedo na renda e puxa o tecido para o lado. O vento noturno vindo do mar é tingido com um leve toque de frescor, o suficiente para que um calafrio corra pela minha pele com a exposição. Apoio a cabeça contra a parede e ouço enquanto meu pulso bate cada vez mais forte em meus ouvidos. Nunca estive tão faminta por algo ou alguém em minha vida. Nunca precisei tanto de alguém a ponto de doer.

Mais uma vez, enfio os dedos no cabelo de Alexus. Sua boca está tão perto que, quando curvo os quadris, posso sentir o calor úmido de sua respiração ofegante. Penso em como foi ontem, montando seu rosto, seu pau na minha boca, a felicidade que senti quando ele gozou.

Com esse pensamento, o rangido alto do portão de metal abrindo e fechando guincha pelo jardim. Meu sangue se transforma em gelo, e Alexus se levanta, trazendo meu vestido com ele, deslizando-o para cima, ajudando-me a passar meus braços nas mangas curtas com babados. Assim, sua magia se desenrola da minha como uma corda desgastada sob muita tensão.

Ele desvia os olhos na direção do caminho que leva ao farol, então me arrasta para as sombras e me aninha em uma alcova sob um caramanchão de folhagem. Cambaleando com o susto, fecho as dobras do meu vestido para cobrir minha nudez e sintonizar meu ouvido com o visitante.

Com a mesma rapidez, deixo escapar um suspiro de alívio. Estou em Starworth Tor há tão pouco tempo e já reconheço o barulho dos sapatos de Yaz. Desta vez, no entanto, ela está atravessando a laje, os passos apressados.

Ela bate a aldrava na porta de Alexus, e o canto de sua boca se curva com um sorriso malicioso.

— Seja o que for, pode esperar — sussurra ele em meu ouvido, e, por todos os deuses, sou grata.

Mas Yazmin não desiste tão facilmente, o que não deve surpreender. Ela parece o tipo de mulher cujas características mais conhecidas são persistência e determinação.

Ela bate a aldrava de novo, e uma terceira vez, com vigor — quase soa agressiva. Bufando e gemendo, ela se move em nossa direção, os calcanhares levando-a para além de nosso recanto, estalando rapidamente em direção ao portão.

Mas ela para. Dá mais alguns passos. Recua. Até que sua sombra se move na entrada do pequeno labirinto e, finalmente, aparece.

Com um sorriso malicioso, Yaz se aproxima e olha para baixo, espiando meu top de renda descartado e a faixa do meu vestido. Meu rosto esquenta com o que sei que deve ser um tom tão ousado quanto a roupa íntima a seus pés.

— Pelo amor de Deus, Alexus. — Ela estala a língua. — O mínimo que você pode fazer é carregar a pobre mulher até o farol. — Ela leva as mãos aos quadris redondos e ergue uma sobrancelha. — Mas, primeiro, se você puder fazer a gentileza, temos negócios a tratar. É importante.

Grudo na parede da alcova, mais envergonhada do que nunca, esperando que a escuridão me engula.

— Negócios? — pergunta ele.

— Dedrick Terrowin — responde Yaz. — Ele está esperando com Zahira no escritório.

Alexus franze a testa.

— Como ele passou pelas barreiras?

— Callan estava caminhando pelo terreno com Keth e Jaega e viu uma carroça puxada por cavalos se aproximando do portão principal. Eles me alertaram e, quando vi que era Dedrick, corri para encontrá-lo.

Felizmente, Harmon mandou os sentinelas para casa novamente esta noite, então Callan fez um pouco de mágica e deixou Dedrick passar.

— Tudo bem. — Alexus solta um suspiro irritado e acena com a cabeça uma vez. — Já estou indo.

Yaz me oferece um sorriso genuíno de desculpas, então se vira e sai, mas eu não respiro fundo até que o portão se feche com um rangido.

— Deuses, sinto muito, Raina. — Alexus geme e esfrega a mão no rosto. — E acredite em mim, detesto pedir que você faça isso, mais do que pode imaginar, mas se importaria de esperar por mim no farol?

— *Quero ir com você* — sinalizo as palavras com uma mão, lutando para manter o vestido fechado, embora não tenha certeza de por que isso importa agora.

— *Sei que você quer* — sinaliza ele e segura meu rosto. — Mas não posso correr esse risco. Você pode fazer parte do nosso grupo no navio dele, mas não quero que um marinheiro contrabandista saiba o quanto você é importante para mim. Não até que eu tenha certeza de que ele é um aliado.

Meu estúpido coração mole quase derrete em minhas costelas.

Alexus me beija. É uma coisa terna. Suavemente pressionado com lábios macios e inchados. Quente, úmido e maravilhoso. Agarro seus pulsos, querendo mais, terminar o que começamos antes que ele vá. Não me importo que seja apressado ou brutal. Só preciso *dele*.

Mas ele se afasta.

— Vá para o farol. — Ele acaricia meu rosto com os polegares. — As velas já devem estar queimando. Há mais vinho esperando também. Deite-se na cama. Aconchegue-se debaixo das cobertas. — Ele se inclina para perto. — Toque nessa boceta perfeita para alívio. Mas lembre-se de que estarei nela em breve.

Deuses, aquela boca dele. Sua língua se solta a cada encontro, e acho que adoro isso. Faz minhas coxas tremerem, especialmente quando ele dá um passo para trás, deixando-me ali, dolorida por ele.

Ele enfia as mãos nos bolsos da calça e caminha até a entrada do labirinto.

— Ah, tem mais uma coisa. — Ele olha por cima do ombro e me lança um sorriso inebriante. — Fique com a renda.

32
Alexus

— Dedrick Terrowin.

O contrabandista está com Zahira, apoiado em uma bengala de mármore verde-escuro, enquanto eles examinam a coleção de mapas dela. Ao som de seu nome, ele se vira. Está vestido com roupas finas não muito diferentes das minhas, como se estivesse a caminho de algum lugar importante.

— O primeiro e único Alexus Thibault. — Ele estende a mão tatuada e morena-clara enquanto caminha em minha direção. Não deixo de perceber o anel de esmeralda e estanho em seu dedo médio, projetado para combinar com a cabeça de leão de prata na ponta de sua bengala. — Ouvi dizer que fui convocado.

Aceito a saudação com um aperto de mão firme e percebo que, como disse Zahira, ele não possui magia. Então vamos ao que interessa.

— Confio em seu silêncio quanto aos assuntos que discutiremos aqui esta noite.

Ele afasta dos olhos os cachos cor de bronze em espiral que lhe caem na testa, seu olhar cálido e âmbar refletindo o fogo e a luz das velas no cômodo.

— Claro. Meus clientes sabem que sou um homem de palavra. — Ele olha para Zahira, que inclina a cabeça e assente.

— Preciso de passagem segura e confortável para nove pessoas em sua próxima viagem a Itunnan.

— Você sabe que será devidamente remunerado — complementa Zahira.

Dedrick passa o dedo pela sobrancelha grossa.

— Seguro, posso garantir. Confortável? — Ele move a cabeça de um lado para o outro. — Isso pode ser um problema. Nove pessoas exigem muito espaço. Minha próxima carga no Lady Belladonna é pequena, então talvez, se o dinheiro for adequado, eu possa oferecer espaço extra e conveniências. No entanto, será um espaço apertado e um pouco mais complexo para tirá-los do barco quando chegarmos. Mas não sou novo neste jogo.

Inclino a cabeça.

— Isso é o que eu estava esperando ouvir. Quando seu navio partirá?

— Daqui a três manhãs, se chegar na hora amanhã. É cedo o suficiente?

— Vai ter que ser — respondo, esperando que os homens mortos no beco não tenham histórias para contar.

Ele aponta para as cadeiras perto da lareira de Zahira.

— Tenho cerca de uma hora antes de ir embora. Podemos revisar os detalhes agora? Tenho uma agenda muito ocupada nos próximos dois dias. Além disso, tem a Patrulha. Suponho que você não queira muito movimento com eles por perto.

De jeito nenhum. Especialmente agora.

Olho para a porta, pensando em Raina. Tenho uma mulher muito bonita esperando por mim.

— Tudo bem — respondo. — Sejamos rápidos.

Ficamos sentados à mesa de Zahira por meia hora, elaborando um plano de embarque e desembarque, considerando como a Patrulha das Terras do Verão protege e vasculha navios de carga e comércio quando chegam ao porto. Com o tamanho do nosso pequeno destacamento, a margem de erro aumenta muito. Ainda assim, é bastante simples.

— Vocês poderão circular pelo navio até chegarmos às águas das Terras do Verão — diz Dedrick. — Nesse ponto, deverão ir para baixo do convés. Quando chegarmos ao porto, entrarão em um casco falso, de onde *nadar*ão até um cais específico na calada da noite. A partir daí, meu contato assumirá. Ela os levará pelas províncias de Itunnan e Ske-Trana sem serem vistos.

De alguma forma, não consigo imaginar que seja tão fácil, mas não tenho certeza do que mais posso fazer além de confiar neste homem.

Eu o acompanho até a porta da frente. Callan espera no vestíbulo, pronto para abrir um caminho para Dedrick passar sem perceber a construção.

— Boa noite, mestre Thibault — cumprimenta ele. — Estou ansioso por nossa jornada.

Forço um sorriso, ainda muito desconfiado desse novo personagem da minha história.

Enquanto ele caminha pelo vestíbulo, apoiando-se pesadamente na bengala, eu o chamo e ele se vira.

— Para onde exatamente você está indo? — pergunto.

Ele sorri e enfia a mão no bolso do casaco preto justo, revelando apenas um vislumbre de um lindo envelope perolado com seu nome escrito na frente.

— Para um jantar oferecido pelo almirante Rooke. É o lugar para se estar esta noite.

Meu sangue para.

— Pensei que fosse amanhã à noite.

Ele balança a cabeça e ergue as sobrancelhas.

— Não. É hoje. E, se eu não me apressar, certamente vou me atrasar. — Ele se vira e se dirige para sua carroça com condutor, acenando com a mão por cima do ombro. — Vejo você em alguns dias, meu senhor!

Foda-se tudo. Vai ser mais como daqui a uma hora.

Entro na cozinha, onde Rhonin está ajudando Mari a limpar os pratos do jantar, e o levo para o corredor, na esperança de evitar Zahira e todos os outros.

— Vá para o seu quarto, vista o traje formal que compramos no outro dia e me encontre no Emory o mais rápido possível. Não diga nada a ninguém.

É melhor que ninguém saiba para onde estamos indo. Só não descobri ainda como vou passar por Raina.

Rhonin é um soldado muito bom. Está curioso, mas sobe as escadas sem dizer uma palavra.

Quando entro no farol, o vestido e a roupa íntima de renda rasgada de Raina estão pendurados no corrimão. Olho para a escada sinuosa e percebo que seus sapatos estão em dois degraus diferentes, como se ela tivesse se despido ao subir.

Sigo seu rastro até chegar ao quarto, onde a encontro deitada na cama, de bruços, com dois livros jogados de lado, vestida apenas com aquela minúscula calcinha vermelha pela qual preciso agradecer a Yaz e o pequeno colar de ouro. Uma longa perna está para cima em um ângulo, concedendo-me uma bela vista.

— Linda pra caralho — murmuro, saboreando a visão tentadora antes de ir para a cama, desejando entrar nela.

Mas, por mais tentadora que ela seja, e por mais que eu esteja pensando nisso há semanas, esta não é a noite certa, e devo dizer isso a ela.

Baixo a boca para sussurrar em seu ouvido, mas antes que eu possa pronunciar uma única sílaba, ela ronca. É o som mais doce e delicado que já ouvi, e não posso deixar de sorrir e rir em silêncio enquanto coloco o queixo no peito.

Tanto para fazê-la perder o controle. Não consigo nem mantê-la acordada.

Ela está desmaiada em cima das cobertas, então pego um cobertor no armário de roupas de cama e o estendo delicadamente sobre ela, cobrindo-a até os ombros. Seu rosto está virado para o outro lado, os lábios carnudos entreabertos e manchados de vermelho por causa do vinho. Embora eu queira prová-los, dou um beijo suave em sua testa. Ela não se mexe, mas volta a *roncar*.

Eu a admiro, pensando em tudo que passamos. Tudo o que compartilhamos. Como estou desesperado para mantê-la segura. Quão desesperado me sinto para tomá-la como minha. Não apenas quando fazemos amor — a posse que vem com a paixão —, mas o tipo de apropriação anunciada ao mundo, como se eu pudesse perdê-la se não o fizesse. Porque eu me importo com ela, mais profundamente do que deveria ser possível.

Uma pontada atinge meu peito com o impacto de um punho. A segurança me preenche, seguida por uma liberação de pressão, como se uma cicatriz que se formou sobre meu coração há muito tempo se desintegrasse. Está desaparecendo pouco a pouco desde que conheci Raina, mas agora, enquanto eu acaricio sua bochecha e coloco uma mecha rebelde de cabelo atrás de sua orelha, minha garganta se contrai em torno da emoção crescente dentro de mim, e a teia estrangulando meu coração desaparece completamente.

Talvez seja impossível entregar o coração a alguém quando ele está preso à alma por séculos de miséria e dor. Mas independentemente do que enfrente com o almirante Rooke e Vexx esta noite, sinto uma liberdade dentro de mim, uma liberdade que não sentia há...

Não me lembro mais de quando me senti assim. Quando tudo significativo ou importante converge a uma única coisa, para a pessoa que segura meu coração, quer ela saiba disso ou não.

A verdade cresce dentro de mim como uma maré crescente. Uma verdade que não consigo mais negar a mim mesmo e uma verdade que não poderei esconder dela por muito mais tempo.

— Raina Bloodgood — sussurro, inclinando-me para beijar sua testa uma última vez antes de sair. — Acho que estou me apaixonando por você.

IV
FINAIS

33
Raina

Acordo com um sobressalto.

Desorientada e sentindo uma leve dor de cabeça devido ao vinho, sento-me e olho ao redor do farol escuro. A noite caiu completamente e estou sozinha. A aldrava bate novamente. Ruidosamente. De novo e de novo.

Coloco uma túnica e uma calça justa e pego a lamparina a óleo que mal está queimando e corro para o nível principal do farol. Quando abro a porta, é Hel. Ela está sob a lanterna cuja chama Dru e Drae ainda não extinguiram, com uma carranca e uma expressão determinada que conheço bem.

Esfrego meus olhos sonolentos, coloco a lamparina em uma mesa dentro da porta e formo minha própria expressão. Uma que diz: *O que há de errado?*

— Vi um homem deixar Starworth Tor — inicia ela. — Em uma carroça puxada por cavalos. Eu tinha acabado de subir quando Alexus o escoltou para fora.

— *Dedrick Terrowin* — sinalizo. — *O traficante.*

— Foi o que eu soube — diz ela. — Mas Alexus não voltou para o farol assim que o homem saiu. Ele foi direto procurar Rhonin.

— *Não há nada incomum nisso* — sinalizo. — *E... você estava bisbilhotando?*

— Claro que estava. Porque *tem* algo incomum nisso. Alexus deveria estar com *você* esta noite. Só um acontecimento muito importante o afastaria deste farol.

Balanço a cabeça e tremo contra uma brisa fresca, confusa.

— *Então, onde ele está agora?*

Suas sobrancelhas se erguem.

— Ele saiu. A pé. Eu vi da minha janela, então pensei em vir te encontrar. E passei pelo quarto de Rhonin. — Ela baixa os olhos por um momento e aperta as pontas dos dedos. — A porta dele estava aberta, e eu *posso* ter bisbilhotado. Ele estava talvez um pouco nu, e roupas muito bonitas e um novo arreio de adaga dupla estavam em sua cama ao lado de suas armas. Ele estava compenetrado o suficiente para não me notar. Sinto que algo está acontecendo.

Tentando pensar com mais otimismo, alcanço Alexus através da runa, enviando uma pergunta gentil pelo vínculo, mas...

Seu fim do vínculo está fechado para mim. Outra vez.

Uma sensação desconfortável sobe pela minha espinha como dedos fantasmas. Subo correndo as escadas e pego meu prato de adivinhação, a garrafa de água e minha agulha. Se Rhonin e o Coletor de Bruxos estiverem se colocando em perigo pela segunda vez hoje, eu saberei.

Alexus pode me fechar para fora do vínculo.

Mas não pode parar uma Vidente.

Infelizmente, as águas mostram nada mais que Alexus entrando na cidade como um demônio bonito, envolto nas sombras da noite, um ar inquietante sobre ele. Hel e eu optamos por uma rota diferente para coletar informações.

Pegamos Rhonin bem a tempo, no topo da escada, e o empurramos de volta para o quarto. É preciso nós duas e todas as nossas forças para fazê-lo ceder.

— Não é *nada* — diz ele, levantando as mãos de forma defensiva. — Nada especial. Apenas negócios.

Me inclino contra a mesa e dou a ele um olhar estreito, querendo respostas.

— *Por acaso você decidiu sair a esta hora sem motivo? Todo elegante e armado de adagas?*

Rhonin ainda está aprendendo minha língua, então Hel traduz, bloqueando a porta.

— Talvez ele tenha planos com *Mari*.

O ar fica tenso quando Rhonin volta o olhar cerúleo para ela.

— Posso perguntar por que você está tão preocupada com Mari? Eu só a conheço há alguns dias.

Hel joga os ombros para trás, usando uma máscara de indiferença, tentando ao máximo esconder seu ciúme. Ela gesticula para mim.

— Muita coisa pode acontecer em questão de dias, Rhonin. Onde você estava?

Ele a encara, alisando a mão sobre o colete bordado com requinte.

— *Eu?* Onde *você* estava? Finn esteve aqui por algumas horas, e Mari o olhou como se ele fosse um deus que caiu do céu. Ele é tudo o que ela falou esta noite quando a ajudei na cozinha. Ela está levando comida e roupas para ele e os deuses sabem o que mais eles fizeram. Ela é muito legal, mas, acredite em mim, mesmo que *tivesse* olhos para mim, essas roupas não seriam para ela. — Ele muda a jaqueta de uma mão enorme para outra e se aproxima de Hel, um homem gigante, mesmo em comparação com sua forma alta. Para nossa surpresa, ele ergue o queixo dela com o dedo. — Você gostou? Isso é tudo que me importa.

A garganta de Hel se move com um engolir forte enquanto ela segura seu olhar.

— Muito. Você parece bastante... majestoso.

— Majestoso é bom. — Um pequeno sorriso curva os lábios de Rhonin. — Vale aquele beijo que você está me devendo?

Espero que Hel pegue seu colete e o puxe para perto para uma dura e profunda chicotada. Isso é algo que Hel faria. Em vez disso...

— Diga para onde está indo, e você pode conseguir seu desejo, Espião.

Rhonin balança a cabeça e um leve brilho de desapontamento aparece em seus olhos.

— Um dia vou te beijar, Helena Majesta Owyn. Pelo jeito não vai ser hoje. Mas eu vou, e quando o fizer, você vai retribuir o beijo. Porque você quer, não por causa de uma barganha. — Ele passa um único braço em volta da cintura dela, a pega e a move, abrindo caminho até a porta, que ele abre. Parado na soleira, ele aponta para nós duas e diz: — Não pensem em me seguir. Nenhuma de vocês. Estou falando sério. Vocês estão melhores aqui. Lembrem-se disso.

No momento em que ele sai, Hel e eu trocamos um olhar.

— Não podemos passar pela enseada — diz ela. — Nephele, Zahira e Yaz estão lá embaixo tomando vinho. Você pode nos fazer passar pelos guardas?

Penso na lição de Callan quando entramos no portão de Starworth Tor.

— *Posso tentar.*

Vamos para o quarto que ela divide com minha irmã.

— *Devemos contar a ela?* — sinalizo.

É estranho deixar Nephele de fora.

Hel ergue uma única sobrancelha.

— Não, a menos que você queira que ela nos impeça de ir, porque é isso que ela vai fazer. — Quando balanço a cabeça, Hel vai em direção ao armário cheio de roupas que compramos ontem. — Foi o que pensei — diz ela e abre as portas do armário. — Precisamos nos apressar. Use o vestido cinza. Vou usar o preto.

Felizmente, Callan não está guardando o portão.

Embora demore algumas tentativas, consigo desmantelar o feitiço por dentro, desbloqueando as runas de proteção da passagem. É como um quebra-cabeça, cada peça tem um lugar correto, e a prática que tenho com a barreira do príncipe ajuda. Infelizmente, assim que saímos do portão, Hel rastreia *dois* conjuntos de marcas de carroça no cascalho e na areia, um deles de Dedrick Terrowin. O outro tinha que ser Rhonin.

Mesmo assim, partimos em direção à cidade, esperando ver outras pessoas vestidas com elegância, indo na mesma direção, para que possamos seguir. Nossas armas estão escondidas sob nossos vestidos de tafetá, nossos glamoures a postos. A adaga e a bainha estão estranhamente ásperas contra minha coxa, o couro arranhando. As propriedades curativas da piscina termal e dos banhos suavizaram minha pele e curaram as marcas doloridas no local em que minha arma permaneceu durante a maior parte das últimas semanas. Mas sigo em frente, esperando me acostumar com a sensação novamente.

Não vamos longe, no entanto.

Finn se aproxima correndo, subindo a rua de paralelepípedos em direção ao portão de Starworth Tor, bem onde ele se afasta da muralha da cidade e em direção às muitas casas entre a propriedade e Village Hill. Ele diminui a velocidade quando nos vê, a expressão confusa em seu rosto umedecido de suor iluminada pelo luar quando se aproxima.

Ele nos olha de cima a baixo enquanto recupera o fôlego.

— Para onde vocês estão indo? E sem acompanhantes, ainda por cima. Onde está o Coletor? E Rhonin?

Sinto o cheiro da cerveja nele.

Hel e eu olhamos uma para a outra.

— Eles estão *fora* — diz ela. — E nós também.

Ela começa a passar, mas ele pressiona a mão em seu peito e a empurra para trás.

— Não é hora para brincadeiras ou mentiras, Helena. É muito importante que eu fale com o Coletor.

— *Ele não está com a gente, Finn* — sinalizo, esperando que ele acredite em mim. — *Estamos indo procurá-lo.*

Finn geme e passa a mão pelo cabelo grosso e ondulado.

— Claro que aquele bastardo ia te deixar sozinha. Qualquer coisa pode acontecer, porra.

Jogo a cabeça para trás, nada surpresa por ele dizer algo tão ridículo, mas chateada, no entanto.

— *Não preciso de cuidados* — sinalizo, arregalando os olhos e exagerando o movimento da última palavra. — *Eu faço o que quiser. Claramente.*

— Que tal você nos dizer o que quer com o Coletor? — diz Hel, cruzando os braços sob os seios. — Então podemos partir daí.

Finn olha para sua irmã. Eu sei que ele a ama. Sei que faria qualquer coisa por ela. Mas… ele simplesmente não é mais o Finn que costumava ser.

— Conheci um homem no Barril Amargo ontem à noite — revelou ele. — Depois de algumas canecas de cerveja, ele começou a falar sobre a guerra, porque já tinha sido da Patrulha. E deixou escapar que sabia coisas sobre os planos atuais do Príncipe do Leste. Eu o pressionei o melhor que pude. Ele contou sobre o exército dos Habitante do Leste vindo de Malgros. E quem eram os guardas que os guiavam pelas ruelas da cidade. Até sabe que o general Vexx está em Malgros e qual o seu paradeiro.

Meu sangue fica muito frio e muito parado.

— *Onde está esse homem?* — sinalizo.

— No meu quarto, espero que ainda esteja lá. Eu disse a ele que conhecia alguém com quem ele precisava conversar.

Hel pressiona a mão na testa.

— Deuses. Precisamos dessa informação, Finn. Por que você o deixou lá? Por que não o trouxe para cá?

O rosto de Finn se contorce em uma máscara de frustração.

— Porque estava tentando proteger o conhecimento de que todos vocês estão hospedados em Starworth Tor, Helena. Assegurei-me de que ele não me seguisse. Isso ninguém fez. Eu queria interrogá-lo, mas não sabia o que perguntar, não como o Coletor faria. Pedi ao estalajadeiro para não o deixar sair, então se alguma de vocês quiser substituir Thibault, talvez seja isso o que deveria acontecer esta noite, em vez de vocês duas correrem por uma cidade estranha em vestidos extravagantes. Isso não é hora de brincar.

Os olhos escuros de Hel brilham, e eu meio que acho que ela pode dar um soco no rosto do irmão. Em vez disso, ela olha para mim.

— Que porra vamos fazer agora?

Um suspiro me escapa. Temos que ter cuidado, mas se o homem de Finn sabe onde Vexx está…

Deuses. Um sentimento bate em mim, uma compreensão. Tenho estado tão ocupada viajando, me preocupando, sobrevivendo, pensando e *fodendo* que enterrei minha raiva sob a esperança e um desejo de paz. Mas agora, só de pensar em descobrir onde Vexx está escondido, troco desejos imateriais por algo tangível. Algo sob meu controle.

A vingança cresce dentro de mim em uma onda cruel e violenta. De repente, minha adaga parece diferente ao redor da minha coxa. É bom e certo. Parece poder. Como se eu estivesse me lembrando de quem sou.

Viro-me para Hel, recordando-me de suas palavras quando estávamos na caverna na ravina, e dou-lhe uma resposta.

— *Que porra vamos fazer?* — sinalizo com um sorriso amargo, fechando minha parte do vínculo também. — *Vamos caçar.*

34
Alexus

— Correr por telhados. — Rhonin pressiona as mãos nos joelhos para recuperar o fôlego. — Uma habilidade na qual nunca fui particularmente bom. Isso é realmente necessário?

— A menos que você queira que eu mate dezenas esta noite em vez de alguns, sim.

A Patrulha das Terras do Norte circulava pelas ruas, então subimos para os telhados, três andares acima. Olho para a muralha da cidade à distância à minha esquerda, certificando-me de que ainda estamos sob as sombras dos edifícios mais altos na encosta da cidade. Então olho para a frente, para a noite enluarada, na direção de Brear Hall.

— Vamos — digo, me preparando para correr pelo telhado e pular. — Estamos a apenas três saltos de nosso destino.

E de um pouco de vingança.

No último salto por um beco estreito, Rhonin erra por alguns centímetros e bate na lateral do prédio.

Agarrado às telhas de barro, ele olha para mim quando espio por cima da borda, o pânico contorcendo seu rosto em uma careta.

— Uma ajudinha seria bom. Antes que eu acabe esparramado no beco.

Eu me abaixo, revirando os olhos, e o agarro pelos ombros.

— Você pode se quebrar, mas não vai se esparramar. Você é uma besta de verdade. — Solto um gemido, mas é como tentar arrancar um carvalho do chão. — Empurre a parede com os dedos dos pés.

— Estou *tentando* — responde ele, forçando a voz e o corpo.

Não sei se o que estou prestes a fazer vai funcionar ou se é sábio — provavelmente não —, mas convoco a energia da noite, absorvo-a e lanço-a no chão em um jato fino e concentrado. No momento em que ela quebra os paralelepípedos no beco, respiro fundo e atraio a energia para mim de volta em uma onda poderosa.

A propulsão dessa força pode ser muito poderosa, potencializando o vento, um que eu costumava cavalgar pelo céu. Essa rajada até não é das mais fortes, mas empurra Rhonin para cima, fazendo-o voar sobre mim, até que ele cai a quase dois metros de distância com um grunhido alto, o rosto para baixo na cumeeira do telhado.

Ele se levanta e vira a cabeça para olhar para mim.

— Que porra foi essa?

Tiro a poeira do impacto que sujou minha jaqueta enquanto espio o beco para ver se alguém nos ouviu. Ainda está vazio, provavelmente graças à atividade perto de Brear Hall.

— Energia — respondo.

Ele bufa.

— Essa é a sua resposta para tudo quando se trata de sua magia, não é? *Energia.*

Caminho em direção a ele, cuidadoso do meu passo, e o ajudo a ficar de pé.

— Agora não é o momento para uma aula de mágica. Vamos entrar lá e acabar logo com isso.

Silenciosamente, nos movemos para as escadas que serpenteiam a lateral do prédio e corremos para o nível da rua, onde deslizamos para dentro da entrada dos empregados na parte de trás de Brear Hall, com os glamoures ativados. Já estive aqui antes, embora nunca na cozinha.

Os olhares de vários criados se fixam em nós enquanto passamos por suas áreas de trabalho, mas ninguém diz uma palavra, nem mesmo quando entramos nas partes seguras do prédio. Brear Hall é a sede da Patrulha das Terras do Norte, com salas de reunião, uma grande sala de jantar, um salão de baile e um andar inteiro de cômodos dedicados aos aposentos de Rooke, e quartos de hóspedes, como Colden e eu.

Como Vexx.

Entramos no movimentado salão principal, protegidos atrás de uma velha estátua de Neri — meio homem/meio lobo. O mármore branco da estátua combina com o piso e as paredes, brilhando à luz de velas. Os convidados ainda estão chegando em suas roupas elegantes, verificando os convites na porta, e os sentinelas estão parados sob as bandeiras Tiressianas penduradas em cada pilar ao redor da entrada circular. Eles parecem desinteressados e despreocupados, mal percebendo as pessoas que passam diante deles, e é muito mais gente do que os vinte convidados mencionados por Emory.

— Bem, isso é ruim — diz Rhonin baixinho.

Tento evitar meu gemido irritado. Ou Emory mentiu, o que não consigo imaginar, ou recebeu informações falsas, o que sempre é possível. Independentemente do que tenha acontecido, o fato de haver tantas pessoas aqui esta noite destrói meu plano de encurralar o almirante e Vexx no jantar.

No entanto, tenho uma segunda opção.

Olho para a entrada abobadada e para a ampla escada de mármore. Rhonin me segue quando nos juntamos a um grupo de convidados e começamos a subir em direção à música de instrumentos de cordas que vem de cima. Graças ao nosso traje e cabelo mais curto, nos misturamos bem com os convidados.

Não seguimos o grupo quando eles entram no salão de baile do terceiro andar. Seguimos para o último andar — os apartamentos. São seis deles ao redor da escada, todas as portas fechadas e silenciosas.

— Alguma ideia? — Rhonin mantém a voz baixa enquanto o guio para o outro lado da sala.

— Eu sei qual é o apartamento que Rooke ocupa. Isso é tudo que preciso saber. Ele vai contar todo o restante de bom grado quando eu terminar com ele.

Rhonin saca suas adagas enquanto paro diante da porta de Rooke e pressiono a orelha contra a madeira. Vozes. Risada. Sem guardas.

Tem algo errado.

Giro a maçaneta e empurro a porta, permanecendo na soleira. Dois homens — um de cabelo loiro curto e pele bronzeada, o outro com tranças grisalhas e pele avermelhada e envelhecida, um corvo pousado em seu ombro — estão sentados em poltronas finamente esculpidas perto da lareira, copos de licor escuro na mão. Eles não estão encarando o fogo. Estão de frente para mim.

Almirante Rooke e general Vexx.

Rooke revira os ombros nervosamente dentro de seu uniforme cinza-pomba enfeitado com a insígnia de um almirante. Ele olha para mim com uma expressão estranha, que indica que ele está com medo, mas depositou sua fé no homem à sua direita. Um erro.

— Ah, Un Drallag, estávamos esperando por você. — Vexx usa um terno cor de bronze, a cor do traje de seu exército, e aquele sorriso familiar e cruel está em seus lábios. Ele olha para Rhonin, e os olhos do corvo também se movem. — Vejo que trouxe meu soldado traidor para a festa. Você realmente tornou meu trabalho muito fácil.

Rhonin não diz nada, embora mude de posição, sem dúvida querendo atacar Vexx. Mas ele tem que pensar em sua família. Por enquanto, o espião deve bancar o traidor.

Atrás de nós, ouço um movimento. Passos subindo as escadas.

— Guardas — resmunga Rhonin.

Merda. Caímos em uma armadilha.

Entro no aposento, Rhonin comigo, e fecho a porta.

Vexx ri.

— *Isso* não vai mantê-los longe. Tudo o que preciso fazer é dar a ordem, e eles marcharão para dentro deste cômodo e o arrastarão para o meu navio. Em questão de dias, você retornará à costa das Terras do Leste, quer queira ou não.

— Você *sabe* do que sou capaz — digo, estreitando os olhos. Meu pulso está bombeando, minha voz tão profunda e baixa que soa estranha aos meus ouvidos. — Você viu, na Floresta da Água Gélida. Posso acabar com cada um desses homens em um piscar de olhos. E posso acabar com você. — Direciono minhas próximas palavras para Rooke. — A Patrulha encontrou dois guardas mortos em um beco perto do estaleiro hoje cedo? Peitos estourados? — A expressão do almirante Rooke murcha e os olhos de Vexx brilham. — Fui eu. E farei isso mil vezes mais antes de deixar alguém colocar as mãos em mim ou nos meus. Saiba disso.

— De fato eles foram encontrados e eu *sei* o que você pode fazer — responde Vexx. — Mas meus planos foram muito mais fáceis porque também conheço sua fraqueza, Un Drallag. A única coisa pela qual você sacrificaria toda Tiressia, por mais estranho que seja. Você pinta a mim e ao príncipe como maus quando, na verdade, você não é melhor que ninguém. Pelo menos lutamos por mais de uma pessoa. Você queimaria tudo e todos por Raina Bloodgood, não é?

O sorriso cruel de Vexx se transforma em um sorriso que desperta medo dentro de mim. Um sorriso que diz que ele esteve trabalhado duro para se preparar para esta noite — com Raina em mente.

Com o coração martelando, dou um passo em direção a ele, o cômodo começando a estalar com meu poder.

— Se você encostar um dedo nela, vou torturá-lo até a eternidade tão brutalmente que você vai me implorar para que eu arranque seu coração com minhas mãos, porque isso seria um fim mais gentil. Não pense que não vou me comprometer com a tarefa. Eu sei persistir.

— Ah, eu sei que sim — diz ele, tomando um gole de sua bebida. — Mas não vou colocar as mãos nela de jeito nenhum. Eu sei quem vai, no entanto. Espero que você tenha se despedido de maneira apropriada.

Ergo a mão e solto raios de poder azul em meus dedos.

— Você tem apenas uma chance de corrigir a péssima decisão de me provocar.

Vexx se levanta e olha nos meus olhos com muito mais coragem do que ele tem o direito de ter.

— Se me matar, você perde a única chance de descobrir o que aconteceu com sua amada bruxa. — Ele estende a mão e acaricia a asa do corvo, o pássaro preto olhando para mim com olhos frios, redondos e vigilantes. — Porque, graças à minha amiguinha Crux, sou o único neste prédio que sabe onde ela está neste momento e tenho um plano para onde ela está indo. *Se* ela sobreviver a esta noite. — Ele ergue o copo. — Prossiga. Conecte-se a ela. Veja se consegue. Tente se comunicar com aquela marca que você gravou nela tão egoisticamente. A propósito, o príncipe me notificou sobre isso. Você compartilhou seu poder com aquela mocinha, o que pode ser muito útil se... — ele levanta o dedo — ... se ela aprendeu a usá-lo e você estiver acessível a ela, o que não é o caso esta noite. O que significa que ela está vulnerável, ainda mais nas mãos de um feiticeiro assassino.

Eu tento alcançá-la, me repreendendo internamente por ter fechado o vínculo, minha respiração ficando mais rápida. Envio um apelo sincero através da runa, ao longo de nossa conexão, pedindo a ela que, por favor, fale comigo. *Por favor.*

Não há resposta.

Lágrimas ardem no fundo dos meus olhos e a raiva queima dentro de mim, quente como o relâmpago que posso comandar. Quero destruir Vexx. Quero sentir seus ossos esmagados sob o aperto do meu poder. Nunca desejei tanto o calor do sangue de um homem em minhas mãos quanto agora. Nunca desejei tanto o toque frio da morte consumindo a vida de outra pessoa como neste momento. Mas a ameaça de Vexx me desperta, me faz imaginar centenas de maneiras de matá-lo e ainda não ficar satisfeito.

— Alexus. — Rhonin pronuncia meu nome como uma pergunta, querendo saber o que fazer.

Levanto o braço e giro minha mão em um arco amplo, reunindo todo o poder na sala em um redemoinho azul, antes de lançá-lo na porta, emplastrando a entrada com uma teia de eletricidade que eu gostaria de ver os homens de Rooke tentarem passar.

Com o mesmo ímpeto, lanço cordas de poder na direção de Rooke e Vexx, algemando suas mãos e seus tornozelos, e os arrasto de suas cadeiras pela sala.

O corvo — Crux — grasna e voa direto para mim, batendo as asas descontroladamente, mas eu ajo como Raina Bloodgood e agarro aquele bastardo no ar. Eu o bato contra a parede, e ele cai no chão.

Me aproximo de Vexx e monto sobre ele, curvando-me para agarrar uma mecha de seu cabelo grisalho.

— Eu não tenho que te matar. Mas posso fazer você desejar estar morto. Então, se eu fosse você, começaria a falar. Diga-me onde Raina está. Agora.

Ele ri novamente, e o riso se transforma em uma gargalhada, em uma gargalhada uivante. Subitamente ele se cala, olhos selvagens em um rosto frio.

— Ela está com problemas, ela está no meio de um problemão. E, desta vez, você não pode salvá-la.

35
Raina

— Voltei, Gavril.

Finn acena para que Hel e eu entremos em seu quarto no Barril Amargo. O homem — Gavril — está sentado curvado em uma cadeira, os pés corajosamente perto do fogo como se para aquecê-los enquanto ele mastiga um pedaço de pão.

Hel e eu cruzamos a soleira e ficamos no centro do espaço apertado e degradado em nossos vestidos finos. Risos abafados e música da taverna reverberam pelo chão enquanto observo todo o cômodo. Mari certamente esteve aqui. Reconheço peças de Starworth Tor. Um vaso de flores azuis e brancas sobre uma mesinha perto da porta da sacada, uma pilha de livros antigos sobre a escrivaninha, um belo cobertor de tecido dobrado sobre a cama e uma cesta com produtos de higiene. Pelo menos ela está cuidando dele.

Gavril levanta a cabeça e me estuda com olhos azuis brilhantes antes de olhar para Hel. Ele não parece tão velho quanto eu esperava, talvez apenas alguns anos mais velho que Alexus — em anos congelados. Início dos trinta.

Faço um inventário rápido. Ele está coberto por uma capa marrom manchada e roupas esfarrapadas e monótonas, fazendo-o parecer desleixado. Mas seu cabelo preto, embora despenteado, parece ter sido aparado recentemente, e sua barba está curta. Quando dou uma olhada em suas mãos, elas também não combinam com o que imaginei. São limpas e fortes, as unhas bem-cuidadas.

Há uma incongruência que me deixa cautelosa, a imagem deste

homem não está se encaixando direito, embora eu pareça ser a única a perceber. Pego a pequena cadeira em frente a ele, disposta a ouvir o que tem a dizer. Finn puxa um banquinho ao meu lado, e Hel se senta ao pé da cama de seu irmão, perto de Gavril.

— *É com* essazinha que você queria que eu falasse? — O homem fala de forma truncada e afiada, com um sotaque nada típico das Terras do Norte.

— Na verdade, não — diz Finn. — Ele não estava disponível. Mas essas duas têm mais conhecimento do que eu sobre os assuntos que precisam ser discutidos.

Gavril olha para mim, seu olhar perfurando o meu antes de lançar um olhar e um dedo na minha coxa.

— Você está com uma lâmina. Tire isso. — Ele se vira para Hel. — Você também.

— Vá se foder — diz Hel ao mesmo tempo que eu instintivamente sinalizo:

— *Sem porra nenhuma de chance.*

Ele arqueia uma sobrancelha para mim.

— Você não fala?

— *Eu falo muito bem* — sinalizo novamente. — É você que não consegue me *entender.*

Hel traduz com um pouco de fogo em sua voz, e Gavril sorri, mas sua atenção permanece em mim.

— Eu te entendo melhor do que pensa. Você quer saber onde está o general Vexx.

Estreito os olhos.

— *Como você sabe?*

Mais uma vez, Hel traduz e Gavril dá de ombros.

— Ele está aqui há quase duas semanas. Você está aqui há alguns dias. As pessoas falam. A fofoca se espalha. A garota sem voz superou o

Príncipe do Leste, e agora ela está em Malgros com o Coletor de Bruxos, querendo caçar Vexx e depois navegar para as Terras do Verão e viajar para a Cidade das Ruínas.

Meu estômago se revira, e posso sentir o sangue sumir do meu rosto enquanto Hel suspira um *porra* silencioso. Se isso é de conhecimento comum, corremos mais perigo do que imaginávamos.

Preocupada, abro a ponta do laço e alcanço Alexus para avisá-lo. A princípio, não há nada, embora o final da runa esteja claro como o sol. Fecho os olhos e chamo por ele.

Me encontre. Saia. Me encontre. Não é seguro.

Quando abro os olhos, minha runa esquenta até queimar, tão quente que ofego e deslizo a mão sob a parte do vestido que cobre a marca.

Onde você está? Essa é a pergunta que corre ao longo do vínculo de Alexus. *Onde você está? Onde você está? Onde você está? Por favor, fale comigo.*

Eu me curvo com o poder de seu apelo. Tudo o que consigo comunicar é *Finn. Taberna. Finn.*

— Raina. — Hel corre para o meu lado. — Você está bem?

Balanço a cabeça. Alexus está em pânico.

— Talvez você devesse pegar um pouco de água ou cerveja para ela — diz Gavril. — Um pano úmido. — Finn concorda, e antes que eu possa argumentar, Hel desce correndo para a taverna.

No momento em que a porta se fecha, todo o meu mundo muda.

Gavril lança uma lâmina no ar tão rápido que mal tenho tempo de olhar para cima e recuar. Sangue espirra em meu rosto e, quando me viro, atordoada, Finn está ofegante, com a garganta cortada de um lado ao outro, sangue jorrando do ferimento e de sua boca.

Com aqueles grandes olhos castanhos, ele me encara em choque e horror, tentando dizer meu nome, e eu aperto sua garganta, o sangue escorrendo entre meus dedos. Já sinto o cheiro de sua morte se aproximando — o aroma de fogo de forja e couro, do ar pouco antes de uma tempestade.

Minha mente gagueja enquanto procuro os fios brilhantes de sua vida e penso nas palavras de Elikesh para salvá-lo. *Loria, Loria, anim alsh tu bretha, vanya tu limm volz...*

Mas uma dor quente e aguda apunhala minhas costelas.

Suspiro e empurro, e Finn escorrega do meu aperto — há tanto sangue. Ele cai no chão quando olho para cima e encontro os olhos de Gavril. O homem paira sobre mim, prendendo-me em minha cadeira, sua adaga enterrada na lateral do meu tórax. Ouço Finn lutando, tossindo, engasgando, sufocando em seu próprio sangue.

E isso me deixa fria de fúria.

Fulmanesh, iyuma.

Uma bola de fogo sai da lareira e voa em direção a Gavril. Algo a detém no ar, fazendo-a girar no lugar até se desintegrar em faíscas dançando no chão.

Gavril sorri e aperta minha garganta.

Ele é um bruxo. Ou feiticeiro. Um homem com magia.

Eu tento de novo e de novo, lançando bolas de fogo no meu mais novo inimigo enquanto ele empurra minha cabeça contra o encosto da cadeira. Ele pega os orbes furiosos com sua mente e rapidamente extingue as chamas.

Mas um — *um* — abençoadamente atinge seu rosto, arrancando um grito de seu peito, um uivo que sacode o quarto enquanto o fogo queima sua bochecha e chamusca seu cabelo.

Tremendo de dor, ele afrouxa a mão, mas não me solta, seu peso me prendendo. O fogo em seu cabelo e em sua pele desaparece rapidamente, porém, e ele olha para baixo, os olhos selvagens e a cabeça meio chamuscada.

— Mulher estúpida e tola. Você pagará.

Desesperada, chamo minha lâmina mágica. *Lunthada, comida, bladen tu dresniah, krovek volz gentrilah!*

A luz ametista começa a aparecer, mas rapidamente desaparece, como se sugada.

Os olhos de Gavril brilham e irradiam aquele mesmo tom de ametista, como se ele tivesse absorvido minha magia. Ele inclina a cabeça para trás, os lábios entreabertos, saboreando. Eu posso ver o prazer em seu rosto, como se aquele pequeno pedaço de mágica o estivesse renovando.

Nesses poucos momentos de distração, imagino Finn rindo e sorrindo. Rapidamente, trabalho em tecer os fios de sua vida enquanto pego a lateral do meu vestido e deslizo a mão escorregadia de sangue sobre minha coxa, procurando couro e aço.

— Eu deveria te manter viva — diz Gavril. — E te levar para Vexx e o príncipe. Mas você tinha que convocar Un Drallag, não é? Eu senti. Senti *ele*. Ele deve saber que esta guerra não é lugar para uma coisinha tão delicada como você. — Ele se inclina para perto de mim, cheirando a carne e cabelo queimados. — Assim que te vi pela primeira vez, odiei ser quem iria extinguir sua luz. Mas agora não me importo mais. Algumas luzes brilham demais, então esta noite é sua última noite para brilhar, boneca.

Enfio a adaga em seu estômago e a puxo de volta. Ainda não estou morta.

Ele tropeça alguns passos para trás, sua lâmina ainda enterrada no meu flanco, mas agora estou livre. Deixo a arma dentro de mim para não sangrar e me forço a ficar de pé, chutando minha cadeira para longe do caminho, reunindo energia para lutar contra ele. Nós dois estamos feridos. Nós dois temos magia. Mas estou armada. Ele não está.

Antes que eu possa atacar, Gavril avança pelo quarto, me derrubando no chão, fazendo minha adaga voar para o fogo. Sua lâmina se enterra mais fundo em mim com a queda, e uma dor penetrante e punitiva queima meu corpo.

Ele coloca as mãos em volta da minha garganta e aperta enquanto o sangue encharca sua túnica.

Eu tento, mas não consigo alcançar o cabo de sua faca, minha única chance de defesa. Quando tento uma segunda vez, Gavril levanta o joelho e prende meu braço direito sob seu peso, depois luta comigo para imobilizar o outro.

O mais fino fragmento de esperança se forma quando ouço Hel caminhar em direção ao quarto, mas Gavril também a ouve. Ele levanta a mão, apontando para a porta e, embora a maçaneta se mova, Hel não consegue entrar.

Minha melhor amiga bate com o punho na porta.

— Finn? Raina? — Sem resposta, ela bate mais forte. — Me deixem entrar. — E novamente, mais batidas. — Porra, me deixem entrar!

Eu resisto chutando, cada movimento uma agonia, e ele usa magia para prender minhas pernas, como se duas mãos fortes as segurassem. Ele balança a cabeça e, com um sorriso cruel, agarra o cabo de sua lâmina e a puxa do meu corpo, a única coisa que me impedia de sangrar até a morte neste chão.

Minha mão direita está presa em uma poça de sangue quente de Finn. Sinto sua pele encostada à minha, o roçar fraco de seu dedo enquanto lágrimas escorrem dos meus olhos. Continuo tentando me concentrar, tentando salvá-lo, mas sinto que ele escorrega.

Lembranças dele inundam minha mente. Ele não deveria estar aqui. Ele nunca deveria ter vindo. Eu gostaria de tê-lo convencido a ficar no vale.

Soluçando, digo a mim mesma que isso é o pior de tudo. Gavril vai se levantar e esperar até pararmos de respirar. Eu rezo para os Antigos que Hel fuja. Que ela desça correndo e as pessoas lá embaixo a ajudem.

Mas isso *não* é o pior.

Gavril agarra a gola do meu vestido e rasga o tecido, revelando minha runa.

— Você parece difícil de matar neste jogo em que estamos — ele diz enquanto Hel começa a gritar e chutar a porta. — E tenho certeza de que Un Drallag está a caminho. Então, se eu não conseguir levar você até o príncipe com vida, posso pelo menos conceder a ele seu segundo pedido. Posso te impedir de entrar nas Terras do Verão. Para isso basta uma pequena mudança em sua trajetória.

Ele estende a mão para o fogo, e quando sua mão aparece sobre mim, ele está segurando *minha* adaga. Os últimos centímetros da ponta estão brilhando com a luz laranja do calor da chama.

O ar no quarto muda e Gavril começa um canto misterioso. Não consigo processar as palavras enquanto a magia aumenta ao meu redor com tanta pressão que parece que o cômodo pode explodir.

Não posso fazer nada além de tentar alcançar Alexus, mesmo quando enrolo meu dedo no de Finn, precisando de alguém para me segurar. Fecho os olhos e envio outra palavra pelo vínculo. *Ajuda.*

Lá na escuridão, meu abismo está esperando, acenando, implorando tanto quanto Alexus implorou, turbulento e vazio, frio e vasto como a morte. Sinto segurança naquele vazio e quase deixo minha mente cair nele. Eu chego tão perto.

Mas Gavril pressiona o lado plano da lâmina incandescente na minha runa e minha alma grita.

36
Alexus

A agonia incandescente percorre a runa com uma familiaridade brilhante.

Ela rasga minha carne, meu sangue, meus ossos. Minha *mente*. Ofegando com a dor implacável, tropeço e escorrego no telhado.

Rhonin envolve a mão no meu braço, me segurando antes que eu caia.

— Peguei você.

— Estão tirando ela de mim, Rhonin. Estão machucando ela.

— Eu sei, meu amigo. — Ele me puxa de joelhos. — Mas temos que seguir em frente. Os guardas estão chegando.

Não consigo respirar. A agonia deste momento — eu me lembro bem.

Alguém está invertendo a runa.

Lágrimas inundam meus olhos e meu peito se contrai com tanta força que acho que meu esterno pode quebrar. Mas pior, meu coração está sendo partido em dois, dilacerado por uma besta invisível que juro que vou caçar e matar por isso.

— Vamos — insiste Rhonin. — Pense em Raina. Temos que encontrá-la.

Através da névoa vermelha nublando minha mente, luto para ficar de pé e encontro minha coragem. Rhonin e eu corremos, saltando de um beco estreito após o outro, vencendo os telhados até saber que estamos perto da taverna. Tive que deixar Vexx e Rooke para trás, muito em dúvida sobre matá-los no caso de Vexx estar dizendo a verdade. No momento em que o tormento de Raina queimou a runa, eu sabia que era.

Descemos para um telhado de um andar, meus joelhos fracos, depois para o nível do solo. A Patrulha está chegando. Pode ser que eles nos encontrem lá.

Com a mão pressionada na runa, irrompo pela porta da frente do barulhento Barril Amargo e luto para subir as escadas lotadas que levam à estalagem. No meio do caminho para o segundo andar, vacilo quando uma pulsação quente e impiedosa percorre a runa, reverberando em meu peito e costelas, ameaçando me fazer cair de joelhos novamente.

Rhonin ainda está lá e me segura, me ajudando a ficar de pé.

— Saiam da frente! — grita com uma voz estrondosa.

Essas pessoas estão reunidas por um motivo. Um espetáculo.

Como nem se mexem, Rhonin dá um passo à minha frente e avança, afastando os clientes como bonecos de pano, usando seu tamanho para abrir caminho.

Chegando ao corredor, sei qual é o quarto de Finn. A porta está aberta, e o estalajadeiro está plantado do lado de fora, os punhos cerrados ao lado do corpo enquanto balança a cabeça. Me apresso até lá. O estalajadeiro tenta me impedir de entrar, mas eu o empurro para o lado.

Então congelo, agarrando o batente da porta, a madeira chamuscada e queimada, como se alguém tivesse tentado usar magia de fogo para entrar.

Helena está sentada no meio do quarto, rodeada de uma poça de sangue, segurando Raina e Finn. Enquanto chora, uma mão ensanguentada esfrega o peito de seu irmão, logo acima do coração, como se o gestual fosse trazê-lo de volta à vida, e seu outro braço está ao redor dos ombros de Raina, embalando o corpo caído de sua melhor amiga contra seu peito. Todos os três rostos estão pálidos.

Helena olha para mim e para Rhonin parados na porta, os olhos arregalados, distantes e cheios de lágrimas.

— Ajude-os. — É tudo o que ela diz.

Rhonin corre para o lado de Helena, e eu vou até Raina, tirando-a de Helena e segurando-a em meus braços. Usando minha mente, bato a porta e deslizo a cama na frente dela.

Passo os dedos sobre a garganta de Raina, onde a vida ainda pulsa, graças a Loria. Ela está apenas inconsciente. Mas Finn… eu já vi aquele corte doentio na garganta muitas vezes. Está parcialmente curado, provavelmente graças a Raina, mas se o fim dele ainda não chegou, está muito próximo.

— Raina foi esfaqueada — conta Helena, tremendo enquanto tenta se recompor. — Na lateral do tórax. Ela curou a ferida o suficiente para parar o sangramento antes de desmaiar. Gavril fugiu. E a runa dela está… está quase destruída.

Eu processo três palavras. *Curada. Gavril. Quase.* Com cuidado, afasto os pedaços rasgados do vestido de Raina para o lado. Uma parte da marca permanece, mas é apenas uma fração. A pele ao redor está irritada e vermelha, cheia de bolhas e supurando.

Queimada.

Meus braços apertam Raina. Eu mal consigo conter o que o conhecimento de sua dor faz comigo, e a raiva dentro de mim que me faz querer rugir. Meu poder se espalha pelo quarto, crepitando como um raio ao longo das paredes.

Rhonin puxa Helena contra seu peito, e vejo o pânico e a urgência em seus olhos.

— Temos que tirá-las daqui. Você está ouvindo? Tem gente demais aqui, Alexus. Por mais que eu saiba que você quer se vingar de Vexx e Rooke, descontar em seus guardas custará vidas inocentes.

Inspirando de forma irregular para esfriar o fogo dentro de mim, eu me concentro. Sei que ele está certo. Devo pensar além do meu ódio, por mais ofuscante que seja.

— Você deixou o cavalo e a carroça por perto? — pergunto, minha voz trêmula.

— Sim, perto de Emory. Mas carrega apenas duas pessoas. Três no máximo. Eu roubei dos estábulos.

Há uma confusão lá embaixo. Gritos e passos surdos. A Patrulha chegou.

— Se você puder cuidar de Helena e Finn — digo a Rhonin —, posso distrair a Patrulha e levar Raina para casa.

Ele franze a testa e Helena olha para mim. Ao mesmo tempo, eles indagam:

— Como?

— Não tenho tempo para explicar. Só preciso que confiem em mim. Vocês dois. — Sinalizo com a cabeça em direção à porta da varanda. — Certifiquem-se de pegar as ruas secundárias e abandonar a carroça. Façam o possível para entrar em Starworth Tor pela enseada. As patrulhas estarão reforçadas. Agora vão.

Sem dizer uma palavra, Rhonin coloca o corpo sem vida de Finn por cima do ombro, e Helena o leva para a varanda. Eles olham para mim, seus olhares cheios de preocupação.

— Proteja-a, Alexus — pede Helena, levantando a saia do vestido para pegar sua adaga, mesmo quando outra lágrima escorre por sua bochecha.

Assinto uma vez antes que ela desapareça na noite.

— Com a minha vida.

Invoco toda a energia que posso e deixo que paire na escuridão lá fora. Capturo apenas o suficiente para enviar uma fita de poder através de Raina, esperando acordá-la. Não tenho certeza se posso fazer o que preciso com ela inconsciente. Vou tentar, se for preciso.

Felizmente, seus olhos se abrem. Por um momento, penso que talvez nada tenha mudado. Que talvez esse Gavril não conhecesse a magia rúnica tão bem. Mas os olhos de Raina se arregalam quando ela foca meu rosto, e ela se contorce para fora dos meus braços, aterrissando agachada.

Ouço a primeira batida na porta, e eu uso um pouco da minha força reunida para eletrificar a entrada. A atenção de Raina se volta para o som, mas então ela olha para mim, nervosa. Feral. Pronta para matar.

Estendo uma mão apaziguadora e derramo meu coração através da runa, rezando para os Antigos que ela ainda possa me sentir.

— Raina, querida. Sou eu.

Por favor, Loria. Deixe que ela se lembre de mim. Deixe-a me reconhecer.

Mas seu lado da runa se foi. Tudo o que resta são fios esfarrapados em minha mente.

Ela corre para uma adaga descartada perto da lareira, coberta de sangue seco, e a aponta em minha direção com violência em seu olhar. Um aviso. E um sinal.

Seus olhos azul-escuros estão frios. Vejo reconhecimento ali, mas também confusão e desprezo. Não sou mais Alexus para ela. Não sei quem ela vê quando olha para mim, mas não confia em quem vê.

Outra batida, como um ombro batendo na porta, seguido de um grito.

Não posso usar minha força. Já estou enfraquecido, e só há uma maneira de sair daqui, e requer tudo de mim.

— *A Patrulha está aqui* — sinalizo, esperando construir algum tipo de união entre nós. — *Precisamos sair. Rápido.*

Ela pisca e examina o quarto ensanguentado, seus olhos se enchendo de lágrimas, como se a compreensão do que aconteceu na noite acabasse de atingi-la.

— Helena e Finn estão com Rhonin — digo. — Somos só você e eu. Posso levá-la até eles.

Ela olha para a sacada uma fração de segundo antes de se levantar e me contornar, a adaga erguida. Cambaleia em direção à saída, segurando o corte encharcado de sangue.

Lentamente, eu me levanto e a encaro. Eu me lembro dessa Raina. Aquela que se levantou contra o mundo. Aquela que se transforma em uma guerreira mortal quando sente que deve proteger a si mesma ou ao que é dela. Ela não irá comigo de bom grado, mas não podemos simplesmente sair daqui ilesos, não sem que eu deixe um massacre para trás e um rastro sangrento que leva direto para Starworth.

Não devo dar a ela outra escolha.

Outro caminho. E outro.

Raina está na porta da varanda. Ela sai e olha para o chão. Mesmo que eu não pudesse sentir mais guardas do lado de fora, saberia de sua presença pela sua expressão quando ela se virasse. Pânico brilha em seus olhos.

Deixo minha magia se esvair da porta, um pouco de cada vez, e em questão de segundos, os guardas da Patrulha começaram a empurrar a cama.

Enquanto Raina está distraída, corro até ela, tiro a adaga de seu domínio e envolvo o braço em sua cintura em um movimento suave. Com as mãos pressionadas no meu peito e as narinas dilatadas, ela olha para mim do jeito que me olhava em nossos primeiros dias juntos.

— Acho que te amei por toda a minha vida — sussurro. — E quando nós dois partirmos, eu ainda vou te amar. — Minhas palavras são verdadeiras, mas parecem cacos de vidro na minha garganta. Enquanto os guardas da Patrulha lutam contra minha magia para entrar no quarto, e os outros começam a subir as escadas externas, nos encurralando de ambos os lados, eu reúno minha magia e Raina mais perto, quer ela goste ou não. — Você confia em mim? — pergunto a ela.

Ela balança a cabeça, inflexível, e bate os punhos contra o meu peito, mas seguro firme. Eu sempre vou segurar.

— Bem, é melhor você tentar — digo a ela.

Um lampejo de preocupação cruza seu rosto um momento antes de eu cobrir sua cabeça e enviar a explosão de magia mais poderosa que consigo para o chão.

Tudo acontece tão rápido. A explosão destrói a varanda, o choque ressoa pela cidade. Meu poder estilhaça janelas e lança madeira e fragmentos de paralelepípedos, cascalho e terra pelos ares enquanto caímos em direção à rua e, ao nos aproximarmos dela, imediatamente somos pegos pela onda resultante de magia, uma propulsão tão extraordinária que nos lança como foguetes para cima, na escuridão para longe do perigo. Apenas nós dois. Seguros.

Pelo céu.

37
Raina

Estamos voando.

Estou com o Coletor de Bruxos e estamos *voando*.

Eu me agarro a ele, meus braços ao redor de seu pescoço, minhas pernas envolvendo sua cintura enquanto o ar salgado da noite esvoaça meu cabelo e vestido e provoca um frio terrível que chega até os meus ossos. Sinto uma ausência horrível dentro de mim, mesmo que não consiga dar um nome a ela.

Algo faltando. Algo roubado.

— Estou com você — diz o Coletor, e o cheiro de mel e sândalo de sua magia é avassalador. — Eu sempre estive. — Seu braço me aperta enquanto o outro se estende ao seu lado, sua mão em forma de garra, como se segurasse o próprio poder que está nos arqueando através do céu noturno e sobre a cidade.

Sobre o Mar Maloriano e em direção às estrelas.

Minha respiração vem em ondas trêmulas, impulsionadas por medo, descrença e admiração. O céu está em *toda parte*, mas também o mar, cada um sem fim e escuro, cada um brilhando com luz prateada.

Quando o Coletor nos leva de volta ao continente, dou uma espiada na costa. O mar está bravo, cristas brancas quebrando na areia dourada e penhascos rochosos sob o luar. A pedra branca de Starworth Tor brilha à distância. Parece impossivelmente distante, mas nos aproximamos rápido. Acho que realmente vamos conseguir.

Mas o ar abaixo de nós vacila e caímos em queda livre.

O Coletor lança seu braço em direção à água, aquela mão ainda em garra.

— Porra, porra, porra, espere!

Aperto os braços e coxas com mais força enquanto mergulhamos em direção ao mar antes que o vento forte volte e nos eleve novamente, nos arqueando em direção à praia mais uma vez.

Juro que posso sentir as batidas do coração do Coletor dentro de mim, sinto isso no ar, como se o vento e a noite tivessem um pulso.

— Falta pouco — diz o Coletor quando nos aproximamos da costa. — Estamos quase lá.

Mas não estamos.

Porque o poder no ar gagueja novamente e desaparece completamente.

E despencamos.

O impacto é tão duro e frio que paro de respirar.

Não há nada além de escuridão e solidão, mesmo quando saio para a superfície e anseio por ar. O Coletor não está em lugar nenhum.

O abismo em minha mente ferve, me chamando. Desta vez, posso não ter outra escolha a não ser me render. Estou muito fraca, a água muito pesada, a costa muito longe. Meu vestido está emaranhado nas minhas pernas, e o ferimento e meu peito ardem de dor. Embora eu faça o possível para permanecer flutuando, engasgando com a água salgada, sei que não vou durar muito.

A vários metros de distância, o Coletor irrompe do mar, sugando o ar da noite. Quando me vê, ele nada em minha direção.

— Eu preciso que você se segure novamente. — Ele se aproxima enquanto meu lábio inferior treme de frio e serpenteia seu braço em volta da minha cintura. — Raina. Segure-se em mim.

A demanda em suas palavras parece familiar. Tão familiar que instintivamente cruzo meus braços em volta do pescoço dele.

A água gira, como se seu poder a estivesse mexendo, mas antes que ele possa comandar uma onda, outra cai sobre nós, nos arrastando para baixo e nos separando.

Sob a pressão do mar, o Coletor me agarra, o braço em volta dos meus ombros enquanto nada para a superfície. Nós mal conseguimos antes que outra onda nos atinja, nos pressionando para baixo, para baixo, para baixo.

Estou afundando. Estou tão cansada, tão fraca, meus músculos queimam. Quero nadar — consigo visualizar a praia —, mas não consigo mais lutar. Estou sendo enterrada pela água.

O Coletor mergulha em minha direção. Ele está cercado por esferas pálidas de luz acolhedora. Mas meu abismo me espera, um tipo de escuridão mais profunda que o mar, agitado com a promessa de segurança se eu apenas me render.

Ligo minha consciência para aquele penhasco misterioso, pensando na praia e na areia macia sob meus pés e no conforto que encontrei em Starworth Tor, mesmo que pareça irreal — como um sonho febril. E por fim — *por fim* — me deixo cair.

Assim que o Coletor de Bruxos me alcança.

E pega minha mão.

38
Alexus

Por vários momentos, acredito que estamos mortos.

Não há nada, exceto eu e Raina. Não há água. Nem escuridão. Nem ar.

Estamos suspensos em um lugar de luz intensa, estranho e reconfortante. Um lugar onde o tempo parece desfeito. Onde ele não existe.

Raina parece tão em paz pairando diante de mim, como se estivesse sem peso e dormindo. Seu cabelo escuro e sedoso ondula acima de sua cabeça, a saia do vestido cinza flutuando como se ainda estivéssemos nas profundezas do Mar Maloriano.

Com sua mão na minha, eu a puxo para perto. Ela se move como se estivesse na água até meus braços. Quero ficar aqui neste lugar que o tempo esqueceu, onde ela pode acordar e me reconhecer.

Meu coração sussurra que esta é uma esperança tola. Eu vi o que foi feito. O que foi perdido. Sei que da próxima vez que ela olhar para mim, não será com adoração, gentileza ou paixão. Esses últimos dois meses, para ela, já parecem que nunca aconteceram.

Mas para mim...

No espaço entre dolorosas batidas do coração, somos arrancados da luz e jogados de volta na escuridão. Batemos na água fria, como se o lugar cheio de luz nos cuspisse.

Enquanto o mar nos engole, arrastando-nos para baixo novamente, mantenho Raina em meus braços e nado contra o peso do oceano até a superfície. No momento em que o ar da noite atinge meu rosto, uma onda baixa nos empurra em direção à costa.

Starworth Tor estava tão longe antes, uma distância impossível de nadar. Agora estamos perto o suficiente da enseada para que as tochas fincadas onde Zahira costuma se sentar à noite sejam claramente visíveis.

Meus pés rapidamente encontram a areia e, pelas bênçãos dos Antigos, tiro Raina do poderoso Maloriano e caio de joelhos na praia.

Enquanto ondas rastejantes rolam atrás de nós com as cristas espumosas morrendo na praia, deito Raina e invoco todas as estrelas que posso reunir, que são apenas algumas. Com cuidado, viro-a para o lado ileso e esfrego suas costas enquanto ela tosse e cospe na areia.

Montado nela, pressiono a testa em seu ombro, tentando respirar. Pelo menos ela está aqui. Pelo menos ela está viva. Thamaos, o príncipe e talvez até Vexx a desejem, para punição, tenho certeza. Mas, pelos deuses, eles não a terão.

Eu escuto vozes. Risadas suaves.

— Zahira! — Minha voz é uma coisa esfarrapada e desgastada cortando a noite, queimada pelo sal e pela água. Ergo a cabeça. — Yazmin!

Depois de um momento, elas aparecem da curva sombreada da enseada, uma delas carregando uma tocha. Suas silhuetas se movem com incerteza a princípio, caminhando com hesitação, sendo cuidadosas.

Mas então estão correndo.

São três. Zahira, Yaz e… Nephele.

— O que houve, em nome de Loria? — grita Zahira quando elas desmoronam ao meu lado. Nephele cai de joelhos ao lado da irmã e crava sua tocha na areia.

— Raina! — Ela afasta o cabelo molhado de Raina do rosto e lança um olhar para mim. — O que aconteceu?

Yaz também cai de joelhos, examinando imediatamente Raina e a mim em busca de ferimentos. Ela pressiona a mão na minha bochecha.

— Alexus? Vocês estão bem?

Não posso responder. Apenas engulo o nó apertado na minha garganta e balanço a cabeça quando Raina vira um olhar para mim, perfurando meu coração com um olhar cheio de ódio.

Segurando seu ferimento, ela empurra meu peito e sai de debaixo de mim em direção à enseada, ofegando, arranhando a areia e lutando para ficar de pé, como se minha presença fosse um veneno.

Acompanhamos sua movimentação com os olhos arregalados enquanto Nephele corre para o lado dela, colocando um braço em volta da cintura dela para se apoiar.

— Raina, o que foi? O que está errado?

Há pouca luz — apenas a lua, minhas poucas luzes estelares e a tocha bruxuleante. Mas basta para ver o que Raina sinaliza.

— *Me leve para longe dele. Nunca mais quero ver seu rosto. Preciso encontrar Finn!*

— Apenas vá, Nephele — grito, cavando as mãos na areia molhada. — Faça o que ela quer. Você vai entender em breve.

Minha amiga está hesitante. Eu vejo sua preocupação. Mas, por insistência minha, elas se escondem nas sombras da enseada e desaparecem em direção à casa principal. Juro que parece que Raina Bloodgood arranca meu coração pulsante e o carrega com ela.

Zahira segura meu ombro, os olhos brilhando de tristeza, os cantos da boca voltados para baixo.

— Alexus. Preciso que você fale comigo.

Eu me levanto e arranco minha jaqueta encharcada, jogando-a na areia, e redireciono minha mente porque não tenho outra escolha.

— Eu vou — prometo a ela, limpando a água pingando e as lágrimas do meu rosto. — Mas primeiro temos que encontrar Helena e Rhonin.

Assim que pronuncio seus nomes, Zahira olha para além de mim e seu rosto murcha ainda mais. Quando me viro, Rhonin e Helena estão caminhando pelas rochas que se projetam do lado leste da enseada, o corpo sem vida de Finn pendurado no ombro de Rhonin.

— Meus deuses — diz Zahira, cobrindo a boca.

E eu vou encontrar meus amigos.

Um novo dia nasce, e estou lá para cumprimentá-lo.

Callan caminha até a praia e se senta ao meu lado na areia sob a luz da manhã e me entrega uma xícara fumegante do chá de Yaz.

— Rhonin finalmente deixou Keth e Jaega assumirem sua guarda no portão principal. Você deveria me deixar assumir para *você* agora. Os guardas na muralha trocaram de turno sem problemas. Se Rooke e Vexx soubessem para onde você veio, já teriam enviado uma legião para cá. Mas eles não sabem. Não estão vendo tudo. Você precisa descansar.

Eles não estão vendo tudo. Mas o príncipe está de olho em sua bandeira por um motivo. Penso em Crux, aquele maldito pássaro de olhos redondos, e olho para o céu. Eu o matei? Ou está lá fora nos procurando?

— Não consigo descansar. Minha mente não deixa. — Coloco o chá de lado na areia e observo o sol nascer sobre o oceano enquanto as ondas quebram a alguns metros de distância. Esfregando as duas mãos no rosto, descanso os braços nos joelhos. — Pensei em sair no encalço de Rooke e Vexx a noite toda. O que eu faria com eles. Precisei de tudo de mim para me segurar e não voltar para a cidade. *Ainda* estou precisando.

— Estou feliz que você não fez isso. — Callan me cutuca com o cotovelo. — Nós precisamos de você. E ontem você estava exausto demais para lutar sozinho contra toda a Patrulha do Norte, mesmo com toda a raiva que está sentindo.

Legiões. Eu contenho legiões de raiva.

Aperto os olhos para a água cintilante e reoriento meus pensamentos na questão mais importante, que pesa em minha mente.

— Como ela está?

— Recuperando-se bem. Ela terminou de curar o ferimento ontem à noite e a queimadura também está quase limpa. A piscina termal ajudou, como você disse que ajudaria. Foi preciso um pouco de persuasão para levá-la ao farol, e ela ficou agitada enquanto estava lá, pelas lembranças, tenho certeza. Mas acabou ficando submersa por mais de uma hora.

Como as coisas mudaram no espaço de uma noite.

— E Finn? — Meu peito aperta, e não porque sinto muito por ele. *Ele* a levou ao Barril Amargo. Poderiam estar os três mortos.

— Ele ainda está vivo — diz Callan —, graças ao milagre que é Raina Bloodgood. Ainda não acordou, no entanto. Não tenho certeza de quando o fará. A magia dela fechou a ferida, mas ele já havia perdido muito sangue. O tempo vai dizer.

— Eu deveria estar feliz por ele ter sobrevivido — falo, minha voz vazia de sentimento. — Mas não sou um homem tão bom assim. Sei o que significa para Raina agora que o vínculo rúnico foi danificado. Ela vai querer o que queria antes de me conhecer. E é ele.

— Não tenha tanta certeza. — Callan empurra o cabelo trançado sobre o ombro e coloca uma das mãos nas minhas costas. — Ela ainda se lembra de você, Alexus.

— Eu sei. Mas o homem que ela vê agora é o Coletor de Bruxos. Um homem que ela detesta.

A expressão de Callan se enche de compadecimento.

— Ela está apenas lutando contra o choque e a confusão. Está tendo dificuldade em conciliar sua antiga amargura e ódio com as imagens de vocês dois que agora ocupam sua mente. O tempo na floresta. As conversas nessas últimas semanas. A intimidade.

— Eu sei o que ela está sentindo. — Estendo meu pulso, mostrando a velha cicatriz ali, o rosto de Fleurie piscando em minha mente. — Já passei por isso antes, só que este outro vínculo foi totalmente rompido, de ambos os lados. Nós nos tornamos estranhos, mas estranhos seria melhor do que sermos considerados inimigos. É como se os últimos dois meses tivessem sido completamente desfeitos.

Callan suspira.

— Eu realmente sinto muito. Mas talvez as lembranças ajudem e não atrapalhem. Um lembrete de quão longe vocês dois chegaram.

— Não ajudaram até agora. — Fecho as mãos e engulo a constrição na minha garganta. — Ainda posso senti-la. O pouco que resta de sua runa é suficiente para que eu sinta um pouco de suas emoções. Ela me quer, mas não tanto quanto me odeia. — Uma onda de enjoo toma conta de mim, meu peito doendo como se tivesse sido escavado com uma colher. — Não sei como lidar com isso. Eu quero derrubar o mundo por conta disso. Parece que ela se foi. Que ela morreu. Apenas o fantasma dela ainda está aqui para me assombrar.

Callan gira o chá em sua xícara, olhando para as folhas no fundo.

— Sabe, quando meu parceiro faleceu há alguns anos, pensei que era o fim de tudo. Estávamos juntos há tanto tempo que eu tinha certeza de que não haveria outro para mim. Mas havia, e agora ele está na Vila Invernal com nosso filho, e eu estou *aqui*, tentando fazer deste mundo um lugar melhor para eles. Não há nada que eu não faria por nós três.

— Entendo.

Não digo a Callan que perdi minha esposa e meu filho há muito tempo. Ou que meu coração se tornou uma paisagem vazia desde então. Até recentemente.

Callan me cutuca novamente, e eu olho para cima, encontrando seus olhos castanhos.

— Esse tipo de amor, o tipo que faz você querer derrubar montanhas com as próprias mãos, é a força mais poderosa do universo. Portanto, embora pareça que tudo está perdido agora, lembre-se de que Raina não se foi e que ela não é um fantasma. Ela ainda está aqui. Não há problema em lutar por ela. Dizer a ela como você se sente. Lembrá-la do quanto você se importa. Eu não esperaria menos. E aposto que se você tivesse perguntado a ela antes de tudo o que aconteceu na noite passada, ela teria dito que não esperava menos também.

— Nunca disse que desistiria dela. — Eu viro um olhar para o meu amigo. — É como eu disse, não sou um homem tão bom assim. Tentei ser, na Vila Invernal, quando ela soube que Finn estava vivo. Eu estava pronto para deixá-la em paz se fosse isso que ela queria. Mas não sei se conseguiria ter ficado longe. — Estreito meus olhos. — Você fala como se soubesse que vou ter *tempo* para lutar por ela.

Eu não tinha pensado que o faria até que isso acabasse. Não imaginei que Raina decidiria continuar a jornada, não comigo no meio.

— Ela ainda está indecisa se deve ir às Terras do Verão, por vários motivos — responde Callan com sinceridade. — São muitos pensamentos conflitantes para ela resolver em pouco tempo. Mas uma mulher como Raina não foge de uma luta que precisa de suas mãos. Ela estará na embarcação de Terrowin. *Se* ainda pudermos chegar lá.

Ergo uma sobrancelha.

— Essa é a preocupação.

Durante a próxima hora, me limpo e troco de roupa, tentando e falhando em ignorar a ausência de Raina no farol. Algumas de suas coisas ainda estão aqui. Seu robe está jogado de lado na cama. Sua bolsa ainda está no chão. O livro que ela estava lendo está sobre a escrivaninha, fechado, minhas cartas usadas para marcar onde ela parou. E o colar — a corrente de ouro com uma única pérola — ficou para trás.

Pego seu robe e o esmago contra meu rosto, inalando o cheiro de lavanda e jasmim. *Lutar por ela.* Como se meu coração me desse outra escolha.

Quando volto para a casa principal, Callan reuniu todos no salão de jantar. Zahira e Yaz prepararam um café da manhã simples com pães quentes e frutas e, embora outros façam seus pratos, não consigo nem pensar em comida.

Rhonin e Helena estão aqui, com os olhos escurecidos pela exaustão, e Keth e Jaega logo entram na sala. Joran se senta à minha esquerda enquanto Nephele se senta à minha direita. Não a vejo desde ontem à noite, quando ela veio me ver por alguns minutos antes de voltar para Raina. Ela está cansada também. Preocupada. A pele sob seus olhos está machucada pelo esforço de manter o escudo, por pensar em Colden, em mim, e agora tudo isso está visivelmente cobrando seu preço.

Joran enche um pequeno prato com comida e serve um copo de suco, então o desliza sobre a mesa para Nephele, seus olhos prateados fixos nela.

— Coma. Você precisa de força.

Surpreendentemente, pela primeira vez desde o início desta viagem, ela não discute com ele. Apenas aceita a oferta com um aceno de cabeça que mais parece uma trégua antes de se virar para mim.

— Mari está com Raina e Finn. — Ela aperta minha mão e se inclina para beijar minha bochecha, com os olhos vermelhos. Quando ela fala, sua voz treme. — Eu quero a cabeça de Rooke por isso, aquele traidor.

— E eu quero a de Vexx e Gavril. — Helena enfia o garfo em uma maçã. — Se esse for mesmo o nome dele.

— Eu quero o mesmo — digo a eles, limpando uma lágrima de raiva da bochecha de Nephele. — Mas não podemos arriscar a segurança de Zahira, Yaz e inocentes Habitantes das Terras do Norte por nossa vingança, o que significa que não podemos permanecer em Malgros por muito mais tempo. — Todos ficam parados e atentos. — Ficou claro ontem à noite que Vexx está comandando o show aqui e ele seguirá o protocolo padrão das Terras do Leste.

— E qual é? — indaga Callan, olhando entre mim e Rhonin. Faço um gesto para Rhonin.

— A prática militar dos Habitante do Leste é observar primeiro — diz ele. — Em seguida, decidir a melhor forma de se envolver. Só escolhem os ataques que eles têm certeza de que serão vantajosos. O elemento surpresa. Se a situação e a geografia permitirem, esta é sua estratégia primária.

— Então o tal jantar ontem à noite — fala Hel. — Eles não sabiam onde Alexus estava escondido, mas sabiam como atraí-lo para Brear Hall. Ele esperava uma coisa e encontrou outra.

— Provavelmente foi por isso que a notícia do jantar virou fofoca na cidade, e por que Terrowin, um homem que normalmente não frequenta tais círculos sociais, foi convidado — intervém Zahira, olhando para mim. — Na esperança de que você ficasse sabendo quando investigasse.

Uma armadilha que eu não esperava. Porque a vingança era tudo que eu podia ver.

— Então, o que eles farão agora? — pergunta Callan. — Varrer a cidade?

— Não — responde Rhonin. — Isso seria um anúncio ousado de seus planos e exigiria uma concentração de muita mão de obra e tempo. Eles vão tentar manter o controle da situação. Já que nós, o inimigo, estamos tentando sair, e já estão vigiando os portões da cidade, vão intervir em qualquer plano de transporte que possamos fazer. A frota da Patrulha tomará o navio de Terrowin antes que ele chegue à terra. Todos os outros navios programados para sair ficarão presos no porto até que sejamos encontrados.

— E é muito provável que eles também usem seus recursos aqui — acrescento. — Esta é uma terra de Bruxos Caminhantes. Eles provavelmente levantarão um véu ao longo da costa em algum momento, e se houver algum bruxo talentoso que possa ajudá-los a nos procurar, serão recrutadas para o serviço.

— Merda. — Keth deixa o garfo de lado e afasta o prato. — Então, por causa do desastre de ontem à noite, somos nós contra toda a Patrulha das Terras do Norte, sua frota e uma cidade de bruxos, se quisermos sair dessa pausa.

Sinto o soco da culpa que ele tem todo o direito de jogar em mim.

— Por que você simplesmente não matou aqueles bastardos? — indaga.

— *Você* os teria matado? — pergunta Jaega, sua voz suave como vidro. Keth a encara. — Se eles fossem os únicos que soubessem onde eu estava e que *eu* estivesse em perigo, você os teria matado?

O silêncio cai sobre a sala.

— Por que vale a pena — diz Rhonin, sua voz baixa —, Alexus tentou arrastar Vexx conosco, mas tivemos que deixá-lo. O que Alexus estava passando era... — Ele olha para mim, os olhos cheios de empatia. — Não havia outra maneira. Tínhamos que correr.

— E agora? — indaga Nephele suavemente. — O que *nós* fazemos? Não podemos chegar às Terras do Verão assim.

Respiro fundo, minha mente trabalhando.

— Não, *nós* não podemos chegar às Terras do Verão assim. Mas *eu* posso. Você, Zahira e Callan podem tirar todo mundo de Malgros esta noite pelo portão de Starworth Tor. Pode ser necessário outra construção protetora se eles enviarem mais guardas para vigiar esta extremidade da parede. Mas agora tenho meios diferentes de viajar. Vou distrair a Patrulha e partir para Itunnan, mas só posso me carregar.

Zahira coloca o copo de suco na mesa com firmeza, uma expressão de descrença irritada no rosto.

— Saltando pelo céu através do Maloriano? Você vai se desgastar e se afogar antes mesmo de chegar àquelas praias douradas. É um tolo se pensa que vou deixar você tentar isso.

Arqueio uma sobrancelha.

— Eu te amo, mas não preciso da sua permissão, minha amiga.

Ela abre a boca, mas antes que possa responder, Joran fala.

— Me dê até o anoitecer.

Todos nós olhamos para ele.

Nephele ri sem humor.

— Eu vou te beijar na boca se você realmente puder ajudar nessa situação. — Ela cruza os braços sobre o peito. — O que *você* pode fazer que o resto de nós não pode?

Com um sorriso maroto, ele esfrega a ponta do guardanapo de linho dobrado entre o polegar e o indicador, segurando o olhar dela por um momento antes de se virar para mim.

— Eu sou um bruxo da água. Com acesso ao Mar Maloriano. Me deixe jogar. — Ele se inclina para a frente, os braços cruzados sobre a mesa. — Até o anoitecer e um pouco de confiança. Isso é tudo de que preciso. Mas entenda que mesmo que você negue, vou fazer mesmo assim. Pretendo estar em Itunnan em questão de dias, não em uma cela de Malgros ou Queziran. Além disso, não tenho rei e não tenho senhor, e você não é um deles. Pedir o benefício da dúvida é a extensão da minha cortesia.

Nephele enrijece.

— Joran, se eles pegarem você...

Ele desliza os olhos na direção dela.

— Eles não vão me pegar.

— Isso parece... imprudente — interrompe Rhonin, batendo nervosamente na mesa. — Sem ofensa, Joran, mas não consigo imaginar você navegando em um navio pelo porto até a porta da frente de Starworth Tor sozinho. Mesmo que pudesse, ainda teríamos que passar pela frota das Terras do Norte para entrar nas águas das Terras do Verão. E, se você conseguir isso sem Terrowin e tripulação, não temos ideia do que fazer depois de cruzarmos esses desafios. Isso é pedir uma tempestade de problemas. Uma que não podemos suportar.

Joran olha para baixo na mesa para meu jovem amigo.

— Eu *sou* a tempestade. Se alguém precisa temer alguma coisa, é a Patrulha. — Ele se vira para mim, nitidamente sem procurar permissão, mas concordância. — Tudo o que peço em troca é que me faça um único favor depois disso. *Se* eu conseguir.

— Qual é o favor? — pergunto, desconfiado.

Ele dá de ombros.

— Ainda não tenho certeza. Nada muito grandioso. Talvez um alojamento melhor quando voltarmos à Vila Invernal. Minha casa nos últimos tempos tem estado... um pouco apertada.

— Alojamento melhor. Fechado. — Concordo com isso apenas porque meu instinto me diz que preciso confiar nele pelo menos uma vez. — *Se* você for bem-sucedido — acrescento. — Se você for pego...

— Morrerei antes de deixá-los saber onde você está. — Ele não diz essas palavras para mim. Ele as diz a Nephele. Uma promessa. E não posso deixar de acreditar que ele está falando sério.

Também não sei se temos outras opções. Por mais que eu queira invadir o quartel-general da Patrulha, tenho que lembrar que o Príncipe do Leste me quer, e ele quer Raina. Não posso arriscar que ele ponha as mãos em nenhum de nós.

— Até o anoitecer, então — digo, mesmo quando todos olham para mim como se eu estivesse cometendo outro grande erro, especialmente Callan, Nephele e Helena. Porque isso vai forçar Raina a decidir se quer continuar esta jornada ou ficar com Finn. Hoje. Não consigo imaginar que ela o deixará, e não consigo imaginar deixá-*la*. O pensamento me deixa doente.

Joran se levanta da mesa.

— Deixem suas bolsas e pertences prontos. Em três dias, estaremos nas Terras do Verão.

39
Raina

Acho que te amei por toda a minha vida. E quando nós dois partirmos, eu ainda vou te amar.

Essas palavras não param de se repetir na minha cabeça, mesmo quando estou deitada ao lado de Finn, segurando sua mão. Tudo nele parece confortável e certo, exceto quando penso no Coletor de Bruxos. Então as coisas se misturam na minha cabeça em um emaranhado irreconhecível.

Encaro a cicatriz vermelha gritando na garganta de Finn, brilhante da pomada de Yaz, então foco em seus lábios ainda pálidos, desejando que ele abra os olhos. Estou tentando focar meus pensamentos *nele*.

Mas essas palavras...

Foi assim a manhã toda, *acho que te amei por toda a minha vida* me acordando enquanto tento descansar, me distraindo quando tento pensar. Em um momento, a lembrança do Coletor olhando para mim e dizendo que me ama me dá vontade de chorar. Isso me faz querer encontrá-lo, beijá-lo e abraçá-lo, por mais inconcebível que pareça. No momento seguinte, qualquer noção de ternura é sufocada pela raiva extrema, e me sinto como no Dia da Coleta, desejando poder enfiar uma adaga em seu coração.

Apesar do desprezo que sinto por ele, também me lembro dessa paixão selvagem e implacável. Embora Nephele e Hel tenham me garantido que minhas lembranças inimagináveis do Coletor realmente aconteceram, parece que foram apenas sonhos. Estar com ele na Floresta da Água Gélida. Suas mãos ásperas em meu corpo nu na Vila Invernal. Todas as noites em sua tenda, os olhos fixos nos meus enquanto ele se movia entre minhas pernas, me fodendo até que eu não pudesse respirar. Todos os muitos momentos aqui, em Starworth Tor.

Sonhos. Todas essas coisas. *Irreais.*

Meu ódio, no entanto, parece forte e verdadeiro, algo a que me apegar.

Eu toco a nova cicatriz acima do meu seio esquerdo, estremecendo com a dor fantasma que vive ali. Que tortura é essa? Desejar e detestar alguém tão completamente ao mesmo tempo? Que crueldade.

Rastejo para fora da cama e me encolho, minhas costelas ainda doloridas da lâmina que quase atingiu meu pulmão. O rosto meio queimado de Gavril surge em minha mente enquanto visto um robe aconchegante e calço chinelos. Tenho a sensação de que ainda verei aquele feiticeiro, mas paro de pensar nele. Não vou deixar seu ataque criar mais medo dentro de mim.

Mari ergue os olhos de sua cadeira ao lado da cama, colocando uma mecha de cabelo castanho atrás da orelha.

— Para onde está indo, srta. Bloodgood?

Ela está ali conosco — lendo um livro sobre cuidados médicos — já faz mais de uma hora, olhando de soslaio para mim com frequência enquanto estou deitada ao lado de Finn. Depois que Nephele me contou sobre a reunião que acontecera esta manhã, ela foi até o farol para pegar o restante das minhas coisas e designou Mari para cuidar de mim e de Finn em sua ausência. Já era para ela ter voltado, e preciso de um pouco de tempo longe dos olhos atentos de Mari.

Aponto o andar de baixo enquanto caminho até a porta. Em seguida, faço um gesto em direção à janela e respiro fundo, de forma exagerada, levando as mãos ao rosto.

— Todos estão arrumando seus pertences e preparando os cavalos — diz ela, com a testa franzida em confusão. — Apenas no caso de ser necessária uma saída rápida.

Não era isso que eu queria dizer. Franzindo a testa, pego uma bolsa de Zahira e coloco meu prato de vidência, a adaga, os livros sobre maldições que tenho lido e um cobertor de praia dentro. Preciso verificar as águas, mas também quero um pouco de ar fresco e ficar *sozinha*. Felizmente, Mari não discute quando saio do quarto.

Esbarro em Hel no topo da escada.

— Estava indo te ver.

— *Preciso de ar, ir à praia* — sinalizo. — *Mari está com Finn. Nephele...* — Eu faço uma careta e dou de ombros.

Um lado da boca de Hel se curva.

— Ela está descansando no farol, na cama de Alexus. Todos nós precisamos dormir, acho. — Ela acena com a cabeça em direção à escada. — Vá. Eu vou ficar com Finn. Zahira e Yaz foram aos arquivos para verificar os movimentos da Patrulha. Se eu souber de alguma coisa, irei procurá-la. — Do nada, seus olhos castanhos ficam vidrados com um brilho de lágrimas contidas. — Eu te amo, Raina. Muito mesmo.

Ela me disse isso várias vezes desde ontem à noite. Ela se sente culpada por ter saído do quarto, mas provavelmente ela também teria se machucado se tivesse ficado. Gavril só estava facilitando sua tarefa quando a mandou buscar água. Ela não poderia saber. Tentei lhe dizer isso, mas a culpa tem seu jeito de transformar a verdade em mentira, algo que conheço muito bem.

Faço o sinal de *também te amo* e passo o braço em volta do pescoço dela, beijando sua testa. Ela envolve os braços na minha cintura e pressiona a cabeça contra o meu peito, apertando com força.

Quando se afasta, enxuga uma lágrima do rosto.

— Tudo bem, agora você *realmente* pode ir — diz ela com uma risada suave, fazendo-me sorrir e, em minutos, estou atravessando a varanda e descendo as escadas de pedra até a enseada, decidida a tirar uma soneca à beira-mar.

Olho para o céu e me lembro de como o Coletor sobrevoou a cidade ontem à noite, e que ele nos salvou do afogamento quando finalmente me rendi ao meu abismo. Não sei como. Não estava alerta para entender. Ainda não mencionei a estranha ocorrência para Nephele, e acho que o Coletor também não, se é que ele percebeu o que aconteceu. Minha irmã já teria dito algo se ele tivesse. O que quer que tenha sido — o que quer que *isso* seja — já não tenho tanto medo.

Um vento frio sopra meu cabelo no rosto e gruda meu vestido e robe em meu corpo quando chego à praia sob o sol do meio-dia. Paro e tiro os chinelos, segurando-os na mão. A areia contém um calor escasso, mas é bom senti-la sob meus pés e distantemente familiar, o suficiente para que, em algum lugar no fundo da minha mente, uma nova lembrança floresça, como se estivesse se libertando de anos de esquecimento, como algo enterrado sob um bilhão de grãos de areia. É uma garotinha construindo um castelo de areia na praia com um belo homem de olhos azuis ao seu lado.

Meu pai e eu.

Abalada pela imagem vívida, faço uma pausa e largo a bolsa e os sapatos. Afasto o cabelo do rosto e olho para o leste, procurando aquela lembrança, como se eu pudesse ver um pai e uma filha brincando na praia.

Mas o que vejo é o Coletor sentado a alguns metros de distância, os cotovelos apoiados nos joelhos dobrados, me observando com aqueles olhos brilhantes como esmeralda. Achei que estava a salvo de vê-lo. Achei que ele estaria no farol com minha irmã.

Ele se levanta e limpa a areia da calça de linho. O vento chicoteia sua calça e túnica de cor clara contra sua forma musculosa. Não me lembro de tê-lo visto vestido assim antes. Na verdade, continuo vendo imagens dele nas costas de Mannus, vestido de preto, o capuz pesado cobrindo sua cabeça enquanto ele cavalgava em nosso vale como um cavaleiro das trevas. Pior, vejo imagens de seu passado. Un Drallag. Alexi de Gent. Um assassino do rei Gherahn. Imagens que só existem por causa do vínculo e de nossos sonhos e pesadelos compartilhados.

Com cada flash frio e fugaz, me pergunto mais e mais como pude me deixar envolver por um homem assim tão profundamente, como se minha mente estivesse tentando me lembrar de quem ele realmente é em seu âmago, e que eu deveria odiá-lo. Ele destruiu tantas vidas em seus trezentos e vinte e poucos anos. Mais do que salvou.

Mas então ele caminha em minha direção. Está descalço, com as mãos nos bolsos, o cabelo preto-azeviche despenteado pelo vento, o queixo sombreado por uma barba. E me lembro que sei como ele é por baixo daquelas roupas. Qual é a sensação. Qual é o *gosto* dele. E sei que há bondade nele, mesmo que eu não queira ver.

Meu coração bate forte e meu sangue esquenta, misturando-se a tantas outras emoções que não sei o que fazer a não ser ficar ali, congelada, olhando para qualquer coisa, menos para ele.

Engolindo em seco, cruzo os braços sob os seios quando ele para ao meu lado. Ele está de frente para a casa principal, quase ombro a ombro comigo. Graças ao vento do mar, seu cheiro está em toda parte, homem, almíscar e algo como madeira. Não consigo impedir o arfar em meu peito com sua proximidade, como se eu tivesse chegado à praia correndo.

— Eu perguntaria se você está bem — diz ele, sua voz me lavando como um toque —, mas sei que você não está. Sinto como está dividida.

Cerro os dentes e fecho as mãos em punhos. Ele ainda pode me sentir porque não consigo mais fechar o vínculo. É estranho só de pensar, como se nossa conexão fosse uma ilusão. Mas então fecho os olhos e vejo, e sei que era real, embora quase não reste nada do meu lado. É como se eu estivesse tentando proteger uma janela aberta de um furacão com um pedaço de seda esfarrapada.

— *Estranho que eu não possa sentir você* — sinalizo rigidamente, jogando meus ombros para trás.

Eu me lembro como era antes. Eu o sentia. Ouvia. Conhecia seus pensamentos. Compartilhava sua magia.

— Não estou permitindo. Pensei em poupá-la. — Uma pergunta brilha em seus olhos. — Por quê? Você *quer* me sentir?

Viro meu olhar para a frente e encaro o mar suavemente ondulante.

— *Não. Eu só quero que você fique longe.*

Ele assente, mas não se move.

— Vou te deixar em paz. Mas preciso que saiba de uma coisa antes disso.

Respiro fundo e me viro em direção à casa, nem mesmo pegando minha bolsa e meus chinelos. Sua voz ainda está áspera da noite passada, e está sombreada pela mágoa. Eu não quero ouvir nada.

— O que eu disse era verdade — diz ele, suas palavras se sobressaindo sobre o vento que ruge em meus ouvidos. — *Eu te amo*. Mais do que você pode imaginar.

Meus pés param na areia, meu peito desmoronando em volta do meu coração. *Ande, Raina.* Mas não consigo.

Começo a forçar um passo, mas o calor do Coletor de repente queima minhas costas e sua mão desliza em volta da minha cintura. Agarro seu pulso como se fosse detê-lo.

Seus dedos raspam a seda abaixo do meu umbigo, segurando o tecido do meu robe com o punho. Arrepios percorrem minha pele com o contato, e cavo meus dedos em sua carne, minha mão tão pequena em comparação com a dele.

Não luto contra ele. Quero odiar seu toque áspero e firme e uma parte de mim de fato o odeia. Mas outra parte anseia por ele e o quer em todos os lugares. A parte que percebe o formato elegante e forte de suas mãos e a sensação de sua pele aquecida pelo sol. A parte que faz meus mamilos endurecerem e meus músculos da coxa se contraírem.

— Um mês atrás, eu estava preparado para deixar você seguir sem mim, se fosse necessário. — Sua voz profunda está no meu ouvido, acariciando a pele do meu pescoço. — Esse é o meu lado herói que você gosta de citar — diz ele, flexionando e relaxando os dedos contra o meu abdômen. — A parte de mim que o tempo suavizou.

Ele me puxa. Com força. A mão que segura meu robe desliza para a parte inferior das minhas costas, mergulhando perigosamente para baixo, enquanto a outra roça minha mandíbula e aponta para meu queixo.

Me afasto de seu toque, mas ele me puxa para mais perto, meus seios arfantes pressionados contra seu peito largo enquanto ele pega meu rosto em sua mão, me forçando a olhar para ele, a senti-lo.

— Mas quando se trata de salvar você, *de nos salvar*, não posso mais ser esse homem. — Ele olha para minha boca com todo o apetite de um leão faminto. — Se Joran for bem-sucedido esta noite e você decidir viajar para as Terras do Verão, quero que entenda o que a espera. Sinto há semanas que ele está vindo à tona, mas essas últimas horas terminaram de despertar um lado meu que mantive enterrado por muito tempo, e ele é um bastardo ganancioso e determinado. Agora, tudo o que penso quando imagino perder ou desistir de você é que *você é minha, porra*, e nada nem ninguém vai te tirar de mim. Não vai ser o príncipe. Não vai ser um vínculo destruído. Não vai ser Finn. Nem mesmo sua teimosia. Se você quiser se afastar de mim e de tudo que cresceu entre nós, não vou deixar que isso aconteça facilmente.

Ele solta meu rosto e eu me liberto de seu aperto.

— *E se eu* não *for com você?* — sinalizo, meus movimentos afiados, meu sangue correndo como uma torrente quente em minhas veias. — *E se eu ficar com Finn? E se eu recusar?*

Se eu for para a Cidade das Ruínas, terei que deixar Finn aos cuidados de Zahira e Yaz, sem saber se ele ainda estará vivo quando isso acabar. Se eu ficar com ele, abro mão do poder que tenho para ajudar a consertar o futuro de Tiressia e envio minha irmã e meus amigos em uma jornada difícil sem uma Vidente.

Seja qual for a minha escolha, me afastará de quem precisa de mim. E, goste ou não, não importa quanto desejo eu sinta pelo homem irritante que está diante de mim, é uma coisa ilusória, e Finn é tangível, uma parte da minha vida que sempre existiu.

O Coletor enfia as mãos nos bolsos e, como ele disse, a determinação brilha em seu olhar endurecido.

— Se você ficar, eu volto para te encontrar quando isso acabar, não importa onde você esteja, e farei o que for preciso para lembrá-la do que compartilhamos. Porque aquele garoto… — ele aponta um dedo em direção à casa principal — … poderia tentar com todas as suas forças por toda a vida te amar como você merece, e ele ainda não colocaria fogo em sua alma do jeito que acabei de fazer com um único toque. — Ele baixa a cabeça, segurando meu olhar. — Eu sei que te faço feliz, Raina. Eu *senti* sua alegria.

Sua paixão. Seu *amor*. Mesmo que você nunca tenha falado que me ama, eu o senti florescer. E eu vou sentir isso de novo.

— *Você parece tão certo* — sinalizo, fazendo uma careta. — *Como se fosse tão simples me cortejar. Duvido que você consiga me fazer esquecer o quanto eu te odeio.*

— Eu já fiz isso antes. — Ele arqueia uma sobrancelha escura e travessa enquanto um sorriso rasteja em sua boca. — Eu posso fazer de novo.

Solto uma risadinha sarcástica, irritada até a medula por suas palavras serem verdadeiras. Pelo menos metade delas. Ele já *fez* isso antes. E lutei muito pouco contra.

Ele estreita os olhos, e noto um brilho lá quando ele inclina a cabeça.

— Espere. Isso foi um *desafio*? — Ele estica apenas um lado de sua boca perfeita, o esforço esculpindo uma covinha profunda em sua bochecha. — Porque estou encarando isso como um desafio — diz ele antes de abrir um sorriso e se afastar.

Misturado ao vento, ainda ouço ele dizer:

— Um desafio que aposto que vou ganhar.

40
Raina

As águas estão calmas hoje. Vejo Colden e Fleurie conversando, e então Colden e a nuvem vermelha do príncipe juntos, possivelmente conversando, mas quando penso em procurar Vexx ou Gavril, simplesmente ainda não consigo.

Também não consigo me sentar e lamentar, embora sinta que talvez precise lamentar. É estranho perder algo que sua mente diz que era precioso quando outra parte de sua mente grita que não era.

Então decido me deitar na praia e ler novamente o segundo livro que encontrei na biblioteca de Zahira sobre maldições. A leitura é uma fuga, uma forma de afastar as preocupações e os pensamentos negativos, um conforto que o Coletor proporcionou até agora. Prometo a mim mesma que, quando tudo isso passar, farei a curadoria de minha própria pequena biblioteca e lerei o quanto quiser.

Em poucas sessões curtas lendo *Maldições da Era Loriana*, já cheguei à metade do livro. Me protejo da luz do sol enquanto me concentro nas palavras, tendo finalmente encontrado uma informação que se conecta com algo enterrado em minha mente.

Depois de serem transformados, os Devoradores de Almas consumiam almas para se alimentar. Alimentos do campo e carne da floresta, rio e mar eram meios aceitáveis de sustentar a vida se provisões mais preferíveis não estivessem disponíveis. Curiosamente, parece haver registro consistente dessas criaturas amaldiçoadas saboreando as almas que consumiram, admitindo que as almas possuem sabor análogo à vida e às condições de vida que tinham. Diz-se que muitos Devoradores de Almas desenvolveram gostos particulares no decorrer de seus longos anos. Suas mortes eram frequentemente selecionadas usando esse fator determinante.

Eu me encolho e tento tirar da minha mente os pensamentos que essas palavras evocam: o príncipe comendo almas na floresta.

— *Pelo menos sua alma vai me restaurar* — ele me disse. — *Aposto que tem gosto de fumaça e luz das estrelas.*

Também não posso deixar de reler as quatro primeiras palavras: *Depois de serem transformados*.

Ele ainda é meu inimigo, e ainda quero sentir sua vida se desfazer por entre meus dedos pelo que fez no vale. Ele escolheu o caminho que levou a mim.

Mas não escolheu o caminho de um Devorador de Almas. Ele foi *feito*.

Ele foi *amaldiçoado*.

Isso me faz pensar em meu pai e na Faca Divina. Ele foi amaldiçoado como seu Guardião, e agora eu também. *Mas por quê?* Quem faria uma coisa dessas com um ceifador de Silver Hollow?

Essa pergunta parece tão inócua, mas agora tem um significado mais profundo. Porque meu pai era algo mais do que um ceifador do vale. Ele era um sentinela-chefe da Patrulha das Terras do Norte, embora eu não consiga entender como isso poderia conectá-lo à Faca Divina.

Cansada demais para ficar pensando nisso, fecho o livro e o deslizo para o lado, cruzando as mãos sob a bochecha. Com o som das ondas, o sol nas minhas costas e o vento frio correndo sobre mim, fecho os olhos e espero dormir um pouco.

— *Raina, precisamos de mais água. Vá, pequena.*

Papai estende a mão marcada e eu a pego, minha pele bronzeada contra sua pele rosada. Ao seu lado, eu cambaleio em direção à beira da praia e me agacho enquanto ele recolhe água do mar em nosso balde. Eu sorrio e balanço meu traseiro quando a espuma faz cócegas em meus dedos dos pés, e papai ri, o som é tão brilhante, seus olhos claros como o céu de verão.

Ele me pega em seus braços e me carrega de volta para o castelo de areia que construímos a manhã toda. É um parque de diversões enorme. Ando pelo caminho que meu pai construiu no meio, um fosso que logo preencheremos.

— Cave a areia em busca de conchas, pequenina. — Papai coloca o chapéu de palha sobre o cabelo loiro para proteger o rosto queimado de sol. — Vamos usá-las para deixar seu castelo muito bonito. — Ele passa a mão coberta de linhas como galhos de árvore pela areia molhada para me mostrar as conchas enterradas ali, e volto para as ondas com uma pequena pazinha que ainda é grande demais para eu usar. — Não muito longe, amor — diz meu pai, e eu obedeço, parando exatamente no ponto em que a água volta para o mar.

Agachando-me novamente, começo a cavar. Conchas brilhantes. Isso é o que eu quero. Grandes. Mas brilhantes. Uma por uma, eu as resgato, colocando cada uma cuidadosamente em uma pilha.

Mas então vejo algo diferente. Algo mais escuro, mas mais brilhante do que qualquer concha.

A luz do sol reflete na pedra âmbar enquanto afasto a areia, tentando com minhas mãos muito pequenas desenterrá-la. Tem mais. Algo branco, liso e comprido. Mal consigo segurá-la com a mão, mas puxo, puxo, puxo e cavo um pouco mais. Eu não quero parar. Preciso alcançá-la. Torná-la minha.

Não sei como chamar o que liberto da areia. Não é nada que eu já tenha visto. Nada que minha mãe, meu pai ou minha irmã tenham mencionado. A pedra está fria, mas parece certa na minha mão.

De repente, meu pai me chama. Ele vem correndo e cai de joelhos, tirando a coisa das minhas mãos. Entrego a ele facilmente, embora sua ausência me deixe triste.

Ele segura a coisa contra a luz do sol, ofegante, os olhos arregalados e vidrados enquanto a estuda de perto, o queixo tremendo ao engolir em seco.

— Não — sussurra ele, o rosto pálido. — Você era apenas um sonho — diz para a coisa em sua mão. — Um pesadelo. — Mas então sua voz fica mais alta. — Não! — E ele joga a coisa no mar.

Volta numa onda, o mar deixando-a aos meus pés.

Mais uma vez, ele a joga fora. E novamente retorna. Isso acontece repetidamente até que enfim, quando ele se cansa de jogá-la no mar, ele deixa a coisa descansar em uma nuvem de espuma do mar perto dos meus pés.

Eu a pego, e meu pai não me impede, essa coisa grande que não consigo nomear, feita de algo pontiagudo e preto em uma ponta, e a pedra branca e a gema âmbar na outra. Âmbar como o sol ao entardecer.

Com a mão trêmula, papai pega a coisa mais uma vez e me puxa para perto, e pela primeira vez eu o vejo chorar.

— Eu vou te proteger disso — ele me diz, pressionando os lábios contra os cachos no topo da minha cabeça. — Juro por tudo o que sou, Raina. Eu vou te proteger.

Ofegante, sento-me com um sobressalto. Estou no cobertor de praia. Na areia. Na enseada em Starworth Tor. *Não* com meu pai.

Apenas outro sonho, digo a mim mesma, minhas palavras espelhando as dele.

Mas não era um sonho. Aquilo foi uma lembrança. Uma que eu nunca tive antes. É uma revelação que enche meu peito de pânico, um milhão de perguntas surgindo em minha mente.

Porque apesar das histórias que ele contava e apesar das histórias em que acreditei durante toda a minha vida, meu pai não encontrou a Faca Divina na costa Maloriana.

Fui eu que encontrei.

Junto minhas coisas e volto para casa, minha pele quente e enrugada de ficar no sol. Não chego à varanda antes que o Coletor me encontre, descendo correndo os degraus de pedra. A preocupação marca seu rosto.

— O que foi, Raina? Algum problema?

Como ele pode sentir tanto com tão pouco quando se trata do

vínculo? Ele tinha visto meu sonho? Certamente não, agora que o vínculo foi parcialmente destruído.

Mas então olho para o farol e paro.

— *Você tem me observado?*

— Tem gente que quer você morta, ou pior, viva, então, sim. Eu estava de olho em você. O que aconteceu?

Não é nada que eu queira discutir com ele. Nem sei o que eu diria. Isso não faz sentido. Meu pai era o Guardião. A Faca Divina foi amaldiçoada para posse *dele*, não minha.

Talvez tenha sido apenas um acidente. Talvez a lâmina estivesse tentando encontrá-lo e a encontrei primeiro. Mas por que ele disse que me protegeria disso?

Passo pelo Coletor — ele é o culpado por aquela maldita Faca Divina, em primeiro lugar — e continuo andando em direção à casa.

— Raina. — Meu nome sai de seus lábios como uma ordem, como se ele tivesse esse tipo de poder sobre mim. Talvez antes tivesse. Mas agora, não.

Não tenho chance de me virar e responder a ele com algumas palavras bem escolhidas porque Nephele abre a porta externa para a grande sala, e sua expressão me enche de ainda mais pavor.

Com olhos que mais do que nunca me lembram os de papai, ela olha de mim para o Coletor e de volta para mim.

— Zahira e Yaz estão em casa. Elas encontraram algo.

Nephele e eu nos sentamos à mesa da sala de jantar de Zahira e Yaz. Alexus está aqui, encostado no batente da porta. Não que eu queira que ele esteja. Nephele pediu-lhe para ficar.

Zahira desliza um dos blocos de pergaminho encadernado sobre a mesa polida. Minha irmã aceita, arrastando-o para mais perto. Examino as palavras, escritas a carvão, enquanto ela as lê em voz alta.

Cidadão: Ophelia Moren-Sar

Nascimento: Elam, província de Ske-Trana, ano 264 no reinado de Fia Drumera, solstício de verão

Estudo: Salão dos Santos, Cidade das Ruínas, Anos 286-288

Deslocada no mar, expedição prática: ano 288, primavera, refugiada no quartel da Patrulha das Terras do Norte

Retorno a Itunnan: Ano 288, outono

Retorno a Malgros: Ano 289, início do inverno

Unida a Head Sentry Rowan Bloodgood: Ano 289, inverno

Criança: Nephele Moren-Sar Bloodgood, Ano 289, verão

Criança: Raina Moren-Sar Bloodgood, Ano 295, meio do inverno

Permissão para sair para Terras do Norte Valley: família, ano 297, inverno

Eu olho para minha irmã, que já está olhando para mim. Seus olhos estão arregalados e suas bochechas rosadas sem cor. Ela se vira para Zahira.

— Elam. Ske-Trana. Estes são os locais das Terras do Verão.

— Sim. — Assente Zahira. — Elam é uma pequena província não muito longe de Itunnan.

Nephele pisca e inclina a cabeça, como se não estivesse ouvindo direito.

— Mas nossa mãe era do Norte.

As sobrancelhas de Yaz se erguem.

— Sim, ela era. *Depois* que se mudou para cá e se estabeleceu permanentemente como membro da Patrulha. Mas antes, sua mãe era uma Habitante das Terras do Verão. Por nascimento. E ainda mais importante, ela estudou no Salão dos Santos, sob Fia Drumera e seus magos. Obviamente foi deslocada para cá e conheceu seu pai, e quando mais tarde soube que estava grávida, deixou sua casa para ficar com ele.

Da porta, Alexus enrijece, como se algo que Yaz disse tivesse puxado sua coluna em uma linha rígida. Ele exala um longo suspiro e esfrega a mão sobre a sombra de sua barba.

— O que explica a habilidade dela. E as de Raina e Nephele.

Encaro o pergaminho. Raina Moren-Sar Bloodgood. Eu não só não sabia sobre minha magia durante a maior parte da minha vida, mas também nem sabia quem realmente sou.

Não posso deixar de me perguntar se isso tem algo a ver com o meu abismo. Se é algum tipo de habilidade de Habitante das Terras do Verão, que eu não sabia até recentemente.

— O instinto guiou a historiadora em mim — diz Zahira, interrompendo meus pensamentos. — Tive a sensação de que algo estava enterrado em sua linhagem. É importante sempre olhar mais fundo. Não somos apenas produtos de nossos pais, mas também dos ancestrais. Suas almas cantam um poderoso eco em nossas veias.

— *Por que ela esconderia esse conhecimento de nós?* — sinalizo e Nephele traduz.

— Essa é a questão — responde Zahira, juntando as mãos sobre a mesa. — Talvez Fia Drumera possa responder assim que você chegar à Cidade das Ruínas.

Se chegarmos lá. *Se* eu for. Não sinalizo essas palavras, mas sei que todo mundo está pensando nelas também.

Quando olho para Nephele novamente, lágrimas grandes oscilam na borda de suas pálpebras. Ela pisca, e elas escorrem por seu rosto.

— Eu me lembro de Malgros. — Ela enxuga as bochechas. — Mas pensei que todas aquelas imagens em minha mente eram das histórias dos meus pais. Não pensei que fossem reais. Eu não me atentei como deveria. Mas… — Ela faz uma pausa. Respira com dificuldade. — Lembro-me de mamãe chamando Raina de *Raio de Sol*, e como adorei isso. — Ela sorri, os cantos de sua boca tremendo. — Parecia um apelido tão feliz. Mas ela me chamou de…

— *Morning Star*[1] — sinalizo, lembrando-me da doce voz de minha mãe ecoando pelo chalé ao amanhecer.

Nephele assente.

— Morning Star — ela sussurra. — *Moren-Sar*.

Deslizo o braço em volta dos ombros dela e tento ignorar o fato de que, quando o Coletor de Bruxos sai de onde está e fica ao lado da minha irmã, ela pega a mão dele e ele a beija docemente. Apesar dele, e apesar do meu coração estar partido por causa de Finn, sei o que devo fazer nas próximas horas.

Por mim.

Porque minha mãe era uma Habitante das Terras do Verão. Uma poderosa maga educada no Salão dos Santos, um lugar que eu mal sei do que se trata. Mas a Faca Divina estava ligada à magia de Habitante das Terras do Verão. A magia estava ligada a mim e ao meu pai, embora ele desejasse se livrar da lâmina, para me proteger de todo perigo que sentiu que ela representava. Eu só tenho mais perguntas; mas, pelo menos agora, algumas das peças que faltam no quebra-cabeça entraram em jogo e pretendo descobrir o resto.

Eu me levanto e me dirijo à mesa antes de subir as escadas, ciente do olhar do Coletor fixo em mim.

— *Preciso passar um tempo com Finn e pensar* — sinalizo.

O que não digo, nem que seja para prolongar a preocupação do Coletor, é que se tivermos oportunidade esta noite, partirei para a Cidade das Ruínas.

Quando volto para cima, a voz de Hel chega pelo corredor, palavras felizes e alegres. Abro a porta e dou de cara com o olhar escuro de Finn. Ele está deitado apoiado em travesseiros, olhos semicerrados, um sorriso fraco levantando um lado de seus lábios vermelhos.

---

1 Em tradução livre, Estrela da Manhã. (N. do T.)

Hel se ajoelha ao lado da cama, segurando suas mãos nas dela. Ela está sorrindo tanto, lágrimas marcando seu rosto marrom-dourado. Mari parece feliz também, de pé sobre Finn, suas bochechas rosadas com um rubor inocente.

— Eu já estava indo te procurar — diz Hel. Ela se levanta e se inclina para beijar a testa do irmão antes de olhar para Mari. — Venha. Vamos dar um tempo para Finn e Raina.

Hel aperta minha mão quando elas saem, e então estou ali, encarando Finn Owyn, sem saber o que dizer.

Como o braço descansando na cama, ele agita os dedos para que eu vá até ele. Sua expressão é suave e aberta, amável e gentil. Como o Finn que eu conhecia.

Lágrimas brotam em meus olhos e corro para a cama, deitando-me cuidadosamente ao lado dele, aconchegada ao seu lado. Ele beija minha têmpora e eu deslizo o braço ao redor dele, apertando suavemente, precisando que ele saiba o quanto estou feliz em vê-lo acordado.

Ficamos deitados assim por um longo tempo. Ele acaricia suavemente meu braço enquanto eu choro contra seu peito e inalo tudo sobre ele. Senti falta do meu melhor amigo.

Depois de um tempo, sento-me e enxugo o rosto, notando como ele me olha com ternura, como se toda a amargura tivesse desaparecido com a noite.

— *Hel te contou tudo?* — sinalizo, me sentando perto dele, meu joelho descansando em seu quadril. Percebo que nem sei se ele consegue falar.

— *Não tudo* — ele sinaliza, tirando a minha dúvida. Seus movimentos são lentos e pesados. — *Me diga* você — acrescenta ele.

Quando começo, inicio pela noite passada, mas ele me interrompe.

— *Tudo* — sinaliza. — *Começando com o Dia da Coleta.*

Ele coloca sua mão quente no meu joelho e escuta. A princípio, ainda me sinto insegura. Inquieta. Mas ele esfrega seus dedos calejados de forja suavemente contra minha perna, como se estivesse me acalmando, me dizendo gentilmente que não há problema em dizer o que eu preciso.

Quanto mais sinalizo, mais as comportas se abrem, até que finalmente conto a ele sobre a noite passada e meu sonho na praia hoje, e sobre enfrentar o Coletor de Bruxos, sobre o quanto sofro por aquele homem e ainda assim o odeio, e como não sei mais nada sobre quem eu sou.

Ele levanta a mão e enxuga as lágrimas do meu rosto com o polegar antes de puxar meu robe para trás para dar uma olhada na cicatriz de queimadura que apagou a maior parte da runa.

— *Você tem que ir* — sinaliza ele, um olhar de dor em seus olhos. — *Para a Cidade das Ruínas. Eu vou ficar bem.*

Me abala profundamente o fato de ele não lutar contra o fato de que não pode ir. Isso me diz tudo o que preciso saber sobre como Finn de fato se sente fisicamente, apesar de seu esforço para manter os olhos abertos tempo suficiente para ouvir minha história.

— *Eu te amo, Raina* — sinaliza. Uma única lágrima escorre pelo lado de seu nariz. — *E quero você aqui. Mas isso é algo que você tem que fazer.*

— *Eu sei. Também te amo.* — Quão profundamente eu quero dizer essas palavras.

Ele inclina a cabeça no travesseiro, aqueles cachos escuros constantemente despenteados caindo sobre sua testa. Há uma inclinação triste em seus olhos.

— *Mas não como você o ama* — sinaliza ele.

Não posso deixar de fazer uma careta.

— *Eu não...*

Ele me interrompe com um sorriso lânguido, sua voz um sussurro áspero e falho quando ele fala.

— Você é a pior mentirosa de Tiressia, Raina Bloodgood.

Um suspiro sai de mim e eu movimento minhas mãos, tentando impedi-lo de usar sua voz, mas ele continua a falar.

— Estou bem, deixe-me terminar — insiste. — Isso me machuca — continua ele. — Mas eu vejo. Você precisa estar com ele. Por enquanto, pelo menos. Vá para as Terras do Verão, se puder. Descubra a sua história. E então — ele pega minha mão —, se ainda me quiser, eu estarei aqui. Se você *o* quiser, eu vou suportar. Só quero ver você feliz. Isso é tudo o que eu sempre quis.

Mais lágrimas. Não consigo contê-las. Parece que a bondade e a compreensão de Finn abriram um caminho para eu canalizar toda a minha preocupação, dor, tristeza e o arrependimento.

Ele me puxa para si e, novamente, me deito em seus braços e choro, grata por ele estar me segurando.

Admito algo para ele que não tenho certeza se admitiria para qualquer outra pessoa.

— *Estou com medo* — sinalizo.

Ele pressiona os lábios na minha têmpora.

— Eu sei.

41
Nephele

Não consigo parar de andar pela passarela mais alta do farol.

O cintilante véu de magia que os Bruxos Caminhantes da Patrulha ergueram ao longo da costa para nos manter no continente brilha como névoa em uma teia de aranha. Posso passar pela barreira com a ajuda de Alexus, sei disso. Mas estou nervosa por não ter um motivo para tentar.

Abaixo e à nossa extrema esquerda, na varanda, Hel, Jaega e Zahira olham para o mar, observando Rhonin, Harmon e seus meninos enquanto arrastam barcos a remo e remos para a praia na esperança de que precisemos deles. Raina está lá em cima com Finn. Ela não disse muito, mas conheço minha irmã. Ela está empacotando suas coisas e torturando Alexus. Não tenho dúvidas.

— Estou feliz que você tenha descansado hoje — diz Alexus. Ele está de pé com os braços apoiados na grade de ferro, os olhos voltados para o leste. Seu maxilar não parou de se contrair desde que saímos da sala de jantar mais cedo. A preocupação se Raina vai escolher ficar para trás e o que ele fará se ela o fizer é evidente.

— Eu também. Obrigada por me emprestar o farol.

Ele dá de ombros.

— Dava para ver sua exaustão. E agitação. — Sem rodeios, ele acrescenta: — Estou surpreso que esteja tão preocupada com Joran.

— *Não* estou preocupada com ele. — E não estou, de verdade. Mesmo que Raina tenha tentado vê-lo nas águas antes e não tenha conseguido. Por exaustão, talvez. — Estou preocupada com meus amigos e minha irmã —

continuo. — Com Yaz, Zahira, Finn e Mari. Harmon e os meninos. Em não sair viva de Starworth Tor ou ser enterrada no mar graças à frota das Terras do Norte ou não conseguir atravessar aquele véu ou o fato de que sou meio Habitante das Terras do Verão. Eu realmente não estou preocupada com Joran. Nunca com ele.

— Nunca. — Alexus dá um riso sarcástico, suas sobrancelhas se arqueando para dentro enquanto ele me dá um olhar que conheço muito bem. Aquele sorriso malicioso.

— Pare com isso — eu o advirto enquanto bato em seu ombro com meu dedo indicador — ou vou te jogar de cabeça para baixo daqui.

— Ai. — Ele ri, esfregando o braço. Esse sorriso é uma coisa pequena, mas algo que não o vi fazer hoje. Sinto falta dos dias em que sua risada não era uma raridade.

— Joran parece… mudado — diz Alexus. — Pelo menos demonstra um pouco mais de ternura com você. Me faz querer matá-lo menos.

Continuo andando e balanço a cabeça, dando a Alexus um olhar penetrante.

— Sua definição de *ternura* é muito diferente da minha se Joran for seu exemplo.

Mas ele *está* um pouco diferente mesmo. Algo que certamente notei. Ele ainda é um animal, apenas com uma mordida diferente.

Olho para a água. As ondas estão mais calmas esta noite. O crepúsculo sombreia as nuvens e machuca o céu, escurecendo o mar com um azul-escuro. Mas uma estranha névoa paira a oeste, prometendo uma tempestade.

Ou… *alguma coisa*.

— Está vendo aquilo? — Aponto para a névoa branca, perolada e densa.

Alexus se vira e sua longa coluna se enrijece.

— Isso não é normal. Mas não pode ser Joran.

Durante a próxima hora, enquanto andamos de um lado para o outro na passarela, aquela névoa se aproxima, acompanhada de um vento frio. A água anteriormente calma começa a se agitar, as ondas ficando mais altas e quebrando com mais força.

Alexus usa uma luneta para observar à distância. Sua visão se estende apenas algumas centenas de metros além da curva da enseada, que já está apagada pelo anoitecer e algo parecido com uma tempestade de neve contida pairando sobre o mar. Está se estendendo pela costa de Malgros e pela cidade, até onde a vista alcança. Em todos os lugares, exceto aqui em Starworth Tor.

— Puta merda. — Alexus abaixa a luneta antes de levá-la ao olho mais uma vez. Quando a abaixa pela segunda vez, a descrença mascara seu rosto enquanto ele olha para a névoa.

— O que é? — Pego o instrumento e aponto na direção que Alexus estava olhando. Leva alguns momentos e algumas tentativas, girando o mundo em foco, mas o que ele viu *fica* claro. Um mastro alto e uma única vela quadrada rompem a névoa. Encostados na amurada estão dois homens, um de cabelo castanho, o outro com longas mechas prateadas que eu reconheceria em qualquer lugar. Examino as palavras sombrias pintadas na lateral do… — Ai, meus deuses. Aquele é…

— A porra do navio de Terrowin — diz Alexus com um sorriso em sua voz. — O Lady Belladonna chegou.

Alexus e eu corremos para a praia, passando por Hel no caminho enquanto ela corre para contar a Raina que Lady Belladonna está aqui. Para um navio de cremalheira, é grande, imponente e possivelmente visível da muralha da cidade atrás da torre.

Mil pensamentos passam pela minha mente. Joran conseguiu uma tripulação? Se não, como vamos equipar esta besta? Ele pensou em comida? O navio estava programado para retornar esta manhã, não pode estar pronto para navegar novamente agora. E Terrowin? Como passaremos pela armada dos Habitantes das Terras do Verão?

Deuses, esta jornada vai me matar.

Fico na praia, de frente para o véu. Não posso destruí-lo inteiramente, mas não há necessidade, lembro a mim mesma. Precisamos apenas de um caminho.

Alexus está ao meu lado, e juntos nos concentramos na teia brilhante. É um jogo mental. Um rearranjo mental temporário das linhas mágicas que formam a construção, uma forma de criar um buraco na estrutura sem ser notado. É como abrir um buraco na teia de uma aranha, com cuidado suficiente para que a vibração resultante nesses fios sensíveis não seja sentida, para não levarmos cada Bruxo Caminhante em Malgros direto para Starworth Tor.

Mas Alexus tem muito talento. Nunca o vi trabalhando com sua mente. Eu só fui instruída por ele. Mas com tal foco que posso sentir contra minha pele — um aperto no ar —, ele sozinho abre o véu. *Em questão de segundos.* Nem um único fio na teia se move. Nem mesmo a mais sutil e mínima vibração.

— Você vai precisar me ensinar esse truque um dia — digo a ele.

Ele apenas me dá um sorriso irônico.

— Não posso revelar *todos* os meus segredos. — Ele pisca. — Agora cuide do seu glamour, mulher.

Eu encaro a próxima batalha. Minha construção protetora, uma teia de luz branca em meus olhos. Rapidamente, teço aquela teia mais alta e mais grossa, imaginando o que desejo que todos que olhem nesta direção vejam: a névoa branca sobre um mar sem navios. Apenas isso.

Alexus levou segundos para fazer sua magia, mas meu trabalho requer vários minutos. Harmon e os meninos já encheram os barcos com nossos pertences, então, quando eu terminar, tudo o que restará a fazer será nos despedir e remar para subir a bordo. Há três botes. Cada um acomoda quatro pessoas.

— Saindo! — alguém chama.

Estou um pouco tonta com o esforço apressado na construção, então me viro com cuidado, com o pescoço tenso. Drae, Keth, Jaega e Callan já estão no mar. Alexus lança suas estrelas pela praia e sobre a água para guiar o caminho.

— Eu vou no próximo! — outra voz avisa.

Alexus e eu olhamos para a casa principal. Zahira.

Ela corre pela areia e deixa sua bolsa na frente do barco de Rhonin e Hel, e Alexus observa cada movimento dela com um olhar minucioso e bastante desafiador.

— O que você pensa que está fazendo? — ele pergunta, as mãos firmemente apoiadas nos quadris.

A capitã pega um remo e encontra seus olhos arregalados.

— O que parece que estou fazendo?

Ele olha para trás, para Yaz, parada nos degraus que levam à praia ao lado de uma tocha, os braços cruzados sobre a cintura.

— Não vou permitir que você a deixe — diz ele, apontando para Yaz.

Zahira joga de volta para ele as palavras que dissera em nossa reunião.

— Eu te amo, mas não preciso da sua permissão, meu amigo. Eu preciso da *dela*. — Ela acena em direção a Yaz. — E isso eu tenho.

— Zahira. — Suas narinas dilatam. — Isso é perigoso.

Ela inclina a cabeça, seus grandes olhos escuros atentos.

— Como se eu não tivesse enfrentado perigo durante minha vida no mar. Na Patrulha. Na guerra. E você precisa de uma capitã, o que eu sou. Então se afaste e me deixe ajudar.

Alexus balança a cabeça, tensionando a mandíbula, mas então olha para cima, e seu olhar se fixa em algo. Eu já sei, pela sua expressão, o que esse algo — ou *alguém* — é.

Quando me viro, não fico surpresa ao ver Hel correndo em nossa direção, com os lábios torcidos em um sorriso. Também não estou surpresa ao ver a mulher atrás dela.

Minha irmã.

Ela está vestida como a Morte, toda em couro preto, carregando a bolsa em uma das mãos e as espadas na outra. O cabelo está puxado para trás em uma trança longa e grossa, mechas soltas balançando ao vento, as adagas com cabo de prata amarradas às coxas brilhando sob a luz das estrelas.

A areia se espalha enquanto ela caminha para o lado do barco de Alexus, onde joga sua bolsa e espadas. Ela olha para cima, para o homem que sei que ama, o mesmo que ela agora chama de Coletor, e aponta para o mar com uma expressão dura.

Alexus não fala. Mas acena para ela e sorri, ainda que perversamente.

Enquanto Dru, Rhonin, Hel e Zahira remam até o navio, nós três e Harmon arrastamos a última embarcação para a água. Na hora certa, remamos noite adentro, o mar iluminado com magia, movendo-nos rapidamente em direção ao Lady Belladonna.

E um bruxo da água a quem devo a porra de um beijo.

V
UM MUNDO À PARTE

42
Nephele

Mar Maloriano

Lady Belladonna

O convés de carvalho está escorregadio com a névoa fria, brilhando sob a luz das muitas lanternas do navio.

Raina, Hel e eu nos encostamos no parapeito de mãos dadas, encarando Malgros enquanto o navio balança e range nas ondas. O mundo está inundado de branco, como se estivéssemos navegando através de uma nuvem, o navio e a magia de Joran nos transportando através do Mar Maloriano, invisíveis como um fantasma.

Meu estômago revira por não podermos ver a Divisa das Terras do Norte desaparecer a distância, mas...

— Talvez seja melhor assim — diz Hel, como se estivesse lendo meus pensamentos. — Dói menos se não virmos.

Raina dá um passo para trás, sua mão fria deixando a minha. Ela enxuga os olhos antes de se virar e passar pela tripulação de Terrowin, que anda um pouco atordoada. Em instantes, minha irmã desaparece no porão de carga onde passaremos a noite.

— Teremos que ajudá-la com isso — fala Hel, esfregando a têmpora. — Ela quer estar aqui, mas nunca a vi sofrendo tanto.

Penso nos anos de Raina sem mim, nos relacionamentos que construiu, em tudo que perdeu nos últimos dois meses, em como deve doer dizer *mais um* adeus.

— Ela é muito mais apegada às Terras do Norte do que acredita —

digo. — Não é tão fácil abandonar uma vida, especialmente quando você ama as pessoas que precisa deixar para trás.

Hel inclina a cabeça, o cabelo preto profundo caindo sobre o ombro.

— Foi assim quando você escolheu não voltar para o vale?

Um suspiro pesado me deixa, e olho para o nevoeiro. Estive esperando por isso. Pensei que Raina seria a única a falar isso, muito antes de agora, embora eu temesse que ela não acreditasse em mim.

— Eu tinha meus motivos para ficar no castelo. Foi difícil e, sim, a dor era inimaginável. — Lágrimas brotam em meus olhos, mas as engulo de volta. — Fiquei longe dos meus pais e da minha irmã porque era importante aprender a proteger a Vila Invernal. Mesmo assim, mesmo depois de anos de trabalho e sacrifício, quando chegou a hora, falhei.

Balanço a cabeça, um sentimento de afundamento dentro de mim. Antes de partir em um Dia da Coleta oito anos atrás, meu pai me disse para ficar com o rei. Não era nada que eu quisesse ouvir e, embora tenhamos chorado muito, ele enfatizou que um dia precisariam de mim, que eu deveria permanecer do outro lado da floresta aprendendo e estudando. E embora eu tivesse vinte e dois anos, me sentia como uma garotinha buscando a sabedoria de seu pai, então quando ele disse *fique*, eu fiquei.

Hel aperta minha mão, me tirando dos pensamentos.

— Não olhe agora, mas seu namorado está vindo.

Faço uma careta e olho por cima do ombro, vendo Joran vir em nossa direção. Um saco de estopa manchado e sujo está em uma das mãos, um copo de cristal com uísque preso na outra.

Hel me lança um olhar arregalado, erguendo as sobrancelhas enquanto olha ao redor do convés como se estivesse procurando um lugar para se esconder.

— Vou... procurar Rhonin.

Quando ela vira as costas para nós, Joran deixa cair o saco aos meus pés.

Ele cai nas tábuas de carvalho com um baque.

— Um presente. Para você.

Franzindo a testa, estudo os olhos prateados, o rosto ilegível, procurando um vislumbre de uma pista.

— Um presente — eu digo, perplexa. — Para mim.

— Não há mais ninguém neste navio por quem eu faria tanto, posso garantir.

— Mas nós nos odiamos.

Ele ri.

— Nesse momento? Não me parece.

— A espada em sua garganta em uma dessas manhãs não era uma pista?

Ele sorri com a lembrança.

— Você também estava montando em mim. Meu cérebro recebeu mensagens confusas.

Curiosa, balanço a cabeça e olho para ele, tentando ver o que estou perdendo. Porque algo está tão errado com Joran nessas últimas semanas. Algo que não consigo definir. *Ainda*. Mas eu vou.

Quando olho para o saco, um tique nervoso puxa minha boca. Meu coração bate um pouco mais forte, quase como se minha intuição soubesse o que estou prestes a ver antes de minha mente. Eu me curvo e abro mesmo assim.

Travo os olhos com os de um homem morto cuja cabeça loira foi removida de seu corpo. Nunca vi o almirante da Patrulha das Terras do Norte, mas sei, sem dúvida, que é ele.

Atordoada, olho para Joran e engulo o nó grosso em minha garganta, tentando ao máximo não vomitar. Eu matei soldados das Terras do Leste na Vila Invernal e na Estrada Invernal. Já vi coisas muito piores do que um rosto pálido, inchado e azulado, e um pescoço ensanguentado. Mas, por alguma razão, olhar para aqueles olhos aterrorizados mexe comigo.

— Você... *Você me trouxe a cabeça de Rooke?*

Joran se recosta na grade e cruza as botas nos tornozelos.

— Você disse que queria.

Eu apenas o encaro, piscando, totalmente perplexa.

— E quanto a Vexx?

Joran dá de ombros e toma um gole de sua bebida, o líquido brilhando em âmbar à luz da lamparina.

— Você não o mencionou. De qualquer forma, procurei o general. Mas não consegui encontrá-lo. — Ele revira os olhos. — Por alguma razão, meus sentidos não estão tão bons nos últimos dias.

Tudo o que posso fazer é fechar o saco, me levantar e manter os ombros retos enquanto caminho até a grade ao lado dele, grata pelo ar fresco em meu rosto. Ele pega o saco e o joga no mar.

— Alexus sabe? — pergunto, e ele assente.

— Não devo nada a ele. Nem mesmo uma explicação. Mas ele viu o saco.

— Ah. Bem, você pode não dever nada a ele, mas eu *te* devo um beijo.

Quando viro a cabeça para descaradamente olhar para ele, seu olhar prateado é brilhante como metal líquido. Inclinando-se, ele desliza a mão fria em meu pescoço, sob minha orelha, os dedos em meu cabelo, o polegar roçando minha bochecha. Assim de perto, vejo as marcas azuis de bruxo subindo por trás de seu colarinho, sinto o cheiro do licor quente e rico em sua língua e o frio em sua pele. Eu gosto disso. Aquele cheiro fresco de água e inverno misturado com a doçura do uísque.

Ele baixa o olhar para minha boca e aperta os dedos em meu cabelo. Deuses, estou estupidamente pronta para pressionar meu corpo contra o dele e beijar seu rosto quando ele se afasta, a mão escorregando.

— Outra hora — diz ele, sua voz rouca antes de tomar outro gole e engolir em seco. — Quando não houver tantos olhos atentos.

A pressão de antecipação que se formou dentro de mim momentos antes diminui quando olho ao redor do convés. Nosso grupo está todo lá embaixo, preparando o porão e as cabines para dormir. Alexus está com

Terrowin, tendo o que tenho certeza de que é uma conversa interessante. A tripulação que Joran de alguma forma subornou para permanecer a bordo segura copos de lata e jarras de cerveja. Alguns estão perto do leme, mas outros sentam-se com Zahira e Callan em caixotes de carga vazios que nunca tiveram a chance de serem desembarcados. Cada rosto bronzeado parece irritado ou confuso, mas a boa capitã Osane, com um cachimbo pendurado na boca, parece manter as tensões reprimidas enquanto pega um baralho e distribui uma mão.

Não há olhos atentos. Por mais estranho que pareça, já que foi uma desculpa para não me beijar, nenhum de nós vai embora.

Joran se vira e se inclina sobre o corrimão, o cotovelo tocando o meu. Ele me oferece sua bebida e eu aceito de bom grado, sorvendo todo o restante. Sorrindo para o cristal vazio, ele puxa um frasco de metal de dentro de sua jaqueta cinza e dourada e enche o copo até a metade.

— A frota — digo, mudando de assunto. — Teremos que passar por eles. — Isso é apenas parte da batalha, eu sei, mas é a única em que consigo pensar agora.

Ele aponta para a noite branca ao nosso redor e enfia a garrafa de volta no bolso interno da jaqueta.

— Você não acha que vamos? Temos pelo menos dez horas de noite. Neste nevoeiro, os marinheiros nunca nos verão. Eu navegarei este navio passando por eles.

O que mais posso fazer além de rezar aos Antigos para que ele esteja certo?

Um pensamento me ocorre, no entanto.

— Isso não é magia de água. — Estendo a mão por cima do parapeito e passo-a pela espessa névoa branca. Tem a sensação de magia, o suficiente para enganar, mas sinto algo alterado dentro dela.

Joran levanta uma sobrancelha prateada.

— Não é? Névoa é água, não?

Eu me viro para que minhas costas fiquem contra o corrimão.

— Suponho que sim. Se isso for mesmo neblina. Os marinheiros podem navegar através do nevoeiro. O que quer que seja, torna o mundo totalmente inescrutável. — Estreito os olhos. — Se você pode fazer tudo isso, onde estava esse tipo de ajuda na Floresta da Água Gélida quando estávamos sendo afogados pela chuva?

Seu sorriso é uma força a ser enfrentada: largo, branco, provocador.

— Talvez eu apenas goste de ver Nephele Bloodgood toda molhada.

Reviro os olhos, mas mentiria se dissesse que as palavras não me afetaram.

— Bem, agora eu sei do que você é capaz. — Tomo um longo gole de sua bebida e devolvo o copo para ele. — Se você nos negar ajuda novamente, vou esculpir suas bolas e usá-las como colar.

O sorriso fica ainda mais brilhante, embora seu olhar se aguce.

— Gosto da sua ferocidade. Muito mesmo.

Eu dou a ele um olhar sujo.

— O suficiente para perder as bolas?

Ele ri. *Ri* de verdade.

— O suficiente para deixar você tentar pegá-las. Seria uma luta divertida, eu acho.

Mais uma vez, eu o estudo, muito confusa.

— Você age como se não se lembrasse do tipo de mulher que sou. Eu não sou de joguinhos, Joran.

Com uma expressão diabólica, ele se inclina bem perto, seu hálito aquecido de uísque em meus lábios.

— E ainda assim é o que você está fazendo agora, bruxa. E adorando. — Ele inala o ar da noite e morde o lábio inferior. — Eu posso sentir o cheiro da sua excitação. Dá água na boca.

Pressionando a mão em seu peito firme, eu o empurro para longe, apesar de, pela morte dos deuses, ser a última coisa que quero fazer.

— Vá apodrecer nos Confins Inferiores, Joran.

Talvez eu esteja mais desesperadamente sozinha do que imaginava, porque há uma parte de mim que quer que ele me desafie. Que me puxe em seus braços. Que me arraste para baixo do convés para uma cabine vazia, rasgue minhas roupas e me foda até que eu não consiga pensar em mais nada além dele.

Mas ele não faz nada disso. Apenas se vira e, ainda sorrindo, se afasta.

— Só se você vier comigo, bruxa — ele diz por cima do ombro. — Só se você vier comigo.

43
Raina

Estou lutando para dormir quando passos soam na escada que leva ao porão de carga.

Abrindo os olhos, eu me apoio no cotovelo, e vejo a figura alta do Coletor de Bruxos descendo a escada escura. Incomoda-me poder identificá-lo mesmo nas sombras, saber como suas longas pernas se movem, ter na memória seu físico, sua cintura estreita, seus ombros largos e fortes, a curva de suas mãos.

Ele entra na luz fraca da lamparina, a cabeça inclinada por causa do teto baixo, carregando algo debaixo do braço. Somente depois que ele passa por todos os outros e cruza o caminho que Rhonin, Callan e eu fizemos em meio aos barris e caixotes com a mercadoria não entregue é que percebo o que ele traz consigo.

Ele se agacha e desenrola um dos colchonetes finos que Dedrick Terrowin nos deu para tornar suportáveis as próximas noites. Bem ao meu lado.

Fulmanesh, iyuma.

Uma pequena chama arde no lampião dependurado em um prego acima da minha cabeça. A luz escurece o rosto do Coletor de Bruxos enquanto ele engatinha em sua cama e se joga de costas. Do outro lado do porão, Hel levanta a cabeça de seu lugar ao lado de Rhonin e Nephele, espiando por cima dos caixotes, e juro que os ouço rindo baixinho.

Encaro o Coletor. Dedrick Terrowin ofereceu-lhe uma cabine nos aposentos da tripulação. Só há uma razão para ele estar aqui agora, e é para me irritar.

O Coletor tira a túnica, enrola-a e enfia-a debaixo da cabeça. Posso sentir o cheiro suave de almíscar de suor em sua pele nua, misturado com todos os outros aromas que agora associo a ele.

O brilho dourado do lampião brilha em seus olhos verdes enquanto ele olha para mim, um sorriso torto em seus lábios, a personificação da arrogância fria.

— Algo errado? — sussurra.

Tem sido uma noite difícil. Um dia difícil. Eu tenho me virado e revirado durante a última hora neste chão esquecido pelos deuses, preocupada e triste, enquanto tento me acostumar ao balanço do navio e aos rangidos e gemidos constantes. A arrogância do Coletor é a última coisa de que preciso.

Ignore-o. E não olhe para ele.

E ainda assim...

Sento-me, meu olhar percorrendo rapidamente o peito musculoso, a chave de ferro pendurada sobre o coração, os mamilos duros, a barriga definida e descendo até aquele rastro de pelo preto. Deuses, as coisas que fiz com esse corpo.

Quando encontro seus olhos novamente, seu olhar é de pura presunção.

— *Esta será uma viagem muito longa se você me deixar infeliz* — sinalizo. — *Porque eu posso ser tão horrível quanto, se não pior.*

Ele sorri, como se tivesse conseguido exatamente o que queria, maldito seja.

— Precisamos de algo para manter nossas mentes ocupadas — diz ele, em voz baixa. — Eu adoraria se você tirasse sua túnica. Não pensaria em mais nada.

Eu gostaria de ter algo para jogar em seu rosto, mas não tenho, então me deito e me afasto dele.

Ele rola em minha direção, seu corpo comprido tão perto que seu cheiro me envolve.

— Eu disse a você que não tornaria isso fácil — sussurra contra a parte de trás do meu pescoço. — Na verdade, vou tornar isso muito, *muito* difícil.

Um arrepio percorre minhas costas e eu me viro, pronta para enfiar a palma da mão em seu nariz perfeito, mas... Ele está bem ali, e aquela boca...

Pelas estrelas dos deuses, por que ele me afeta dessa maneira?

— Só estou te irritando — fala ele do nada, uma pequena risada saindo de seus lábios. — Eu só quero te convencer a ficar com minha cabine, e tenho a sensação de que você não vai discutir quando eu tirar a calça.

— *Você já pensou em perguntar?* — sinalizo com uma expressão sarcástica.

— De jeito nenhum, porque você teria recusado. — Ele bate na ponta do meu nariz com terna familiaridade, franzindo o rosto e sorrindo quando recuo ao toque, e se deita novamente. — Vá. Primeira cabine à direita. Você vai descansar melhor, e eu não vou me preocupar tanto. Ou vou importuná-la a noite toda. Você escolhe.

Sem expressão, eu o encaro. Ele cedeu sua cabine para mim. E ele está certo. Eu teria recusado.

De repente, ele enfia a mão na calça de couro e afrouxa os laços, olhando-me com uma sobrancelha arqueada.

— Estou te dando três segundos.

Eu *quero* discutir. Não quero que ele vença. Mas vê-lo assim, com a mão *ali*, faz minha mente imaginar as piores coisas, então pego minha bolsa e espadas e me levanto.

— *Se me incomodar de novo, eu vou te esfaquear* — sinalizo.

Ele apenas ri e cruza as mãos atrás da cabeça.

— Humm, você é tão romântica. Agora boa noite, Raina. Vá para a cama e me deixe descansar.

Minha raiva se inflama, refletida por um lampejo da luz do lampião um segundo antes de eu extinguir a chama, sair do porão e subir as escadas cambaleando enquanto o Lady Belladonna balança com uma onda.

Por um momento, me pego desejando poder enviar ao Coletor uma mensagem amarga pelo vínculo. Mas não posso. Então entro em sua cabine escura como breu, invoco uma pequena chama na lamparina dependurada perto da porta e deito na cama, tentando ignorar o cheiro de mofo e a estranha sensação de estar a bordo de um navio cruzando em mar aberto.

Teria sido muito pior no porão. Eu nunca teria dormido. E acho que o Coletor sabia disso.

Mais tarde, ainda sem conseguir descansar, levanto-me e vasculho a bolsa do Coletor, sabendo exatamente do que preciso, por mais idiota que seja e por mais que me irrite. Vasculho seus amados diários, e congelo quando minha mão toca a seda.

Nossas faixas. Elas estão cuidadosamente enroladas e amarradas em uma caixinha dourada — o colar que ele comprou para mim.

Não pense nisso, não pense nisso, não pense nisso.

Mas eu penso. Penso naquela noite com ele, no jeito como ele estava deitado ao meu lado minutos atrás, e na sensação quando me abraça, quando me beija, quando está dentro de mim. Tudo ainda parece tão fictício e inacreditável, mas toda vez que estou perto dele, acabo me perguntando se minha imaginação está correta. Se estar com ele era tão bom quanto a memória diz.

Esses não são pensamentos que preciso ter. Estou tão cansada, mas tão inquieta, e tão…

Malditos sejam os deuses. Eu o odeio por isso.

Afrouxo os cadarços do meu traje de couro e, depois de vários momentos de indecisão, deslizo a mão até o ápice das minhas coxas, onde uma dor tênue se formou. Chegando ao meu núcleo, encontro aquela dor pulsante e deixo as memórias de nós se desenrolarem.

Com cada redemoinho carente da ponta do meu dedo, eu me concentro nas palavras indecentes que ele proferiu para mim, nunca as ternas, e nas vezes em que ele foi brutal, me tomando como se eu fosse propriedade dele. Mas então o imagino do jeito que ele foi em nossa última vez juntos, a mão enterrada no meu cabelo, sua cabeça jogada para trás e a boca aberta enquanto *ele* tremia sob *minha* língua e *minhas* mãos.

Ainda posso ouvi-lo ofegar meu nome, ver os músculos de seu abdômen rígido se contraindo, ouvi-lo gemer quando eu finalmente o deixei gozar.

São poucos segundos para chegar ao clímax com esse pensamento em mente, meu orgasmo estremecendo todo o meu corpo, deixando-me encostada em sua mesa, agarrada à borda como se fosse cair do mundo, ofegante enquanto cavalgo pelo prazer.

Fico ali por alguns minutos, minhas coxas apertadas e tremendo, meu coração batendo forte. Quando termino e consigo pensar novamente, respiro fundo e enfio as faixas de volta em sua bolsa. Também retiro uma de suas túnicas de lã.

Há muitas coisas que não devo fazer quando se trata dele, mas esse é outro limite que vou cruzar esta noite. Seguro o tecido no meu nariz e respiro fundo antes de tirar minha camisa e roupa de baixo, substituindo-os por sua túnica, que paira sobre meus quadris.

Já dormi em seus braços muitas vezes, e me sinto tão sozinha sem ele por perto. Mas eu morreria antes de admitir isso. Isso terá que servir até que eu aprenda a ficar sem ele. Ele não precisa saber.

Desta vez, quando me enterro sob as cobertas, cercada por seu cheiro reconfortante, meus músculos lânguidos de prazer, o sono vem rapidamente.

44
Alexus

— Acha que já ultrapassamos a frota das Terras do Norte? — pergunto a Dedrick, levantando minha voz acima do vento.

Estamos com Joran na proa do navio, olhando para um mar de névoa branca opaca que é tingida com algo diferente de magia, algo que não consigo determinar, não importa o quanto eu tente.

Escuto atentamente, como se pudesse haver uma resposta na própria noite. Mas ouço apenas a canção habitual de navegação, o ritmo do ar uivante açoitando a vela, as ondas batendo contra o casco, o gemido da madeira enquanto o navio navega de crista em crista e o grasnido de gaivotas famintas no céu.

Parece que estamos voando sobre o Mar Maloriano. A tripulação lançou o molinete sobre a proa do navio ontem à noite para medir a velocidade, mas a névoa branca torna impossível ver para contar os nós.

Para manter o equilíbrio no navio que se move rapidamente, Dedrick segura o corrimão com uma das mãos e se apoia em uma bengala de madeira com a outra. Cuidadosamente, ele enfia a mão por baixo da gola de sua túnica azul e remove uma pequena ampulheta presa a uma corrente de metal em volta do pescoço.

— Intervalos de doze horas — diz ele, estudando a areia que cai. — Faltam apenas algumas horas para o momento de virar a ampulheta. Então eu diria que estamos muito próximos.

— Estamos, de fato. — Joran apoia os cotovelos na amurada enquanto o vento sopra em seu cabelo prateado. Quando ele percebe o franzido da minha testa, acrescenta: — Posso sentir a frota. Na água.

A magia da água é minha fraqueza, e nunca estive na posição de depender de um bruxo da água para me guiar sobre um corpo de água, então devo acreditar em sua palavra. Mas minha mente vagueia para outro lugar. Aproveitando que os dois homens estão em minha companhia, abordo um tópico que parecia que nenhum dos dois queria discutir ontem à noite, e para o qual preciso de uma resposta.

— Gostaria que um de vocês explicasse como essa situação aconteceu. — Olho para Dedrick. — Como você e seus homens foram persuadidos a fazer isso? A Patrulha saberá. Eles podem aceitar a desculpa de que você foi sequestrado, mas duvido. Isso afeta sua possibilidade de voltar para casa. — Eu me viro para Joran. — E você não tem dinheiro. Nenhum meio de ter comprado a ajuda do sr. Terrowin. Você de alguma forma sequestrou esses homens?

Não posso dizer que teria feito diferente, mas estou curioso. Joran arrancou a cabeça de Rooke, *o almirante fortemente protegido da Patrulha das Terras do Norte*, apreendeu um navio e uma tripulação e criou esta parede branca para nos proteger. Sozinho. Ou ele está escondendo sua habilidade há anos, ou algo mudou.

Também me pergunto se Joran disse a Dedrick mais do que eu gostaria que ele soubesse, conhecimento que poderia nos colocar em perigo se for arrancado do sr. Terrowin com força suficiente pelas pessoas certas.

Como a Patrulha das Terras do Verão.

Joran sorri e olha para Dedrick, que aperta a mão no corrimão manchado de névoa, olhos arregalados voltados para o gurupés, as costas rígidas.

— Fizemos um acordo cavalheiresco — revela Joran. — Deixemos por isso mesmo.

O caralho que vamos. Encaro Dedrick, que está muito quieto, seu nervosismo visível.

— O que acontecerá quando você retornar ao porto de Itunnan com a mesma carga que deixou e metade da tripulação? — pergunto-lhe.

Seu cabelo encaracolado está soprado contra a testa ao vento.

— Ainda não decidi o que direi — responde. — Talvez eu afirme que enfrentamos uma tempestade ou problemas com o navio e tivemos que voltar. — Seus olhos âmbar são ousados contra a névoa ao redor. — Cuidarei disso, meu senhor. Como prometi, entregarei todos em segurança ao meu contato. E lidarei com a minha situação a partir daí.

— Simples assim? — Eu o analiso em busca de uma reação. — Simples assim, você correrá o risco de ser detido pela Patrulha das Terras do Verão, interrogado e possivelmente acusado de traição quando eles devolverem você e seu navio ao controle da frota do Norte? E você não se preocupa com isso?

Ele respira fundo. Expira.

— Para mim, se a capitã Osane está envolvida, sua missão deve ser necessária. Isso é tudo. Ouvi rumores nas docas, então quando o sr. Dulevia se aproximou de mim, eu quis ajudar. — Ele lança um olhar nervoso para Joran, tão rapidamente que eu poderia ter perdido.

Mas não perdi. E não sou tolo.

Me viro para o bruxo da água e me aproximo dele, até estar muito perto de seu rosto.

— Não sei como você o está controlando, mas vou descobrir.

Sorrindo, ele olha para mim com aquele olhar prateado.

— Não tenho medo de você. De forma alguma. E talvez você deva se lembrar que às vezes é melhor deixar tudo por isso mesmo. — Ele olha para a chave em volta do meu pescoço e ri. — Além disso, *você é* o homem cujo passado é construído sobre mentiras. E ainda assim se preocupa com *minha* desonestidade.

Sua piadinha é fraca. Agora que as pessoas que mais importam para mim sabem quem eu era, essas farpas não cortam da mesma maneira.

— Só saiba que não confio em você — digo a ele. — E que estou te observando.

E não sou só eu naquele momento, porque Nephele chega ao convés principal abaixo de nós, sua trança loira estalando ao vento. Como se ela tivesse batido em seu ombro, Joran se vira, encontrando-a com o olhar instantaneamente.

Um instinto de proteção me atinge, mas antes que eu possa dizer qualquer coisa, o Habitante da Terra do Gelo desce os degraus para cumprimentá-la, com um sorriso lupino.

— Bom dia.

Sento-me no banquinho de madeira em minha cabine emprestada, com uma caneca de sidra quente na mão. Graças aos esforços de Nephele e Zahira na cozinha, uma espécie de café da manhã nos aguarda.

Com um olhar, levanto uma chama ousada na lamparina apagada pendurada perto da porta para iluminar a cabine sem luz. O fogo crepita e estala, e Raina me espia por baixo de uma confusão de cabelos escuros caídos sobre sua cabeça.

Ela afasta o cabelo dos olhos azul-escuros e joga o cobertor de lado. Sentando-se de supetão, ela ostenta uma expressão mal-humorada para a qual não posso deixar de sorrir. Se nada tivesse mudado entre nós, eu rastejaria sobre ela, a deitaria e a beijaria até que ela sorrisse contra a minha boca.

— Que alegria você ser a primeira pessoa que vejo logo cedo — digo com um sorriso maroto. — Uma luz tão linda e feliz. — Quando o navio tomba sobre uma onda, ela agarra a beirada da cama e me encara com olhos sonolentos e irritados. Assim que o navio se estabiliza, ofereço a ela a caneca de sidra. — Maçã e canela. Está bem gostosa. Sua irmã que fez.

Raina balança a cabeça em resposta e passa os dedos pelos cabelos emaranhados várias vezes para domá-los.

Meu olhar desce pela adorável coluna de sua garganta e… É quando percebo. A gola de sua túnica bastante *grande* está desamarrada, seu peito lindamente marcado à mostra.

Inclino a cabeça, levanto um dedo e digo com muita naturalidade:

— Você está vestindo minha túnica.

O rosto dela. Se eu pudesse capturar esse momento em vidro jateado, eu o faria. Rígida, ela levanta o queixo e sinaliza:

— *Eu estava com frio.*

Assinto lentamente.

— Claro. Frio. Não teve *nada* a ver com o fato de que você me queria ontem à noite.

Ela não se preocupa em esconder seu desgosto.

— *Você se acha muito.*

Por um segundo, considero dar uma trégua. Ela está cansada e temos uma noite e tanto pela frente. Mas não posso deixar o momento passar.

Olho ao redor da cabine, meu olhar pousando na minha bolsa aberta antes de deslizar para sua camisa amassada e uma linda roupa de baixo branca que ela deve ter comprado enquanto fazia compras com Yaz.

— Exatamente o que você fez aqui ontem à noite? — pergunto e tomo um gole de sua sidra.

Ela pega a camisa e as roupas de baixo, tirando-as da mesa, então dá de ombros e faz uma cara que conheço bem. *O que você quer dizer?*, é o que aquele rosto diz enquanto ela sinaliza:

— *Eu dormi.*

— Humm. Eu só me perguntei porque senti algo através do vínculo.

De novo. *O rosto dela.* Toda aquela mortificação escondida sob uma máscara mal construída de indiferença. As lindas maçãs de seu rosto ficam rosadas e um rubor sobe por seu pescoço. Como eu quero provar o calor de sua pele.

Me inclino para a frente, cotovelos nos joelhos, e olho para os cadarços soltos de seu traje de couro. Eles ficam em suas coxas sob a bainha da túnica que está amarrotada em torno de sua cintura.

— Eu sei o que você fez ontem à noite. — Foi um fino fluxo de conexão através dos farrapos chamuscados de nosso vínculo, mas não há como confundir esse sentimento. — Foi bom? — pergunto antes de tomar outro gole. — Pensando em mim enquanto você se fodia? Pensou em chupar meu pau? Ou quando eu gozei em sua mão? Ou quando você gozou no meu ros…

Ela se levanta da cama, jogando as roupas de lado.

— *Pare* — sinaliza, de pé sobre mim. — *Ontem à noite não teve nada a ver com você, e não preciso que me diga o que aconteceu entre nós. Não muda nada o que sinto por você.*

Recostando-me na cadeira, ergo a sobrancelha.

— O que seria?

— *Aversão* — ela sinaliza.

Dou a ela um olhar desafiador.

— E luxúria.

— *Repulsa.*

— Atração.

— *Repugnância.*

— Desejo. — Eu pisco. — Vamos fazer isso a manhã toda? Ou devemos foder e tirar essa questão do caminho?

No momento em que faço a pergunta, vejo que ocupa espaço em sua mente — uma proposta com possibilidade. Mas logo afunda, porque ela a esmaga segundos depois.

— *Diga-me o que você quer* — exige, suas mãos se movendo de forma rápida e afiada, o que deixa claro que ela está perto de ferver. — *Por que está aqui?*

Eu me levanto e coloco a caneca na mesa, cada centímetro do meu corpo ciente de sua proximidade.

— Primeiro, esta era a minha cabine. — Pego as alças da minha bolsa aberta e as passo sobre o peito. — Segundo, passamos pela frota das Terras do Norte. Na verdade, estaremos nas águas das Terras do Verão no final do dia, graças a Joran nos deslizando pelo mar como um maldito falcão. Então, se você quiser ver o Mar Maloriano antes de entrarmos no meio do perigo, agora é a hora.

Ela franze a testa e seus olhos se arregalam.

— *O quê? Esta noite?*

— Sim, esta noite, então vista-se, vá comer alguma coisa, sente-se no convés ao sol, verifique as águas e coloque sua mente no lugar. — Vou até a porta, olhando para ela antes de sair. — Porque, ao cair da noite, começa a parte difícil desta jornada.

Uma dúzia de emoções flutua através do vínculo. Não sou mais capaz de decifrar todas, mas posso adivinhar.

O peito de Raina sobe e desce em uma profunda inspiração e expiração, e ela me nivela com um olhar.

— *Idiota* — sinaliza. — *Você poderia ter dito isso logo de cara.*

— E que graça isso teria? — Sorrio quando ela pega a caneca de sidra e recua, mas já estou do lado de fora quando ela bate na madeira com um baque alto.

De pé no corredor estreito entre os alojamentos da tripulação, passo a mão pelo rosto, tentando conter a dor enlouquecedora que ameaça me sufocar. Estou tão apaixonado por essa mulher irritante, e um dia — *um dia* — ela vai perceber o quanto me ama também.

45
Raina

Depois do café da manhã, Nephele, Hel e eu ficamos juntas no convés principal. Nós nos inclinamos sobre a amurada de bombordo, o vento salgado bagunçando nossos cabelos trançados enquanto observamos as ondas espumosas se afastarem de estibordo. Não importa para onde olhemos, não há nada além de azul: o índigo escuro das cintilantes profundezas Malorianas que encontra o céu azul no horizonte. É de tirar o fôlego.

Por um tempo, não há outros navios à vista, até que velas brancas aparecem ao longe, salpicando a água escura a oeste como pássaros.

— Barcos de pesca — anuncia Zahira enquanto caminha até nós, com a sidra na mão. — E provavelmente pequenos navios de carga das Passagens Ocidentais.

As Passagens Ocidentais. Um arquipélago que liga as águas ocidentais entre a Divisa das Terras do Norte e a costa das Terras do Verão. Elas são tão estranhas para mim quanto a Cidade das Ruínas.

— Eles navegam para Itunnan também? — pergunta Hel, passando as mãos ao longo do trilho de madeira.

— Sim — responde Zahira —, embora haja mais cidades portuárias a oeste. Eles negociam principalmente com as pessoas das Passagens, mas também interceptam navios vindos de outras terras e determinam quem entra nas águas das Terras do Verão.

Hel olha para o mar, as maçãs de seu rosto bronzeadas sob a luz do sol.

— Eu gostaria de ver as Passagens algum dia.

Zahira sorri.

— É um lugar lindo, tranquilo. Águas verde-azuladas. Areias brancas. Quando isso acabar, talvez Yaz e eu possamos levar você.

Lembro que a capitã tem amigos lá que planejam visitar Malgros em breve se a Patrulha deixar alguém entrar na cidade. Pelo menos Finn terá a distração de novas pessoas para evitar que se preocupe comigo e com Hel.

Com Finn em mente, volto para minha cabine emprestada com um cantil no ombro. Olho para o convés principal e vejo uma pomba empoleirada na amurada a estibordo, me observando.

Eu paro e olho para trás. O príncipe manipula corvos e gralhas. Uma pomba parece muito inocente para ele, mas esta pomba — ou *uma* pomba — tem me seguido desde pouco depois de deixarmos a Vila Invernal.

Mais uma vez, assim como no meu primeiro dia em Malgros, a pequena morte atrás do meu coração palpita. Desta vez, não posso deixar de sorrir de leve e fazer um aceno com a cabeça em saudação. Talvez aquela pequenina seja minha guardiã, enviada pelos Antigos.

Na cabine, sento-me à velha escrivaninha e encho meu prato de adivinhação. Desde que não consegui ver Joran em Malgros, fiquei preocupada que algo estivesse errado com minha magia. É hora de determinar se foi uma ocorrência única, muito possivelmente devido à noite horrível que tive, ou se estou enfrentando um problema maior.

Finn e Yaz são os primeiros, e meu coração pesa por eles. Para meu alívio, eles aparecem nas águas. Finn está sentado com Mari na cama onde o deixei, um novo curativo em seu pescoço, jogando dados em uma placa de madeira brilhante posicionada entre eles. Yaz está sentada encolhida na cadeira no canto, tricotando e observando. Eles parecem preocupados, como se estivessem tentando ocupar suas mentes. Mas estão seguros, e isso é suficiente.

Vexx é meu próximo esforço. Ele está parado em algum lugar ao longo do porto de Malgros, observando enquanto uma tripulação trabalha para preparar um navio para zarpar. Pelo menos é o que parece aos meus olhos, embora eu nunca tivesse visto um navio, porto ou tripulação até os últimos dias. Sua expressão é sombria. Malévola e podre. Tenho certeza de que ele está tirando vantagem da morte de Rooke. A Divisa das Terras do Norte agora não está apenas perdendo seu rei, a Patrulha também perdeu seu almirante, e temos uma ameaça das Terras do Leste em nossa terra.

Aonde ela está indo? Voltando para o leste? Ou está planejando nos seguir?

Percebo que provavelmente é uma esperança imprudente porque a Patrulha das Terras do Verão certamente o impediria. Mas rezo para os Antigos que Vexx veleje atrás de nós, ou que eu pelo menos tenha mais uma chance de fazê-lo pagar por tudo que fez.

Venha me encontrar, seu porco, penso enquanto olho para as águas.

Antes de picar meu terceiro dedo, não tenho certeza de quem pedir para as águas me mostrarem — Colden ou o Príncipe do Leste. Neri não é uma opção. Como o príncipe está sempre protegido por aquela maldita barreira impenetrável, decido procurar Colden. Ele frequentemente fornece uma visão panorâmica de uma Fleurie em repouso.

Só que hoje ela não está descansando. E ela e Colden não estão na masmorra. Meu coração bate forte enquanto vejo a cena se desenrolar. Fleurie está do lado de fora, de pé sobre um trecho de argila vermelha com o rosto bonito erguido em direção ao céu azul da manhã, o cabelo ruivo radiante em chamas à luz do sol. Ela não está presa.

Até mesmo o colar de ferro que normalmente vejo se foi.

Um vasto desmoronamento de antigas ruínas — nada mais do que calcário lavado pelo sol e manchado pelo tempo — compõe o pano de fundo, o esqueleto da primeira versão da cidade antiga negligenciado e exposto em uma colina para que todos possam ver.

Conheço essa vista dos sonhos de Alexus. Reconheço a configuração da terra.

Eles ainda estão em Quezira, no antigo pátio de treinamento de Min-Thuret.

Fleurie está cercada por uma nuvem vermelha, como se uma nuvem pudesse ser vermelha. Como se pudesse rondar. Eu sei que é o príncipe, circulando-a lentamente, mas ela parece imperturbável. Sossegada. Mesmo enquanto ele, Colden e outro homem, talvez um guarda, a observam. Mais guardas espreitam pelo pátio, mas seus olhos estão na cidade ao redor.

A atenção de Colden se volta para uma mulher mais velha de pele pálida e cabelo ruivo acobreado e prateado. Não a conheço e, no entanto, conheço, graças a esses traços familiares que não podem ser esquecidos.

Bronwyn Shawcross.

Ela está de pé, com as mãos entrelaçadas, trabalhando nervosamente enquanto o olhar de Colden se volta para Fleurie. Posso sentir a tensão pulsando em cada pessoa, mesmo estando a centenas de quilômetros de distância.

Fleurie levanta o braço direito sobre a cabeça e o abaixa como uma lâmina. A antecipação de Colden se move através do tempo, através das águas, e para dentro de mim.

Mas nada acontece.

Em seguida Colden se enche de alívio, irradiando para mim, mesmo quando a nuvem vermelha do príncipe se agita e aumenta, e Fleurie assente e tenta novamente.

Ela está tentando abrir um portal.

Quando o braço dela desce, eu me encolho, esperando *o quê*, não sei. O mundo se abrir, suponho. Mas, novamente, felizmente, nada acontece, exceto pela névoa vermelha do príncipe girando e se contorcendo antes de correr em direção a Colden — *em minha direção* — e então desaparecer de cena, deixando um vapor vermelho se espalhar pelas bordas do meu prato de adivinhação e se desintegrar no chão da cabine.

Deixo escapar um longo suspiro. A arma secreta do príncipe ainda não está pronta. É um pequeno favor dos Antigos, e nos dá o tempo necessário.

Dado o que ainda enfrentamos, eu aceito.

— Espero que todos saibam nadar. *Bem.*

Todos os membros do nosso grupo, mais Dedrick Terrowin, estão sentados em um círculo de caixotes no porão de carga escuro, olhando para o Coletor de Bruxos com expressões cautelosas.

Ninguém fala, então ele continua.

— A primeira linha de defesa das Terras do Verão nessas águas é um posto de controle. Todos os navios mercantes que chegam são canalizados para as rotas marítimas que levam à enseada de Itunnan e abordados por oficiais da Patrulha das Terras do Verão. Eles verificam os documentos de passagem e percorrem o porão de carga antes de permitir que os navios entrem no porto para uma inspeção mais detalhada.

— Vocês podem se esconder na minha cabine enquanto eles olham em volta — diz Dedrick. — Eles são muito minuciosos no porão de carga.

Isso faz meu estômago revirar. A ideia de estar bem debaixo do nariz da Patrulha das Terras do Verão.

— E os papéis de Dedrick? — pergunta Zahira. — As datas são antigas e estão carimbadas com data de retorno de alguns dias atrás. Isso vai levantar suspeitas. — Ela se vira para Terrowin. — Sua lista de carga está de acordo com a contagem de carga? Você descarregou alguma coisa antes de se dirigir para Starworth Tor?

— Apenas cinco barris. Um dos meus homens está trabalhando nos papéis agora. Meio falsificador. Só temos que torcer para que funcione.

— Se o pior acontecer — continua o Coletor —, derrame cerveja nas páginas e peça desculpas profusamente. Eles sabem seu nome e conhecem seu rosto e navio. Você não é suspeito. Ainda.

O que significa que ele é obviamente bom no que faz para nunca ter sido pego e nunca ter despertado cautela. Isso me faz sentir um pouco melhor sobre a noite.

— E depois? — pergunta Hel. — Assim que estivermos ancorados em segurança no porto?

O Coletor senta-se na beira de uma caixa.

— Depois saímos furtivamente do navio e nadamos até o Cais de Goma, no lado leste da enseada. Dedrick pode nos levar o mais perto possível, e Joran pode ajudar com a corrente, se necessário. Só não podemos perturbar os outros navios no porto. De acordo com Terrowin, o Cais de Goma está sempre vazio à noite.

— Meu contato, Orlena Madar, mora no armazém perto de Goma — diz Dedrick. — Seu esconderijo é a única rota segura para estrangeiros entrarem em Itunnan. As outras docas são mais patrulhadas porque os navios que chegam vêm do oeste. — Ele levanta um dedo que ostenta um elegante anel de esmeralda. — Ainda assim, é preciso ser sensato e cuidadoso porque Orlena não está esperando por vocês, então não posso garantir que a guarda não esteja fazendo a ronda pelo cais, ou outras pessoas estejam vagando por lá. Quanto ao quebra-mar, está sempre vigiado, mas à noite, com a escuridão de Goma, é possível evitá-los.

— Sábio, cuidadoso e silencioso como os mortos — acrescenta o Coletor. — Se formos vistos, seremos detidos e trancados em uma cela por invasão de propriedade, sabe-se lá por quanto tempo, antes de podermos persuadir a Patrulha a enviar uma mensagem de nossa presença para Fia Drumera. Isso se eles ao menos nos ouvirem.

— Como se eles pudessem te segurar — fala Keth. — Ou Raina. Ou Nephele. Vocês três podem nos passar pela guarda se quiserem. Não vi o que você pode fazer, mas Rhonin nos contou. Basta explodir os bastardos em pedaços e incendiar qualquer um que se interponha em nosso caminho, e esta viagem será muito mais rápida.

De todas as pessoas a responder, Joran é o último que espero, mas ele levanta sua cabeça prateada de seu lugar e diz:

— Esta terra é um território muito diferente do Norte. O Norte é um lugar ameno em comparação com as Terras do Verão. Essas pessoas lutaram por sua própria existência faz séculos. Eles aperfeiçoaram e estudaram a magia antiga a ponto de se tornar uma parte metódica de seu aprendizado. Eles não brincam com mágica aqui. Eles vivem isso. A magia prospera até mesmo nas areias que se movem, na escuridão fria do deserto. Ela se esconde nas províncias, e não é fácil entender as coisas que vivem nas montanhas e florestas das Terras do Verão. Não pense que essas pessoas não estão mais do que preparadas para a mágica que alguns de vocês podem lançar. Encontre um enxame de Dread Vipers, e esse grupo não passará de uma mancha de sangue no chão do deserto das Terras do Verão.

— *Dread Vipers?* — sinalizo.

— A guarda de elite de assassinos militares da Fia — responde o Coletor. — Não posso simplesmente matar esses homens — ele diz para Keth. — São homens de Fia. Caçam invasores. São leais à sua rainha e ela, a eles. Provavelmente não seria bom se eu os matasse. Mas não são uma preocupação para nós porque vamos manter a cabeça baixa e nossa magia escondida para passar por Itunnan e as províncias sem sermos detectados e então alcançarmos a Cidade das Ruínas. Certo?

Ele olha para cada rosto, então observa Joran de perto, seus olhos afiados como vidro dizendo tudo que preciso saber. Ele está se perguntando o mesmo que eu. Como Joran Dulevia, da vila mais ao norte de Reede, sabe tanto sobre as Terras do Verão?

Em uma hora, cruzamos o convés principal e subimos os degraus que levam à cabine de Dedrick. O ar está tão quente aqui tão ao sul, a noite e o mar escuros como breu. Nosso mundo azul foi trocado por um que poderia ter sido esculpido em uma montanha de obsidiana na cordilheira Mondulak.

Nós dez nos revezamos sentados, andando de um lado para o outro e parados em um silêncio nervoso enquanto a embarcação desacelera.

— Esvaziem suas bolsas de qualquer coisa que prezem — diz o Coletor, apontando para uma caixa vazia em um canto. — Deixem tudo ali. Talvez tenhamos a chance de recuperar um dia.

Observo enquanto ele abre sua própria bolsa e remove a caixa dourada que contém meu colar, junto de seus diários.

Seus diários.

Ele os segura por alguns minutos, passando o polegar sobre a lã em que os mantém embrulhados antes de carregá-los — e a caixa de presente — para a caixa, colocando-os cuidadosamente dentro. Quando se vira e encontra meus olhos, uma profunda tristeza toma conta de mim. Valorizar algo por trezentos anos apenas para ter que abandoná-lo... Não consigo imaginar como deve ser isso, sem mencionar que hoje cedo tive que informá-lo que sua velha amiga está realmente praticando suas habilidades com a abertura de um portal.

Fale sobre um passado voltando para assombrar.

Não tenho certeza do que deu em mim, mas vou até lá e removo a caixa dourada. Não posso salvar seus amados diários e não posso mudar o fato de sua amiga ter feito um acordo involuntário com seu inimigo, mas ele não queria arriscar perder esta pequena pérola, e algo nisso suaviza minha amargura.

Remova o colar e o prendo em volta do meu pescoço antes de enfiá-lo sob a gola do casaco.

— *Não vou deixar você doar minha joia* — sinalizo.

Ele sorri com um lado da boca — o lado com covinhas — e não consigo lidar com o que isso faz comigo, então atravesso a cabine até a única escotilha e espio lá fora. Qualquer coisa para uma distração.

Uma embarcação menor avança de lado e, pouco depois, nossa tripulação começa a gritar e rir com os guardas. Prendo a respiração, pronta para que isso acabe, e logo está acabado.

Dedrick abre a porta da cabine e enfia sua cabeça encaracolada lá dentro.

— Nunca subestimem um bom falsificador e um mentiroso ainda melhor. — Ele curva os lábios em um sorriso satisfeito. — Eles nos receberam para ancorar no porto. Hora de ver do que vocês, Habitantes das Terras do Norte, são feitos.

46
Nephele

Costa das Terras do Verão

Porto de Itunnan

A noite é espessa no lado leste do imenso porto de Itunnan. Não consigo ver nada à minha frente e meu corpo está gritando. Atrás de mim, dezenas de navios, barcos, engrenagens e pequenas embarcações flutuam na água, suas lanternas balançando contra o pano de fundo da costa rochosa da cidade portuária.

Há edifícios de arenito e casas de tijolos de barro empilhadas na costa acidentada, erguendo-se acima da antiga muralha à beira-mar, iluminada por tochas que circundam as docas, as janelas quadradas iluminadas por velas douradas.

Terrowin ancorou longe dos outros navios no porto, o mais próximo possível do Cais de Goma sem parecer estranho, mantendo o Lady Belladonna em ângulo para nos esconder da vista. O mergulho não é terrível, mas minha bolsa está bem presa às minhas costas, o peso tornando o esforço maior do que deveria ser. Por outro lado, não é como se nos últimos anos eu tivesse um mar quente para atravessar todos os dias. A última vez que nadei foi no vale, com Raina.

Não importa, continuo empurrando a água, dizendo a mim mesma que *não estou sozinha*. Todo mundo está aqui comigo. Em algum lugar.

De repente, Joran está ao meu lado, deslizando como um tubarão. Se não fosse por seu cabelo prateado e o deslizamento suave de seus braços musculosos logo acima da água a cada poucos segundos, eu não saberia que um ser humano estava ao meu lado.

A água ao meu redor esfria, o que é estranho, mas há uma propulsão abaixo da superfície, uma corrente submarina agitada, um *empurrão* que me impulsiona em direção ao píer escuro sombreado por um armazém mal iluminado de quatro andares a uma curta distância.

Independentemente da ajuda de Joran, porque sei que é isso, ainda luto para nadar. Apesar de toda a magia vasta que posso criar, a única coisa que não posso fazer é me transportar para outro lugar. O que eu não daria pelo presente dos filhos de Loria agora, ou para ser como Fleurie, capaz de abrir o mundo e se mover por cidades, continentes e corpos d'água como eu quiser.

Joran faz um ângulo agudo em sua trajetória para a esquerda, e percebo que estava desviando para a direita, para longe do Cais de Goma. Corrijo o rumo e sigo o Habitante da Terra do Gelo, grata por ele ter ficado para trás para me guiar.

Por ele não ter me deixado.

Apenas vá até o píer, digo a mim mesma. *Continue. Força, força, força. Não desista, Nephele Bloodgood.*

Em minutos estamos sob o píer, nos arrastando pela água e escalando as rochas, com o glamour para evitar a iluminação. As mãos fortes de Joran estão em mim, me ajudando, mas assim que saímos do mar, Raina e Hel agarram minha jaqueta e me puxam para sentar em uma pedra perto delas.

Apalpo meu corpo, certificando-me de que minhas armas estão intactas, mesmo quando sinto Joran ao meu lado, encontrando-me no escuro com tanta facilidade.

Esperamos ali, pingando e recuperando o fôlego, exceto por Alexus e Zahira, que desaparecem na escuridão, movendo-se ao longo da margem rochosa, verificando se há algum sinal de vida.

Jaega sibila e, embora seja impossível ver qualquer coisa claramente embaixo do píer, a voz profunda de Joran diz:

— Alguém está sangrando.

— Sou eu — confessa Jaega. — Prendi a canela em uma pedra irregular. Ou talvez fosse madeira. Uma lasca. Não sei. Só sei que estou sangrando. E acho que é muito.

— Raina? — A voz de Keth é calma e trêmula, mais suave do que jamais ouvi. — Pode ajudá-la?

Minha irmã rasteja sobre as rochas em direção a Jaega, sua silhueta um borrão cinza contra a noite enquanto meus olhos se ajustam à escuridão. Eu sei que ela está curando a jovem, mesmo que eu não consiga ver a mágica sendo feita.

— Não é um ferimento grave — Joran me diz baixinho, como se sentisse minha preocupação. — Um fio de sangue, mas ela não está sangrando profusamente como você está imaginando.

Suas palavras aliviam a tensão que já apertava os nós ao longo dos meus ombros enquanto espremo a água da minha trança. A última coisa de que precisamos esta noite é que um de nós fique gravemente ferido.

— Não sabia que bruxos da água tinham um olfato tão apurado — sussurro.

— É o melhor para rastrear. E não vou perder *você*, isso é certo.

Franzo a testa e tiro uma bota para drenar a água.

— Por que você diz isso?

Ele faz uma pausa e responde:

— Porque sinto o cheiro do seu desejo, Nephele. — Sua voz é de alguma forma sedutora e reticente ao mesmo tempo. — Não vou esquecer. *Não posso.* Neste momento eu poderia muito bem ser um cachorro caçando.

Minhas bochechas esquentam e sou grata pelo escudo da escuridão. Mas então me dou conta de que me excita saber que o afetei de tal maneira, e ele provavelmente sentiu o cheiro dessa excitação antes mesmo que eu percebesse o que estava sentindo.

— Isso não explica por que você é tão talentoso quanto um cão — respondo, tentando desviar a atenção de mim, esperando que o cheiro do mar na minha pele disfarce o que ele está farejando.

Ele ri.

— Apenas nasci assim, suponho.

A conversa parece fácil, despreocupada para nós dois, então faço algo que nunca sonhei que faria algumas semanas atrás.

— Obrigada. Por ficar comigo. Estou em dívida com você de novo.

— Vamos combinar uma coisa — diz ele. — Quando isso acabar, vou reivindicar aquele beijo. Quanto à outra dívida que você sente que deve, não vou cobrar até sentir que você está pronta.

Sorrio, sentindo a insinuação em suas palavras e me perguntando o que há de errado comigo para que eu goste tanto disso.

— Combinado — concordo, me sentindo mais descarada do que provavelmente deveria. — Mas preciso te perguntar uma coisa. Em relação ao lance todo do perfume.

Outra risada, e eu o sinto apoiar as mãos na rocha.

— Pergunte.

— Você me *cheirou* na noite do casamento na Vila Invernal? — sussurro, abordando bravamente o tema de nossa única noite de paixão no ano passado.

Há uma pausa, um momento de reflexão, talvez, mas então o sinto se inclinar para mim, seu hálito frio na minha bochecha úmida, na lateral do meu pescoço, contra minha orelha.

— Deveria? — diz ele, enviando um arrepio pelos meus braços. — Você me desejou naquele dia também?

Começo a virar o rosto para ele, para que me sinta tão de perto no escuro quanto eu o sinto. Mas suas palavras me fazem congelar.

Certamente ele não se esqueceu daquela noite. Ele não estava *tão* embriagado. Infelizmente, eu teria me contentado com qualquer um naquele dia, e ele estava lá, e apenas... aconteceu. Com essa nova tensão entre nós, acho que sexo com Joran seria muito melhor agora, mas ele deveria ter uma lembrança tão clara quanto eu.

Antes que eu possa pressioná-lo para uma explicação, alguém se move atrás de nós. Botas sussurram de pedra em pedra e couro molhado range. Alexus e Zahira.

— Está tudo bem, o píer e as docas estão vazios — avisa Alexus, sua voz baixa e profunda. — Hora de ir. — Seus braços estão bem abertos, as mãos segurando dois pilares do píer enquanto ele se inclina para falar conosco. O contorno de sua forma mal é delineado pelo luar preso atrás de um céu cheio de nuvens, mas posso vê-lo.

— O armazém está sendo preparado — diz Zahira, subindo em duas pedras como uma sombra. — Temos um lugar para descansar durante a noite e um meio de reunir suprimentos amanhã. Vamos resolver os outros detalhes lá dentro.

— Só precisamos ficar nas sombras — acrescenta Alexus. — Vimos apenas alguns guardas neste lado do quebra-mar. Me sigam.

Todos rastejam para fora do píer como aranhas sob uma rocha. Atravessamos o aterro rochoso, deslizando, antes de arrastar nossos corpos cansados para o cais de madeira, movendo-nos silenciosamente.

Enquanto deslizamos pela escuridão para uma passagem extremamente estreita que leva para os fundos do armazém, acabo sendo a última, apenas Joran atrás de mim.

— Eu disse algo errado, não disse, bruxa? — Sua voz tem um tom diferente. Uma profundidade diferente. Isso faz algo dentro de mim se contorcer, algo se enroscando, se contorcendo e exigindo ser sentido.

Não respondo, pois a antiga intuição de meus ancestrais, fluindo quente e viva em meu sangue, me envia um aviso.

Errado, grita. *Errado.*

Meu coração bate forte. Eu tento ouvir.

47
Raina

O armazém de Orlena Madar é um espaço limpo e cavernoso, repleto de caixotes de carga, produtos e mercadorias cuidadosamente empilhados.

Encaro as vigas arredondadas que vão até o teto, dando a impressão de serem muito distantes. Os andares superiores são escuros, exceto por uma área à esquerda do edifício, no lado que dá para o mar. A luz quente das velas brilha através de sua única porta. Talvez sejam os aposentos de Orlena. Dedrick disse que ela morava aqui.

O restante dos andares só é visível na sombra, revelado por alguma luz fraca que chega daquele canto e pelos lampiões pendurados nas paredes de pedra no primeiro nível. Posso distinguir as linhas de algumas grandes janelas e um único mezanino, embora haja passarelas de tábuas de madeira em cada andar.

— Vamos descer. Lá poderão se limpar, secar e descansar um pouco — diz Orlena.

— Podemos sair ainda hoje à noite — sugere Joran. — Acho que nenhum de nós está tão exausto e precisamos nos mexer. Rapidamente.

— Os portões não abrirão até o nascer do sol — responde Orlena. — A parede está imbuída da magia de nossa rainha.

— Depois de todo esse tempo — fala Joran, olhos estreitados enquanto balança a cabeça em descrença irritada —, ninguém encontrou uma rota alternativa através daquela maldita parede?

Orlena olha para o Habitante da Terra do Gelo e, com uma voz suave e firme, indaga:

— Quem é você?

Não há resposta.

Olho para ele. Com um sorriso malicioso, ele se inclina contra uma coluna de pedra, sua pele cinza e cabelo prateado molhado tem um tom estranho sob a luz dourada da lanterna. Ele olha para Orlena como se pudesse ver através dela, embora de alguma forma pareça que o oposto é verdade.

— Eu sou do Norte. Até meu último fio de cabelo. Isso é tudo o que você realmente precisa saber.

Alexus e Nephele trocam olhares enquanto Orlena estuda o bruxo da água de cima a baixo. O que quer que esteja acontecendo entre eles fica de lado, no entanto, para tratar de assuntos mais importantes.

Orlena desfila seu corpo alto em direção a um grande caixote que é mais alto do que ela e gesticula, sem dizer uma palavra, para que Rhonin a siga.

Um pouco chocado, ele se assusta e diz:

— Eu? — Mas então ele rapidamente dá um passo à frente.

Ele se junta a ela parecendo um garotinho tímido, provavelmente porque Orlena é muito bonita. Ela usa calça justa preta e botas de cano alto, combinando com uma túnica de seda vermelha bordada com fios de ouro. O cabelo é uma massa de cachos cor de caramelo brilhantes, os olhos são de um preto profundo e rico, e a pele é de um marrom terroso, quente e totalmente luminescente.

Felizmente, exceto por um rosto avermelhado, Rhonin não se envergonha. Ele apenas ajuda Orlena a empurrar o caixote vazio para o lado, revelando uma passagem secreta cortada no chão. Cumprido o dever, ele volta para seu lugar ao lado de Hel.

Achei que ele não poderia corar mais ainda, porém, quando Hel lhe lança um olhar, seu rosto brilha como um sol de verão.

Orlena se agacha e desliza o dedo em um anel de metal nas tábuas de madeira e levanta a porta. Como se tivesse feito isso dezenas de vezes, e tenho certeza de que sim, ela pega uma lanterna e acena para nós, com um sorriso radiante.

— Vamos. Acho que vocês vão gostar daqui.

Não me dou conta até que estou descendo os degraus íngremes para o esconderijo subterrâneo que Orlena utiliza para ajudar Dedrick a contrabandear Habitantes das Terras do Norte para sua terra natal regularmente. Quem pode dizer que ela não ajudará os Habitantes do Leste? Por que ela faria isso? Não foi por isso que rotulamos Rooke de traidor?

Não devo ser a única com esse pensamento, porque enquanto seguimos as escadas bambas para o cômodo inferior e Orlena Madar começa a acender os lampiões pendurados no espaço, Callan diz:

— Por que você nos ajudaria a entrar em suas terras?

Callan caminha estudando as mesas e prateleiras carregadas de roupas, sapatos, armas, alimentos e até cestas de documentos, provavelmente já falsificados, com um novo nome.

Orlena fecha o vidro de um lampião e encontra o olhar pesado de Callan.

— Você está aqui porque *ele*... — ela aponta para o Coletor — ... é um velho amigo da minha rainha. E porque o Príncipe do Leste está causando problemas. — Embora esteja falando com Callan, ela olha para Joran e, com um tom aguçado em suas palavras, diz: — Isso é realmente tudo que eu preciso saber.

Callan pega uma adaga e a aponta para a luz.

— Mas você *não* nos conhece. Poderíamos ser Habitantes das Terras do Leste contando mentiras.

Orlena cruza as mãos atrás das costas e encontra o olhar desafiador de Callan.

— Qual é o seu nome? — Lentamente, a Habitante das Terras do Verão caminha em direção ao meu amigo.

Ao contrário de Joran, Callan responde.

— Callan Terzerak.

— De onde você é, Callan Terzerak?

— Cordilheira Mondulak. E Vila Invernal.

— Quantas lâminas carrega consigo?

— Cinco.

— Quem você mais ama neste mundo?

— Meu filho adotivo.

— Quem você mais gostaria de matar?

— Não quero matar ninguém.

— Quem neste grupo você odeia?

— Ninguém.

Orlena faz uma pausa diante de Callan, quase frente a frente com o bruxo rúnico.

— E você foi sincero em todas suas respostas. — Ela olha para Joran. — Ele também foi honesto. Eu sei porque esse é o *meu* dom. Eu não ajudo ninguém que mente para mim, ou que quer prejudicar minha terra ou meu povo. É simples assim.

— Ela já fez isso comigo e com Zahira. — O Coletor coloca sua bolsa em uma cadeira e descansa as costas largas contra um dos quatro pilares quadrados de pedras empilhadas que parecem sustentar todo o edifício. — Mas estou feliz que todos vocês puderam ouvir. Zahira nunca teria nos colocado em perigo com Dedrick. No início tive minhas dúvidas sobre ele e essa situação, mas não tenho mais.

Do outro lado da pequena sala, passando os dedos sobre uma túnica cor de vinho, Zahira oferece a ele um sorriso suave e uma leve inclinação de cabeça. Um agradecimento.

Orlena pisca para Callan, então aponta para uma cortina escura atrás de si.

— Ali atrás fica o quarto de dormir. Apenas beliches, mas deve haver camas suficientes para todos vocês. Quanto a tudo o que estão vendo... — ela aponta para as mesas e prateleiras cheias — peguem o que precisarem. É para isso que estão aqui.

Keth vai direto para a mesa de armas, e Jaega procura calças novas entre as roupas, uma vez que as dela estão rasgadas do joelho ao tornozelo. Callan e Zahira começam a examinar os documentos de Orlena, os rostos marcados de curiosidade concentrada.

Com seu caminhar confiante, Orlena fecha a curta distância entre ela e o Coletor. Percebo o olhar apreciativo que ela lança para ele da cabeça aos pés, assim como percebo o modo como isso faz meu peito apertar.

De fato, ele é um espetáculo. Alto, forte e ainda molhado, ele está com roupas de couro pretas, e os polegares enganchados nas alças das armas em sua cintura. A túnica branca se apega ao seu torso musculoso, e o colarinho desamarrado e aberto revela uma faixa profunda de um peito dourado marcado com runas e sua chave de ferro, algo de que ele não se desfez no navio. O cabelo molhado cai em ondas pretas e desgrenhadas, brilhando ao redor de seu rosto anguloso.

E sua barba. Está voltando com força total. A barba por fazer adiciona um toque sedutor ao seu visual, fazendo com que seus olhos já ousados pareçam ainda mais ousados. É um crime.

— Obrigado por nos receber — diz ele a Orlena. — Temos muito chão para percorrer. Precisamos chegar a Fia o mais rápido possível e não posso fazer isso sem você.

— De nada, Alexus — responde ela, a voz rouca, mas suave. — Que tal subirmos para tomar uma bebida? — Como se eu não existisse, ela se aproxima dele e afasta com os dedos uma mecha do cabelo molhado de Alexus para trás da orelha. — Gostaria de saber mais sobre seus planos. E sobre você.

Os olhos dela estão fixos, a tensão no ar espessa. Eu me odeio quando viro as costas para eles e cruzo os braços sobre o peito como uma criança petulante. Me odeio ainda mais ao me encolher quando ele diz:

— Eu adoraria. Vá em frente. Já me encontrarei com você.

Tudo dentro de mim parece murchar como uma flor faminta de água sob um sol escaldante. Olho para uma parede repleta de quadros de paisagens e mapas — Itunnan — e me concentro em um, que parece ser um depósito, tentando parecer distraída. Não sei por que não me mexo. Todo mundo está indo para o quarto, e ainda assim continuo paralisada, desajeitadamente irritada, talvez um pouco ciumenta e... profundamente, totalmente, devastada.

— Te vejo pela manhã — o Coletor fala por cima do meu ombro. — Descanse um pouco. Ao nascer do sol, pegaremos a estrada para sair de Itunnan.

Dito isso, ele se retira.

Fecho os olhos e aperto os punhos enquanto ele sobe as escadas. Cada passo dele na madeira frágil parece uma adaga perfurando meu coração. Digo a mim mesma que estão *apenas tomando uma bebida*. Isso é tudo. Eles nem se conhecem.

E, no entanto, mais tarde, acordo de um sono profundo e espio a última cama vazia, abaixo da minha, e descubro que ele ainda não voltou.

Na manhã seguinte, a cama abaixo da minha ainda está vazia, as cobertas intocadas.

É cedo, e a última coisa que quero fazer é subir e me deparar com uma cena que jamais esquecerei. Então me visto, arrumo minha cama e sento no beliche de baixo sozinha, odiando cada parte desta situação e me perguntando como poderei me livrar de um homem que, de alguma forma, roubou tanto do meu ódio que estou de mau humor por ele na escuridão da manhã.

Faz apenas alguns dias desde que a runa foi revertida, e já estou cansada de me sentir tão dividida. Acho que tenho que descobrir como me sentir menos apaixonada por ele em todos os níveis, mas isso parece impossível, porque quanto mais estou perto dele, pior fica — quanto mais eu o odeio, mais o quero — e vamos ficar juntos por um tempo. Ou vou matá-lo ou vou beijá-lo. Um dilema que me lembro de ter sentido pouco depois de nos conhecermos.

Quando a cortina se move na porta, olho para cima. O Coletor entra, esfregando a nuca, e vem se sentar ao meu lado, seu joelho roçando suavemente no meu. Ele não cheira como ele mesmo. Ele cheira a vinho doce, algum tipo de tempero forte e terroso e a salmoura do mar.

Não olho para ele. Não posso. E, no entanto, assim como na noite passada, também não consigo me afastar.

Ele apoia os cotovelos nos joelhos.

— Não dormi com ela — diz ele calmamente. — Não fizemos nada além de conversar. Eu sei que você está preocupada com isso. Posso sentir.

Era isso e não era. Eu tinha me convencido de que eles só tivessem trocado um beijo, apesar de ter sentido o magnetismo entre eles. Ainda assim, mantenho as mãos na beirada da cama, o olhar fixo à frente.

— Adormeci em uma cadeira depois de muito vinho. — Ele esfrega o pescoço novamente. — E meu corpo vai me fazer pagar por isso hoje.

Engulo em seco, sentindo a verdade. Ele não me deve nenhuma explicação, embora me dê muita satisfação saber que, depois da minha noite de preocupação, é ele quem está sofrendo.

Ele desliza a mão sobre a minha, entrelaçando nossos dedos. A sensação de trezentos anos de calosidades em forma de espada é agradavelmente áspera contra a minha pele. Isso me lembra de todas as maneiras que ele me tocou. Embora eu permita o contato por alguns momentos, mesmo saboreando-o, me afasto.

Ele suspira e esfrega a mão na barba.

— Como vamos superar isso, Raina? Você me quer tanto que consigo sentir até mesmo pelo vínculo rompido, e ainda assim nem me deixa tocá-la? — A frustração satura sua voz, mas está sob uma espessa camada de dor.

Lágrimas ameaçam cair dos meus olhos. Eu me levanto, pego minha bolsa e o deixo sentado lá enquanto passo pela cortina e sigo para as escadas, esperando encontrar um lugar para sentar perto de uma janela de quatro andares para poder ver o sol nascer e pensar.

Porque não sei como vamos sobreviver a este tormento.

Simplesmente não sei.

O porto de Itunnan é impressionante.

Ficamos em uma longa fila que se estende contra a lateral do paredão de pedra, com o glamour a postos e bem entrelaçado, esperando a entrada. Orlena está várias pessoas à nossa frente, sabiamente mantendo distância. O restante de nós leva em mãos papéis com relatos fraudulentos de nossas viagens recentes e todas as paradas nos portos. Meu novo nome é Stassa Farthorne, uma mulher que às vezes se junta à tripulação de Terrowin de Malgros como contramestre.

Observo o porto, imaginando como seria vagar pelo mundo. As docas estão fervilhando de atividade, a água verde-azulada brilhando ao extremo sob o sol quente. Os pescadores já saíram da cidade e se prepararam para passar o dia ao longo do Cais de Goma, e no porto há pelo menos mais uma dúzia de navios e barcos flutuando no ancoradouro do que na noite passada. Os que precisam desembarcar estão ancorados nas docas, a tripulação correndo para esvaziar os porões enquanto os oficiais do porto circulam com livros e documentos, inspecionando cada caixote e barril deixado no cais de Itunnan. É tão diferente de Malgros, diferente de tudo que eu já imaginei.

De nossa parte, além das poucas peças que alguns membros do nosso grupo pegaram dos suprimentos de Orlena, estamos vestidos com nossas roupas de sempre, exceto por nossas armas. Por enquanto. E ainda não nos destacamos em meio à massa.

São marinheiros e comerciantes de Malgros, alguns das Passagens, e mais de outras partes da costa das Terras do Verão, e ainda mais de terras fora de Tiressia, como Persei, Mapor e Omalli.

Ouço línguas estranhas aos meus ouvidos e vejo trajes que nunca vi, mas toda a cor, vida e o barulho culminam em um amálgama tão perfeito que gostaria de ficar aqui e absorver tudo, mesmo que apenas por um dia.

Mas logo estamos passando pelo portão. Nossos corpos e bolsas são verificados em busca de armas, e nossos documentos falsos são estudados com grande atenção pelos guardas.

Enquanto passamos pela fiscalização, eu meio que me pergunto se a magia de Fia Drumera pode de alguma forma nos sentir. O Coletor, em especial. Mas a familiaridade, a boa falsificação e uma bela mulher parecem ser o que nos salva, porque assim que o guarda à minha esquerda encontra os olhos de ônix de Orlena e ela sorri, ele a puxa de lado para conversar, e somos ignorados e entramos na cidade sem mais questionamentos.

O guarda pega as cópias de nossos papéis e as entrega a um homem sentado a uma mesinha atrás dele. O homem começa a olhar deles e para nós, então estamos livres para ir.

Caminhamos pela sombra do arco da antiga muralha da cidade e voltamos para o sol. De súbito, todos nós paramos, surpresos com a visão.

Tem um mundo de pessoas por todos os cantos.

A cidade é uma coleção de templos, fontes e um labirinto de edifícios de madeira de alturas variadas e impressionantes, conectados por ruas que se elevam com degraus largos de pedra para navegar no labirinto que é Itunnan. Prédios de mármore branco ficam no alto à distância, a vista pontilhada com centenas de minaretes de marfim apontando para o sol.

Palmeiras e vegetação verdejante parecem brotar de todo local em que puderam se firmar na terra que, de outra forma, seria cozida, e, quando sopra o vento, sinto o perfume de dezenas de jardins de flores misturados a ondas de especiarias ricas.

As Terras do Verão são realmente um mundo à parte, e eu só vi um pequeno pedaço. Orlena nos alcança e faz sinal para que a sigamos até a movimentada cidade.

A primeira coisa que noto são os diferentes tipos de guardas. Há soldados de infantaria abaixo dos arcos, ao longo das ruas e perto de fontes, mas também há uma patrulha a cavalo, montada em animais de pelagem escura enfeitados com veludo vermelho fino, arreios e freios adornados com prata. Os guardas se vestem de preto, cobrindo até a cabeça e o rosto, os corpos carregados com todos os tipos de lâminas. Um escudo de prata polido com uma cobra forjada no centro do metal pende ao lado dos cavalos, assim como algum tipo de chifre de animal.

Os Dread Vipers.

Um deles cavalga do portão à minha direita, desacelerando o cavalo de um trote para um passo mais lento, provavelmente a uns seis a oito passos de distância. Ele tem alguns papéis em mãos, alternando o olhar entre mim e eles, por cima das cabeças de uma dúzia de outras pessoas.

— Não olhe para ele — diz o Coletor que de imediato se posiciona ao meu lado, transformando-se em um escudo humano. Ele pressiona a mão nas minhas costas enquanto passamos por uma fonte e um conjunto de degraus que levam a outro nível da rua. — Eles não podem ver através de disfarces — acrescenta em meu ouvido —, mas são excelentes em detectar magia, e você e eu somos como dois malditos cometas em um céu sem estrelas. Estou tentando nos proteger, mas ele está curioso.

Ai, deuses. Isto é ruim. Gostaria que ele tivesse mencionado isso *antes*. E gostaria de ter perguntado mais quando Joran mencionou pela primeira vez a guarda de elite de Fia Drumera. Ele tinha dito que muitos deles poderiam derrubar o Coletor. Como? Quais eram suas habilidades? Me preocupo com Nephele, que está apenas a alguns passos atrás de mim, caminhando com Joran. Ela é mais poderosa do que eu. Aliás, Joran é ainda mais poderoso do que eu. Espero que o Coletor esteja protegendo todos nós.

Três guardas da patrulha a cavalo se aproximam, virando uma curva à distância. Seus rostos aparentam despreocupação, mas, assim que olham para nosso grupo, suas expressões parecem mudar.

Orlena faz uma pausa e se vira para mim, rindo por nada, e desliza o braço no meu como se fôssemos melhores amigas há anos.

— Vamos dar uma olhadinha no mercado? — Ela olha para todos com um sorriso, acenando com a cabeça, rindo como se eu tivesse dito algo engraçado.

O Coletor ri também, arregalando os olhos para mim o suficiente para que eu perceba que este não é apenas o meu pior pesadelo, como também querem que eu dê um show.

Tento sorrir quando Orlena nos leva à rua principal por um enorme portal que se abre para o que parece ser outra cidade presa pelas restrições da muralha. O teto alto é arqueado e ornamentado com azulejos de cores vivas, e ao longo das laterais deste lugar há galerias, barracas e lojas transbordando de artigos e mercadorias. Todos os aromas imagináveis se encontram no mesmo ambiente, de peixe a canela, frutas cítricas, sândalo e âmbar cinza, couro cru e cedro. Eu poderia identificar uma centena de aromas se tentasse.

Comerciantes e negociantes circulam por ali no frescor do início da manhã, conversando enquanto arrumam seus negócios para o dia. Pessoas chegam de todas as direções carregando cestas para levar as compras. E no meio disso tudo estamos nós, dez estrangeiros e uma contrabandista, tentando despistar os guardas assassinos nos escondendo em um mercado gigante.

O Coletor olha por cima do ombro, depois para a frente.

— Estão nos seguindo.

No momento em que ele diz essas palavras, meu abismo desperta, uma escuridão escancarada.

— Vamos nos separar, então — diz Orlena. — Se você descer duas avenidas e virar à esquerda, depois outra à esquerda e duas à direita, nos encontramos no mercado do arsenal.

— O arsenal? — A dúvida satura a voz do Coletor, mas o arsenal parece um bom plano para mim.

— Se eles forem atrás de você — continua Orlena —, vai precisar de acesso fácil a armas, cavalos e muita magia para sair daqui. Posso levá-lo aos dois primeiros, o último é por sua conta. Confie em mim. Faça como eu digo.

Sorrindo e rindo de novo, ela desliza atrás de nós e envolve seu braço no de Rhonin. A próxima coisa que sei é que Hel, Nephele e Zahira estão se juntando a mim e ao Coletor. Elas nos abraçam e abrem sorrisos falsos enquanto nos dirigimos para a segunda avenida à frente. Mais uma vez, sinto meu abismo.

— Não olhe para trás — avisa o Coletor, virando-nos para uma nova avenida assim que o desejo de checar nossos amigos me atinge. Não é fácil, mas obedeço.

Em minutos, viramos à esquerda, passando por uma galeria de tapetes e tapeçarias e outra de cerâmica, louças e talheres antes de — por sorte — cruzarmos com uma galeria repleta de todos os tipos de espelhos que se possa imaginar.

Depois que passamos, abro o pequeno espelho de maquiagem com moldura prateada que roubei de uma cesta de coisas semelhantes.

Quando o uso para olhar discretamente por cima do ombro, o Coletor aperta meu braço e solta uma risadinha.

— Não posso te levar a lugar nenhum.

Ele certamente não conseguirá se não despistarmos o Dread Viper que circula por este mercado em um cavalo, colado em nossos calcanhares.

Entrego o espelho ao Coletor, meu abismo em total atenção agora, e acelero o passo quando entramos em outro mercado.

O mercado de livros.

Embora agora estejamos totalmente cientes de que estamos sendo seguidos, assim que entramos no ambiente, nós, as quatro mulheres, suspiramos ao mesmo tempo. Há mais livros aqui do que se as bibliotecas da Vila Invernal e de Zahira fossem combinadas e multiplicadas dez vezes.

O Coletor se olha no espelho e o enfia no bolso.

— Senhoras, sei que é uma grande tentação, mas agora não é hora de comprar livros.

Ele segue adiante, e nós seguimos direto para o mercado do arsenal, uma avenida enfeitada com aço, ferro e ferrugem.

— Meus deuses, isso é glorioso — diz Hel baixinho, contendo um gritinho de alegria diante do possível perigo.

Orlena, Rhonin e os outros ainda não chegaram, o que faz meu sangue vibrar de preocupação. Mas, ao mesmo tempo, o alívio flui através de mim, porque estamos cercados por armas novas e antigas.

Fico boquiaberta com as espadas incrustadas de joias enquanto Nephele encara uma adaga mortal. Algumas das lâminas são retas como se prontas para lançar, e outras são curvas, como se projetadas para se curvar em direção a um coração.

Também há escudos de aço, madeira e concha, e mais facas, maças, arcos, flechas, aljavas, armaduras e capacetes. Jamais imaginaria ver tantas formas de armamento em um só lugar. Alguns são tão polidos que brilham. Outros totalmente enferrujados. Mas todos podem matar, e isso é tudo o que importa.

Não temos chance de examinar o que podemos precisar antes que o Dread Viper que estava nos seguindo vire do corredor à minha esquerda, parando seu cavalo alto na entrada do mercado.

Alexus está ao meu lado, com o dedo traçando o punho de marfim de uma espada curta com uma ponta serrilhada, como um amante acarinhando o pulso amado. Seu olhar muda, e ele endurece com indecisão. Posso ver isso em seu rosto. Sentir o poder rolando dele para mim. Vamos ficar aqui, cercados por armas, e ver o que o Dread Viper quer? Ou continuamos em movimento e procuramos nossos amigos?

Não temos tempo para decidir, porque, de repente, estamos encurralados, todas as saídas bloqueadas por Dread Vipers a cavalo.

48
Raina

— Ninguém se mexe — diz o Coletor, em voz baixa. — Eu cuido disso.

Ele sorri para os mercadores, sentados em meio a centenas de armas, que agora estão de olho nos guardas que conduzem os cavalos em nossa direção. Os clientes se dispersam, deixando apenas nós.

Calmo, o Coletor se volta para o guarda que nos seguia e caminha tranquilo até ele, como se cumprimentasse um amigo, e não um assassino.

— Bom dia, bom senhor — cumprimenta ele. — Algum problema?

Um Dread Viper, agora a apenas alguns passos de distância, olha para mim. Com uma voz profunda e suave, ele fala:

— Eu só quero falar com Stassa Farthorne.

Porra.

Meu abismo se agita, me convidando ao abrigo de seu nada. Eu ignoro aquele bastardo sombrio e faço o meu melhor para evitar que o pânico absoluto domine meu rosto enquanto me viro para o guarda e o Coletor.

Os olhos do Coletor estão arregalados, seu olhar penetrante, como se estivesse tentando me enviar uma mensagem que não consigo receber. Uma veia pulsante se destaca em relevo ao longo de sua têmpora.

Vou ao encontro deles, porque não sei que outra escolha tenho.

Até que as coisas evoluam para uma batalha total no meio deste arsenal, preciso manter a calma.

Sorrindo, eu me aproximo, fazendo uma atuação muito melhor do que antes. O Dread Viper abaixa o tecido enrolado em volta do nariz e o coloca sob o queixo.

Seu rosto está bronzeado de um marrom profundo e escuro, e seus olhos são de um azul forte que irradia uma atitude feroz e intransigente. Ele é um pouco mais velho. Linhas se espalham em seus olhos e em sua testa, e pelos grisalhos correm por sua barba, cobrindo parcialmente um rosto áspero com belos lábios.

— Stassa? — repete, franzindo a testa. Ele a conhece, mas obviamente não muito bem. O suficiente para encorajar seus colegas guardas a ajudá-lo a não a perder de vista. Não consigo entender como isso é possível, já que estou bem na frente dele e claramente *não sou* Stassa Farthorne.

Eu toco minha garganta e olho para o Coletor para inventar uma desculpa para eu não poder falar. Sinalizaria uma sugestão, mas isso parece imprudente.

Ele pisca para sair de seu torpor — está olhando para mim e para o guarda — e diz:

— Ela está doente. Totalmente sem voz.

Boa sacada.

O Dread Viper desce de seu cavalo. E sorri.

No segundo seguinte, ele está me pegando em seus braços e me beijando como um marinheiro voltando para casa depois de anos no mar. Não consigo pensar com a língua dele na minha garganta, mas não consigo imaginar como ele conhece essa mulher com tanta intimidade, mas não seu rosto.

Quando ele se afasta, estou agarrada ao seu colete e ofegante, esperando que o martelo do entendimento caia sobre este homem. Mas isso não acontece. Seus olhos são brilhantes como cristais, e há uma borda para ele, a maneira como curva seu corpo sobre o meu e passa as mãos famintas até meus quadris. É uma confiança que diz que ele tem certeza de que, com as palavras certas, pode me possuir se assim o desejar.

— Nossa noite juntos no Lady Belladonna não lhe fez justiça — diz ele. — Eu sabia, pelo toque de seu corpo, que você era uma mulher bonita. Mas estava tão escuro, e eu tinha tomado muitos goles de sua cerveja. — Ele pega meu queixo. Levanta minha cabeça. — Você é mais bonita do que eu jamais sonhei.

Ai, deuses. Meu abismo grita.

De repente, a mão do Coletor envolve meu braço e ele me puxa para longe do guarda, e para perto dele. Desliza a mão em volta da minha cintura, descansando a palma da mão na minha barriga. Seu corpo está tão rígido quanto as lâminas de aço nas minhas costas, o peito para fora, as costas largas.

— Ela está comigo agora — diz ele, aquela voz sombreada com a promessa de uma ameaça. — É melhor manter a língua e as mãos para si mesmo se quiser que elas permaneçam intactas com o resto do corpo, soldado.

Nephele exala um longo suspiro. É provável que isso não acabe bem, embora eu não tenha certeza de que vai terminar.

O guarda encara Alexus como se pudesse comê-lo. Seus olhos se arregalam com o desrespeito, e seu lábio superior se curva em um rosnado. Ele descansa a mão no punho da espada curta em seu quadril, e a quantidade de perigo que corremos muda.

Claramente irritado, o guarda olha para Nephele, Hel e Zahira, depois de volta para mim.

— Você não é o tipo de mulher que se deita com apenas um homem, Stassa. Compromisso não é coisa de marinheiro. Se este homem está te prendendo contra a sua vontade… — outro olhar para minhas amigas — … e a *qualquer uma* de vocês, e se quiserem sair daqui *comigo*, é só dizer. Eu as levarei e a cabeça dele ficará para apodrecer na areia.

Nephele caminha para o outro lado do Coletor e desliza a mão na dele antes de descansar a cabeça inocentemente em seu ombro.

— Estamos bem, senhor. Embora nada impeça que algumas de nós se encontrem com você mais tarde esta noite. Ficaremos na cidade por um tempo.

Zahira se aproxima, atrás de mim, e passa o braço em volta do pescoço do Coletor, descansando a mão no peito dele enquanto Hel se junta a ela, aninhada perto dele.

— Apenas nos diga onde podemos te encontrar — diz Hel, sua voz pingando de sedução. — Ainda precisamos nos instalar, mas, ao anoitecer, podemos ser suas.

O guarda pisca para Hel e estende a mão para Nephele. Ela pega a mão dele e ele a puxa para perto, examinando-a com um olhar apreciativo. Ela está vestida toda de preto, como todos nós, e como ele. O contraste com sua palidez faz com que seus olhos azul-celeste se destaquem como as pedras de topázio em uma das adagas que vi minutos antes.

O guarda desliza a mão pelo braço dela e pelos cachos loiros, fechando os dedos em punho. Ela sorri, uma fingida muito melhor do que eu jamais poderia sonhar ser.

Dou uma olhada no Coletor. Acho que nunca vi seus olhos tão frenéticos ou senti seu corpo tão impossivelmente rígido. Meio que acho que ele pode atravessar o guarda com uma lâmina, sem se importar com os outros três Dread Vipers que ainda estão à beira do mercado. Mas ele não é onde minha preocupação deveria estar.

Nenhum de nós vê o machado de batalha voando pela saída oposta até se alojar na parte de trás do crânio do guarda. É um momento impressionante, que eu mal consigo entender totalmente até o guarda cair sobre Nephele, fazendo-a tropeçar antes de tombar no chão sob o peso do homem.

Todos nós olhamos em volta, seguindo o caminho da arma. Joran está parado duas galerias abaixo em uma barraca de armas, fervendo de fúria fria. O restante do nosso grupo está congelado atrás dele, atordoado, mas os Dread Vipers a cavalo, esperando na saída, não estão. Eles arrancam os chifres pendurados nas laterais do cavalo e os sopram.

O fole profundo ressoa pelo mercado. Um sinal. Um grito de guerra. À distância, mais buzinas cortam o ar da manhã com um gemido sobrenatural, e mais e mais, mesmo com o som de cascos batendo na terra através das avenidas.

E assim, o caos se instala.

Ninguém precisa dizer nada enquanto seis Dread Vipers correm para o mercado do lado oeste, desmontando de seus cavalos e liberando suas adagas no mais suave dos movimentos. Todos nós apenas agimos.

Deixando cair o glamour para preservar a energia, arrancamos as armas das paredes — espadas, adagas, maças — e nos voltamos para os Dread Vipers que fervilham na avenida.

— Corram! — grita o Coletor. — Vão para o mercado de cavalos! Saiam da cidade!

Orlena Madar corre em direção à saída leste, por onde viemos, e todos a seguem. Quando Joran passa, ele se abaixa e, com uma expressão perversa em seu rosto, arranca o machado da cabeça do guarda.

— Eu deveria te abandonar aqui por isso — diz o Coletor para ele.

Joran encontra seu olhar, tudo nele tão estável.

— Ninguém toca Nephele desse jeito. Não me diga que você não quis fazer o mesmo por *ela*. — Ele aponta para mim com o queixo e sai atrás da minha irmã e dos outros.

O Coletor pega minha mão e corremos também. Tenho certeza de que seremos pegos.

Os mercados ocupam um prédio labiríntico, e isso é um problema.

Mas nem importa, porque antes que ele e eu alcancemos a saída leste, mais três Dread Vipers invadem o local com seus cavalos.

O Coletor nos gira. Corremos, mas acabamos parando, as botas raspando na areia compacta. Estamos encurralados.

Meu abismo é um mar aberto, acenando para mim na onda de sua maré. Está tentando me ajudar. Me dar uma saída como aconteceu naquela noite no Mar Maloriano. Isso nos *moveu*. De um lugar para outro. Do perigo à segurança.

— Foda-se tudo. — O Coletor segura uma espada curta e curva. — Fia vai ficar muito chateada com esse banho de sangue.

Mas eu me preocupo com o banho de sangue *de quem*. Até que dezenas de armas se erguem no ar, apontadas para os Vipers ao comando mental do Coletor.

— Fique atrás de mim — ordena.

Eu obedeço. Porque quando se trata disso, somos melhores juntos.

Mas estamos enfrentando um inimigo formidável. Os Dread Vipers não são humanos. Não sei o que são, mas não são meros homens.

Uma onda de estranho poder ondula pelo ar e, como se tivessem desmantelado sua magia, as armas do Coletor caem no chão, lançando nuvens de poeira no ar.

Um dos guardas nos ataca e — com todo o ímpeto de uma rajada — corre com os pés ao longo da parede lateral do mercado, subindo pelo teto inclinado, até estar pronto para cair sobre nós como uma aranha saindo de uma teia, punhais erguidos e prontos para apunhalar.

Mas não vou deixar isso acontecer.

Assim que ele cai, agarro a mão do Coletor. Não conheço esta cidade ou esta terra, não o suficiente para nos levar a qualquer lugar. Só sei que quero sair desse momento.

Penso nas pinturas do quarto escondido de Orlena, naquela em que me concentrei. O armazém.

Então deixo minha mente mergulhar no abismo.

49
Alexus

Bato no chão com tanta força que o ar deixa meus pulmões.

A dor apunhala meu ombro, quente como uma lança, enquanto tusso para tentar respirar novamente. Raina está deitada a alguns metros de distância, imóvel, de costas. Minha espada sumiu, assim como todo o resto, incluindo meus escudos protetores.

Não estamos mais no mercado. Estamos do lado de fora, em plena luz do dia. Não sei onde exatamente. Só sei que a cidade parece distante — é mais tranquilo aqui — e que Raina nos moveu como poeira ao vento, como fez na outra noite, no mar.

Rolo para encará-la e grunho em agonia. Minha espada curta está atravessada no meu ombro, o punho enterrado em minhas costas. Mas pior, um Dread Viper está de joelhos perto de Raina, segurando a cabeça dela pelos cabelos, expondo sua garganta, mesmo com ela inconsciente. A adaga dele está pressionada contra o lugar macio sob o adorável queixo dela, a luz do sol refletindo na lâmina. Vejo o pulso dela latejando.

Procuro minha magia, mas ele já a subjugou. Dread Vipers têm o poder de paralisar outras magias, se sentirem a necessidade, e eu sou uma necessidade.

— Quem é você? — Sua voz é profunda e afiada, aveludada sobre o fio de uma faca.

— Um amigo de sua rainha — respondo honestamente, estremecendo. — Não desejamos ferir ninguém. Só precisamos chegar a Fia Drumera. À Cidade das Ruínas.

— Você e muitos outros — diz ele. — Eu mato pessoas por tais ofensas. Você precisa entender que isso só pode terminar de uma maneira.

Encontro seu olhar escuro.

— Então por que está falando comigo?

Ele estreita o olhar e aponta a adaga para mim.

— Porque um de vocês nos transportou para cá. Eu não sei dizer qual. Esse é um poder que você deveria ter. Quero saber qual de vocês fez isso. Então, entraremos em termos ainda melhores.

Transportar. Um dom que evoluiu dos magos das Terras do Verão eras atrás. Mais tarde, foi aprendido por necromantes no Leste, que invejavam as habilidades dos magos e cobiçavam o reino dos filhos de Loria, caminhando entre Tiressia e Eridan. No entanto, os necromantes nunca conseguiram quebrar *aquela* planície etérea. Apenas as entre essas terras e o Mundo das Sombras — até que Urdin o selou e os impediu de entrar. Sei porque eu mesmo fiz isso.

É muito parecido com a vez em que o príncipe se moveu entre o mundo real e o Mundo das Sombras, uma habilidade que só é possível porque ele é uma coisa feita de cascas de almas, um homem que não vive verdadeiramente, sustentado em forma humana pelos espíritos de outros.

Mas transportar... Não foi isso que Raina fez. Não sei *o que* é isso.

Eu me deito em agonia. Com minha magia reprimida, entendo o que o Dread Viper pode fazer comigo para obter as respostas que procura. O que ele *vai* fazer. Não que eu tenha algo a esconder. Mas eu morreria antes de deixá-lo interrogar Raina. O silêncio dela irá provocar muita crueldade, tudo por um mal-entendido.

— Fui eu — digo, embora minha atenção esteja em Raina, que abre os olhos por um instante. — Eu sou quem você procura.

O Dread Viper olha para as marcas de bruxa de Raina, brilhantes e bonitas, denotando sua herança e habilidade das Terras do Norte em um punhado de disciplinas. Mas suponho que ele já provou meu poder. Já desconfiou que poderia ser eu. Porque ele larga Raina como uma boneca descartada, se aproxima de mim e me puxa pela jaqueta. Com os olhos vidrados, ele me empurra de volta ao chão, batendo com o punho nas minhas costas para causar um pouco de dor extra.

Então ele pega uma pedra e bate na lateral da minha cabeça.

50
Raina

— Raina. Vamos, raio de sol. Abra os olhos.

Pisco, procurando minha irmã, guiada por sua voz e pela sensação fresca de um pano úmido em meu rosto. O borrão em minha visão clareia e a vejo inclinando-se sobre mim em uma sala que não reconheço.

Ela passa os dedos pela minha testa e se vira para falar com outra pessoa. Hel.

— Avise a todos que ela está acordada — diz Nephele, observando enquanto minha amiga sai da sala. Quando ela encontra meus olhos novamente, vejo que está chorando. Franzo as sobrancelhas, mas ela me tranquiliza. — Estou bem. Só estou preocupada com você.

Grogue, faço força para me sentar e ela me ajuda. Minha cabeça dói na parte de trás, como se alguém tentasse abri-la com uma colher cega.

Pressiono as pontas dos dedos nas têmporas e examino a sala. É pequena e simples, com uma janela e duas camas de solteiro. Há uma cadeira e uma mesinha com tamanho suficiente para acomodar uma bebida e um prato de comida, mas é tudo.

— *Onde estamos?* — sinalizo.

— Uma pousada nos arredores de Itunnan. Uma pessoa gentil te encontrou e te trouxe, pois um médico mora perto. Por sorte nem o guarda nem os Dread Vipers foram chamados, caso alguém te denuncie. Só te encontramos por causa do *instinto* de Joran. — Ela diz a palavra como se não acreditasse nela e, com uma forma mais suave de descrença em sua voz, acrescenta: — Como você chegou aqui?

Uma imagem passa pela minha mente como um sonho. Tudo inundado de luz branca, e então fui ofuscada pelo sol e caí.

Espere.

Esfrego a parte de trás da minha cabeça dolorida. Eu *realmente* caí. Com o Coletor e o Dread Viper do mercado.

Minha respiração fica mais rápida, e Nephele lê a pergunta em meu rosto.

— Não sei onde Alexus está. — Ela joga o pano no pequeno balde ao lado da cama. — Orlena, Joran e Zahira passaram a tarde inteira procurando-o.

Deuses. O Dread Viper o levou? Como isso é possível? Se quisesse, o Coletor poderia transformá-lo em pedaços sangrentos em segundos. Então me lembro do que Joran disse. Eles têm habilidades próprias. Só não sei o que são.

— *Temos que encontrá-lo* — sinalizo. — *Posso verificar as águas.*

Ela agarra meus braços.

— Nós iremos. Mas primeiro preciso saber como você foi de um mercado de armas para uma estalagem a dezesseis quilômetros de distância. O estalajadeiro disse que você foi trazida esta manhã. Não horas depois. Não no tempo que levaria para você andar até aqui. Nem mesmo no tempo que levaria para correr.

Por mais que eu mesma não entenda, decido que é hora de explicar meu abismo para minha irmã.

— É quase como entrar em um portal — diz ela quando termino. — Como Fleurie. Ou se transportando, como o príncipe.

Não sei o que é, mas a ideia de ser como o príncipe me faz recuar.

— Você acha que o Dread Viper de alguma forma *capturou* Alexus? — pergunta ela.

Antes que eu peça um prato, água e uma faca para ver se ele fez isso ou não, Orlena responde da porta.

— Tenho certeza de que sim.

A mulher entra na sala, Joran e Zahira logo atrás. Eles estavam ouvindo. Zahira coloca a espada que Alexus carregava contra a parede, sangue seco na lâmina, enquanto o Habitante da Terra do Gelo fecha a porta e permanece lá. Ele encosta um ombro na madeira, a mão no quadril, e me estuda com um olhar curioso.

— Fomos falar com a mulher que encontrou você — diz Zahira enquanto se senta à minha frente, Nephele na outra cama. — Ela nos levou de volta ao local. Você e Alexus estavam perto de um antigo celeiro que pertence à família de Orlena.

— Tenho uma pintura dele no esconderijo — diz Orlena. — Você pode ter visto junto com os mapas. Criei essa parede para os transeuntes se orientarem pela cidade.

Deuses. Eu lembro.

— Encontramos uma espada descartada e sangue no chão — conta Zahira. — Muito sangue. E não era seu.

Tentando me lembrar de alguma coisa, esfrego as mãos no cabelo e penso.

— *A espada* — finalmente sinalizo, e minha irmã traduz. — *Acho que ele foi esfaqueado. Talvez quando caímos.* — Respiro fundo. — *Se eu puder vê-lo nas águas, posso alcançá-lo e trazê-lo rapidamente.*

— Isso não seria seguro — retruca Joran depois que Nephele traduz. — Aquele guarda deve ter incapacitado a magia do Coletor e provavelmente o levou ao quartel-general. Se Raina conseguir transportá-lo de lá, ou do que quer que você queira chamar a magia que ela estiver fazendo, eles podem incapacitá-la também.

— *Incapacitar?* — sinalizo para Nephele. *Esse* é o poder deles?

Claro que é. É por isso que todas aquelas armas no arsenal caíram no chão como se o ar as tivesse soltado.

Nephele agarra meu joelho, e vejo a preocupação em seus olhos quando ela se vira para Joran.

— Você disse quartel-general. Onde é?

Ele dá de ombros.

— Supostamente, ninguém sabe.

— O boato é que os Dread Vipers vivem no Bairro Aki-Ra — diz Orlena. — Ao longo dos anos, eles foram vistos entrando na área no meio da noite. Mas ninguém se atreve a verificar.

— Você tem instintos sobrenaturais e um olfato e tanto — fala Nephele para Joran. — Farejou Raina entre milhares de pessoas como um cachorro. Certamente pode localizar Alexus.

Um canto da boca do Habitante da Terra do Gelo se ergue com sua zombaria, mas depois murcha.

— Faz horas que estou tentando. Esta cidade é um zéfiro confuso de aromas. Quer que eu continue uma caçada impossível? Em busca de um covil de Vipers, ainda por cima?

Ele fala com ela como se estivesse sob seu comando. Como se tudo o que ela precisasse fazer fosse dar a ordem, e ele faria o que ela quisesse. E acho que ela sabe disso.

— Sim, isso é exatamente o que eu gostaria que você fizesse. — Ela se levanta e pega duas adagas da outra cama, as mesmas do mercado. De alguma forma, ela conseguiu duas bainhas de coxa também. Ela me entrega uma, junto com uma lâmina, e encara Joran. — E nós vamos com você.

Em meio a uma escuridão total, Nephele, Joran, Hel, Rhonin e eu seguimos em direção ao Bairro Aki-Ra.

Com o mapa desenhado à mão por Orlena, percorremos os arredores da cidade, tentando passar despercebidos, esquivando-nos da presença mais tênue de soldados de infantaria e Dread Vipers à espreita.

Mas não é fácil. Nephele não pode formar uma construção protetora porque pode chamar a atenção, já que os Vipers têm sentidos muito aguçados para detectar magia. E Rhonin não é exatamente o tipo de homem que passa despercebido.

E aí tem a minha presença. Minha cabeça ainda dói, o que só me irrita mais. A raiva queimando em minhas veias acelera meus passos. Já senti essa raiva antes, quando minha mãe foi assassinada. A lembrança torna a luta contra todas as emoções borbulhando à flor da pele muito mais difícil. Só sei que, pelo que vi nas águas antes de sairmos, o Coletor está preso no que parece ser uma sala subterrânea, com as mãos acorrentadas a uma parede de pedra. Está sendo espancado com violência, e se eu tiver que vasculhar esta cidade inteira, alguém vai pagar.

Descemos uma rua sombreada e poeirenta que leva a um cemitério e a um vilarejo formado por casinhas rústicas, com telhados inclinados cobertos de telhas vermelhas e fachadas brancas mal iluminadas pela luz dos lampiões. Isso é tudo o que há nesse lugar escondido em um bosque de cedros perto da parede do mar ocidental em uma noite silenciosa.

Hel me cutuca quando passamos por dois cachorros famintos.

— Ele vai ficar bem.

— Vai, sim — acrescenta Rhonin. — Aquele homem já passou por coisas piores. — Estou feliz que Hel e Rhonin estejam comigo. Rhonin não deixaria Nephele e eu fora de sua vista, mas não tenho certeza se meus amigos estão certos. Nas águas, apesar do rosto ensanguentado e do olho inchado, o Coletor parecia perverso e audaz como a morte, sorrindo com ousado desafio enquanto os guardas o espancavam. Mas todo mundo sofre de dor quando atinge seu limite. E se decidissem matá-lo? Cortar a cabeça dele? Nem mesmo uma maldição de imortalidade pode salvá-lo disso.

O pensamento faz todo o meu corpo queimar, e meu coração — *meu coração* — parece uma brasa dentro do meu peito, como se eu pudesse me tornar uma chama viva por causa de toda a minha raiva.

— Não consigo entender o que eles pretendem arrancar dele — diz Hel. — No mínimo, eles deveriam ouvir e ajudar, caso realmente se importem com sua terra natal.

— A menos que eles tenham outra informação de que o príncipe está preparando um ataque — responde Rhonin —, há poucos motivos para acreditar no Coletor. Pelo menos não o suficiente para permitir que ele entrasse em sua cidadela sagrada para encontrar a rainha. É provável que eles estejam batendo nele na esperança de que revele a verdadeira razão pela qual ele está em Itunnan e como vocês dois levaram um de seus homens do mercado para o celeiro em um piscar de olhos. Nós matamos um de seus homens também, então deve haver vingança em jogo.

Nós não matamos um de seus homens. Joran matou.

Ele deve sentir meu olhar penetrante na parte de trás de sua cabeça prateada porque olha por cima do ombro, para mim, com aquele olhar frio.

— Vamos sair da estrada.

Nós o seguimos até o cemitério Aki-Ra, pontilhado de muitas lápides tortas, a curva do terreno coroada no centro por um mausoléu desgastado pelo tempo.

— Se o encontrarmos — diz Joran, parando perto de uma lápide —, todos vocês precisam entender que talvez não consigamos sair. Estamos entrando em território Viper, onde o inimigo pode bloquear nossos poderes, sem mencionar que existe toda uma probabilidade de sermos cercados, rapidamente, por centenas deles.

— Eles devem ter uma fraqueza — retruca Rhonin. — Todo mundo tem.

— Orlena disse que, quando eles imobilizam a magia, é preciso uma grande quantidade de energia — conta Nephele. — Quanto mais forte a magia, mais energia é necessária, o que é bastante previsível. Eles precisam concentrar muito esforço no conjurador de magia.

— É por isso que existem tantos deles — fala Joran. — A segurança está no número. Se um deles imobilizar uma bruxa ou feiticeiro talentoso, pode sentir o esgotamento desse poder, mas seus irmãos sempre podem ajudar depois.

— Então, o que fazemos? — pergunta Hel.

— Talvez enviar o humano sem magia — responde Rhonin.

Todos nos voltamos para ele. Ele está sob o luar, o cabelo ruivo um tom mais escuro.

Hel tensiona as mãos.

— E eu. — Ela olha para o resto de nós. — Eu não tenho magia. Não de verdade. Posso acender um pouco de fogo aqui e ali se me esforçar, mas não vou entrar em uma luta usando a magia como minha defesa principal. — Ela toca o cabo da adaga em seu quadril. — Vou entrar pronta para cortar alguém com uma lâmina.

— *São assassinos altamente treinados* — sinalizo, alternando o olhar entre ela e Rhonin. — *E vocês* não têm *espadas para brandir. Só adagas.*

— Estou ciente — responde Hel. — Rhonin e eu não somos tão ruins em uma luta.

— *Não vou deixar você enfrentar isso sozinha* — sinalizo.

— Então venha conosco — diz Rhonin.

Quando todos olham para ele novamente, desta vez é com descrença.

Ele dá de ombros.

— Vamos criar uma distração. Hel e eu podemos colocar Raina para dentro. Nephele fica aqui fora. Se os Vipers precisam se concentrar no conjurador de magia para paralisá-la, então vamos impedir que eles a vejam. É simples e difícil. Entramos envoltos em uma de suas construções protetoras, libertamos Alexus e então Raina nos tira de lá de dentro. Nós apenas temos que nos agarrar à esperança de que ela não nos mande para o meio do deserto.

Dou a ele um olhar enviesado, e ele sorri.

— Na verdade, esse é um bom plano, Rhonin — opina minha irmã. — Se eu fizer a construção do jeito certo, ela me deixará senti-la, como quando a fiz na Floresta da Água Gélida. Eu saberei quando ela romper.

— E então você e eu poderemos ir embora — fala Joran, dando uma cotovelada na minha irmã. — Viu só? No final das contas você não precisava de mim, não é?

Ela o encara.

— Nada disso, preciso de você, sim. Todos nós precisamos. Ainda não sabemos onde ele está. Precisamos que você o localize antes de eles entrarem para uma tentativa de resgate. Há centenas de casas aqui.

Joran esfrega as mãos. Embora ele esteja olhando para o mar de telhados ao longe, todos nós sabemos que suas próximas palavras são dirigidas a Nephele.

— Suponho que isso significa que você não está muito preocupada se sairei vivo.

Nephele mantém o rosto neutro, o queixo erguido, olhando para as casas também.

— Se você quer descobrir, não morra.

Joran dá uma risadinha e lança um último olhar para ela. Depois sai correndo, atravessa o cemitério e entra na toca do inimigo.

51
Raina

Joran não morre.

Ele retorna com uma localização. Sétima rua em direção ao mar, décima terceira casa à direita. Também dá algumas dicas.

— Caminhem pelas sombras. Há mais do que Vipers morando aqui. Também moram pessoas comuns. Se querem uma distração, coloquem fogo na casa número oito. Está abandonada. Mas estejam cientes de que essas casas estão muito próximas umas das outras. O fogo *vai* se espalhar.

Fogo. Sinto o sangue fugir do meu rosto.

— *Tem que haver alguma outra distração* — sinalizo, e Nephele traduz.

Os rostos de todos ficam sombrios porque não temos outra opção, a menos que Joran inunde as ruas. Um incêndio pode ser apagado. Digo isso a mim mesma. Mas não sei se posso infligir o horror de uma aldeia em chamas a pessoas inocentes. Na verdade, sei que não posso.

Talvez seja por isso que os Vipers se fixaram no meio de pessoas inocentes. Ou talvez seja apenas aqui que eles moram. Onde vivem suas famílias. Talvez *eu* seja a vilã dessa história, como diz o Coletor. Somos nós que estamos em *seu* solo, procurando *sua* rainha. Eles estão apenas fazendo o trabalho deles, mas não consigo parar de pensar em como o machucaram, machucaram *Alexus*.

— Você pode apagar o fogo assim que Raina nos colocar em segurança? — pergunta Nephele a Joran, como se sentisse exatamente o que está me preocupando. — Há um mar inteiro *bem ali*.

Uma expressão estranha passa por seu rosto, como se ele não tivesse certeza se pode ou não.

— Vou me certificar de que o fogo esteja apagado quando chegar a hora. — É tudo o que ele diz.

— *Jure por Loria* — sinalizo, e minha irmã traduz.

Joran hesita, mas então pressiona a mão sobre o coração e diz:

— Eu juro. Por Loria.

Não demora muito para Nephele nos envolver em uma construção protetora. Uma vez que está completa, Rhonin, Hel e eu seguimos noite adentro, cruzando o cemitério, nossas cabeças baixas. Tufos quebradiços de vegetação queimada pelo sol trituram sob nossos pés até que o terreno mude para piso firme novamente, embora a trilha agora seja mais arenosa e pedregosa.

Em silêncio, deslizamos pela estrada principal entre o cemitério e a aldeia e nos misturamos às sombras. A lua está brilhante, mas, com as casas tão próximas umas das outras, os espaços estão escuros como breu. Embora estejamos protegidos, a escuridão cria o esconderijo perfeito, e ficar no escuro me dá uma sensação adicional de segurança, embora não seja simples de andar.

Tudo isso vai mudar em minutos, porém, porque no segundo em que chegamos à casa número oito, Rhonin faz uma rápida varredura no interior para garantir que esteja vazia, e então a acendo como uma fogueira.

Com os nervos à flor da pele, agachamo-nos entre a décima primeira e a décima segunda casa enquanto o fogo cresce e devora. A impaciência me corrói enquanto Rhonin espia pelo canto do fundo da casa número doze para a rua.

As pessoas não saem de suas casas instantaneamente como eu imaginava. Leva vários minutos e Rhonin joga uma pequena pedra em uma das casas para que alguém saia e perceba o que está acontecendo.

Então eles saem. A princípio, um punhado de rostos em pânico, mas quando a gritaria começa e as pessoas correm de casa em casa batendo nas portas, mais aldeões saem para a rua agora iluminada pelo fogo enquanto a culpa me consome.

Nos aproximamos da casa treze. Quatro homens saem correndo pela porta da frente, olhando para a casa vizinha, os olhos brilhando com o fogo refletido. Vários aldeões juntam baldes e dirigem-se para o que imagino ser um poço para que possam tentar apagar o fogo crescente.

Meu coração aperta. Não quero machucar ninguém que não provocou minha ira. Só preciso de tempo para fazer o que vim fazer.

É melhor Joran não falhar comigo ou com essas pessoas. Ou vou esfolá-lo vivo.

A casa número treze tem uma entrada nos fundos. Rhonin vai primeiro, movendo-se rápido como um vento pelo chão de ladrilhos até a casa escura, com a mão erguida para mim e Hel. Quando sente que é seguro, ele acena com os dedos para que o sigamos.

Vozes gritam na frente da casa, alertando sobre o incêndio, mas fora o barulho externo, tudo está quieto.

Com as adagas erguidas, atravessamos tapetes em camadas até a sala de trabalho dos fundos, um lugar onde as refeições são preparadas, a julgar pelo cheiro. Há uma fraca luz dourada emanando da sala da frente através de uma porta estreita, e outra sala mal iluminada em direção ao lado oeste da casa.

Mas minha atenção se fixa em um tapete jogado ao acaso na extremidade leste da sala de trabalho, revelando o que pode ter sido, em algum momento, a escotilha para um porão subterrâneo. Agora parece que se tornou uma sala de interrogatório.

Toco o ombro de Hel, e ela, por sua vez, toca o de Rhonin. Eles param quando aponto para a porta, que está com o trinco destrancado. O arco repousa sobre uma pequena mesa de madeira junto a uma espada curta e curva que parece ter sido posta de lado às pressas. Uma má decisão.

Hel agarra a lâmina justificando o apelido de ladra de facas que Vexx deu a ela e estuda a porta. Não é grande. Imagino que tenha uma escada de algum tipo. Não tenho certeza se Rhonin conseguirá passar seus ombros largos pela abertura.

— *Eu primeiro* — sinalizo, mas Hel inclina a cabeça.

— *Eu* — sinaliza ela de volta, segurando sua nova e mortal amiga.

Rhonin franze a testa para nós duas, seu rosto carrancudo sombreado na sala escura. Mas posso dizer que ele percebe que pode ter dificuldade em entrar no porão, e esse não é um cenário de que ele gosta. Nem eu. Isso significa que temos de trazer o Coletor para cima por aquela escada se vamos sair daqui juntos usando meu abismo.

Não há nada que possamos fazer a não ser tentar. Precisamos nos apressar.

De repente, Hel agarra o rosto de Rhonin e o beija na boca. É um beijo profundamente apaixonado, que termina poucos segundos depois de começar, mas diz muito quando ela se afasta e pressiona a testa na dele.

— Você mereceu isso, meu humano sem magia.

Rhonin sorri, embora haja uma tristeza na situação, e a beija de volta, com a mão fechada em seu longo cabelo preto. Então ele se move para a escotilha e agarra o anel de ferro.

Ele olha para nós, um dedo levantado. Se essas dobradiças rangerem, quem estiver embaixo será alertado. Hel e eu teremos que brigar antes de descermos as escadas. Há também a chance de que ninguém esteja com o Coletor. Eles podem estar todos do lado de fora.

Hora de descobrir.

Rhonin levanta a porta com cuidado, e aquelas malditas dobradiças gritam pela casa silenciosa.

Hel desce os degraus de madeira como uma força, e eu a sigo, com uma adaga em uma das mãos e uma bola de fogo na outra. Se eles não puderem imobilizar a magia de Nephele sem vê-la, não poderão me alcançar através de sua proteção. Posso deixar este lugar em uma pilha de cinzas, se quiser.

Antes mesmo de ver o primeiro Dread Viper, ouço o barulho da espada de Helena encontrando metal e seu grunhido retumbante. Enquanto passo pelo teto baixo, ela se abaixa sob o arco oscilante da lâmina dele e enfia o pé direto na virilha do homem, fazendo-o tropeçar para trás, uivando de dor.

Desço as escadas correndo e me deparo com um quarto úmido e escuro, iluminado por duas lamparinas a óleo penduradas, com quatro Dread Vipers sorridentes, cada um ansioso por uma luta, brandindo espadas cerradas em punhos ensanguentados.

Atrás deles, o Coletor está suspenso em uma parede, sem camisa, com o cabelo encharcado de suor caindo nos olhos, o rosto bonito e o corpo cheio de cicatrizes coberto de sangue.

Ele olha para cima e se arqueia mesmo com suas restrições.

— Raina! Não! — Mas qualquer misericórdia que senti antes já desapareceu.

Embora um dos Vipers levante a mão com uma expressão altiva, provavelmente para tentar desarmar minha magia de fogo, ele falha, e lanço chamas vingativas em cada homem, um de cada vez, até que estejam tomados por ele e gritem. Os sons de sua agonia e o cheiro de carne queimada são uma lembrança que eu não queria reviver, mas essa raiva dentro de mim — esse ódio absoluto — está além de qualquer coisa que eu saiba controlar.

Hel avança furiosamente e balança sua espada, cortando a garganta do primeiro homem para acabar com seu sofrimento. Então o próximo, o próximo e o próximo, até que eles estão em chamas ao nosso redor, o fogo pegando nos degraus de madeira que levam até a escotilha e rastejando pelos suportes de madeira ao longo das paredes.

Hel vira em direção à escada.

— Rhonin! — Então ela me agarra, os olhos arregalados e selvagens. — Precisamos tirar Alexus daquela parede! Você não sabe se pode transportá-lo com ele acorrentado assim!

Não consigo explicar a calma que sinto. A certeza de que sairemos daqui juntos, nós quatro. É uma certeza que se instala em meus ossos enquanto corremos para o lado de Alexus.

Toco seu rosto, empurro seu cabelo para trás e olho em seus olhos.

— Eu te disse antes — fala ele, seu olhar verde segurando o meu. — Nunca se coloque em perigo por mim.

Ele pode me repreender mais tarde, já que não tive escolha. Por mais que uma parte de mim ainda queira negar, meu coração não teria permitido outro fim.

Com o fogo consumindo rapidamente a sala, Hel e eu procuramos as chaves das algemas que prendem Alexus à parede de pedra. Tarde demais, percebo que provavelmente estão nos corpos em chamas.

Enfrento a fumaça e o fogo, tossindo, minha mente pensando no que fazer quando um gemido profundo de madeira soa na escotilha.

Uma lâmina curva, como a de um machado, projeta-se através do teto, de novo, de novo e de novo, lançando lascas e cacos de madeira voando.

Rhonin.

Como algum tipo de animal feroz, ele arranca as tábuas do assoalho da escotilha, alargando o buraco. Em segundos, ele cai como uma pedra no meio das chamas, tentando evitar seu calor com o braço protegendo o rosto.

Não tenho que dizer nada. Quando ele vê Alexus, juro que é engolido pela mesma raiva que me devorou.

Ele pega uma das estacas de ferro cravadas profundamente na parede de pedra, envolve sua mão enorme em torno dela e puxa. Mas mesmo Rhonin não consegue soltá-lo.

Alexus olha para nós, e o aumento de seu poder recém-libertado varre a sala. Está mais fraco do que antes, mas ainda assim parece a salvação.

As pontas de ferro disparam da parede — tanto as conectadas às correntes em seus pulsos quanto as que prendem seus tornozelos — e Alexus cai para a frente.

Rhonin o pega com um sorriso.

— Você se meteu na pior encrenca, Velho.

Um sorriso fraco aparece na boca de Alexus.

— Sim, bem, está prestes a piorar se não sairmos daqui.

Não hesito. Rhonin e Hel já sabem o que fazer. Hel deixa cair sua espada e nós prendemos nossas adagas em nossas bainhas. Cada um deles envolve um braço em volta da minha cintura enquanto me aproximo de Alexus e seguro seu rosto em minhas mãos.

— Ah, porra. De novo não — é tudo o que ele tem a chance de dizer antes de eu pensar na pousada e nos levar para o abismo.

52
Nephele

No momento em que eles se vão, sinto a ausência.

Paro de andar perto do mausoléu e levanto os olhos para as chamas que dançam no céu a oeste. Sacudida pelo conhecimento dentro de mim, eu me viro.

— Agora, Joran! Magia de água, agora!

Ele está sentado em uma lápide, recostado como se não houvesse inocentes a menos de trezentos passos de distância combatendo um incêndio com todas as suas forças.

Ele respira fundo e solta o ar lentamente enquanto se levanta e caminha em minha direção. Seus passos são mais longos, o andar diferente. Mais como uma ronda.

— Sabe — diz ele, sua voz muito composta —, às vezes os melhores planos não dão certo por um simples erro. — Ele para ao meu lado, com uma expressão estranha enquanto observa as chamas. — Como uma sugestão que não foi pensada.

Não tenho ideia do que ele está falando, e não me importo.

— Apenas *faça* a mágica, Joran — solto, cortando minha mão no ar em direção ao Mar Maloriano.

— Tem certeza?

— Sim! Já falamos disso. Esta é a sua parte no plano. Ajude essas pessoas! — Ele não se move, então me aproximo e ficamos cara a cara. — Juro pelos deuses, Joran, se você falhar com essas pessoas por puro despeito ou algum outro comportamento bastardo que seja, vou criar uma construção e prender você dentro dela, e talvez nunca te deixe sair.

Ele ri e me olha nos olhos.

— Se ao menos uma gaiola representasse algum medo para mim, bruxa.

De repente, uma névoa se espalha pelo cemitério e o ar morno da noite fica frio. Não é frio, mas *frígido*, gelado como a meia-noite no auge do inverno no norte.

Algo se move em seus olhos prateados, uma pequena mancha de ouro rodopiante no centro de suas íris pretas. Mas antes que eu possa pensar muito nisso, ele aponta por cima do meu ombro.

— Assista.

Me viro, esperando uma tempestade, talvez. Uma chuva forte vinda do mar.

Mas não. Está...

Está nevando.

Nevando. Nas Terras do Verão.

Como se impulsionada pelo pânico, eu me apresso, mas paro, ofegando em descrença, uma vez que posso realmente ver o que está à minha frente.

É neve. Grossa como a mais forte das nevascas, um dilúvio de milhares de flocos de neve, o céu se transformando em uma cortina branca contra o céu noturno.

— Neve? — grito, fechando as mãos em punhos. Vai dar certo, porque ele está fazendo nevar muito, mas... — Isso é algum tipo de zombaria? — pergunto, me virando novamente para encará-lo.

Meu sangue congela e saco minha adaga, porque Joran não está mais atrás de mim. Ele está no chão, com o rosto esparramado sobre um túmulo como se tivesse caído do céu.

Pairando sobre ele está uma criatura que só vi *uma vez*, à distância. Um ser alto e nu, com pele cristalina e cabelos brancos até a cintura estreita.

Deslizo um olhar, medindo-o de cima a baixo, de seus olhos âmbar para suas orelhas pontudas, para seus dedos com pontas de garras, para seu torso musculoso e as pernas traseiras musculosas de uma fera.

Neri.

O deus do norte se move na minha frente, criando uma trilha circular na terra e no matagal do cemitério. Um zéfiro sopra ao redor do mausoléu, levantando suavemente os longos fios sedosos de seu cabelo perolado e branco como a neve.

Os olhos de Neri são da cor de mel derretido, com um estranho anel de ouro brilhante nas bordas. Nunca me senti tão capturada por um olhar; ele mais parece um sol que me prende em sua órbita.

— Isso é uma dança? — pergunta ele.

Sua voz esfria ainda mais o ar, fazendo minha pele formigar.

— Para mim não, seu filho da puta.

Ele estala a língua e balança um dedo com a ponta de uma garra.

— Ah, Nephele. Não há necessidade de desrespeitar Loria.

Aponto minha adaga para Joran enquanto continuamos nos movendo.

— Você o machucou?

— Você se importa? — ele atira de volta. — Seu pênis era a única coisa nele que você achou remotamente interessante antes de eu aparecer.

Eu o encaro, tentando descobrir quando foi isso, desejando poder trespassá-lo com uma espada.

— *Você o machucou?* Responda!

— Claro que não. Posso precisar dele mais tarde, se você concordar em ser boazinha.

Eu rio sarcasticamente.

— Vá à merda, Neri.

Ele sorri, mostrando as presas.

— Por favor?

A estupidez toma conta de mim. Atiro minha adaga em seu rosto lupino.

Ele pega o punho no ar e eu suspiro. Não consigo entender como ele pode ser corpóreo. Ele lidou com Colden na Floresta da Água Gélida, e eu nem havia pensando nisso até agora.

Mas Neri está *morto*. É o espírito de um deus. E está garantindo que a neve ainda caia forte como chuva ao longe, extinguindo o fogo. Mas ainda é Neri. Uma alma. Isso não deveria estar acontecendo.

— Por quê? — pergunto. — Por que habitá-lo? Você quer algo, claramente.

— Eu quero — diz ele, jogando minha arma para trás. — Eu quero muitas coisas. Em primeiro lugar, minha vida de volta.

Balanço a cabeça, me perguntando como vou recuperar minha adaga.

— Ninguém vai devolver sua vida. Você pode contar com isso.

Ele sorri novamente, embora haja uma presunção neste novo sorriso. Um ar de confiança que me deixa muito desconfortável.

— Un Drallag concordou com um favor em Starworth Tor — responde. — É o mesmo que um acordo. E você concordou com um acordo também, sob o píer, ontem à noite. Então, de qualquer forma, vou conseguir o que quero, ou terão que arcar com as consequências.

Um flash de raiva queima através de mim. Cerro os punhos, pensando em mágica, no que posso fazer com esse idiota de merda.

— Você me enganou! — Aponto meu dedo para ele. — E Alexus! Porque você é um mentiroso. Um mentiroso *filho da puta*.

Ele arqueia uma sobrancelha branca beijada pelo gelo, curtindo minha fúria.

— Você vê isso como uma trapaça. Eu vejo como esperteza.

Minhas narinas se alargam, observando-o passar por cima de Joran como se ele não fosse nada.

— *Por isso* você não me beijou — digo. — Para me envolver em um acordo.

— Ah, não, eu queria beijar você. Ainda quero, e pretendo fazer acontecer, saiba disso. Mas voltarei ao Confins Inferiores antes de sentir você através dos lábios de um *homem* patético e inútil. Eu não poderia nem considerar foder você com o pau dele.

Uma nova raiva floresce dentro de mim como uma flor venenosa. Está tão claro e quente que minha pele fica vermelha o suficiente para que eu não sinta mais o frio dele.

— Como se você fosse ter alguma chance.

— Eu teria — responde ele, ainda circulando e sorrindo. — Acho que já tive. E consegui com a cara de um homem que você detesta e que nem te fodeu bem. Imagine quando eu estiver inteiro. Quando for nos *meus* olhos que você olhar. *Minha* voz que fizer sua respiração parar. *Minhas* mãos em seu corpinho perfeito. Você não conheceu o prazer, Nephele Bloodgood, até estar comigo.

Quero gritar como um espectro histérico, bem na cara dele. Mas, em vez disso, construo uma proteção tecendo a música e os fios em minha mente, extraindo a areia dourada das Terras do Verão e misturando-a com o calor incandescente de minha amargura, criando uma gaiola dourada perfeita para segurá-lo.

Ele para. Fica imóvel. Observa minha construção se erguer rapidamente ao redor dele, prendendo-o. Ele disse que não tem medo de gaiolas. Veremos.

Um lado de sua boca se curva, revelando um canino brilhante enquanto ele balança a cabeça.

— Vou fazer com você o mesmo acordo que fiz com sua irmã. Não quero ver Thamaos reviver enquanto sou caçado por seus espectros e enviado de volta para o Mundo das Sombras. Se você me ajudar a voltar antes que o Príncipe do Leste consiga desenterrar os ossos miseráveis de Thamaos, ajudarei com o que você me pedir. Quer um deus ao seu lado quando o príncipe chegar ao Monte Ulra com sua bruxa portalista determinado a desenterrar os ossos de Thamaos? Estarei lá para detê-lo. Vou até lutar na sua guerra quando ela chegar, e trarei bestas da terra e do ar que esse Príncipe Sem Nome nunca viu ou sequer sonhou. Mas não posso fazer nada disso se uma bruxinha travessa me trancar em sua linda jaula.

É minha vez de rir.

Caminho até as barras de areia dourada e olho em seus olhos âmbar.

— Acha mesmo que eu iria *te* levar, Neri, à presença da rainha que você amaldiçoou? — Balanço a cabeça e olho para ele como se o considerasse patético. — A estadia dentro de Alexus fez você entrar em delírio.

A neve para de cair sobre o vilarejo atrás dele, mas o fogo agora não passa de vapor no ar.

— Então vá — diz ele. — Me deixe aqui como um espetáculo, pronto para ser torturado pelos Dread Vipers. Em algum momento você terá que deixar essa construção cair. Não pode segurá-la para sempre. E, quando cair, irei para a Cidade das Ruínas por minha conta. Em algum momento, alguém, talvez a própria Fia Drumera, lidará comigo. Só que, quando este momento chegar, o meu acordo pode não ser tão generoso, e você terá que lutar suas batalhas sem um deus ao seu lado. — Ele agarra as barras. — Sabe que tenho ajudado você desde Hampstead Loch? Contive as tempestades enquanto cavalgávamos para as Montanhas Gravenna. Pedi aos grandes mamíferos com chifres da minha terra um sacrifício para alimentar *sua* fome. Matei seu inimigo e trouxe a *cabeça* dele. Roubei um navio inteiro e a maior parte de sua tripulação para garantir uma passagem segura de Malgros. Usei meu poder para navegar até Itunnan o mais rápido possível. Te ajudei a nadar até a costa. Matei o Dread Viper que colocou as mãos imundas em você. Localizei sua irmã errante e irresponsável. E o mais importante: esta noite te ajudei a salvar o homem que me prendeu dentro de seu corpo miserável por trezentos anos, quando tudo o que eu realmente queria fazer era matá-lo. E, no entanto, não importa, você continua tão determinada a me ver como o inimigo, porque a verdade é muito mais difícil de enfrentar.

Cruzo os braços sobre o peito, sabendo que não devo dizer as palavras que oscilam na ponta da minha língua, mas eu as falo de qualquer maneira.

— E que verdade é essa?

Ele se inclina para perto, o frio fluindo dele como uma respiração gelada.

— Você está intrigada. Você gostaria muito de receber aquele beijo neste momento. Você se sente grata por eu estar por perto todas as vezes que estive. E que seu sangue se incendeia com luxúria por saber que matei por você e faria isso de novo.

Estreito os olhos e balanço a cabeça, enojada e dominada pela descrença. Ele não diz a verdade. *De jeito nenhum.*

Nem um pouquinho.

— E Asha? — pergunto, e ele se encolhe ao ouvir o nome dela. — Você agora só deseja bruxas, já que não há deusas para brincar?

— Eu desejo *você* — retruca, essa última palavra finita.

— Bem, essa foi uma escolha ruim, porque estou longe de ser o tipo de mulher que você pensa que sou.

Ele ri. Muito alto. Quando por fim para, diz:

— Eu observei você de dentro da Un Drallag durante os últimos oito anos de sua vida. E ouvi sua conversa na floresta com sua irmã e Helena. Cabelo claro, uma atitude descarada e um pau grande são sua fraqueza com os homens. — Ele inclina a cabeça, os olhos brilhando de prazer. — Imagine estar com um deus.

Embora o ar esteja frio, um suor brota na minha nuca.

— Vou te deixar aqui. Não me importo com o quanto se acha o maioral.

Me viro e sigo em direção a Joran, que ainda não acordou.

— E se eu lhe oferecer o seu rei?

Paro de andar e fecho os olhos. Maldito seja.

— Colden Moeshka — diz ele. — Sentado numa masmorra em Quezira. Não consigo verificar o príncipe. Tenho certeza de que ele continua cercado. Mas a única coisa que prende Colden são barras de ferro, não magia. Eu posso entrar e tirá-lo. Bem rápido. Consigo até tirar a portalista, se ela quiser.

Não dê ouvidos a ele, Nephele, me repreendo mentalmente. *Não. Ouça.*

Mas meu autocontrole claramente está falhando porque eu me viro.

— Raina pode fazer isso. Não precisamos de você.

Ele sorri com um canto da boca.

— Então ela correrá o risco de ser pega pela Irmandade, e o príncipe terá a oportunidade de puni-la por arruinar seus planos na Floresta da Água Gélida. Nem você nem Un Drallag permitiriam que ela passasse esse tipo de perigo, mas para isso você tem que acreditar que ela não considere essa possibilidade, porque ela é ousada o suficiente para tentar, com ou sem a aprovação de sua irmã ou de seu amado.

Respiro fundo para acalmar meus nervos, odiando que ele esteja certo.

— Bom, mesmo que eu quisesse fazer esse acordo com você, não sei *como* ressuscitá-lo.

— Não é tão complexo. Você precisa de um resto mortal ou de um sacrifício.

Franzo a testa. Eu ouvi sobre a necessidade do resto mortal, é claro, por causa da Faca Divina. Mas um sacrifício?

— Que tipo de sacrifício? — pergunto.

Ele arqueia uma sobrancelha branca.

— Uma vida. Esse não é o melhor método.

Cruzo os braços sobre o peito.

— E eu não tenho um pedaço que sobrou de você, então você está sem sorte.

— Tem um pedaço remanescente no corpo daquele tolo. — Ele aponta para Joran. — Sua irmã se recusou a me ajudar a localizá-lo. Mas em Hampstead Loch, quando cruzei o caminho com aquele bastardo bêbado, vi uma oportunidade e a aproveitei. Eu a avisei que daria um jeito.

Estreito meu olhar.

— Que tipo de resto mortal?

— Vá olhar. Está no bolso do casaco. Interno. Peito esquerdo.

Não há limite para o quanto me repreendo quando me viro e vou até Joran e o viro de costas. A princípio, quando remexo dentro de sua jaqueta, não sinto nada. Mas então, encontro algo pequeno e duro.

É um colar com um pingente, uma pedra vermelha muito brilhante incrustada em ouro. Ela tem uma luz estranha, uma espécie de pulsação que sinto na palma da minha mão.

— Um rubi mágico? — questiono. — Thamaos deu um osso para a lâmina da Faca Divina, e você deu… *um rubi*? Estou confusa.

— Não é um rubi. — Sua voz é profunda e ligeiramente irritada. — É um pedaço do meu coração.

Seguro uma risada.

— Isso exigiria que você realmente tivesse um coração, Neri.

Ele me dá um olhar gelado.

— Eu mesmo arranquei do meu peito. Meus vassalos o mantiveram por séculos. Eles foram encarregados de garantir minha ressurreição se algo me acontecesse, e falharam. Este pedaço de mim estava em Malgros todo esse tempo, em um templo perto de Village Hill, enterrado em um baú sob o santuário. Eu tinha o rosto e o corpo de Joran, então o levei ao templo uma noite enquanto todos vocês dormiam e peguei o que precisava. Foi muito mais fácil do que jamais imaginei. Os humanos são tão simples.

Eu o estudo, depois o pingente pulsante. Ele está falando sério. Estou segurando um pedaço do coração de Neri.

— Se eu fizer qualquer tipo de acordo com você, os termos serão estabelecidos por *mim*. E serão muitos.

Isso é idiota. Eu sou idiota. A menos que eu jogue com muita inteligência e use isso a nosso favor. Neri poderia ser uma arma se eu o obrigasse a se tornar uma. Acordos com deuses são vínculos para ambos os lados. Posso fazer com que seja meu servo, se quiser.

Sua boca se curva.

— Tome o tempo que precisa para pensar em seus *termos*. Podemos discuti-los quando você quiser. Se eu concordar, seu rei será libertado e estará em segurança em poucas horas. — Ele levanta um dedo. — Mas você não pode contar a Un Drallag ou a qualquer outra pessoa. Seria uma quebra de acordo.

Penso em tudo o que ele mencionou antes. Todas as maneiras que nos ajudou quando poderia facilmente ter sido apenas um bastardo, já que Alexus está em nosso grupo. Ele poderia tê-lo matado se o pegasse desprevenido. Mas não o fez, e não sei o que pensar disso. Deuses são vingativos, certo? Como ele se sentou e jantou com Alexus? E o viu comer? *Viver?*

Pego minha adaga do chão e passo a mão pela gaiola. Ela se estica e se desintegra em fios pegajosos que caem no chão e desaparecem, como se puxasse uma grossa teia de aranha.

— Volte para onde você pertence — digo a ele, apontando para Joran enquanto Neri se aproxima.

Ele sorri quando deslizo o pingente sobre minha cabeça e o coloco sob minha jaqueta, e então ele se vai. Não vejo a fusão acontecer. Neri está parado diante de mim em um segundo, e no próximo não está. Assim como Joran está inconsciente em um segundo e no próximo está se levantando, não ele mesmo, mas um receptáculo para o espírito divino das Terras do Norte.

— Você primeiro. — Estendo a mão na direção da rua que sai do Bairro Aki-Ra.

Com um olhar encantador que é ao mesmo tempo pomposo e sedutor, ele começa a caminhar de volta para a cidade, de volta para a pousada. De volta para as pessoas que amo.

Quando ele faz uma pausa para que eu o alcance, lanço uma teia de magia nele e, embora ele ria de mim, continua subindo a estrada arenosa, deixando Aki-Ra em seu rastro.

Fico atrás dele enquanto nos esgueiramos pela cidade até chegarmos à pousada. E é assim que me mantenho até chegarmos ao topo da escada e verificarmos Raina, Alexus, Rhonin e Hel. Deixo ele ir na frente quando vamos cada um para seu quarto.

E já deitada fico de olho na porta, a mão em torno daquele maldito pingente, até que não consigo mais manter os olhos abertos.

Porque posso fazer acordos com deuses, mas sei que não devo virar as costas para um lobo.

53
Raina

Rhonin entra no corredor e fecha a porta do quarto de Alexus.

— Ele é todo seu — diz ele, antes de pegar Hel pela mão e levá-la pelo corredor estreito até o quarto dele.

Não consigo conter o sorriso, mas então meu nervosismo volta. Sinto-me diferente de antes de tudo isso, a ameaça de perder Alexus é muito real, embora ainda esteja deixando a mudança se estabelecer dentro de mim. Respirando fundo, empurro a porta.

Alexus está sentado em uma banheira de cobre arranjada por Orlena, o quarto iluminado por três lamparinas a óleo. A maior parte do sangue já está limpo, mas as feridas abertas, hematomas e inchaços permanecem.

Parte meu coração vê-lo assim, mas lembro a mim mesma que estou ali para curá-lo. Para ter certeza de que ele está bem.

Ele ergue os olhos da água, o olho esquerdo fechado e inchado.

— Você está bem?

Eu. Será que *eu* estou bem?

Faço que sim e fico ali sem jeito, sem saber o que fazer. Achei que ele fosse estar fora do banho e pelo menos parcialmente vestido.

— Posso sair do banho se for mais fácil — diz ele.

Mais uma vez aceno com a cabeça, e quando ele agarra as bordas da banheira para se levantar, me viro rapidamente.

Ele grunhe de dor, e hesito com o instinto de ajudá-lo. Indo contra a parte de mim que sabe que eu não deveria fazer isso, me viro e vou até ele, envolvendo seu braço bom em volta dos meus ombros. O outro braço deve estar sofrendo por causa do ferimento da lâmina que perfurou seu ombro.

A água escorrendo dele encharca minha camisa enquanto ele sai da banheira. Uma vez que ele está de pé, se apoia na escrivaninha simples do quarto enquanto pego a toalha de banho e começo a secá-lo.

Esta pode ser a coisa mais difícil que já tive que fazer. Sei disso quando espremo a água de seu cabelo com gentileza e começo a secar o resto de seu corpo. A dificuldade não é por estar tão perto de sua nudez, mas porque ver cada ferida me causa dor e ainda mais raiva do que eu sentia antes. Preciso de tudo de mim para sufocar a raiva crescente.

— Você nos pousou muito melhor desta vez — diz ele. — Menos como se nos jogasse do céu. Mais como se nos desenrolasse pelo ar.

Minha raiva se dissipa um pouco, e dou a ele um pequeno sorriso. Foi mesmo melhor. E permaneci alerta, assim como todos os outros. Nada de bater com a cabeça no chão tão forte a ponto de nos deixar inconscientes ou sem ar nos pulmões. Talvez eu só melhore daqui para frente.

Me apresso em secá-lo pois percebo que está tendo dificuldade em ficar de pé, embora jamais admitisse. Em poucos segundos, eu o coloco na cama, apoiado em travesseiros, com um lençol até a cintura.

Há uma cura a ser feita, então deixo a toalha molhada de lado e me sento ao lado dele na cama. Ele levanta o braço direito para que eu possa me aninhar um pouco mais perto. Parece tão certo quando ele repousa o braço em minhas coxas, sua mão macia no meu quadril.

Me inclino sobre ele para examinar os ferimentos. São dezenas de cortes no rosto, um galo feio na lateral da testa, vários hematomas no peito e no abdome, e um grande ferimento no ombro que vai direto para as costas.

— Isso vai levar algum tempo — fala. — Imagino que vai te deixar bem cansada.

Vai, e eu vou ficar, então quanto mais cedo começar, melhor.

Não demora muito para tecer os fios dos cortes menores do rosto, dos lábios. No entanto, o galo e seu olho machucado provam ser mais difíceis de curar.

Enquanto trabalho, imaginando o que quero de resultado, percebo que memorizei cada curva e linha do rosto desse homem. Sei que sua sobrancelha esquerda tem um arco ligeiramente mais acentuado do que a direita e que suas íris têm as mais belas manchas de prata e ouro saturadas bem ao redor da pupila. Conheço a curva completa de seus lábios melhor do que a minha, e a sensação suave da pele ao longo de suas maçãs do rosto. Sei que há uma pequena cicatriz sob o queixo na qual a barba não cresce e que, quando ele está confuso ou zangado, duas linhas profundas se formam entre as sobrancelhas. Conheço sua covinha — a pequena prova da natureza que me diz quando ele está realmente feliz.

Ele é tão adorável, e acho que vou sentir falta dele.

Teço os fios vermelhos brilhantes, desgastados e multiplicados, assim como eles estavam na Floresta da Água Gélida. Ainda são três — dele, de Colden e meu. Mesmo que o vínculo comigo tenha sido rompido, essas são as vidas às quais ele está vinculado.

Pela primeira vez desde que a runa foi revertida, não há uma única parte de mim que odeie o fato de estarmos tão intimamente conectados. Enquanto teço e teço em minha mente, correndo meus dedos de leve sobre seu rosto, percebo que, mesmo com o vínculo quebrado, talvez ainda estejamos vinculados.

Passo a cuidar de seu torso, e os hematomas são profundos. Com cuidado traço minhas mãos sobre seu corpo, consertando as contusões e até mesmo uma costela quebrada. É impossível não prestar atenção em suas runas. De todas as vezes que o vi nu, esta é a primeira que noto uma marca particular em seu peito, bem em cima do coração, onde ele sempre me beija. Está parcialmente coberto por um punhado de pelos escuros. Eu olho para ele, uma pergunta no meu rosto. Ele olha para baixo.

— Não tenho certeza. Está aí desde sempre. Não é nenhuma runa que eu conheça. Provavelmente uma cicatriz de batalha.

Compelida e curiosa, toco-o, passando o dedo em torno de sua borda lisa. Parece uma marca.

Os músculos do abdome ficam tensos e os mamilos endurecem.

— Volte ao trabalho — diz ele com malícia em sua voz. — Antes que você me faça querer fazer coisas que não posso.

Reprimo um sorriso e volto a atenção para o ferimento do ombro, que oferece bastante distração. É o que leva mais tempo para cicatrizar, além de demandar concentração profunda e a tediosa tecelagem de muitos fios danificados. Trabalho sem parar em ossos quebrados, músculos e tendões cortados, veias destruídas. Ele teve sorte que a espada não atingiu uma artéria.

Quando a pele começa a restaurar a suavidade usual e o tom dourado-claro, sinto que poderia me deitar no chão e dormir por uma semana. Em vez disso, encontro os olhos de Alexus, seu olhar já fixo em meu rosto, e passo os dedos por sua testa cicatrizada.

Cheio de ternura, ele beija meu pulso e esfrega a mão suavemente para cima e para baixo no meu antebraço.

— Você me salvou. Mais uma vez. De alguma forma, sinto que está me salvando desde sempre, de muitas maneiras.

Sua pequena morte vibra em minhas costelas enquanto seu olhar percorre meu rosto, fazendo minha respiração ofegar. Me concentro em seus lábios, me perguntando se ele sentiu pelo vínculo o medo que senti por ele, e percebo que ele deve ter sentido, porque não questionou minha falta de veneno nem um pouco.

— Venha aqui — sussurra ele, e eu me inclino só um pouco, cercada por seu calor e cheiro. Ele sorri, e ali está aquela covinha. — Mais perto.

Como se suas palavras estivessem misturadas a uma convicção mágica, toco minha boca na dele e o resto do mundo desaparece.

Seus lábios parecem tão certos, macios, deliciosos, tentadores, mas moderados, tão flexíveis em seu desejo. Deixei que ele ditasse o ritmo, uma degustação lânguida.

Sim. Este beijo é um lembrete. Um bem-vinda de volta. Uma promessa. Uma declaração. Seu beijo tem gosto de devoção. Tem gosto de sinceridade, carinho e adoração. Tem o gosto dele, o nosso.

Quando sua boca libera a minha, tudo está tão parado e quieto. Estou aprisionada, incapaz de me afastar, sua respiração um apelo quente contra meus lábios molhados.

— Fique comigo — sussurra. — Apenas fique. Não precisamos fazer nada além de dormir. Só preciso sentir você.

Não há nenhuma hesitação em mim quando desabotoo a bainha e a deixo cair no chão. Nenhuma relutância quando ele começa a desamarrar minhas calças enquanto tiro minha túnica. Em instantes, estou deslizando para baixo do lençol e me aconchegando em seu peito, nada entre nós exceto pele.

As lágrimas chegam aos poucos, os eventos da noite correndo por mim. Como sempre, aquelas ondas quebrando.

É um choro suave, e Alexus me abraça forte o tempo todo, beijando as lágrimas, enxugando meu rosto com ternura.

— Estou aqui — diz ele. — Estou sempre aqui.

Mas ele quase não esteve, e parece que quase perdê-lo entorpeceu a velha amargura e o ódio que a reversão da runa revigorou.

Quando paro de chorar, cedo à sonolência que está deixando cada músculo do meu corpo pesado e, enquanto divago, juro que minha consciência toca as bordas de um sonho que não é meu.

É o sonho *dele*, de nós dois fazendo amor sob um salgueiro ao cair de uma chuva suave, as ruínas de uma cidade antiga à distância.

54
Nephele

Na manhã seguinte, enquanto me visto, Hel invade meu quarto.

— Hora de ir. Os Dread Vipers estão chegando. Joran foi ver se eles iriam retaliar. Há bandos deles vasculhando a cidade e estão vindo para cá.

Ela se vai antes que eu tenha a chance de perguntar *como* devemos partir. A pé, imagino.

Quando desço, Raina e Alexus já estão lá. Dou nele o abraço que não pude dar ontem à noite, então eles me guiam até os fundos da pousada. Saímos para a luz rosada do amanhecer em um beco sujo onde todos os outros e cinco cavalos esperam.

Cinco.

— Foi tudo o que consegui — diz Orlena a Alexus, embora eu veja espadas em cada animal, o que é uma façanha abençoada. — Há sacos de dormir e um pouco de suprimentos em suas bolsas — ela continua. — A comida vai durar até as províncias de Ske-Trana, mas lá chegando precisarão reabastecer e encontrar camelos para o deserto. Depois de atravessar o deserto, assim que chegarem ao rio Jade, vocês enfrentarão a parede de escudos de Fia Drumera. Ninguém mais passa por ali, exceto seus magos e a quem eles derem permissão.

Alexus pega as rédeas de um cavalo preto e passa a mão por seu flanco sedoso.

— Vamos descobrir quando chegarmos. Agradeço muito, Orlena. Tenho uma grande dívida com você.

Ela sorri.

— Ou talvez eu esteja em dívida com você. Obrigada por tentar proteger Tiressia e as Terras do Verão.

Alexus inclina a cabeça em uma reverência graciosa, então olha para todos enquanto Orlena dá adeus e desliza de volta para dentro da pousada.

— Monte — fala Alexus. — Temos um bom caminho pela frente.

Embora isso deixe meu coração muito feliz, fico um pouco surpresa ao ver Raina subir no cavalo de Alexus sem brigar, e ele atrás dela. Enquanto todos os outros começam a formar duplas, caminho em direção ao último cavalo, cuja pelagem é dourada e loira pálida.

Congelo no meio do caminho. Joran — *Neri* — aparece atrás de Rhonin, que segura as rédeas de seu cavalo enquanto Hel monta. Calmamente, Neri desliza a mão pelas rédeas do cavalo loiro, olhando para mim com o canto dos olhos.

— Parece que somos você e eu — diz ele com um sorriso presunçoso enquanto olha para o meu pescoço, onde sabe que está o pingente.

Olho ao redor cheia de aborrecimento rastejando pelo meu peito. Todos fizeram pares — Raina e Alexus, Rhonin e Hel, Keth e Jaega, Zahira e Callan e... eu e Neri.

— Primeiro as damas. — Ele aponta para a sela e faz uma reverência teatral que me dá vontade de vomitar em seus sapatos.

Por um segundo considero pedir a alguém para trocar, mas Alexus estala a língua e conduz o cavalo dele e de Raina para fora do beco, e todo mundo começa a fazer o mesmo.

— Você prefere caminhar? — indaga Neri.

— Com certeza — eu solto com raiva.

Ele revira os olhos, e uma vez que Rhonin e Hel começam a descer o beco em direção à rua, ele sorri, e, pelos deuses, quão claramente vejo o lobo nele agora.

— Isso nos dará muito tempo para discutir suas exigências — diz ele.

— Considere isso um negócio.

Penso em esfaqueá-lo e deixá-lo na terra para sangrar, mas não posso matar um espírito, infelizmente.

Irritada, vou até ele, agarro a sela e subo no cavalo, sentindo seus olhos em cada movimento meu. Sei que ele vai subir, mas não estou preparada para a forma como meu corpo inteiro se encolhe quando ele está totalmente sentado atrás de mim, as coxas de Joran embalando as minhas.

São sete tipos de perversão, ser pressionada pelo corpo de um homem com quem dormi uma vez, que por sua vez está possuído por um deus que detesto. Agora tenho uma ideia de como Raina se sentiu quando soube sobre Neri e Alexus.

Ele se inclina perto do meu ouvido.

— Estou feliz que é meu coração que você está usando em volta do pescoço, em vez das minhas bolas. — Ouço o sorriso em sua voz. — E você não sabe quanto tempo eu quis essa linda bunda contra mim, bem assim. — Suas coxas apertam as minhas. — Está pronta para isso, bruxa?

Inclino a cabeça para frente um pouco, então a bato em seu nariz, forte o suficiente para doer pra caralho, mas não forte o suficiente para nocauteá-lo, infelizmente. Ele agarra o pobre rosto de Joran e grita uma maldição que ruge pelo beco, o que me diz que ele sente a dor de Joran, o que é tudo que eu precisava saber.

— Agora estou. — Endireito a coluna, certificando-me de colocar uma cadência em minha voz.

Com um rosnado, Neri impele o cavalo para a frente e nos vira para a rua.

— Você é uma mulher de sangue frio, Nephele Bloodgood.

Embora eu esteja de olhos bem abertos observando os cavalos enfeitados de veludo vermelho e os guardas de preto, sorrio, completamente satisfeita.

— Você ainda não viu nada.

Quando a noite cai, ainda estamos nos arredores de Itunnan, e o ar está ficando mais frio.

Esta cidade é tão vasta. Este *continente* é tão vasto. Levaremos muito mais tempo para chegar à Cidade das Ruínas do que para viajar da Vila Invernal a Malgros. E agora que Fleurie está praticando com portais, provavelmente não temos tanto tempo assim.

Os Dread Vipers sumiram, e me pergunto se foi Neri que os afastou. Não tenho certeza de como ele faria isso, mas, por mais que odeie admitir, ele já nos salvou muitas vezes. Não é impossível que, de alguma forma, ele os tenha conduzido a uma trilha falsa antes de deixarmos a estalagem.

Então paramos e dormimos no frio, cercados pela areia sussurrante e — como Neri disse ao grupo quando estávamos no navio — a sensação constante de magia no ar.

Ao amanhecer, cavalgamos sem parar até dar meia-noite, atravessando trechos vazios de terra pontilhados de pequenas aldeias. Quando os cavalos se cansam e nossas barrigas vazias não podem mais permanecer assim, encontramos as ruínas de um antigo templo para acampar até o outro dia.

Em pouco tempo temos uma pequena fogueira para proteger do frio. Posicionamos nossos colchonetes enquanto Callan desenha runas protetoras na areia ao redor do antigo templo. A presença que todos sentimos se mantém, ainda mais forte agora, e sinto muita culpa, porque sei que foi Neri o tempo todo.

Rhonin e Hel afiam as pontas de dois longos galhos que encontraram sob um eucalipto solitário e saem em busca de carne. Orlena forneceu nozes, tâmaras, pães e queijo de cabra, mas depois de uma noite, os suprimentos já estão acabando. O que temos só nos manterá alimentados por um dia ou pouco mais.

Neri desaparece nas alcovas sombrias das ruínas. Explorando, suponho. Me pergunto quantas vezes ele visitou as Terras do Verão para ver Asha, ou por outros motivos, talvez. Não o suporto, mas admito que deve ser estranho ver esta terra depois de tantos anos.

Vou ficar com Raina e Alexus perto do fogo. Minha irmã está

sentada perto dele, com um novo prato de adivinhação e um cantil na mão, preparando-se para dar uma olhada ao redor do mundo. Ainda há uma estranha reserva nela quando se trata de Alexus, vejo que ainda há um fio de conflito em seus olhos e na maneira como se move em torno dele. Mas, como essas ruínas, suas defesas estão desmoronando.

— Estou preocupada com o tempo — digo. — Estamos a muitas semanas da cidadela, e isso se não tivermos problemas para chegar lá.

Alexus está sentado com os cotovelos sobre os joelhos e pega um pedaço de um pequeno pão e o come. Vejo em seu rosto que ele está preocupado também.

— Pensei nisso o dia todo — responde ele. — Não sei como podemos chegar lá mais rápido, a menos que eu nos transporte, um por um.

— Não é um pensamento inverossímil — falo.

— *Mas é perigoso* — sinaliza Raina, arregalando os olhos. — *Eu voei com ele.*

Ele franze a testa e olha para ela.

— Fico ofendido com isso. Para algo que não faço há três séculos, acho que foi tudo bem.

Ela ergue uma sobrancelha e dá a ele um olhar furioso.

— *Porque havia um mar abaixo. Não um deserto.*

Penso na proposta de Neri e nos meus termos, que discutimos hoje enquanto cavalgávamos. Mas ele não é uma opção de auxílio nesse cenário. Tenho a sensação de que ele poderia inventar alguma coisa, mas não sei do que é capaz. Também não sei se ele conseguiria nos levar até lá sem que todos soubessem que ele, na verdade, não é Joran.

Além disso, preciso de tempo para pensar neste acordo antes de me comprometer. Eu o deixei em um estado intermediário, esperando que os termos do acordo sejam estabelecidos. Recuso-me a colocar a mim mesma, e a qualquer um que eu ame — qualquer Tiressiano, aliás — em desvantagem com um deus que pode tornar nossas vidas miseráveis se eu não for cuidadosa. Quero que nos beneficiemos do acordo. Não que paguemos.

— *Posso nos levar até lá* — sinaliza Raina. — *Se houver uma maneira de me mostrar para onde estamos indo.*

Alexus olha para ela.

— Seu *voo* não é muito melhor que o meu.

Sua testa se franze.

— *Não é verdade. Você pode perder o impulso e nos deixar presos em diferentes lugares do deserto. Eu tenho controle. Vamos todos para o mesmo lugar.*

Alexus suspira do fundo do peito, um homem que sabe que acabou de perder todas as chances de qualquer discussão. Ela está certa.

— Chegaremos primeiro às províncias — diz ele. — Façamos o nosso melhor para nos equiparmos com o que precisamos para o deserto, e então, se pudermos encontrar uma maneira de mostrar a Raina para onde precisamos ir... — ele esfrega a mão no rosto como se não tivesse certeza disso, de jeito nenhum — talvez tentemos o jeito *dela*.

Minha irmã olha para mim com malícia, o canto da boca se curvando. Lembro-me tão bem daquela expressão no rosto de minha mãe quando ela derrotava meu pai em uma discussão à mesa de jantar.

Realmente não me ocorreu até agora que estamos na terra de nossos ancestrais. Que este mundo foi o lar de nossa mãe por grande parte de sua vida.

— Talvez atravessemos Elam — digo.

Alexus levanta os olhos.

— Vamos, sim. É a primeira província depois daqui.

Os olhos de Raina brilham com isso. Na verdade, todo o rosto dela se ilumina, embora nós duas saibamos que não teremos tempo para ficar na aldeia de nossa mãe. Pode não haver tempo para fazer nada além de seguir em frente.

Com esse pensamento, aceno para o prato de adivinhação no colo da minha irmã. Odeio pedir a ela para verificar as águas. Odeio vê-la sangrar. Mas ela começa a tarefa sem um pingo de hesitação.

Com cuidado para não desperdiçar a água que temos, ela despeja apenas o suficiente do cantil no prato que roubou da estalagem. Depois de cortar o dedo com a ponta afiada de sua adaga, ela coloca a mão sobre a água e deixa uma pérola de sangue pingar na tigela.

55
Fleurie

Territórios do Leste

Cidade de Quezira

Templo Min-Thuret, Salão de Rituais

Não tenho certeza de quanto tempo mais posso falhar.

Eu me esforço para abrir um portal para apenas alguns quilômetros adiante: as ruínas, as ruas movimentadas da cidade ou até mesmo o bairro do mercado. Mas o príncipe está atento. Tenho certeza de que é por isso que Bronwyn e Thresh estão me escoltando por Min-Thuret à meia-noite, pelo pátio e pelos jardins dos quais me lembro bem.

Para o Salão de Rituais.

Caminhamos ao longo dos claustros até chegarmos às portas maciças. Elas gemem quando Thresh e Bronwyn os abrem. Estou solta, mas o colar de ferro permanece intacto quando não estou *praticando* o portal do príncipe. Mas, mesmo que não estivesse, a maior maldição que carrego é que estou presa para sempre. Meu dom tem um limite que eu nunca poderia ultrapassar, não importa o quanto eu tente. Se o colar desaparecesse, eu poderia sair daqui por um portal, mas logo seria puxada de volta.

Estou presa a Quezira, às Terras do Leste que meu pai chamava de lar.

E sempre estarei.

Inspiro o ar profundamente e entro na sala de ritual, meu estômago revirando ao ponto de doer. Uma lembrança da minha última vez aqui cresce na minha mente, fazendo uma pressão atrás dos meus olhos. A raiva pulsa dentro de mim como um batimento cardíaco, e sinto o agridoce da minha antiga fúria.

E o príncipe. Ele está do outro lado do corredor e do círculo ritual, as sombras vermelhas girando sobre o piso de mármore gravado com a lua embalando o sol. O símbolo representa o voto da Ordem da Noite de proteger a Ordem do Amanhecer. Mais importante, para mim, eles representam um homem de muito tempo atrás que estava disposto a dar tudo de si por uma mulher que era sua única luz.

Fecho os olhos. *Tantas lembranças.* Minha mente está inundada.

Respiro fundo mais uma vez e pisco os olhos abertos para contemplar o príncipe. Logo atrás dele está o altar e aquele maldito trono. Se ele soubesse quantas vezes ele se ajoelhou ali, para seu próprio desgosto.

Ele veste uma túnica de dormir e calça, e está com as mãos enfiadas nos bolsos, os pés descalços abertos na largura dos ombros. O lugar parece não perturbá-lo, e isso me abala profundamente.

Abro a boca para tentar contar a ele uma série de verdades que me assombram desde que fui levada de Quezira para as falésias. Eu só quero contar a ele qual é o seu nome, pelo amor dos deuses, na esperança de que isso o acorde. Mas, como sempre, é uma tentativa tola. O torque invisível de meu pai aperta minha garganta, bloqueando minha fala, a magia tão instantânea e responsiva que é como se ele tivesse me amaldiçoado ontem, não três séculos atrás.

As portas do Salão de Rituais se fecham, e um olhar por cima do meu ombro revela que estou sozinha com o príncipe, de pé ali de camisola e robe.

— Pensei que talvez você quisesse conversar um pouco, agora que sua voz voltou. E que lugar melhor do que a antiga sala de rituais de seu pai? — Ele acena com a mão para o corredor iluminado pelo fogo, e percebo que sua palma está enfaixada, como se ele tivesse feito uma oferenda, do tipo que só meu pai exigiria.

Estreito os olhos, desamparada e maravilhada. Ele realmente não se lembra de nada, mesmo agora, mesmo *nesta* sala. Se existe nele pelo menos um lampejo de lembrança, não posso vê-lo.

— Eu estava dormindo. Isso não podia esperar até de manhã?

Ele passa o polegar e o indicador para frente e para trás ao longo das linhas de expressão ao redor de sua boca, que não são tão profundas quanto me lembro.

— Mas *eu* não estava. — Uma longa mecha de cabelo escuro cai em seus olhos. — Só conseguia me virar e revirar, me perguntando por que continuamos falhando com os portais, então vim aqui para discutir isso com seu pai.

Dedos frios e fantasmagóricos sobem pela minha espinha. Eu me encolho, baixando os ombros enquanto olho em volta, uma reação permanentemente enraizada.

— Ele não está mais aqui — diz o príncipe. — Foi um encontro breve. Mas ele mencionou uma parte do seu presente que acho que esqueci. Você não apenas abre portais e ordena à coisa para onde levá-la. Você usa visão distante. Um mecanismo mágico que pode apontar um local, certo e verdadeiro. E ainda assim — ele encolhe os ombros — continuamos a misteriosamente entrar em portais para lugares dentro de Quezira. Engraçado isso.

— Você é a marionete dele — digo, quase cuspindo as palavras, surpresa que de alguma forma elas possam sair de meus lábios.

— Não, eu sou servo dele.

— Ou seu escravo.

Ele suspira.

— Um escravo pode ser relutante. Mas estou disposto a aceitar os desejos de ressurreição de seu pai. Ele garantirá que eu reine sobre Tiressia quando chegar a hora. Seremos uma força.

— Ele te disse isso? E você acreditou? — Eu rio, mas apenas para esconder minha tristeza. Mal posso acreditar que essas palavras acabaram de sair de sua boca, um homem que teria abandonado um trono a todo custo muitas luas atrás.

Seu rosto endurece.

— Vou te falar uma coisa, Fleurie, e vai ser só uma vez. Você tem sete dias para nos transportar para dentro da Cidade das Ruínas, para o Monte Ulra, mas isso é tudo. Fizemos um acordo, e você não está fazendo a sua parte. Tudo o que preciso fazer é recusar outro esforço para cumprir o trato, e você vai voltar para as covas de Yura, onde vou deixá-la apodrecer por uma eternidade miserável. Então sugiro que se prepare.

O desafio me preenche, mas meu ardil chegou a uma encruzilhada. Ou eu desisto e ajudo o príncipe a ressuscitar a criatura mais vil que já conheci, ou sofro uma vida de agonia, sozinha na escuridão, pela eternidade.

Não consigo ver uma saída. E a verdade é que já sei que ele ganha. Sei que vou levá-lo para o Monte Ulra, e que vou transportar os ossos de Thamaos de volta para esta mesma sala. Sei que mais será pedido de mim também. Em breve, tenho certeza. Eu só desejava que, de alguma forma, o futuro que uma vez me foi revelado estivesse errado.

Mas não estava. Então agora a dor de fato começa.

56
Raina

Fleurie abandona as sombras do príncipe e entra na noite com Bronwyn Shawcross e um guarda ao seu lado.

Por não tê-la conhecido pessoalmente e por tê-la visto apenas através dos olhos de Colden, não tinha certeza se conseguiria vê-la. Mas foi possível com clareza.

Tudo o que apreendi foi o pavor e a amargura que ela sentia, a tristeza e a raiva, a preocupação e a aversão. E que se tratava de uma conversa no meio da noite para a qual ela havia sido convocada e não queria comparecer. Fiquei me perguntando o que havia sido dito.

Eu a deixo e sangro nas águas para ver Colden. Ele está dormindo em sua nova cama na masmorra, seu lindo rosto iluminado pela luz dourada da tocha.

— *Ele parece tão inocente* — sinalizo, e minha irmã cai na gargalhada.

Alexus sorri, e eu me lembro dele usando essa mesma descrição quando me contou pela primeira vez a história de Colden e Fia na caverna. Mas não preciso da reação deles para saber. Eu o conheci e o vi lutar.

Embora eu não acredite que estou pensando nisso, sinalizo:

— *Gostaria de tê-lo visto exercer seu poder antes de Neri o roubar.*

Minha irmã, tentando conter o riso, fica imóvel.

— Seu poder — repete, como se não tivesse lido minhas mãos corretamente.

Olho para ela com estranhamento.

— Sim. Seu poder. Sobre gelo, geada e neve.

Ela pisca, como se uma revelação tivesse caído nas profundezas de sua mente, e olha para as alcovas sombrias das ruínas do templo, por onde Joran desapareceu já faz um tempo.

— Deuses, Nephele — diz Alexus, sendo jocoso —, você já se esqueceu do homem? Joran está te afetando tanto assim?

Ela joga um punhado de areia nele, que se vira para o lado para escapar, rindo dela. A maneira como ela o olha, com a cabeça inclinada, a testa franzida, me faz sorrir. Às vezes, eles são como irmãos, como Hel e Finn costumavam ser.

Nephele acena com a mão para o meu prato de adivinhação.

— Prossiga. Não ligue para mim, estou apenas... pensando.

Alexus ri de novo e se levanta para atiçar o fogo enquanto eu sangro para ver o general Hammerin Vexx.

Zero surpresa: Gavril está com ele, aquele filho da puta. Mas não consigo focar no feiticeiro enquanto eles conversam porque tem algo diferente em Vexx. Algo que me faz vê-lo de fora.

Sua expressão é a mais fria que já vi, o sorriso ainda mais extraordinariamente cruel do que na ravina. Ele ri, jogando a cabeça para trás com uma alegria malévola que sinto em minha alma.

Ele então olha para o mar escuro, em direção ao gurupés. A gargalhada se espalha em um sorriso maligno, e uma onda de frio toma conta de mim, calafrios tão brutais que fazem minha pele doer.

Mergulho de volta no ponto de vista de Vexx, esperando ver a longarina pontiaguda na frente do barco apontando para o mar aberto e para o leste, o céu da meia-noite.

E eu vejo. Posso dizer pelas estrelas em que direção elas estão se movendo. Só que há uma coisa que eu nunca poderia, em todos os meus dias, imaginar que meus olhos veriam.

À frente. Na ponta do gurupés. Perfurado pela boca.

Pressiono as palmas das mãos nos olhos, tentando esquecer o que vi, mas pode ser que essa imagem fique gravada em minha mente até eu deixar este mundo.

— O que foi? — perguntam Alexus e Nephele ao mesmo tempo.

Sem olhar para a água, pego o prato e jogo o líquido no chão para começar de novo.

— *Vexx está navegando para o leste* — digo a eles, apressando as palavras, de repente sem vontade de comer. — *Ele... machucou uma pessoa. Você não vai querer saber os detalhes.*

Não há necessidade de estragar o apetite deles, e não quero fazer Nephele se sentir culpada. É óbvio que se trata de uma retaliação por Joran ter matado Rooke. A cabeça provavelmente era de um marinheiro ou alguém que ele pegou de exemplo para sua tripulação de Habitantes das Terras do Norte. Sinto tanto desgosto por ele, tanto ódio absoluto. Se houver algum Ancião ouvindo, rezo para que eles acatem meu apelo para que eu seja a pessoa que acabará com a vida daquele homem.

Abalada, despejo mais água e sangro novamente para ver Yazmin e Finn. Yazmin está sentada sozinha na enseada com uma taça de vinho, seu amor e preocupação flutuando por todo o mar. Mas Finn...

Finn não está em lugar nenhum. Não importa o quanto eu olhe, não importa o quanto eu pense nele, ele não aparece.

— Qual é o problema agora? — indaga Nephele, meu rosto obviamente contando tudo.

— *Finn* — sinalizo. — *Não consigo vê-lo.*

— Talvez você esteja apenas cansada — diz Alexus. — Talvez o descanso ajude.

Ou talvez eu esteja *tão perturbada* com a crueldade de Vexx que não consigo me concentrar.

Ainda assim, tento de novo e falho novamente.

Nephele agarra minha mão quando levanto a adaga para tentar outra vez.

— Raina, está tudo bem. Finn deve estar dormindo e se curando.

Você está exausta da noite passada e de hoje. Tente comer e descansar. Pode consultar as águas novamente amanhã.

Embora eu não queira ouvir, sei que ela está certa. Coloco o prato de lado no momento em que Rhonin e Hel aparecem depois de virar na amurada de pedra, rindo um com o outro apesar de tudo, trazendo várias lebres a reboque.

Hel sorri e segura orgulhosamente sua presa.

— Quem está pronto para comer?

O caminho para Elam e as províncias de Ske-Trana é árduo.

A estrada de terra e cascalho é plana e reta, misturando-se com um terreno mais arenoso, mas o vento é forte, açoitando nossas roupas e nossos cabelos e nos enchendo de areia. Posso sentir o cheiro de areia quente que vem do sudoeste, das montanhas. É como viajar em um redemoinho de poeira constante.

Mesmo com Alexus tentando me proteger das rajadas mais fortes, meus olhos ardem com a intrusão e o ocasional pedaço de cascalho que se infiltra sob minha pálpebra. Nossos rostos, pescoços e mãos estão cobertos de sujeira por causa do suor, e há areia até em meus dentes, arranhando minha garganta. Tudo isso andando o mais rápido possível, com roupas impróprias sob um sol inclemente, torna a caminhada miserável. Nós, Habitantes das Terras do Norte, estávamos totalmente despreparados para a geografia das Terras do Verão.

Cavalgamos assim por mais dois dias e não alcançamos a primeira visão de Ske-Trana até a segunda tarde. Mesmo assim, ainda está bem longe, uma extensão de casas de tijolos de barro em forma de colmeia cercadas por terra plana e dourada e dunas de areia ao longe.

Imaginar minha mãe aqui quando criança, brincando nas ruas arenosas, provavelmente suja e feliz, me ajuda a perseverar.

No início da noite, enquanto o horizonte ainda está iluminado de luz cor-de-rosa e laranja, finalmente cavalgamos para Elam, nossos cavalos em passo lento. Seguro minha longa trança sobre o nariz enquanto mais uma rajada de areia gira em torno de nós. O ar está começando a acalmar e a esfriar para a noite, e precisamos de abrigo. Precisamos de comida e roupas, e também trocar os cavalos por camelos — caso eu não consiga encontrar uma maneira de nos levar para a Cidade das Ruínas que seja muito mais rápida. Esse é o meu objetivo, embora Keth, Joran e até mesmo Rhonin e Alexus estejam um pouco inseguros quanto a isso.

Não há pousadas aqui. Vamos até alguns prédios que parecem importantes, mas as portas estão fechadas. Não há nada além de casas de tijolos de barro, uma construção que deve ser uma escola, e um templo simples construído com o mesmo tipo de tijolo de barro, que é para onde Alexus nos leva. Nephele e eu trocamos um olhar, percebendo que o local pode fazer parte de nossa ancestralidade, mas não é um local em que encontraremos alguma lembrança viva de nossa mãe.

Amarramos nossos cavalos e entramos no salão sagrado, uma faixa de areia e viajantes cobertos de terra. Imaginei que não teria ninguém aqui e, no entanto, um homem de pele morena em um manto cinza-estanho começa a percorrer o corredor central iluminado por lamparinas a óleo que dividem pelo menos cinquenta lugares individuais para oração, cada um com seu tapete de junco, almofada colorida para se ajoelhar e uma vela esperando para ser acesa. Ele levanta a mão para nos impedir de avançar.

Olho para Nephele. Ela esfrega as bochechas empoeiradas, os olhos vermelhos e irritados, enquanto penso para quem o povo das Terras do Verão reza — certamente não é para Asha.

E, no entanto, minha irmã ergue as sobrancelhas e olha para a frente do templo, onde a imagem de pedra de uma mulher nos observa sobre o altar, com o punho de uma espada na mão, a lâmina parada na ponta. Que estranho ver como eles imaginam que seja Asha, essa deusa que para mim só viveu em histórias.

Dou outro olhada ao redor e percebo que Joran ainda está do lado de fora, mirando diretamente a figura de Asha com um olhar mais brilhante e penetrante. Nephele o observa de perto, mas ele permanece do lado de fora, até que se afasta e volta para os cavalos.

Quando me viro para Asha, o homem acena para Alexus, que caminha mais fundo no santuário para encontrá-lo. Eles falam baixinho enquanto o restante de nós circula pelo hall de entrada, estudando as pinturas em madeira e as tapeçarias penduradas nas paredes.

Nephele se aproxima para ficar ao meu lado, depois Hel, e então Zahira, e Callan, e até mesmo Jaega. Todos nós nos apoiamos de alguma forma; nossos dias juntos criaram um vínculo peculiar de confiança, amizade crescente e uma riqueza de intuição.

Nephele aponta para a pintura central, um rio serpenteando pelo deserto, mais verde que os olhos de Alexus. É uma pintura panorâmica que revela montanhas a oeste e um trecho de deserto ao sul.

— É o rio Jade? — pergunta Callan, mas então observa mais de perto, estudando as palavras esculpidas na madeira perto da parte inferior da pintura. — Ah — diz. — É sim.

— Vocês estão pensando no que estou pensando? — indaga Zahira.

Hel ri.

— Estou pensando em deixar Raina nos tirar dessa jornada sem fim e nos levar para aquele rio — sussurra. — Não importa o que os homens digam.

— Pegue-os durante a noite, Raina — fala Jaega, mantendo a voz baixa. — Eles não podem deter o que não podem ver chegando.

Risadas silenciosas e risadinhas circulam entre nós porque ela está falando sério, e estou pensando em fazer exatamente isso.

Quando Alexus retorna, esfrega a mão no rosto sujo.

— Ele pode conseguir provisões para nós, e podemos passar a noite aqui, nos estábulos com os camelos. Nada de profanar o espaço sagrado.

Um sentimento passa por mim, e o mesmo olhar atravessa todos os rostos. Uma recusa silenciosa, mas coletiva. Estamos cansados. Estamos sujos. Estamos prontos para encontrar Fia Drumera, e posso nos levar até o rio que fica na sombra do Monte Ulra. Não vamos dormir com camelos.

Eu sei que Alexus está preocupado, porque essa habilidade com meu abismo é uma coisa tão nova e pouco testada, mas há uma certeza em mim que não consigo explicar, a mesma que havia em Aki-Ra. Está na hora de começar a usar esse dom. Não tenho certeza de onde veio, mas ele está comigo por alguma razão.

Quando Alexus, Rhonin e Keth saem para conduzir os cavalos aos estábulos, deixando-nos sozinhas, todas olhamos umas para as outras.

— *Hoje à noite* — sinalizo, e elas sorriem. E para minha surpresa, todas sinalizam de volta.

— *Hoje à noite.*

Ah, a determinação de uma mulher e suas amigas.

Assim que o atendente do templo e Alexus chegam ao estábulo com comida e dois grandes baldes de água, nos limpamos o melhor que podemos e começamos a encher nossas bolsas e cantis enquanto os homens preparam um pequeno jantar de pão-folha e carne de cobra salgada.

Não é a pior coisa que já comi, mas estamos comendo em um estábulo cheio de esterco que cheira a camelo sujo e merda. Eu daria qualquer coisa para estar sentada perto de uma fogueira no vale aberto, comendo a torta de creme da mamãe, carne de veado assada, legumes cozidos e… deuses. Sidra forte e quente.

A noite está mais fria e clara com o luar entrando pela única janela nos estábulos. Estamos cercados por camelos sem sela, com olhos sonolentos que nos observam de suas baias. Nunca tinha visto um camelo até hoje. São criaturas bastante grandes e extraordinárias, mas parece que não será dessa vez que teremos oportunidade de nos conhecermos.

Enquanto Jaega embrulha as sobras de pão e carne, Nephele e eu enchemos os cantis. Ela olha para os homens, seus olhos me dizendo para olhar. Eles estão colocando os sacos de dormir no chão — até mesmo Joran — enquanto Callan, Hel e Zahira colocam nossas bolsas e armas perto de nossos respectivos catres para que possamos levá-los conosco. Mas eu não tinha pensado no fato de que ficaríamos sem colchonetes assim que chegássemos. Teremos que sobreviver sem eles.

Com as barrigas cheias, deitamo-nos, todos os colchonetes perto o suficiente e em um padrão circular que podemos alcançar um ao outro para formar uma corrente. Rhonin está na minha frente, Alexus atrás de mim e Nephele atrás dele. Vai dar certo.

O ar da noite aperta com a tensão. Respiro fundo quando Alexus desliza a mão em volta da minha cintura e se aproxima de mim, acomodando-se. Não sou mais avessa à proximidade. Consigo me lembrar do ódio que sentia por ele e que ainda tem arestas afiadas, mas há algo muito mais poderoso que o obscurece. Além disso, a proximidade torna minha tarefa muito mais fácil.

Mas então ele fica tão quieto, e não o tipo de quietude que vem com o sono, mas o tipo de quietude que diz que algo está errado.

Nossas bolsas, espadas e adagas estão entre mim e Rhonin, que está à minha frente. Alexus passa por mim e puxa uma das espadas com um silvo baixo.

Rhonin abre os olhos, os brancos visíveis na noite enluarada.

Suavemente, ele pega uma adaga.

Não ouço nada, mas então Alexus se levanta e grita:

— Vipers! Glamour! Peguem suas espadas!

Como se emergindo das sombras, os Dread Vipers, que deviam estar à espreita do lado de fora, esperando que dormíssemos, adentram o estábulo enquanto pegamos nossas armas e nos levantamos. Não consigo entender como eles nos seguiram sem que soubéssemos.

O poder crepita pelo ar, vivo como um raio, teia de aranha ao longo das paredes de tijolos de barro, fazendo os camelos grunhirem, balirem e cuspirem.

Antes que os Dread Vipers tenham a chance de imobilizar sua magia, Alexus grita:

— Abaixem-se!

Um segundo depois, ele derrama seu poder nos guardas prestes a atacá-lo.

Eu me viro e jogo o braço sobre a cabeça e, embora não veja isso acontecer, sinto a pressão no ambiente mudar e ouço seus corpos explodirem com um barulho horrível. Na ravina, os pedaços dos homens mortos estavam pendurados nas árvores, os membros brilhando com carne e fragmentos de ossos.

Esta noite, os restos mortais dos Dread Vipers estarão sobre nós.

Tremendo e encharcada de sangue e entranhas, eu me viro assim que mais guardas correm para os estábulos, embora parem ao ver a carnificina. Limpo respingos de sangue e tendões da minha bochecha, tentando não vomitar quando percebo que um globo ocular está na minha mão.

— Segurem-se! — grita Hel, sua voz reverberando pelas paredes de barro. — Agora, Raina!

Levo um segundo para entender o comando, mas nossos olhos se encontram quando ela estende a mão para o braço de Rhonin de um lado e o de Nephele do outro. Observo a corrente acontecer ao redor do pequeno estábulo e agarro a mão de Alexus.

Ele olha para baixo, com a testa franzida. E assim que os Vipers avançam em nossa direção, penso no rio Jade e rezo para poder carregar dez pessoas através do espaço pelo deserto.

57
Raina

Terras do Verão

Rio Jade

— Você devia ter me contado — diz Alexus, sentado em uma pedra cercada por arbustos lenhosos cujo nome desconheço, tirando as roupas encharcadas de sangue sob a lua e um punhado de luzes das estrelas.

Estamos todos espalhados ao longo das margens arenosas do que espero ser o rio Jade. Está frio, e se molhar vai ser horrível, mas podemos fazer uma ou duas fogueiras. Apenas não podemos permanecer sujos de restos de homens mortos. Ainda sinto o cheiro de suas mortes, um aglomerado de aromas queimando minhas narinas.

Engulo em seco e me concentro em tirar minhas roupas também.

— *Você teria impedido* — sinalizo.

— Sim, porque era arriscado. E doloroso. — Ele arranca as últimas urzes que ficaram presas em sua pele quando pousou em um bosque de arbustos espinhosos.

É errado da minha parte, mas mordo o lábio superior para não sorrir quando ele pega sua pilha de roupas e se aproxima, usando nada além da chave em volta do pescoço. Tiro minha túnica, esperando que seja uma distração significativa o suficiente. Ele baixa o olhar para os meus seios, mas apenas por um momento.

— Carregar dez pessoas de uma vez para o seu *abismo* poderia ter dado muito errado, Raina. Você ainda não conhece os limites dessa habilidade. Nem sabe o que é. E eu prefiro não te perder. Você não sabe até que ponto seu corpo pode aguentar.

Ele se vira e se dirige para a margem do rio para lavar a roupa, os músculos de seu corpo alongado se flexionando a cada passo. Sentindo-me culpada, termino de me despir e me junto a ele, mergulhando minhas roupas nas ondas frias.

Considero tentar aquecer uma área como fiz em Hampstead Loch, mas este rio não está parado como um lago, e não tinha sido tão drenada magicamente naquela vez.

— Este é um cenário muito diferente da nossa primeira vez juntos em um riacho — diz ele, mudando de assunto enquanto esfrega a camisa contra uma pedra. — Estou feliz que você não me odeia mais como antes.

Pego sua mão, parando seu trabalho, porque o conheço bem o suficiente para perceber que ele mudou de assunto por mim.

— *Sinto muito* — sinalizo. — *Vou tentar ser mais sábia.*

Sua expressão carrancuda suaviza um pouco e seus olhos brilham de forma delicada e terna.

— Não sei o que faria se algo acontecesse com você, Raina. Esse é o meu maior medo. Não consigo explicar, assim como não consigo explicar meus sentimentos quando se trata de você. Só sei que rolaria este mundo para fora do eixo se te perdesse.

Toco seu rosto.

— *Não vou a lugar nenhum* — sinalizo, mas a ideia ainda parece assombrá-lo.

Terminamos com as roupas e as colocamos sobre as pedras para secar. Então entrelaçamos os dedos e entramos na água fria. Não podemos ir longe por causa da correnteza.

Alexus engasga e esfrega as mãos pelo corpo.

— Bem, isso está gelado pra caralho.

Eu tremo de tanto rir, porque é gelado mesmo, mas não temos escolha.

Rapidamente, nos agachamos e esfregamos o sangue seco e os horríveis pedaços de tendão, depois mergulhamos para enxaguar o cabelo. Esse banho provavelmente não vai nos livrar de todo o sangue, o que revira meu estômago. Rezo para os Antigos para que eu não acorde amanhã com a carne de alguém ainda grudada em mim.

Quando saímos, nos esforçamos para vestir nossas roupas molhadas, o que não é uma tarefa fácil, mas logo estamos espreitando a costa, tremendo, tentando encontrar um lugar para um acampamento improvisado para esta noite. Callan e Zahira de alguma forma tiveram sangue-frio durante o ataque para enfiar o braço em uma bolsa antes de pegar a mão de quem estivesse ao lado, então temos alguns suprimentos. Nós os reunimos e continuamos procurando um lugar, e não consigo deixar de me preocupar com a possibilidade de ter nos trazido para o lugar errado, mas simplesmente não podemos saber na escuridão.

— *Este é o rio Jade, certo?* — sinalizo, sabendo que Alexus já esteve aqui antes.

— Com certeza. — Ele aponta para o oeste.

Eu olho na direção que ele indica, e embora seja uma distinção tênue, vejo as pontas irregulares das montanhas erguendo-se como dentes monstruosos contra o céu noturno. O Monte Ulra está por aí em algum lugar.

Não acredito que estamos aqui.

— A cidadela ainda está muito longe — diz ele, as rochas e a areia rangendo sob suas botas. — Amanhã, vou transportá-la para lá. Assim que você der uma boa olhada, voltaremos aqui, e então você poderá nos trazer de volta.

Uma emoção corre através de mim. Estamos tão perto.

Encontramos uma clareira arenosa cercada por mais arbustos lenhosos. Sob o brilho quente da luz das estrelas de Alexus, cuidadosamente arrancamos galhos velhos e espinhosos e encontramos pedras para preparar um lugar para uma fogueira. Não demora muito para termos calor e uma maneira de nos secar.

— *Devemos encontrar todos?* — sinalizo, o frio finalmente começando a deixar meus ossos. Estou parada ao lado da fogueira de frente para o rio, olhando de um lado para o outro da margem para ver se consigo detectar algum movimento na escuridão. Juro que vejo uma pequena fogueira ardendo ao longe. Hel?

Alexus termina de estender os dois únicos cobertores que temos e caminha até mim, colocando as mãos em meus quadris, seu corpo delineado à luz do fogo.

— Tenho a sensação de que Callan e Zahira voltarão com alguma ideia criativa para dormir esta noite; também tenho a sensação de que não devemos interromper Rhonin e Hel. Eles estão juntos, forçados a ficar nus, e Hel pode mantê-los aquecidos. Duvido que tenhamos notícias deles até muito mais tarde, se é que teremos. Quanto a sua irmã e Joran... Se ele a estiver importunando, é possível que nunca mais o veremos, mas estão quietos, então isso deve significar alguma coisa.

Eu rio e deslizo as mãos até seu peito, sobre seus ombros.

Ele me puxa para perto, passando o pulso na parte inferior das minhas costas.

— O fogo os guiará até aqui quando quiserem vir. Mas enquanto isso... — Ele enfia a mão por baixo da minha túnica e faz uma pausa com os dedos passando pela minha cintura. — Eu beijaria seu pescoço, mas temo que ainda tenha vísceras em você.

Mais uma vez, eu rio, adorando o que ele está fazendo, trazendo humor para uma situação difícil.

Pego sua mão e arrasto-a para baixo da minha túnica, incitando seus dedos quentes por baixo da minha roupa de baixo. Sem sangue coagulado.

Ele geme um pouco, olhando nos meus olhos, e provoca meu mamilo já duro.

— Eu gostaria muito de ter você na minha boca. — Ele belisca meu mamilo com a pressão que sabe que gosto. — Isso pode me fazer te perdoar por me chamar de idiota, ameaçar me matar, jogar uma caneca em mim, me esfaquear e me jogar em um ninho de urzes. Estou deixando alguma coisa de fora?

Sorrindo, dou a ele o que quer, o que eu quero, puxando minha túnica para cima para permitir um melhor acesso. Ele chupa minha pele como se eu fosse todo o sustento de que ele precisa, e eu enterro as mãos em seu cabelo, segurando-o apertado contra mim.

Ele me deita em um dos cobertores e beija minha boca profundamente, se posicionando ao meu lado, apenas tocando e provocando, brincando, com um lindo sorriso, brincando o tempo todo para me fazer rir.

Amanhã chegaremos à Cidade das Ruínas e tudo o que isso implica. Mas esta noite, pelo menos por um tempo, somos só nós.

VI
CIDADE DAS RUÍNAS

58
Raina

Cidade das Ruínas

Aos pés da Muralha

A vista do céu ao amanhecer é magnífica. O rio é uma serpente esmeralda deslizando das montanhas através de dunas douradas que se estendem em direção a um mar distante em três direções. O oeste é uma extensão de picos rochosos e escarpados de montanhas que ganham vida sob um sol que nasce rapidamente.

E bem no meio disso tudo está a joia: a Cidade das Ruínas murada.

Espero ruínas, como a velha Quezira nos sonhos de Alexus. Espero uma muralha devastada pela guerra e apenas escombros do templo, penso em algo muito semelhante às casas de tijolos de barro de Elam. Espero algo simples e antigo, um fantasma desbotado da cidade que Alexus descreveu na caverna na Floresta da Água Gélida.

De cara, a muralha é uma peça impressionante de arquitetura que circunda a cidade. E de fato vejo templos — não um, não dois, não três, mas quatro, posicionados nos pontos cardeais, cada um fundido em mármore branco brilhante. No meio fica o que só pode ser um palácio — a casa da Rainha do Fogo — feito de mais mármore branco e com uma cúpula coberta de ouro na estrutura central.

As centenas e centenas de casas são muito parecidas com as descritas por Alexus, mas muito mais adoráveis: casas independentes de tijolos de barro e arenito com formatos quadrados cercadas por flores vermelhas e amarelas de vários tons. Algumas casas com janelas transbordando de flores se erguem pelos penhascos do sudoeste; outras aninhadas sob saliências rochosas. Algumas são esculpidas no que deve ser o Monte Ulra, porque mesmo daqui vejo o que só pode ser o Bosque dos Deuses.

Parece que alguém pintou um pedaço de floresta na montanha. As árvores são enormes, os galhos largos e em forma de cúpula, as folhas verdes cintilantes. Tento absorver mais detalhes, mas, de repente, Alexus se inclina contra uma brisa do oeste e estamos descendo. Rapidamente percebo o porquê.

Com o calor nebuloso da manhã começando a subir do deserto, e o fato de que sinto magia *em todos os lugares* aqui, estava quase invisível. Mas agora que estamos mais perto vejo com nitidez a magia que envolve a Cidade das Ruínas. Eu também ouço. O que pensei ser vento rugindo em meus ouvidos é uma mistura de vento e o zumbido do véu de Fia.

Uma proteção. Um escudo. Uma barreira.

A batalha final que nos separa da rainha.

Desta vez, Alexus não perde o impulso ao pousar, ele o controla e faz meus pés tocarem na areia fofa com toda a graça de um pássaro pousando no galho de uma árvore.

Sorrio para ele e sinalizo:

— *Impressionante.*

Aquele sorriso dele se abre, e a covinha fura sua bochecha.

— Estou feliz que pense assim. Porque faremos isso novamente.

Ele me beija, e, deuses, posso provar sua felicidade, e é viciante.

— *Como passamos por isso?* — sinalizo, apontando para a barreira depois que volto a pensar com clareza. Mais adiante, um enorme conjunto de portões dourados e incrustados de joias nos espera, refletindo a luz do sol em uma variedade de cores nas areias.

— Nós batemos com magia e esperamos ser capazes de fazer isso alto o suficiente para que ela nos deixe entrar.

Estreito os olhos e franzo os lábios, estudando o véu.

— *Me pergunto se* eu *posso nos colocar dentro.*

Ele arqueia uma sobrancelha.

— Não. Nem vamos tentar. Se fosse possível, tenho certeza de que alguém já teria feito. Não vou deixar a mulher que amo se jogar na magia de Fia Drumera.

Ele não me dá chance de argumentar ou responder. No instante seguinte está envolvendo o braço em volta da minha cintura, fazendo seu poder ecoar pelo deserto, enviando uma chuva dourada de grãos enquanto nos impulsiona para o céu.

Me agarro a ele enquanto voamos. E sorrio.

Viajar através do abismo está cada vez mais fácil.

Minha aterrissagem é tão suave quanto a de Alexus, levando todos para os arredores da cidadela em questão de segundos. Começamos a trabalhar, embora o sol esteja alto e o dia comece a escaldar, trazendo suor às nossas sobrancelhas e costas.

Callan trabalha sua magia rúnica esculpindo runas na areia ao longo da borda da barreira. Runas para consciência, para que Fia consiga nos sentir. Pela paz, para que ela entenda que não queremos fazer mal. Uma terceira runa, de súplica, para que ela perceba que precisamos de sua ajuda. E dezenas mais, todas enviando uma mensagem que Callan pretende que Fia ouça.

Nephele tenta romper a construção de Fia, já que ela entende de magia vasta. Ela aparenta cansaço, como se sua mente estivesse sobrecarregada com tantas preocupações quanto há grãos de areia neste deserto. Quero ajudá-la, mas magia vasta não é meu dom. Infelizmente, não há nenhuma mágica de canto a ser feita e, mesmo que houvesse, poucos de nós aqui podem realmente fazê-la.

Alexus pode ser a chave. Ele pode trabalhar com magia vasta. Mas, em vez de ajudar minha irmã, ele anda para frente e para trás diante do véu por um tempo, pensando e observando ela e Callan, até que por fim pisa na barreira brilhante e estende as mãos.

Algum tempo depois, o poder se move como uma tempestade no deserto. Posso senti-lo chegando, retumbando sobre as dunas, um tremor no chão, como se Alexus tivesse convocado um demônio sobrenatural. Todos se viram para olhar, mas não há nada para ver, exceto areias que se movem, céu azul e poeira rodopiante.

Mas, deuses, podemos sentir. Um zéfiro sopra, e posso até cheirá-lo, doce como a magia açucarada de Alexus e terroso como areia aquecida.

De repente, o estrondo corre sob nossos pés e passa por nós. Alexus grita para Callan e Nephele se afastarem.

Na cadência de um batimento cardíaco, arcos de luz azul explodem da terra como relâmpagos saindo das areias para o céu. Esse poder se agarra ao véu e rasteja através dele, cada giro se espalhando e se fraturando ainda mais, rastejando ao longo da barreira como uma videira mágica pairando sobre o deserto.

Todos nós ficamos parados, pescoços esticados, assistindo maravilhados à imensidão daqueles poderes vibrando no ar, fazendo os pelos dos meus braços se arrepiarem. Se Fia Drumera não puder sentir isso, não teremos chance de entrar.

Mas Alexus ainda não terminou.

Os raios de poder começam a se mover de uma maneira estranha. Eu me afasto e olho da esquerda para a direita, estudando o véu até onde meus olhos podem ver em ambas as direções. E estou maravilhada com Alexus Thibault. Seu poder chegou tão longe.

Nada disso é aleatório. Ele está escrevendo uma mensagem rúnica no véu de Fia. Mais do que isso, também está escrevendo uma versão no antigo Elikesh. Ao contrário, para que toda a cidade dela possa ler.

— Callan! — ele grita. — Você sabe o que fazer!

Callan sabe, porque corre para a areia perto do véu onde seu trabalho rúnico anterior foi destruído pela magia de Alexus que emergiu do chão. E começa a reescrever as runas, estudando a mensagem de Alexus e copiando as marcações para...

Para criar a linha externa. Callan está agindo como o guardião ritual de

Alexus, da mesma forma como fizeram na floresta quando Alexus convocou Thamaos. Eu não entendo as regras, mas eles claramente entendem, porque Callan trabalha rápido, arrastando uma linha pela areia e desenhando uma runa, repetindo o ritual inúmeras vezes.

Ele está invocando Fia? Isso pode ser feito?

Hel está ao meu lado, cobrindo a boca com as mãos, observando nervosamente como se algo estivesse para acontecer. Keth e Jaega estão sentados na areia, de braços dados, os olhares fixos no véu. Zahira e Nephele estão juntas, de mãos dadas, e até mesmo Joran está assistindo, embora seus olhos possam estar um pouco mais curiosos do que maravilhados. Ainda assim, todos nós sentimos a importância desse evento, mas também nos emocionamos com tamanha demonstração de poder.

Enquanto Callan trabalha, a luz da magia de Alexus só aumenta, até que a areia começa a subir da terra e a se fundir em cada runa e letra. As marcas começam a mudar de cor, de azul-claro para laranja-fogo.

Callan finalmente termina e, como se o sol atirasse uma flecha flamejante no véu, as mensagens de Alexus queimam com fogo no céu.

Ele se afasta, firme como um carvalho, mesmo depois de tal liberação de magia, e examina seu trabalho. Callan vai ficar ao lado dele.

As chamas morrem, embora deixem sua marca: mensagens gravadas no véu de Fia Drumera.

Nada acontece por muito tempo. Horas.

Sentamo-nos no calor do sol do meio-dia, precisando de mais água, com a barriga vazia e o corpo muito cansado.

Mas por fim uma centelha de luz chama minha atenção.

Olho para cima e vejo o portão da cidade se abrindo, permitindo a passagem de uma tropa de guardas que marcha em nossa direção usando túnicas cor de âmbar na altura dos joelhos e com longas espadas curvas. Eles se movem em duas linhas.

Alexus levanta a mão, sinalizando para não nos mexermos. Congelamos, observando e esperando, os nervos à flor da pele enquanto ele caminha para perto do véu.

Os guardas se afastam, um de cada vez, até que uma pequena figura é revelada envolta em um vestido dourado.

Ela caminha para a frente, o vento pegando seu longo cabelo preto e chicoteando a saia de seu vestido. Torques de ouro envolvem seu pescoço, pulsos e tornozelos, brilhando à luz do sol enquanto ela se move descalça pela terra, as pernas marrom-escuras se insinuando das fendas de seu lindo vestido. A cada passo, a areia espirra de seus pés, e juro que vejo pequenas manchas de fogo em seus calcanhares. Tudo nela irradia beleza, poder e perigo, como uma deusa mortal flutuando na areia.

Ela para diante do véu e, sem medo ou hesitação, traça com o dedo um arco ao longo da barreira cintilante, como se desenhasse uma porta invisível.

Quando a magia daquele pequeno espaço se desvanece, nós vemos acontecer, um trabalho tão complexo. Penso nos véus que nossa aldeia ergueu, como os Bruxos Caminhantes de Silver Hollow mal conseguiram mantê-lo intacto por alguns minutos durante o ataque no dia do jantar da colheita, quanto mais por séculos. E esculpir a partir dele? Não consigo entender esse tipo de controle.

A mulher parece jovem. Da idade de Hel, talvez. Mas eu sei para quem estamos olhando, e ela tem mais de trezentos anos.

Fia Drumera, a Rainha do Fogo.

59
Alexus

Os homens de Fia nos conduzem pela cidade a cavalo.

Raina cavalga comigo, virando a cabeça para um lado e para o outro tentando absorver tudo. A Cidade das Ruínas é um lugar vasto, com muitas ruas, muitas casas e muitas pessoas, tudo aninhado sob o Monte Ulra. Eu me lembro bem, uma memória que minha mente não perdeu, e ainda parece recente.

Somos um espetáculo, os visitantes raramente permitidos, e a rainha também está entre nós, em seu cavalo branco, descalça e sem sela. Habitantes das Terras do Verãos ocupam as ruas para nos ver — dez viajantes imundos do Norte na companhia de sua amada rainha. Pelas expressões deles, nós, Habitantes das Terras do Norte, somos apenas incomuns. Uma curiosidade. Mas a rainha? Eles jogam flores aos pés de seu cavalo, os rostos iluminados com adoração.

O ar tem o mesmo aroma de areia e terra de sempre, assim como de flores, comida e *vida*. O riso das crianças percorre as ruas junto à música ocasional e aos berros característicos do mercado quando passamos nas ruas próximas. A magia está viva no ar, saturando meus sentidos. Há magos suficientes entre essas paredes para travar uma guerra poderosa por Tiressia, algo que Fia teve que pedir a eles para fazer muitas vezes. Não é o que ela quer. Ela só deseja segurança para seu povo, uma vida comum longe da guerra. Algo que ela nunca teve.

Ao virarmos em uma rua, o palácio aparece, consumindo todos os pensamentos. A cúpula dourada brilha tanto à luz do sol que ofusca os olhos.

Raina segura minha mão enquanto cavalgamos em direção à estrutura de mármore branco, a fachada e as colunas altas aparentando brilhar por dentro. São muitos os jardins ao redor dos edifícios principais. Eu me lembro de ficar para trás para admirar as flores perfumadas quando Colden e eu viemos aqui pela última vez. A Cidade das Ruínas não mudou. Está tão congelada no tempo quanto eu, Colden e Fia.

Ao chegarmos à entrada principal do palácio e desmontarmos, o rosto de cada pessoa do nosso grupo parece espantado com a beleza e o tamanho da casa de Fia. Exceto Joran. Ele fica em seu cavalo olhando para o palácio com um meio-sorriso. Não consigo identificar o que há em seu olhar. O que ele pode estar pensando. Mas isso deixa meus dentes tensos.

Me distraio quando Fia e alguns guardas se aproximam.

— Por aqui — diz ela com um sorriso suave, e gesticula para que eu, Raina e todos os outros caminhemos com ela pelas escadas até o prédio público. Ela não teme estar sob o olhar de seu povo. O respeito que eles mostram a ela é um sinal de sua liderança unificadora.

Assim como em Min-Thuret e na Escola da Noite e do Amanhecer, as áreas públicas são locais de aprendizado e estudo. Estudiosos e alunos avançados trabalham em silêncio na escola do palácio enquanto pessoas entram e saem da biblioteca principal, algumas com livros na mão, outras com tabuletas de pergaminho e canetas feitas com kajal.

Atravessamos pátios e jardins, depois passamos às áreas de convivência que levam a salões de baile e ainda mais pátios.

Um bando de pessoas corre em nossa direção. As servas de Fia, suponho.

— Por favor, leve todos para uma sala privada — fala ela. Mas então olha de volta para mim e Raina, e então para Hel e Rhonin de mãos dadas.

— Ou talvez alguns gostariam de quartos compartilhados?

— Eu gostaria do meu próprio quarto, por favor. — Nephele levanta a mão, sem medo de falar. Fia sorri e penso em como isso deve ser para Nephele. Ela e Colden têm uma história que nunca incluiu assuntos do coração, mas Fia já significou tudo para ele.

— Considere feito — declara Fia. — Minha equipe irá acomodá-los e garantir que tenham tudo de que precisam durante sua estadia. — Ela olha para mim e percebo que estou prestes a me separar do meu grupo. — Alexus? Venha comigo.

Eu beijo Raina.

— Vá. Tenho certeza de que um banho está em seu futuro. E descanse. Subirei daqui a pouco.

Ela não parece preocupada. Parece cansada, mas totalmente maravilhada com o palácio brilhante que a cerca.

Em minutos, Fia, eu e dois guardas estamos caminhando por um longo e largo corredor que leva aos aposentos dela. Entramos, os guardas também, e me preocupo que ela não confie em mim.

Seus aposentos são dourados, com madeira ornamentada cobrindo os móveis finos, paredes e portas douradas. Do outro lado dos quartos há uma grande abertura do chão ao teto com transparências ondulantes que levam a um pórtico coberto com vista para um grande pátio de areia compactada. É o primeiro de uma série de pátios com terraços, cada um descendo para um nível final e vasto que é mais como um anfiteatro, grande o suficiente para celebrações como a que Colden e eu assistimos muito tempo atrás. Além dele, fica o antigo templo de Asha.

Fia pega uma jarra e dois copos e me leva para fora, apontando para uma almofada na varanda de pedra perto de uma mesinha, ambas feitas para ajoelhar ou sentar e conversar.

Sento-me de pernas cruzadas, de frente para a rainha, e ela se junta a mim. Olho para os pátios. Um grupo está trabalhando para preparar algum grande evento, cobrindo o espaço com mesas e cadeiras, arranjos de flores e lanternas.

— Um casamento — conta ela. — Amanhã à noite. Dois estudiosos do Salão dos Santos.

— Tenho certeza de que será uma linda festa.

— Adoraria que você e seus amigos participassem.

Dou a ela o olhar mais envergonhado que consigo.

— Da última vez que você me convidou para uma festa, as coisas não correram muito bem.

Ela ri.

— Acho que foi mais culpa de Colden do que sua. Como ele se atreve a trazer sua beleza para Terras do Verão? — diz ela em tom de brincadeira, embora eu esteja feliz em ouvi-la falar dele. — Algo muito terrível deve ter acontecido para você estar aqui agora — continua ela, enchendo nossos copos com água fresca. — Não consigo imaginar a jornada que você fez.

— Do tipo difícil. — Aceito o copo oferecido e bebo a água, com a garganta seca.

Fia respira fundo e expira, cruzando as mãos no colo.

— Isso claramente me envolve de alguma forma. Gostaria de saber.

Assinto e coloco o copo na mesa. Ela o enche novamente, dando-me um momento para organizar os pensamentos.

— O Príncipe do Leste incorporou traidores em Malgros — por fim revelo. — Ele roubou seu exército pelos portos com ajuda traiçoeira e rumou para o norte até o vale, onde eliminou quatro aldeias com a ajuda de um sifão Habitante das Terras do Verão. Poucos sobreviveram, e alguns sobreviventes estão em nosso grupo. Na verdade, descobrimos recentemente que a mãe de duas delas era de Elam. Estudou no Salão dos Santos anos antes de se casar e se mudar para o norte para criar a família. Ophelia Moren-Sar.

Os olhos de Fia brilham com a lembrança e ela se inclina, com a cabeça de lado.

— As filhas de Ophelia estão aqui?

— Raina e Nephele, sim. A mulher que estava comigo e a que pediu o próprio quarto.

Fia ri um pouco disso.

— Soube na hora que gostava da estilo dela. Ela herdou isso da mãe.

Ergo as sobrancelhas.

— Você conhecia bem Ophelia, então?

— Muito bem. Ela era uma maga promissora. Mas parece que o amor mudou seu caminho.

Fico sentado lá, percebendo como estou feliz por isso. Se Ophelia nunca tivesse seguido seu coração, eu não teria Raina.

— Lamento muito saber da perda do norte, Alexus — diz Fia, o rosto gentil e sincero.

— Tem mais — digo esfregando meus dedos para cima e para baixo nas laterais lisas do copo. — Os Habitantes das Terras do Leste também entraram na Vila Invernal. Muitos morreram, e o príncipe levou Colden para Min-Thuret.

Depois de um longo momento olhando vazio, Fia inspira profundamente e solta o ar, como se precisasse se recompor.

— Ele pretende usar Colden contra mim, então.

Dou de ombros.

— Talvez. Tenho certeza de que é parte de seu plano. Mas há muito mais. Thamaos está se comunicando com o príncipe do Mundo das Sombras, não tenho dúvidas. E pior, o príncipe encontrou Fleurie. Não sei onde ela esteve todos esses anos, mas agora está viva e restaurada. Nós os observamos o mais de perto possível por muitas semanas. O príncipe planeja usar Fleurie e sua habilidade de portalista para ressuscitar Thamaos.

Ela pisca rapidamente com a chuva de informações que acabei de jogar nela.

— Espere, me deixe pensar. Ressurreição? Isso é impossível. O príncipe precisaria de um resto mortal ou de um sacrifício, sem mencionar a habilidade com o ritual. — Ela faz uma pausa. — Você acha que ele pretende sacrificar Colden?

Meu sangue gela. Não pensei nesse segundo cenário porque não era necessário. O príncipe tem o que precisa sem precisar tirar a vida de ninguém.

— Espero que não — respondo. — O pai de Raina era o Guardião da Faca Divina, Fia. Não sei como ou por que, mas ele era. Quando morreu, a maldição da faca passou para Raina, mas o príncipe conseguiu roubá-la.

Não conto a ela que fui Un Drallag. Isso terá que ser em outro momento. Eu era um espião em sua terra natal. Não causei nenhum dano, mas ainda sou um homem feito dos inimigos do passado.

— Um Guardião? Essa é uma distinção das Terras do Verão.

— Eu sei. Havia magia de Habitante das Terras do Verão por toda a lâmina. Eu não poderia dizer a quem pertencia, no entanto.

— Talvez Ophelia tenha descoberto uma maneira de dar ao marido o domínio sobre a lâmina. Se eu visse a arma, talvez pudesse responder a essa pergunta. Caso contrário, talvez nunca saibamos. — Ela baixa a cabeça por um momento e esfrega as mãos no rosto antes de olhar para mim novamente. — Próxima questão. Você mencionou Fleurie. A filha de Thamaos que foi assassinada?

— Ela não foi assassinada. Ela sobreviveu. Não sei como, mas conseguiu. Quando o príncipe a resgatou, era pouco mais do que ossos.

Fia balança a cabeça e franze a testa lisa.

— Como você sabe disso?

— Raina é vidente. É uma história longa e complexa, mas ela consegue ver Colden e Fleurie. O príncipe é protegido por sua Irmandade do dom da Visão. Ainda assim, ele é visível para ela em meio a uma nuvem vermelha através dos olhos de Colden e Fleurie.

Fia se recosta, as mãos nos joelhos, a coluna rígida.

— Mas por que Fleurie ajudaria o príncipe? Seu pai era tão cruel. Pelo que me lembro, ela o odiava.

— Para viver de novo, o príncipe a obrigou a fazer um acordo. Pelo menos é o que imagino. Fleurie não ajudaria se não fosse por isso.

Fia olha para os pátios, seus olhos castanho-escuros brilhando de preocupação.

— Ela poderia trazê-lo direto para o Bosque dos Deuses. Diretamente para dentro deste palácio. — Ela se vira para mim. — Ela pode transportar um exército?

Balanço a cabeça.

— Não, isso sempre foi muito difícil. Não consigo imaginar que de repente ela consiga tal feito.

O alívio passa pelo rosto de Fia, mas então sua expressão muda para uma de pânico controlado.

— Isso é um pesadelo, Alexus. Precisamos detê-los de alguma forma. Agora. E resgatar Colden antes que o príncipe o mate.

— Nós vamos. Mas não sei como.

— Se eu pudesse abrir um portal até lá, eu mesma o pegaria de volta — diz ela. — Por falar nisso, eu pegaria o príncipe também. Aquele homem ainda enfrentará minha ira, e pretendo fazê-lo sofrer.

— Você tem um portalista em sua cidade com esse nível de habilidade? — pergunto, relutante em tocar no assunto, embora não tenha escolha. No momento em que digo isso, no entanto, percebo que, se ela tivesse, já teria arrebatado o príncipe e acabado com ele há muito tempo.

— Tínhamos um, sim, mas ele morreu alguns anos atrás. Ele não era um semideus, no entanto. A maioria dos portalistas está ligada à própria terra natal. É uma limitação infeliz para esse tipo de magia em mortais.

Penso em mim, na minha capacidade de voar. Por mais que eu desejasse que fosse possível, acho que não conseguiria chegar até Quezira.

Então penso em Raina. Ela não é uma portalista, mas seu talento pode mudar a situação a nosso favor. Rapidamente. O problema é que não suporto a ideia de não poder fazer nada enquanto ela arrisca tudo para entrar em Min-Thuret na esperança de trazer Colden de volta. Certamente ela não traria o príncipe, embora assim interrompesse essa tentativa de ressurreição.

Mesmo assim, sei que Fia vai descobrir. Se eu não contar a ela, Raina contará. Ela ainda não pensou nessa solução — tanta coisa tem acontecido. Mas agora estamos aqui, num lugar calmo, onde ela pode pensar. É apenas uma questão de tempo até que ela olhe para mim, aqueles grandes olhos azuis iluminados com inteligência, e sugira que ela salve a todos nós.

— Raina tem um dom — conto, as palavras grossas na minha garganta.

Tenho tanto medo de perdê-la. Um medo quase irracional. É profundo e aterrorizante, e não consigo entender. O medo se banqueteia daqueles que têm algo a perder — Raina sinalizou essas palavras para mim em outra ocasião — e ela tem razão. Mas o meu medo... É mais do que isso. Ele é... um saber.

— Que tipo de dom?

Tomo um gole de água para soltar a garganta, do contrário acho que não conseguiria pronunciar as palavras.

— Não sabemos ao certo. Ela chama de seu *abismo*. Estivemos ligados há alguns meses. Quando ela precisou aprender a navegar pelo vínculo e começou a entrar na própria mente para atravessar a conexão, encontrou esse vazio. Isso a aterrorizou por algum tempo. A mãe de Raina manteve escudos ao redor da magia dela por toda a vida, então tenho a sensação de que é algo que Ophelia sabia e achou melhor esconder. Só se revelou depois que os escudos de Ophelia caíram. Mas... Raina pode usar esse abismo para... se *mover*. Ela precisa já ter visto para onde está indo, mas foi assim que chegamos aqui tão rápido. Eu o descreveria como algo entre transportar e abrir portais. Se eu pudesse imaginar como é andar entre reinos, poderia ser assim.

Fia abaixa os ombros e esfrega a testa.

— Gostaria de saber o que é, mas não sei. Que eu saiba, Ophelia não tinha essa habilidade, então não foi transmitida por ela. — Ela olha para cima, os olhos atentos. — Ela viu Min-Thuret através da Visão, não viu?

Deixo escapar um suspiro e aperto meu copo.

— Sim. Ela viu.

Fia se estica e envolve a mão pequena e morena em volta do meu pulso, seus olhos suaves.

— Você a ama.

Assinto.

— Sim. E estou apavorado com o perigo que ela vai correr.

— Mas essa é a decisão dela, Alexus. Dela e só dela. Ela pode parar o príncipe antes que isso piore e mais pessoas morram.

— Ela também pode falhar. Ela pode cair em uma armadilha.

Suas sobrancelhas pretas se erguem em direção à linha do cabelo.

— Você pode ir com ela. Eu vi o que você fez na parede. Ouvi rumores eras atrás de que sua magia tinha cessado por causa de alguma provação com Neri. Mas aquela magia no véu não era magia comum. É o tipo de mágica que me diz que você pode reescrever uma situação se quiser, e que Raina estaria segura com você no meio dela.

Sinto vontade de rir. Até agora não a mantive devidamente segura. Claro, eu não estava com todo o meu poder, e ainda não o recuperei totalmente, mas estou quase lá.

Talvez eu *possa* ir com ela. Não temos como saber quais proteções a Irmandade está usando e o que teremos de enfrentar. Isso poderia resultar em nossa captura, mas eles teriam bastante dificuldade em me prender, e eu enterraria Quezira inteira para tirar Raina de lá. Ainda parece perigoso, e então a verdade me atinge. Eu sacrificaria qualquer coisa para salvar Tiressia, até minha própria vida.

Mas não a vida de Raina.

— Preciso pensar por um tempo. — Coloco meu copo na mesinha. — Pedirei a Raina para que consulte as águas, de forma a termos uma noção melhor de nossa linha do tempo. Fleurie tem praticado, mas não temos como saber quando ela realmente o fará.

Fia assente.

— Enquanto isso, enviarei guardas ao Monte Ulra para vigiar o bosque e o túmulo de Thamaos. Se eu não precisasse de um resto mortal para libertá-lo de sua árvore, eu mesmo exumaria aquele desgraçado e reduziria seus ossos a pó.

Sorrio, embora esteja cansado e preocupado, então é um esforço fraco.

— Fico feliz em ver que você ainda está cheia de seu fogo habitual.

Sorrindo de volta, ela levanta a mão e chamas quase translúcidas correm até seu cotovelo.

— Sempre. — Ela sacode os dedos e as chamas desaparecem enquanto ela move a mão em direção aos pátios. — Vocês irão ao casamento? Seria uma honra.

Digo a mim mesmo que todo esse medo que está me consumindo é desnecessário, mas eu o sinto de qualquer forma, como se assistir a um evento neste palácio fosse um presságio de problemas. Vidas foram destruídas da última vez que coloquei os pés aqui. Mas essa é uma ideia ridícula. A história não pode se repetir com Asha e Neri em seus túmulos.

— Sim. Nós iremos.

60
Nephele

— Concordo.

Encaro Neri através do portal dos olhos de Joran.

— Você concorda. Simples assim?

Ele bufa uma risada.

— Sim. Simples assim.

— Hoje à noite — repito. — Você vai voar até Quezira, devolver o poder a Colden e ajudá-lo a escapar. *Esta noite.*

Ele se recosta na escrivaninha dourada em meus aposentos, sorrindo.

— Vou. Sairei daqui a pouco, se você quiser, mas preciso trancar o corpo de Joran em algum lugar. Pode pedir para sua irmã verificar as águas quando eu voltar. Colden Moeshka será um homem livre em troca de você ir até o Bosque dos Deuses depois disso e me deixar conduzi-la através do ritual para me trazer de volta à vida.

Sento-me na beira da cama, imaginando se lidar com um deus é a pior coisa que já fiz.

— Mas uma vez que ressuscitar — acrescento —, você estará sob meu comando. Enquanto eu viver.

Certamente todos verão o benefício disso. Se ao menos ele pudesse passar pela barreira da Irmandade para alcançar o príncipe. Raina disse que Neri não tem poder sobre a magia dos homens. Apenas a sua própria e a magia que concedeu enquanto estava vivo. Talvez ele consiga alcançar o príncipe assim que não estiver mais preso à forma de espírito.

Ele sorri ainda mais, o rosto cheio de sedução satisfeita, as mãos cruzadas ao redor da borda da mesa.

— Sim. Depois que me trouxer de volta, serei todo seu. Não vejo como isso acaba mal para mim.

Deuses gostam de permanência. Isso eu estou aprendendo. Eles gostam de coisas que são eternas, imortais ou sem idade. Este negócio só vai durar mais uns quarenta anos se eu tiver sorte, o que é uma vida inteira para mim, e apenas um suspiro na existência dele. E ainda assim ele está feliz.

— Por que está tão contente em ser meu escravo?

Ele cruza os braços sobre o peito e ri alto.

— Está falando sério? Eu quero você. Você está se entregando a mim. Claro que estou feliz.

Estreito os olhos e me levanto, inquieta e nervosa por ter feito algo errado e já ser tarde demais para mudar alguma coisa.

— Você é quem ficará em dívida comigo. Aos meus desejos. Aos meus comandos. Para minhas necessidades.

Ele arqueia uma sobrancelha.

— De novo. Não vejo como isso acaba mal para mim.

Faço uma careta.

— Será que os deuses só pensam em sexo? Não é isso que quero dizer. Não te quero para *isso*, nunca.

— Nem todos os deuses, mas sou conhecido por gostar de um rosto bonito e um temperamento explosivo. E o que você não entende é que tenho o poder de influenciar suas opiniões sobre mim. Não será muito difícil. Provavelmente será muito divertido. Com o tempo, seus *desejos, comandos e necessidades* se transformarão nos tipos de *desejos, comandos e necessidades* que desejo atender. Se devo proteger as Terras do Norte por sua ordem nesse meio-tempo, que assim seja. — Ele ri novamente. — Eu nunca quis ser rei, e também nunca coloquei reis ou rainhas em minhas terras, mas posso ver você usando uma coroa, andando pela Vila Invernal durante o dia, depois usando nada além dessa coroa à noite quando está comigo. Este pode ser o melhor negócio que já fiz, e fiz a minha parte.

Fiz. Significa que já está feito. Pela morte dos deuses.

— Primeiro de tudo — digo, fechando a distância entre nós. — Eu nunca vou levar sua bunda lupina para a cama.

— Achei que era uma bunda divina. Você realmente nem a viu em sua verdadeira forma. Aposto que mudará de ideia.

Meus olhos e narinas dilatam.

— Em segundo lugar, você não tem permissão para me importunar falando disso o tempo todo.

Outra risada.

— Você deveria ter mencionado isso no acordo. Por enquanto, posso fazer o que quiser. Depois que eu me tornar um deus vivo, respirando e longe da pele de um homem patético, você poderá ordenar para que eu te deixe em paz. Até lá, tudo é justo.

Alguém bate à minha porta. Atravesso o cômodo e atendo. Uma criada está no corredor com um sorriso radiante segurando uma bandeja de prata com um pequeno cântaro de vidro dourado e um lindo envelope bege.

— Da rainha — anuncia ela.

— Muito obrigada — respondo, pegando os presentes.

Quando ela sai, fecho a porta e corro para a mesa. Empurrando Neri para longe, coloco o cântaro na mesa e pego o lindo abridor de cartas dourado para abrir o envelope.

— É um convite para um casamento amanhã à noite. — Eu olho para ele enquanto ele pega o cântaro e abre a rolha. Uma rajada de pó de ouro gira entre nós. Eu tusso. — O que é isso?

Segurando meu olhar, ele inclina o cântaro para que eu possa ver o conteúdo.

— Pó de ouro? Tudo aqui é feito de ouro? E o que fazemos com isso?

Ele sorri e enfia o dedo dentro, depois estende a mão e arrasta o dedo no centro do meu peito, onde minha túnica idiota está desamarrada.

Eu me afasto antes que ele vá longe demais e amarro a túnica novamente.

Ele leva o frasco ao nariz e inala como se estivesse cheirando uma rosa.

— Febre lilás em pó. Um afrodisíaco que faz parte das cerimônias de casamento aqui. Fiquei tão coberto disso uma vez que minha bunda dourada e divina fodeu uma mulher por uma semana.

Eu jogo o convite de lado e pego o cântaro e a rolha e coloco aquela maldita coisa de volta dentro antes de esfregar a poeira do meu peito o melhor que posso. Só de inalar, e com aquele pedacinho de ouro no meu esterno, estou formigando em lugares que não deveria estar formigando, não com Neri por perto.

— Saia. — Aponto em direção à porta. — Saia agora.

Neri sorri e ri, inclinando-se para mais perto.

— Alguém está com calor e incomodada? — Os laços da minha túnica se desfazem novamente e minha camisa se abre. — Precisa de um tempo sozinha?

Filho da puta. Onde está uma adaga quando preciso de uma?

Pego o abridor de cartas, aponto em sua garganta e começo a acompanhá-lo até a porta.

— Saia. Saia, saia, saia!

Ele faz uma pausa, a mão na maçaneta ornamentada, um sorriso que é o suficiente para me tornar assassina.

— Divirta-se — diz ele —, mas tenha cuidado. — Ele inspira longamente e seus olhos brilham. — Posso dizer que não é preciso muito desse pó para deixá-la molhada e pronta.

Recuo, mas Neri sabiamente desliza para o corredor antes de eu empalar o rosto de Joran na ponta de um abridor de cartas.

Bato a porta e apoio as costas contra ela, segurando o abridor de cartas entre meus seios, ofegando como se tivesse corrido uma maratona, mesmo quando meu sangue zumbe com cócegas de desejo.

Não há dúvida. Lidar com um deus é, de fato, a pior coisa que já fiz. Espero que Colden valorize isso.

61
Príncipe Sem Nome

Territórios das Terras do Leste

Cidade de Quezira

Min-Thuret, Aposentos do Príncipe

— Jantar? Comida real e não a alma de alguém? Que estranho. Você está planejando me envenenar?

Colden está sentado na cadeira à minha frente, agitando o guardanapo de linho antes de colocá-lo no colo. Enviei-lhe uma muda de roupa, por isso ele veste uma túnica cor de estanho fina e casaco com bordados prateados nos punhos e na gola. Ele tomou mais um banho e cheira a jacarandá e almíscar. Quase me odeio pelo quanto gosto disso.

— Você sempre insistindo na ideia de que pretendo matá-lo — digo, cortando cuidadosamente meu cordeiro.

— Porque é isso que você pretende fazer — responde ele, pegando o garfo e a faca. — Ou pretendia quando cheguei aqui. Você não me alimentou por uma semana, maldito seja.

Depois de uma garfada, pego o vinho e inclino a garrafa para encher sua taça.

— Talvez eu esteja reconsiderando as coisas.

Ele espeta uma cenoura cozida na ponta do garfo.

— Como assim? Está reconsiderando me sacrificar para insultar Fia? De alguma forma, duvido que o papai Thamaos fique emocionado ao ouvir isso. Aposto meu trono que foi ele quem disse para você me usar.

Não me irrito com suas palavras. Tenho uma escolha para oferecer a ele. Veremos o que ele decide.

— Eu tenho uma proposta.

Ele me encara, mastigando.

— Estou ouvindo.

Coloco o garfo e a faca de lado e entrelaço os dedos, cotovelos sobre a mesa.

— Criei um plano alternativo para conseguir o que preciso nas Terras do Verão. Algo que não é mais necessário te usar como isca.

Colden ergue as sobrancelhas.

— Fleurie, obviamente.

— Ela faz parte do plano. Se meus homens em Malgros não conseguirem encontrar Alexi e Raina Bloodgood. Mas tem mais.

Um brilho de preocupação atinge seus olhos.

— E o que seria?

— Foco no controle. No poder. Para finalmente começar a unir este império dividido.

Ele pisca para mim.

— Você sabe que está dividido apenas na forma física, uma divisão geográfica da terra feita pelas forças naturais há muito tempo. Qualquer outra divisão veio de suas mãos e das mãos de Thamaos e seus muitos reis.

Respiro fundo.

— Às vezes invejo sua integridade.

Ele quase engasga com o vinho.

— Fui chamado de *muitas* coisas, mas nunca de íntegro. No entanto, acho que você quer dizer bondade, e essas são duas coisas diferentes.

Dou de ombros.

— Só estou dizendo que você vê as coisas de maneira muito simples.

— Imagino que você também foi assim no passado. Antes de deixar

Thamaos cravar suas garras malignas em seu cérebro. — Ele imita minha pose, descansando os braços sobre a mesa, entrelaçando seus adoráveis e finos dedos, inclinando-se. — Aposto que você era brilhante, lindo e tudo o que um homem como eu poderia querer — diz ele, sua voz baixa e suave se sobressaindo no som do fogo crepitante queimando na lareira. — De alguma forma às vezes vejo aquele homem dentro de seus olhos. Eu o conheci faz trinta anos. Mas ele certamente é apenas um fantasma agora, não é?

Lentamente, balanço a cabeça.

— Ele não é um fantasma. Ainda está aqui. Só estava enterrado, mas você lentamente está trazendo Thamaos de volta à vida. Ele quer você, Colden. E quer unir essas terras. Algo que poderíamos fazer juntos.

Os olhos de Colden são escuros e brilhantes, como se contivessem a noite e todas as estrelas.

— Essa é a sua proposta? Entende que não faríamos tal coisa da mesma maneira? — diz ele. — Você quer reinar sobre terras que não querem ou não precisam do seu controle. Eu quero que todos vivam como quiserem.

Estreito meus olhos.

— É por isso que você forçou as pessoas a se alistarem em sua Patrulha das Terras do Norte? A deixar suas casas e proteger seu reino? Não foi assim que você acabou de me descrever? Talvez sejamos mais parecidos do que você gostaria de admitir.

Ele ri, o som quente e profundo.

— Sou um rei terrível. Nunca vou negar isso. É uma função que nunca desejei. Foi lançada sobre mim, e permaneci firme. Nossas terras mantiveram a neutralidade durante séculos de guerra, especialmente nos últimos trinta anos. Alguns sistemas permitem alguma aparência de controle, ordem e proteção, mas até você quebrar o tratado do rei Regner, meu povo estava a salvo de se preocupar com você ou seu exército. Pode não ter sido suficiente para todos, mas foi o melhor que consegui dar a eles.

Eu o estudo, um homem de trezentos anos preso na juventude perpétua.

Somos parecidos, só que sou muito mais feio por dentro.

— Pense nisso — insisto. — Ainda há um pouco de tempo. Mas as coisas estão prestes a mudar, e a guerra com Fia Drumera é inevitável, a menos que ela escolha se retirar. Gostaria muito de ter você ao meu lado. Até Alexi, se ele cooperar.

Mais gargalhadas irrompem de Colden quando ele joga para trás sua cabeça loira.

— No dia em que Alexus Thibault pisar neste solo com qualquer outro propósito que não seja acabar com você será o dia em que o sol cairá do céu. Ele nunca o serviria de bom grado, muito menos o fortaleceria através de qualquer coisa ridícula que você esteja planejando. E não estarei ao seu lado. Você pode não estar mais disposto a me sacrificar para a maldição de Asha das Terras do Verão porque nós dois sabemos que Fia teria que me deixar morrer, mas isso não significa que você ganhou meu coração. Você quer tudo ao custo de nada e, infelizmente, a vida não funciona assim. Para *jogar* do lado certo, você deve *estar* do lado certo. E a dominação mundial, ou mesmo a dominação Tiressiana, não é esse lado. — Ele joga o guardanapo no prato e se levanta, afastando-se da mesa. — Quero voltar para minha cela, ó bom príncipe. Já tive merda suficiente por uma noite.

Eu me levanto e, após um momento de hesitação, atravesso a curta distância entre nós e olho em seus olhos. Vejo raiva, mas também frustração e decepção.

— Não tem que ser assim — afirmo.

Ele ri sem humor e balança a cabeça, as sobrancelhas erguidas.

— Não. Não tem.

Me aproximo e ele não se move, mas seus olhos percorrem meu rosto, e reconheço o desejo que ele sente e está tentando tanto negar. Faz meu coração bater mais forte, mais rápido.

— Você tem razão. Eu quero o impossível. — Traço meu polegar sobre seu lábio inferior carnudo, e sinto o suspiro discreto que ele solta ao meu toque. — Isso tudo vai acabar logo. Você vai me odiar quando isso acontecer, mas vou te devolver à Vila Invernal, se é isso que quer. Você tem um último papel a desempenhar, e nem tenho certeza de qual é, mas não vou deixar que nada de mal aconteça a você.

— Nenhum mal? Não tenho certeza se devo acreditar. Você me odiava semanas atrás.

— Nunca te odiei.

Engulo em seco, minha garganta apertando em torno das palavras, uma parte obscura de mim tentando controlar minha honestidade. Mas se ele não der atenção a mais nada que eu disser esta noite, preciso que ouça isso.

— Eu te queria — continuo. — E sabia que não poderia ter. Deixei você em paz por trinta anos por causa disso, mesmo quando meu general insistiu que eu invadisse o Norte e usasse seus Bruxos Caminhantes. Eu *odiei* quando soube que você era o peão que Thamaos exigia que eu coletasse. Que era a *sua terra* que eu tinha que destruir. Precisei entrar na parte mais obscura de mim e deixar aquele homem reinar para conseguir administrar isso. Me matou saber que *você* era o homem que eu tinha que trancar na minha masmorra, quando tudo que eu queria desde aquela noite em que nos beijamos era que você fosse o homem ao meu lado e na minha cama. Eu queria seu coração, mas só tinha sua repugnância. Eu queria sua afeição, mas tinha sua aversão. Eu queria *você* e, no entanto, me sentia sozinho.

— É uma pena — responde ele, o rosto duro, a mandíbula apertada. — Você poderia ter recusado Thamaos. Ou o veneno dele está de fato tão fundo em suas veias? Ele embaralhou sua mente tão completamente da sepultura? — Ele faz uma pausa e me estuda. — Talvez deva considerar por que Thamaos *me* fez como requisito. Será que foi realmente para derrubar Fia, já que você pode me descartar tão facilmente como uma ferramenta neste jogo? — Ele inclina a cabeça. — Ou será que ele está te enganando e se preparando para testar sua lealdade?

— Ele não sabe nada sobre nós dois. Eu nunca revelaria isso.

Sua testa franze.

— Por que não? Você já estava preparado para acabar comigo.

— Isso foi antes de você vir para cá. Antes de eu ser obrigado a olhar para você quase todos os dias. Ouvir sua voz. Suas piadas grosseiras. A risada que me enfureceu até não conseguir dormir de tanto ouvi-la. Foi antes de eu ver você se mover nu por um quarto, antes de ver você me encarando de um banho, antes de ver você dar um sorriso genuíno, antes de você me enfeitiçar novamente, seu desgraçado.

Ele balança a cabeça, olhando para mim como se eu fosse uma esperança perdida.

— Desejo é apenas desejo, príncipe. Até que você esteja disposto a sacrificar algo de si mesmo pelo outro, nada mais é do que desejo. Nada profundo. Nada *real*.

— Nada real?

Encaro sua boca, pego seu rosto em minhas mãos e pressiono meus lábios nos dele. Para minha surpresa, ele não me rejeita. Em vez disso, se abre para mim, como se isso fosse o que ele queria a noite toda.

É estranho. Lembro-me da sensação de sua boca na minha. O doce sabor de vinho tinto e tentação. É tão inesperadamente encantador que traço seus lábios com minha língua, cada mergulho e curva exuberante ainda devastadoramente familiar depois de tanto tempo.

Ele agarra meus quadris, me puxando para mais perto. Eu o beijo do jeito que sonhei em beijá-lo quase todas as noites nas últimas semanas, do jeito que sonhei em beijá-lo anos antes. Depois de desejar esquecê-lo e depois de querer odiá-lo com a paixão de um inimigo imortal, agora me deleito com sua falta de ar, sua ânsia, sua dureza. A forma como seu corpo responde ao meu beijo.

— Isso é real — digo contra sua boca, arrastando as mãos em seu cabelo. — Você não pode dizer que não é.

Ele me beija mais uma vez, como se precisasse de um gostinho final, sua língua deslizando na minha, seus lábios carnudos tão macios e famintos que não consigo pensar em mais nada depois disso.

Mas então ele se afasta e pressiona a testa na minha.

— Isso é desejo. Só desejo. Se você quer mais do que isso de mim, deve provar, e isso significa não ferir as pessoas que amo. Significa não ferir as pessoas de forma alguma. Significa não ficar ao lado de Thamaos porque você está ao *meu* lado.

Ele me solta e dá um passo para trás, meio tropeçando, como se estivesse tão bêbado daquele beijo quanto eu. Eu o observo se mover em direção à porta, onde Thresh espera do lado de fora para escoltá-lo de volta para sua cela.

Antes de sair, ele se vira para me olhar por cima do ombro.

— O que você quer, príncipe, é amor. Algo que você não entende nem um pouco, e algo que não dou há muito tempo. Mas acho que poderia. Se você fosse um tipo diferente de homem, o tipo que acho que poderia ter sido uma vez. O tipo de homem que acho que ainda poderia ser. Se pudesse ser ele, eu poderia te amar.

Com isso, ele abre a porta e eu o deixo ir.

— Não faz sete dias — diz Fleurie quando entra nos meus aposentos mais tarde naquela noite.

Seus pés descalços sussurram pelo tapete estendido sobre o chão de pedra. Ela parece totalmente curada, o cabelo de alguma forma um tom de vermelho ainda mais brilhante, ousado contra a túnica branca que ela usa.

Desisto de tentar comer e fico de pé, virando a taça de vinho na mão. Despreocupadamente, faço um gesto com o dedo para que Thresh saia.

— Não, não faz — respondo —, mas o assunto é outro — respondo enquanto meu capitão fecha a porta. — Tive uma conversa com seu pai e os planos mudaram... um pouco.

No Salão de Rituais, Fleurie permaneceu tão calma. Mas agora ela começa a perambular pelo meu quarto, tocando todo tipo de coisa, como se estivesse inspecionando minha vida.

Já fui suficientemente inspecionado esta noite. Hora de guardar meus *sentimentos* e me concentrar no assunto em questão.

— Mudaram como? — Ela passa o dedo pela minha mesa. Levanta um livro qualquer, lê a lombada e o coloca de volta no chão.

— Você e eu vamos nos aventurar. — Eu me viro, seguindo-a com o olhar, o calor da lareira quente contra meu lado esquerdo. — Preciso de uma maneira de subjugar Alexi de Ghent assim que o trouxer aqui. Pensei sobre isso por semanas.

Colden vai me odiar por isso, mas já fui muito longe nisso e não vou voltar atrás, especialmente por *amor*, porque quanto mais penso nisso, mais percebo que ele está certo. O amor não é algo que eu saiba sentir. Apenas desejo, fome e necessidade, as emoções mais básicas decorrentes de uma longa vida como um Devorador de Almas, outra parte de mim que não posso mudar, uma parte com a qual tenho certeza que Colden nunca poderia viver.

Fleurie interrompe sua análise em meu armário de antiguidades e me encara.

— Você não pode subjugar Alexi de Ghent por alguns minutos, muito menos por muito tempo. Mesmo que eu encontre uma maneira de trazê-lo aqui para cumprir minha parte no acordo, ele irá destruí-lo. Ele destruirá Min-Thuret.

— Como eu disse, as coisas mudaram e eu tenho um plano — respondo, e tenho mesmo. Um plano que Thamaos apresentou recentemente no Salão de Rituais. — Você e eu vamos fazer um teste de seu poder. Preciso que você me leve a um lugar. Seria uma excursão perigosa para qualquer outra pessoa porque as pessoas deste lugar podem anular a magia e precisamos trazer algumas conosco. São guerreiros, mas não representam perigo para uma semideusa, presumo.

Ela solta um longo suspiro, sua mandíbula se contraindo, seus punhos se fechando ao lado do corpo enquanto ela começa a entender o que pretendo fazer.

— Sou uma portalista. Não sua guerreira. Não concordei com tais termos.

Ergo meu dedo.

— Ah, você concordou, sim. Você concordou em me ajudar a localizar um feiticeiro e a trazê-lo ao meu palácio para protegê-lo, não importa o que isso implicasse. O que vamos fazer é parte do plano. Não posso manter Un Drallag aqui se não tiver os meios, como você disse. Uma vez que ele esteja aqui, no entanto, com o plano que seu pai me ajudou a traçar, poderemos subjugá-lo, e então minha Irmandade pode encontrar uma solução mais permanente.

Com isso espero atiçar sua ira, mas ela apenas parece… desamparada. E talvez… derrotada. Como se soubesse que não há razão para lutar comigo.

Seu rosto fica vermelho, no entanto, e sua pele geralmente pálida muda para um cor-de-rosa.

— Você quer que eu te leve para as Terras do Verão.

Estreito os olhos.

— Quero. Como soube?

Ela apenas balança a cabeça, com os olhos baixos. Mais uma vez, toda a sua presença está saturada de profunda tristeza e mais derrota.

— Um palpite. Então me diga o que exige de mim. Para onde exatamente devo levá-lo?

Enfio a mão no colete, retiro o pequeno mapa guardado ali, atravesso o espaço e o desenrolo sobre a escrivaninha. Fleurie se aproxima e fica ao meu lado, estudando o desenho.

Eu toco a área localizada no oeste de Itunnan, nas Terras do Verão, um mundo ao qual não tenho acesso há décadas. Até agora.

— Preciso que você me leve para um lugar chamado Bairro Aki-Ra.

62
Alexus

É início da noite quando todos nos encontramos no pátio principal para jantar com Fia.

Limpamos todas as provas de nossa jornada e fomos tratados pelas servas do palácio até parecer que não passamos por nenhuma dificuldade nos últimos dias.

A mesa do lado de fora — decorada com lanternas de vidro colorido e vasos altos de flores vermelhas — está posta para onze pessoas, com Fia na cabeceira. Ela está vestida de preto, majestosa e encantadora.

Ao lado do pátio, há músicos com instrumentos de cordas, incluindo uma harpa, cada um tocando sua parte em uma música suave. Raina está sentada ao meu lado, com cheiro de rosa e vestida de vermelho novamente, com um decote que vai até o umbigo.

Eu me inclino para sussurrar em seu ouvido.

— Este vestido pode ser a minha morte. Quem precisa de comida? Tudo o que quero é levá-la de volta para o nosso quarto e fazer amor com você pelo resto da noite.

Um rubor suave toca suas bochechas, algo que sempre pode me fazer suspirar.

— *Somos convidados* — ela sinaliza, mantendo seus gestos pequenos e entre nós. — *E precisamos estar presentes neste jantar.*

Ela então arrasta a mão por baixo da mesa, do topo da minha coxa até o joelho e de volta um pouco depois da metade, deslizando os dedos para dentro, provocando a ponta do meu pau.

— Mulher má — sussurro, e ela apenas sorri.

Estou tão feliz em ver esse sorriso. Estes não são os tempos mais fáceis e, quando ela verificou as águas hoje cedo, Vexx havia chegado ao leste e ela ainda não conseguia ver Finn. A preocupação a consome, mas espero que esta noite proporcione um pouco de distração.

— Um brinde — diz Fia, de pé na cabeceira da mesa com o copo erguido no ar. — Ao futuro. Que possamos ser as luzes brilhantes que transformarão os dias pela frente.

Brindamos com nossas taças de espumante e os servos começam a distribuir pratos de comida.

— Onde está Joran? — pergunto a Nephele, que está sentada à minha frente. Aponto para o único lugar vazio, bem ao lado dela. Todos os outros estão aqui.

Com a minha pergunta, ela bebe o vinho.

— Não faço ideia, realmente. Talvez ele não estivesse com fome. — Ela mexe no babado que desce na frente de seu vestido verde-jade, então sua mão se move para um pequeno pingente de rubi pendurado em seu pescoço que eu nunca vi.

Sinto uma mentira. Eu a conheço. Talvez eles tenham tido uma discussão.

— Bem, estou faminto — anuncia Rhonin, pegando dois pãezinhos quando a cesta passa. Helena sorri, sentada ao lado dele.

— Com todos aqueles gemidos vindos do seu quarto mais cedo — fala Keth, em voz baixa para que Fia não ouça —, posso imaginar o porquê.

Zahira dá um tapa na mão de Keth, embora esteja sorrindo, e Rhonin fica com tantos tons de vermelho que tenho certeza de que um deles combina com o vestido de Raina. Todos parecem felizes, exceto Nephele, que está nervosa e tensa. Tenho certeza de que tem algo a ver com Joran.

Depois do jantar, Raina e eu caminhamos pelos terraços do pátio, ainda bebendo vinho, a caminho do nosso quarto. De pé junto à penteadeira, tiro os sapatos, a túnica e a chave de ferro, deixando tudo organizado de lado. Já há um fogo baixo queimando na lareira para afastar o frio do deserto, e as velas ao redor do cômodo foram acesas.

Quando me viro, não espero ver Raina parada a alguns metros de distância, já nua, segurando um pequeno frasco dourado e com um sorriso bastante erótico e exibindo marcas brilhantes de bruxa. Mas é isso que vejo e não poderia estar mais satisfeito.

Balanço a cabeça em admiração por seu corpo adorável e me movo em direção a ela, devolvendo o sorriso. Parando perto, bato no topo do frasco.

— O que é isso?

Ela abre a rolha com cuidado e me entrega o pote. Eu deveria saber. Fia é uma mulher de tradição.

— Febre lilás em pó. — Levo o frasco ao nariz para sentir o perfume enjoativo misturado com toques de rosa e baunilha.

— *Um presente* — ela sinaliza. — *De Fia.*

— Você se lembra da minha história sobre isso?

Ela arqueia uma sobrancelha.

— *O que acha?*

Envolvo a cintura dela com um braço e a puxo para perto de mim.

— Não podemos usar muito. Essa é a única regra.

Apesar de minha resposta, estou feliz que ela esteja pensando em nós, e que sinta vontade de usá-lo. Ela faz uma careta, me questionando, perguntando *por quê*.

— Porque se eu te pintar inteira com isso como o casal do casamento fará amanhã à noite, não vamos sair deste quarto por um mês. Ainda temos um rei e um mundo para salvar.

Ela junta o indicador e o polegar, semicerrando um olho.

Não contenho a risada.

— Deuses, você é tão adorável. Sim, podemos usar um pouco.

É excepcionalmente difícil evitar cobri-la com pó dourado da cabeça aos pés. Tentando me guiar pela razão, levo Raina para a cama e a deito. Rastejando sobre ela, ainda usando minha calça preta do jantar, salpico uma pequena quantidade de pó em seu peito, bem sobre o coração, onde dois floreios simples se curvam sobre a protuberância de seus seios.

O pó se espalha rapidamente, deixando sua pele com um brilho suave e dourado. Usando um pouco da minha magia, passo as mãos sobre seus seios, ombros e braços, sentindo a pele se arrepiar sob meu toque. Então me movo mais para baixo, montando em seus tornozelos enquanto esfrego mais pó nas curvas de suas pernas e de seus quadris.

É uma experiência tão sensual tocá-la desta forma, tomando meu tempo para sentir suas curvas, para memorizar cada pequeno mergulho e vale em seu corpo. Antes de deixá-los, esbocei imagens dela em meus diários de memória. Mas acho que gostaria de desenhá-la assim, em uma pose como esta, para que eu fosse forçado a perceber tudo. Cada cicatriz. Cada sarda. Cada marca de bruxa. A linha elegante de sua espinha. As covinhas na parte inferior das costas.

Ela já está respirando pesadamente, massageando seus seios, beliscando os mamilos. A visão faz meu sangue correr e meu pau endurece como aço.

Eu me movo entre suas pernas e uso meus joelhos para deixá-la mais aberta. Ela se abre para mim sem qualquer resistência, revelando aquele centro liso e rosado do qual nunca me cansarei.

Com cuidado, salpico um pouco mais de pó, bem sobre sua boceta. Esfrego suavemente no início, trabalhando o pó em sua pele, observando-a se contorcer enquanto fica cada vez mais molhada para mim. Posso sentir o pó trabalhando em mim também, uma excitação inebriante que faz parecer que estamos em outro mundo, só nós dois.

Ainda ajoelhado, enfio os dedos dentro dela, vibrando-os com uma cócega do meu poder, e ela se arqueia para fora da cama. Seus lábios se abrem no mais doce suspiro. Depois de longos momentos, seus olhos encontram os meus, nublados de desejo enquanto eu a toco profundamente até encontrar o lugarzinho mágico dentro dela que a faz delirar.

— Você gosta quando eu fodo sua boceta assim?

Ela assente, um gemido silencioso visível em seu rosto. Isso me faz sorrir quando me inclino e arrasto a língua até o comprimento de sua fenda.

— E você gosta quando eu lambo sua boceta?

Ela enfia os dedos no cabelo, balançando a cabeça novamente, indo contra a minha mão.

— Você gosta quando eu falo com você assim?

Outro aceno de cabeça e, desta vez, suas mãos se movem para o *meu* cabelo.

Eu me inclino para trás e a devoro, fodendo-a o tempo todo com meus dedos, chupando e mordiscando seu clitóris perfeito até que ela esteja se esfregando contra minha boca, buscando a magia em minha língua.

Quando me afasto para olhar para ela, para ver aquela pele dourada brilhando à luz do fogo, seus olhos estão quase em chamas. Ela se levanta e me empurra, agarrando o frasco que deixei de lado. Eu obedeço e rastejo para fora da cama.

Assim que meus pés tocam o chão, sua mão está no meu peito, e ela está me empurrando para trás até que eu esteja pressionado contra a parede.

Sorrio, e ela segura meu olhar enquanto desamarra minha calça. Rapidamente, a peça cai nos meus tornozelos e eu a chuto para o lado.

Raina derrama um pouco de pó em sua mão, então polvilha sobre meu peito. Usando as duas mãos, ela o espalha sobre meus ombros e braços, descendo pelo meu tronco, até ficar de joelhos — onde acho que queria estar em primeiro lugar —, segurando meu pau com as duas mãos, olhando para mim enquanto torce os pulsos, movimentando de uma forma que me faz desejar estar dentro dela.

Ela me acaricia e, no momento em que coloca a boca em mim, sinto meu controle escorregar. Deslizo as mãos em seu cabelo, pronto para foder sua adorável boca até a garganta. Mas paro.

Com um toque carinhoso, passo o polegar pela curva de seu lábio inferior enquanto ela me encara com aqueles olhos azul-escuros famintos. A visão dela de joelhos diante de mim, nua, faminta e dourada, desperta um desejo mais profundo.

Mas há algo mais em vê-la assim. Algo que faz meu sangue esquentar de forma diferente.

A raiva, o fogo de mil sóis, uma emoção que não deveria estar nem perto deste momento. Mas é, e eu preciso que desapareça.

Antes que ela proteste, eu me abaixo, a pego em meus braços e a carrego para a cama, onde me deito ao lado dela e a puxo para mim.

— Assim é melhor — digo a ela.

Ela se apoia no cotovelo, o cabelo escuro emoldurando seu belo rosto, a confusão marcando as linhas entre as sobrancelhas.

— *Fiz algo errado?* — ela sinaliza, um brilho de mágoa em seus olhos.

— Deuses, não. — Sento-me contra os travesseiros e seguro seu rosto. — Raina, não há nada que eu queira mais do que sua boca em meu corpo. — Me inclino e a beijo. — Eu ansiava por tomá-la assim mais vezes do que você pode contar desde aquela noite em Starworth Tor. É só que... — Engulo o aperto na garganta enquanto procuro as palavras, uma razão pela qual a interrompi não soar como loucura. E a resposta me vem. — Você não se curva a ninguém — digo a ela, minha voz mais grave do que tem o direito de ser esta noite. — Você ouviu? Nunca. Especialmente não para mim.

Ela rasteja pelo meu corpo e monta em meus quadris. Nenhuma outra palavra é dita enquanto ela me leva para dentro dela, então se inclina para baixo, um braço em volta do meu pescoço enquanto se move lentamente, tomando seu tempo, me tomando profundamente.

Eu estava muito ansioso momentos antes, então ainda não perguntei, mas acho que esta noite nós dois precisamos de ternura. Posso sentir isso na maneira como ela me beija, como se aquela simples conexão fosse suficiente para ela entrar na minha alma, para memorizar quem eu sou, quem me tornei sob seus cuidados.

Não escondo nada. Não tenho mais medo. Ela destruiu toda escuridão com sua luz. Cada lugar sombrio dentro de mim parece refeito por causa dela. Eu me sinto *curado*.

Ela aperta os dedos em meu cabelo e pressiona os lábios em meu pescoço, sentindo o gosto da pele sobre meu pulso enquanto sua outra mão traça minha runa. Cruzo os braços ao redor dela e a abraço com força, movendo-me com ela, e um tipo diferente de instinto toma conta, algo tão íntimo que começamos a nos mover em um belo ritmo, nossos corpos deslizando no tempo perfeito, como quando estávamos na piscina em Starworth Tor. Cada movimento é fluido, cada estocada é recebida com uma graça escorregadia, nossas mãos e bocas encontram aquele ritmo sensual. É uma dança, uma dança que nossos corpos aprenderam nas últimas semanas, mas esta noite está perfeita.

Raina me beija, sua boca roçando a minha, o roçar suave de seu lábio inferior o suficiente para dar lugar a um doce prazer.

Mergulho as mãos em seus cabelos até os pulsos e a inalo, esse beijo é muito mais que apenas um beijo. É uma promessa. Um juramento. Eu já sei disso antes que ela pressiona uma palavra na pele do meu coração.

— *Meu.*

— Sim — sussurro. — Sempre. *El om ze pera. Lohanran tu gra.* — Ela se afasta e vejo a pergunta em seus olhos, a lembrança. — Eu deveria ter contado a você o que isso significa quando estávamos em Malgros. — Ela balança a cabeça, ansiosa para que eu continue. — Significa: *Não há outra. Você é meu único templo.* Eu te amo, Raina. — Eu já disse essas palavras antes, quando as coisas eram diferentes, mas esta noite, vejo que ela me ouve. Que minhas palavras estão gravadas em seu coração. — De verdade. Juro que te amei por toda a minha vida. E, quando partirmos deste mundo, ainda vou te amar.

— *Eu te amo do mesmo jeito* — ela sinaliza, e não consigo conter o sorriso que aparece em meu rosto. Sinto que meu coração se descobre. Como uma coisa perdida por fim encontrada por quem deveria segurá-lo.

Os olhos dela se enchem de lágrimas e, quando elas escorrem, eu as afasto com um beijo. Mais uma vez começamos nossa dança, fazendo amor como se fosse a última vez, perdidos em uma euforia que nos faz sentir como se estivéssemos flutuando entre as estrelas.

De repente, uma sensação estranha toma conta de mim. Agarro seu quadril.

Consigo senti-la.

Consigo senti-la através do vínculo.

Segurando seu rosto, olho em seus olhos. Quando a procuro em minha mente, ela está lá. Como se nunca tivesse ido embora.

Os fios de nossa magia começam a se entrelaçar, uma trança apertada perseguindo o vínculo.

Balanço a cabeça, confuso.

— *Eu curei o vínculo* — ela sinaliza, rindo e chorando. — *Não sabia se tinha dado certo.*

É impossível expressar a alegria que sinto. Não tenho certeza se Raina entenderia. Mas isso — estar com ela — me dá a impressão de que meu destino finalmente chegou. O alívio avassalador desta noite é incalculável, porque a coisa mais preciosa para mim neste mundo está *comigo*, em meus braços, e ela é minha.

Com uma fome maior do que nunca, eu a viro, pressionando um beijo na pele macia sob sua clavícula delicada onde antes estava sua runa. Ela ainda está ali, suponho. Por dentro.

— Espero que você não esteja com sono — digo enquanto ela completa o emaranhado de nossa magia. Ela sorri e balança a cabeça, e eu me enterro nela. — Porque esta noite — sussurro —, nós vamos sacudir esta cidade.

63
Colden

Terras do Leste

Cidade de Quezira

Min-Thuret, Masmorra

Fleurie se foi.

Passei por ela no pátio ao cair da noite. Eu estava deixando o príncipe, e ela estava indo até ele.

Agora estou deitado na minha cama, olhando para este maldito teto de pedra, me perguntando o que o príncipe está fazendo com ela. Está construindo um portal até Alexus? Ela está pronta para tentar tal façanha, mas estou grato por ela ter escondido isso por tanto tempo.

Ele disse que as coisas estavam prestes a mudar, então espero que Alexus apareça a qualquer momento. Apesar disso, depois de todas essas semanas, ainda não consigo entender como o príncipe pensa que pode manter Alexus aqui.

Também não consigo entender como ele pensa que eu mudaria tudo o que eu sou por ele. Que eu ficaria ao seu lado se ele governasse nosso mundo com Thamaos. Mas também pedi a ele que fosse uma pessoa diferente. Eu poderia amá-lo se ele fosse outra pessoa. O problema é que nenhum de nós está disposto a mudar o suficiente para agradar o outro. Não nesta vida.

Estou quase caindo no sono quando ouço um som na escada. Olho para cima e vejo uma longa sombra. Então me sento.

A última coisa que espero ver está descendo as escadas como o lobo que é. Neri.

Pisco e esfrego os olhos, certo de que o príncipe deve ter drogado meu vinho. Mas quando olho para cima novamente, Neri ainda está lá, descendo a pedra inferior da escada, o gelo cobrindo o chão de terra em seu rastro.

— Colden Moeshka — diz ele, segurando as barras da minha cela. — Estou aqui para libertá-lo.

Começo a rir. Não sei o que dá em mim. Estou claramente drogado, alto como uma pipa voando na costa de Malgros.

Neri franze a testa.

— Seu bastardo tonto, o que há de errado com você? — Ele agarra as barras novamente, e o gelo cobre o ferro com um esmalte azul-esbranquiçado.

O frio invade minha cela, rolando de Neri em ondas, enviando um arrepio familiar pela minha pele. Ele está realmente aqui.

Me levanto e vou em direção à porta da cela, mas paro, hesitante e desconfiado pra caralho.

— A liberdade, dada por você, não seria uma gentileza — digo. — Eu sei bem. Você deve receber algo em troca. É assim que você age.

— Sou um negociante mesmo. O que te faz pensar que não foi um acordo que me trouxe aqui?

Estreito os olhos.

— Um acordo com quem?

Não espero que ele me diga. Espero uma resposta vaga destinada a me deixar na dúvida. Em vez de…

— Nephele Bloodgood.

Meu estômago fica pesado como um pedaço de ferro.

— Ela nunca faria isso.

Ele ri, seu lábio curvando-se sobre uma presa.

— Parece que eu já ouvi isso sobre ela antes. Você subestima a determinação daquela mulher para conseguir o que quer.

Meu sangue gela como não acontecia desde a Estrada Invernal, e me aproximo das grades.

— O que você fez? Que tipo de dívida ela fez com você?

Ele leva um momento para responder e, por um segundo, juro que vejo um ego ferido.

— Ela é uma bruxa esperta. Talvez eu esteja em dívida com ela.

Embora eu queira acreditar que seja esse o caso, balanço a cabeça, cerrando os punhos.

— Ela teve que negociar também. O que você está tirando dela?

Ele se inclina com um rosnado.

— Não estou tirando nada dela. Ela está me dando vida em troca de eu devolver seu poder e libertá-lo. Ela também ganha minha servidão enquanto viver. Ela e eu estaremos conectados pelo resto de seus dias, e não há nada que você possa fazer sobre isso.

Atordoado, pisco e esfrego a mão na boca. Bruxa inteligente de fato, embora a ideia da minha Nephele suportar a presença desta besta pelo resto de sua vida...

— Eu não tenho que aceitar.

Um rosnado baixo deixa seu peito.

— Você negaria minha ajuda?

Considero isso de uma forma que não faria meses atrás. Na Estrada Invernal, sentir-me indefeso — exceto por minha espada — depois de tantos anos tendo o poder de proteger a mim mesmo e àqueles que amo, foi a coisa mais próxima da morte que já experimentei. Meu poder era um porto seguro, mais do que eu imaginava, e fiquei sem amarras quando Neri o tirou.

E ainda assim, depois de algum tempo sem ele, me sinto mais como o jovem que costumava ser. Sinto o calor de um toque de uma maneira diferente, o calor de um beijo, o calor reconfortante de um banho. Até a luz do fogo é um tipo diferente de prazer, chuva e sol na minha pele. Agora, todas essas coisas simples são um conforto para meus ossos cansados, em vez de um lembrete da humanidade que perdi.

Ainda posso ter a vida eterna até que alguém corte minha cabeça, mas, sem esse antigo poder, viverei esses dias mais como um homem e menos como um deus.

— Você precisa pensar sobre isso? — diz Neri. — Está cativo nos Territórios das Terras do Leste, soldado. Não se lembra de nada do seu treinamento sob minha liderança?

— Desculpe, mas já faz uma eternidade. — Mantenho a voz leve com zombaria. — Talvez eu não me lembre do que você quer dizer.

Neri me odeia, depois de todo esse tempo, uma verdade que fica evidente em seus olhos âmbar brilhantes.

— Se uma vantagem sobre o inimigo é oferecida, você a aceita. Se isso significa viver para lutar outro dia, aceite-a.

— Ah, sim. — Balanço a cabeça. — Não importa o custo. Devemos sempre nos esforçar para obter vantagem.

Neri inclina a cabeça, me estudando como se eu fosse o anormal no ambiente.

— Isso não precisa ser permanente. Se o poder te enoja tanto, peça a sua amiga Nephele para que eu o tire depois que você o tiver usado para o seu devido fim.

Eu ri.

— Você só quer que eu concorde para que ela não tenha escolha a não ser trazer você de volta dos mortos. Se eu negar, as condições do seu acordo não valem, não é?

— Se você negar, seu tolo, ficará preso aqui. E se o príncipe conseguir ressuscitar Thamaos, as Terras do Norte e as Terras do Verão não terão nenhuma defesa piedosa contra ele. Eu posso ser essa defesa. Com certeza, sua bruxa vai me forçar a fazer a tarefa, quer eu queira ou não.

Um sorriso se abre em meu rosto. Deuses, eu adoro aquela mulher.

Com as mãos nos bolsos, eu me aproximo.

— Faça sua mágica, então. Me amaldiçoe. Mas não vou embora. Ainda não.

— Seus olhos brilham.

— Por quê?

Dou de ombros.

— Porque o príncipe está tramando algo para esta noite, e eu quero estar aqui para ver o que é. Momento ruim da sua parte, mas assim que estiver pronto, deixarei este lugar de uma maneira que o príncipe se lembrará para sempre.

Deslizo as mãos pelas barras, descansando meus pulsos ali.

— Faça isso. E para satisfazer sua parte no trato, abra a porta desta cela quando terminar. Seu acordo não exige que eu saia daqui, certo? Só que você me liberte. O que você terá feito.

Mesmo enquanto digo as palavras, não consigo acreditar que estou ajudando Neri a ressuscitar. Eu nem sabia que isso poderia acontecer sem um pedaço de seu antigo corpo, mas suponho que, em Nephele, ele encontrou um jeito.

Ele segura meus pulsos em suas mãos com garras e sorri, revelando aquela maldita presa novamente.

— Respire fundo, *rei* — diz ele. — Porque isso vai doer.

64
Nephele

— Acorde.

Eu me assusto e me viro na cama. Uma lâmpada de óleo solitária ainda queima, embora eu não precise de iluminação para reconhecer aquela voz.

Sento-me e encontro Neri sentado na minha cama, bem ao meu lado. Seus olhos cor de âmbar se desviam do meu rosto e do cabelo despenteado para minha camisola de cetim.

Para os meus seios.

Cubro o peito com o cobertor e olho para seus olhos atentos.

— O que aconteceu?

— Seu rei aceitou a maldição. Ele é o Rei do Gelo mais uma vez. Mas não quis vir comigo.

Franzo a testa, tentando detectar uma mentira.

— O quê? Por que não?

Neri ergue um dedo com a ponta em garra.

— Abri a porta da cela. Ele tinha apenas que sair comigo, e mesmo assim escolheu ficar porque queria investigar a movimentação do príncipe na noite passada. Ele disse que iria embora quando estivesse pronto.

Se eu não conhecesse Colden tão bem, chamaria Neri de mentiroso. Mas isso parece muito com algo que meu amigo faria.

— Isso cumpre minha parte no trato — anuncia Neri. — Agora você deve cumprir a sua.

Ele está de pé, um enorme deus-homem-lobo nu, branco como a neve, no palácio de Fia Drumera. Com certeza ela me enterraria viva no deserto se soubesse que ele está aqui.

— Amanhã — digo. — Amanhã iremos ao bosque.

Ele se aproxima e eu me afasto um pouco da cama.

— Agora.

Estou cansada, irritada e sem vontade de lidar com ele a essa hora.

— Amanhã — insisto. — Preciso de tempo. O lugar está sempre cercado por sentinelas. É preciso ter alguma estratégia. Agora vá embora. Vá resgatar Joran de onde quer que você o tenha escondido e volte para dentro dele. — Quando Neri abre a boca para me dizer onde o escondeu, levanto a mão. — Pare! *Não* quero saber. Apenas vá, e nós vamos lidar com isso amanhã de manhã.

Nesse momento, o palácio estremece. Nós dois olhamos em volta, sem saber o que poderia ter sido.

— Vou ver o que aconteceu — diz ele. — Mas saiba que amanhã sua parte no trato deve ser cumprida, ou vou transformar Colden de volta em um homem comum.

Ele desaparece em um turbilhão de neve e geada, espalhando uma corrente de ar frio pela sala.

Caio de volta no meu travesseiro, o medo preenchendo meus ossos cansados. Porque pelo jeito amanhã vou ressuscitar um deus.

65
Raina

Na manhã seguinte, acordo com uma criada limpando o quarto.

Puxo as cobertas sobre o peito e olho para Alexus, de bruços, o rosto pressionado contra um travesseiro macio, ainda dormindo profundamente.

Ele está estirado como um deus dourado na cama, o lençol mal cobrindo seu traseiro.

A criada dá uma olhada para ele, e não posso evitar rir por dentro. Se eu fosse ela, daria uma olhada também.

Quando ela vê que a observo, se assusta e se endireita ao pegar a calça de Alexus no chão.

— Perdoe-me, senhorita — pede, as sobrancelhas emotivas levantadas no meio com grande preocupação. — Houve um distúrbio na noite passada?

Olho para o cômodo, me lembrando, e meu rosto esquenta. Livros caíram das estantes, uma cadeira está virada, as cortinas que cobrem as janelas estão arrebentadas em um emaranhado acima da cornija, todos os quadros antes cuidadosamente pendurados nas paredes estão estranhamente tortos, a escrivaninha foi jogada a vários metros, e não posso nem olhar o que fizemos nesta cama.

Não posso responder, mas Alexus acorda ao som de sua voz. Espero que responda, mas então ele se vira, grogue, e como se as coisas não pudessem piorar, sua ereção matinal ergue o lençol.

Os olhos da criada se arregalam e ela engole em seco.

— Eu só vou... eu vou me retirar. Se precisar de mim, querida, toque a campainha do lado de fora da porta. — Ela se vira e corre em direção ao corredor, mas então se vira de volta, seus olhos arregalados fixos em mim enquanto Alexus se espreguiça, ainda inconsciente de ser um espetáculo absoluto. — Oh, perdoe-me — diz a empregada —, mas a rainha pediu para ver você e sua irmã. Para uma visita ao Salão dos Santos.

Com isso, Alexus finalmente se mexe de verdade. Ele se vira para mim e envolve o braço em volta da minha cintura, arrastando a perna nua pela minha coxa.

— Você vai gostar disso — fala ele, sua voz profunda e sonolenta.

Aceno para a criada, e ela se vira e sai correndo pela porta.

Empurro o ombro de Alexus, rindo e muito envergonhada. Eu o sinto sorrir contra o meu braço.

— Gosto de sentir você de novo. Tal mortificação é uma delícia.

Fico boquiaberta.

— *Você não ficou nem um pouco envergonhado!*

Ele ri e puxa o lençol para trás, revelando uma ereção ainda muito ansiosa.

— Eu deveria ficar?

— *De jeito nenhum* — sinalizo.

Ele me puxa para cima dele e se empurra para dentro de mim. Mais uma vez, nós tomamos um ao outro com uma fome desenfreada, embora evitemos *sacudir a cidade* desta vez. Depois, deixo-o dormindo e vou procurar Nephele.

— Sobre o que você acha que é? — pergunta Nephele enquanto descemos para a entrada principal do palácio, onde nos disseram que nossos cavalos esperavam. O nervosismo da minha irmã ainda é tão visível quanto ontem à noite.

— *Nossa mãe, suponho* — sinalizo, e embora esse devesse ter sido o primeiro pensamento de Nephele, fica claro que não foi.

Fia e dois guardas estão esperando com os cavalos na rua perto da entrada principal. Ela está segurando as rédeas e esfregando a crina do cavalo, uma visão um pouco diferente do que eu imaginava de uma rainha. Seus trajes são menos formais do que os usados para nos receber. Está vestida mais como nós, de calça justa, botas cobertas de poeira e túnica. O cabelo está trançado para trás, e ela ainda usa os torques em forma de colar e pulseiras.

Ela sorri enquanto descemos os degraus de pedra do palácio, e o sol já está forte.

— Bom dia. — Ela inclina a cabeça para cada uma de nós. — Pensei que gostariam de ver um pouco do passado de sua mãe.

Sorrimos agradecidas e assentimos, depois montamos em nossos cavalos e seguimos Fia e dois guardas até a cidade.

O Salão dos Santos é um longo edifício retangular de arenito a sudeste da cidade. Quando entramos, tenho uma dúzia de imagens em mente de como pode ser, mas é muito mais simples do que eu esperava. Até certo ponto, isso me lembra a Escola da Noite e do Amanhecer dos sonhos de Alexus. A escola Queziran é muito semelhante a Min-Thuret, embora menor.

O Salão dos Santos é comparável porque abriga uma escola, dormitórios, uma grande biblioteca, um observatório, um salão de arquivos e um enorme refeitório para estudantes, estudiosos e magos.

Fia nos mostra o quarto que nossa mãe ocupou durante sua estada. Entramos no pequeno espaço agora preenchido com a vida de outra pessoa, mas é bom estar aqui. Estar perto dela. Saber um pouco de sua verdade que ela sentia que não podia compartilhar.

Saímos do quarto e Fia nos conduz para a biblioteca ao lado, onde nossa mãe teria passado a maior parte do tempo. Passo por livros, pergaminhos, mapas e documentos pensando em como teria sido divertido visitar este lugar com ela, ou fazer perguntas sobre esta parte do mundo e cair em uma conversa profunda repleta de seu conhecimento. Teria sido tão bom.

Fia faz sinal para que a sigamos até uma pequena mesa, ao redor da qual nos sentamos. Ninguém aqui a incomoda e, novamente, fico comovida com o respeito que seu povo demonstra por ela. É muito evidente que a reverenciam, mas há um sentimento de unidade que me garante que Fia Drumera é a rainha do povo.

Ela entrelaça os dedos sobre a mesa e olha para mim.

— Raina, quero conversar com você sobre algo que Alexus compartilhou comigo.

Concordo com a cabeça e faço um gesto para ela continuar.

— Seu dom — diz ela. — Aquele que trouxe todos vocês aqui do rio Jade...

Mais uma vez assinto, querendo que ela continue, embora eu veja um pouquinho de desconforto em sua armadura impecável.

— Eu tive algum tempo para pensar sobre isso ontem à noite, e continuo voltando ao fato de que sua habilidade me parece ser a de transição entre reinos.

Pisco para a rainha, certa de que ela está errada.

— Isso significaria que ela é uma descendente de Loria, não? — indaga Nephele.

— Sim — responde Fia com uma leve elevação de suas sobrancelhas. — Pode ser uma linhagem do lado de seu pai.

Nephele solta uma risada nervosa.

— Impossível. Nós saberíamos.

No momento em que minha irmã diz essas palavras, vejo preocupação e dúvida em seus olhos. Ela também não tinha acreditado que nascemos em Malgros, mas é verdade. A negação é sua primeira resposta a notícias que ela não consegue entender.

— Seu pai não tinha marcas? — pergunta Fia. — Os descendentes da linhagem direta de Loria ganham marcas específicas uma vez que seus poderes se desenvolvem, uma marca de nascença escura e uma série de vinhas em algum lugar do corpo. Se vocês fazem parte dessa linhagem, suas marcas ainda podem aparecer com o tempo, mas eu acho, se meu palpite estiver correto, que seu pai as tinha.

Nephele e eu nos entreolhamos. Lembro-me das mãos do meu pai. A maneira como suas marcas de bruxo se ramificavam sobre os nós dos dedos como raízes de árvores.

— Ele era um ceifador — conta Nephele. — Ele tinha marcas de ceifador.

Fia arqueia uma sobrancelha.

— Talvez. Ou talvez ele fosse algo mais e não pudesse arriscar que alguém soubesse. Ser conhecido como um dos descendentes de Loria teria mudado drasticamente suas vidas. — Ela faz uma pausa e então diz: — Também pode explicar sua afinidade por magia vasta, Nephele, que pode se tornar uma força motriz para a movimentação de Raina pelo tempo. Magia vasta é, em sua forma mais simples, a capacidade de projetar vontade através do espaço e do tempo. Transitar entre reinos era uma forma dessa magia. Segurar uma construção a muitos quilômetros de distância também. Vocês duas podem ter porções diferentes de habilidade.

Nephele apoia os cotovelos nos braços da cadeira e pressiona as pontas dos dedos nas têmporas, fechando os olhos, como se não conseguisse aguentar muito mais.

Quando ela abaixa as mãos, olha Fia nos olhos do outro lado da mesa.

— Obrigada por nos contar. Suponho que tudo o que podemos fazer é esperar e ver se surgirão as marcas de descendente. Nunca as vi, mas li sobre elas e ouvi falar por meio de histórias de uma mulher na vila. Petra Anova. Sua marca de nascença era no rosto. Colden a deixou ficar na Vila Invernal por um tempo para protegê-la até que ela pudesse usar um glamour.

Os olhos de Fia brilham ao ouvir o nome de Colden.

— Isso soa como algo que ele faria. O pai e a mãe de vocês podem ter usado um glamour para esconder marcas reveladoras. Não podemos esquecer isso.

Não digo nada. Estou entorpecida. Se é mais uma mentira deles…

— Não posso afirmar com certeza se seu pai era descendente — diz

Fia. — Mas eu conhecia bem sua mãe, e não havia nada em sua linhagem que pudesse conceder a você a habilidade de transitar no tempo. — Ela estende o braço sobre a mesa e coloca a mão sobre a minha. — O que preciso dizer a você, Raina, é para ser cuidadosa com este dom. A transição entre reinos deveria ser usada pelos filhos de Loria para ajudá-los a viajar entre este mundo e o mundo dela. Pode não ser isso. Pode ser uma nova habilidade que ninguém jamais viu, aumentando o perigo de algo dar errado com mais facilidade. Então, por favor. Tome cuidado.

Assinto, achando difícil sorrir, mesmo em agradecimento.

Fia nos deixa com um de seus guardas, pois precisa voltar para se preparar para o casamento desta noite. Nephele e eu exploramos todas as áreas do Salão dos Santos mais uma vez. Mas então minha irmã me pergunta se podemos voltar à biblioteca, para uma terceira visita. Concordo, claro, e ela passa as próximas duas horas lendo a história do Bosque dos Deuses com uma intensidade inexplicável.

— Você sabia que o nome de cada deus está escrito em uma placa de ouro ao pé de sua árvore? — pergunta. — E que são mais de mil degraus cravados na encosta da montanha para acessar o bosque?

Folheio um livro, meus pensamentos infelizmente em outro lugar. Não sabia, mas suponho que encontrar a marca do nome de Thamaos será mais fácil se o príncipe chegar nas asas de Fleurie.

Enquanto seguimos o guarda de volta ao palácio, minha irmã diz:

— Não deixe que tudo isso a incomode. Fia pode estar certa. Podemos ser descendentes de Loria. Mas ela também pode estar errada.

Olho para o Monte Ulra, onde os ossos de Loria supostamente jazem com os restos mortais de tantos outros deuses. Gostaria de poder perguntar a ela.

66
Príncipe Sem Nome

Territórios das Terras do Leste

Cidade de Quezira

Min-Thuret, aposentos do Príncipe

Sento-me em meus aposentos enquanto Bron enfaixa uma das três facadas nas minhas costas.

— Achou mesmo que os Dread Vipers viriam com você de bom grado?

Deslizo um olhar para minha amiga e a vejo passar na minha frente para pegar mais bandagens.

Foi o que achei. Achei que seria mais rápido. Achei que Fleurie nos colocaria no Bairro Aki-Ra, pegaríamos um Viper, voltaríamos para uma masmorra vazia, longe das de Fleurie e Colden, para deixá-lo em minutos, e então ela nos transportaria rapidamente para os meus aposentos. Achei que, se ficássemos em perigo, Fleurie poderia detê-los.

Não foi o caso, seja por condição natural ou ocorrência planejada, e carrego as facadas para provar isso. Por sorte, minha portalista saiu ilesa graças às minhas costas, sofrendo o impacto da raiva de um Viper.

Antes que eu responda com uma réplica afiada, alguém bate à porta do meu quarto.

— Entre — diz Bron.

Não soube notícias de Malgros desde que Thresh enviou Crux para lá com uma mensagem. Também não vejo meu general desde que nos separamos na Floresta da Água Gélida. Mas Vexx entra em meus aposentos nesta manhã parecendo um pirata voltando para casa depois de muito tempo no mar, as longas tranças grisalhas esfarrapadas pelo vento, o rosto vermelho e cheio de cicatrizes ainda mais desgastado do que antes.

Ele observa a cena, mas mantém a postura alguns metros à minha frente. Respeitosamente, inclina a cabeça, uma linha de preocupação em sua testa.

— Sua Alteza. O senhor está bem?

— Apenas uns buracos nas costas — respondo —, mas nada que Bron não consiga resolver.

Ele se endireita e percebo que Crux não está com ele. Ele também não está arrastando Alexi de Ghent ou Raina Bloodgood até minha presença.

— Imagino que Malgros foi sem qualquer acontecimento.

Thamaos não ficará feliz.

Vexx cruza as mãos atrás das costas.

— Pensei em segui-los até as Terras do Verão, meu príncipe, mas nós dois sabemos que eu seria detido no porto se tivesse ido tão longe. Além disso, eu não tinha mão de obra ou poder mágico suficiente para sofrer um ataque em grande escala na costa.

Bron termina os curativos e entrega minha camisa.

— Não é o fim da luta — respondo. — É uma longa história, mas a filha divina de Thamaos está sob meu poder, vinculada a um acordo. Ela me transportou para as Terras do Verão ontem à noite, então temos uma maneira de entrar.

Vexx parece atordoado, mas animado.

— Fleurie está viva? E contaremos com a habilidade dela?

Com cuidado, enfio os ombros em minha túnica.

— Sim. Ela não pode carregar mais do que algumas pessoas ao mesmo tempo, mas é o suficiente para nos levar ao Monte Ulra. Também capturei um Dread Viper graças a ela. Assim que Alexi de Ghent estiver aqui, esperamos anular sua magia para que eu possa sugá-la, mas ele não poderá usá-la.

Vexx sorri e bate palmas lentamente.

— Muito bem, meu príncipe. Espero ter a chance de fazer Alexi de Ghent pagar pela morte de Crux, entre outras coisas.

— Você conhece as regras. Enquanto ele viver. — Olho para Bron, que me observa com o canto do olho com o que eu quase acredito ser repulsa.

Isso me faz pensar em Colden. *Se você quer mais do que isso de mim, deve provar, e isso significa não ferir as pessoas que amo.*

Mas não fui feito para gentilezas, suponho. Não fui feito para a ternura do amor. Porque quando Vexx encontra meus olhos e diz:

— Quando começamos?

Apenas respondo:

— Esta noite.

67
Colden

Territórios das Terras do Leste

Cidade de Quezira

Min-Thuret, Masmorra

— Você pode conseguir nos tirar daqui — diz Fleurie, passando-me um pedaço de seu pão. — Mas estou obrigada a um acordo, Colden.

Tiro a mão da barra que nos divide e observo enquanto o gelo que comecei a formar cai no chão de terra da minha cela.

Solto um suspiro e me viro um pouco, pressionando o ombro nas barras. Estamos sentados no chão, compartilhando as últimas garfadas de nosso jantar, algo que só fizemos uma outra vez desde que Fleurie recuperou a voz.

— Levaria muito tempo para chegar às Terras do Verão sem você — digo. — É melhor ficar e esperar que Thamaos exija minha presença, mesmo que o príncipe não me queira por perto.

Ela inclina um ombro contra as barras também, de frente para mim, aqueles olhos castanho-âmbar me estudando enquanto ela toma um gole de sua caneca de vinho.

— Ele está... ele está... apaixonado por você?

De vez em quando ela fala assim. Quebrado. Como se não tivesse certeza que sua voz permitiria soltar as palavras.

— Ele teria que entender o conceito de amor primeiro, o que não é o caso.

Ela acena com a cabeça, lentamente.

— A mim parece que entende — diz ela. — Às vezes, quando ele está aqui, dá para perceber. A maneira como olha para você.

Respiro fundo e suspiro.

— Tenho quase certeza de que, se ele me amasse, eu não estaria no chão desta cela comendo restos de carneiro e tomando vinho velho. Mais ou menos como acontece com você: se seu pai te amasse, ele não teria sido cruel. Controle e desejo muitas vezes são disfarçados de amor. Basta saber a diferença entre a fraude e a verdade. Além do mais, o príncipe e eu não nos conhecemos bem o suficiente para tanto.

Não é mentira, embora eu não diga a ela que passei trinta anos consumido pelo desejo de saber o que poderia ter sido.

— Você é sábio para um rei. — Ela prende o cabelo ruivo atrás da orelha. — Exceto pela parte de aceitar a ajuda de Neri. Isso não pode ser bom. Não acredito que ele está aqui.

— Neri foi uma má decisão esperando para acontecer nesta situação — digo. — E você nunca conheceu um rei sábio?

Penso nos reis da época dela, e quando ela encontra meu olhar com um rosto sarcástico, nós dois rimos.

— Nunca — afirma. — Todos tolos.

— Bem. Se vale para alguma coisa, pretendo usar essa sabedoria para ajudar meus amigos, e você está incluída. Quando chegarmos ao Monte Ulra, se eu conseguir evitar que o príncipe amarre minhas mãos com ferro, farei de tudo para impedi-lo de ressuscitar seja quem for. Certamente ele não poderá exumar ossos de terra congelada.

Ela fica pensativa, mastigando o lábio. Depois de alguns momentos, toca a própria garganta e, novamente, é como se não tivesse certeza se sua voz funcionaria.

— E se... E se eu te dissesse... Eu sei muito do que vai acontecer? E que não podemos impedir nada disso?

Agora ela me deixou curioso.

— O que você sabe que vai acontecer?

Desta vez, quando ela tenta falar, as palavras não saem. Apenas lágrimas se formam em seus olhos. Ela segura a garganta esguia e deixa as lágrimas caírem.

Inclino a cabeça, realmente olhando para ela, e enxugo uma lágrima de sua bochecha.

— Você não pode falar certas coisas. Por uma razão.

Ela não acena com a cabeça, quase como se não pudesse, mas o alívio brilha como a luz das estrelas em seus olhos.

— Foi seu pai? Ele amaldiçoou você?

Mais alívio. Desta vez, na forma de um suspiro trêmulo.

— Você sabe coisas que ele não quer que mais ninguém saiba.

Mais uma vez nenhuma resposta externa direta, mas meu palpite parece certo. Não sei como ela pode saber o futuro deste momento. Mas, se ela pode, está suportando isso sozinha por muito tempo.

Antes que possamos dizer mais alguma coisa, a porta da masmorra se abre. Imagino que seja o príncipe, mas é Bronwyn. Ela desce correndo os degraus de pedra gastos até a porta da minha cela.

— O que foi, Bron? — Eu fico de pé e corro para ela. — O que está errado?

O rosto pálido está rosado com o esforço da corrida, os olhos claros e focados.

— Se o senhor tem algum meio de escapar, meu rei, eu o aconselho a usá-lo agora. O príncipe e a Irmandade passaram o dia inteiro com o Dread Viper. Ele agora está sendo drenado. Tudo está de acordo com o plano. Vocês sairão para o Monte Ulra dentro de uma hora.

68
Raina

Depois de verificar as águas pela centésima vez nesta jornada sem sucesso, desço os degraus que margeiam os terraços dos pátios procurando por Alexus. Colden e Fleurie estavam jantando, conversando. Yaz está extremamente triste, sentindo falta de Zahira, chorando toda vez que eu a verifico. Vexx está em Min-Thuret. Eu o vi caminhando em direção à entrada com um cajado alto na mão, a cabeça do gurupés empalada na ponta, segura para não escorregar por duas peças de metal encaixadas na madeira. E então procurei Finn, mas não o vi, como se ele estivesse se escondendo de mim.

Ah, Finn. *Onde você está?*

A noite tem o aroma de uma floresta de flores repleta da comida mais deliciosa. A princípio está frio, mas Fia tem enormes braseiros dourados queimando como fogueiras em cada patamar do pátio e perfeitamente posicionados. Também acho que há um pouco de magia pairando no ar, porque o calor das chamas parece irradiar para todos os lados, afugentando o ar gelado.

Há tantas pessoas. Não tenho certeza se algum dia vou me acostumar com multidões como essa depois de uma vida inteira no vale. São pelo menos cem convidados preenchendo cada pátio, sem falar no anfiteatro principal logo abaixo.

Criadas circulam com copos cheios de espumante e montes de comida em bandejas douradas, oferecendo-os a quem quiser beber ou petiscar.

Eu penso na ceia da colheita, como as coisas são diferentes. Não há barris de cerveja, porcos assados ou anciãos bêbados. Tudo é elegante, como Fia.

No momento em que vejo Alexus conversando com a rainha no meio da escada de pedra que leva ao último pátio, meu coração começa a bater mais rápido. Ele deve me sentir, porque se vira, com o vinho na mão, e seus olhos se fixam em mim, brilhando como diamantes enquanto ele sorri.

A atenção dele se torna exclusivamente minha com facilidade. Ele parece chocado. Tão descaradamente apaixonado.

Como sempre, ele está elegante, vestido de preto, combinando com o céu noturno. A túnica que está usando tem bordados dourados na frente e ao longo da gola alta. Com o cabelo solto e perfeitamente despenteado, ele começa a subir os degraus em minha direção, sem piscar, como se pudesse perder alguma coisa se desviasse o olhar. Então ele está comigo, me beijando de leve, a mais pura felicidade brilhando em nosso vínculo.

Ele pega minha mão e dá um passo para trás para me examinar.

— Meus deuses, você é uma visão e tanto.

Escolhi uma cor diferente para esta noite. O vestido é de um tom quente de marfim e coberto de estrelas douradas bordadas em cada centímetro. O decote é profundo, algo que sei que Alexus aprecia, e as mangas são transparentes e volumosas, ajustadas em punhos compridos em meus pulsos. A saia é esvoaçante, com duas fendas que expõem minhas coxas quando ando. Estou usando o colar de pérola que ele me deu e minhas marcas de bruxa estão brilhantes. Também polvilhei a pele com um pó dourado que não é pó lilás, mas um cosmético simples oferecido por minha criada para combinar com o vestido. Pela expressão de Alexus, escolhi bem.

Ele beija minha mão e me dá o sorriso mais sombrio e deliciosamente perverso que já vi.

— Preciso de cinco minutos — sussurra. — Isso não é tempo suficiente para fazer todas as coisas que quero desesperadamente fazer com você, mas, por enquanto, vai me salvar da loucura total.

Ele passa um dedo pelo meu peito, demorando-se na pele sobre o meu coração, enviando um arrepio de desejo direto para o meu núcleo.

— Se você não tiver esse tempo — diz, ainda sorrindo enquanto se aproxima —, acho que terei de suportar o resto desta noite em agonia, olhando para você neste vestido, desejando mais do que qualquer coisa ser enterrado dentro de você.

Eu sorrio.

— *Você vai sobreviver* — sinalizo. — *Estamos em público.*

Seus olhos brilham com um desafio.

— Se você acha que sou muito reservado para arrastá-la para as sombras e tomá-la como a besta que sou, então está muito enganada, meu amor. — Ele olha além do anfiteatro em direção à entrada deserta e escura do templo de Asha, atrás dos antigos pilares. — Se quiser, ficarei mais do que feliz em provar o quão errada você está.

Considero aceitar sua oferta, mas a multidão começa a se dispersar pelos pátios em direção ao anfiteatro. Nunca imaginei tal evento para um casamento.

— Mais tarde — diz Alexus — vou arruinar você da melhor maneira possível, do jeito que tenho certeza de que você vai me arruinar toda vez que eu olhar para você esta noite.

A caminho de nossos assentos, que são mais parecidos com largas passarelas de pedra que envolvem a arena oval, passamos por Rhonin e Hel, de mãos dadas. Eles parecem adoráveis e felizes, como se nada pudesse atormentá-los.

Eles se juntam a nós, e encontramos Keth, Jaega, Callan e Zahira, e ocupamos os assentos na frente deles. Não vejo Nephele e Joran, o que é preocupante. Nephele não passou a tarde em seu quarto, o que era estranho, mas ela e Joran têm agido de forma estranha. Quando o menciono, ela me interrompe, mas posso ver a tensão física entre eles. É mais intenso do que senti quando esta jornada começou. Há fogo entre eles, quer ela admita ou não.

Tomamos nossos lugares e noto a maneira como os moradores estão sentados. Amantes ou não, as pessoas sentam-se em duplas, uma aninhada entre as pernas da outra. Sento-me entre as pernas de Alexus, e ele dobra os joelhos, prendendo-me enquanto se apoia nas mãos.

— Você cheira tão bem — diz ele. — Talvez tenhamos que ir embora mais cedo.

Coloco os braços sobre seus joelhos, amando o conforto entre nós enquanto ele se inclina e beija meu ombro.

Então, a música começa. Grupos de músicos descem as escadas que ladeiam os pátios em direção ao anfiteatro, que está enfeitado com arcos florais, belos tapetes em camadas e lanternas brilhantes. Um mago de manto carmesim e dourado fica no centro de tudo.

Voltamo-nos para assistir à procissão. Atrás dos músicos estão mais dezenas de pessoas, todas vestidas com trajes dourados, jogando pétalas de flores vermelhas e brancas na areia.

Quando os noivos aparecem no topo da escada, todos ficam maravilhados.

Alexus olha para mim com um sorriso e pisca.

Observamos o casal descendo as escadas, trocando olhares, seus sorrisos brilhando na noite. É um momento tão feliz. Uma noite linda e cheia de amor.

Até que minha irmã corre pelo terraço superior atrás dos cavalariços, atraindo todos os olhares.

Porque Neri, o deus do Norte, está ao seu lado.

69
Nephele

— Eu disse para você se acalmar, bruxa — diz Neri com as presas cerradas.

Me viro, sem perceber que ele estava por perto. Ele deve ter me seguido e… apenas apareceu no estilo lupino de Neri.

Ai, deuses.

Encaro a multidão novamente, o pânico quente em minhas veias, me deixando um pouco doente.

Cada rosto é uma máscara de choque.

Alexus e Raina pulam de seus assentos e correm para as escadas ao longo das laterais dos pátios, seguidos pelo restante do nosso grupo, enquanto absorvo o que realmente está acontecendo. Quando vejo o rosto de Fia Drumera, mesmo à distância, posso sentir a fúria ardente dentro dela.

O deus que fez dela uma rainha do fogo imortal está em sua casa.

Graças a mim.

Alexus me alcança primeiro, me puxando para o seu lado, os olhos em chamas enquanto ele fixa Neri com um olhar feroz.

— Que porra você está fazendo aqui?

— De fato esta não é a pergunta que você precisa fazer agora, Un Drallag — diz Neri. — Por que não tenta algo do tipo *Como vamos deter o Príncipe do Leste que acabou de chegar no Monte Ulra com sangue misturado com magia*?

O rosto de Alexus empalidece e Raina congela atrás dele, os olhos arregalados.

— Como... — Alexus faz uma pausa e olha para mim. — Fale, Nephele. Rápido.

Minhas entranhas murcham sob seu olhar.

— Vou ter que explicar tudo mais tarde. Apenas saiba que Neri não está mentindo. Ele os viu no monte. O príncipe está aqui, com Fleurie, Vexx e Colden, e Colden recuperou seu poder graças ao deus do norte. Mas o príncipe está provavelmente drenando a magia de alguém, porque Neri sentiu uma densa magia nele. As coisas podem ficar feias rapidamente.

Antes que Alexus diga ou faça qualquer coisa, o uivo de fúria de uma mulher soa pela noite, e uma bola de fogo furioso chega pelo ar, apontada diretamente para Neri.

Ele levanta uma única mão e o fogo se transforma em gelo, desfazendo-se na areia compacta dos pátios, crepitando nos braseiros. Afinal, é a magia de sua maldição.

— Já estou saindo daqui, bruxa — ele diz para mim. — Leve-os para o Monte Ulra e faça isso rápido. Estarei lá.

Neve e gelo giram ao nosso redor em um turbilhão de frio, e então ele se foi. Não sei o que dizer aos meus amigos reunidos nas escadas e nos pátios, cheios de confusão em seus rostos, ou para Fia, que está vindo em minha direção.

Então olho para minha irmã e falo:

— Você precisa nos levar ao Bosque dos Deuses. Agora.

70
Raina

Alexus segura meu rosto, os olhos sombreados de preocupação.

— Não quero você nisso. Apenas me leve para o Monte Ulra e volte. Vou lidar com o príncipe sozinho.

É sempre ele diante de mim em momentos como este. Mas talvez eu precise salvá-lo.

Penso por um momento. Fleurie está aqui. Ela trouxe Colden, Vexx e o príncipe. Não sei se ela pretende transportar Alexus de volta para Quezira como parte de seu acordo, mas não posso colocá-lo em perigo. Ainda assim, ela pode alcançá-lo, esteja ele comigo ou não, mas pelo menos, se estivermos juntos e isso acontecer, posso lutar com Fleurie.

Seus portais contra meu abismo.

Veremos qual deles vencerá.

— Ela precisa *me* levar. — Eu me viro. É Fia quem exige.

— Não — insiste Alexus, sua voz firme como um martelo. — Se Colden está lá em cima, não podemos saber o que acontecerá se vocês dois se aproximarem. A maldição poderia derrubar toda a montanha.

Maldito Neri.

Fogo quase translúcido lambe as mãos de Fia, como se ela mal pudesse conter sua raiva.

— Eu sou a rainha aqui, Alexus.

— E mais sábia do que a própria fúria — ele a lembra.

Não dou tempo para ninguém discutir. Somos três com o tipo de poder destinado a batalhas mágicas. Se eu achar que precisamos de mais, posso voltar. Espero.

Agarro os pulsos de Nephele e Alexus e penso no Bosque dos Deuses, a vista do céu, as pinturas em nosso quarto, os desenhos nos livros que Nephele folheou e, sem outro segundo de indecisão, vamos embora.

O Bosque dos Deuses é uma floresta fria e sem luz.

Do céu, vislumbrei os galhos maciços, a copa verde brilhante. Mas isso era um escudo para o que está por baixo.

Não pousamos juntos. Foi uma aterrissagem difícil, meu corpo doendo enquanto rastejo sobre o que devem ser raízes retorcidas que perfuram a terra como tentáculos lenhosos. Eu criaria fogo na mão, mas isso parece uma coisa muito perigosa para se fazer no cemitério dos deuses.

De repente surgem estrelas iluminadas e eu as sigo, ainda rastejando com meu vestido, joelhos e palmas das mãos raspando na casca áspera.

Quando encontro Alexus, ele está rastejando ao redor de uma massa de raízes do tamanho de seu braço, algumas do tamanho da minha coxa, emaranhadas no lado rochoso da montanha até onde a luz fraca me permite ver.

Eu o alcanço e ele beija minha testa.

— Deuses, você me assustou. Eu estava te procurando. Viu a sua irmã?

Dou de ombros e ele pega minha mão enquanto continuamos procurando, sem saber onde estamos ou para onde estamos indo.

Alexus mantém suas estrelas brilhantes um pouco à nossa frente para iluminar o caminho, fazendo meu coração bater como um tambor. Eu meio que espero ver a cara feia de Vexx em um canto a qualquer segundo, ou que Fleurie rasgue o ar e desapareça com Alexus. O pensamento deixa meus músculos tensos, meus nervos vibrando de ansiedade.

Não tenho uma adaga. Peço aos deuses para que eu tivesse.

Quando encontramos Nephele, não é ela que vejo primeiro. É Neri, agachado ao lado dela.

Ele olha para cima, a pele branca brilhante e os cabelos visíveis na escuridão.

— Ela está ferida. Um tornozelo quebrado, talvez. Pode ajudá-la?

Juro que ouço preocupação na voz daquele bastardo.

É difícil me apressar neste terreno, mas Alexus me ajuda a alcançar Nephele rapidamente.

— Sinto muito — diz ela, dor e lágrimas em sua voz. — Aconteceu quando aterrissei.

Alexus se agacha ao meu lado enquanto trabalho para curar os ossos da minha irmã.

— Onde eles estão? — pergunta a Neri.

— Mais em direção ao penhasco. — Neri aponta além de Alexus. — Esta é a parte de trás do bosque. Loria está aqui, e outros deuses antigos de todo o mundo. Thamaos, eu, Urdin e Asha estamos na direção ao penhasco.

Alexus olha por cima do ombro para a escuridão absoluta.

— Eles nos verão chegando se eu iluminar o caminho.

— Posso guiá-los — oferece Neri. — Mas não será uma caminhada fácil no escuro.

Uma onda de cansaço já toma conta de mim. Curar ossos quebrados é uma tarefa tediosa. Sinto o peso disso rapidamente.

Ainda assim, termino o mais rápido que consigo por insistência de Nephele, e voltamos a andar.

Neri lidera o caminho e, embora eu não entenda a razão, minha irmã segura sua mão como se não fosse nada, seguindo-o no escuro. Eu seguro a mão de Nephele, e Alexus, a minha. A corrente interligada que criamos nos mantém juntos, mas também torna mais difícil o equilíbrio enquanto andamos, muito lentamente, sobre raízes retorcidas.

O único som é o farfalhar dos galhos das árvores sob o toque de um vento suave da montanha do deserto. É como se as folhas estivessem sussurrando e dançando, esperando e observando de cima. O ritmo abafado me lembra uma canção, como um réquiem para os mortos que jazem aqui enterrados.

A enorme figura branca na frente da nossa fila me lembra que os deuses não estão tão mortos, nem mesmo na forma de espírito, e eu me pergunto se os muitos sussurros que ouço nas árvores são deles.

Caminhamos muito. Tanto tempo que tenho certeza de que é tarde demais. Porém, se um de seus mortos foi roubado, a floresta ainda não anunciou o roubo.

Por fim, Neri para, mas não diz nada, e no mesmo instante sei que é porque viu alguma coisa.

Ele se abaixa, o branco brilhante de seu corpo muito perceptível na escuridão. O resto de nós se move mais um pouco, até que deslizamos para trás de um tronco de árvore que protege nós três.

Olho ao redor. A próxima árvore é claramente a de Thamaos. Espanta-me o quão longe está. Quase vinte metros.

O Príncipe do Leste se ajoelha em meio a uma extensão de raízes, a Faca Divina em sua mão. A única razão pela qual posso vê-lo é porque Vexx corajosamente acendeu uma única tocha.

Vexx. Parado ali com uma tocha em uma das mãos, segurando-a sobre seu príncipe, enquanto a outra segura aquele cajado, aquela cabeça — provavelmente infestada de larvas — encravada na ponta.

Não vejo Colden, mas então Nephele me puxa para o lado dela da árvore, e eu o vejo. Suas mãos estão acorrentadas, o que me confunde. Seu poder se foi, certo?

— Não — minha irmã choraminga.

Cubro sua boca, mesmo quando os três homens em nossa linha de visão olham em nossa direção.

E é aí que vejo Fleurie pela primeira vez.

71
Fleurie

Monte Ulra

Bosque dos Deuses

Olho para a escuridão do bosque e fixo meu olhar.

Meu pulso bate em um ritmo constante, embora eu saiba que, em algum momento, Raina Bloodgood chegará.

A calada da noite ainda não revela nada, mas sei que ela está aqui. Alexis também. Como desejo ver seu belo rosto, segurá-lo em meus braços, ouvir sua voz.

Colden me olha enquanto o príncipe retorna às suas orações. É uma experiência estranha ouvi-lo sussurrar dessa forma, sabendo que está falando com meu pai, cujos ossos estão em algum lugar sob meus pés. Sinto a presença dele causando arrepios em minha pele, independentemente do frio do deserto, como se um fantasma estivesse à espreita na noite, farejando minha nuca.

Estudo o homem que está com o príncipe, o general Vexx, e a cabeça que exibe em seu cajado. Ele se acha aterrorizante carregando um símbolo de sua brutalidade bárbara como um troféu. Uma parte de mim se arrepia quando ele me dá um olhar presunçoso.

Sua hora está chegando, penso comigo mesma. *Sua hora está chegando.*

De repente, o príncipe pressiona as mãos contra as raízes à sua frente, como se estivesse prestes a desmaiar.

— Não — geme, sua voz um som baixo e miserável. — Não, meu

senhor. Você não pode pedir uma coisa dessas.

Meu coração começa a rachar. Talvez esteja se partindo há trezentos anos. Talvez tenha se partido de novo nas últimas semanas, vendo meu velho amigo transformado em um monstro. Lembro-me do menino lindo que ele era. O coração puro. Os olhos cheios de alma. O riso terno. Como ele se tornou isso? Como meu pai pôde, da sepultura, destruir alguém tão bom?

Enxugo as lágrimas do rosto, minha respiração falhando. Eu gostaria de poder agarrá-lo. Sacudi-lo. Fazê-lo ouvir as palavras que Thamaos trancou dentro de mim por tanto tempo. Com certeza pararia com isso se realmente pudesse me ouvir. Eu sei que sim. E, no entanto, estou presa como sempre estive.

Piscando para conter mais lágrimas, estudo a árvore que representa a vida de meu pai, o crescimento de seu espírito. Dá vontade de vomitar que ele tenha recebido um memorial tão bonito quando sua alma é tão obscura quanto os poços mais profundos do mundo. Se ele voltar a viver, eu o matarei mais uma vez. E eu vou fazer isso por todos os tempos, se for preciso. Seu veneno precisa ser apagado. *Precisa* ser.

O príncipe se inclina sobre os calcanhares, os ombros caídos, o comportamento de um amante derrotado. Eu sei o que foi pedido a ele. Uma coisa que ele não consegue fazer.

Isso pelo menos me anima. Saber que um vislumbre de seu antigo eu vive o suficiente para dizer não ao deus que o controla.

Mesmo que apenas por um momento.

72
Príncipe Sem Nome

— *Existe uma maneira de reabastecer meus ossos mais rapidamente* — diz Thamaos.

— Como, meu senhor?

— *Um sacrifício. O resto mortal e o ritual podem me ressuscitar, mas com o sangue da vida vital, posso ser restaurado em dias, em vez de meses.*

— Não tenho nenhuma oferenda, meu senhor — sussurro. — Exceto por mim.

Não menciono Vexx. Não menciono Fleurie. E certamente não menciono Colden. E ainda assim meu senhor ri.

— *Você tem, de fato. Você tem um rei inútil. Aquele que aceitou a ajuda de Neri para prejudicá-lo. Um que você teve que amarrar com ferro para evitar a traição gelada. Um que você optou por não usar contra o Fia Drumera. Hora de dar a ele um propósito.*

Esta ordem passa dos limites. Caio para a frente com o peso de um coração afundando.

— Não, meu senhor. Você não pode pedir uma coisa dessas.

— *Acabei de pedir, pequeno príncipe. Você conhece o Elikesh necessário. Sabe como me invocar deste poço de existência. Faça o que estou ordenando. Sangre aquele rei. Seu sangue será meu sangue. Ele me dará vida como chuva para uma árvore sedenta. Faça!*

Sento-me sobre os calcanhares. Minha alma despedaçada. Depois de um momento, olho para os olhos negros de Colden. Ele me observa de perto, um sorriso fraco curvando o canto de sua boca, como se dissesse *eu avisei*.

Posso fazer muitas coisas, como aprendi. Mas *isso* não posso fazer.

Mesmo quando Thamaos sussurra como um demônio em minha mente, começo o ritual. Ele não é complexo, não tão complexo quanto deveria ser. Mil anos de mudança tornaram tal inocência invejável, na verdade. Loria acreditava que todos os deuses mereciam um monumento vivo e deixou um caminho para a ressurreição se um deus fosse necessário. Ela acreditava que a humanidade seria boa administradora do poder morto; mas aqui estou eu, restaurando o poder para que possamos conquistar Tiressia.

Com este pensamento, algo dentro de mim grita. Grita, se enfurece e chacoalha como um monstro enjaulado. É como quando me lembro vagamente do homem que costumava ser. Como se ele estivesse tentando se libertar. Parar com tudo isso. Me lembrar de quem sou.

Mas não consigo ouvir.

Enfio a Faca Divina no chão entre duas raízes, devolvendo o osso de Thamaos ao solo que o prende.

Então arrasto uma lâmina ritual na palma da minha mão e começo a invocação.

73
Raina

O Monte Ulra treme.

Me agarro à árvore atrás da qual nos escondemos, um calafrio percorrendo minha pele, mesmo quando a mão de Alexus em minhas costas me estabiliza.

O príncipe está fazendo o ritual. Eu sei que sim. Ele está despertando Thamaos.

Com a atenção dos outros desviada pelo príncipe, Neri ronda em nossa direção, juntando-se a nós atrás da árvore.

— Vou acabar com isso — diz ele. — Não sei como, mas vou.

Alexus sobe em uma raiz ao lado de Neri.

— Eu vou com você. — Ele se vira para mim, o rosto indiscernível na escuridão. — Eu te amo mais do que a vida. Por favor, fique aqui.

Minha respiração fica presa na garganta quando eles se vão rápido pela extensão de raízes antes que eu possa detê-los.

Nephele agarra minha mão, como se estivesse tentando me segurar. Mas então ela suspira.

— Eu sei que você vai atrás dele mesmo assim — sussurra.

E ela está certa.

Não sei o que esperar de Neri e Alexus. Nunca os imaginei lutando do mesmo lado de bom grado, mas aqui estão eles. Ainda assim, não consigo imaginar nada que possam fazer para parar o que está acontecendo, além de matar o príncipe, e não sei se um homem feito de sombras, almas e pecado pode ser morto mais do que um espírito divino. Alexus pode aniquilar qualquer coisa, mas com Colden e Fleurie tão perto e em sua linha de visão?

Há um súbito gemido através da terra, um grande bramido que se expande pela noite, estendendo-se sobre a Cidade das Ruínas. Se uma montanha pudesse chorar, esse som seria seu lamento suplicante. É como se lhe pedissem para desistir de algo que não quer perder, e percebo que provavelmente não quer. Esta terra sabe o que acontecerá se isso for permitido. Ela sabe que quem está renascendo é um inimigo.

Nephele e eu nos movemos com rapidez, mas paramos quando um flash de luz branca e um lamento profano cortam o ar. Protegemos o rosto com os braços enquanto a sujeira, as pedras e a madeira caem ao nosso redor.

Esse não era o poder de Alexus. Eu saberia. E não era de Neri. Eu já o senti antes.

Este poder é novo...

Não. Eu também já o senti. Apenas um beijo de sombra, na floresta, quando Alexus invocou o bastardo.

Thamaos está aqui.

No segundo seguinte, a luz aparece, mas há um brilho constante derramando da terra sob a árvore de Thamaos.

É o suficiente para iluminar várias centenas de metros em todas as direções, o que significa que não estamos mais escondidos. Fleurie caiu de joelhos ao lado do príncipe, ofegante. Colden também está de joelhos, a alguns metros de distância. Vexx está encostado em uma árvore para se firmar, o peito subindo e descendo rapidamente, seus olhos em mim e em minha irmã, como se já tivesse nos encontrado momentos sombrios antes. Neri e Alexus estão em uma formação ousada, a apenas alguns passos do príncipe.

Mas, o mais importante, os ossos de um deus morto há muito tempo jazem em uma berma de solo revolvido e estão se movendo em pequenos espasmos estranhos, como se seu esqueleto pudesse se erguer a qualquer momento.

Sem hesitar, Alexus levanta a mão para invocar seu poder na noite. Destruir os ossos de Thamaos ou destruir o príncipe, não tenho certeza, mas...

Nada acontece.

Eu sempre sinto sua magia. Eu gosto disso. Sinto o cheiro. Mas não há sequer um indício no ar.

O príncipe, ainda sentado sobre os calcanhares no túmulo de Thamaos, ri. Ele levanta a mão, vira-a, estuda-a como se fosse um apêndice que nunca teve antes.

— Poder de Dread Viper — diz ele a Alexus. — Suponho que este seja um sifão que preciso manter por perto. Se ao menos ele pudesse me fortalecer um pouco mais, eu poderia marchar até a Cidade das Ruínas e tomá-la com facilidade.

Alexus fica tão imóvel, tão quieto, tão atordoado. Apenas seus ombros se movem enquanto ele respira.

— Seu bastardo — reage Neri. — Príncipe sem nome. Vou te dizer quem você é.

Todos os olhos se voltam para Neri, cada respiração presa. Especialmente o príncipe e Fleurie. Ela parece totalmente cativada.

Neri sai do bosque para a pequena clareira que dá para a Cidade das Ruínas. Ele passa por Colden e Fleurie, então dá a Vexx — cuja tocha ainda está acesa — um olhar sombrio e olha para a cabeça de seu cajado.

Ele sorri.

— Você está ferrado. — Então ele se vira para o príncipe.

O príncipe não parece nem um pouco assustado. Mais para intrigado.

— Você quer saber seu nome? — diz Neri.

O príncipe cospe na cara de Neri.

— Como se eu fosse acreditar em você.

Neri ri e passa a mão dos olhos ao queixo.

— Pois deveria acreditar. Eu estava lá. Não te conhecia bem, mas sabia sobre você.

Os ossos de Thamaos se contraem ainda mais, como se ele estivesse tentando impedir Neri de falar.

— Você percebe que posso ser um espírito divino — fala Neri —, mas ainda posso causar muito dano a você. Especialmente agora que está aqui desprotegido.

— Não estou desprotegido — retruca o príncipe. — Eu penso nessas coisas. — Ele estala os dedos para a direita, onde Fleurie está sentada, e a chama.

Ela pisca para ele e hesita, como se não soubesse o que fazer.

— Fleurie, você tem um segundo! — grita ele na cara dela.

Uma fatia familiar de luz ardente corta o ar, então eles desaparecem. Ela, o príncipe, os ossos de Thamaos e a luz.

Então as coisas mudam rapidamente.

A luz das estrelas de Alexus preenchem a noite, seu poder voltando com a partida do príncipe. Observo enquanto Neri se volta para Vexx, e Alexus corre em direção a Colden. Nephele e eu saímos do bosque, e ela vai na direção de Colden também.

Mas eu paro. Eu paro e encaro Vexx, que está sendo segurado pela garganta no ar pela mão forte de Neri com tanta força que o rosto do general fica vermelho mesmo sob a luz suave. Seu olhar de aço encontra o meu, e a chance que eu tanto queria finalmente chegou.

Caminho em direção a ele e Neri e ergo a mão, convocando meu fogo pelo poder de *fulmanesh*. Se eu tivesse minha adaga…

Passo por Neri e desabotoo a bainha de Vexx. Estou prendendo-a na minha coxa quando Alexus e Nephele me chamam.

Quando me viro, espero ver Alexus vindo atrás de mim, mas ele e minha irmã estão sentados com Colden, seus rostos horrorizados como luas na escuridão além deles.

— Neri! — grita Nephele. — Proteja-a disso! Por favor! Faço o que você quiser se isso acabar! Por favor!

Confusa, eu me viro e a luz das estrelas de Alexus que pairava ao meu redor se apaga.

Agarro o pulso de Neri. Não sei o que Alexus está escondendo de mim, mas Vexx é meu. Depois de tudo que ele fez? *Ele é meu.*

— Esta morte é sua, Raina Bloodgood — diz Neri. — Sua vingança. Não vou tirar de você.

Uma luz gelada brota de seu peito. Não é muito, mas é o suficiente para vislumbrar o que meu amor e minha irmã não queriam que eu visse.

O cajado de Vexx está encostado no tronco largo da árvore, aquela cabeça da qual eu sempre tive que desviar o olhar ainda miseravelmente intacta de alguma forma. Mas então eu sinto.

Magia. Provavelmente de Gavril.

Mantenho meu fogo mais perto, uma sensação estranha crescendo dentro de mim, como uma bolha prestes a estourar. E sinto o cheiro da morte. O cheiro de fogo de forja, couro e o ar depois de uma tempestade.

Eu vejo o cabelo dele. Aqueles cachos escuros e bagunçados e o nariz elegante. Conheço a linha de sua mandíbula, mesmo inchada pela morte, e conheço seus lábios. Lábios que beijaram os meus. Lábios que falaram palavras que me irritaram. Lábios que falaram palavras que me acalmaram. Lábios que me diziam para ir quando queriam que eu ficasse. Lembro-me de sua cabeça naquele gurupés, os olhos voltados para um mar e uma terra que ele nunca quis conhecer. Ele estava lá por minha causa.

Já senti uma calma lutadora antes. Já senti raiva fria e assassina. E elas se unem agora em algo alimentado pela dor mais profunda.

Neri larga Vexx e dá um passo para o lado, e quando ouço Alexus me chamando e correndo atrás de mim, Neri o impede.

— Deixe-a com o que é dela! — grita Neri. — Ela mereceu esta vingança! — Tenho uma dívida com esse deus porque isso não pode ser tirado de mim.

Respirando com tanta dificuldade que estou ofegante, caminho em direção a Vexx com chamas em uma das mãos e uma adaga na outra. Deslizo a adaga para dentro da bainha. Preciso das duas mãos para isso. Eu quero que seja lento. Eu quero queimá-lo de dentro para fora.

Escuto vozes. Rhonin. Hel. Callan. Zahira. Keth. Jaega. Eles estão aqui.

Helena grita em total agonia.

Eu sinto Alexus, seu amor queimando através da runa, seu apelo, seu conforto, mas já estou muito consumida para ser demovida. Eu o sinto passar por Neri, uma consciência de sua proximidade, e quando isso acontece, penso por um momento solitário sobre o aviso de Fia Drumera para mim, para ter cuidado com meu dom, mas esse pensamento passa tão rápido quanto chega.

Nada vai me impedir. Agarro Vexx pelo pescoço e o carrego para o meu abismo, de volta para a parte mais profunda do bosque onde ninguém pode nos encontrar, ninguém pode me parar e ninguém pode salvá-lo.

Eu invoco o fogo. Deixo-o voar alto de minhas mãos, a morte quente me esperando.

— Pare! — grita Vexx, correndo de volta para as raízes. — Pare agora!

Mas eu não paro.

Agarro os tornozelos desse covarde. E invoco meu fogo, deixando-o ferver, deixando-o queimar.

Ele começa a gritar, e minha runa começa a martelar, Alexus batendo para entrar.

Mas eu a fecho. Eu a fecho e continuo queimando. Queimando enquanto Vexx tenta rastejar sobre as raízes. Queimando enquanto tenta lutar comigo. Queimando quando não tem mais pernas nem braços para movê-lo. Eu queimo, queimo e queimo, até que os gritos do general Hammerin Vexx abalem as árvores do réquiem, até que o fogo saia de sua boca e de seus olhos, e ele finalmente se torne nada além de cinzas.

Então acaba. E quando a névoa da minha raiva começa a desaparecer e eu posso ver novamente, o Bosque dos Deuses está pegando fogo.

74
Raina

Ouço chamarem meu nome, mesmo com os gritos dos Antigos deixando as árvores ao meu redor.

Há uma saída rápida e eu tento, mas não consigo.

Não consigo.

Mais uma vez, o aviso de Fia se repete em minha cabeça. *Cuidado, cuidado, cuidado.*

Tento de novo, mas o vazio dentro da minha cabeça está parado e calmo, como se estivesse cansado.

Eu me levanto e me movo, tropeçando nas raízes enquanto o fogo se espalha, correndo pelas árvores e pelos galhos tão rápido quanto na noite da ceia da colheita, iluminando o mundo com terror flamejante. A noite se enche de fumaça densa e amadeirada, e não consigo respirar.

Este pesadelo deve acabar. Não posso perder mais ninguém. Alexus disse que, se me perdesse, tiraria o mundo de eixo. Eu senti o mesmo, embora agora perceba que se eu o perdesse, seria *eu* quem perderia o equilíbrio. Nunca mais seria a mesma. Ficaria furiosa por muito tempo, até que minha dor fosse atendida.

É meu dever proteger todos eles. Todos naquela clareira na beira do Monte Ulra. Todos que estão aqui porque eu não consegui impedir o príncipe antes. Não posso deixar mais ninguém sofrer. Não posso sentir esse tipo de dor nunca mais. *Não posso.*

Devo impedir Thamaos. Se tiver que queimar seus ossos até virar pó, eu o farei.

Meu nome é um fantasma nas árvores. Eu escuto quando galhos e membros de fogo começam a cair, quebrando ao meu redor.

Minha runa lateja. Alexus.

As raízes parecem rastejar enquanto me movo, enquanto tento correr em direção a sua voz. Eu tenho que tirá-lo daqui. Tenho que nos colocar em segurança.

O rugido do fogo e o gemido da madeira são tão altos que logo o abafam. Continuo tentando. Só quero ver o rosto dele.

À frente, a noite se abre e Fleurie aparece. Paro, tropeço em uma raiz e caio de joelhos. Quando olho para cima, ela está alguns passos à minha frente, estendendo a mão. A única coisa que nos separa é um anel de fogo.

Não posso ir com ela. Não posso deixar que ela me leve até o príncipe.

Mas talvez eu devesse. Talvez assim eu pudesse acabar com isso. Talvez, depois do acordo dela realizado, ela me ajudasse.

— *Confie em mim* — diz ela. Só que as palavras não saem de seus lábios. Ela as sinaliza na minha língua.

Uma língua que ela não pode conhecer.

As chamas se espalham pela madeira e sobre o dossel ao nosso redor. Seus olhos estão tão tristes, orbes castanho-dourados cheios de lágrimas refletindo a luz, e seus lábios tremem, como se seu coração estivesse partido.

— Raina. — Ela balança a cabeça, o rosto implorando. — Vou tirar todo mundo. Venha comigo. Apenas me deixe tentar tirar você daqui também. Não posso te deixar.

Ela estende a mão novamente e, ao mesmo tempo, meu abismo ganha vida.

Fecho os olhos e alcanço os dois.

VII
NA ESCURIDÃO

75
Raina

Estou em um espaço vasto e escuro que parece a morte. Se eu pudesse imaginar como seria a morte. Fleurie está comigo, flutuando e sem peso.

Eu já entrei no meu abismo muitas vezes, mas, desta vez, parece mais como quando estive nele pela primeira vez. Como se eu estivesse pendurada na borda do mundo, pronta para cair no nada.

A liberação de pressão é um rompimento repentino entre mim e Fleurie. Seus olhos se arregalam, e ela estende a mão para mim, mas então sou lançada em uma direção, e ela em outra.

Quer eu queira ou não, começo a cair em um novo vazio, despojada de todos que amo, sem saber onde vou parar.

Bato na laje de pedra esfarelada e fico sem fôlego.

Meus ouvidos zumbem e não consigo ver até que tudo clareie — visão e som — e minha respiração volte em uma inspiração que me deixa tossindo, com gosto de fumaça na boca.

Tremendo, olho para o céu noturno estrelado. Não há fumaça. Nem fogo. Pensei na clareira quando Fleurie estendeu a mão para mim. Eu queria estar com todos que amo.

Esta não é a clareira.

Estranhamente, a noite não está fria. Está amena, como o verão profundo, muito quente na minha pele queimada. Rolo e me encolho, ainda tossindo. O que quer que tenha acontecido com Fleurie parece que me explodiu em pedaços. Não consigo parar de tremer, tudo dói, meus olhos e garganta ardem, e há seixos e pedras cravadas na pele das minhas costas. A pior parte é que minha mão e meu braço direito estão com bolhas graves por passarem pelo fogo.

Com a mão boa, esfrego os dedos nas costas e tiro algumas pedras, enquanto o mundo ao meu redor gira. Não é fácil, mas me levanto e cambaleio até o que resta de uma coluna em ruínas e vejo logo abaixo uma cidade iluminada por tochas.

Estou… estou nas ruínas de Quezira. A outra cidade das ruínas. Eu vi essa imagem nos olhos de Colden e nos sonhos de Alexus. É praticamente a mesma, praticamente inalterada.

Min-Thuret está à minha direita, a cúpula de vidro central iluminada pelo luar e, a pouca distância, juro que vejo a antiga casa de Alexus: a Escola da Noite e do Amanhecer, com as mesmas três cúpulas de Min-Thuret, apenas uma réplica menor. Eu não sabia que ainda estava de pé.

Fleurie me trouxe aqui? Me trouxe aqui e me deixou?

Com meus pulmões tentando expelir o resto da fumaça, descanso em uma parede quebrada, tomando cuidado para ficar nas sombras, tentando ficar quieta, e começo a curar o braço queimado.

Só que não consigo. Posso ver os fios, mas não consigo tecê-los de volta ao lugar certo, não importa o quanto eu tente.

Pisco e olho para mim mesma, para a pele exposta aparecendo através do vestido queimado, o tecido estrelado cravejado de buracos e uma bainha chamuscada desigual. Minhas marcas de bruxa não são visíveis, mas não estou com um glamour.

Cure-se, digo a mim mesma mentalmente, tentando evitar que meu nervosismo piore.

Me levanto e tento me mover. Não sei o que fazer. Estou aqui e posso encontrar os ossos de Thamaos e levá-lo de volta para as Terras do Verão, mas também posso ficar presa. Não tenho certeza de nada. Só preciso ir para casa. Preciso encontrar Alexus. *Ele* é a minha casa.

Pensando nele, fecho os olhos e busco o abismo.

Não está lá.

Deuses. O pânico arranha meu peito e meus olhos se abrem, meu corpo tremendo. *Tente novamente, Raina. Você acabou de cair com muita força.*

Eu *tento* novamente, mas, ainda assim… Nada.

Preciso me sentar. Apoio mais uma vez o quadril na parede quebrada. Este é um mau presságio. É apenas resultado da minha aterrissagem ruim, tenho certeza. Ressoa na minha cabeça por ter batido na terra com muita força. Ou talvez eu tenha esgotado a habilidade e ela precise de tempo para se recuperar entre os usos.

Me virando, estudo a cidade novamente. Algo não está certo, mas não consigo identificar o que é. Dou um longo olhar para os guardas flanqueando a entrada do templo e percebo que eles estão vestidos de forma diferente do que os guardas do príncipe costumam vestir. Túnicas mais compridas, de tonalidade diferente. Armaduras, mas sem couraças.

Inquieta, caminho pelas ruínas até uma abertura que dá para um pequeno lago e um bosque de salgueiros. Algo nessa visão parece familiar, mas estou muito abalada para fazer qualquer tipo de conexão.

Passos soam às minhas costas, mas antes que eu possa me mover, um braço passa em volta do meu pescoço e a ponta de uma faca crava no meu queixo.

— Nem pense nisso — diz uma voz masculina, só que com um sotaque mais acentuado do que já ouvi de um Habitante do Leste.

Desembainho a adaga de Vexx e alcanço atrás de mim em um arco, enfiando a ponta no rosto do homem. Ele grita e tropeça para trás, a arma ainda presa em sua cabeça.

Não pense em Finn, Raina. Não pense.

Giro e arranco a lâmina, trazendo seu olho e outras vísceras junto. É uma reviravolta fatal. O homem cai de joelhos, depois de cara contra mim.

Me afasto, deixo-o cair no chão, então raspo a lâmina em uma pedra. No instante seguinte, mais dois guardas entram nas ruínas.

E mais dois.

Por um momento, mantenho a adaga pronta em uma das mãos, embora ainda esteja tremendo, e invoco uma bola de fogo com a outra. Mas, de repente, o fogo na minha mão se dissolve, como se um dos homens diante de mim o tivesse sugado.

Me viro e corro em direção aos salgueiros, mas rapidamente percebo que estou correndo em direção ao templo.

Os guardas me perseguem, mas não sou tão rápida como de costume, meu corpo está muito cansado; meus pulmões, cheios de fumaça.

Meu coração bate forte a cada passo e suor brota em minha testa. Eu tento invocar meu fogo novamente, mas… nada.

O pânico me engole, e quando o corpo do meu atacante bate no meu, nós caímos, com força, derrapando na grama, fazendo a adaga voar da minha mão.

Inutilmente, eu tento alcançá-la, mas o peso do homem é demais.

Viro a cabeça para dar uma olhada nele, mas tudo o que vejo é a ponta prateada de um punho um segundo antes de ele bater contra a minha cabeça.

76
Raina

Subimos as escadas e passamos por um labirinto de corredores iluminados por tochas; um percurso impossível de decorar. Os guardas me levam para fora, e atravessamos um pátio cheio de flores e galhos. A grama é macia entre os dedos dos meus pés, e o ar da noite é abafado, o céu cheio de estrelas piscantes.

Então estamos dentro de outro pavimento, caminhando pelos claustros. Engulo em seco. Estou aqui. Eu acho. Mas não como eu esperava.

Mais escadas. Pelo menos três lances. Sou levada porta após porta até que por fim paramos na frente de uma e o guarda à minha esquerda bate.

Depois de um tempo sem resposta, ele bate de novo, mais forte.

— Sua Alteza, encontramos uma intrusa.

Silêncio. E então...

— Pelo amor dos Antigos, entrem.

Eles abrem a porta e me empurram para dentro em direção a um homem que está de pé, descalço e usando um manto de seda, em frente a uma grande lareira de pedra. O fogo não está aceso, mas a lareira está cheia de velas.

— Elias, mande-os embora — diz outra voz masculina.

Olho ao redor do cômodo para encontrar o dono daquela voz esparramado em uma bela cama, um lençol cobrindo seu corpo.

Roupas estão espalhadas pelo chão, e uma faixa carmesim descansa pendurada ao acaso em um busto próximo. Não é uma faixa como a de um manto, mas do tipo que a realeza às vezes usa no pescoço. Posso ver apenas o bordado dourado brilhando à luz fraca de todo o espaço. Um corvo.

Eu pensaria que são os aposentos do príncipe, mas o homem de costas para mim na lareira tem cabelos escuros até os ombros, muito diferente do Príncipe do Leste. Acabei de vê-lo. Não é ele. E o amante que o espera o chamou de Elias, e o príncipe não tem nome.

Os guardas ao meu lado colocam as mãos em meus ombros e me pressionam a ficar de joelhos. Embora eu desejasse que fosse diferente, não luto contra. Não tenho forças para fazer muita coisa em relação à magia, ao que parece.

— Encontramos esta mulher bisbilhotando nas ruínas, Alteza. Ela matou Lucius.

Elias abre uma garrafa de cristal e se serve de licor. Um momento depois, ele está de volta diante da enorme lareira, girando o líquido em sua taça enquanto a bebida reflete o âmbar da suave luz da vela.

Embora não consiga ver seu rosto, sinto o peso de seu olhar pesado.

Silencioso como a morte, ele me observa das sombras.

Enquanto ele caminha em minha direção, percebo que não posso olhar para ele. Não sei quem pode ser, mas é melhor manter a cabeça baixa. O contato visual cria uma conexão. E não preciso disso.

Os pés do homem param diante de mim. Ele se agacha em seu robe, o cheiro de almíscar e licor em meu rosto. Ele toca a manga queimada do meu vestido, passando a ponta do dedo sobre uma das estrelas.

Por fim, ele fala:

— Ora, ora. Você não é uma coisinha adorável? Mesmo com esse cheiro de fumaça e luz estelar e que esteja com o rosto ensanguentado. — Ele toca o fio de sangue que escorre da minha têmpora e o limpa.

Um arrepio percorre minha pele, e uma pontada de medo sobe pela minha espinha. Não é possível. *Aposto que você tem gosto de fumaça e luz estelar*, o príncipe me disse no Mundo das Sombras.

Ergo o olhar lentamente e encontro o do Príncipe do Leste. Ele está diferente. Muito diferente. Mas eu reconheceria aquele rosto em qualquer lugar.

— Por mais adorável que ela seja — diz ele a seus homens como se não me reconhecesse, como se não estivéssemos juntos há poucos minutos no bosque —, não quero lidar com uma assassina invasora esta noite. Talvez amanhã. Por enquanto — ele ri —, leve-a para a biblioteca.

Biblioteca?

Os guardas me colocam de pé, me arrastam, e me empurram para fora do quarto antes que eu possa tentar dar uma mínima olhada por cima do ombro.

Eles parecem cansados de mim, nem mesmo se importam com meu braço queimado, quase me arrastando escada abaixo e de volta para fora, pelos claustros e pátio, voltando para outra parte do templo que não sei se me lembro de ter visto no caminho para os aposentos reais.

Olho para o céu noturno brilhando através de uma cúpula de vidro, mas é menor do que imaginei que a cúpula de Min-Thuret fosse.

De repente, estamos diante de duas enormes portas de madeira e estou sendo arrastada para dentro de uma biblioteca de verdade. Algo dentro de mim se contorce.

Conheço este lugar.

Passamos por pelo menos uma dúzia de prateleiras enfileiradas de cada lado do corredor principal, mas minha atenção se fixa na parte de trás da biblioteca, onde uma escada em caracol que leva a outro nível paira sobre mesas de trabalho repletas de todos os tipos de livros, pergaminhos, tinteiros e penas. Velas apagadas e velas de junco estão espalhadas aqui e ali, esperando o toque de uma chama para iluminar todo este salão.

Este cenário... parece ter saído diretamente dos sonhos de Alexus da Escola da Noite e do Amanhecer, uma versão menor de Min-Thuret. É tão semelhante à imagem na minha mente, como se o tempo tivesse parado.

Os guardas me arrastam pelas mesas de trabalho e por baixo das escadas. Mais uma porta e, ao vê-la, tudo em mim fica tenso. Não conheço a porta, embora sinta que deveria. Como se talvez eu tivesse sonhado com ela e se tratasse de um sonho esquecido.

O guarda à minha direita bate à placa de carvalho.

— Meu senhor. Temos uma invasora. O príncipe Gherahn disse para trazê-la até você.

Aquele *era* o príncipe. Não foi minha imaginação. Ele tem um nome.

Elias. Príncipe Elias Gherahn.

Filho do rei Gherahn...? Como?

Um tremor aperta os músculos ao longo da minha espinha. Tem alguma coisa errada.

A porta se abre por vontade própria e sou recebida por um cheiro familiar que é tão forte que quase me faz cair de joelhos. Especiarias ricas, madeira escura e o aroma doce de mel de magia antiga.

Os guardas me empurram para dentro deste cômodo também, e embora minha mente corra para tentar localizar as madeiras finas, a cama, os tapetes e as muitas, muitas prateleiras de livros, não consigo pensar claramente.

A luz de velas pisca ao redor dos aposentos, me fazendo sentir como se estivesse em um sonho, porque tudo está errado. Especialmente quando um homem nu se levanta de uma banheira de imersão prateada, sai e caminha encharcado até uma pequena mesa em que uma toalha de banho o aguarda.

Conheço aquele corpo. Conheço cada linha tocada pela sombra da luz de velas. Exceto que não há runas. Nem uma única cicatriz em sua pele lisa e dourada.

E então ele fala:

— Ajoelhe-se. — Os guardas me fazem ficar de joelhos novamente, e aquela voz... — O que ela fez?

Lágrimas brotam em meus olhos. Eu quero acordar. Não gosto desse sonho. Parece tão errado. Aquela voz sussurrou contra minha pele. Ela me repreendeu, implorou e me amou. Nunca soou tão vazia. Nunca soou tão estranha.

— Ela estava nas ruínas, meu senhor. Ela tinha magia de fogo. Matou um dos nossos homens com uma adaga no rosto. Não parece grande coisa, mas é treinada. Claramente.

Meu coração martela enquanto ele enrola o linho em volta da cintura para esconder a nudez que tão abertamente revelou antes e começa a vir em minha direção. Algo na maneira como ele se move — como um predador perseguindo uma presa — me faz querer chorar. E eu choro.

Lágrimas escorrem pelo meu rosto enquanto um estranho tipo de conhecimento aperta meu peito a ponto de doer. Quando ele para a alguns metros de distância, e olho para aqueles olhos verdes brilhantes, sei que não é ele. Não há uma única marca de runa em seu peito, nem mesmo a que ele fez para mim. Também não há lembrança em seu olhar. Nenhum amor. Nenhuma felicidade em me ver.

E ainda assim, mais rápido do que consigo pensar, meus pés estão me levando até ele. Ele está inteiro, bem e… livre, ao que parece. E a alegria dentro de mim me domina.

Mas mal jogo meus braços em volta do seu pescoço, ele me empurra para longe, segurando meus pulsos dolorosamente em suas mãos fortes.

Usando seu peso, ele me empurra de volta contra a parede, me prendendo no lugar, seus dedos cortando minha carne o suficiente para machucar, o suficiente para fazer minha queimadura doer.

— Ajoelhe-se para mim. Entendeu?

Mais lágrimas. Elas caem tão rápido e tão forte que mal consigo ver. Meu Alexus nunca faria isso. Nunca. Ele nunca olharia para mim com tanta raiva, tanta animosidade. Ele nunca permitiria que eu me ajoelhasse para ninguém, e ele nunca me machucaria.

Mas esse homem… Esse homem *não* é Alexus Thibault.

De repente, ele está se inclinando, seu rosto suave tão perto, seu cheiro me envolvendo.

— Quem te mandou aqui? — Suas palavras se espremem entre os dentes cerrados.

Loria, por favor, permita que isso seja um sonho. Permita que eu acorde.

Não digo nada, e ele bate meus pulsos contra a parede novamente, enviando um arrepio de medo por todo o meu corpo.

— Uma espiã? Quem te mandou? Eu *vou* descobrir. — Ele inclina a cabeça escura. — Não será agradável quando eu arrancar essa verdade de você, saiba disso.

Balanço a cabeça, incapaz de explicar que não consigo falar. Incapaz de explicar o que for. Nem para mim mesma. Antes que eu perceba o que está acontecendo, ele se abaixa, me coloca em seu ombro e passa pelos guardas. Ele entra na biblioteca, caminhando pelo corredor central me carregando como um saco de grãos.

Não sei onde estamos ou para onde estamos indo, só sei que, em questão de minutos, descemos um lance de escadas de pedra, depois outro, e outro, até que ele empurra uma porta que bate contra a moldura de pedra.

Só quando ele me joga no chão de terra de uma cela de masmorra iluminada por tochas e diz: "Bem-vinda à Escola da Noite e do Amanhecer", é que eu sei, com certeza, onde estou.

Ainda é confuso, porque já vi Colden e Fleurie em uma masmorra como essa muitas vezes. Exceto que... não é tão antiga. Na verdade, não parece nem um pouco antiga. As barras de ferro ainda estão pintadas de preto. Os degraus de pedra não estão gastos no meio. As correntes das tochas não estão enferrujadas. E essas celas são ainda menores.

Como isso está acontecendo?

Deixo meu olhar viajar pelo torso bonito e sem marcas do homem enquanto ele paira sobre mim e, finalmente, acho que sei o que aconteceu. Não consigo explicar. Mas eu sei. O *como* ainda terei que descobrir, e isso me apavora. E ainda assim, mesmo que a certeza me preencha, ainda rezo para Loria para que eu esteja de alguma forma errada.

Ele se agacha diante de mim, e penso na primeira vez que nossos olhares se encontraram: a noite do ataque. Penso na maneira como aqueles olhos verdes pareciam poder ver minha alma, como se ele estivesse bisbilhotando minha mente.

Mas era mais do que isso, não era? Era um olhar nascido do reconhecimento. Mesmo que ele não conseguisse se lembrar como, sua alma conhecia a minha, mesmo que a minha ainda não conhecesse a dele. Eu vi o mesmo olhar nos olhos de Fleurie. Ela me conhecia. Embora Alexus tivesse me esquecido, ela não tinha.

Os deuses não esquecem.

— Você tem alguma noção do tamanho do problema em que se meteu?

Só consigo balançar a cabeça com descrença. Porque eu *sei*. A cada segundo que passa, a compreensão se aprofunda como uma pedra afundando no meio de um mar sem fim.

Enquanto ele sai da cela, fecha a porta e a tranca com a chave de ferro pendurada no pescoço, sinto um martelo cair através do tempo, me fazendo tremer tanto que meus dentes batem e eu luto para respirar.

Porque esse homem não é o *meu* Alexus Thibault. Ele é o vilão sobre o qual o homem que amo me alertou.

Ele é Alexi de Ghent.

Un Drallag, o Coletor.

Rastejo para trás e pressiono as costas na parede de pedra, tentando respirar enquanto ele desaparece pela porta, me deixando sozinha aqui embaixo.

Meus deuses. *Meus deuses.* Fia me avisou. E eu não escutei.

Não viajei *através* do espaço e do tempo para Quezira. O que aconteceu com Fleurie… me mandou *de volta* no tempo para Quezira.

Trezentos. Anos.

CONTINUA...

Agradecimentos

Dizem que o segundo livro da série é sempre o mais difícil. Isso não é mentira! Este ano inteiro de Real Author Life foi uma aventura, mas eu produzi esta fera de livro de qualquer maneira. A tecla ENTER no meu laptop novo está morrendo enquanto eu digito isso. É o quanto o teclado foi usado este ano.

Primeiro e mais importante, eu quero enviar um enorme OBRIGADA e EU TE AMO para a minha família. Vocês vivem sem mim por dias e às vezes semanas, dependendo do quão imersa em um livro estou. Vocês me mantêm alimentada e hidratada e garantem que eu pegue um pouco de sol ;) Também ouvem todas as conversas de escritora, mesmo quando não fazem absolutamente nenhum sentido. Eu amo vocês por me ajudarem a tornar este sonho realidade.

Em segundo lugar, quero dar um alô para meus Rebel Readers e todos os influenciadores incríveis que ajudaram a divulgar este livro para os leitores. Este é para vocês! Vocês têm sido um sistema de apoio incrível. Não consigo nem começar a expressar o quanto impactaram a mim e a minha vida. Por causa de vocês, posso continuar fazendo isso. Por causa de vocês, *quero* continuar fazendo isso. Todos os dias, sou motivada a continuar. Obrigada por amar Raina e Alexus o suficiente para que o mundo deles se tornasse o que é, e que o romance deles deixasse de ser um conto do tamanho de uma novela para se tornar uma série cheia de reviravoltas. Mal posso esperar para lhes dar o próximo livro. (Só não me odeiem no final deste!!)

Tee Tate! Você é uma estrela do rock. E tem minha eterna gratidão. Suas notas e comentários sobre este livro me mantiveram firme quando eu estava enterrada em reescritas e sem saber como juntar essa história novamente. Seu fluxo de notas cheias de bom senso às três da manhã é o melhor. Além disso... tenho certeza de que você é uma vampira.

E para minhas amigas, Alexia e Beth, que nunca reclamam dos meus e-mails esporádicos, e todas as leituras sensíveis que me deram um feedback inestimável sobre este livro. Agradeço seu tempo e trabalho duro. Sou muito grata pela ajuda durante este processo, e seu doce encorajamento. Vocês ajudaram este livro a ganhar vida. E para Stacy Choi, Katherine Quinn e Jess Wisecup, por sempre terem um ouvido atento.

Muitos abraços.